U0456698

国家社会科学基金项目

生态批评与
中国文学传统：
融合与构建

盖光 著

中国社会科学出版社

图书在版编目（CIP）数据

生态批评与中国文学传统：融合与构建/盖光著 . —北京：中国社会
科学出版社，2018.7
ISBN 978 - 7 - 5203 - 2566 - 0

Ⅰ.①生…　Ⅱ.①盖…　Ⅲ.①中国文学—文学评论　Ⅳ.①I206

中国版本图书馆 CIP 数据核字（2018）第 143092 号

出 版 人	赵剑英
责任编辑	周晓慧
责任校对	无 介
责任印制	戴 宽

出　　　版	中国社会科学出版社
社　　　址	北京鼓楼西大街甲 158 号
邮　　　编	100720
网　　　址	http://www.csspw.cn
发 行 部	010 - 84083685
门 市 部	010 - 84029450
经　　　销	新华书店及其他书店

印　　　刷	北京明恒达印务有限公司
装　　　订	廊坊市广阳区广增装订厂
版　　　次	2018 年 7 月第 1 版
印　　　次	2018 年 7 月第 1 次印刷

开　　　本	710×1000　1/16
印　　　张	35
插　　　页	2
字　　　数	505 千字
定　　　价	138.00 元

凡购买中国社会科学出版社图书，如有质量问题请与本社营销中心联系调换
电话：010 - 84083683

版权所有　侵权必究

目　录

构　建　篇

引言　生态批评的阈界拓展

生态批评虽被冠以"生态"头衔，但却离不开文学活动及文本性体验。生态批评的文学解读及阐释特点突出，既在不断地延展批评视阈，又旨在关涉社会、文化、环境等多方面的内容，其审视人的生成与发展问题也在拓宽。生态批评致力于深度阐释人与自然生态、人与环境有机构成状况，对人类何以在生态条件下生存的问题也不乏深层探究。对此，我们可多方检视：其一，生态批评的理论视野、阐释策略、叙事方式及体验特性都在不断拓宽，究其原因，显然不乏其自觉坚守的责任。其二，生态批评从初创到得以良好发展，行走着一种理论融合路向，由问题而生成批判性、反思性，产生对自然、环境及人自身的重新审思，这内存着人类的自我"救赎"、自我觉醒及对自我的重新评价。其三，生态批评不只是一种批评方法，也不限于一种独立的学科性领域，并未驻留在单纯对自然、对环境、对生命的解说上，也未仅仅沉浸在生态性、文学性及审美化体味上，而更在于呈现一种有机性世界观，一种文化存在方式的转换，或探寻一种"生态人"的构建策略，且由文学而引发对一种生态性生存方式的指认。其四，在接下来的时日里，生态批评会不断丰富，关涉领域会不断拓展，甚至"花样"会不断翻新，学派、论争也会日渐多样，概念、范畴及逻辑体系构建也会日臻完善。其五，生态批评是开放的，是未完成的，还在探寻一种由文学而行进于跨文化的全球融通路径上。

一　抒写有机关联的生态批评

人的一切生存活动方式都须在"生态"有机节律运演过程中诗意

性地展开（这可以简称为有机—过程的节律性存在）。人在与"万物一体"（也包括人与人、人与社会）的有机连接中延伸，即便是人的心理、精神及文化活动，人的德性养成、审美体验及境界性人生设计，乃至日常生活，皆无法脱离生态存在，并是"生态"运行及生态方法的延伸、派生及参照。

文学艺术面对这种存在观不可能不进行"生态"思考，不可能不全力探究及表达人生存的"生态"根由，且为其提供情意、审美乃至理论及人性思考的支持。这多种因由的促动，产生生态批评就成为历史必然：其一，面对人类社会的演进所取得的辉煌成就及产生的诸多问题，生态环境保护思潮及运动冲击着 20 世纪后半叶的全球。其二，文学活动古已有之的自然体悟、生命情结、生境游历，在不断绘制着人的生命活动的过程、特性及魅力，即便是在思想构制、情意表达方面，在畅扬人类对家园共生的诉求方面都无法与大自然及人的生存环境相分离。其三，有机性、建设性的世界观及方法论登堂，针对近代以来机械、二元、工具性的世界观及方法所造成的自然"祛魅"，而旨在倡导生态"复魅"及"显魅"。生态批评作为一个术语及初涉的观照领域，于 1979 年产生于鲁克尔特关于文学与生态学相结合的研究。至今，生态批评已行进了近 40 年路程，但作为蕴含自然/生态/生命体验的文学活动却不止于此。如果我们暂且搁置学科/学理的框定，或许我们会看到生态批评有着更加久远的渊源，或可以认为它伴随着人类活动的始终。

就学科性审视生态批评，会引带出一系列规范性、规定性问题：其一，生态批评所展示的文学活动会使其归位于人文学科的研究领域，但究竟如何界定生态批评；在确定其内涵与外延时，是否须设定其观照的范围？规范其研究路径？其二，鉴于其必须表达对自然、生态及环境的阐释特性，理应寓于有机—过程的节律性体认中；或许我们还须探究其能否跃迁出人文科学特性，而呈现其学科越界，乃至借力于多学科交叉的特点，如此等等。王诺在《生态批评与生态思想》中历时性且细致地梳理了欧美学者们对"生态批评"术语的不同表述，分析了这个研究领域的中外经历；既表达了自己的评价，也总结了各路、各方研究的"利弊优缺"。王诺围绕他一直以来坚守的生态整体主义理念，继续定义生态批评："生态批评是生态主义，特别是生态整体主义思想指导下探讨文学与自然之关系的文学批评。它要揭示文学作品所反映出来的生态危机之思想文化根源，同时也要探讨文学的生态审美及其艺术表现。"① 这个定义在《欧美生态文学》一书中，已得到初步完善。在这里，一方面王诺特别突出了"生态审美的原则"问题，另一方面，这个定义及原则成为王诺构建自己关于生态文学、生态批评的学理基础。我基本赞同这个表述，但还须进一步明确几层含义：其一，既然是言"生态"，言"文学"，言"审美"，就必须提取出其内在的根由，以及三者何以能够连接在一起言说自然，言说人的生存，言说文学与审美。自然/生态/生命/生存及审美之有机—过程的存在，显然是进一步明晰何谓生态批评，乃至生态批评何为的几个关键部分。这不仅仅是几个术语植入（或者可作为一个整体之链：自然/生态/生命/生存及审美），更重要的是其内在机理的凸显及其贯通，是对其相通、相同及共同指涉的对象及目的性（最终是人何以能够在生态有机条件下优化生存的问题）的确证。其二，我们在中华语境中言生态，体认生态批评，显然是不可能不凸显中华文化特点的，其中，既有话语构成的特性，也有文学体验方式的特点。这既需要显示中华文学传统的历史性延伸，更要在现代条件下的跨文化语境中产生新的文学阐释特点。其三，生态主义也好，生态整体主义也行，思想文化根源也罢，这些都不可能局限于文学本身，而理应被放大，且体现生态阐释方式的多样化。其四，也是本书接下来要进行的研究，即沿着自然/生态/生命/生存审美的路向展开，一方面凸显多样性与共生性，有机性与过程性，建设性与重构性，另一方面则由自然/生态/生命之有机关联的过程性把握，通过文学与审美活动的证据支持，而不断放大、延伸至人的生存问题，文化存在问题，乃至跨文化、跨民族的存在问题。

---

① 王诺：《生态批评与生态思想》，人民出版社2013年版，第8页。

二 面对人类问题的生态批评

生态批评产生于欧美国家，这不只因为这些国家是生态问题及危机转换的始作俑者，也是生成生态潮流的源起之处。关注生态问题，一方面，必然对人的环境状况给予反思、批判，对人类中心性、自我性给予反思及甄别，且借力于欧美国家丰富的话语资源及理论滋养而展开；另一方面，借力于工业文明的推演，现代性与后现代性的转轨路径，地方、区域及全球对峙，种族民族及国家间的平等对话，凸显文化间性，且沿着人类对自然、对环境态度的转变轨迹。这一切都为生态批评的产生提供了必要条件，也注入了多样话语表达策略。

对各种各样的生态问题、环境问题，乃至人类问题，中外各界人士已经列举了种种现象，尽管原因业已明了，但要真正完备全球共识，且寻找出解决问题的思想及方法，以创生能够与自然生态共生的新的人类文明却还需要行进艰难而坎坷的路程。塞尔日·莫斯科维奇认为，不论西方还是东方，不论各自对自身给予多么高的评价，它对自然造成的后果都是一样的，即加速了资源的枯竭。莫斯科维奇说："我们的文明削弱了自然，像被注射了摧毁一切的毒品：一切都应迅速老去，一切尚未存在就将消失。""如果有一天，我们的文明不再相信理性的本质，却保留其形式上的用途，就像一个人对自己所做的事情已经失去了信念，只是出于习惯还在继续做一样。一旦出现这种情况，人类文明创造的一切反过来都会具有破坏性。爱因斯坦创造的方程式再完美，最终也会危及地球上的生命。"[1] 作为历史的必然，作为思考人类文明的逆向状态，作为旨在破除人类的这种习惯，产生生态运动绝不是偶然的。像莫斯科维奇所说的，生态主义者们既不相信地域，也不相信天堂，他们"让昏眩的头脑变得清醒，让被麻痹的感觉恢复敏锐，让人们从意识上重新关注这个身在其中却因为惯性而

---

[1] ［法］塞尔日·莫斯科维奇：《还自然之魅——对生态运动的思考》，庄晨燕、邱寅晨译，生活·读书·新知三联书店 2005 年版，第 26—27 页。

熟视无睹的世界"①。当生态问题引发全球关注，生态主义同样被全球关注，与此相伴，生态文学创作与批评繁盛也就成为一种必然。应该说，生态批评的阐释视野是宽广的，既具批评的引领性及导向性，又具理论的规定性，也呈现出融通性的思维方法。生态批评直面人的生命活动，就人何以能够在生态条件下生存与发展问题，极大地辐射着人们的审美生活。作为生命有机体的存在，人的活动一刻也无法离开自然、环境，当人的欲望及功利乞求极度放大时，人的活动会超限，会使发展产生偏离，不仅会影响环境，更会变异自然、生态及生命运演的节律。

　　生态文学创作做着这样的工作，生态批评阐释及评价着生态文学，其批评叙事关注了在人类历史过程中所发生的诸多社会、道德乃至文学、审美现象所关涉的生态及人类的生存发展问题，对文化问题也给予更大的价值关注。斯科特·斯洛维克将生态批评视为一种叙事方式，并这样表述道："生态批评家若想做真正有意义的事……便应该在解释环境文学如何表达、表达什么等问题时，能够比作家本人为读者提供更宽广、更深沉且或许是更明白晓畅的文字说明，而作家往往会沉浸在其自身特定的叙事之中。"② 由此看来，生态批评的叙事策略展示及文本效应理应具备广阔的辐射力及巨大的撼动力。

三　宏阔理论视阈的生态批评

　　生态批评话语资源及理论滋养是丰富且多面的，其理论视阈也是非常宏阔的。这有文学活动本身的话语及理性支持，在生态思潮产生之后，诸多学科的介入、联姻、交叉、融合所形成的无以计数的新研究领域，为生态批评注入滋养，丰富了体验方式及理论思维的方法。

　　生态批评在全球范围内的广泛流布，其跨文化的传播，并接通诸多的地域、国家、种族、民族的文化资源，互通、互补、借鉴，继而植生出新的能量，充实着丰富的生态智慧内容，也从中获得综合性理

---

　　① ［法］塞尔日·莫斯科维奇：《还自然之魅——对生态运动的思考》，庄晨燕、邱寅晨译，生活·读书·新知三联书店 2005 年版，第 28 页。

　　② ［美］斯科特·斯洛维克：《走出去思考——入世、出世及生态批评的职责》，韦清琦译，北京大学出版社 2010 年版，第 35 页。

论支持。生态批评由此而得到丰富，既有了思维及话语的确定性，其理论视阈也形成了基本的"生态位"。在我看来，生态批评作为文学活动被冠以"生态"头衔，势必要合理借助生态学为其提供必要的话语资源及概念、范畴体系，需要与之相关联的多学科的共同植入，但其基础的理论条件是以生态哲学与环境哲学建立本体论基础，其方法论基础是以系统整体性、有机联系性及多样性、复杂性思维而建立方法系统，以大地伦理学或生态伦理学构筑基本的关系视野，同时形成地球生命共同体及全球性介入，以其共同辐射创生、创造性的思维平台。作为具有强烈现实关注感及未来性的文学活动的一种特殊形式，生态批评既不可能脱离文学的内向性与情感体验性，更不能游离于身体活动的基础支撑；须由内而外，从对人与自然、人与环境有机—过程关注而走向社会性、历史及文化性的批评；通过"建"（建构、建设或是重建）而呼唤人的爱意及生态良知，寻求生态正义，倡导修补、修整、修正，以行动净化人的心灵世界。

在生态批评理论研究家劳伦斯·布伊尔所描绘的生态批评的"波"现象中，第一波主要是以自然写作为主，第二波则是修正的和正义的。布伊尔指出："如何解释文本世界与历史或现实的经验世界之间的关系。这肯定是倾向于自然写作的第一波生态批评和倾向于修正性城市和生态正义研究的第二波生态批评都必须关注的问题"。"很多环境批评家，无论是第一波的还是修正者们，都在努力打破创作、批评、以田野考察为基础的环境研究以及环境行动主义之间的形式壁垒。"①

四　活化文学体验的生态批评

生态批评作为文学活动形态，不论是对"生"的体验及阐释、评价，还是构建理论视阈及学理系统，都会围绕文学体验而展开。即便是进行历史及文化的亘古传统的阐释，或者是在现实自然、环境条件下的田野、荒野、田园、景观的游历及体悟，或者是借力于科学实证

---

① ［美］劳伦斯·布伊尔：《环境批评的未来：环境危机与文学想象》，刘蓓译，北京大学出版社2010年版，第34页。

及对自然、环境及生物多样性的感发，都难以离开文学体验，或者是伴随着生命和审美的文学体悟及学理阐释而延伸、深化、放大。

从生态批评产生之初，其文学批评样式就是围绕着曾经被历史和文化所确证，并且亘古传承的诸多的经典文本而展开的。面对这些文本，生态批评并不是继续沿袭古已有之的阐释与评价，而是在颠覆、批判中发掘其新意。这其中聚焦了几个主要视点，如对人类中心主义的批判；对近代以来工业社会在带来人类物质文明的同时，又造成了自然环境的破坏所进行的反思；对中心性及自我膨胀乃至生态问题的境况所造成的人类精神与心灵状态的扭曲及困顿，等等。显然，生态批评的文学体验性是拓宽的，也是不断深化的。这使得生态批评学者们既重释19世纪、20世纪被公认的一些英美经典文学作品，也意在对其给予价值重建，同时还对早期的湖畔诗人、爱默生、梭罗、惠特曼、缪尔、巴勒斯、奥尔森等的自然写作倍加关注。生态批评者们既注视与这些写作者的身心融入，更注重挖掘文本中内存的隐喻、象征意义。利奥·马克斯的《花园的机器：美国的技术与田园理想》从田园理想与美国经验、田园理论与新世界生活环境的契合多重角度合成了一种"文化象征"，阐释文学想象与文学外围事件之间的相互作用。尽管它还没有在历史层面进入生态批评的时间阈限，但如布伊尔所言，它对与工业技术相对应的自然态度，使其成为生态批评的先驱之作。麦尔维尔的《白鲸》是生态批评者们关注最多，也是重释最为深刻的作品，主人公"亚哈"更是备受瞩目的阐释对象。洛夫认为，亚哈这个人物"也许应该被看成是愤怒的悲剧人物，终极性的迷恋自我的文化建构主义者，固守改变自然的成见——当然不成功——其结果招致报应，由此导致个人与生态的灾难。正如一位批评家所指出的，从时间上看，《白鲸》比达尔文的丰碑式巨作早8年，但透过该作，麦尔维尔暗示我们：人类不可能灭掉世界上的白鲸，除非以对自己的心理与实际的伤害为代价"[①]。乔纳森·贝特有这样的表述，

[①] ［美］格伦·A. 洛夫：《实用生态批评：文学、生物学及环境》，胡志红等译，北京大学出版社2010年版，第38、39页。

他们的"流行则表明，我们的文化正患着一种流行病。我们对想象中旧时代的健康的渴望，正是现实患病的一个迹象"。这是贝特在阐释奥斯汀和哈代时的一种说法，贝特还指出："哈代对一个世界作出了评价——这个世界对他来说是正在消失，而对我们来说则早已消失在他那个世界中，人们与自然和谐相处。"在分析奥斯汀时，贝特又说："跟哈代一样，她对汽车和城市是持怀疑态度的。一种无根的感觉和大都市式的傲慢，是和现代化及其堕落联系在一起的。"① 生态批评的超文本体验，使之具备独特的叙事方法，当其复归田野体验时，便带有了一定的实证性特点。

斯洛维克的批评体验也极具这种特色，他强调："生态批评家尤其被赋予了这类活动的权利，我们到野外去，用风景的自然特征来检验自己的强弱，由此升华并深化我们的本职工作。"他又明确指出："生态批评家应该讲故事，应该将叙述作为一种文学分析的持续或常用的策略。其目的不是与文学本身竞争，而只是为阐明并鉴赏阅读的语境——也就是说，经文学文本作为服务于我们'在外面的世界'的生活的语言来加以亲近。"② 斯洛维克自己也至深地融入田野及自然境域中，他的许多批评文本，就是对这种体验的情意感发的记录及理论延伸。

五　致力于整合融通的生态批评

生态批评是人为自身创设的一种生态的、有机和谐的生存条件，既体现自然、生态、生命及审美的有机交融，又作为一种方法及策略，带有一定的操作性、工具性，或为有机性人生，生态审美人格的抒写。

不论是作为目的还是手段，生态批评对人的有机和谐生存所起的作用都会通过整合与建设性过程来融通。首先，复杂性整合。由自

---

① ［美］乔纳森·贝特：《文化与环境：从奥斯汀到哈代》，载王宁主编《新文学史》，清华大学出版社 2001 年版，第 268—269 页。

② ［美］斯科特·斯洛维克：《走出去思考——入世、出世及生态批评的职责》，韦清琦译，北京大学出版社 2010 年版，第 19—20、29 页。

然、生态、生命及审美到文学及情意体验，不只是这个转换过程，即便是每个过程都是复杂性构成，对"自然的人化"到文学的情意表达及其确证，其过程性、节律性运演既呈现出线性与非线性、有序与无序、确定与不确定的复杂性结构，也体现出历史与逻辑相统一的复杂性及整合性。其次，历时性整合。古今中外文学的发展，映衬着人类文明的进向，其文学的特殊性也显化着不同文明形态的历时性、韵律性及有序化，人们在历时性序列中，表达着对生态有机生存的期望。生态批评行进至当代，必然会在整合性的境域中，以生态与审美的有机体验对人类文明给予评价、重释及价值重建。再次，共时性整合。生态批评理应促动物质、精神、政治等多重文明形态的共时性整合，形象化地表征人类文明结出了"人文化成"的累累硕果，且以生态有机性构建其文学与审美的表达路向，继而促动文明的延伸及在新的条件下的创生、创新。也就是说，生态批评既通过文学活动完备这重整合，又合理而有效地、充满情意地助推各种文明形态的职能优化。最后，资源性整合。尽管生态批评是在现代发生的，但却无法绕过历史文化资源的滋养，这既表明生态批评要发扬光大是一种必然，更是人类历史进程的必然。

六　凸显跨界建设的生态批评

尽管生态批评产生于欧美国家，但未来其生命力及魅力将会永驻，不但会建设性地体现其全球性、世界性及人类性，而且须承继及汲取人类共有滋养，致使多样文化共生、互补、互通、共融。

建设性必然是跨界的，且为富有情意及理性规定的跨界，一方面是学科间的跨越及交融再生，另一方面则必须是历时与共时的跨界，既跨越时空，又是跨文化、跨民族的。首先，生境建设。生态有机性，其运演节律及过程性成就着万物存在的生境，多样的生命有机体祈望在其中获得自由。生态批评对此进行价值评价，会力倡生境的有机、绿色及审美化。生态批评的建设性有两个技术条件不可忽略：一是充分肯定"人文性"，肯定人类的自主生存意识，利用人类智慧与能量所成就的工具性与技术能力而主动地创生和谐生境；二是畅扬生态恢复及生态补偿的文明成果，以最大化称颂保有绿色生境的生态安全。其次，自省性建设。生态批评自产生之日起，就面对人类存在的问题，其反思、批判及价值评价本身就是人类的自省，事实上，生态批评的行进构成业已表征着人类反思力和自省力的不断强化，警示人类必须省思自然力的负重程度及承载能力，锻铸对"度"的掌控力。这其中，既须明晰反思及自省的艰巨性，更须构建自信力。再次，"情理"性建设。情理是"和合"性的。生态批评面对"万物一体"的生态有机存在之"和"，体验着"生生"韵律之"合"，以其突出"和"与"合"的生态之"理"。但生态批评作为文学活动，其合"理"的本性更须融通"情理"，继而有机、情意及审美化地体验生态的"事理"及"合理"本性。我们所言"情理"建设，也表明生态批评对人的生态有机生存，是溶解剂、润滑剂，是一种境界性提升，更应致力于不同"理"的形态转换，在人的"情理"润化中表达文本所蕴含的人的生态生存的"事理"，并与生态"合理"性合辙、合韵。最后，"人力"性建设。生态批评是人的活动，不论是文学性表达，还是超越文本审思，都是"人力"的综合性活动呈现。所谓"人力"综合性既彰显着人的主体化力量，也合"情理"地顺化、润化、美化万物，调节人力、人文、人气、人心及"人情"的关系，且以"人情"为活化剂。当这种"力"综合作用于人的生态生存时，我们可以将这种合成视为广义的"人力"，这时的"人力"和谐必然是建设性的。

七　肩负着良知责任的生态批评

当我们从"生态有机性"角度言及人的生存问题时，旨在昭示人的生态良知的回归，呼唤人类的生态责任。我们由"生态"论文学，或谈生态批评，或用生态批评的理论及方法观照文学同样表达着这种良知与责任。

布伊尔在阐释"波"理论时指出，第一波生态批评呼吁更多地掌握科学知识，要将人类和自然界重新结合起来，"对于第一波的生态批评家来说，'环境'实际上就意味着'自然环境'"。这个时段中

"生态批评家可能会寻求以有机论话语来重新界定文化本身的概念，他们是要设想一种'有机体的哲学'，它能够打破'人类与自然世界其他元素之间的等级划分'"。而到"第二波生态批评家更倾向于追问构想环境和环境主义的有机论模式"①。至 2009 年，学界又将这种"波"理论推演至第三"波"。事实上，全球性的拓展将生态批评变换为一种全球性的公共事务，其指向的论域本身就直视人的活动的公共性（既指人类存在的公共问题，更涉及人类在地球生态中活动的"公共性"），因而必然关涉每一个人在全球共同体中（或是在地球生态系中）如何生存与发展的问题。文学批评家理应瞄准且须有超越作家的创作/文本，使其活动更体现出公共性，或者也须挖掘创作/文本中所含蕴的公共性元素。

生态批评家作为文学批评家理应守成文学批评的责任，又与一般的文学批评有着不同。他必须观照作家的创作，寓于审美体验及坚守批评准则，他们在本身活动的起始点上已带有外在性特点，或者表现出生态—公共责任，其所揭示的文学事件与社会公共事件必然与生态环境问题，与人何以能够在生态条件下生存紧密联系着。斯洛维克也用他生态批评家的口吻表达了生态批评作为文学活动的公共事务特性。他谈道："文学是一面透镜，我们通过它能够加深对世界上最重大问题的理解——而文学批评就是对我们所理解到的加以阐明。'文学批评家'并非被隔离在文本分析之内，而是可以不受局限地挺身而出，就公共事务表明立场，或是讲述关于生活的故事。"②斯洛维克又谈道："生态批评家若想做真正有意义的事——而不止于通过喋喋不休地制造不忍卒读也没有人读的、关于纯美明晰甚至雄辩动人的文学作品的评论来保住自己的饭碗——便应该在解释环境文学如何表达、表达什么等问题时，能够比作家本人为读者提供更宽广、更深沉且或许是更明白晓畅的文字说明，而作家往往会沉浸在其自身特定的

---

① ［美］劳伦斯·布伊尔：《环境批评的未来：环境危机与文学想象》，刘蓓译，北京大学出版社 2010 年版，第 24 页。

② ［美］斯科特·斯洛维克：《走出去思考——入世、出世及生态批评的职责》，韦清琦译，北京大学出版社 2010 年版，第 8 页。

叙事之中。"①

八　走向太阳伦理的生态批评

生态批评并非局限于文学活动本身，而是以文学为园地来参与的，或者说将文学作为中介，极大地展开羽翼，其融括性，其波及的领域及论域也蔚为宽广，甚至会不断拓宽视阈及辐射领域，会不断完善并最大化地发挥批评的效力。

布伊尔曾言："作为一个极为开放的、仍在对其前提和组成力量进行厘清的运动，当前的环境批评正处在紧张而值得羡慕的位置。"布伊尔还认为，环境批评的影响不断增强，它联合的范围广泛，担当的责任也是多方面的，且特别具有吸引力。不断增强的批评意义上的复杂性，也使其更具专业性，其内部层次更加丰富。② 不可忽略的是，生态批评作为一种"全球性运动"，会跃迁出地域、国家、民族，甚至是跨越历史及文化的限定，而广采滋养，广收资源，且最大化地挖掘历史文化层面的累积，并拓展视阈及效力影响的域界。当前，有西方学者用"生态世界主义"及"环境世界公民"的命名，来言及这种"生态"的全球运动及全球化趋向，并作为全球范围内新的文化交流方式，这也使环境运动被赋予了新的且富有想象力的生态空间。有的学者也表达了"去地域化""超越地方"的思想。在美国学者海瑟（Ursula K. Heise）那里，"这样'超越地方和国家的环境连盟'的考虑，不仅可以更正确地了解在第三个千禧年的个人与社区是如何居住在一个特定的地方，也可以提供一个更细微的理解来看像寓言或拼贴式的美学形式是如何提供一个全球环境的想象"③。这也是生态批评之所以能超越文化界限，将普照的光辉播撒于大地与人的生存与

---

① ［美］斯科特·斯洛维克：《走出去思考——入世、出世及生态批评的职责》，韦清琦译，北京大学出版社 2010 年版，第 35 页。

② ［美］劳伦斯·布伊尔：《环境批评的未来：环境危机与文学想象》，刘蓓译，北京大学出版社 2010 年版，第 31 页。

③ 张嘉如：《当代美国生态批评论述里的全球化转向——海瑟的生态世界主义论述》，《鄱阳湖学刊》2013 年第 2 期。

发展的重要原因。我们可借用英国后现代宗教哲学唐·库比特的"太阳伦理"来描绘生态批评这种视阈拓展的必然性。在库比特看来，太阳式生活以不同的方式超越了传统的二元区分，用太阳来比喻是很有吸引力的，因为这其中人们会发现自我和世界之间某种相互性与伙伴关系，以及共享的特征。他认为，我们是世界的，世界是我们的，我们和世界都是倾泻而出的，彼此成就对方，也就是说，在我们自己的生活中，世界倾泻而出，并得以完成，变得美丽。库比特说："这个世界是持续外泻、自我更新的，符号撒播的能量舞动着世界，我们的生活完全沉浸在其中。打个比方，这个传播的世界，就像烟火表演。一切事物是那么短暂而热烈，以至于有一种几乎静止的假象，这是一种非常强烈的美学效果。所以，以泉水、太阳这类极具爆发力的意象作比是很贴切的。""这个世界就像一团火、一眼泉，是一股不断向外倾泻、自我更新、完全偶然、无外在性的，表现为符号的能量之流。而且，我们完全沉浸其中。我们应该快乐地投入生存之流。我们应该给予，给予我们的全部，给尽我们的一切，直到放弃我们的一切，变流失为奉献。"① 泉水、太阳不只是意象，也不只是作比，更在于人就融于其中。

　　生命之源、之本，恰恰是有了泉水及太阳的惠施及"奉献"，才有了地球万物，才使我们和世界有机交往互动而得以互为"倾泻"。事实上，走向太阳的生态批评就是在诠释及形象、审美地绘制着这种"走向"。

九　探索"新纪元"境域的生态批评

　　文学活动、生态批评必然联手人的多种多样的活动方式及对自身生存与发展的关注领域，以协同完善人类的生态责任；明晰及其确证人、人性、人生，抑或"人力"的根本特性及延伸脉络，并"合力"谋划推进人的永续发展的重要策略，促发人们共同行进"生态纪元"，共同参与建设。

---

　　① ［英］唐·库比特：《太阳伦理学》，王志成译，浙江大学出版社 2009 年版，第 11、17 页。

"生态纪元"是美国的文化史学家、生态思想家托马斯·柏励提出的。柏励这样说:"人类以相互促进的方式居住在地球上。我把这个行星星球生命生存的新的方式称为生态纪,这是继古生代、中生代、新生代之后的第四个生命纪元。"① 柏励还指出,在这种新生代向生态纪元转变的过程中,地球的整体功能正在发生着改变,而人却是在新生代发展完善后,才开始存在的。在生态纪元中,人类促其产生,且将会对每一件事物产生深远的影响。人类对生态纪元的保护,对生命体存在的保护理应源自人类自己。这种"新纪元"的宏论,尽管尚须确证,但却是我们必须慎思,且不可绕开的学说。的确,在地球演化的漫长路途中,与人类遭遇,抑或是人类在地球"肌体"上不断占据着"霸主"的位置,或者是确证人类的"生态位",如此等等,都不可忽略这样一个极为重要的问题,即人类的意义何在?地球的意义何在?在 10 年前,笔者亦曾依此说表达过一己之见:"不论是作为假设,还是终将成为事实,如若生态纪元能够存在,那么,它将使地球成为意义性存在,或者是转换地球在新生代纪元中那种被动性的存在而成为主体性的存在。但不论是被动的还是主动的,地球作为意义及主体性的存在必然是针对人的存在而言的。也就是说,只有人类充分展示了自体存在的意义——意向性,充分完备及发挥了人在新纪元产生中的地位,并对新纪元的产生起到积极的作用,才能够展示人类的意义,并进而显现生态纪元及地球的创造性意义。"②

鉴于人类对地球形态、化学及生物学的改变,也有科学家从地质年代角度提出"人类世"的说法,即"一个由人类活动所主导的时期"。这一理论于 2000 年,由一个专家小组提出,该小组成员包括诺贝尔化学奖得主、大气化学家保罗·克鲁岑(Paul Crutzen)等人。科学家们认为,人类对地球的损害也许将导致地球历史上第六次大规模的物种灭绝,成千上万的动、植物将被彻底摧毁。这一被称为"人类世"的新时代很可能成为第一个由单一物种所主宰的地质时期。莱斯特大学的

---

① 见〔美〕托马斯·柏励:《生态纪元》,李世雁译,《自然辩证法研究》2003 年第 11 期。

② 盖光:《文艺生态审美论》,人民出版社 2007 年版,第 447 页。

简·扎拉斯维奇（Jan Zalasiewicz）认为："人类如同坐在灾难性大灭绝的列车之上，其规模堪比地质史上前五次的物种大灭绝。"① 国内学者刘学等人指出："人类世的概念是在人类活动引起的全球性环境问题日益突出的背景下提出的，强调人类活动也是一种重要的地质营力，其对地球改造的程度与后果足以与传统意义上的地质营力（地震、造山运动等）产生的影响相匹敌。""'人类世'议题的真正价值不仅仅是划分一个新的地质时期，而是当前该如何恢复并保持人类与自然的和谐发展。"② 事实上，不论是"生态纪""人类世"，还是"人类圈"等诸种高论，实际上都是围绕人的存在，人何以能够是生态有机性的、优质化的生存，或者是基于确证人类的"生态位"，或者是出于对人类向何处去的深度思考而展开的。文学活动及其理论、批评，不可能脱离于此。我们不必求全学理上有多少科学的、理性的深究，但张扬文学体验的魅力，或者通过文学对社会、人生的品鉴及创生性魅力，而不断地与诸多学科协同确证，则是可能的，也是必须的。

"生态问题"牵引着历史与文化演进的多重脉线，并交织在 20 世纪后半叶，推进至 21 世纪。被不断延伸的生态主义，作为一种世纪性"焦点"，在不断促发人的生态意识、环境保护观念的同时，对人类自身何以能够在"生态有机"条件下生存与发展给予深思。生态文明以建设性、和谐性及整合性对上述所论及的一切问题给予深度关注，就成为历史的必然。生态文明全面观照人类文明/文化的演进，既有机、合理地整合人类文明演化中的一切积极元素及成果，又旨在表征及其构建人类未来文明的基本走向。生态文明导引生态批评，生态批评必然会为生态文明建设提供策略、方法、融通条件及精神调控机制。

---

① 见邓雪梅编译《人类世——新人类纪元》，《世界科学》2010 年第 5 期。
② 刘学等：《关于人类世问题研究的讨论》，《地球科学进展》2014 年第 5 期。

理论篇

第一章　生态批评的表达路线

我们研究生态批评，并拓展及延伸其文学阐释视界，不只确证人何以呈现出"生态存在"，更要通过文学活动而言及人的生存，关注人何以能够在生态条件下生存。"生态"以自然运演、生命活动的循环性状态，显示有机性、节律性，其诗意性也由此而生。布伊尔在概述"生态批评"术语时称，这是"用来指具有环境倾向的文学与艺术研究（艺术研究相对少见），也指为这种批评性实践提供支持的理论"。布伊尔认为，生态批评这个术语还有一个内在优势，即"那些集中研究艺术再现如何看待人类和非人类复杂关系的工作，有着在隐喻与科学双重意义上进行生态思考的倾向"[①]。不可否认，生态批评的表达路径理应是宽广而多向的，且蕴积着诗意性，既须超越文本限制，又须归复"万物一体"的生存现实。

第一节　生态批评的价值性、公共性及诗意性介入

文学活动需要有机性、审美性地体验人的生命机能，介入如何调适且提升人的生存质量问题。人的生存既需要生命的整体性、有机性调适，需要个体与社会、人与自然间的有机性关联，更需社会道德、精神文化及审美化表达。这一切是现实而具体的，也是精神的；既要

---

① ［美］劳伦斯·布伊尔：《环境批评的未来——环境危机与文学想象》，刘蓓译，北京大学出版社 2010 年版，第 151、145 页。

有生态有机性表达，更需理想性及未来性确证。当其以文学现象被映衬、活化，并被阐释、评价，或被日常生活化、被境界化及审美化，且进行价值评价及理性确证，继而予以诗性表达及韵律性展示时，文学活动就具有生态性特点。

一　生态批评的价值性

我们把握生态批评的价值，须依据生态价值和生命有机性的生态基础性条件，体认其如何向人的一切活动延伸，如何能够引发情感、艺术、审美化地探求并表达人在生态条件下的生存问题。

（一）生态价值与生命价值的有机性

人的生命活动及价值必须在有机—过程的运演节律中呈现。这其中，人的生命的活化及永续存在，不断成就且丰富着人的生存特性。罗尔斯顿说："生态价值对人的价值体验施加着积极的影响。但它们似乎仍是独立于此时此地的人而存在在那里的。"① 如果说生态价值是宇宙自然循环交往及创生生命的运演过程的话，那么，生命价值就在其中构建起万物间的生态有机关联，运演过程、节律是亘古连续的，是永续的，是永久不可改变的。由此而呈现出的"万物一体"性，所创生出的"天地人"之间的关联性，即为有机的，也是过程性的。我们可将其构建为一个生态/生命有机—过程的事实存在及概念模式。

（二）由生命价值到人的价值

作为生命的存在，人的活动首先表现的是生命的价值，并且与自然万物共享地球生态共同体为其所提供的资源和滋养。但人的生命价值与自然生态中其他生命种群的价值又有着明显的不同，这首先就在于对地球资源及滋养的获取方式不同，由此表现出对自然生态、对地球家园、对其他生物种群的态度及交往方式的不同。我们可以从这样几个层面观览人的生命特性及价值表征：其一，人在宇宙自然的生态

---

① ［美］霍尔姆斯·罗尔斯顿：《环境伦理学》，杨通进译，中国社会科学出版社2000年版，序言第4页。

运演中以自然万物的有机关联为根，既确立自己的地位，又凸显自身的特性。其二，人既以理性与意识、精神及德性，又以情意化、审美化调适自身的活动而表现出人的价值。其三，人对自身的活动给予文化重释、评价、确证，也意在表征超越性及未来性。其四，人依据一定的目的，而积极主动地关爱对象，关爱自然及"他物"，使人类的"大爱"惠及地球家园中每一个"机体"。

（三）由人的价值到审美价值

审美基于生命的存在，审美活动源于生命活动多样性及斑斓色彩，审美价值也必然源出于生态/审美有机—过程的价值呈现。审美价值的复杂性也必植生于有机—过程之运演状态的复杂性。当审美运行于生态/生命有机—过程中时，其观览的对象就不仅仅是某个自然物，或者赏阅某种自然现象，而是在有机—过程的整体中，在系统中，跃动于活动的整体有机性，在万物有机关联，在其网络交织中建立审美关系。这时的生命必然呈现出生态性、整体性、有机—过程性。在有机—过程运转中，审美跃动于生命，且挚爱着生命，审美价值又必然是表达爱意的价值。这时的"爱"，不止于人的自爱，更在于对万物之爱，对地球家园之爱。

（四）由审美价值到生态批评的价值性

生态批评作为文学活动，也是一种审美活动，是不离生态/生命/生存/审美的文学活动，且不断延伸、拓展着文学视阈，其文学及审美之境必然依生态价值和生命价值的有机条件，方能富有有机性及活力，方可使其价值与审美呈现出无尽魅力。较之一般的文学活动，生态批评更显出一种复杂性存在，其内容含蕴多向、多层次、多角度。具体说来，生态批评是文学与审美、生态与生命、自然与人、实在与有机、躯体与情意、个体与社会、文本与现实，甚至包含跨地域、跨文化、跨民族的多样及多向度的交融而形成的文学活动。作为文学活动的审美生成而言，其价值的合成及发散必然呈现出复杂性，其中有自然、生态、生命的本来，或"真性"；有人的情意、精神、文化，或转换、提升；有理智性、学理性及想象性；有肯定性，有否定性；有批判的，有畅扬的；有反思的，有确证的，有重释重建的；有文学性、艺术性，有社会伦理性；有间性、际性，有互文性，有交往性；有内向性、内倾性，有外向性、外化性；有历史性，有现实性；有未来性，有代际性；有时间性，有空间性；有地域、区域及种族性；有文化传承性；有显性的，有隐喻的；有本土的、民族的，有他者及跨文化的；有性属及权利的，有族类及褪去殖民性的，如此等等。这使得生态批评的有机合成所成就的审美价值，呈现为复杂性构成，而其复杂性必然是植生于深层次的生态价值，且跃动于被生命机能激发的身体活动中。生态批评的审美复杂性由自然/生态/生命运演的有机序列及多样性作为"本"，呈现出复杂性及有序性；以人的活动及提升序列呈现出复杂性及有机延伸。

生态批评作为不断拓展的文学现象，不可能不基于生态价值功能指向，更不可能脱离生态创生。生态批评的多样性、复杂性意在展示"创生"的多样与复杂，那么，当其融入人的活动，建基人的生命有机性及多重关系的和谐性时，当其归位及活化文学及审美时，必然显示出人的魅力体验的多样及复杂。

二 生态批评中文学想象的公共性

文学活动面对"环境问题"，进行审视、评价乃至反思与批判而成就了生态批评。"环境问题"既是 20 世纪人类的公共事件，又是人类活动行进于此，必然产生的一种公共性反思和评价。尽管这是一种后发现象，但之所以会引人多加关注，参与者甚多，而非议者也不乏其人，是因为它的阐释视阈关涉了全球范围内人的生存的公共性问题。

（一）生态批评作为文化批评

所谓公共反思就是人类反思自身活动，面对自身作为地球公民的行为，对自身价值确立及何以能够还原生态生存的方式，也对人类文化存在方式给予重新思考。作为后发现象，反思及思考引发了全球人的关注，参与者甚多，非议者也不乏其人。其原因就在于这种关涉全球范围内人类生存的共同性及公共性问题，也是人类文化的存在问题。在这种意义上，生态关注、生态主义等作为一种文化现象，生态批评作为其中的一个重要领域同样会显示出文化批评的特点，因为公共性本身就具有文化批评的特点。陶东风认为，"公共性"不仅具有特定学术话语及书写规定，而且使得文化批评超越了狭小的专业圈子，其文化批评家不仅仅是专家，更是公共事务的公共知识分子。①生态批评的公共性，是可以具备这种文化批评特性的。生态批评尽管冠以"生态"头衔，并由自然、生态、生命到人的生存，再到文学与审美，但终归会呈现出文化批评的特性。

（二）生态批评何以成为公共事件

"环境问题"的公共性主要是因为它影响及危及的不是某个生命个体，某个地区、国家及民族，更会危害人类整体及地球共同体的整体存在，危及的是"万物一体""参天化育""冲气为和"的有机过程。生态批评作为西方世界"绿色"运动的一股力量，尽管并不显得十分强大，但其辐射面似乎更广阔，所涉及的问题似乎更加深刻，观览的事实似乎更形象，其原因也在于文学特性及其作用。文学的特殊性及最具魅力之处是其生成及接受的普泛性，一方面，文学之于自然、生命及审美的生成是基于地球这个人类共同的生存基础，因而在接受境域中，人们最易感悟及促动，并产生共有性效应；另一方面，文学生成与接受效应的跨地域、跨文化特性，文学对自然、生命及人性的绘制，对于地球人的活动来说会有似曾相识之感。文学以其形式自如，体式多样，对生态主义思想的多重内涵及指涉给予延伸与丰富、直观及实践，其理论与创作、历史追溯、田野体验共融，既沿袭古已有之的自然书写、田园体验、山水情韵，乃至乌托邦创制，也有环境及景观审思，又有直接彻悟危机之因、评述人性、传达爱意，不仅能介入时政，而且直视人如何能在生态条件下有机、和谐生存的问题。事实上，文学的特性及魅力有着人类活动（躯体与物质、精神与文化、情感与审美）最具共同点的连接方式，也是最具人类活动的公共性及共同性（甚至包含地球生命的"万物一体"）的文化存在现象。生态批评作为文学活动出现，其生态与文学的有机合成，使文学

---

① 陶东风：《论文化批评的公共性》，《文艺理论研究》2012 年第 2 期。

的共有性及公共特性表现得更加明晰。因为"生态"不仅是个体生命存在现象，也是人类整体，是地球生命共同体的共有活动现象，以万物多样及复杂的关联方式而生成"万物一体"。文学以"生态"观念及体验介入人的生命活动的多样性及一体性结构，其关注、指涉、阐释、评介，甚至反思与确证，就不可能限于文学文本，而必须越界，并在广阔的视阈中显示人类在地球有机体中的活动方式及特性。

（三）由问题及生态压力形成公共性

生态批评的生成及运演效应不可能仅仅局限于文学活动及产生的文学效应，或者说，其效应具有巨大的放大空间，其融汇在自然、社会、经济、文化的复合且复杂的生态系统中，去印记生态、生命、生存的走向，并以文学活动样式有机调适着人的社会、文化及精神性体验的"生态阈"。生态批评从发生之初到产生广泛影响实际上都极大地关注着人的生存问题，意在探究人何以能复归诗意生存的公共条件。事实上，不论是问题意识、生态压力、资源短缺、环境污染、人口膨胀、精神困顿，还是在新的生态条件下所显示的经济、文明变化，其存在不只是个体、个案及地域性的，甚至不只是某个国家、地区及民族的，而是人类整体的，作为地球生命有机体的共有事件，会直接影响人类的永续发展，显然，这是公共问题。生态批评关注的文学现象必须指涉这一系列问题及事实所造成的公共问题，并给予价值评价。文学是最全面、最直观、最形象、最富有情意、最具有美感特性的人类活动方式，对问题和事件的表达更显示了这一系列特点。作为文学现象的生态批评的情意体验、价值评价、理论阐释也必然会影响这种公共性特点。当年，美国科学家蕾切尔·卡逊的《寂静的春天》，就以这种视野揭示了人类活动所造成的公共事件，挽救了几近面临生态危难的人类。我国当代作家徐刚的《哦，伐木者醒来!》围绕伐木这种亘古传承的生产、生活方式，痛惜家园及滋养的毁灭，警示世人必须眷恋生命、绿色。对于那种征服自然、改造自然的人类事业所造成的危难结局，徐刚也以一个文学家及公共知识分子的生态良知和责任，充满形象、直观、情意地给予审美化及警示性表达，更理性地传输了我们应该坚守何种公共价值，应该如何保有我们的生态家园。之后，徐刚创作了一系列作品，尤其是在近年来《长江传》《地球传》《大山水》《大地书》《大森林》等诸多作品中，既以富含理性的话语表达，又融进磅礴的激情和浓郁的诗意丰厚着这种家园情怀。我们还应该对陕西作家钟平的《天地之间》及《塬上》两部长篇小说给予极大关注，这不仅因其可被称为真正意义上的生态小说，并且该作品通过破解发展与保护的矛盾缠绕，以"建"或"重建"的文学叙事，旨在表达一种"生态乌托邦"的实现过程。尽管作品不乏英雄救世的影子，但却有着强烈的现实冲击感，其对命运的坚守，对"美丽生活"的向往，不仅蕴含着一定的"救世"感，而且通过浪漫情境的设置，作为一个范例让人们看到了希望。《天地之间》以"天赐湾"，《塬上》以"塬上"这个地域所展现的地方性变化为叙事视角，依循体制、机制的转换及转型，通过孙大地、袁尚武等系列性人物的个性化张扬，且带有一定典型性人物特性的塑造，展示了节能减排、关停并转等环境保护策略的实践，既书写着自然及地域的美丽，更表达了为人们带来美好生活的责任与良知。新世纪以来，"可可西里"渐入人们的视野，这个"美丽少女"的躯体，这块地球上最后的洁净之地被"狼"性的人欲踩躏着、污秽着。诸多的作家及社会各界人士以强烈的人类责任感，以公共知识分子及社会人的良知植生着一种"可可西里"情思。在长篇小说方面有杜光辉的《可可西里狼》、华文庸的《可可西里的哭泣》；在散文创作方面有王宗仁的《为什么可可西里没有琴声》，欧阳荣宗的纪实亲历《梦断可可西里》，金雅的剧本《可可西里冰河》，等等。诸多绘制可可西里的纪实性作品，都以创作者的亲身经历表达着这种家园感及爱意。陆川的电影《可可西里》振聋发聩，既撼动着整个世界，也不同程度地拟制着欲望性的消费观念。生态批评面对这些文学现象，显然不可能只是缠绕在文学描绘及情感促动中，也不只限于个案解析、阐释及评价上，而必须由此延展及拓宽深思的范围，对人类共同事业给予有机的整体性把控。

（四）作为文学想象的公共性

文学艺术活动（创作、鉴赏及批评）借力于文学想象，将个体生命及生存体验进行放大，情感想象飞动，纵横交织，汪洋恣肆，无尽地连接及串接着万物生命于一体，于一域，并转换为自然、社会与人的存在及精神活动的公共条件。文学研究者及评价者会将这种公共性作为对象及阐释条件，且转化为对万物多样的伦理关注及爱意呈现，既作为人的活动的公共形象而评价，又给予理论确证。美国学者玛莎·努斯鲍姆说："文学想象是公共理性的一个组成部分，但并不是全部……事实上，之所以捍卫文学想象，是因为我觉得它是一种伦理立场的必需要素，一种要求我们关注自身的同时也关注那些过着完全不同生活的人们的善的伦理立场。"① 应该肯定，文学由个体体验到社会产物的转换，继而产生公共效应，它对"善"的表达无疑是重要的资源内容，并且还会起到中介性作用。我们可就布伊尔所谈的美国的生态想象来延展这种思考，他认为："美国生态想象理论在唤起自然历史的某些方面（动物、鸟、植物，以及它们的栖息地）和在想象乡村的许多地区文化方面，像它们的地理、地方感等方面，也是十分丰富的。"② 布伊尔将此称为"当代文艺复兴"，其中实践且延续着西方学者善于运用的诸如景观想象、隐喻想象、纪实与叙事等方式。近年来，在我国的文学创作领域，以动植物为形象主体的文学想象成为一个非常重要的文学活动事件，其中"狼"意象的创设对人的精神和心灵撼动是最为重大的。这其中，创作者不只是单面地绘制狼作为自然生物的几近绝迹，也不只以狼的危难境遇来映衬自然生物的悲惨命运，更在于以此来评判那种泛滥的人欲所表现出的"狼"性。杜光辉的《可可西里狼》就是这种人欲之"狼"性的写照，而王勇刚则是其代表。新时期以来，"最后"成为文学事件中出场频率较高的词语，出现了诸多以此冠名的作品。陈应松《豹子最后的舞蹈》颇具文学想象的生态表达，且富含寓言特色及象征性，其中他绘制的豹子家族与猎人家族的灭亡更具震撼力。陈应松谈道："我发现自然界的生存法则真的是非常残酷的，我们对大自然的破坏也是非常

① ［美］玛莎·努斯鲍姆：《诗性正义：文学想象与公共生活》，丁晓东译，北京大学出版社2010年版，第7页。

② 岳友熙、［美］劳伦斯·布伊尔：《美国生态想象理论、方法及实践运用——访劳伦斯·布伊尔教授》，《甘肃社会科学》2012年第5期。

严重的，不可逆转的。然后我就回来写《豹子最后的舞蹈》。我是怀着义愤，讲最后一只豹子是怎样死亡的。"① 基于这种严酷的现实，且又想象性地绘制这种最后境况是陈应松独有的动物叙事策略及特点。

（五）文学"善性"的表达及公共性

文学"善性"的表达本身就是宽泛的，且是具人类整体之广阔视阈的公共性存在。生态文学及生态批评所含蕴的文学的"善性"，理应依据广阔的辐射性，直射人的精神心灵，影响人的身体活动状况。其公共性展示辐射于人类自身，更深层关注着地球生命有机存在的整体，因而其"善"的内容是丰富的，呈现且串接着人与自然、人与大地的生态共荣，成为惠及"万物一体"的伦理之善。这不仅有当代人的善性，而且还表现了代际的善性，最起码要涉及当代人理应为后代人留下能够让他们生态有机地生存的条件、资源及滋养。我们拓展"善"的阈限，祈望人类对自然万物，当代人对子孙后代的态度必须是善性的，还会通过一种诗意性态度，回归人们的诗意体验及诗性生存。要确证这种公共理性，我们须强化"善性"表达的公共理性内涵，其中最主要的是育就一种自然的生态权利回归的理念。我们必须承认，回归不是人的馈赠，这既是生态伦理性的权利自主及修正，更需我们明晰自然权利的本有状态。纳什是美国环境伦理学的重要学者，他也指出："伦理学应从只关心人（或者他们的上帝）扩展到关心动物、植物、岩石，甚至一般意义上的大自然或环境。思考这个问题的一种方式，是考察伦理学从关心人类特定群体的天赋权利到关心大自然中的部分存在物或（某些理论家主张的）所有自然物的权利的进化过程。"② 布伊尔称自己的研究是一种"生态记忆"，其叙事的形式证实了环境的重要性，他还用"代际生态记忆缺失"这样的词组来凸显这种研究。布伊尔还明确指出，这种研究"由科技社会

---

① 周新民、陈应松：《灵魂的守望与救赎——陈应松访谈录》，《小说评论》2007 年第 5 期。

② ［美］罗德里克·弗雷泽·纳什：《大自然的权利——环境伦理学史》，杨通进译，青岛出版社 2005 年版，第 3 页。

的快速发展导致的，因为发展和这样的帮助会促使生态属性和公民权利的形成，更加恪守民族的道德和更加具有自我意识"①。生态批评在以其形象丰富的话语表达这种公共性时，也需有针对性地对诸多学者及公共知识分子产生影响。斯洛维克在谈到如何表达公共政策与生态批评的关系时这样描述道："我们必须帮助那些在政治学、经济学、法学及公共政策领域内辛勤耕耘的学者，使之走出这些领域里的约束性话语并能够欣赏价值含义丰富的故事与想象的语言。"②

对生态公共性的把控，或许也会作为一种意识与观念。洛夫在论及如何重新认识人与自然之关系的"新诗精神"时就说："在未来的世纪，随着环境与生态压力的增加，这种新的意识可望进一步激发诗人的生态意识与语言创新精神。"③ 这表明，当以文学及审美活动作为表达方式时，就会还原诗意，创生一个目的性求索的路径，且会介入人的生存。

三 生态批评对人生存的诗意性介入

以文学与生态合体介入人的生存，必然彰显人与自然生态有机关联的诗性节律。文学与生态的共有特性：一是游刃于生命有机—过程性中，二是解谜人与万物何以共享多样性、共生性的盛宴，三是共同依循生命运演的节奏、韵律的艺术表达而介入人的生存。其不同之处在于，一方更具情意体验、话语创新及审美拓展，一方则驻足于生命的实在及关联。生态批评的介入性，除了文学写作活动的介入方式外，还需有生态性的牵引，使批评活动协同创作的体验、阐释、提升而综合性地介入人的生存。这不只是文学活动本身的接续及连续性表达，也呈现出生命有机性的连续性、过程性及循环性的走向。当批评

---

① 岳友熙、〔美〕劳伦斯·布伊尔：《美国生态想象理论、方法及实践运用——访劳伦斯·布伊尔教授》，《甘肃社会科学》2012 年第 5 期。

② 〔美〕斯科特·斯洛维克：《走出去思考——入世、出世及生态批评的职责》，韦清琦译，北京大学出版社 2010 年版，第 143—144 页。

③ 〔美〕格伦·A. 洛夫：《实用生态批评——文学、生物学及环境》，胡志红等译，北京大学出版社 2010 年版，第 37 页。

在介入、参与中调控人的生态有机性生存时，必然期望有生态/生命/生存接续的审美过程而优化人的生存①。用阿诺德·伯林特的话说，"艺术家迫使我们意识到进入艺术世界需要整个人的积极参与，而不只是心灵的主观投射。这种介入强调联系和连续性，它最终会通向人类社会的审美化"②。用"介入"来阐释、显化生态与人活动的有机节律及过程，意在体验、发现且"显魅"生命的本真。

（一）　生态批评之价值存在及介入性

我们将生态、文学与人的生存问题进行同体研究，最终是由文学价值来综合呈现生态价值、人的价值而至审美价值的。这其中"生命"作为必要条件，作为"万物一体"的交往基础，其多样性、有机性即成为万物间的连接中介而凸显其价值存在。生命是人的存在基础，是人进行多样交往、关联的中介，也成为文学活动的基础，成为文学交往、文本互通以及跨界传播的基础。这里，"生命"呈现为几重关系的必要条件，即生命是文学的基础；文学是生命的活化及精神性提升；生命的精神性提升及境界性融入必然会丰厚人存在的意义及价值。这几重因素的根本性条件是生态与诗意性。这表明，生态必然是诗意性的存在，而"生"及"生生"的节律既蕴聚诗意，更成就诗学精神。生态的诗意性因于宇宙的宏阔、永恒的节律性运演，太阳、地球的运转，季节、节气及昼夜转换，到生命共同体及每一个生命个体的细微运动，甚至微小的细胞，都依循着一定轨道、节奏，且循环往复，永远不会变异。大到宇宙空间，小到生命的细微动律都会相互缠绕、"间性"交往。这就是生态的本来状态，也是生命活动的本来状态；既是生态价值的本根，也呈现出万物之互为"介入"的条件。这种轨道运转，节律循环，其有序化、韵律化，且不断转换性流行，既促成生命的有机—过程性，也使生命活动起来。哪怕是最细微的生命运动、变化、转换，都体现着序化、韵律及节奏、循环状

---

① 盖光：《生态境域中人的生存问题》，人民出版社 2013 年版，第 85—114 页。

② ［美］阿诺德·伯林特：《艺术与介入》，李媛媛译，商务印书馆 2013 年版，第 42 页。本书译者将作者译为阿诺德·贝林特，这里，引者取其目前学界已经通行的译名。下同。

态，作为运行着的有机—过程性，亦呈现出互为"介入"的过程表达。事实上，人的活动（身体、精神、心灵）、文学艺术，尤其是诗歌的节奏、韵律，其源起点及参照必然是生态化的轨道、节奏，因其有序化、韵律化的有机状态，或因于"内在价值"。当用文学来表达生态与人的生存时，文学对于生命的活化、精神性提升及境界性融入，丰厚人的生存的意义及价值，绝无法脱离这种"内在价值"。

（二）生态批评之共荣性及介入性

从人的生存活动角度看，"共荣"性实际上也体现出一种公共性，其意是表达在生态境域中"万物一体"而共生共荣，相互介入，自然万物相互参与，转换形态，交换能量，互惠互利。其中，每一个生命有机体都会承接公共性、连续性及介入性的条件。文学魅力得益于人的活动的共荣条件，人的活动状态得益于生命活力，生命活力亦得自于有机、共荣的生态有机—过程性。人从事社会、经济、文化及精神活动，能够体验审美及艺术的基础就在于生态、生命存在的有机关系及节律性。文学活动表达这种生态存在状态，必然依据生命多样性及万物间的参与、介入。你中有我，我中有你的"间性"交往，便显现出文学的参与及介入，既突出其审美的社会程度，也执守其公共责任。我们深究人何以能生态地存在，就需沿着生态本根，演绎节奏、韵律，以至深地把握人的生命有机性，借力于审美及文学艺术之本根性的体认而通达"万物一体"之境。尽管人的活动延至今天已经有了超常的发展，但人却难以脱离自然之身，人的一切活动的展开，必须借力于自身自然有机体的中介作用。正因为有一个活的躯体，才使人能够依循生命的节奏、韵律之动，而有机、亘古地联系及连续性地运演；正因为有了审美与文学艺术，才使这种运动更具魅力。

（三）生态批评之公共责任及介入性

"介入"对于生态化的文学及文学的生态化，将文学沉降到本根状态而掘井及泉，也会还原文学的应有之意；既着力揭示人的活动对生态有机状况的深度影响，更须告知世人，应如何守持公共责任，调控中介肌体，融入"万物一体"。比如，"水"是生命肌体时刻不可缺少的生态存在，寻水、用水、节水、净水，以水植生文化，融通人的交往渠道，不仅能构建人的德性及精神品质，而且"水"成为一种最为重要的交往（人与万物，人与人，乃至跨文化）中介。老子言"上善若水"，既言及水的德性及善意，更明晰了水对生命的基础性意义。水作为与"万物一体"相交融的"中介"，负载着生命演绎状况，也成为文化境况的标识，成为当下一个重要的公共性"符号"。汪泉的长篇小说《西徙鸟》以"水"为叙事中心，由缺水、枯水、找水的过程表达一条迁徙之途，其中布满了伤心、丢弃及流离失所。小说充满了对"生"的渴望，但却揭示了谋生的艰难及坎坷。汪泉在"后记"中慨言，他要将小说"献给我不断迁徙、不断谋求生存的父老乡亲"。他认为，生态文学要担当"关注"的重负，"不单单靠文字的华丽和想象力的丰富能够胜任的，更要靠我们对生态恶化地球的最大关注，对生灵的博大的爱，和对生态灾难地区的深刻体验。或许一棵草的死亡就足以让我们警醒：生态告诉了我们什么？我们应该以怎样的笔触来告诉读者？"① 不断地迁徙，抛弃家园，不只是节律、轨道的偏离，不只是文化守成状态的变异，更会深度影响人的生态生存。"介入"对于生态批评，不仅阐释文学的这种公共责任，参与叙事，而且须将"责任"放到生态运演节律及人的未来发展中，在生态有机—过程的连续之状中审视、确证。

（四）生态批评之诗性阐释及介入性

作为一种新近产生的文学阐释现象，生态批评往往会面对多样化且既成的文学现象及阐释原则，以其生态有机关联性的诗性体验及话语表达方式给予重释，或许也会回归本源及本意，并显化"真义"。"介入"对生态批评阐释机理需要有整合、突破及重建的智慧性蕴藉。唐释皎然《诗式》开篇之序云："夫诗者，众妙之华实，六经之菁英。虽非圣功，妙均于圣。彼天地日月、元化之渊奥、鬼神之微冥，精思一搜，万象不能藏其巧。其作用也，放意须险，定句须难，虽取由我衷，而得若神授。至如天真挺拔之句，与造化争衡，

---

① 汪泉：《西徙鸟》，敦煌文艺出版社 2009 年版，第 282、283—284 页。

可以意冥，难以言状，非作者不能知也。"① 诗得益于"众妙之华实"，诗性阐释亦必取材于"天地日月"之元，而"化"显"万象"；诗性即妙造于生态运演之状，其魅力亦在于"精思"及"生态想象"的飞动。在维柯看来，那种旺盛、生动的想象力，使人们以惊人的崇高气魄来创造，因而成就了"诗人"。维柯说："伟大的诗都有三重劳动：（1）发明适合群众知解力的崇高的故事情节；（2）引起极端震惊，为着要达到所预期的目的；（3）教导凡俗人们做好事，就像诗人们也会这样教导自己。"② 当然，维柯的这种释义并非出于生态体验性阐释，但却确证了诗的本有特点。"诗"呈现出人的创造性，也是生命有机—过程之节律性的表达和显现。生命即为诗性的创造，创造成就生命，且确证了诗性。创造、诗性、生命是人与自然的生态合奏，其诗意也通过多重"意"的合奏而汇聚。中国古代人赋诗、评诗往往会在小处见大，且将极微处的物象绘制，通过多重"意"的诠释，显示出"生态"意味的隽永。苏轼《汲江煎茶》云："活水还须活火煮，自临钓石取深清。大瓢贮月归春瓮，小杓分江入夜瓶。雪乳已翻煎处脚，松风忽作泻时声。枯肠未易禁三碗，坐听荒城长短更。"③ 水的多样之"动"作为"道生"之本，抚养万物，亦呈现诗性之状。此诗布满禅意，以水意象为牵引，又将全诗沁浸在水清与深情的动势中，清与情总是在物性及环境的意象合成中升华诗意，其意也因于"水"抚养、滋养生命之性与情，介入万物，显化串接万物关联的那种难以言尽的有机魅力。

万物有机的多重合奏及"间性"交往，促生万物，在人这里，并抒发其道性及德性的作用，呈现着诗性的生态表达。显然，这成为古代中国仁人君子们的一种理想性寻求。美国著名汉学家艾兰在分析水的这种道与德的本喻时说"水四处流溢与无意识地给万物以生命的意象"。她同时认为："君子要考察水、体味水，因为他所孜孜以求的

---

① （唐）皎然：《诗式校注》，李壮鹰校注，人民文学出版社 2003 年版，第 1 页。

② ［意］维柯：《新科学》，朱光潜译，商务印书馆 1989 年版，第 182—183 页。

③ （宋）苏轼：《苏轼全集》，傅成、穆俦标点，上海古籍出版社 2000 年版，第 539 页。

全部道德原则都含蕴于水的各种表现形式之中。"① 宋人杨万里《诚斋诗话》有诗评云："东坡《煎茶》诗云：'活水还将活火烹，自临钓石汲深清。'第二句七字而具五意：水清，一也；深处清，二也；石下之水，非有泥土，三也；石乃钓石，非寻常之石，四也；东坡自汲，非遗卒奴，五也。"② 事实上，东坡诗句中不只第二句含义多重，第一句的意味也非常了得。如果仅从字面阐释，两个"活水"之义，前者为煎茶之水，不活则茶无味；后者则指流动的活水，即钓石深清之水，必清澈，且会使茶味无穷。同时，活水活火与钓石、贮月、春瓮、雪乳、松风等意象的生命连接及融合，创生了这样一个有机整体，且呈过程性、连续性，乃至时空合成的生态图景。

生态批评面世于 20 世纪后半叶，但其所承载的生态/生命及人的生存状态的文学表达，乃至其文学体验的价值延伸及拓展，其本质的发现、理解、体味对于人的活动作用及意义，其充蕴的无尽情意与想象的情调却远非这个时段所能包容。

第二节　生态批评的体验性路线

生态批评跃动于文学体验，或者会将文学体验给予放大，放在生态/生命/生存的境域中去体，去悟，去思，去"建"。用中国古代人的话语来表达，这会引发人们彻悟"天人合一""万物一体""参天化育"，既彰显着多样共生的生命有机—过程性，又能以情感体验、飞动的想象及冷峻思考来成就审美体验，其综合、多样及复杂构成，最终归位于"生生"之链。

一　创生性体验
生态批评要守持文学、审美及生命体验策略，其所谓"创生"，

---

① ［美］艾兰：《水之道与德之端——中国早期哲学思想的本喻》，张海晏译，商务印书馆 2010 年版，第 35 页。
② （宋）杨万里：《诚斋诗话》，载丁福保辑《历代诗话续编》，中华书局 2006 年版，第 140 页。

也需要人的生命本源之气与精神之气进行主体性交融，且逍遥、畅游、交融、建设，以"践行"那种表征有机—过程的平衡状态。

首先，从人的生存"事理"看。董仲舒云："为生不能为人，为人者天也。""人之形体，化天数而成；人之血气，化天志而仁；人之德行，化天理而义。人之好恶，化天之暖清；人之喜怒，化天之寒暑；人之受命，化天之四时。人生有喜怒哀乐之答，春夏秋冬之类也。喜，春之答也；怒，秋之答也；乐，夏之答也；哀，冬之答也。天之副在乎人。人之情性有由天者矣。"① 董仲舒的系列阐释实际上是能够明晰那种"生态/生命"演化及人何以"化天"成性"事理"的。这种创生性"事理"表明，人、天地、万物的一切都须依循生态运演节律展开，都是有机—过程性存在，其活动是永久不可偏离"生态/生命"的运行轨道及转换节律的。人的创生性不止于被动地依循生态节律，更能于其中主动地调适自身的活动；不仅使之情意融融，并且能够不断地延伸、转换至人的活动各个方面，包括人的精神、心灵活动。汉代贾谊在《鵩鸟赋》中云：

且夫天地为炉，造化为工，阴阳为炭，万物为铜。合散消息，安有常则？千变万化，未始有极。忽然为人，何足控揣；化为异物，又何足患！小智自私，贱彼贵我；达人大观，物亡不可。贪夫殉财，烈士殉名。夸者死权，品庶每生。怵迫之徒，或趋西东；大人不曲，意变齐同。愚士系俗，僔若囚拘；至人遗物，独与道俱。众人惑惑，好恶积意；真人恬漠，独与道息。释智遗形，超然自丧；寥廓忽荒，与道翱翔。乘流则逝，得坎则止；纵躯委命，不私与已。其生兮若浮，其死兮若休；澹虖若深渊止之靓，氾虖若不系之舟。不以生故自保，养空而浮。德人无累，知命不忧。细故蒂芥兮，何足以疑！②

---

① （汉）董仲舒：《春秋繁露·为人者天》。本课题引述《春秋繁露》的经典话语，使用版本为苏与撰《春秋繁露义证》，钟哲点校，中华书局1992年版。此后只注明篇章。

② （汉）贾谊撰，阎振益、钟夏校注：《新书校注》，中华书局2000年版，第426页。

如果就天地万物之造化的"常则"与"事理"来言说人的"情理"，对贾谊所设置的这几种人格品质，我们也可以将其放大，而视其为一种人类品性，并且是带有"生态人"特点的品性。其"达人"大观，则"物无不可"；"大人"不曲，则"意变齐同"；"至人"遗物，则"独与道俱"；"真人"恬漠，则"独与道息"；"德人"无累，"知命不忧"。

其次，从中和两极方面看。人的一切活动方式必然归依创生性体验，且在"生"的不断生成、完善过程中明晰未来指向。创生推演人的生成与发展，不只在生态/生命转换节律中，也不只在社会整体及精神体验中，似乎都在找寻一种解决两极问题的方法而运行人的生存过程，以丰厚"生"的机能及魅力。在中国文化传统中，这种对"生"之创生及运演节律的把控，对两极之中和及融汇的体验性策略，有着丰富且极为精彩的滋养输入。中国古代人对有机性及过程性的表征，也在对"中""中和""致中和""执两用中"的操作中找寻节与度，又在探求一种循环、回归，因而其凸显生命有机—过程的转换性总会有一种节律之线的串接。不论是言天地，言四时，言节气，等等，都能归依"生"及"生生"的过程性而不越界。

最后，从文的自觉方面看。创生的有机与过程性，是"生态/生命"活动本真之状，理应是不为人的活动所左右的，也是"自然而然"的。在"气"的韵律动向中，在时空创构中通过网络性交织而实现。当其注入文学艺术活动中时，则是"文"充蕴着"气"的风貌，"韵"的游动，"律"的节奏，"言"的情性，继而促成"文的自觉"。中国古代人基于这种创生性体验而把握"文的自觉"，对其"事理"及"情理"的求解能够为生态批评构建一个阐释性的平台。在其中，"气"不仅是本有存在，而且是一种综合表达；"文"的活动，不仅注入生态之气，而且需不断输入生命之气，汇聚创生之气，同时也会呈现人的社会伦理之气，继而彰显"文之气"。事实上，"文的自觉"得自"气"的创生性自觉，而审美之根脉就在于"气"的涌动，以及由此游刃的韵之律动。这一切不仅会装点生态批评的表达线路，生发其内在的原动力，涌动活化出对生命精神的体验，进而创生其审美之境，而且必然为其注入阐释方式，使其"事理""情理"具备"生"的规定，起到显示统领主体的精神、意向、情感涌动的作用。

二 共生性体验

首先，从诠释生态律令方面看。诠释生态律令，"践行"有机—过程是人能够永续存在的基本条件，以"律令"而参透有机—过程，乃至节律、关联，从中悟解"共生"性，继而明晰"生"及"生生"之不息、之不朽。这不仅是生态批评的体验线路，而且是每一个地球人所应该守持的行为操守。卡洛琳·麦茜特言："世界机体的生命特征不仅意味着各种恒星和行星都是有生命的，而且意味着地球也被一种赋予活的有机体以生命和运动的力量所充满。"自然—地球的生命征象，它的呼吸、它的血脉的流动、它的骨骼繁育、滋养着在其肌体上繁衍生息的万物，人类的生命活动不仅是这万物之体中特有的存在物，而且人与万物之间有着难以抑制的关联。麦茜特继续描绘着：

> 地球的泉水就像是人体的血液系统，其它流体就像是人体中的黏液、唾液、汗液等润滑形式，地球存在物的组织"仿效我们身体的组织，其中包含静脉和动脉，前者为血液管道，后者为气息管道……我们的祖先曾将静脉说成是泉水。因此在地球中，自然的形式与我们的身体组织之间存在着惊人的相似性"。正如人体包含着血液、骨骼、黏液、唾液、眼泪和其它润滑液一样，地球也包含各种各样的流体……地球的静脉系统充满了金属矿物……它的体液从小静脉中流入更大的静脉。跟人类一样，地球甚至有它自己的排泄系统。地球的放气会导致地震，如同人体放屁会引起其它类型的震荡一样。①

---

① ［美］卡洛琳·麦茜特：《自然之死——妇女、生态和科学革命》，吴国盛等译，吉林人民出版社 1999 年版，第 26 页。

人的生命活动与自然生态在现实体验中的这种相互参照、相互体认，在生命的精神和灵性世界中融汇、交合及升华，其"化天"之力，不仅形成以"活化"为内在肌理的生态共生体验，而且这种形象描述及理性阐释也会导引人们主动地体悟及调控人的活动。

其次，从资源与滋养如何能够不枯竭方面看。人行进在有机—过程性的生命运演节律中，对资源与滋养的需要是一刻也无法停止的，反过来说，资源与滋养也决不可枯竭。这既是人的生态/生存的基础条件，也是人与万物交往、共生的必要条件。这也表明文学活动，抑或生态批评应该有取之不尽、用之不竭的源泉。在文学活动中，这种资源及滋养状况并不只是驻留在物质性存在状态中，而更会被情意化、审美化转换的，或者说是进行资源转换，这就需要进行生命精神、德性输入及生态之美，乃至身心同筑，以成共同的造合。宋代苏轼《前赤壁赋》云："子与客泛舟游于赤壁之下。清风徐来，水波不兴。举酒属客，诵明月之诗，歌窈窕之章。"这是在与万物的多样、多方式的交融及造合中，在诗酒的协力相伴下表达一种感怀、一种超然的体验。"月出于东山之上，徘徊于斗牛之间。白露横江，水光接天。纵一苇之所如，凌万顷之茫然。浩浩乎如冯虚御风，而不知其所止；飘飘乎如遗世独立，羽化而登仙。""况吾与子渔樵于江渚之上，侣鱼虾而友麋鹿，驾一叶之扁舟，举匏樽以相属。寄蜉蝣于天地，渺沧海之一粟。哀吾生之须臾，羡长江之无穷。挟飞仙以遨游，抱明月而长终。知不可乎骤得，托遗响于悲风。"苏轼在这种共生体验中与自然、万物的实与生，以其审美活动的律与态的情意融合来表达他的这种"超然"之态，尽管其中不乏落拓及悲情，但与"万物一体"的超然，也的确蕴藉着他的旷达性格。

苏子曰："客亦知夫水与月乎？逝者如斯，而未尝往也；盈虚者如彼，而卒莫消长也。盖将自其变者而观之，则天地曾不能以一瞬；自其不变者而观之，则物与我皆无尽也，而又何羡乎！且夫天地之间，物各有主，苟非吾之所有，虽一毫而莫取。惟江上之清风，与山间之明月，耳得之而为声，目遇之而成色，取之无禁，用之不竭。是造物者之无尽藏也，而吾与子之所共适。"①

这其中不乏为我性，但人在汲取天地、造物不竭的滋养中，在与之"共适"、互惠中，既"物与我皆无尽"，也成自我人生丰富的源泉。此时，"物"的实在性成为德性、精神及对命运渴求的指示物，成为中介及人的品格、品性的牵引物。这时的"为我"，并非要跃迁于天地、造物之上，而旨在共生、共适中表达这种物与身心、情意交融的无限性。

最后，从精神的妙合看。共生本应是生态本来之状，但人的活动要显化共生性，跃动于共生共荣之中，就必须由精神的调适、放大、提升而呈一种"妙合"之状。事实上，主要是人的身、形与心，乃至与精神活动共同参与生态共荣，不仅聚合万物生命，而且成就"天人和合"及"万物一体"。这其中，不仅充蕴着人的活动，而且必须借力于人的精神活动及审美元素的植入。在这种共生性体验中，人的生命存在不仅向自然生态获取物质的滋养，而且是人的情感迸发，人的德性、精神及对美的渴求，同样需要自然生态的滋养。生态滋养对人的躯体及精神源源不断地输入，这使万物在人的精神、审美的灵境中化合再造。万物与人在生命有机的共荣中"妙合"，则能书写神妙之"文"，创生着"神韵"，或者说，真正的"高致"之境是在人融入自然万物、山水林泉中而消解困顿之"有我"，在一种"空"的境域中植生与万物共荣之"无我"。宗白华先生说，中国美学以"空明的觉心，容纳着万境，万境浸入人的生命，染上了人的性灵"②。

三　爱意性体验

人类是要不断强盛"爱"的。人类之爱意的表达，不仅表现出对生态系统中每一个生命体及生物种群的爱，而且要调适有机—过程性的节律，使每一个生命体及生物种群，包括人在内都在生态有机性及网络构成的阈界内，依循自身的"生态位"，在生命循环的链条中生

① （宋）苏轼：《苏轼全集》，傅成、穆俦标点，上海古籍出版社2000年版，第648—649页。

② 宗白华：《艺境》，北京大学出版社1997年版，第185页。

存、延续。

首先，从爱的"元"基础看。对生命之爱，也是对生命之"元"的体验及生态性把握。这其中，如果要从事文学体验，要进行生态批评，就必须固本寻源。如果我们将"元"与"爱"进行同体阐释，这时的"爱"就是一种情意性表达，更重要之处则在于"爱"是生命存在之始、之本，是"万物一体"之生命连接的网络血脉。当"爱"在人的生命活动中得以阐发，且不断地抒发情意，或者我们从生命有机—过程性的节律状态中言及"爱"，则会提升性地表达人的情意及人类意识。

其次，从爱的价值看。畅扬爱的价值，促发人回望自然，表达生命价值的认同，且趋于生态价值的回归。在这种意义上谈爱的价值，就不只是个体的，而且是人类性的，是"万物一体"之有机整体性的。尽管文学具有个体性，是艺术家个体生命之情意体验的抒发，但当其归复到生态境域中，其鉴赏、批评，甚至是理论研究，则不可能仅仅驻足于个体情感的放射、肌体快感，以及由此而获得的价值感受上，或者是要通过个体情感滋润，人的价值的铺叙，而表达人类所应该确证的生态价值。罗尔斯顿说："从生态的观点来看，我们会发现价值不仅仅是附着于个体生命，至少不是绝对地只附着于个体生命。一个生物体捍卫并享有其自身的、内在于其个体的价值，但同时又对其它生物体和生态系统整体有着工具性价值。"① 现代物质主义的泛化势头强劲，这似乎极尽地表达着对人类肉身肌体及物质生活方式的"关爱"，尽管单向度的物质性之爱可以在时间和空间的限度内得到欲望与需要的满足，但却往往会走向人类生存的反面。因为这会带来人的精神生存空间的狭小，以及生存的焦虑、精神的恐慌、信仰的缺失及归途的迷惘。现代人走出自我生存的禁锢，解构生存的悖论，调整异化人格的生存机理，其最为基础的环节，就是如何认同爱，认同对生命的关爱。生态批评畅扬爱的价值，既需体认个体生命的价值，更意在启悟人们去认同万物的生命价值，引发人们去游历"万物一

---

① ［美］霍尔姆斯·罗尔斯顿：《哲学走向荒野》，刘耳、叶平译，吉林人民出版社2000年版，第118页。

体"之有机整体的价值，从中找寻调适物质性的肌体之爱与精神之爱的生态融合方法。

最后，面对权利与生态之爱。体验生态之爱也需有生态伦理意义上对自然的道德与权利的认同，实际上这既超越了一般道德性，又是伦理性的解困。在生态伦理学的视域中观照自然，除了在权利话语系统中承认自然存在的价值合理性外，更须强调人对于自然具有道德性的认同与关爱。但人们从对自然的权利话语到道德体认也会产生道德困境，进而产生人的生存权利和自然存在权利的悖论。这就表征着一种明辨，即自然的权利是自然本有的，也是人类赋予的。其实在权利话语中，人们应该承认的不仅仅是自然事物本有的、实体性存在的权利，更重要的是其生命存在的权利，因为生命是一切存在的根本，偏离了生态/生命有机—过程，跃迁出生命关联的网络，一切生命的存在，要获得生存的权利显然是不可能的。我们应该看到，人类之爱意的表达，不仅表现出对生态系统中每一个生命体及生物种群的爱，而且要调适有机—过程性的节律，使每一个生命体及生物种群，包括人在内都处在生态有机性及网络构成的域界内，依循自身的"生态位"，在生命循环的链条上生存、延续。

第三节　生态批评的视点转换路线

生态批评有着多重审视视点的转换，这给予文学以新的话语表达方式及语境条件。视点转换必然要破除那种"中心"论（自我中心、人类中心、自然中心、生态中心等）的纠缠，同时也须摆脱那种二元性与对立论，决定论及征服论的思维方式。我们在视点转换中，守持生态意识，不论是文本阐释还是情意认同，不论是权利体认还是价值展示，不论是理论、学术层面还是审美及境界升华层面，都无法剥离对人与自然这两大原点的阐释。

一　生态批评与"亲生命性"视点

生态批评之所以冠以"生态"头衔，是历史及文化演进的必然，同时也旨在寻求文学及文学理论在现时代的必要的生态还原。所谓生态还原旨在融入生命活动的生态本来境域中，通过文学体验不仅延展对生命的关注及体验，而且会对生命本质给予新认识、新理解及新阐释，对人何以在生态有机状态下生存进行合理探求。至此，我们或可以通过文学活动而表达一种"亲生命性"① 视点，以其对生命有机性、生态运演节律及人在生态条件下的生存问题给予深度认识和体验。"亲生命性"是美国生物学者爱德华·威尔逊的一个表达命题。威尔逊这样解释道："'亲生命'的意思是指，人类与生俱来对其他生命形式的亲切感，这种亲近是由不同情境激发出来的，像是喜悦，或是安全感，或是敬畏，又甚至是混杂了憎恶的迷惑。""生来便具有亲生命性的最重要含义在于，它为恒久的保育伦理奠下基础。如果关怀其他生物是人类的天性之一，如果我们的部分文化来自野生大自然，那么单就这个基础而言，我们就不应该消灭其他生物。自然是我们的一部分，正如同我们是大自然的一部分。"② 生态批评能够引发人们去感悟生命的情意及魅力，回归那种自由、"无为"及有机的和谐状态，将人融汇在宇宙自然的生命运行中，并与宇宙自然共生、共荣、共存。文学活动对生态、对生命的这种亲情表达会趋于"澄明"之境。如哲学家张世英说："这个点是空灵的，但又集中了天地万物的最广博、最丰富的内涵和意义，它是最真实的。动物无世界，不可能体会这个交叉点的意义，不可能体会到万物一体。一般人都具有这种体会的本性和能力，但过多或较多地沉沦于功利追求而很少能进入这万物一体的澄明之境。唯有诗人能吟唱这个最宽广、最丰富的高远境界。"③

二 生态批评与"话语权"视点

人类生存与发展的各个方面，不论是物质的、精神的，还是文

---

① ［美］爱德华·威尔逊：《生命的未来》，陈家宽等译，上海人民出版社 2003 年版，第 192 页。

② ［美］爱德华·威尔逊：《大自然的猎人：生物学家威尔逊自传》，杨玉龄译，上海科学技术出版社 2006 年版，第 332、334 页。

③ 张世英：《进入澄明之境——哲学的新方向》，商务印书馆 1999 年版，第 140—141 页。

化的，不论是社会各个层次的关系，还是人自身的躯体与精神—心灵的存在关系，不论是人的政治、经济、道德、文化等存在方式还是在历史境域中人的多样化生存欲求，以及人的学理策动、价值立场及行为方式，实际上都是人与自然的生态有机关系问题的延伸、展开及提升。我们延伸这两大视点，必会涉及两个基本问题：一是人与自然在生态关系中各自的话语权问题。这就是说，从表达权利的意义上，最根本的问题是如何认识自然的话语权，其最深层的意义就在于自然的话语权是其自然生态的运演：这是自然先天具有的，还是人类赋予的；是依据其自然生态的演替节律运行的，还是人类按照自体的利益及意志、目的指向为其改造、拼装的，这是个问题。那么，何谓自然的话语权，简单说来，就是自然（有机与无机、有生命与无生命）本有的生态演替节律，万物间的物质转换、能量交换及信息传递方式。人的自然之身难以偏离这种节律及方式，那么，人的活动及话语表达就需依据这种节律及转换方式展开。试想，若人要改造及超越这种运演节律，或者变异这种转换性，那么就需要改变自己的自然之身，如此而产生的结果，想必是不言自明的。二是历史、传统与现实、时代的演进过程中各自的话语权问题。人与自然的生态有机关系印记着人的生存、演化的历史与传统，也是构塑人存在的必要条件，是任何历史时代的人，任何地域与国度的人，任何社群、体制、制度条件下的人，任何意识形态掌控下的人都必须依据的条件。

三　生态批评艺术地揭示"真义"的视点

康定斯基曾这样评述艺术："不能是短暂的、孤立的、糊里糊涂的生产活动。它是一支陶冶和培育人类心灵的力量，它有助于加高精神金字塔。"艺术作品是这个"精神金字塔"的载体，康定斯基还指出，作品是"艺术家用神秘莫测的方法创造出来的。作品一旦诞生，就获得了独立的生命，成为一个实体。艺术作品的存在并非偶然和无足轻重的。无论在它的物质生命和精神生命中，艺术作品都具有一种明确而有目的的力量。""一个艺术家千万要正确估量自己的地位，明白对艺术和自身所负的责任，懂得他不是一位君主皇上，而是一个为崇高目的服务的仆人。他必须深入地探索自己的灵魂，充实它，护卫它，这样他的艺术才能有所依托，而不是有肉无骨的东西。"① 生态批评转换所表达的视点，完全可以在中国古代人所言的"心师自然"，或"师法自然"那里获得滋养，这就需要从中寻求多向的"真"，有自然/生态/生命之真，有情意/爱意/美意之真，其中不乏山水之真，花鸟之真，四季及节气转换之真，居舍之真，甚至是渔樵、垂钓之真，如此等等。

第四节　生态批评的话语表达路线

生态批评通过文学现象明晰人在生态条件下生存，既需有自然、社会、精神、文化的环境条件，又需明晰其理论观照视点及其话语表达线路。沃尔夫冈·伊瑟尔在分析"理论与话语"的关系时说："理论与话语之间存在着一定的相似之处，虽然在意图和结果方面，它们之间有着显著的差别。""话语仍然展示了对我们生活的世界的一种确定见解，不管它是意在描述这个世界还是意在与这个世界相等同。如此一来，话语就是决定性的，而理论则是探索性的。决定性和探索性标志着两者之间的本质差异，而且很可能的情况是，人类在和所处的现实世界打交道时，需要采用这种相互对比的方式。话语划分出界限，而理论则消除这些界限。"② 生态批评发挥效力，其理论确定、话语表达及文本阐释方式同样有"界限"这样的必要条件。

一　生态批评超文本的话语表达

尽管面对文学文本，生态批评话语表达的"兴趣点"还是比较宽泛的，并非拘泥于文本解读及话语诠释，还需融入一种氛围，一种历

---

① ［俄］康定斯基：《论艺术的精神》，查立译，中国社会科学出版社 1987 年版，第68—70 页。

② ［德］沃尔夫冈·伊瑟尔：《怎样做理论》，朱刚等译，南京大学出版社 2008 年版，第13—14 页。

史、时代境域及文化语境，体现历史与传统、当代与未来、生存与发展的必然需求。拉曼·塞尔登在审视当代文学理论的走向时说："展示文学理论化的效果的一个简单方式是考察不同的理论从不同的兴趣点出发对文学的不同拷问。"① 我们对生态批评的考察不可能限于一般的阅读和体验兴趣，而需借助文学文本，来引发对人类生存境况的深度思考。这或者需超越文本，将文本体验及分析、评价拓展至人类生存与发展的全过程，让其回到人的家园共生境域中。

（一）生态批评与文学的开放性

生态批评需要不断体认生态条件下人的生存问题，并围绕生命体验的生态、生存及文学的开放性，悟解生命活动的斑斓色彩，感受无穷活力。恰是致力于这种体验及阐释，其深层次思考并把控及复现审美救赎的渴望而成就了生态批评，继而也成就了一种叙述人的自然、生态及生存问题的文学现象。这使得生态批评不仅关涉现实问题、生存问题，而且需要从中确证文学性及审美之于生命体验的开放性、自主性。埃德加·莫兰称"开放就是生命"，他对这种生命现象有着最简单、最直接的描述："生命就是时刻依赖周围的环境、时刻依赖外界喂养的事物。不过它为了生存必须具有某种独立性，某种自主性，也就是说最低限度的个性。""生态/生命的开放既是一个自我喂养的入口，又是一个不完全的、有依赖性的流失缺口……一切丰富性都建立在不足性之上，一切满足都建立在缺乏之上，在场的是缺席，现在时靠的是未完成时，我的意思是没有完成的东西。"② 开放性、自主性及独立性不仅成就而且不断完善生命的存在，同时也会通过不断活化文学性及审美体验性，而使人的活动的有机状态蕴含无尽的魅力。从文学活动领域体认生态有机性，拓展生态视野，进而体验文学的美感特性及魅力，甚至使生态体验与文学体验相融合，其中必然涉及多重思考路径：其一，从文学活动延伸至对生态与环境问题的关注，进

---

① ［英］拉曼·塞尔登等：《当代文学理论导读》，刘象愚译，北京大学出版社 2006年版，第 5 页。

② ［法］埃德加·莫兰：《方法：天然之天性》，吴泓渺、冯学俊译，北京大学出版社 2002 年版，第 212、213 页。

而引发人的生存问题的深度体验；其二，将生态与环境问题及当代人的生存困境及精神困惑植入文学体验，成为文学思考及掌控的有机素材；其三，从理论规范及规定性方面看，文学理论亦应拓展其研究视阈，并需要有多重阐释语境，有对人的生存本根性的开掘及重新审视，且对文学活动中所关涉的诸多生态与环境问题进行理论总结。

（二）生态批评与人的"精神繁衍"

肯·威尔伯在《性、生态、灵性》一书中讨论了关联模式，指出人通过相互交换而生成的繁衍性，是在人的物质、生命和精神三个层面的繁衍活动：其一，人的"'物理'的身体存在于一个与其他'物理'实体——重力、物质力量和能量、光、水、环境、天气等——进行着交换的系统之中，而且物理身体依赖着这些物理关系得以存在。更进一步，通过食物生产和食物消费，通过为了物理层面中基本的物质交换而把社会劳动组织在一种经济结构中，人种自然地繁衍着自身"。其二，"通过被组织在一个家庭中的情感关系、一种性关系和一种适宜的社会环境，人类也'在生物意义上繁衍着'，并依赖于其他生物系统（和生态系统）的一个整个网络来保持它的生物存在——它依存于与生物层面和谐地相互交换"。其三，"人类也在精神上繁衍着自身，通过与文化和符号环境的交换，这种交换的实质就是与其他符号交换者的符号相互交换。这些相互交换被嵌入一个特定社会的传统和机构中，其方式使得社会能够在一种文化的层面上繁衍自身，能够在人类社会中发展自身"①。"精神繁衍"不是孤立的，事实上，人正是在这种多个层次的交换关系中繁衍并生成了人的精神存在结构，进而生成人自身。这多重繁衍本身就表现为人的生命活动结构的有机性，并且生成了人的精神活动的协调性、导向性及有机性，同时也在精神活动的调控和支配下成就人自身。生态批评作为人的精神体验，面对这种"精神繁衍"性，必然会引发人们反观自身，析理自身，通过三重繁衍而形成精神生态的健康性结构，继而反馈于人的

---

①　[美]肯·威尔伯：《性、生态、灵性》，李明等译，中国人民大学出版社2009年版，第57页。

"物理"身体（生命有机体）的存在，编织人的活动的网络结构（多样与共生、转换方式、有机—过程）。

（三）生态批评的理论阐释语境

作为理论形态的生态批评，除了具有一般文学理论的共有范式、特性、概念、规律及阐释语境之外，其重要特点还在于：一是更加注重对人的生存方式及文化存在方式的历史与逻辑的重新审视；二是在范式、范畴、体系构建及内在机制和特性的认同方面，不仅需要多学科交叉及融通，而且需要合理吸收其他学科的基本概念、理论特性及思维方法，尤其要中和生态学、环境科学、生命科学等内容，进而构建自身的学科理论体系。这就需要进行学科改造，使其研究及关注视野得以广泛拓展：其阐释语境及原则或许就不仅仅局限于文学现象上，亦不拘泥于文学思潮、文本等上，或许要从文学发生的地域、环境及生态境域，从生命活动的实在性、关系性、全面性及有机性整体方面，从社会、文化及人的生存方式的历史运演方面，从社会、经济发展及造成人的精神状况及生存境况方面，从人类活动对自然生态及环境、资源状况的深度影响方面，从人类发展的现实性对未来发展所产生的种种影响等方面进行全方位的审视及其研究。这一切又必然衔接着人的生命活动的个体性、主体性，乃至身体性及中介性的关系构建，且由此形成间性交往网络的编织，并且会从生命存在的本根性及原发性角度进行人类学意义上的考辨，由此而凸显人的生命的生态运演的节律性及韵律感。伊瑟尔谈到文学理论在"新近时期的产生"时，关注了文本阐释作用及多样性。他说："文学理论使我们意识到解释是多种多样的，解释的有效性也是在不停变化的，从而一举改变了人文科学中的解释实践。"[①] 生态批评的阐述语境并非游离于文学文本之外，而需以文本为基本阐述依据，或以文本显化理论，并显示其宽广的视阈。

乔纳森·卡勒在描述"理论在今天所采取的主要形式"时说："主要表现形式不是以某种理论，比如精神分析学、女性主义、解构主义、

---

① ［德］沃尔夫冈·伊瑟尔：《怎样做理论》，朱刚等译，南京大学出版社 2008 年版，第 1 页。

马克思主义、酷儿理论或新历史主义为基点，来解释某个作品或某个作家，而是致力于研究由理论概念所界定的主题，并说明通过阅读哪些文本，可以阐发这些主题。"① 生态批评对文本的体验、阐释及把握并不局限于已经被认同的生态文学文本，它一方面需要挖掘古今中外文学文本及其文学现象中关涉自然、生态、环境及人的地域、文化生存状况等问题；另一方面需要深潜于文学、审美及生命体验，并超越文本体验的个体性、特殊性，揭示其内存的共通性、普泛性。

二　生态批评面对生存问题的表达

文学理论要关注人的生存问题，首先需认同人之存在的自然生态及环境基础，以及人与社会、人与人及人与自身多重生存关系的生态延伸。自然生态铸就了人的生命有机性之躯，以生态化的运演节律铺设了人的生成、发展以及有机、和谐、永续，朝向未来的演进路径。"生态"作为客观实在，还需要延伸、派生，甚至作为思维方法、价值观念及阐释策略。

（一）生态批评与人的生存问题

生态批评面对人类生存困境与生态考验，需要合理调适生态条件下的有机生存，理应构建必备的知识话语系统，既要通过多重阐释语境进行文学体验、评价，又需构建符合学科特性的概念、范畴体系。还需沿着必要的关系展开：其一，以系统整体性、有机性思维，以肯定性视域认识生态有机性的现实性、基础性及合理性，体验人与自然的生态有机性及和谐性；其二，直接促发人们去主动性地解析、体验、言说这种和谐关系，甚至还需对这种关系进行情境预设。这不仅在于文学活动对于人的现实生存有挥之不去的情结，也在于文学本身就来自人的现实生存，更在于文学活动及文学理论研究始终背负着一种责任，内存着意义和价值。生态批评体验、言说及评价文本离不开人何以在生态条件下生存，且力主激活人的有机共生的生存活力。所

---

① ［美］乔纳森·卡勒：《理论在当下的痕迹》，周慧译，周颖校，《外国文学》2011年第1期。

谓生态条件下生存是以人与自然生态的有机关系为基础的，在多样生命体间的能量、信息交换中，在天地人的共生境界中，构筑人的生存结构。这里，生命既是支撑及流动的血脉，是人与自然沟通、融会的中介，又是天地人共生的基本元素，同时也是文学与审美体验的基础。生态批评从这种意义上阐发人的生存问题，并不是直接作用于人的血脉之躯，也不是直接改变自然状貌，更无法直接以技术手段及资本的积聚而维护自然生态的平衡，为人的日常生活提供物质支持。但作为人的精神活动方式的言说系统及知识话语的聚合体，作为对生命及美的体验策略，作为自然—社会—精神/文化系统的一个重要的平衡机制，它是通过作用于人的精神/文化结构，去平衡人的精神/心灵生态，去充实人的生态智慧的。

（二）生态批评与人的多重生存维度

生态批评理应文学性地表达人的生存质量的提升及构建生存福祉问题，其话语表达也需依此而展开。人的生存问题是由多重维度形成的，从人的生成之日起，到人的未来发展，其生存路向无法脱离生态化趋向，所以从生态化的视域审视人的生存维度就是必然的。第一，物质生存维度的生态化。物质性生存是以人的生命有机体存在为基础的，主要呈现为人的肌体存在，在于蕴积生命的活力，积蓄生命的能量，并且作为人的其他一切存在形式的基础，而力主构筑丰富多样且活力无穷的，对生命有机体的支持系统。第二，精神生存维度的生态化。人是一种精神性的存在，建基在物质性生存基础上的人的精神活动，致力于构建人的精神生态的平衡机制，为人的生存活动提供精神生态支持。第三，道德生存维度的生态化。人的一切活动必须由道德的平衡机能来维系，在道德对人的行为活动进行不断规范、约束下激励人的道德情感，构筑人的道德价值观，完备人的道德理想，以维系社会生态运行，并不断趋于平衡状态。第四，政治生存维度的生态化。人类在长期的政治生存活动中，不断地构建着集权性、统一性、权力性的社会政治结构，也不断生成着政治权利话语。其中重要之处是期望社会政治结构能够融入对自然生态、对生命共同体、对人的生态生存权利的认同与保护，并形成制度性、体制性的保证机制，继而凸显经由政治公平与社会正义而明晰的"生态正义"。第五，经济生存维度的生态化。经济活动是满足人的需要，维系人类生存的基本纽带，人们在经济活动中对利益的不断追索，成为人类发展自身的基本驱动力。利益主体存在是必然的，作为驱动性存在，也期望能够让经济活动为自身生态化的生存创制最优化的条件，使人的生态化生存获得经济活动的支持。

（三）生态批评与生存的对话

文学活动对人的一切关注都可以纳入生存论范围中审视，人类生成的历史及对自身的生存与发展的探索，实际上都是在生存背景下进行的。这使得人的存在不是虚幻的，而是现实具体的，生存论所指涉的人的一切生存方式也是现实具体的，且生态化的，实际上人的物质、感性、精神、文化等多方面的生存都需要生态有机融合。生态批评话语表达及言说系统同样需表现人的生存问题，架构生存论视域的话语系统，也是通过文学与体验，从人的精神、心灵及文化形态上影响、感召、教育人如何对待生存，如何促成多种生存方式的生态融合，如何选取有利于人类未来发展，或者在永续发展进程中探求生态和谐及优化状态。生态和谐情景下的生存论，言说人与自然的生态对话，但却需在人与社会、人与人及人与自身之多重关系状态下，在多向度的有机性对话中共同实施，并最终转换为文化对话。人作为文化创造物，文化对话既是人的生存的基本境域及语境，也成就了精神自主性。埃德加·莫兰把"观点、思想、观念之间交流、对抗、论战的激烈性/多样性"称作"文化热量"，用此比喻文化认识，也可用于多重意义上的对话。他说："文化对话有利于增加文化热量，文化热量有利于文化对话。多元、交往、冲突、对话、热量的结合形成了文化的高度复杂性。在对话中，相互对立、相互竞争的思想同时变成互补的思想，这时，对一种极大的多样性的充分运用以及争论本身的激烈和丰富性为精神的自主创造了条件。"[①]

---

① ［法］埃德加·莫兰：《方法：思想观念——生境、生命、习性与组织》，秦海鹰译，北京大学出版社 2002 年版，第 23 页。

生态批评理应将生态条件下多重关系的对话机制作为基本语境条件，为多样化的主体提供和谐对话的机制，同时也是"参与"机制，并是艺术与审美的融通机理。这既不断增强了这种对话/参与的合理有效性，也使对话主体从中获得精神自主性。

三　生态批评的话语特点

生态批评需要多方的对话主体参与，并汇聚共同话语权，以开放性视野编织交往网络。在这里，话语表达是不断延伸的，范围及意义也是不断拓宽的。生态批评不可能拘泥于文本解释及话语诠释，更重要的是强调一种氛围、一种历史境域及文化语境、一种可能与必要的实现条件，体现历史与传统、当代与未来、生存与发展的必然需求，以明晰人在生态条件下生存所必需的自然、社会、精神、文化的生态与环境条件。

（一）生态批评的语境条件

除了其必需的生态/生命及环境条件之外，生态批评还应该包括文学活动本身，诸如文学思潮、文学流派，社会对文学的导向，文学的雅俗性，时间与空间中的文学交往、交流指向等诸多方面的内容。这是不断转换的语境条件，而语境转换的一个细化条件就是在已经变化的多样化、多层次的环境语境中话语表达方式的转换。这不仅需要将文学活动的历史、生态思维方式、审美与艺术的阐释方式进行生态转换，而且必须是可选择性的转换。但其选择的主导方必然是现代语境条件，对于一切需要有分析，有鉴别，有可行性、永续性的操作原则及方法。转换是多层次、多向度的，也是由历史走进现代，继而趋向未来的生态批评的话语表达，不仅要求在现代语境条件下承继古代话语表达的精髓，合理阐释其意义，演奏其韵律，还要不断充蕴新的内容，以期得到新的、丰富的历史性与时代性阐释；不仅使之符合现代话语表达的要求，而且要在展示其综合性意义的同时，再造新价值的意义；不仅要引导现代人对其进行合理、有效的接受与体验，还要为人们的接受创设能够涌动激情的情境、语境及接受氛围，或者是创设情境语境，乃至生境，用以调动人们接受多重话语的积极性、适宜性，或者产生在生态条件下生存的"共鸣"。

（二）生态批评与万物之"象"

对万物形象特性的有机揭示，是生态批评话语表达的一个重要方面。生态、生命及万物一体合成了形象有机体，并作为时间与空间交融的"生态审美生活"展示其"价值"和"意义"。刘彦顺认为，这"是人作为一个自然物对生态健全而优美的环境的热爱，促使生态审美生活不断地延展、绽放出来"。① 将这种"生态健全"形象有机体植入"生活"，或可成为生态批评话语表达的主要支撑，其文学体验及价值评价也总是在这种有机形象系统（动物、植物形象，有生命与无生命，有机与无机形象）中展开，或者整体的有机形象系统会介入主体的批评体验，并围绕"生活"而展开。布伊尔以多种文本构建的"树"的有机连接，展开生态体验及评价。其中他综合了《古兰经》所言的肥沃的花园、棕榈树和葡萄树、应有尽有的各种水果等；有威廉·华兹华斯《汀登寺》中"苍郁的槭树"，以及"村舍点点，果树丛丛"；有夏洛特·勃朗特《简爱》中"路边长着的月桂树"及路的尽头"一颗巨大无比的七叶树"；有梭罗《日记》中"比镇上最高的人还高"的"大榆树"；有威廉·卡洛斯·威廉姆斯的《小槭树》中的"小槭树"，它"日渐衰弱　满身树茧　枝叶渐稀　直至光秃　只剩两条"的惨象；有伍杰鲁·努努考《城市的胶树》中"城市大道的胶树　扎根于坚硬的沥青""像匹可怜的驽马　惨遭阉割衰弱无力"而"苦难无尽"的颓势；有山下凯伦的《橘的回归线》中"有鸟住在里面也看不见""想数数果子都够不到"的那颗"太高了"的"棕色的柱子"。布伊尔通过对这些树的"文本效果"的"挑战"明确，要了解这些树，就需要参考博物学与/或文化生态学。也就是说，要对这一系列树的生物特性、文化特性及其不同国家与地区中的树文化加以体认，以及在文学体验中作家、诗人如何将这多样特性给予文学表达，且与环境有机融合起来，其中不乏作家、诗人在

---

① 刘彦顺：《从"时间性"论生态美学对象的完整性》，《山东社会科学》2013 年第 5 期。

"树"生存环境（自然地理环境、文化环境、历史性条件及不同国家和地区对树的不同体验方式）中与之进行有机的共生体验。显然，这里的话语表达起码内存着多个层次的多样性：由"树"而表征的生物多样性；由不同国家、地区对树的体验、环境构制及文化沿袭而表达的文化多样性；由文学的诗意表达而展示的艺术及审美的多样性；由作家、诗人的人生体验、情感状况及审美经验而表现的个性多样化。比如布伊尔说："从华兹华斯和梭罗的描写来看，他们笔下独具特色的树似乎对所处地方的特有氛围都是必不可少的。只是华兹华斯的'这一个'具有更单纯的个人性。梭罗的榆树还体现和见证了社区的历史。《古兰经》的那段节选最为突出树木的生态意义，但其描绘性却是最弱的。"① 对此，我们可以就海德格尔在解析格奥尔格·特拉克尔《冬夜》中的诗句"金光闪烁的恩惠之树，吮吸着大地中的寒露"时的表述给予生态根基的确证。海德格尔说：

> 树深深地扎根于大地。树因此苗壮而茂盛，向着天空之祝祷开启自身。树之耸立得到了召唤。它同时测度着苗壮成长的狂热和滋养活力的冷静。大地的滞缓生长和天空的慷慨恩赐共属一体。诗命名了恩惠之树……在闪着金色光芒的树中凝集着天、地、神、人四方的支配作用。这四方的统一的四重整体就是世界。②

（三）生态批评与文本"隐喻性"

在文学文本中，生态、生命运演节律及延伸被给予隐喻性地表达。生态批评之所以成为生态与文学合奏的交响，最为突出的特点就在于其围绕生命的运演节律而拓展，因为生态与文学的内在特性就需要这种节律性，而且节律的内在依据就是生命的有机—过程的运演。

---

① ［美］劳伦斯·布伊尔：《环境批评的未来：环境危机与文学想象》，刘蓓译，北京大学出版社 2010 年版，第 43 页。

② ［德］海德格尔：《在通向语言的途中》，孙周兴译，商务印书馆 2004 年版，第 15页。

布伊尔也认为:"那些集中研究艺术再现如何看待人类和非人类复杂关系的工作,有着在隐喻与科学双重意义上进行生态思考的倾向。"①文学性表达,除了诗性节奏、韵律性演奏之外,依据自然的时序、节令、昼夜转换而表达文学性及诗意性不仅满含情意体验,而且极具生态意味。我们以生态批评的话语特点及阐释方法来体认格非在 2011年面世的长篇小说《春尽江南》,或许会揭示出文本深潜的"隐喻"内涵。从表层意义上看,小说依循严冬与春转换的时间流程而铺设情节,通过表现形形色色人的活动及性格转换,通过人情世态、矛盾冲突而揭示社会变革过程中的冷暖人生,通过家庭细胞组织运行轨道的偏离乃至分裂,来透视社会变革中自然、社会及人生的变异。尽管小说并非出于主动性的"生态"创作,但却内隐着自觉意义上的生态蕴含。此言依据有两点:一是小说自然而然地从多个侧面显露出现今社会及经济运行所造成的生态、环境的危害状况,同时也深度揭示了人性、人情的冷漠,欲望的极度膨胀及人的精神困顿;二是以女主人公家玉的悲剧性人生结局,以"春尽"的符号性所指,表达了一种生态、生命节律的断裂。就前者而言,这在近年来的文学创作中已经成为一种自觉,这一方面是现实的生态与环境的不和谐所至;另一方面显现了文学创作者的社会责任意识及生态良知的不断强化。我们在此要讨论的主要是后者,即为什么说是一种断裂?一方面,家玉的曲折人生致使其精神极度困顿,最终身患绝症,她逃离现世,并提前结束了自己的生命;另一方面,"春尽"不只是表明一个季节性转换,更重要的是,如果以"春"指代家玉的话,那么,"春尽"则显示着生命的结束,而家玉这种非正常的生命结束,显然深涵着多重隐喻性。从生态主义的意义上来看,女性/大地,生态/生命,时序/春天,都是生态本根性、节律性的表现。女性(盖娅)/家玉在极度精神困顿中,在焦虑狂躁中,在本应大地复苏、万物喧嚣,即将迎来繁花似锦时节的春天时段,了结了自己的生命。宋代寇准《江南春》词云:

---

① [美]劳伦斯·布伊尔:《环境批评的未来:环境危机与文学想象》,刘蓓译,北京大学出版社 2010 年版,第 38 页。

"波渺渺，柳依依，孤村芳草远，斜日杏花飞。江南春尽离肠断，苹满汀洲人未归。"① "江南春尽离肠断"，香消"玉"殒人不归，作为小说由痛而思的叙事，这就隐喻性地表征着生态、生命有机节律的断裂，节律性断裂不仅会使万物生命的有机存在布满荆棘，而且会使大地的生命危在旦夕，这似乎会造成那种"寂静的春天"。

生态批评的话语表达线路需要系统、整体性思维的牵引，在有机—过程节律中运演，更需超越常态、既定的表达方式；需要转换性，揭示隐喻性，以有机联系及体验，甚至进行多样文本的链接，以文本与自然、社会、人生及人性、情意与审美深层的生态关联性而体现其话语特性。这不仅是一种开放的、常说常新的，总是未竟性的话语表达，而且须坚守自主、独立的权利，并通过整形、融合、组装、重建、扩容及兼收并蓄加以表达。

第五节　生态批评与文学的中西互通路线

生态批评有着丰富的历史、时代与文化的生成语境及条件，其最为基础性的条件是人作为生命有机性的存在，是如何调控人的生命活动的有机—过程。生命的有机—过程显示了生命的实在，这是人与万物的"天然"之合，是"神遇"，是"无迹之化"，用清人石涛之言，这是"山川与予神遇而迹化也"。生态批评的文学表达将这种生命的实在及"神遇"之迹给予历史、时代及文化的拓展，既超越性地汲取人类发展过程中一切有益的历史文化滋养，又在探寻人类共同共通且具普遍性存在的价值合理条件，选取跨地域、跨文化的互通路线。

一　生态批评与中国文学传统的"天然"神合

生态批评的构建机制、学科视野、理论思维的方法、情感表达方式、审美体验程度以及对生存问题的特别关注，与中国文学都有着一

---

① 本书所引宋代诗篇，未特别注明出处的，皆出自北京大学古文献研究所编《全宋诗》，北京大学出版社 1995 年版。此后只注明篇名，不再注版本出处。

种"天然"的神合。生态批评要引发人们对人与万物的"天然"之合，对其"神遇"之迹的体认，同时在跨文化、跨民族交融中求解其"神性"，放射其魅力。我们细致鉴析这种"神合""神性"之迹，把控何以能够"相互反映"及有机对接，也意在使其在当代条件下生发出新的意义及价值。

（一）相互映衬与"神合"

中国古代人对自然及生命存在有着先天的崇尚与膜拜，那种对"道生"性，对"天人合一"的本体论诉求；对天地归位，万物化生、化育及"法自然"的生命有机—过程的体认；对"大化""生化""大美"境界的寻求，都包蕴着深层次的生态智慧。中国人对生命存在特有的感悟及体验方式，为文学与审美奠定了自然、生命体验的基础，为其输入了基本的方法及思维品性，且铺设了特有的情意体验及诗化生存的表达路线。这使得中国文学传统中满含着生态及深层次的生命感悟元素，尤其是这一系列的生态智慧精华在诗论、词话、小说评点，乃至画论及书论中给予体验性实践，其中已经贯通着朴素的生态批评理论品质及思维方略。事实上，在工业文明及现代性反思条件下出现了带有科学性视野的生态批评，尽管这产生于"西方"，但与中国文化之"东方"化的满含生态智慧的艺术与审美传统既有着同归之途，又可以相互反映和参照。借用萨义德《东方学》中的话就是："像'西方'一样，'东方'这一观念有着自身的历史以及思维、意象和词汇传统，正是这一历史与传统使其能够与'西方'相对峙而存在，并且为'西方'而存在。因此，这两个地理实体实际上是相互支持并且在一定程度上相互反映对方的。"① 中国文学传统所满含的生态智慧是先在的、丰富的，其现代意义及价值仍然是巨大的，并且有其极大的挖掘潜力。

（二）"报偿生命"与"神合"

共同印记有机—过程的辙履，并且作为共同祈望，就为生态批评

---

① ［美］爱德华·萨义德：《东方学》，王宇根译，生活·读书·新知三联书店2007年版，第7页。

与中国文学的"神合"铺垫了现实基础。从生态视野审视这种关系还可以给予我们一种对生命的全新体验，这既是人作为生命活动体的基础要旨，也是人必须成为生态永续存在的体验策略；不仅是生态主义的践行领域，也是生态批评基于文学体验的拓展线路；既是对中西文学精义传播、延伸、再造的重要路径，也是共同繁复人类文化及精神魅力的一种"报偿"。布赖恩·巴克斯特说："生态主义赞赏的生命是一个有意义的生命，因而也是精神的，有报偿的生命。"① 生态批评作为生态主义的延伸及体验策略，同样是对这种关系进行理论的拷问及对"有报偿的生命"的体悟。"有报偿的生命"尽管需要关注地球生态中每一个个体生命，但作为一种观念的体认，更强调的是地球生命系统的整体，是万物的生命有机—过程在整体与系统中的"神合"，或者说，只有这种整体性的"报偿"与"神合"，才能使人与自然万物的生命沿着有机—过程性的路途亘古延续。生态主义需要这种广阔的视域，而且生态批评也必然会在超越时空限定的条件下，对未来世界发展的状况设置共同的学术视野。在多种学科共续承接中，超越时空界限，必然会使多路人马对接，而弱化政治倾向、意识形态、理想信仰、价值取向、民族习性、思维品性、生活方式的差异与歧见，在全球视野中趋向一致，体现全球人类对自身生存整体及地球家园的共同关注。

（三）"道"性自然与"神合"

体认"道"性自然的关键是识道、观道、品道及体道，乃至运道、韵道。这可以有几重路向：一是体认作为自然、生态、生命本源存在的自然之"道"；二是把控老子所言的"道生"及"道法"性的自然，并且作为中国文化传统的重要生态智慧滋养，它补给且沉淀着民族的精华。如此看来，一是延续历史及文化含义的精髓及精义，使之在现代条件下大放异彩，并且在现代价值的生发上晕染，且使之浓墨重彩；二是在跨文化阐释中，跨越时空限定，不仅在中国文化土壤

---

① ［英］布赖恩·巴克斯特：《生态主义导论》，曾建平译，重庆出版社 2007 年版，第 25 页。

之外的一切地域上观览其对自然、生态、生命及人的活动的共同作用，而且在其中继续再生及丰厚着本应有的内蕴。这多个层面不仅内存着"道"的有机—过程性，而且在文学视界中通过展示多向度的"神合"，既显化生命的实在，又推及人类整体的永续存在。由"道"到文学，尽管是一个延伸性序列，但却呈现了精神转换的必然，其"神合"必然是海纳百川，其原因就在于，这必须指涉人作为生命有机体及生态永续存在的必然。不管人在未来的路途上如何行走，对人的任何活动方式及交往方式所内存的"道"性"神合"不是要改变，而是必须丰厚、完备，并加以有机调节，且再生出新价值。西方学者也深谙"道"的玄机，如云道"是一种有创造性的、活生生的存在，它和感性世界有机地结合在一起。道在它的本质上被理解成是在现象世界中可被感知的，并且在其中表达着自己"。"在中国，道家思想家们一开始就面对着一种属于古老精神文化的对生命及世界的肯定观，这种观念是由对世界细致的思考而发展起来的，并且具有非常明显的伦理性的特征。"① 海德格尔对老庄思想那种深刻的体味实际上就说明了这一点。法国学者埃德加·莫兰为其在中国出版的系列著作写了一个题为"东方与西方的交融"的总序，其中谈到，他曾经引用老子的"谷神"来表现他对"道"的那种"吸纳百川"精神的体验与理解。他认同东方的"道"及统一的阴阳原则。莫兰感到，他的思想方式与中国传统所固有的、深刻的思想方式处于共鸣之中。在研究"复杂性原则"时，莫兰还认为，复杂性方法中两重性逻辑原则与回归环路原则，都可以在中国找到以其他词语所作的同样的表述。他还称自己总是自然地感到与中国注重联系、变化和转化的思想相沟通。他特别强调，正是这种多样性中的统一性和这种统一性中的多样性构成了人类精神的财富。

（四）由文学而赋魅的"神合"情结

文学与生态联姻的原因有多种多样，但究其根本，则因于两者具

---

① ［德］阿尔伯特·石怀哲：《中国思想史》，常暄译，社会科学文献出版社 2009 年版，第 19、20 页。

有的共同及共通之处，即一方面共同表达人的活动整体性及有机性；另一方面，以自然与生命作为共同与共通的阐释基础。自然是生态的实在，生态是自然的机理；自然是文学的基础，文学是自然的升华。文学、生态与自然的切近显然是相互间有着共同的机理，这就是生命有机—过程性。人的任何活动方式都无法脱离自然与生态，但文学与其相比，或许能更加全面、整体地表达，更富有情意体验，且使之全方位地显现，其"神合"更会彰显自然、生态及生命的无尽魅力。文学赋魅了这种自然/生态/生命的"神合"情境，也在跨地域、跨文化交融阐释中使"神合"魅力无穷。文学赋魅自然是一个永久性话语及其表达，文学将自然之魅无尽地表达及美化，这既是人的情意的体认，更在于自然本身的魅力无穷。人的魅力全得自于自然之魅，而自然之魅就在于其生态有机—过程性中。生态批评作为一种文学活动方式被认同、体验、表达及放大，对自然的观照就是其主要的策略。特别是那种崇尚描述人与自然、人与生态及环境的肉身与精神体验的"自然写作"，其文本解读往往将爱默生的"自然情结"，将亨利·梭罗《瓦尔登湖》中人与自然的天然"神合"及"神交"方法视为范本，视为经典。尽管在古已有之的文学经典文本中，并非皆畅扬自然，或者有的还极尽张扬人的活动的无限性及对自然的征服性，但生态批评也会通过对自然的共通与共同的交往之"神合"情境，不仅挖掘自然之魅，而且通过评价及反思人的活动，以阐发人与自然的无法别离性。

我们用生态批评的体验及评价特点来审视和重新阐释中国文学，观照中国古代人对自然的特有情意，这既丰富了生态批评活动，也是人类文化交往及人类与未来交通的互通之策。文学对自然/生态/生命及审美的体验接续了古今，打通了时空，涤除了地域、国度界限，由此使世间一切都可以经由文学而在自然面前，在生态体验的情境中，在生命的连接网络中对接，进行"神交"。

二　生态批评与中国文学互通的多重路线

文学艺术体验的发生，围绕对自然的感悟及生命体验而展开，且将"自然"作为必然的连接点，这在古今中外的艺术审美活动中都有似曾同一的感悟方式。中国文学传统对自然之"道"性有至深悟解，对自然之美亦有特殊关爱及情意体验之法；既凸显了对自然美的特殊关爱，自然审美也构筑了中国文学与审美的历史及家族相似性。

（一）系统整体性的互通性

中国古代人以系统整体性宇宙观为基础，通过对人的生命存在，对自然的特有感悟方式，展示人与自然、人与社会，以及人与自身的多重关系。中国文学与审美尽管有着体悟自然、表达自然的独特情境，有"得其环中"特有的操作方式，但这并未脱离社会而存在，往往是缠绕在"入世"与"出世"的关系分野中，既表现人们整体的社会关注及责任意识，也将自然与人的情意、人生、德性品质的铺设紧密相连，并且往往设置一种环境，将人的活动和情意放在与多种自然物的共生之境中。如"春"不仅是一种自然演化的节气，更是触发着情意及激越人生的生态有机体。言春者自古以来无以计数，在中国文学传统中春同样是一种被人每每写之、诵之，且显无尽情意的生态肌体。如唐代王建《春词》云："红烟满户日照梁，天丝软弱虫飞扬。菱花霍霍绕帷光，美人对镜著衣裳。庭中并种相思树，夜夜还栖双凤凰。"① 元稹《春词》云："山翠湖光似欲流，蜂声鸟思却堪愁。西施颜色今何在，但看春风百草头。"白居易《春词》云："低花树映小妆楼，春入眉心两点愁。斜倚栏干臂鹦鹉，思量何事不回头？"施肩吾《春词》云："黄鸟啼多春日高，红芳开尽井边桃。美人手暖裁衣易，片片轻云落剪刀。"李建勋《春词》云："日高闲步下堂阶，细草春莎没绣鞋。折得玫瑰花一朵，凭君簪向凤凰钗。"卢纶《春词》云："北苑罗裙带，尘衢锦绣鞋。醉眠芳树下，半被落花埋。"春既是季节，更是有机—过程性的实在，是"生"之运演节律的生态显现。尽管中国古代人并非懂得"生态"何谓及何为，但他们将春与多样的自然物象有机合成，将自我情意、人生与生命体悟在

---

① 本书所吟诵唐代诗篇，没有特别注明出处的，皆出自《全唐诗》，中华书局1999年版。此后只注明篇名，不再注明版本出处。

春和自然物象的生态有机—过程性中融入，却已经极富生态意蕴。生态批评所建立的生态学思维路向本身是系统整体的，自诞生那天起，生态批评对人与自然生态有机关系的体认，就不仅仅是文学自体性的存在，它的后现代指向，其批判性、颠覆性本身就表现了它的社会存在意识及社会属性，其蕴涵的深层次文化意义，内存着文学发展的一个必然及历史的趋向。

（二）生存关注的共同问题

我们深究问题，往往会使文学活动更具有色彩感，更突出对自然、对生命、对人生的特殊关爱。中国文学中的问题意识最经典的表现往往是面对重大的社会、国家及人生问题，仁者君子、贤哲雅士、文人墨客们便产生了对自然、对生命的特定关注，由此而生成对自然之美的至深悟解。他们会呼唤自然，向生命呐喊，或者是向道、禅中寻求精神的慰藉，进而在自然体悟中，在文学审美体验中进行宣泄，以沉淀情感，积聚生命的能量。王维《积雨辋川庄作》云："积雨空林烟火迟，蒸藜炊黍饷东菑。漠漠水田飞白鹭，阴阴夏木啭黄鹂。山中习静观朝槿，松下清斋折露葵。野老与人争席罢，海鸥何事更相疑。"此诗书写"山中""松下"，清静悟"道"，这既是王维人生境遇不畅而产生的一种问题性回盼，也是融入山野之境而清静顿悟，且与万物、"野老"交相融合，是对困顿人生的超越。王维的另一首诗《归辋川作》又云："谷口疏钟动，渔樵稍欲稀。悠然远山暮，独向白云归。菱蔓弱难定，杨花轻易飞。东皋春草色，惆怅掩柴扉。"这里的田园之意、之趣与"惆怅"的心灵境况实际上也是对社会、人生之途的拷问。生态批评所针对的问题意识往往不是个体的，而是社会的；是历史的、文化的，且是全球性的，是人类发展而产生的过程性问题，同时也涉及由工业文明而引领的人们的具体的生存境况、消费观念及发展观问题。我们如果从这重领域里能够真正为人类提供生存的方略，提供感受生命、亲近自然的策略，必是幸事，但其中，更重要的是表达对自然、生命，对美的爱，继而汇聚为对人生之爱。爱默生曾经畅言人与自然那种永久无法隔离的至深情谊，因为大自然是无私的，只要我们能够真诚地面对自然，呵护自然，各种自然生物对人来说也将是无私的。他说："当人面对自然全面敞开心扉时，所有的自然之物都给人以相似的印象。自然永远是恢弘大度，不曾带有卑琐的外观。最聪明的人也不能追究出它的秘密，而且即使他发现自然的所有的完美，他也不会丧失对自然的好奇心。""自然能满足人的一个更高尚的需求，这需求就是对美的爱。"①

（三）诗意体验与共有寻求

中国是一个诗的国度，是"诗的故乡"，不只因为中国文学传统总是融解在诗与画的创造中，更因为中国的艺术与审美历程本身就是一种诗意呈现，是诗意的生命演历过程。古代人通过构筑人的诗意体验方式，引领人们深层次地体验人与自然、人与社会及人与自身的多重关系，其中的自然话语、生命话语、美的话语，乃至生态话语，对"生生"节律的体认及诠释，都能够转换为诗性话语及诗意表达，且依据生命活动运演逻辑及韵律感来呈现。生态批评同样力主构造一种生态诗学，威廉姆·鲁克尔特所界定的生态批评，就将其设定为"生态诗学"。当然，鲁克尔特这种界定主要是出于对生态学这门科学在文学中的实践，或由阅读及教学运用而表现。显然，还不同于我们所言的生态、生命有机节律及在人生、生命活动中所呈现的诗意状态。事实上，生态批评以诗意性的生命体验方式，找寻人类所应有的"诗意地栖居"之地，使诗意的存在家园"显魅"，这已经表达了强烈的生存关注，亦显示出一种诗意性的生存策略。

（四）话语构建语境的相通点

生态、自然、关系性、系统整体性、生存论、生命体验、共生共荣、有机—过程、可持续性、诗意性，以及"生生"韵律、"天人合一""天人共存"、化生化育、"气韵生动"等形成的话语系统，都适用于生态批评的整体结构。其中有一个核心构建机制，这就是"生命"。生态与文学的本根都在生命，而中国文学的本根更在于对生命的表达。中国文学传统中对生命的体验及其话语系统本身具有较强的

---

① ［美］爱默生：《论自然》，见吉欧·波尔泰编《爱默生集——论文与讲演录》，赵一凡等译，生活·读书·新知三联书店1993年版，第8、14页。

表意性、有机性及生态性，且具知识性，有许多的概念与命题在西方批评话语里可以使用。我们仍就"道"而言，作为一个核心范畴，"道"是本体与生命的原初观照，也是上述系列话语表述及整体构建的一个凸显标志。"道"为这些话语及整体的内在机理，而这一切又积聚并集合为"道"；对"道"的不同解读及体验，既是古代人的常理，亦会生发出现代的阐释。"道"的原初性、聚合性、内在性及统领性，在知识论及阐释方面的真实性，其不可拆解性，使其有独特的表达线路，继而体现出一种超越语言的特性。叶维廉就说：

> 宇宙现象整体运作的演化生成超乎人智与语言，道家早就悟到。与其把"知"的可能放在人智，一步步远离真实世界，与其用概念对万物之为万物、对其自然生发衍变质疑，反不如对这些质疑的行为本身质疑。因为人为的假定不可以成为宇宙的必然，实在是不辨而明的；所有意图以抽象的意念或圈定、范定的方式去类分天机都是徒然的，都是限制、减缩、歪曲、片面不全的，都是不可靠的假象。①

从这种意义上看，道家对世界、对生命、对人生、对伦理，抑或是对"天机"的体验性把控及悟解，可以充蕴西方分析、抽象性及思辨性解释原则。这就是说，"道"并非不可阐释、不可分解的，而是在阐释、分解中是否把握其内里及真义，是否给予自然、生态及生命以体验性阐释，而非仅仅限于话语及概念、范畴及体系性的分解，也非只是对之进行条分缕析。

三 跨文化境域的超越性

我们之所以要从跨文化境域观照生态批评与文学的中西互通，继而把握中西文化特性及文化的互通问题，一是因为生态与文学的有机联合而表现出一种多样性文化的互为阐释及"间性"交往，二是因

---

① ［美］叶维廉：《中国诗学》，人民文学出版社 2006 年版，第 43 页。

为要把控跨越时空之文化交融的历史必然性。生态批评欲产生更加广泛的全球影响，并惠及人类整体及未来，理应从几千年的中国文学中获得滋养。中国文学亦要体现现代转换，要走向世界，融入世界，要与多样文化进行"间性"交往，既突出自身特点，又以文化支持观照人类发展，而生态批评这种新的文学现象，也为其铺设了优质的互通路线。

（一）　生态批评与跨文化原则

未来世界的发展要基于文化的发展，同样未来世界的交往更要基于文化的交往，未来世界体系的构建，实际上是文化体系的构建。发展、交往及体系构建中的文化构成必然体现出多样性，且体系是多重价值功能的聚合，并且能够呈现出文化间性的特性。加拿大学者 D. 保罗·谢弗在《文化引导未来》中称文化是"未来的钥匙"，他说："创建这一体系的关键在于使文化和各种文化形态成为全球活动和人类事业的中心，辅以必要的安全和预防措施，这将能使人类根据文化的最高、最聪明和最能容忍的原则而不是最基本和最粗略的实践来创建世界体系。这些原则包括：寻求平等、公正和真理；爱美好的东西、知识和智慧；对稳定、秩序和多样性的需求；合作、关心和共享的重要性；承认别人的权利和自由以及寻求完美。""要使为制定一个更平等和有效的体制奠定基础的文化潜力得以实现，那么人类、大自然、自然环境和其他物种之间将必须更加和谐地相处。这种相处应基于与自然的统一，而不是凌驾于自然之上。"① 事实上，生态批评与中国文学都兼具了这种体系构建的基本条件及跨文化原则，并得以彰显平等、公正、友好的文化潜力，通过文学活动的延伸而呈现对自然与人之间生态有机关系的调控。跨文化往往是不同文化间的审视、阐释及交往，生态批评与中国文学之所以对跨文化现象也具有超越性，是因为其交往及间性基础是人类整体对自然、生态及生命演化的态度，关注的是人类整体及家园共生性存在，因而并非泛文化状态。

---

① ［加］D. 保罗·谢弗：《文化引导未来》，许春山、朱邦俊译，社会科学文献出版社 2008 年版，第 9—10 页。

（二）生态批评与"文化间性"问题

"文化间性"首先认同不同文化间的关系。生态批评与中国文学的"文化间性"表达，并非限于不同文化间的关系，还显示着东西方文化之间的关系问题，既涉及文化影响、渗透及兼收并蓄问题，还关注如何能够在这种文化交往中使人类得以生态美好地生存与发展。生态美好以生态有机及诗意性家园的存在为基础，且必然关涉政治、经济、文化、道德化的生存条件，这一切都应该呈现出生态有机性。法国跨文化研究学者米歇尔·苏盖和马丁·维拉汝斯在《他者的智慧》一书中这样谈道："各种文化都是深深地依赖于文化渗透现象或跨文化现象，文化间的互相影响甚至可以达到'文化杂交'或'诸说混合'的程度（不同地理文化或宗教元素被整合进同一类立场态度之中）。""意识到不同世界间对话与互动的必要性并意识到其现实性，是将文化定义为一种有生命力的现象，一种能使'共同生活'更为美好、减少冲突，甚至是推动经济发展不可或缺的因素。在某种程度上来说，这也是实现从文化到跨文化的一个心理过渡。"① 事实上，生态批评与文学的中西互通对接也呈现出文化间的交往与对接，这既是现实与必然，也是一种艺术调节和发展。苏盖和维拉汝斯在阐释文化间关系时也明确了"文化间"一词，"文化间"涉及文化之间的关系，既是一种现实，也可以看作一门艺术。跨文化作为一种既定的事实，唯一存在的事实，就是文化间性，亦即文化之间确实存在的关系。自然、生态与生命的本根性是生态批评与文学的中西互通及文化间性构建的基础条件，而之所以相互间能够渗透、跨越，是因为其各种不同的文化特性。其中，既有自然地理及环境条件的决定性，又有其经济文化生成的条件，同时又据此成就了不同的文学、审美及生命体验特性，并呈现出文化多样性，其中也内存着语言表达及学理阐释特性。从文化间性层面把控生态批评与文学的中西互通，既需认同其融通、交往性，更需彰显其超越性，这一切又不应过度拘泥于各种

---

① ［法］米歇尔·苏盖、马丁·维拉汝斯：《他者的智慧》，刘娟娟等译，北京大学出版社 2008 年版，第 21、23 页。

文化特性及标准。苏盖和维拉汝斯也指出："一旦以我们自己的标准、自己的方式、自己的习惯来理解世界，我们就会不由自主地试图使这个世界符合我们的标准、我们的方式、我们的习惯，由此带来的后果可能会非常严重。"①

（三）生态批评与中国文学的文化阐释特性

艾兰认为，当代西方学者之所以要研究古代中国，其简单的原因在于：中国不是欧洲。中华文明与欧洲文明之间没有传承关系，两者地位完全平等，中华文明则有更强的连续性。艾兰深情地表达了这样的思想：无论古今中西之人在时间、空间和文化语境上多么迥异，我们都享有共同的人性。她有多部著作研究中国早期文明，在《水之德与德之端——中国早期哲学思想的本喻》一书中，她从"水"的自然性状及中国早期文字的性状入手，揭示中国古代人对水的认识，并确定其本体性特点，由此而延伸至对"道"与"德"的丰富内容以及富含的自然实体及现象之状的阐释。由"水"而至"道"，其特性因于共同动势及流溪之状。故艾兰指出，哲学意义上作为自然规律的"道"，是基于水之溪流的本喻，而"水"的特性之一就是循道而行。她这样说："'道'的概念，作为一条溪流，作为一条指导人们行为道路的方向原则，由此，'道'的概念被拓展延伸，蕴涵了这样一个条件状态，每一事物都应因循自然规律而动。"② 艾兰还进一步明确指出，《老子》和《庄子》中"道"的功能构造不仅源于这种溪流及水道，而且其特性都是源之于水自身的。尽管艾兰并非出自于生态批评的视域阐释中国文化，但她实际上是在把握"生态"存在的根本现象，她对"道"的阐释不仅把握其本喻及本根特性，而"水"与"道"的流动之状也明晰了生命运动的节律状态，凸显了有机性及生态关联的本根性。作为西方学者，艾兰阐释以更加明晰、确证、逻辑及辩证的方式，有效及合理地揭示了中国文化与哲学、文学及审美的

---

① ［法］米歇尔·苏盖、马丁·维拉汝斯：《他者的智慧》，刘娟娟等译，北京大学出版社 2008 年版，第 29 页。

② ［美］艾兰：《水之道与德之端——中国早期哲学思想的本喻》，张海晏译，商务印书馆 2010 年版，第 78—79 页。

概念和范畴的基本特性，还能够至深体验且标识其隐喻及本喻。艾兰指出，在中国早期哲学思想中，水是最具创造活力的隐喻。在阐释"万物"时，艾兰指出："'道'是一种创造生命的力量，生成万物，但它是以水赋予生命的方式而不是上帝创造的方式创造万物。""万物的自我更生是生命序列的一个环节，生物依次开花，生育，并由此走向消亡。"① 显然，这又是一个溪流及生命流动序列的隐喻及其表征。

（四）生态批评与中国文学的诗性阐释策略

就生态批评作为评价及学理活动本身而言，西方学者还少有对于中国文化及文学现象进行生态阐释的例证，但从中西比较方面及跨文化视域中的阐释却不乏精到者。宇文所安（又名斯蒂芬·欧文）对中国诗学阐释有着独到之处，但他的阐释理路，其概念、范畴、逻辑推演及系统的构建则显示了西学方法及策略。如在《自然景观的解读》一文中，他用西学的景观话语替代自然，并分析了诸多诗篇。事实上，景观与自然看似皆出自于自然生态的本有之状，但景观更具人本性及构造性，同时作为西方话语的惯用词语，有时也指代自然、环境，当其替代自然而进行诗学阐释，并以其阐释中国古代诗歌时，显然会将诗性体验的自然而然之状，将其"万物一体"的有机结合进行分解。因而宇文所安使用"建筑结构的自然景观"这一说法来阐释诗篇，并指出这种现象在中古时期的秩序中可以被清楚明晰地表述出来。他以这种方法分析了唐代韩愈的《南山诗》这一"建筑化"的精彩范例，并比较分析了李贺《昌谷诗》。宇文所安认为，《南山诗》是宇宙的，也是帝国的，是一个整体有序的，具有一个常态身体的有机统一性；《昌谷诗》中的大自然呈现出太多令人心醉的细节，大自然的神奇与诗歌的工巧几乎难分难解，像一种"碎片化"地再现，对局部细节的沉湎而拒绝被纳入宏观整体。南山是宇宙的微观缩影，昌谷则是一个独特的地域；李贺的诗行或诗联能够带来愉悦，而

---

① ［美］艾兰：《水之道与德之端——中国早期哲学思想的本喻》，张海晏译，商务印书馆 2010 年版，第 117、118 页。

且比《南山诗》中的任何一行或任何一联更经得起玩味。宇文所安认为：

　　　　大自然被表现为具有建筑性结构的、刻意构造而成的、清晰明澈的，每一部分都会融入一个整体之中。对于在大自然中找到结构完整性的强烈需要，本身已经包含了它截然相反的立场。在这一相反的立场中，自然不过是众多细节的大杂烩和拼盘，或缺乏内在统一性的秩序，或暗含一种隐秘而晦涩难懂的秩序。面对着具有建筑结构的自然，人的主体意识可以与之保持一定的距离，从宏观上把握这一整体；而当置身于支离破碎的大自然之中，主体意识则迷失了方向，沉湎于局部的细节当中。①

建筑结构显然是一种结构性的组合体，事实上，我们并不能排斥诗歌创作中这种自然物象的组合，但根本点在于它的合成是情意滋润及有机性的，还是物象堆砌，或是"碎片化"的。当然，依循中国古代人的体验方式，或许难以解析这种建筑性，但西学话语解析及体验却会成就"建筑性"。这种建筑性的诗性体验的出发点并不只是解构，以期回复"支离破碎的大自然"，而是满足"在大自然中找到结构完整性的强烈需求"，显然，我们可以看到这种诗性阐释方式的可行性及必要性。在中国文化及文学体验中，这种有机系统性、完整性是一种亘古的追寻，尽管其中也不乏物象堆砌、情意与物象分离的表达，但却总是会在情感、德性及人生路途的寻求中建造有机整体，使自然物象、主体情感、德性品质等融汇在一起，并伴以"道"性及生命、情感之动，以表达其"真"义。在诗性解析及阐释中，这一切往往会以物、事、情的动势展开。叶维廉在《中国古典诗的传释活动》中说：

---

　　① ［美］宇文所安：《中国"中世纪"的终结——中唐文学文化论集》，陈引弛等译，生活·读书·新知三联书店 2006 年版，第 32—33 页。

> 中国古典诗的传释活动，很多时候，不是由我，通过说明性的策略，去分解、串连、剖析原是物物关系未定、浑然不分的自然现象，不是通过说明性的指标，引领及控制读者的观、感活动，而是设法保持诗人接触物象、事象时未加概念前物象、事象与现在的实际状况，使读者能够在诗人隐退的情况下，重新"印认"诗人初识这些物象、事象的戏剧过程。①

物、事、情的动势体验及合成作为中国诗学的阐释要义，其中合成的也是多样的物象及人相的生态组合，既有自然物及生态原发态，有"隐退"诗人的继发态，有清静闲适的平衡态，亦有接受及"传释"者的合成态。

生态批评在跨文化阐释方面所蕴积的超越性，指涉自然生态及生命体验的方式，同时还呈现出语言及话语构成的超越。超越并非剥离，这就需要立足于文化多样性，对原有的生态根脉及环境特性加以清晰梳理，使由此而生成的经济社会结构、文化习性、德性品质、人格样态及价值构成等所形成的智慧内涵，在兼收"他者的智慧"中丰富自身，体现"间性"交往及交流。

---

① ［美］叶维廉：《中国诗学》，人民文学出版社2006年版，第34页。

第二章 生态批评与文学研究范式转换

范式转换在诸多学科研究领域被运用，文学研究自不例外。对于范式可有多重认识，不同范式会构筑起不同的理论大厦。现代范式的使用，可以包容古代范式的合理内容，并展示其历史性范式的传承性及现代转换性。文学研究领域所连接的诸多转换性问题，实际上关涉到范式转换问题。在历史性层面，诸如古代文学的现代转换、现代性转换，体系、方法及话语的重建或重构等；在文学观念层面，诸如文化转换、美学转换、诗性转换、心理学转换、生命体验性转换等；在文学内在机理层面，如文本转换、非本质性转换、视觉转换等。

第一节 范式转换：文学研究的"革命"之路

从生态批评看范式转换，仍需依循有机—过程性及多样—共生性的生态节律。这并非仅停留在观念和方法上的求新，更会促动人的生存之根，关涉生态、生命之发生源的探求。埃德加·莫兰称范式是"隐蔽的思想"，是"理论的核心部分"，逻辑也处在范式的控制之下，他还称范式为"主宰一切的地下通道"①。在笔者看来，范式还具有认知性及标识性作用，不仅有科学认知，而且具有对历史性存在

---

① ［法］埃德加·莫兰：《方法：思想观念——生境、生命、习性与组织》，秦海鹰译，北京大学出版社 2002 年版，第 232 页。

的认知，对传统接续策略及方法的认知，更具有对生命、情意体验程度的把控及标识作用。当我们以科学态度对待历史性存在时，实际上是可以将历史运演节律作为范式，以认同其现实与未来存在的可行性。近年来，人们在研究中多使用的"范式"一词，主要来自于美国的科学史家与科学哲学家托马斯·库恩的"范式"思想。

一 "范式"的"革命"之路

"范式"一词在古希腊语中出现，其意为"范型""模特"等。库恩《科学革命的结构》一书将该词进行了现代转换，作为研究基础，构建其研究体系。库恩使用"范式"，旨在解释常规科学间的关系，其中，他赋予范式的含义既有所变化，又呈多义性。有学者统计，其义大概有 21 种之多。

库恩阐释及使用"范式"，既作为他思想中的核心概念，又不断丰富着其含义。库恩曾说："一种范式通过革命向另一种范式过渡，便是成熟科学通常的发展模式。"① 库恩提出关于"常规科学"的概念，即指不断地产生范式的转换，澄清范式已经提供的现象及理论，意在指明其所谓的"科学的革命"。库恩指出："革命是世界观的改变。"又说："范式改变的确是科学家对他们研究所及的世界的看法变了。仅就他们通过所见所为来认知世界而言，我们就可以说：在革命之后，科学家们所面对的是一个大不同的世界。""革命之前科学家世界中的鸭子到革命之后就成了兔子。"② 埃德加·莫兰也对"范式"问题有精到的关注，他认为，库恩的"范式"并非清晰，而其含义强烈又模糊，事实上也的确如此，这是一个多义的指称。莫兰指出：

> 强烈，是因为范式具有一种彻底的意义，它是方法论的指导、思维的基本图式、预设或起关键作用的信仰，因此它本身带

---

① ［美］托马斯·库恩：《科学革命的结构》，金吾伦、胡新和译，北京大学出版社2012 年版，第 10 页。
② 同上书，第 94 页。

有一种理论统治权。模糊，是因为范式摇摆于多种含义之间，最终以含混的方式涵盖了科学家们对一种世界观的集体赞同。①

事实的确如此，时下在诸多以范式论证及对范式转换的研究中，有时就对范式与概念、范畴的区别及联系，范式的思维特性及逻辑进向等难以理清，对不同研究范式，对其学理性的内涵及外延也多有不完善之处。莫兰给出一个定义，他指出："一种范式，对于在这种范式控制下进行的所有话语而言，包含着可理解性的基本概念或主要范畴，同时也包含这些概念或范畴之间的吸引/排斥的逻辑关系的类型（合取、析取、蕴涵或其它类型）。"② 王南湜教授从马克思主义哲学范式研究入手，全面观照了 20 年来国内学界对"范式"及"范式转换"概念的使用情况，大致分为四种类型。第一类是在"哲学的基本思维方式"的意义上使用；第二类是在研究进路或侧重点意义上使用；第三类是在笼统的研究风格之意义上使用；第四类是在以重大问题为研究对象的意义上使用。③ 显然，第一、二类使用的研究者较多，这关涉哲学观念转换问题，更涉及范式概念的逻辑进向问题。这时的"范式"不可能是归一的，也不是凝定的，而是围绕中心区域逻辑地并且也是现实性地植生了多重含义。

我们在这里探讨"范式"转换问题，主要是环绕"生态"这个中心范式展开的，且视其为在人类活动区域中由强大的辐射而显示出富含重大意义的转换性范式。而所谓"革命"之路，是通过"生态"范式转换的多向认同及多角度阐释，多向引发，一方面引发生态认同及对人的生态生存问题的合理体认；另一方面，既借力于多学科的联动，更围绕我们所论及的文学研究来观览，并通过生态性来体验我们的自然、生态、生命、世界、人生、文化及审美的存在。

---

① ［法］埃德加·莫兰：《方法：思想观念——生境、生命、习性与组织》，秦海鹰译，北京大学出版社 2002 年版，第 234 页。

② 同上书，第 235—236 页。

③ 王南湜：《中国马克思主义哲学范式转换研究新论》，《学术研究》2011 年第 1 期。

二 "范式"转换的逻辑进向

我们这里借助范式转换的研究，显然应包含更全面而深层的意思：其一，用现代思维及理论、逻辑的范式来审视历史与传统；其二，探求传统范式的当代价值与未来指向；其三，求解范式的共生性意义，即以范式的理论与逻辑的引领，接通不同地域文化，促动国家、民族及种族文化的相互认同、交融，来认识生态性与全球性，以求共通、共识；其四，在这诸多层面找寻共有的、具有同一性连接的范式，或者说，以"生态性范式"把握地球人共有的生命演化及生存节律。

我们只有在这些意义上，在生命有机性及共生共荣的运演节律上，才能真正打通地域界限，连通古今，接续未来，继而整合、融合多样文化。我们将"生态性范式"运用于文学研究中，也旨在把握生态与文学的共同命门，这就是生命有机性。"生态"存在的本根及运演的基本状态是生命有机性，文学活动的本根在于生命的存在，而其运演节律及审美生成所依循的基本状态就是生命运演的节律状态，同样为生命有机性状态。对于文学研究而言，生命有机性所凸显的生态性范式，不只是语义性、观念性的，同时也是逻辑性的，并且会逻辑地还原文学活动的本根性，活化文学艺术的美学品性及意义的本有状态。为此，我们对这种"生态性范式"的认同，对其逻辑进向的把控，也可以借用莫兰对这个定义所做的进一步论证，他说："范式这一定义同时是语义的、逻辑的和观念—逻辑的。就语义而言，范式决定着可理解性，给事物以意义；就逻辑而言，范式决定着最主要的逻辑操作；就观念—逻辑而言，范式是联合、淘汰、选择的第一原则，决定着观念的组织条件。根据这三个生成的和组织的含义，范式指导、统治、控制着个人推理的组织和那些遵循范式的观念系统的组织。"① 我们所体认的"生态性范式"，即便不像库恩所说的，将意味

①　[法]埃德加·莫兰：《方法：思想观念——生境、生命、习性与组织》，秦海鹰译，北京大学出版社2002年版，第236页。

着一场科学革命，但却含有"革命"性意味，或者说，当其植入文学研究中时，就会成为由科学革命到文学"革命"的延伸。

这种"革命"之路，不可能不深深地影响着我们的文学观念、批评方法，乃至文学体验方式。仅就观念层面而言，其中，不仅涉及概念、范畴的转换，而且必然存有观念及逻辑的变化。"生态性"作为一种范式，对我们固有的世界观、认识观、价值观，乃至人生观、生命感、审美观及文学性表达等，都有着巨大的冲击，因而这必然连带着概念、范畴及逻辑进向的转换，催生着文学生产和接受目的、方式的变化。其中，还会引发人们对生态公平、正义、代际平等等观念及实践的深度认同，显然，这种转换本身似乎就蕴涵着"革命性"。

三　文学研究范式的生态转换

对于文学研究而言，理论及思维连续性是不可少的，但当其发展到一定社会历史境域，甚至在社会发展中受到多种思想、文化及地域性的影响及导向时，或许就如同库恩所言，表现了理论的非连续性及间断性，此时必然需要进行范式转换，以适应新的思想、新的理论及新的研究境域。

在所认同的转换关系中，或许我们会更强调其历史与逻辑的一致性，且必须有序合理地承继历史与传统，承继就是接续，就必须体现"连续性"。所谓转换也必然是在这种"连续"及承继中展开的，是历史与文化传统在不断的、永久性的传承中的转换。文学研究的范式转换更应该体现这种特点：思想、文化及精神、审美体验的方式的连续性，是沿着人的情感体验、审美体验的一致性而展开的理论思考。这也说明文学研究的范式系统，更注重于通过挖掘人的文化心理构成中的发生源及深层意蕴，并连接其运演的逻辑脉络来构建。这对人的生存，对人的深层次生命体验的感悟来说，具有一定的普泛性与历史合理性。但这一切的内里必然有一个中心点及其"线"的连接，这就是人，是人的生命活动，是人的活动及存在方式的多样性，是人自身发展演化所存在的节律性运动状态，并由此而结晶形成的文化形态。而能够最优化地张扬人的这种生命运演及其节律性推进的人类活动方式，在我看来，就是人的生态存在及艺术审美存在的有机合成。两者的共通共同之处还在于，都由人的现实、感性活动的有机性启动，并不断升华，不断活化生命有机性，其最终的境界性生成所显示出的人格存在，促使生态人格与审美人格趋于一致，或为一体性。生命有机性伴随着艺术审美魅力的永恒，在历史的运行轨迹中，不仅富含极强的辐射性、构造性，而且蕴积着巨大的增殖性。

文学活动显化的有机性也会依人的生态肌体性活动状态，按照不同历史时代及文化要求，而不断地丰富艺术的内容，变化着审美趣味及接受取向，继而扩展着艺术审美的魅力。

四 文学研究范式生态转换的"通约"性

任何范式转换必然涉及富含当代意义的概念、范畴，或者实际上就是通过当代性来包孕巨大的辐射功能，既连接着历史文化及过去的发生，更关涉着未来意义的观念、范畴系统，并以综合性且有机性的认识、把握及体验，来接续历史与传统、现实与未来的过程及结构。

历史已经走过，我们不可能重建历史，我们研究历史，承继传统，实际上是为当代。当代作为一种机制旨在提炼、提纯，并充实新意，构建新价值。这不仅为当代人的生存，更是经由当代，而走向未来，所以这种转换及过程性作为范式的规定必然富含着未来性意义。就文学本身而言，这种传承的历史维度是必不可少的，不可能像库恩所论述的"不可通约性"那样。文学的审美魅力在不同的范式与范型系统中，在不同的时期，按照时代的要求，被不断赋予新的内容，具有了新的、可能是更加丰富、更加充实的含义，所以我们可以说艺术的传承及向未来的转换是需要通约的。生态批评在产生之初，所守成的生态主义范式，面对经由历史与文化筛选的经典文本，批判性地指涉了人类中心主义范式。这其中，比如对麦尔维尔的《白鲸》，比如对海明威等，尽管这是批判性的，或者说由于范式转换，其批评的指向同样也会转换，但其文本存在的确定性及历史性连接的必然性所内含的这种"通约"性则是必定的。尽管其批评视域会围绕着对人自身"中心"位置的重释，对近代以来人的活动方式以及"祛魅"

状态给予价值重审，但作为人的活动，作为对人自身存在的优质化趋向的寻求却并未发生根本性的变异，由于围绕人的存在的连续性，"通约"性理应是既定的。

库恩还论及了"反常规"性的思维特性，以显示"常规科学"发展的脉络，其中的"革命"，也构筑起了常规与反常规的关系视野。在库恩那里，科学发展是以范式转换为中介的，而范式转换又必须伴随着问题的提出。

五 由问题而导出的生态范式转换

问题意识框定了人们的信念，而这种信念既出自人们对历史传统与现实的反思，又得自于人们对未来的祈望。文学研究范式的生态性转换与探究，本质上也是出自于问题的提出，而这个问题之大，影响之深远是任何科学研究所关涉的问题无法望其项背的。因为这是人类整体的问题，是人类未来发展且如何能在生态有机状态下和谐生存的问题。

由问题引发而促使理论出场，就必然关涉生命有机性及其如何认识、把握及体验生态性问题的思考，所谓范式转换理应由这种思考来引发。这种转换及思考既是当下的，就要在历史及文化的深度反思中，在对未来性视野的构建中，最终实现其效果。我们还需通过有机性方式转换，谋求将生态批评与中国文学传统进行对接，并对其"对接"方式及条件进行考察。这全在于中国文学的历史及传统所蕴含的巨大的生态智慧能量，并且中国古代人的艺术与审美体验，始终是蕴聚在与自然、生态，与生命交织的关系中，伴随着对生命、对人生的深度体验；古人对生命精神之神圣魅力的解释，对人的生存境界始终有着极大的审美魅惑力。范式转换对既成的事实给予全新认识和体验，会对其产生新融合机制和条件，对现代及未来有着深度影响及产生新作用，或者，更会趋近于人的活动本真。古人对自然生态及自然美的至深感受与深层次悟解，甚至对诸多的自然实体存在物的情有独钟，为我们对艺术及美的体验铺设了基础性条件，更对我们体验生命之魅，探求生命的真谛，融入诗意生存的境界有着巨大的促生力。我们从宋代王安石的多首诵春绝句来看这种境界性的展示。七言绝句《春风》云："春风过柳绿如缲，晴日烝红出小桃。池暖水香鱼出处，一环清浪涌亭皋。"《春雨》云："城云如梦柳傲傲，野水横来强满池。九十日春浑得雨，故应留润作花时。"《春江》云："春江渺渺抱墙流，烟草茸茸一片愁。吹尽柳花人不见，青旗催日下城头。"《暮春》云："无限残红著地飞，溪头烟树翠相围。杨花独得东风意，相逐晴空去不归。"《春入》云："春入园林百草香，池塘冰散水生光。身闲是处堪携手，何事低徊两鬓霜。"《春日》云："柴门照水见青苔，春绕花枝漫漫开。路远游人行不到，日长啼鸟去还来。"五言绝句《春雨》云："苦雾藏春色，愁霖病物华。幽奇无可奈，强釂一杯霞。"《春晴》云："新春十日雨，雨晴门始开。静看苍苔纹，莫上人衣来。"《春怨》云："扫地待花落，惜花轻著尘。游人少春恋，踏去却寻春。"诗人通过多种自然生物在生态转换节律（春）中所呈现的整体、有机的诗意存在，在天地间，在云水间，在雪雨青绿中，在"栖居"之地，与万物共生、共荣地"体验"着，既品味着万物共享"生态"之滋养，共谱生命之交响，共铸生命之魅力，也昭示着生命的真谛，成为自然／生态／生命之美的映现。在当代，人们开始重新思考如何与自然生态构建有机关系，寻求何以诗意性生存，能够矫正工业化的偏执，摆脱技术、资本的束缚，消却都市的喧嚣及嘈杂时，必然会重新思考中国文学传统中那种与自然，与天地，与山水，与花鸟虫鱼有机连接的，那种诗意性生命悟解及审美体验的魅力。我们吟诵王安石的五言诗《霾风》，或许也会深悟排解生态问题，尤其是被"雾霾"困扰着的当代人的生存境况。诗云："霾风携万物，暴雨膏九州。卉花何其多，天阙亦已稠。白日不照见，乾坤莽悲愁。时也独奈何，我歌无有求。"文学体验完全能够引发我们理解的范式转换中所应该注重的问题意识，用库恩的那种"共同体"的拷问性话语来言说。

文学研究的生态性范式转换难度是颇大的，因为关涉生态性，就必须具有跨学科性，需要诸多学科的集团作战，其中体认生态、生命，需要由学科跨界及多重知识聚合，起码要由生物学的知识沉淀，生物学又需由探究进化论展开对生命有机性的关注，如此等等。洛夫在《实用生态批评》的结尾处也谈道：

> 对于文学学者和教师而言，没有什么比有见识的跨学科研究更值得一做的了。此外，我相信没有任何的跨科学研究比进化论能为我们这些当代的人文主义者提供更多的东西了，因为它与生物学、生态学、神经科学、心理学、人类学、生物地理学、语言学以及相关的研究领域密切相关。从所有这些和其他正在发展及正在出现的学科中，有关人性根本的普遍性及其与文化影响之间复杂的相互关系的证据不断得到确证。这是即将到来的新世纪知识领域的新边疆。因此，沿着真正生态的路线，来理解人性和人类行为，就有可能以新的方式阐释人在自然和社会环境中的地位。①

第二节 生态批评与"中心"性范式转换

这里所谈的"中心"性范式主要有两种：一是我们所惯常接受或普遍坚守的以人类中心主义而确立的"中心"性范式；二是由自然、生态及生命运演而支撑的有机性范式（也可称为一种"中心"）。我们从范式转换意义上看，两者并不是谁否定谁，也不是谁征服谁，而是转换的关系。我们确立了人类活动与生态、生命有机性紧密联系的观念，便会引发必须认同的事实：人作为生命存在无法剥离开生命有机性及地球生命共同体。所谓"中心"性范式转换就是强调由人类中心范式向有机性范式转换，但并未否认我们不去认识人何以为人，不去体认人类有机性存在的本真问题。

一 有机性范式转换与人的存在的确定性

学界有一种对生态问题研究的误解，认为确立生态观（包括生态

---

① ［美］格伦·A. 洛夫：《实用生态批评：文学、生物学及环境》，胡志红等译，北京大学出版社 2010 年版，第 188—189 页。

主义、生态批评、生态美学等）是反人道的，甚至是反人类的。持这种观点的人似乎忘了自己既需要衣食住行，还是饮食男女，自己跳动的心及脉，从事思想的大脑如何能离开肉身，自己的一切必须以肉身躯体为中介，与万物，与社会，与各种各样的人与事建立联系，并且缠绕在极为繁复的网络中。假如自然身体没有了，自己的一切也就荡然无存，因为自己还不是阿道斯·赫胥黎《美妙新世界》中工场化批量生产的"人"。如王晓华所言："从根本上说，对身体的遗忘和生态危机互为因果：遗忘身体就必然遗忘养育有机物的生态体系，反之亦然。"①

（一）"人道"与人的本真"复魅"

我们所言的"生态"，是有机性的生态，人作为生命有机体活动于生态境域中，人的社会、精神及文化存在不可能绕开生态境域，也不可能离开生命有机体而特立独行。人要有机性地存在就不可能不去求解存在的本质，不可能不依有机节律而铺设行进路程，不可能不追寻有机性地生存。我们确证人有机性生存的本真，恰恰是在维护人类，是显化了人的存在的本来，因而是最大意义上的人道主义。所谓"人道"，并非崇尚极度的人类自我膨胀及自我独尊，其"道"亦须沿着有机—过程性之道行进。我们对"生态"的关注内存着批判性，其批判性所指是面对人类的这种"自大"，是人类以自我为中心的异化性，更是近代以来工业化及资本的超度获得所造成的自然"祛魅"，甚至是生命有机性被不断变异。恰恰是这种"祛魅"及变异，才是真正的不人道，或者是真正的反人类。因为自然、生态"祛魅"会深度影响人类的有机性存在，变异人的和谐生存，更会改变人类未来发展的生态永续性路径。这样看来，生态关注的目的不止于批判，而更在建设，意在通过对生命有机性的关注，建设性地体认生命的多样与共生，以求褪去"祛魅"，而求人的本真"复魅"。所谓"复魅"，实际上就是回归人本应有的有机性及多重关系中的自由生存，回到人之所以为人，回到能够在多样性及共生状态的生命有机性中和

---

① 王晓华：《身体、地方意识与生态批评》，《江苏大学学报》（社会科学版）2014 年第 1 期。

谐生存。

（二）超越三重"中心"的对峙及论争

被"中心"性范式掌控，人类遭遇了自然及有机性的"祛魅"。被"祛魅"统摄的思维体验，自然往往是作为对象性存在的，人们认识各种问题，也总是呈现出对立性、对象性，抑或表达运行着机械论、二元性及线性的思维机制。在活动机制中，人对自然是以征服、改造而确立存在观的。这只因自然是作为人类生存与发展的对象性而存在，是人类活动与万物关联的资源库。但自然的存在本是生态化的，是有机—过程性存在，是"万物一体"的存在，且有其生态运演节律，并非只为了满足人类活动的需要而存在。生命跃动于其中，生命价值在其中展示，但这首先呈现为有机性价值。显然，这一切是不可依人的活动而存在的，而人的活动又不可不依有机—过程性的节律，人的价值也不可能不展示生命价值。人的活动过度，人的欲望无限膨胀，的确会深度影响自然的生态运演节律及有机性。当这种影响变异为危机状况，作为生态问题而被关注，自然生态及万物的价值与权利问题同时也被人们普遍关注时，必然会引发关乎自然中心主义、生态中心主义与人类中心主义的论争。不论在这多重"中心"论中，是观念的对峙，是方式方法的缠绕，是基于对人类存在的本体状况的求解，是对人的生成特性的体认，是源于对生态与环境的危机所进行的深度反思，还是展示"返魅"性祈望，当这些问题由人的活动而引发，并深度影响人的永续生存时，也同样会引发对人类中心性范式的反思、重审。三重"中心"的对峙、论争，甚至有着相互否定的意愿，其中关涉的焦点仍然是人类中心范式与自然中心范式。两者不论哪一方，其聚合点也不可别离有机—过程性，有机性与生态是互为条件的，实际上是从不同角度确证同一个问题，所以从范式转换角度而言，三重范式应作为合成力而向有机性范式转换。

有机性范式既肯定了人的活动的自然生态基础，也未回避人的存在的"类"特性。因为人的存在的最为根本的特性，人的社会存在，人的生产与生活，人的精神与文化存在，人的艺术与审美化的生存，都需基于有机生命体的活动，且在相互间（人与人、人与万物的生命有机体）建立的关联网络中显现人的魅力。

二 有机范式转换与文学的哲学问题

如果肯定范式转换是一个重大的哲学问题，那么，在文学活动中以生态批评视域关注范式转换问题，显然是对这个哲学问题的一种解答。这首先是如何通过文学而回答哲学问题，又通过这种哲学规定性而回答文学何如的问题，回答文学对生命有机性的作用是怎样的。这其中必然关涉文学如何阐发、绘制及复现自然/生态/生命与人的生存问题，必然要明晰生态批评作为文学活动应该如何表达自己的"立场"，如何确立自己的"本质"，如何确证学理系统，如何通过文学体验及审美而凸显有机—过程性。事实上，有机性范式是实在的，作为"在场"，既表达生态存在的永续及无止境，还可以通过确证艺术之魅及艺术路途的无止境，通过生命与美的有机体验而"显魅"。

布赖恩·巴克斯特在《生态主义导论》中评述哲学家、小说家艾利斯·默多克的一种观点，即哲学的主要目的在于找到在其中明确表达观点的情境关系。巴克斯特指出："这种富有见地的解释，为艺术和哲学之间的连接产生了一种密切的关系。"[①] 无论是中国还是西方的文学艺术，从其产生之初就与哲学息息相关，但在文学发展历程中也不断地、有意识地且自觉地对抗哲学，努力摆脱哲学理论思维的统辖和影响，确立文学自身的理论地位，并力主建立一种自主独立的批评理论视域，其原因似乎就在于文学艺术是能够全面调适人的生命有机性体验的人类活动方式。有机性范式对自然/生态/生命及人的生存的指涉，在文学这里，会更具整体有机性，而且会显示出特有的作用和魅力。刘勰在《文心雕龙》中提出文学"原道"思想，其中承继儒家哲学的"道"性思想，其"道之文"更在于明晰文学体现及生命表达的有机性及基础性条件，也可视为是"自然之道"的延伸。故刘勰言：

---

① ［英］布赖恩·巴克斯特：《生态主义导论》，曾建平译，重庆出版集团、重庆出版社 2007 年版，第 224 页。

> 文之为德也大矣，与天地并生者何哉？夫玄黄色杂，方圆体
> 分，日月叠璧，以垂丽天之象；山川焕绮，以铺理地之形：此盖
> 道之文也。仰观吐曜，俯察含章，高卑定位，故两仪既生矣。惟
> 人参之，性灵所钟，是谓三才；为五行之秀，实天地之心。心生
> 而言立，言立而文明，自然之道也。①

唐至宋、明继承和发展了这一思想，亦畅扬着"文以明道""文以贯
道""文以载道"等。这些作为中国古代最重要、最根本的文学理论
主张，其中的"道"尽管不乏儒家伦理、社会评价及"节度"之
"道"，但在其原发点上都不能不与那"天地并生"的"自然之道"
相通。在中国文学传统中，文学在逐步获得独立自主的地位时，其内
涵始终无法脱离这种"道性"的统摄。老庄道家的"道生"思想则
更加注重这种自然原发性，其顺延着"生"的节律转换而生成文。
儒道两家对天地之道与文的关系论述，已经表现了有机性范式的雏
形。顺延这个路子走来的艺术，旨在诠释这种"道生"之本、之根，
且表现了极强的动态路向。清代石涛的"一画"论，也诠释着这种
"道生"的本与根，并进行着艺术实践。石涛云："一画者，众有之
本，万象之根；见用于神，藏用于人，而世人不知，所以一画之法，
乃自我立。立一画之法者，盖以无法生有法，以有法贯众法也。"
"夫画，天下变通之大法也，山川形势之精英也，古今造物之陶冶也，
阴阳气度之流行也，借笔墨以写天地万物而陶泳乎我也。"② 事实上，
无法之为大法，而"法"的归依就是"道性""道生"，是"生生"
之法，亦为有机—过程之法。

柏拉图在《理想国》中探讨了文学艺术与哲学的关系，认为
"理式"是世界的本质，自然世界的一切都是对理式的模仿，而文学
作为对自然世界的模仿，又是对理式模仿的模仿，因此文学艺术是影

---

① 《文心雕龙·原道》。本书引刘勰语皆出自范文澜《文心雕龙注》，人民文学出版社
1951 年版。此后引，只注篇名。

② 俞剑华编著：《中国古代画论类编》，人民美术出版社 2004 年版，第 147、148—
149 页。

子的影子。现代人阿瑟·丹托在论述"哲学对艺术的剥夺"时说："柏拉图，作为形而上学的政治家，把艺术家逐出了理想国和实在，他与它们的联系如此松散，致使模仿带给我们的不是理论，而是对无能的十分有效的隐喻。"① 马克·爱德蒙森在《文学对抗哲学——从柏拉图到德里达》一书开篇就说："文学批评在西方诞生之时就希望文学消失。柏拉图对荷马的最大不满就是荷马的存在。""尽管柏拉图对文学艺术的吸引力不乏雄辩之词，然而，在他看来，诗歌对创造健全的灵魂或合理的国度没有丝毫用武之地。在设计乌托邦蓝图时，柏拉图把诗人逐出墙外。"② 与柏拉图对文学的轻视相比，亚里斯多德的《诗学》则从哲学立场肯定了文学的价值和意义。他说：

> 诗人的职责不在于描述已发生的事，而在于描述可能发生的事，即按照可然律或必然律可能发生的事。历史家与诗人的差别不在于一用散文，一用"韵文"……两者的差别在于一叙述已发生的事，一描述可能发生的事。因此，写诗这种活动比写历史更富于哲学意味，更被严肃地对待；因为诗所描述的事带有普遍性，历史则叙述个别的事。③

诗或者文学的"普遍性"不只是在于其描述了自然/生态/生命及人的活动的方方面面，更在于形象、情意化地揭示了其内里，体认其"律"，在我们的论域中，这亦可称为有机—过程的节律。从这种意义上说，文学或可为形象、情意化的哲学，至此，文学研究的范式转换就必然关涉哲学观念的转变。

哲学与文学的不解之缘，无论在中国还是西方，本体论思想都

---

① ［美］阿瑟·丹托：《艺术的终结》，欧阳英译，江苏人民出版社 2001 年版，第 6 页。

② ［美］马克·爱德蒙森：《文学对抗哲学——从柏拉图到德里达》，王柏华、马晓冬译，中央编译出版社 2000 年版，第 1 页。

③ 亚里斯多德、贺拉斯：《诗学·诗艺》，罗念生、杨周翰译，人民文学出版社 1962 年版，第 28—29 页。

深度地影响着文学理论及批评的发展和变化。马舍雷从哲学角度阅读文学，他认为，哲学与文学绑在同一台纺车上，就好像受到永久的推力。哲学和文学就像相互缠绕的杂乱线团，从哲学的角度阅读文学作品，重要的是揭示出作品中的多重构成，以及这些构成中不同的研究方式。他将其划分出了多个层面：基本层面是"文学与哲学之间的关系严格说来是文献性的：哲学以文化参照为名义，与文学作品表层处在同一层面"；再一层面是"哲学论据为文学文本承担着一个真正的形式操作员的角色：描述一个人物形象，组织一个叙事的普通步骤，甚至设置背景，或者组织叙事方式都是如此"；最后层面是"文学文本也可以变成思辨信息的载体，其哲学内涵常常被引向意识形态交流层面"。因此他在明确回答"文学在思考什么"这个问题时表明："这就是从文学文本的阅读中能够最终获得哲学教诲的必要条件。"① 马舍雷用这种文学与哲学的思想解读并深度研究诸多作家和作品。他还用"普世的想象"来观照斯达尔夫人的文学思想，但这种"普世"需文化多样性及特殊性条件，更需要建立在文学个性之上，而其目的是在表达斯达尔夫人的文学思想和想象的策略。马舍雷认为，斯达尔夫人首先遇到的是文化问题，即多种文化和文化交流问题，在民族文化与世界文化的交织中，她利用多种话语或多种层面的话语，使其作品占据了位于文学和哲学之间的空间。马舍雷以小说《柯丽娜》为例指出，斯达尔夫人用自己为原型创造了"外国美女"的形象，而其之所以是"美丽的人"，是因为小说人物的世界性身份。从叙事想象角度而言这是很有意思的，人物处于多种文化中，但又不完全认同这些文化，而是意欲要读者去认识不同文化分离的间隙。对于不同文化之间的关系，马舍雷在描绘斯达尔夫人文化碰撞及交织中所产生的新的文化，并在多种文化之间建立起关系时说："如果每个文化对于其他文化来说都是陌生的话，这思想首先是因为它们自身就是怪异的文化，这是一种内部的怪异，

---

① ［法］皮埃尔·马舍雷：《文学在思考什么?》，张璐、张新木译，译林出版社 2011 年版，第 7 页。

它处在任何特殊表达形式的中心。"① 作品对人物个性的描绘，勾勒出一种理想的表象，也就是如何在不同特性的紧密联系中表达一致性，马舍雷称，其隐性的哲学正好回应了文化调节政策的需要。斯达尔夫人赋予其小说人物多变的性格，以此来表现自己的思维方式，即努力去领会各种对比方式，而不消减任何一方。将哲学的严谨及理性的清澈与艺术想象的模糊性、幻象性相交织，或许会超越既定事实的局限，而从中挖掘出更加本质的东西。至此，马舍雷说，斯达尔夫人"研究哲学家，不是为了哲学家本身，而是让他们为她所捍卫的事业服务，因此她运用了跟含糊手法相同的艺术，使得她可以与各种学说保持一致模糊的关系，以便得出在她看来似乎是精华的教训，而自己又不会落入任何体系的窠臼之中"②。

我们从文学与哲学的关系中观照有机性范式，有多方面意义：其一，认同有机性范式的基础性、丰富性及广延性，更需蕴含方法论意义。有机性既是生态基础，是生命多样与共生的表现，同时也是方法，掌握有机性需进行生态方法体验。其二，文学与哲学的关系必然是有机的，不仅是相互比照，相互映衬，而且是其难以分割的关联表达。文学深层地表达生态、社会及人生，就是哲学问题；哲学需要想象、情意，如若需要打动人心，就呈现出文学性表达。其三，文学与哲学对"发生"问题进行追寻。这其中既有文学的发生，也有哲学的方法问题，更重要的是文学与哲学会通过对各自发生源及"本源"、本质的认识来求解人的发生，而文学对人、对人生的绘制，对生命精神的求解及表达，其本身就是哲学性求解。其四，从范式转换的角度说，我们会通过生态批评来重新体认文学活动的特性，明晰文学对生命的指认，而这显然也是哲学问题。我们是否可以说，生态批评的"文学性"本身就是哲学性的文学性，或者是通过文学性来显化哲学方法及生态方法。其五，不论文学也好，哲学也罢，只要关涉到"中心"范式，就不论是以人类为中心，还是以自然、生态为中

① ［法］皮埃尔·马舍雷：《文学在思考什么？》，张璐、张新木译，译林出版社2011年版，第26—27页。

② 同上书，第30—31页。

心，都必然是哲学问题。

三　生态批评与有机性范式的确定

生态批评作为文学活动样式，在遭遇范式转换的必然性时，或许会以文学与生态的有机合成而"对抗"所谓的"中心"范式，这应该是一个有意思的论题。文学与哲学尽管难以分离，在现实的体验中，有机性范式或许会由点到面、由小到大、由局部到整体，并通过人物形象，通过激情及爱意体验等来显现。在文学活动所表达的生态的有机性关系中，有多样生命体的活动建立起的有机性关系，有人的活动与自然万物建立的生态有机性关系，有作为生命个体的人与他人、社会建立的有机性关系，有当代人与未来人（子孙后代）建立的承继有机性关系。这其中，人自身的种种关系，既是社会性的，同时也必须是生态性的，因为人本身是生命有机体，而相互间建立的关系就必然是有机性关系。

（一）文学表达与人的有机性关联

在文学领域，生态批评作为特殊的文化批评或许更易于这种有机性体认，这或许会表现文学"对抗"哲学，同时也需有文学对抗文化的平面化。文学必然是人的特殊性表达，既表达个体生命的特殊性，也表达地域、民族及习性的特殊性，更需文化多样性而内蕴的特殊性。特殊性之所以存在，是因为其发生之源是自然之根，是生态的有机关联。自然之根成就万物或生物多样性，也建立起生命关系的多样，有机性就在"多样"性中被显化出来。自然与生命的多样性延伸至人的活动，必然显示出文化多样性，这促成了人的活动方式、文化存在方式的多样性及永续存在。生态批评所面对的不只是一般意义上的文化多样，而必须观照其发生之源，在自然与生物多样性中，在生态与生命多样性中揭示文化多样性及魅力。有机性范式所归位的多样性的通联条件，必然要超越人类中心性范式的单一性，这却未必是"反常规"的，而是表现出由自然/生态/生命向人的活动常规性演化，是指向循环往复的节律状态而显示出的常规路径。就有机性的本根存在而言，人类中心性则是真正的"反常规"，因为人类的超限性总在影响、干扰甚至要改变生态"常规"。生态批评建立有机性范式，既需顺延范式转换的"连接"特性，又要跃迁出那种"不可通约"性，且在广泛的联系、有机—过程性的合成中体现其所含蕴的融通性。我们论及"中心"性向有机性范式转换，需明确所转换的是这种"中心"性观念，需要将对象性、对立性转换为共生性、融合性，将机械论思维转换为系统、整体性及有机性思维，同样需要反思人类的超限性及对有机"常规"的背弃。

（二）有机性范式与文学体验的矫正

有机性范式转换并非全盘否定人类中心，其根本作用是引发对多样性及有机—过程性的深度体认。当其归复文学体验时，就不可能不围绕人的活动而展开，即便是观照自然、生态及万物，或者在平等、权利、敬畏、爱意中的观照，也不可能游离于人的活动之外来独立讨论。有机性范式活化文学体验，必然包含着重读、重审、重释及重新体验，对那种曾经认为大自然的杂乱无章、简单无序，没有生命、没有情感、没有灵性、没有气度、没有意义、没有价值，即便自然有灵也是人赋予的，自然有情也是人的情感的映衬，或者自然固化、凝定、缺乏生机的言说方式，给予矫正及深度改变。洛夫也谈到，在生态批评的延伸过程中，自然意识与支持自然文学和批评忽隐忽现地为非人类自然给予必要的矫正。比如"自然中的适应策略极其精妙复杂，难以理解，而文学作为人类社会的创造物，其最大挑战之一就是研究自然与我们老师、学者所从事的日常工作之间的复杂关系"。洛夫接着引述了西蒙·沙马在《风景与记忆》中讨论人的树木崇拜与宗教的关系的一段话："因为人类生命之短促，渴望在自然中找到安慰。这是为何树林常常被看成是人死后入土的恰当背景，因为它象征周而复始的春之复苏。由此可见，这司空见惯的现象背后的神秘实际上生动地说明了自然形式与人之设计之间的深层的关联。"① 在中国文学传统中，这种依时节变化而表现思乡、思妇、思夫情感等的作品俯拾皆是。周而复始的季节，作为自然生态运演惠顾了"思"的体

---

① ［美］格伦·A. 洛夫：《实用生态批评：文学、生物学及环境》，胡志红等译，北京大学出版社 2010 年版，第 25—26 页。

验者，为他们提供的不仅仅是"风景与记忆"，也不只是对时节的膜拜，更是其对自身生命、生活及生存境域的反思，节律性变奏的时节使这种反思布满了情意。这不仅使时节，甚至某个季节、某个时令都熏染着激情，而且有机与无机的多样自然生物及自然现象与之合奏，共同畅抒命运的交响。自然、生态，万物、节律，生命、情意，身体、灵性，动物、植物，山林、湖泊、日照、雪域，雨水、酒水、墨水、泪水，国事、家事、情事，生境、心境、化境，如此种种相互涌动着，有机交织着，"生生"转换及接续着，共同编织着对生命的记忆。我们仍然以古人诵春的诗作来评析，如唐代孟郊《春日有感》云："雨滴草芽出，一日长一日。风吹柳线垂，一枝连一枝。独有愁人颜，经春如等闲。且持酒满杯，狂歌狂笑来。"唐代赵嘏的《春日书怀》云："暖莺春日舌难穷，枕上愁生晓听中。应念绿窗残梦断，杏园零落满枝风。"王安石的《春日即事》云："池北池南春水生，桃花深处好闲行。细思扰扰梦中事，何用悠悠身后名。"春日里，万物生命的复苏且喧嚣构成景观，更给愁人、愁生带来人生快意，万物的生机勃勃可让人在"狂歌狂笑"中，或可在释解梦境中悟解有机生命之魅。

（三）有机性与转换的路径选择

我们依范式转换的思维脉络，重视、重读以致重审，乃至重新体验古已有之的文学现象，或许会转换许许多多既成的体验策略，而不断地经由有机性体验而通达生命之根，接通美的发生之源，继而成就转换路径与行动的延伸。生态批评沿着这种转换路径行进，亦须认同万物各以自身生命活动方式，与多样生命的繁复形成有机关联。人作为生命有机体及特殊的生物种群无法逃离这种关联。但人们惯常坚守的人类中心论却远非此义，因为它不断扭曲着有机性，也异化着人所本应具有的生命有机性体验。自然中心主义意欲转换中心，力图将自然存在的权利归复自然，构建自然本身应有的价值形态。生态中心主义似乎是折中的、调和的，但有时会更倾向于自然中心。我们所论及的转换，主要是意识的、观念的，也是思维范式的转换，以范式明晰路径，支配行动。对有机性范式的认同、体验及学理性构建，不只确证万物有机存在的根本性，也需在文学与哲学的"对抗"及融通中，审美地体验文学艺术对自然/生态/生命有机特性的展示。怀特海在《科学与近代世界》中以"浪漫主义的反作用浪潮"为题，分析雪莱和华兹华斯对科学和自然的不同态度，以及科学、自然与审美之间的关系。怀特海指出，哲学求证须依具体的体验方式，把具体的事物提到科学面前。怀特海对19世纪的文学，尤其是英国诗歌的具体体验，也是他的这种求证策略。他曾以此证明人类的审美直觉和科学的机械论之间的冲突，同时也证明有机论的必然性。比如，怀特海称颂雪莱在"解放了的普罗米修斯"中的"气化凌霄不可羁"，认为这是对地球的"一句惊叹语"，是科学书籍中"气体膨胀力"的诗化；华兹华斯《云》这首诗的灵感，就是由水的物态变化而引起的。"我变而不灭"，这种变化不但是空间运动，而且是内部性质的变化。怀特海说："雪莱与华兹华斯都十分强调地证明，自然不可与审美价值分离。从某种意义上讲，这种价值是整体对各部分的卵翼抚育累集起来的。因此，我们从诗人那里便得出一种说法：一种自然哲学必须研讨六种概念：变化、价值、永恒客体、持续、机体和混合。"① 文学有其资源滋养地，即在自然/生态/生命，在其中的"变"及有机性，哲学为其融合及本质表征而竭尽力量，科学的认知亦能够为之提供必要的思维、证明及体验性方式。

有机性范式在哲学、科学境域中揭示人的生命"本真"，在文学体验及想象表达中也更须活化"真"性。如果我们用艾布拉姆斯《文学术语词典》中"伟大的生存（环）链"词条的解释，可以这样确定文学体验的有机性范式。艾氏认为，这是一个被思想家描述为宇宙间一切生命的起源、类属和相互关系的哲学命题。艾氏为这个概念总结了三个结论："（1）丰富性：宇宙间完全充满着各种各样的生命，不存在尚未认识的可想象到的物种。（2）连合性：每一物种与另一物种的区别是微乎其微的，因此它便能以几乎难以觉察的方式与

---

① ［英］A. N. 怀特海：《科学与近代世界》，何钦译，商务印书馆1959年版，第100页。

它最相关的物种相连合。（3）等级性：存在中的一切物种体现出不同的地位等级，它们因此组成一条伟大的生存链或阶梯，从处于最底层的最简单的物种上至上帝自身。在这个环链中，人类介于动物和天使或纯粹的神灵之间。"①

第三节　生态批评与存在论范式转换

存在论也是本体论，既观照人的存在方式，又指涉存在的状态，其中理应包括人的现实存在及人的未来性存在。存在论回答的问题包括存在是什么，或者什么是真实的存在；世界万物的存在形式、存在状态和存在方式等。存在论是在一定的价值观、人与自然的关系基础上形成的，不同历史时期及文化样态，会形成不同的存在论；不同的学科形态也会有不同求解存在论的方式及路数。我们从范式的转换角度看存在论，其转换更需明晰人的自我确证，同时变异主体确证，或者将人的自我主体转为"间性"主体，或在有机、过程、关系中生态存在的"主体"。

一　作为过程及关系的存在论

存在既是过程性、关系性的，也必然是有机的。存在的过程与关系所涉及的人的本体存在的位移，也呈现了一种生态演替的节律性、有机性，也就是说，人的活动必须沿着生态节律及有机—过程而行进，继而通达永续。这一方面表明人必然是生态性的存在，其存在的基础就是自然、生态及万物生命的有机关联，人与自然的生态有机关系也在其中，人的存在系统应该是人（社会、经济、精神/文化）与自然的复合生态系统。另一方面，这表明我们的立足点所确立的人的现实与历史性存在的视角，实际坚守的应该是生态存在论意义下人的存在，是应该促生生态系统的和谐性存在。生态存在论"将自身的研

①　[美] M. H. 艾布拉姆斯：《文学术语词典》，吴松江主译，北京大学出版社 2009 年版，第 225—227 页。

究领域定位于宏观的生命现象，关注与人相关的人的生命存在、精神现象、社会经济生活以及自然生态系统"①。系统存在必然是以生命有机性为基础及其标识的有机的系统性存在，在生态存在论看来，有机系统是存在的基本形式。

二　彰显自组织功能的存在论

"生态"指证是作为一元整体化的，具有自组织功能的"动态复合体"②，既明晰生命活动的系统组成，也由生命的运动系统而"显魅"。中国文化传统中所论及的"生生之谓易""生生不息""参天化育""万物一体"等，体验性地诠释着这种"动态复合体"的运行状态，实际上作为生态、生命系统的运行状态的形象表达，业已包孕了有机性、过程性的存在论所指。这里所说的生命以及"生生"的运动，必然包含自然存在的一切生命现象，人的生命存在也不会游离之外。这还可以将自然宇宙系统，将地球存在系统视为巨大的生命体，是巨大的"生生"运动的系统，也为自组织系统。在自然宇宙的自组织系统中，不论是天上的，还是地下的；不论是植物、动物，还是人类社会；不论是人的个体生存，还是经济、社会、文化以及各种精神活动方式都可以整体化地组合在生态系统这个"复合体"中，并使之成为复杂的、多层次的、立体性的、有组织的，也是过程性的系统结构。因此，在我们看来，"生态存在论从系统的自组织演化考察人与自然的关系，它将人纳入人—社会—自然复合生态系统中，从自然和人自身的双重视角考察人与自然的关系"③。从存在论角度看，这需要关涉到对重要的系列命题的把控，所指涉的是人的存在，自然的存在，人与自然的存在，生态存在，人何以作为生态存在等层面。

---

① 韩德信、盖光、陈红兵：《生态文化视野中的科学发展观》，中国文联出版社2008年版，第45页。

② 这个称谓出自联合国《生物多样性公约》中对"生态系统"这个术语的界定。见万以诚、万岍选编《新文明的路标——人类绿色运动史上的经典文献》，吉林人民出版社2000年版，第283页。

③ 韩德信、盖光、陈红兵：《生态文化视野中的科学发展观》，中国文联出版社2008年版，第51页。

这样还会派生出我们必须释解或可否认同的两个命题：一是"人以自然而存在"；二是"自然以人而存在"。从自然存在的视角考察，"人以自然而存在"表明人是自然的存在，只因人类的存在依托于自然生态系统。从人的存在而言，"自然以人而存在"，即表明自然通过人而实现自身，或者说人是自然的生态演化，也是自组织演化的目的或必然结果。我们遵循自然的生态自组织演化过程，是因人在这系统中生成、人化，并不断显示自身的"类"特性。或许这两种释解都会确证生态存在论，自然的实现实际上是在进行生态演化，是在有机——过程性中，是其内在价值的实现；是否有人类存在，是否有人类参与，都无法改变自然的这种生态有机、过程及价值实现的必然。但事实却是：当人类参与其中时，就必定会对之产生深度影响；人类活动如果不守限与度，其影响就会愈演愈烈，甚至危及人类自身。

三　凸显生命体验的存在论

事实上，上面两个命题并不是对立的，而是有机合成的，或者是从两个角度论述的同一个问题。在存在论的解释视阈中，不论是言自然、言人，还是言生态，其中存在及关联必然有一个共有条件，或者是相互连接的必要条件。在我看来，这个条件就是生命，是生命的存在，因为自然万物得以联系，人得以与万物联系，并保有永续存在的条件，是因为生命有机性的过程及联系，而所谓"生态"亦指生命的存在状态。人与人、人与社会、人与自身之所以能够得以联系，同样是因为人是生命有机体，人的社会、精神及文化存在，人的一切活动及永续发展，也全在于人的生命有机存在。由此我们可以认定，生态存在论可以归位为对生命存在的确证及释解。生命存在是丰富、多样且复杂的，当其演化到人的生态存在阶段时，会显现出更大的复杂性。人的生命存在，既有着感性、物种性的生命形式，并作为生命活动的基础，更有人自身的社会生命和精神生命的存在，这是人类区别于自然生物，体现人之所以为人的主要方式。人不局限于现实存在，还要将自己的生命活动推向更高的层次，且进行文化沉淀，并主观地意识到，以致积极努力地追寻生命存在的更高形式。这就需要人们在现实的生存活动中时时感悟、关注和体验终极性生存状态，并将这种体验和关怀注入审美的元素。当人的存在进入精神、文化及审美存在的境域时，其复杂性越来越明显，其有机性状况同样具备了调节性，对感性、身体性存在的掌控也越来越明显。但人毕竟是自然的、生命的存在物，自然与生命往往滋生出欲望，欲望极端化往往呈现出失控状态，失控状态的欲望往往会变异社会节律及文化存在方式，因而使有机性也产生变异。当生态有机性运演的本有节律被扭曲时，人的身体就会受到"重创"，人的精神和文化也必然会产生危机。

四　文学与审美表达的存在论

生态存在不止于人与自然的有机关系，但又不可能游离于这种关系之外，因为只要是进入认识、体验、促动阶段，进入社会、精神及文化境域中，就必定是人的活动。因而存在论范式转换一定会关涉"中心"性范式问题，即人类中心向生态有机性范式的位移问题。国内有学者称："自然不断地向人生成，人不断地向自然生成。人的自我实现与所有生命的自我实现是统一的。所以，生态存在论返回到人与自然的原初关联中，去看世界如何在它们的相互生成中成为'在场'，因而生态存在论克服了人与自然的二元对立。"① 曾繁仁在确立自己的生态存在论美学观时也明确指出，生态存在论的前提是存在论哲学，这种哲学与一般认识论那种人与世界"主客二分"的在世关系不同，而是一种"此在与世界"的在世关系，因为前者是从人与自然根本对立角度而言的，后者提供了人与自然统一协调的可能与前提。他说："'此在与世界'的'在世'关系之所以能够提供人与自然统一的前提，就是因为'此在'即人的此时此刻与周围事物构成的关系性的生存状态，此在就在这种关系性的状态中生存与发展。这里只有'关系'与'因缘'，而没有'分裂'与'对立'。"② 生态批评与生态美学的存在论是相同及相通的，所建立的这种"此在与世

---

① 陈名财:《生态存在论》，中国社会科学出版社2010年版，第196页。
② 曾繁仁:《生态美学导论》，商务印书馆2010年版，第283页。

界"的在世关系，实际上就是有机性、过程性关系，它讲求万物之间的生命有机性，人的生命活动寓于其中，并作为有机—过程性存在与万物"结缘"。对这种关系，文学艺术的审美表达较之人类活动的其他方式，甚至是科学表达更形象、直观，用艺术家的话说，则是更具"可塑性"，同时文学与艺术表达不离感性生命及涌动的激情，需有身体机能的全面支持，因而这更具真实性，或者更切近生命体验的真实。用马克·罗思科描述绘画问题的话说，即"绘画是艺术家使用可塑性手段对自己真实概念的一种表达"。他认为，在这表达境域中，艺术与哲学的相似之处要胜于科学，"因为科学是引导某种特别现象或某种类别的物质或能量的法则体现，这些法则有具体的局限性，运行条件也受到限制；然而哲学则必须将所有具体的事实归结到同一个体现之中"。"对于人类来说，要理解这个世界，既需要哲学性表达，又需要艺术性表达，而且我们也应当在这里指出，是艺术为人们提供了这一总体的两个要素。"①

存在论范式转换也包含本体范式问题，而作为有机、关系性的存在与本体，在中国文化传统中的所指不仅多，而且更切近自然/生态/生命与审美。这或许有着中国文化中对概念阐释往往具有多义性的因由，更是由古代中国的自然生态条件、社会生产方式及生活方式、文化存在方式所决定的。中国人的气本体、道本体、"无"性本体，在艺术体验中的性情本体、情感本体，甚至有学者言"意象本体"，这些都适于现代转换，并为生态存在论，对有机论，对有机—过程性的思维方法的掌握注入资源滋养。

第四节　生态批评与价值论范式转换

有用性与无差别性（一般性）是把握价值的根本理据，前者注重作用及意义性的把控，注重其有形性、有用性的显示；后者则致力于

---

① ［美］马克·罗思科：《艺术家的真实》，岛子译，广西师范大学出版社2009年版，第60、67页。

揭示其内在性、固有性、支配性，是价值作用及意义的内在依据，更具隐性、潜在性及节律性。

一 价值范式的规定性

以往我们论及价值，一方面强调对象对主体的作用及产生的意义；另一方面，确定主体对对象的改造、征服，一切对象皆为主体服务，以达主体的满足。显然，这两方面都表现了需要及满足之间的关系。从价值求解方面看，以往我们在认识自然价值、社会价值及人的价值的时候，除了总是开掘自然对人的作用及意义之外，同时也要求个体对社会的作用及意义，乃至其付出的程度。马克思在揭示商品的价值二重性时指出，商品价值的无差别性是人的劳动（体力与脑力的支出）。我们从生态存在的角度认识价值，实际上是在求解其无差别性，即把握自然生态运行的内在依据，或者是其运演的节律，也就是其"内在价值"。以往我们认识人的价值，一方面是看个体对社会的付出、贡献，对社会规范的坚守程度，对社会要求的实现程度；另一方面，则是看人对自然的"控制"能力。事实上，我们很少关注甚至忽略这一价值表现所产生的内在依据。如果用外在与内在的关系来说，这种曾经的表达是我们更关注外在价值，而忽略对"内在价值"（并非只指人的精神心灵存在的内在性，而且指上述所言的自然、生态存在的"内在价值"）的把握及评价。

二 价值论范式的转换原则

我们从范式转换的角度所讲的价值论范式转换，涉及一个重要的问题，就是我们能否将对内在价值的认识和把握作为中心原则。这其中的最关键之处是如何认识人的价值和自然的价值，而对这两重价值的认识又必须涉及对生命价值和生态价值的再认识。其一，我们确认人的价值，需要转换原有的那种人独立于自然，人在征服自然、改造自然中显示人的价值的惯有观念。其二，对自然价值的认识需要承认自然有价值，但自然的价值却不只是为人的价值，不只表现在为人服务的价值及对人的生态支持的价值上，同时也需承认自然有存在的权利，而其权利的价值并非人赋予的，而是其本身存有的内在价值。其三，对生命价值的再认识，也需改变那种原有的，仅认识人的生命存在的价值意义，而不承认自然的生命也同样具有价值的观念。如果我们重新理解真正意义上的生命价值，那么，这就是在生命有机—过程性中多样运作而展示的生命的多样共生、融通共荣、互惠互利的价值。其四，对生态价值的认识，显然是由自然、生态及生命的有机存在而体现的内在属性的价值，或曰内在价值，最起码，自然的生态运行规律本身就是一种价值存在的显示。其五，当我们以价值论范式转换介入文学体验，观览文学研究范式时，显然也需对文学价值给予再认识，或者求证如何能够基于生态有机性、生命共通性来确证文学价值。从这种意义上说，文学研究范式的生态转换，其基础是肯定及体验自然/生态/生命及审美价值的有机合成，就此识别人性/人生/人学，继而完备对人的价值的再认识。

三　价值论范式与生态价值

自然有价值意义，且是根本的、固有的、广博的，这是毋庸置疑的。自然价值表现的有用性与无差别性，即为自然的外在价值（有用性）和内在价值（无差别性）。自然的外在价值与内在价值的分野，实际上是自然对生命存在的作用、意义和归位，这就是自然的生态价值。我们所言的价值论范式转换，就是由我们曾经坚守的人的价值范式及生命价值范式转换为生态价值范式。生态价值是"连接"的，对生命有机性（人与万物的有机存在）的价值，是对生命多样性的作用和意义，作为自然生态的实在，都须由有机状态来显示其价值本质。

四　价值论范式与伦理价值

伦理作为善性的表达，是德性、德行的展示，原本是人与社会及人与人之间的关系表达，是推进人的发展和社会发展的必要条件，因此，伦理也是价值表现。我们所言的价值论范式转换就是易于从人际性伦理价值范式转换为生态性伦理价值范式。而生态性伦理价值范式体现出双重指向：既指向自然万物，也指向人自身，人类对万物的伦理回馈也是对自身的伦理责任。

五　价值论范式与精神价值

人是一种精神存在，价值既有精神价值特性，从其理性的表达策略来说，这本身就存在于人的精神活动之中。精神价值基于生态价值，主要在于生态价值为精神价值提供运行方略，提供参照系，提供生态支持机能；精神价值作为人的行为活动的引领及规范机制，能够保持人的平衡性活动机制，促发人的精神生态体验的和谐与自由，并形成对生态价值的反馈系统。精神是人类存在的重要特征，内蕴着人类对自然宇宙、对自身存在方式、对生命的构成特性的掌握，并构筑了知识话语系统、行为规范体系、活动导向机制及生命运行的指向结构等。精神价值是人类构建自身的整体性、规范性、有序化的演替节律的价值呈现，精神价值对人的活动方式具有指导性、指向性，使人的活动表现出意义—意向性结构。人们从事精神体验的主要方式是通过精神和心灵—心理结构，而构建人的信念、人的理想信仰，进而辐射与发散到人的生产、生活实践以及生命活动的各个方面，并在活动中塑造人的精神品格。

以生态有机范式审视人的价值，人与物都是生态因子，都是生命有机体之一员，都有维护生态和谐结构的义务。在生态系统的整体结构中，人与物的权利与义务应该彼此同在，其生命也是共生且互惠互利的。人的意识、意志、精神，人的活动的目的性，以及人的创造能力，在于具有积极主动地行使与支配权利和义务的能力，在于具有活化生态有机性的能力。

第五节　生态批评与文化范式的转换

文化范式转换需要导向这样一种认识，即如何建立生态文化观念，这启示我们如何主动地将一般的文化范式转换为生态文化范式。

一　如何理解生态文化范式

在全球范围内，尽管对文化的界定方式、描述的角度及领域很多，产生的概念也是多种多样的，但对文化的认识不外乎这样几个层次：其一是历时态的文化。依据自然、社会与人的发展及演化过程来构筑文化，同时包括不同历史演替过程的文化形态。其二是共时态文化。依据人的生成与发展已经形成的结果来建立文化意识，包括物质、精神、政治等文化形态。其三是物态文化。以人的物质劳动成果而结晶的文化形态，既包含技术、工具性文化，也包含劳动实践过程中的手段性及规则、规范等文化形态。其四是精神态文化。这可以单独将人类的广义性精神活动统称为文化，或者是精神文化，既包括实态的、有形的精神产品，也包括虚态的、无形的人的精神—心理及心灵活动所呈现的文化样式。其五是地域与区位性文化。主要是不同的地域环境、区域、国家以及民族、种族等由历史与传统的积淀而形成的文化，这在文化的多样与差异性上表现得尤为明显，并且上述多种文化层面在这里都有不同程度的表现。目前，国内学术界对生态文化的界定主要是将其植入我们上面所说的某种文化态势中，往往是以物质形态及应用性意义来呈现的。我们所说的生态文化是一种包容性、融聚性、整合性、系统性、有机性、协调性及永续性的文化。

二　生态文化范式与人

生态文化内含着多层次的文化样态，更体现出这种文化样态的互通性、协调性及永续发展性。建立生态文化范式，要求我们在创造、体验文化时，在构建文化发展的机理时必须寓于生态视野中，把人的生存与发展放在复合且复杂的生态系统中予以认识，必须充分认识到自然生态的价值，认识人在生态系统中的家族成员身份，且视之为一种文化身份的认同。这要求我们不论做什么事情，都要以生态文化眼光去审视、去观照、去操作。在人格塑造方面，我们还要将那种一般意义上文化人的存在转换为生态文化人的存在；将生活方式、生产方式及一般的文化存在方式转换为生态文化的活动方式；需要将人的行为活动转换为生态文化人的行为活动方式。生态在文化发展形态中的根本内涵就是融合，是追寻和谐文化形态，但又必须是在由生态和谐与生物多样性而延伸的文化多样性条件下的文化融合，是在人类能够合理地调适自身生态化的生存与发展机理条件下的融合。从生态文化结构及人类对未来发展的祈望方面看，生态文化还是观念、方法、机制和必然的作为，是一种趋向终极性的文化。它不仅推进全球范围内生态环境保护观念的不断成熟，倡导人们呵护自然、敬畏自然、保护环境行为的自由度，更体现出人类现实存在、社会经济运行及未来发展的必然状态，是全球范围内任何人及任何国家、地域、民族必须关涉的人的根本价值取向问题。

三　生态文化范式与生命存在

文化是生命的人化，是生命的拓展，是生命魅力的展示；文化使生命的生态存在凸显出人的存在的特征性、能动性，也使人的生命存在具有了多样性、丰富性及无穷的魅力。《文化多样性与人类全面发展》指出：“正是文化，使人们得以相互沟通、联系，也正是文化，使每个个体的发展成为可能。同样，文化规定了人如何与自然、与周遭的物质环境发生联系，文化决定了人如何看待人与地球、人与宇宙之间的关系，文化决定了人对其他生命形式（无论是动物还是植物）的态度。正是在这种意义上，包括人的发展在内的所有形式的发展，归根结底都取决于文化因素。”① 在这诸种关系中，涉及人们共同创造的关系并最终深度影响人类生存的无疑是人与自然生态、人与环境的关系。

四　生态文化范式与文学生态

从生态文化角度观照文学研究范式转换，有几个关键要素需要我们明确，即文化多样性、文化生态、文化类型及文化人格等。这一切

---

① 联合国教科文组织世界文化与发展委员会：《文化多样性与人类全面发展——世界文化与发展委员会报告》，张玉国译，广东人民出版社 2006 年版，第 3 页。

的聚合可谓活动的、形态的、情意化的且彰显魅力的生态文化。文学研究范式转换实际上也是在多个要素的交叉互补中被凸显出来的，文化多样性与文化生态需要以某种文化类型为元素，为实在支撑，既有利于形象、直观表达，也有利于进行深度解析。首先，文学与文化，与多样性有着不解之缘。其一，文学本身既可为文化的一项重要内容，也可为凸显文化特性的一项活动方式；其二，文学的色彩及魅力，文学的个性化、特殊性的审美表达离不开多样性（理应包括生物多样性、生命多样性及文化多样性）；其三，文学的生成、演替及意义的生发需要文化多样性的基地和土壤；其四，文学始终与文化演化相伴，文学的历史能够映衬文化多样性及生态演替的节律，形成协同性、互构性。其次，文学作为一种文化类型具有情感、意志的强力辐射与接受的普泛性。文学可以负载文化而通过人的情意体验渗透到社会生活及人的生存的各个领域、各个角落，装点人们的日常生活，提升人们的生活质量，甚至美化环境，净化心灵。再次，文学素养凸显文化人格。我们评论人，或者鉴析文化人格，往往会以其文学素养为重要标识，以对文学的掌握程度，对文学审美体验的方式作为一个人的文化素养，或者是文化底蕴及文化人格呈现的一种识别码，或者有时还将文化与文学修养并称、合用。最后，"生态"作为文学研究范式转换的基本内容需要通解文化多样性。这是将文化多样性作为生成性的存在，或者视为生物多样性的不断"人化"及生成转化，而生态文化也必然是文化多样性的聚合，这就形成文学研究生态范式的文化资源采集地，是文化养料的输入装置。

范式转换会起到"联系的联系"的组织枢纽作用。文化范式转换可以将文学活动作为一个范本，亦可作为一个枢纽，只因文学蕴涵着文化多样性及文化生态圈同体演化的基本品质。文学发展的历史行程凸显了文学的生态承继性、递进性、转换性特征，乃至不断的价值增值，从中足可以透视出文化多样性及生态演替、进化的轨迹。

第三章　生态批评与复杂性思维

生态批评是一种复杂性存在。就文学活动的本性而言，生态批评的复杂性源于自然、社会及人的复杂性，其内里全得自于生命活动（自然存在的生命与人的生命）的复杂性。自然生态的复杂性使得生命的活动及人的存在皆呈现出复杂性，生命存在的复杂性显现了生命多样性，生命多样性既基于生命实体存在的多样性，也合成生命活动关系的多样性，进而形成生命关系网络结构的复杂性，人的存在的复杂性即在其中。人的复杂性成就人的活动方式及结构状态的复杂，且必然建立起多样生命有机体的复杂性关联，不仅生成了人何以为人，形成了人的生产、生活及精神、文化存在的复杂性，而且成就了文学、生态批评的复杂性。复杂性与多样性使世界成为一个联系的存在，并且是多重组合性、多层次结构及多重联系的存在，使世界成为不可分割的存在。埃德加·莫兰说："复杂性是由不可分离地连接着的异质构成因素交织形成的东西……复杂性确实是种种事件、行为、相互作用、反馈作用、决定性、随机性的交织物，它构成了我们的现象世界。"①

第一节　生态批评与复杂性思维的方法论意义

复杂现象的存在使我们生活在一个复杂的非线性世界中，在有序

---

① ［法］埃德加·莫兰：《复杂性思想导论》，陈一壮译，华东师范大学出版社 2008 年版，第7—8页。

与无序、确定性与不确定性的交织中，由多样性和非线性而汇聚的复杂性也构成了自然系统、生命系统和人类社会发展的基本特征，进而使人的社会、经济、政治、精神、文化活动呈现出复杂性，使基于复杂的自然、人类活动方式而创生的文学活动呈现出复杂性。文学及审美活动属于精神、文化存在，是建基于人的复杂性存在结构（包括人身体的躯体性及感性活动）之上的文化存在。较之人类其他活动方式，文学及审美无法离开多样性、丰富性及个性化，且更加彰显着复杂性，充蕴着模糊性，是文化多样性及个性化最为突出的代表。当文学与审美游刃于历史性及跨文化接受中，并流布及传承在地域、国别间时，其相互间的影响、交流、互动、互渗以及认同、兼收，甚至同化、异化等亦呈现出多样性及复杂性。由此看来，对文学复杂性的审视，还需从多方面展开，既有文学对自然/生态/生命，乃至人的生存的感悟及理解方式的复杂性，有文学主体结构的复杂性，有文学生产与消费（接受）关系的复杂性，有文学传播及研究所呈现的复杂性，也有文本结构及文本间性的复杂性。

一 特殊性意义

生态批评是一种比较特殊的文学体验方式。它不同于一般的文学活动及文学批评，因从知识视野、学理机制、体验方式、审思对象及境域条件等多重方面较之一般的文学体验及文学批评的范围要广，知识辐射领域要宽泛，对人的生存问题的影响程度要深刻，对人类存在共同问题的指涉程度都应该是超然于一般文学批评的。这其中有几重必须引发我们共同体验及坚守的问题，或者是由此而关注人类共同命运及未来境域导向的问题，即生态、环境；生命、生存；审美、艺术，以及未来之"链"的存在。我们以原有的文学创作、文学接受（鉴赏—批评）的脉络融合这一系列问题，似乎难以理清及融通，因而需借力于生态批评所建立的生态观念，从内在机制、体验方式、学理特性、多学科交叉以及对文本的重释等多方面实施这种融通。我们以复杂性方法论认识文学活动及文学研究，其重点也是通过把握文学的非线性状态及自组织运行方式，通过分解式的加和而把握大于整体的文学特性。因为文学存在的本性及组织特性必然要回复于社会整体，必然要通过作用于人的精神活动而使之体现出"无穷大"的特性及魅力。当这些研究策略作为生态批评的必要条件时，其加和、回复及对"无穷大"的掌控必然由人的自体活动而延伸至整体有机的自然、生态及生命活动。作为反馈性的有机—过程，生态批评较之一般的文学活动及文学批评线路要复杂、多样，也更加曲折和漫长。这其中涉及人们对生态批评的认同程度，更取决于人类能否对自身进行生态性再评价等问题。

二　多样性意义

生物多样性、生命多样性及文化多样性不仅使自然生态呈现出多样性及复杂性存在，而且人类活动及文化存在也因此而成为复杂多样性存在。文学与审美之所以富含无尽的魅力，其根本就在于这多重的复杂及多样性。生态批评作为文学活动，关涉着对自然、社会、文化及人的精神活动方式的提升问题，人类能否诗意性、审美化地生存，这实际上是极为复杂的问题，其复杂性的基础条件必然是多样性。多样性使得自然、社会、文化及人的精神活动，甚至是人何以能够审美化地生存呈现为确定与不确定、线性与非线性的复杂性存在。自然、生态及生命活动依照有机—过程的节律，其运化是有既定的条件及确定性路向的，但其有机与无机，有生命与无生命的万物相互关联的方式及其结构是复杂多样的，也必然是非线性的，在其演化过程中，同样也会呈现出不确定性。人类发展寓于此中，现实存在呈现出复杂多样，使人的活动必依既定的有机—过程的运演节律，表现出自组织结构。自然、生态及生命演化的序化及确定是永恒的，但人类活动及未来发展却会使其受到极大的影响，其原因即为人类的自我性、主观性所形成的超强及过度性的活动，而非自然生态运演所至。生态批评要阐释这种组织状况，既要基于人类存在的意向性、目的性及未来发展的指向性来鉴析历史与现实，更需明证人的生态存在及文化存在状况，继而使这种文学活动呈现出既定的标准、意向及目的性，使其审美趣味与审美价值具有明晰的意义指向。

三　生存论意义

对人的存在及文学活动的特性而言，我们还可以从生存论的视域思考复杂性方法，可以从历史、现实与未来发展的逻辑脉络中把握。从表层上看，由历史、现实到未来是有序的、线性的演替过程，但从生存的现实性和具体性表征而言，其内里却是复杂的、非线性的，同样也带有无序性及不确定性。这需要人们理智地鉴析，并按照未来发展应有的节律来分析。人与自然生态的有机性构建了无法分离的活动关系，使得人的一切活动必须寓于生命有机状态中，必然在生命运演的节律性链条上彰显特性，显现个性化及美的魅力。人的行为的目的性及活动蓝图理应依此而设定，并依循未来性的节奏及韵律，设置当下的活动策略，绘制未来的活动蓝图。这就为人们选择未来的发展路向创设了多样化选择的可能性与现实性。尤其是在未来的发展中，作为未定的实在，作为尚未出场的存在，是不确定的、无序的，这需要一种基本的组织结构（有序性）来架构其发展的逻辑脉络，使之能够依据一定的序化结构进行演替。文学的活动作为一种能够表达人的理想及描绘未来美好图景的人类活动方式，显然，也要通过人的多重自由关系的有机组合而成就文学的本质与特性。生态批评将人性、人生的表达归复于人与自然的关系中，放在生态与生命有机、过程的状态中审视，其对人的生存意义的显示必然是整体、全面、有机的。即便是对已经被历史确定的文学现象及文学文本，生态批评在重读及重释过程中，亦会对文本，会对文本产生的历史与文化条件，以及亘古形成的本质、观念给予重新评价及价值重建，同时还会将评价还原到自然、生态及生命有机过程中，下沉到地理环境的发生条件中，以检视其自然及生态生成的根脉及原始生发意义。

四　文学生态的意义

简单说来，文学生态就是指文学要素间的关系状态及平衡态。所谓文学要素不只指文学文本的结构性，更应该包含文学文本所产生的环境因素（自然地理、社会结构、人文状况等）、过程因素；文学传播、流布因素；文学接受的整体效应及反馈性因素；文学活动的演化、传承的社会历史及文化因素，等等。

文学生态理应是这多重因素间的协调性、平衡性及有机—过程性的呈现，而文学的多样性、个性化以及复杂性及魅力呈现也在此中蕴聚。这里的"生态"一词，不只是对生态学及生态本来状况的借用、延伸、派生，而且指涉其内蕴的关系性及平衡性意义。艾布拉姆斯曾有文学存在及文学批评四要素即艺术家、作品、世界及读者的著名说法，同时他还为此架构了一个我们比较熟悉的坐标式及立体性的体系结构。艾布拉姆斯特别强调说："每一件艺术品总要涉及四个要点，几乎所有力求周密的理论总会在大体上对这四个要素加以区辨，使人一目了然。"① 任何艺术品都不可能游离于这四要素而独立存在，尤其不可能离开创造与接受之链及其所赖以存在的"世界"环境。艾氏并非出于阐释"世界"而架构这部著作，因而他并未对"世界"之要素给予多样及复杂性阐释。当我们提取这四要素作为论述生态批评复杂性的理论资源时，或者在这四要素中回观文学及生态批评时，其"世界"要素就是必须明晰且需给予理论确定的。"世界"要素必须"接地"（生态、生命之根，或曰地球生态、盖娅肌体等），作为基础性存在，其内涵不仅复杂多样，而且是关系性、有机性地存在，必须承接自然大地。当其作为构成作者、作品及读者交往关系的环境条件时，就包括了自然生态、社会生态及文化生态环境，其中也必然包括地域、种族、国别等存在的自然地理等硬条件，更存在着文化方面、价值观念、理想信仰、民族习性等软条件。如果我们将艺术的生态构成看作生命能量之流的话，那么，生命能量一般就是在这四要素及状态中流动的。这四者既是生命能量流动的载体，也是流动的渠道，又是艺术生命及艺术人格形成的现实条件。以往人们对作品的体验、解读与研究，不同的观照者往往取其一隅，进行带有各取所需式的阐释，这显然会对艺术缺乏系统整体性的体认及其把握，或者也是

---

① ［美］M. H. 艾布拉姆斯：《镜与灯——浪漫主义文论及批评传统》，郦稚牛等译，北京大学出版社2004年版，第4页。

对艺术生态的肢解。这就如艾布拉姆斯所说："批评家往往只是根据其中一个要素，就生发出他用来界定、划分和剖析艺术作品的主要范畴，生发出借以评判作品价值的主要标准。"①

　　生态批评的解释原则是整体有机的，必然会复现艾布拉姆斯所给定的这种文学研究框架及坐标，通过艺术描述，还原生命能量流动的状态。作为一种系统整体性方法，生态批评更会引发我们深度阐释复杂多样的关系状况，更会致力于求解"世界"要素何以作为基础条件。艾布拉姆斯给出了关于"世界"要素的理解方法，同时也表明"世界"要素的复杂多样，决定了文本生成及接受关系的复杂与多样，继而成就了文学生态意义及美的魅力。

五　科学与文学合奏的意义

　　尽管我们用复杂性思维来分析文学及生态批评，或许有科学主义的介入之嫌，但这却是挖掘自然、社会及人的存在之根，或者是求证最为个体性的存在方式。在科学思维之普泛性的今天，文学活动，尤其文学研究不可能是自我独守的，不仅必须进行多学科交融，而且必然要合理运用科学思维方式，有效利用科学技术的成果，甚至文学传播、流布的过程及方法也离不开技术性掌控。何况生态批评所关涉的生态、生命、环境，生物、进化、演化等一系列现象，本身就关乎科学性问题，而且其理论构建基础及概念范畴的生成也得自于科学的助力。更何况科学思维的介入不仅不会弱化人们对自然、生态、生命及审美的体认，而且不会弱化对生态批评的认同。事实上，科学思维，尤其是跨学科的交融、兼收并蓄既会强化及丰富文学性、审美化，又会使生态批评的文学性表达更具确定性、本根性，同时也具实证性及形象具体性；不仅更符合生命有机性，而且会拓展生态主义的文化要义。我们生存于这个复合且复杂的生态系统中，就必须以复杂性思维观照我们的生存世界，反思我们曾经出现的问题，这样才会使我们的

---

①　［美］M. H. 艾布拉姆斯：《镜与灯——浪漫主义文论及批评传统》，郦稚牛等译，北京大学出版社 2004 年版，第 5 页。

生存路线更加明晰，对生命本真及价值认同更具真切。但作为思维形态的复杂性只是方法，而非结论。像莫兰所言："复杂性是一个提出问题的词语，而不是给出解决办法的词语。"① 怀特海哲学思想的研究专家，美国学者罗伯特·梅斯勒也描述了认识复杂性的一个路线："越是沿着复杂性的链条向上移动——从单纯的电子到分子，到微生物、植物、动物，到有大脑和中枢神经系统的脊椎动物，最后（就我们现在所知）到达人类——那种受影响的力量就越是增长。使我们的生命更丰富、更富有价值的东西并不是那种保持不受影响或甚至控制他人的力量。我们之所以能使之更丰富、更富有价值，是因为我们具有惊人的能力，去接受我们所在的那个关系网的难以置信的丰富性和复杂性。""越是复杂的机体，越是具有受影响的力量。"②

概言之，文学活动为接通复杂的生命活动（自然、生态与生命）而助力，融入情感，畅扬想象，凝结意志，创生意象、旨趣、美态。这一系列的过程决非简单的、线性的，而必然是有机、复杂的，其历史与文化承继的过程及接续体验也是非线性的。

第二节　生态批评与文学活动的自组织性

自组织性是复杂性思维的支撑性概念。莫兰称生物组织即自组织，自组织理论被提出是为了理解生物，这需要一场深刻的认识论革命。这就表明复杂性是由自然、生态及生命运演状况而显化的，是由"多样的异质构成因素交织形成"（莫兰语）的，而不以那种机械、二元、工具性思维来表征。生命的个体具有自主性、独立性，但对环境又有依赖性，并与环境紧密联系，成为有机性因子。莫兰指出，在复杂性思想中，"生命不再是一个实体，而是一个异常复杂的自主的—依赖环境的—组织的现象，它产生自主性"。"自主的—依赖环境

---

① ［法］埃德加·莫兰：《复杂性思想导论》，陈一壮译，华东师范大学出版社 2008年版，第 2 页。

② ［美］罗伯特·梅斯勒：《过程—关系哲学——浅释怀特海》，周邦宪译，陈维政校译，贵州人民出版社 2009 年版，第 69 页。

的一组织所构成的系统具有它的个体性，本身通过十分丰富的依赖性的关系与环境相连。它愈是自主，就愈是不能被隔离。"① 莫兰还认为，这种构成的系统不能满足于它自身，因为它需要食物、物质/能量，还需要信息及有序性。

一 如何理解文学活动的自组织性

人是生物性的生命存在，文学作为人的活动，显然必须表达人的这种生命活动。至此，我们可以简单理解，文学自组织性表现了人的生命活动的有机状态，参与生命有机性的创制、活力调制及魅力的提升。人的自主性、独立性使人类成为自主性存在，但又必须依赖于生存环境，因为人的生存活动所需要的食物、物质/能量及信息和有序性须源自环境。

文学较之人类活动的其他任何方式，同样具有自主性，但也必须有对环境的依赖性，文学在与环境多样性及复杂性的联系中运化自组织性。文学的自组织性对于文学与环境关联的表达，使之需要一个中介性连接点作为有机整体，在我们看来，这个有机整体不是别的，就是生命。自组织性是围绕着生物及生命的存在而展开的，人作为一种生命存在物，必然有机地活动于自组织结构中。有了生命的存在，这个世界就变得简单、清晰了，因为世界的一切都是围绕生命有机性而展开的，同时这又使世界变得复杂了，因为生命连接方式本身就是复杂的，继而显现出自组织的复杂性。有机性不是单一、线性的存在，而是复杂的，是非线性的过程性存在。但我们还需要肯定，由于生命自组织性及复杂性，这个世界就变得多样化了，也有意义了；世界就成为一个意义的、意向性的世界。环境演化的多样性、有机性及非线性状态为生命活动提供了无尽的滋养，生态运演节律及生命有机性的存在，使生命活动呈现出无尽的斑斓色彩，使生命呈现出无尽的魅力，这时环境也就成为意义性的存在。

---

① ［法］埃德加·莫兰：《复杂性思想导论》，陈一壮译，华东师范大学出版社 2008年版，第 8、29—30 页。

二 生态批评能否承接文学的自组织性

生命作为文学自组织性的连接点，使生态批评的自组织性必然以有机—过程性连接而实施文学表达。这起码会有几种连接路径：一是地域、国别及民族性的有机性连接；二是历史与现代的文化接通；三是现代与未来的生命、生存及文化之有机性、永续性运演脉络的设置。在当下，这多重路径融通，可能最为直接的描述就是通过文学这种特殊的人类活动方式，因为文学是最为普泛、最沁人心脾、最能够为最大多数的人获得共同的生命，并以共性的情意体验为人类活动提供滋养。作为人类精神活动，文学也成为最易于打通情感、意志隔阂的人类活动方式；作为文化存在方式及融通方式，文学能够更加有利于跨文化、跨民族交流，易于谋求东西方文化的接通，或在全球性境域中解答人类存在的共同性问题。文学的自组织性借力于情感、想象及人生命机体的共通条件，但须具备超越时空限定的因素：一是个案、个体及文本性的文学活动的时空超越；二是地域及民族性的文学活动的时空超越；三是现代与未来性的文学活动的时空超越；四是文学活动与人类存在整体结构及状况的时空超越。与此相应，文学的历史文化特性也使之能够超越自身限定，而显化人的生存、人格构建、人的精神状况及人的文化存在的共同及共通性。文学并不是自恋性的、狭隘的，其意义必然是宽广、普泛的。这里，多层次、多方面、多角度呈现的复杂性结构，使得文学的意义在自然、社会及人的精神文化活动整体存在结构中得以厘清及确定。我们从生态批评角度看文学与人的生存，以复杂性思维鉴析文学自组织性，就不可能局限于文学自身的创作、接受（鉴赏与批评）上，并且必然借力于文学之外及之内的多向度剖析，才可能真正展示生态批评的意义。

三 生态批评何以表达文学文本的自组织性

依莫兰对自组织性的界定，我们认为文学文本的自组织性同样需要几个关键要素：文本的自主性—独立性；文本生成对环境的依赖性；文本组织方式及边界效应；文本的过程性及生成性（创作—接受，历史—文化承继）；文本间的互通、交融；文本跨界及跨文化的融通，等等。这些要素的不可或缺，使文本成为一种有机合成体，尽管须围绕创作者主体的活动而展开，但这个过程只是文本自组织过程的一个环节。

我们由生态批评表达文本的自组织性，有几个环节是必须关注的：创作者作为生命有机体存在的自主性；一定意义上环境的决定性；接受者作为生命有机体存在的自主性；过程的历史性、时代性及文化传承性。当然，任何文本的生成都无法别离这几重因素，但在生态批评的表达线路上，或许会更为突出。其原因在于，生态批评更加凸显了自然/生态/生命及人的活动有机—过程性，并且是寓于这种过程性中的艺术审美表达。其一，自然生态环境有着资源的支配作用，我们必须重新认识自然环境对人生存的作用，因为环境并非被动地为人类提供资源；其二，对文本的阐释并不是归一的，而是多样的，这种多样性是在历史、时代及文化演化过程中被不断突出、丰富的，期间，价值也得到了增值，或许在历史性的阐释中，还会改变文本原初的含义及曾经被确证了的阐释标准；其三，过程性地表现生态、生命演化的过程，不只是观照已经行走的历史过程，更重要的是指向未来的过程。这就表明，生态批评产生于问题意识，同时也旨在建设性地解决问题，而问题是立足于当下的，解决问题则必须关注未来。从这多层次、综合的意义上看，尽管文学文本的自组织性是自主性及独立性的，但却并非超越有机—过程的存在。生态批评表达文学文本的自组织性，不只是要回到一般意义上的生命实在有机过程，而且必须回到对生态、生命及人的生存活动的有机—过程性的审美表达，或者是情意性地体验这个过程的复杂性，悟解有序与无序，确定与不确定，线性与非线性有机交织过程的魅力。就此而言，生态批评不只是创作者独立的活动，而必须是一种多向参与的文学活动。美国发展心理学家 H. 加登纳在《艺术与人的发展》中也为艺术过程构筑了四个要素，用加登纳的话说，这是"四种参与角色或参与态势"，即创作者或艺术家、欣赏者、鉴赏家或批评者、表演者。加登纳主要是以线性流动的方式构筑艺术的动态过程的，并未将其设计为一个立体结构，其中的生命之流及循环状态并非将创作、接受的过程作为生命有机体的活动展开，尽管如此，这种表述对我们的研究同样具有启发意义。加登纳强调了艺术的动态节律性，特别突出艺术的发展特征，最值得关注的是他始终将艺术的发展与人的发展相同步、相匹配来展示艺术过程，来显示艺术的流动性及循环状态。尽管这种发展伴随着人的发展的心理功能和技巧，并呈现出不同个体主体的心理特征、活动技巧，以及相互间的关系及作用等问题，但他将其放在审美循环的过程中来检视却是极为必要的，事实上，这种审美循环的过程成就了文学文本的自组织性。加登纳说："我们描绘审美循环的目的并不是要准确地描绘特定艺术形式或时代的特点。确切地说，我是想提出以不同方式进行发展的、在全人类以不同比例加以分配的那种可分离的心理功能和技巧。我还想强调包含在艺术符号交流中的各种参加者的相互依存性。在谈到向这种极顶状态四因素的发展时，我们认为所有的规范个体都局部地实现了这些角色中个别的方面，我认为个体在与其它角色相关的某一角色被突出的那种程度上说，是有明显不同的。艺术过程中所包含的极顶状态的规范就代表了一切发展所朝向的那一终点。"①

任何处于发展状态的艺术过程及人的活动过程，如同寻求"极顶状态"，或者是马斯洛所言的"高峰体验"，那就必然是个体机能的最优及最佳发挥，也呈现出生命能量输出的最大化。这达成于多样存在的生命个体在艺术过程的统一运行及协调下生命能量的互补与交换，并在既定的方向及目标条件下呈现出能量运行的一致性。

四　生态批评如何承载文学传统的自组织性

文学传统的自组织性主要是在历史、时代及文化的传承过程中形成的。这既表现了文学作为人的精神文化活动的自主性、独立性，也说明了文学作为一种人的活动方式，作为一种文化样式，其形成的过程既会深度影响人的生命机体性存在，亦影响着社会、历史及文化演

---

① ［美］H. 加登纳：《艺术与人的发展》，兰金仁译，光明日报出版社 1988 年版，第 39 页。

化的状况，或者其本身就参与、标识且印记着这种演化。

　　文学对人的本真活动的情意表达，使之具有接受的广泛性、永久性，因而它会对人的思想、伦理、情意，乃至社会构成方式起到或隐或现的组织作用。生态批评对文学传统的自组织性的承载，一方面是沿着这种历史、时代及文化演化而形成的必然的传承过程展开；另一方面，过程并非整一地形成的，而是不断转换的，其中对文本必然铺设重读、重释及重新评价条件。就后者而言，这种承载有可能会完全变异文本的原本准则、初衷及"中心"性的归位。这就是我们已经提及的生态批评之所以冠以"生态"的头衔，一方面是因为对人为何必须有机性地存在给予审美表达及生态言说；另一方面，"生态"作为有机、过程的表达，在历史、时代及文化演化过程中，会起到再度合成，或者说重新组合的作用，因而更具建设性。文学传统亘久不衰的魅力，其永恒传播与流布行程，实际上也在不断重新组合及合成中被丰富，继而体现出时代性及未来性。如果说在曾经的历史与文化生成中具有那种"中心"范式的规定，且近代以来将人的魅力和伟大推及至高无上的地位，当人对自然及万物生命的占有、拆解极为强盛时，实际上也分离着人与自然难以割舍的生态情怀。在生态批评这里，则借力于文学活动而力图对近代"祛魅"给予重审、重组及有机—过程性归位，以重新畅扬生态情怀。阿尔文·托夫勒在与伊里亚·普里戈金与其助手伊莎贝尔·斯唐热对话时说："在当代西方文明中得到最高发展的技巧之一就是拆零，即把问题分解成尽可能细小的部分。我们非常擅长此技，以致我们竟时常忘记把这些细部重新装到一起。"托夫勒在充分肯定普里戈金所做的各项工作时指出，普里戈金"花费了他一生的大部分精力，试图去'把这些细部重新装到一起'，这里具体地说，就是把生物学与物理学重新装到一起，把必然性和偶然性重新装到一起，把自然科学和人文科学重新装到一起"①。这种组织方式，从思维的转换论来说，理应是超越二元、对

――――――――――

　　① 见［比］伊·普里戈金、［法］伊·斯唐热《从混沌到有序：人与自然的新对话》，曾庆红、沈小峰译，上海世纪出版集团、上海译文出版社 2005 年版，前言第 1 页。

立及机械性思维的。尽管这是一种科学主义的表述，但就生态批评对文学传统的坚守而言，也是适用的，并且具备指导性意义。如果从复杂性思维来表达这种坚守，那么，必须将生态有机—过程性作为必要条件，既作为现实的机缘，又要视其为历史及文化演化的必然。从托夫勒的这种评价来看，我们对生态批评的观照，彰显了这种"重装"的意义和作用，而事实上，生态批评承载文学的自组织性，其基本功能就在于这种重新组装及价值重建。

我们用复杂性思维为生态问题的求解提供方法依据和手段，必然会助推生态批评的体验、阐释及评价，使之更接近事实和情理。这是因为，其一，复杂性作为必然的存在，既是一种思维方式，更是自然、社会及人自身在活动时进行有机交融的必然；其二，作为方法，复杂性思维也会出于对生态问题的求解，而成就更加确证的思维方法及目的，诸如像有机性思维、系统性整体思维、关系性思维，等等，在观照文学活动方面，同样会借力于情感、想象、直觉等思维特性。就像杜威所言："问题决定思维的目的，目的控制着思维的过程。""思维的缘由是遇到了某种困惑或怀疑。思维不是什么自发的燃烧，不会发自什么'一般的原则'。总是要有某样具体事物来引发和激起思维。""有思维能力的人就能够根据尚未出现的和未来的事物采取相应行动。有思维能力的人并不是在他并未意识到的本能或习惯的驱动下被动采取行动，而是按照（至少是在某种程度上按照）他间接意识到的某种较遥远的目标而采取行动。"① 杜威这番话是就个人思维能力训练及提升而言的，但他所阐释的思维特性对我们如何促进复杂性思维与生态批评的合作，深度思考文学现象，以及对中国文学传统生态智慧的挖掘是有着思维指向性帮助的。

第三节　生态批评与关系性思维

生态批评理应寓于文学关系而成就自身的职责。这因于人是人与

---

① ［美］约翰·杜威：《我们如何思维》，伍中友译，新华出版社 2010 年版，第 11、13—14 页。

自然、人与社会、人与人及人与自身多重关系中的生命存在，其多重关系基于生态/生命有机—过程性而存在。我们从有机—过程性及多重关系中认识和把握人及人的活动特性，也需通过关系思维认识文学何为，且由此显示文学的关系性存在特性，以助推人们对生态/生命有机关系的认识和体验。

人是关系性存在，人的特性必显化着人如何生活于生态有机且复杂多样的关系中。晋代葛洪有精彩表述：

> 夫存亡终始，诚是大体。其异同参差，或然或否，变化万品，奇怪无方，物是事非，本钧末乖，未可一也。夫言始者必有终者多矣，混而齐之，非通理矣。谓夏必长，而荠麦枯焉。谓冬必凋，而竹柏茂焉。谓始必终，而天地无穷焉。谓生必死，而龟鹤长存焉。盛阳宜暑，而夏天未必无凉日也。极阴宜寒，而严冬未必无暂温也。百川东注，而有北流之浩浩。坤道至静，而或震动而崩弛。水性纯冷，而有温谷之汤泉；火体宜炽，而有萧丘之寒焰；重类应沈，而南海有浮石之山；轻物当浮，而牂柯有沈羽之流。万殊之类，不可以一概断之，正如此也久矣。①

万物之本、之根就是这种生态有机性关系的表现。人的生命活动和文学活动也是这样的。在文学活动生成主体的艺术实践关系中，主体是一个生命体，是有机性活动于自然、社会及多重关系网络中的生命有机体。作为从事生命活动的人而言，主体需以自身及其活动直接作为自然、社会及自身的关系性存在，进而呈现为自身主体性存在的关系。这种主体性存在使人的自然、社会及自身的关系性呈现为意义性存在。意义性关系的最直接表现，实际上就是多重关系的自由、和谐，或者是人跃动在有机—过程性的节律中。主体在活动中成为关系的人和活动的人，关系也成为主体活动的关系与人的关系。文学活动创生着人的关系和关系中的人，而同时这种主体性活动的关系与人的

---

① 王明：《抱朴子内篇校释》，中华书局1980年版，第12—13页。

关系，也在文学生成中双重地体现、规范和维系着文学活动的意义。

生态有机性关系作为"元"存在关系。"元"关系为本源性关系，呈现出发生性存在。生命个体有着发生之源，人类整体及多样性的万物存在同样具有始源性关系。我们以复杂性思维把握生态批评的关系，且呈现出关系性思维，不可能脱离人存在的多重关系。这其中，自然关系是基础的、首要的。人与自然的生态有机关系理应作为"元"关系而存在，或为生态"元"关系。自从人由自然生成以来，尤其是近代以来，人对自然，对于自然的关系便存有一种狭隘的意识，即非生态性认同的意识，并将人在自然面前那曾经被动性乃至依附性关系不断变异为主动性关系，由此而表征人类的发展与完善，凸显人的自我解放。在不断地追寻自我解放与自由的过程中，人类不懈地努力着，以求超越自然对自我的种种束缚。这种超越性的"为我"性的极端化会表现出一种生存关系的悖论，也可为人的一种狭隘关系。为此，马克思说："自然界和人的同一性也表现在：人们对自然界的狭隘的关系决定着他们之间的狭隘的关系，而他们之间的狭隘的关系又决定着他们对自然界的狭隘的关系。"① 在我看来，解决这种狭隘关系，需要引导人们重新认识"元"关系，认识人的始源性关系的存在，实际上就是认识及体验生态有机关系。

生态有机关系作为价值体验关系。我们理应在生命存在的大氛围中，或是从生态有机—过程的运演节律中观照自然的生态价值及环境价值的意义。像麦茜特所言："世界机体的生命特征不仅意味着各种恒星和行星都是有生命的，而且意味着地球也被一种赋予活的有机体以生命和运动的力量所充满。"② 马克思在论述人的生产对于生存的首要意义时构建了人的三重存在关系，即自然关系、社会关系和意识关系，且肯定自然关系为首位。马克思说："生命的生产，无论是通过劳动而生产自己的生命，还是通过生育而生产他人的生命，就立即

---

① 《马克思恩格斯文集》第 1 卷，人民出版社 2009 年版，第 534 页。
② ［美］卡洛琳·麦茜特：《自然之死——妇女、生态和科学革命》，吴国盛等译，吉林人民出版社 1999 年版，第 26 页。

表现为双重关系：一方面是自然关系，另一方面是社会关系。"① 人的存在本性及由需要而产生的人的意识关系的存在，又决定了关系存在的"为我"性，这实际上是人类"本我"性的表现。所以马克思又说："凡是有某种关系存在的地方，这种关系都是为我而存在的；动物不对什么东西发生'关系'，而且根本没有'关系'；对于动物来说，它对他物的关系不是作为关系存在的。"② 人与自然的关系必然也是"为我"性的关系，之所以是"为我"的，就在于自然关系中的人，仍然是由意识的支配生成的，并且不断运行着目的性关系。"为我"性的关系就呈现为对象性关系，但在人的生存和发展关系中，不论是"通过劳动"，还是"通过生育"，其对象性关系又须得自于有机性关系，因为劳动和生育是基于人的生命有机性存在，有机关系最终决定了人的存在关系以及人的价值存在，因而有机性关系即会表征价值体验关系。

　　生态有机性关系推演着文学体验的自觉。较之人类其他活动方式，文学活动所关涉的生态有机关系或许更加多样且复杂，文学体验由此展开，激活着人的肌体能量，也调适着由生命个体到社会、文化存在的有机性体悟。生态批评作为文学的一种阐释策略，或许会更加注重对其关系性的把控，认同并实际操作有机性、非线性状况，对有机性关系、复杂多样关联的条件给予生态解读及生态审美体验。中国文学传统中这种解读及其体验有时带有相当程度的自觉，尽管是朴素的，但就其整体文化风貌而言，中国古代人的关系性体验策略更偏向于自然性，更祈望天地的惠及，归复"法"的律动。老子所言"法"的节律性推演呈现出由"人"的活动之"法"，最终依循"自然"之"法"。古人对"自然"的自觉体验，并非凝定的实体性自然，而是实体性自然及万物存在的内在机缘，这就是万物及实体性存在的自然物活动于多重的、多样的及复杂性的关系网络里，且需尊奉生态节律。中国文学传统往往将这种"机缘"及"网络"状态情意化，并且给予境界性提升，继而审美

① 《马克思恩格斯文集》第 1 卷，人民出版社 2009 年版，第 532 页。
② 同上书，第 533 页。

化地表达这种自然关系及生态有机性。唐代司空图《诗品》所注述的二十四种体验类型，其共同、共通之处即为利用自然物及自然现象的生态有机连接，来表达富含情意的生命感悟及美学体验，或于此而创造意境。如《纤秾》云："采采流水，蓬蓬远春。窈窕深谷，时见美人。碧桃满树，风日水滨。柳阴路曲，流莺比邻。乘之愈往，识之愈真。如将不尽，与古为新。"如《清奇》云："娟娟群松，下有漪流。晴雪满竹，隔溪渔舟。可人如玉，步屧寻幽。载瞻载止，空碧悠悠，神出古异，淡不可收。如月之曙，如气之秋。"[①] 在这种美境中，人的生命、生活，情意、情态，甚至形态及身体运动皆与万物的"生生"之动势相互映衬，有机合成。这种"真"性表达，显然依循着生态之"法"（人与自然有机、情意、审美交融），而"法"所归位的生态运演节律以及所延展的万物活动（包括人的活动）状态，其多样及复杂的结构状态也展示着生态有机的"元"关系。

从文学活动关系来说，生态"元"关系之"元"亦为生命之原初存在，既是万物存在之源，也是人之所以为人之"元"；既是人的一切活动展开之"元"，也必然是文学之所以能够成为文学之"元"。显然，"元"是一种价值存在，生态批评的文学体验、价值评价、理论阐释及未来期望，本应源于生命之"元"价值的发生，并沿着生命的运演节律的亘古传承，永续流布，印记人的生命活动本真，确证人缘何为人，从而显示出有机—过程性的价值本真。

第四节　生态批评与过程性思维

过程是实在的，也是关系的；过程是结构的，更是有机性的。过程是自然、生态演替的印迹，也是生命活动的永续节奏。人与自然万物作为生命有机性存在都行进在亘古永续的过程及关系中，且不断转化，生生不息。自然、生态及生命演化的过程—关系的多样及复杂结

① （唐）司空图：《诗品》，载（清）何文焕辑《历代诗话》，中华书局2004年版，第38、42页。

构，是我们进行过程性思维的基本依据。作为生态与生命活动的表征，过程既不断转换，促使万物互换能量及传递信息的存在，也是不断地、永恒地使生命机体生成与消亡的存在。

过程的实在性及思维品性。过程性是万物在关系中创生、转化、演化及生生死死的印记及表达。过程的客观性作为生态存在，创生着万物的生命，也成就了人的生命。人的生命活动及社会运行状态具有生成性、历史延续性及文化传承性，这本身就是过程的表现，其中，人的情感、心理及身体的运动也是过程性的表达。对于人的活动全面性而言，过程性包孕着人的肌体的生长、发育及成熟，也涵括着与之相伴的心理、思想与境界的成熟，同时还应有着社会结构中接受性、传承性及历史性的存在，并最终结晶为文化存在。个体生命的成熟不只限于肌体本身，还须成形于社会结构中，显现在文化样态中，更重要的是以精神状态显示文化风貌。梅斯勒称："过程哲学家承认，存在这一看法固然重要，但是他们发现，把世界看成是一个生成的和关系性的过程，这一看法更为明晰、更为深刻而聪明。""存在的东西就是构成生成与消亡过程的诸事件和诸关系。""生成和消亡的世界在根本上才是最为实在的。"① 哲学与文学都成就于过程性的关系及实在，这全因于生态、生命之关系有机—过程性的实在。在过程中，生态与生命、文学与哲学、思维与审美是一致的。这种一致性作为过程展示出来：一方面，映现出生命的生成关系、支持关系、调节关系及实现关系；另一方面，对于生命存在的组织过程、规范过程及境界的提升过程有着积极的作用。从这种表述中，我们需要有哲学的把控，需要构建系统及概念、范畴、范式等来解决哲学问题，更重要的是转换思维方式，借力于文学的形象性、情意化及审美体验性来确证人的活动的本真意义，明晰人所应有的文化存在特性等也必须有哲学思维。怀特海有一种表述：把想象力和日常感觉融合，融合为人们的"想象力的放大"。怀特海说："哲学应当使人们对潜藏在自然母腹中那些尚未变

① ［美］罗伯特·梅斯勒：《过程—关系哲学——浅释怀特海》，周邦宪译，陈维政校译，贵州人民出版社2009年版，第48页。

为现实的无数具体实例的认知变得更容易。"① 当我们将过程思维在自然与生态、文学与哲学的体验及评价中展开时，并不止于哲学思维，同时也需文学审美的情感、形象性思维，是布满了情意体验及诗性节律的过程。

文学作为过程，生态批评作为过程。文学活动的关系性、多样性，理应以文学所呈现的生命有机性的过程实在为基础。这就使得文学的过程性始终无法脱离感性具体的生命体的动态及实在，这既是文学文本创造过程的实在，也是其实现过程的实在，是其流布、传播的过程，是接受及反馈过程的实在，同时也是历史文化传承的实在。艾布拉姆斯的"四因素"也意在指称文学的实在，并且是关系中的实在。事实上，文学批评和文学研究的关系性、过程性既须展示学科性、理论思维特性，探求文学何谓/何为，又须显示文学创作，文本生成的关系性、过程性表达及确证。这种关系起码有两重因素，即文学研究得自于文学活动，且又须回到文学活动（文本及其生成域）中。回到文学的文学研究及批评并非拘泥于文本现象，而是一种"放大的文学"境域回归，或者是回到艾氏所言的"世界"（事实上，这个世界更应该是生态有机的世界，是地球生命机体共生共荣的世界）。生态批评是文学活动，但其效力拓展及魅力畅扬决不限于文学本身，或者其本身更呈现出这种"放大"的"世界"。因为当文学与生态联姻，在情感体验、特性显示、理论评价、学理合成等各个方面，都呈现出"广义的文学"特性，人的生活、创作、交往、行动、情感、言语作为文学的过程性表达，都具有一定的延展性。人作为生存于历史—现实—未来之链上的过程性生命体，当生态批评在自然—社会—精神/文化—艺术/审美存在的过程性链条上启悟人们，且能够在历史与逻辑的过程中把握人何以为人时，就必然会立足于当下人的生存问题，探求"美者优存"，且有机—过程性地寻求朝向未来的生态性的

---

① ［英］阿尔弗雷德·诺思·怀特海：《过程与实在》，杨富斌译，中国城市出版社2003年版，第29页。

优存机理。①

　　生态批评对文学历史与传统的表达过程性。文学既是过程性的，也是历史性的；既是传承性的，也是融合性的。这全在于文学所蕴含的生态/生命有机性的运演逻辑。就历史性条件而言，古代的文学必须在历史过程及不同境域中呈现其运演节律，方可显示其魅力，而其魅力展示又会被不断重建、组装，并不断得到价值增值。事实上，由"生态"性而融合的文学体验似乎使这种状态显示得更加富有特殊性，因为生态/生命有机性是自人生成以来就无法断裂的，是以节奏、韵律性状态不断运演着的，即便存在生命个体的生生死死，生命的运演节律却无法"死亡"。历史及文化传承既归依这种运演节律，又内存着再生、重建及价值再造，而文学在其中则理应使生命有机体的活动更加富有活力，更有韵味。生命个体是这样，即便是社会整体及文化风貌同样是这样。就狭义过程（个体成长及一定的社会条件）而言，文学的审美体验激发着生命肌体、活动个体参与及涌动的激情，也丰厚着社会、精神、文化的组织性及关系的连接方式。从广义过程的历史与文化的进程而言，文学依循生态、生命有机性的运演逻辑，也是无限延长及永续的过程。在我看来，这种运演逻辑表现的节奏及无限延长性，有同于怀特海所言的"广延连续统"。怀特海说："广延连续统是由各种存在物所组成的复合体，这种复合体是由各种属于同一系列的整体对部分的关系、为拥有共同的组成部分而形成的交叠关系、相触关系，以及产生于这些原初关系的其他关系所统一起来的。'连续统'观念既涉及不确定的可分割性的属性，也涉及不受限制的广延性的属性。存在物之外永远存在着存在物，因为无是没有边

――――――――――

　　① 在我看来，人要生态性地优化自己的生存活动，就要肯定人是在生态系统中从事生命体验活动的人，并且必须主动地、有目的性地构筑生态优化性的生存机理。因而，我提出"人的生态性优存"命题有这样几个条件：其一，人是生态性生存着的生命有机体；其二，人的生存无法脱离生态/生命有机一过程，人在这一过程的运转中生成着自身的"能动性"存在；其三，人是不断寻求提升自身优质生存质量的有机体。人类优存结构的演替节律应该是"适者生存，美者优存，生态者优存性存在"。这是一个由自然生存、现实生存到精神生存，由社会—经济的生存到审美化的生存，而又回复到现实生存中，并且反馈于自然性生存的逻辑链条（见盖光《生态境域中人的生存问题》，人民出版社2013年版，第85—114页）。

界的。""这种广延连续统是'实在的',因为它所表达的事实既是由这种现实世界所产生,又是与当代的现实世界有关联的。"① 文学在历史与逻辑转换中作为这种"广延连续统",文本间,文本与社会、与文化的跨界,文本与多样的生命肌体相交、叠加,其魅力展示既会被传承、延伸,也会被不断地重建、组装、增值。

生态批评如何表达中国文学传统的过程延伸。生态批评面对中国文学传统有几重因素是必需的:一是汲取智慧性及体验性滋养;二是共同繁盛人的活动(生命的、审美的,甚至是日常生活的);三是鞭策人们的全球性关怀及关爱;四是作为跨界、跨文化、跨民族传播及交流的范例。20 世纪末产生的生态批评在面对传统时,同样不可能超越传统在现代接受中的有限性所存在的矛盾,即在历史进程以及面对现代接受,任何的传统及文化都有其历史局限性。这使得现代人不可能将历史与传统全部拿来为现实所用,而必须进行辨析、转换、改造,而后才能进行合理融合,甚至引发再造。古代人的生态智慧在现代条件下的复现,与现代思想的融合,在现实中"重装""重建",需要守持"科学与变化"的原则,进而被赋予新的内容。这表明中国古典形态的哲学与文学,生命感悟及美学体验要融入现代,通向未来,不可能是全部移植的,必须进行现代转换。延伸也是一种转换,而转换、延伸就必须解决历史局限性,需要"扬弃",需要呈现出历史与逻辑的合理性。近年来,"天人合一"出镜率应该是最高的,作为宇宙观,它给予我们更多的是一种存在、一种本体论域界、一种思维方法、一种启示。生态批评需要汲取"天人合一"的营养,但不可能脱离科学思维及解释方法,需要融入分析与综合的方法,同样也需要细致、实在地解析何谓"天",何谓天人关系,何谓"合一"这些问题。这些又需要与西方话语中的自然、环境,荒野、景观等相互借力,更重要的是从中认识人及万物何以为"生"的问题,实际上就是既求"生",也求"理",或者是求生之理。"生"与"理"作

---

① [英] 阿尔弗雷德·诺思·怀特海:《过程与实在》,杨富斌译,中国城市出版社 2003 年版,第 120—121 页。

为中国哲学的重要概念，而且带有本体论意义，有时又会与"天生"
"天理"，甚至"天命"并称。在中国古代人那里，"天"并非仅指实
在的"天空"，亦标注着天之"育生"作用及功能。如董仲舒就称：
"天，仁也。天覆育万物，既化而生之，有养而成之，事功无已，终
而复始，凡举归之以奉人。察于天之意，无穷极之仁也。"① "无天而
生，未之有也。天者万物之祖，万物非天不生。独阴不生，独阳不
生，阴阳与天地参，然后生。"② 在董仲舒看来，"天"作为自然的代
名词既表征日月星辰，春夏秋冬，更富有情感。故他又称："人生有
喜怒哀乐之答，春秋冬夏之类也。"③ "春，爱志也；夏，乐志也；
秋，严志也；冬，哀志也，故爱而有严，乐而有哀，四时之则也。"④

　　中国文学在绘制四季特性，并畅扬其植养万物的功能时，未止
步于铺叙其时节转换及环境作用，总是在布满有机—过程性及情意
性体验中与万物共享"生"与"理"的韵味。我们看白居易的二首
七律，《钱塘湖春行》云："孤山寺北贾亭西，水面初平云脚低。几
处早莺争暖树，谁家新燕啄春泥。乱花渐欲迷人眼，浅草才能没马
蹄。最爱湖东行不足，绿杨阴里白沙堤。"《春题湖上》云："湖上
春来似画图，乱峰围绕水平铺。松排山面千重翠，月点波心一颗珠。
碧毯线头抽早稻，青罗裙带展新蒲。未能抛得杭州去，一半勾留是
此湖。"这是春的行动，人的行动及万物的行动相映成辉，季节转换
的过程之韵，万物生命的律动之韵及人的生命、情意之韵也交相辉
映。"早莺争暖树""新燕啄春泥""乱花迷人眼"，浅草、马蹄、绿
杨、松排、月点、碧毯、早稻、新蒲，如此种种有机、多样且和合，
当我们与万物、万态共游湖上，共同"融"入春意中时，怎一个
"爱"字了得，怎一个"笑"字了得。宋代郭熙《林泉高致》在论
画山水取势时描绘四季之态云："真山水之云气，四时不同：春融
怡，夏蓊郁，秋疏薄，冬黯淡……真山水之烟岚，四时不同，春山

---

① 董仲舒：《春秋繁露·王道通三》。
② 董仲舒：《春秋繁露·顺命》。
③ 董仲舒：《春秋繁露·为人者天》。
④ 董仲舒：《春秋繁露·天辨在人》。

淡冶而如笑，夏山苍翠而如滴，秋山明净而如妆，冬山惨淡而如睡。"① 这种多重意义的行与韵，恰恰应和着自然/生态/生命及审美之理，也以"天"之理为基准而顺万物之理，显然，生之理、人之理必在其中。宋人程颢云："万物皆有理，顺之则易，逆之则难，各循其理，何劳于己力哉。""天地万物之理，无独必有对，自然而然，非有安排也。"② 万物之"理"，可谓生态之"理"，亦为"自然而然"。这是人与万物共同遵循之理，而非"人为"安排之理。生态批评面对这种"理"：其一，需要求解这种"理"的本根及韵律；其二，体验这种"理"的动势及魅力；其三，延伸这种"理"的作用，阐释其永续性的动势；其四，依这种"理"而寻求地球人在"盖娅"的母性呵护下共享"生生"之盛宴。作为跨文化交融，中国文学传统的思想结晶、情意体验及审美表达，其独有的"意境"创造，表达了那种"言有尽而意无穷"的美学特性。当其相交于生态批评时，"万物"会受到科学思维及理性的沉淀，使之具有一定的现实直观、言语明晰、物性具象的指向性，亦会明晰"境"的环境、景观及荒野性的实在。

文学与审美的过程性畅扬主体个性及特有的感悟方式。任何主体都会按照自己对历史、现实、未来的理解，对自然、生态、生命的悟解程度，加之自身身世、习性、遭际、心灵境况，或者在身事家事国事的相互缠绕中进行审美感受、审美理解，以呈现出生态、生命的有机性及过程—关系的延伸与拓展。韩愈的《春雪》云："新年都未有芳华，二月初惊见草芽。白雪却嫌春色晚，故穿庭树作飞花。"刘方平的《春雪》云："飞雪带春风，裴回乱绕空。君看似花处，偏在洛阳东。"韦应物的《咏春雪》云："裴回轻雪意，似惜艳阳时。不悟风花冷，翻令梅柳迟。"《对春雪》云："萧屑杉松声，寂寥寒夜虑。州贫人吏稀，雪满山城曙。春塘看幽谷，栖禽愁未去。开闸正乱流，宁辨花枝处。"王安石的《春雪》云："春雪堕如箨，浑家醉不知。

---

① 俞剑华编著：《中国古代画论类编》，人民美术出版社 2004 年版，第 634 页。
② （宋）程颢、程颐：《二程集》，王孝鱼点校，中华书局 2004 年版，第 123、121 页。

泥留虎斗迹，愁杀路傍儿。""春雪"作为自然生态现象，并不止于一种实存的自然物，还是一种亘古循环的有机—过程性存在；与冬雪相比，尽管带有一定的超常特性，但当其融入生态运演有机—过程性中时则会呈现出必然的存在。鉴于主体的条件及环境实在的不同，诗人们将"春雪"这种亘古循环的生态存在通过物象、心象及意象的组合，在现实具体的生命、情意及一定的环境条件下复现，并给予不同的审美表达。但在王安石这里，春雪之"堕"与浑家之"醉"，其自我的情态及身体迹象表达得更加明显。

第五节　生态批评与过程—关系性体验

生态批评表达文学体验所介入的关系，既是多样性、多层次及复杂性的，也需在多重关系的转换及运演过程中得以展示。过程与关系、多样与复杂、生态与文学，乃至生态/生命/生存与审美的交织，不仅使人的活动融于生态有机—过程性中，而且引发了人们在复杂的生态网络中重视生活世界、文化世界，以及由此蕴聚的意义世界。梅斯勒说："以过程—关系的眼光来看待世界可使我们清楚地认识到，我们人类并非世界这个共同体中唯一能体验痛苦、欢乐或自身价值的成员。我们是那个支持我们、维护我们、以美来丰富我们生命的更大生态大网中不容忽视的一部分。也许，需要更大的关系力量才可使我们接纳这个共同体中的那些非人类成员所体验的价值观，但长远地看来，我们必须培养该力量以理解那些价值观，否则我们肯定会继续对那张与我们的存亡相关的生态大网作出极大的损害。"[1]

一　尊重"体验性"

生态条件下处于活力无穷状态的生命有机体，是过程—关系性存在，其所呈现的一种"更大的关系力量"必然是建设性的。关系性

---

[1]　［美］罗伯特·梅斯勒：《过程—关系哲学——浅释怀特海》，周邦宪译，陈维政校译，贵州人民出版社 2009 年版，第 73 页。

的生态表现是建设性的，且基于多样性、多重性及复杂性，并直接助推生命活动的有机性及复杂性，进而促成人的多重生存关系的有机与和谐。过程性的生态表现作为建设性有着协同作用，使人不断地向自我、自由的人生成，且成就人与世界（自然、社会、人）的生态共生，并且是理智的、精神性的，且能动地接通有机性的生态共生。共生意味着参与，即生态有机体中多样生命存在的共同参与，因而在"生态"蕴含中的体验，是生命多样性的共有体验，其所有参与者都会显示出自身的体验特性，以参与而显建设性，都应该获得建设性的认同和尊重。大卫·格里芬说："由于每种东西都包含着体验，所以每种东西就都具有自在和自为的价值和重要性。没有任何东西是仅仅从我们的目的看才是有意义的。每种东西都理应受到尊敬。"① 尊重并不限于道德、权利及情感性，更在于体验的多重性，在于过程—关系性与生态审美体验的丰富含义及其建设性，并由此而表达对万物、对人类整体、对生命有机体的关怀及关爱，或者是表达"爱意"体验。

二　确证"有限性"

任何事物都是有限与无限的存在，自然万物的无限多样与"万物一体"，与生态整体形成"多"与"一"的对应，其相互间的关系性、过程性及有机性，使生态世界显示着斑斓的色彩。人活动于这种有机关联中，也使人呈现为有限与无限的存在。这其中一个不可回避的核心问题是人的需要、欲望的无限性，人们期盼发展、增长的愿望的无限性，与自然生态、环境状况以及供输人类活动所需滋养的有限性之间已经产生了难以阻止的矛盾纠葛。对人的生产实践活动而言，自然生态及环境供输的滋养可以集中体现在资源、能源的有限性上。看起来，这些自然条件的有限性因素成为制约发展的命脉，假如我们深究根源，人的欲望、发展驱动的难以抑制所产生的无限性，或许是

---

① ［美］大卫·格里芬：《后现代宗教》，孙慕天译，中国城市出版社 2003 年版，第41 页。

制约发展的根本原因。因为人的活动的过度造成了资源短缺状况，更主要的是已经变异着生态运演节律，恰恰是后一种因素危及自然生态的有机—过程性，更危及着人的活动。如果就人的活动给予内外部条件划分的话，人类发展制约因素的主导不在外部条件，而在人类内部。事实上，我们应该视人的内在因素为有限性存在。如果这个视角成立，那么，我们的活动就应该包含如何依这种有限性存在而节制人的活动，使生存与发展都能够依循生态有机性节律。但事实上，如美国学者欧文·拉兹洛所感慨的："我们苦苦思索，想要改变地球上的一切，惟独没想过改变我们自己。"拉兹洛在《人类的内在限度：对当今价值、文化和政治的异端的反思》一书中说："人类面临着一个严峻却得不到广泛认识的问题，即决定人类存亡的不是外部极限，而是内在限度；不是地球的有限性或脆弱导致的物质极限，而是人和社会内在的心理、文化尤其是政治的局限。""世界上许多问题是由外部引起的，但根子却在内在限度。世界上几乎没有什么问题不是因人而起，几乎没有什么问题不可以通过改善人的行为得到解决。就连物质和生态问题，其最根本的原因也是人的眼光和价值观的内部限制。"[①] 人活动于生态系统中，其双重有限性决定了人的发展必须是有节度、有节制的，不可能是盲目的、无限度的。

三　明晰"不确定性"

确定与不确定是复杂性思维的重要表现。文学活动确定与不确定的对应，也表明文学本身就是一个复杂性的过程性展示，一方面我们须观照文学体验对象（自然、社会、人生，文学文本、文学环境，等等）的确定性存在；另一方面，又需辩证地体验主体的情意感发，历史、文化传承与接受的不确定性。

世间万物总缠绕着确定与不确定，文学活动则能够有情意地表达这种对应关系。就基础定性而言，确定性主要指事物的本体存在性，

---

① ［美］欧文·拉兹洛：《人类的内在限度——对当今价值、文化和政治的异端的反思》，黄觉、闵家胤译，社会科学文献出版社 2004 年版，第 5 页。

指事物的属性、特性与实在性，以及事物运动过程与事物间关系动势的恒常性，然而这一切又蕴涵着一定的不确定性。不确定性主要表现出三种意义，即对象的不确定性、过程的不确定性与结果及未来的不确定性，甚至包括主体活动的不确定性。文学活动内蕴着确定与不确定的交织，这就成为铸就文学特性的先在条件，但其不确定性又是文学特性的展示，或是其艺术审美魅力的主要表现。在艺术审美活动中，生命躯体及生命精神的全面参与，感性体验的支撑及跃动，情感、想象活动及主体之心的互通共荣，往往使活动本身，乃至活动对象、过程及结果产生诸多的不确定性。恰是不确定性设置了审美时间与空间的广阔域界，为创造主体与接受主体展示主体能力，发输主体能量，蕴积艺术审美魅力留下了无尽可能。宋代杨万里七绝《初秋行圃》云："落日无情最有情，遍催万树暮蝉鸣。听来咫尺无寻处，寻到旁边却不声。"落日、万树及日暮的蝉鸣就其自然生态状况而言，这理应是确定性现象，但落日的情意，蝉鸣的悠长，以及听者的位置、心境、接受趣味状况，且在"秋"的节律下，"行"的动势中多层次表达，却又是不确定性的表现。如果抛开简单的确定与不确定性的机械划分，我们可以看到，此时的审美体验是在应和自然/生态/生命及审美的情意、情理中，促成了对美的品味的接受及阐发，此时，不确定性则是审美特性的突出表征。成就不确定的因素何如？变化着的人的活动本身的不确定性，人的发展及未来的不确定性，甚至是人的心灵、情感及人生设置的不确定性，应是主脉。像波拉克所言："不确定性总是伴随着我们，它决不可能从我们的生活（无论是个人还是作为社会整体）中完全消除。由于不确定性的存在，我们对过去的理解和对未来的预测总是模模糊糊的。""不确定性，远非前进的障碍，它实际上是创造性的强烈刺激因素和重要组成部分。"①

我们从生态批评角度观照不确定性，仍然需要有艺术思维与艺术体验的不确定性，既有生命活动的方式，情感现象的不确定发生，

---

① ［美］亨利·N. 波拉克：《不确定的科学与不确定的世界》，李萍萍译，上海科技教育出版社 2005 年版，第 3 页。

也有通过文学魅力产生的多义性、模糊性、游离性以及传承的永恒性、价值的增值性所凸显的不确定性。从这种意义上讲，我们借力生态批评观照中国文学传统：其一，须确切把握其中的生态智慧内涵，作为资源、滋养融入现代及全球人的共荣活动中，最大化地发挥其生态能量、文化能量及全球能量；其二，科学地鉴析其在现实家园里的生长特性，将中国古代人自然/生态/生命及审美体验的策略进行现代渗透，完备现代人、未来人对自然的敬畏及审美化的文化诉求，植生"人间关爱"的地球品性；其三，利用现代意识及科学的思维方法，适度进行概念、范畴及体系的融合与改造，展示其极大的现实性及未来的适应性，以期在新的境域中不断充蕴新的能量，焕发出新的魅力。

四　保障"组织性"

有了文学与审美，这个世界上，多样的生命存在的浓重情意勃发，世界和万物的生命活动更显示了无尽的斑斓色彩，充满了无穷魅力，其过程—关系性也彰显着意义性的魅力。自然、生态、生命及审美的有机—过程性也使这个世界成为组织性、自演化的关系性存在。组织将有机与无机，将有生命与无生命的多样生命机体结构在一起，但又不限于其实体性存在，而在于调控其"关系的关系"构成，而生命本身就是关系中的关系性存在。唐代王勃五言诗《咏风》云："肃肃凉风生，加我林壑清。驱烟寻涧户，卷雾出山楹。去来固无迹，动息如有情。日落山水静，为君起松声。"王安石《咏风》亦云："风从北海起，至此南海上。问风来何事，去复欲何向。谁遣汝而号，谁应汝而唱。汝于何时息，汝作无乃妄。风初无一言，试以问云将。"这两首诗有两个联系点：一是风；二是我/汝。"风"行宇空，呼号吟唱，"来无迹""动有情"，似乎串接起了万物，连接起了时空，形成了"组织"的有机—过程性。"我/汝"悠然于其中，有机体验着，休养生息着，伴随着日落松声、动静吟唱，在"无我"中体悟"有我"。相比较而言，王勃的"风"与"我"的有机关联伴随着"万物"，其自然物及自然现象的具象性明显，也更具体验的实在性；王安石的"风"与"汝",更有其"虚"性及"玄"意,空间感较为强烈。如此多样性、个性化,且具复杂性的自然、生态及生命的有机存在,显然呈现出一种关系性的"组织"特点。埃德加·莫兰称组织化现象是自然界的一大奇观,正因有了组织,人们才可能讨论万物,"组织的生成之源只能是宇宙分解的复杂性,浑沌的复杂性,无序互动相遇组织的复杂性"。组织既限于一个物体,更是系统。以"关系的关系"为标题,莫兰表明了对组织含义的理解。莫兰说:"组织能够以不同的方式把不同类型的联系组合到一起,组织使成分之间产生联系,变成一个整体,使成分与整体相联系,整体与成分相联系,也就是说,把它们之间的各种联系组织起来,组织是联系的联系。"在对联系所作的一个脚注中,莫兰指出,可以通过这样几种方式使联系得到保障,即僵化固定的依赖关系;互动关系;两个联系在一起的系统共享的成分;起调节作用的反馈;信息交流。[①]

五 活化"组装性"

我们使用"组装性"这个词语,源出于托夫勒对普里戈金的评说,托夫勒评价普里戈金所做的工作,即有关"重新组装性"的体验。事实上,当人与自然对立,且二元分离占据主导时,人自身也必定会走向分离,其有机状态或许会被拆解,被"解构"。在这个被"拆零"的世界中,人与自然被"拆零"了,人自身(包括身与心)也会被"拆零"。"重新组装"针对"拆零",显然是有机性、建设性的,并是历史与逻辑相统一的建设。

"重装"也好,"重建"也好,祈望回复自然/生态/生命及审美的有机—过程性,在其中就需建设"生态"性的理论话语、批评视角及生态审美体验方式。我们就唐代柳宗元的五言诗《早梅》来明晰这种体验的方式。诗云:"早梅发高树,迴映楚天碧。朔吹飘夜香,繁霜滋晓白。欲为万里赠,杳杳山水隔。寒英坐销落,何用慰远客?"

---

① [法]埃德加·莫兰:《方法:天然之天性》,吴泓渺、冯学俊译,北京大学出版社2002年版,第84、126页。

诗中的"早梅"有三个观照视点：一是作为自然物且是实在的"梅"；二是生态运演节律中的"梅"；三是柳宗元生命及审美体验中的"梅"。我们惯常的解析方式，往往是就诗人的视点展开，品鉴"梅"如何触碰人的情感、心灵、意志，如何成为人的德性参照。如果我们转换视点，由生态循环状态中的"梅"来展开，我们可以看到，梅作为自然生物，是生态运演节律中的自然生命体，并且是有着独有自然物性特点的生态存在物。中国古代人之所以爱梅，并每每不厌其烦地写之，不厌其烦地诵之，并赋予其"君子"的称谓，且成为"比德"的喻体，其重要之处就在于梅的自然物性特色，其"凌寒独自开"，其傲骨凌霜，劲健"性格"极为明显。在《早梅》诗中，诗人从时间到空间都充蕴了无尽的情意，由"梅"这种自然生物引发，并依循其生态有机—过程性的特点而进行审美悟解及阐发。由此而显化的体验特点，一是"梅"作为生命的有机体而显现出的自由风貌；二是诗人作为生命有机体由身心、情意共同参与，与"梅"共建生命有机关联。这种关系性特点是任何关系所无法替代的，尽管诗人作为主体存在，可能会与多样的自然物及人发生种种关系，但在这时的时空境域中，面对"早梅"这种生态存在所建立的是独有关系，是难以被"拆解"的。我们还可以继续吟诵，看看唐代孟浩然的《早梅》诗云："园中有早梅，年例犯寒开。少妇曾攀折，将归插镜台。犹言看不足，更欲剪刀裁。"宋代梅尧臣的《早梅》诗云："江南近腊时，梅亚雪中枝。一夜欲开尽，百花犹未知。人心空共惜，天意不教迟。莫讶无秾艳，芳筵最好吹。"还可再看王安石的《梅花》，诗云："白玉堂前一树梅，为谁零落为谁开。唯有春风最相惜，一年一度一归来。"宋代周邦彦的词《菩萨蛮·梅雪》云："银河宛转三千曲。浴凫飞鹭澄波绿。何处是归舟。夕阳江上楼。天憎梅浪发。故下封枝雪。深院卷帘看。应怜江上寒。"这些诵梅的诗词对"梅性"，对梅的"栖身"境域极尽张扬，对由梅引发的情意及身心之动极尽铺陈，且都没有偏离生态、生命汇聚季节运演的节律状态，其中不乏中国古代人对自然悟解、生命体味及审美感应的特有能力。

中国文学的审美魅力亘久不衰，有着永恒的传播与流布的演历机制及运演过程，但在当代，或者在跨文化交融中，无疑也需有"组织性"的组装及合成。历史及文化地组装及合成，绝不可能是线性的、单面的，或者是二元的，不是简单的"拆零"，而必然呈现出生命有机—过程性，呈现出多样性、多面性、多层次性。

六 植生"爱意性"

文学活动的过程充蕴着无尽的生命有机性体验，不仅基于感性冲击，满含情感的滋润，而且具有思想锻铸、价值延伸、境界提升，乃至满含关怀与关爱情怀，这一切又会锤炼出一种爱意性体验。过程—关系性体验所引申的"爱意"，不是单面的，也不限于对自我的、单向的爱，而是多向的，是对更大的生态关系网络中活动着的生命存在的爱，人的价值力量会在这爱意呈现中被放大。宋代杨万里绝句《最爱东山晴后雪》云："只知逐胜忽忘寒，小立春风夕照间。最爱东山晴后雪，软红光里涌银山。"杨万里以快乐感受表达对"东山晴后雪"的无比之爱，似乎这又不止于此，因这里面包孕着春与冬寒、晴与阴、朝与夕、风与光等自然生态现象的节律转换，能量交换，这一切都是我们所言的"有机—过程关系"的事实存在。显然，这里的"爱"具有更大、更阔的时空构建，或者其本身就表达了一种自然/生态/生命及审美之有机交融的"爱"的力量汇聚。梅斯勒用西方人的思维及话语讨论这种"力量"的问题，并有单边的力量和关系的力量之称谓，且认同了力量、价值和实在的一体性。他认为，"力量就是影响他人而不被他人影响的那种能力"，而单边的意思，就是"单向运动""如果力量是单边的，那么它就是竞争的"。显然，单边力量是线性的、对立的，也是自我的，强调了支配性，同时也具有"侵入"性。[①]"关系的力量"是递进的、多面的、交叉融汇的，也是网络性的、复杂的。梅斯勒认为，由简单到复杂的链条向上移动，直

---

① ［美］罗伯特·梅斯勒：《过程—关系哲学——浅释怀特海》，周邦宪译，陈维政校译，贵州人民出版社2009年版，第62—63页。

至人类，其受影响的力量就越是增长。"使我们的生命更丰富、更富有价值的东西并不是那种保持不受影响或甚至控制他人的力量。我们之所以能使之更丰富、更富有价值，是因为我们具有惊人的能力，其接受我们所在的那个关系网的难以置信的丰富性和复杂性。"他进一步强调，与单边力量不同，关系的力量并非要相互排斥，也不是竞争的性质。梅斯勒说："关系力量犹如爱：我们越是彼此相爱，我们越是能在爱中共同成长。要达到这样的境界就要求我们在某个人的感情稍减之时轮流负起爱的重荷，但从长远的观点看，你的目的就是要增强我的爱，我的关系力量，而我的目的就是要增强你的。"① 生态与文学联姻，生态批评聚合审美体验皆可焕发出人的爱，其中的"爱"是实在的，不是虚空、玄幻的；"爱"是生态有机关系之力量的表达，内存着对多样生命存在的尊重和权利认同，甚至包括对其的肌体性呵护及保护。

获得爱和尊重，既是人性的塑造，也是生态共生家园的诉求；既是家园情意的共享，又是有机"参与"的所得。苏轼《题西林壁》云："横看成岭侧成峰，远近高低各不同。不识庐山真面目，只缘身在此山中。"② 徜徉于变幻莫测、参差错落的"此山"中的万物，是共享生态家园亲情的生命体，也是获得共同尊重的权利主体。对人来说，这应该是人性本质的表达。大卫·格里芬说："一个社会是依靠该社会的尊严意识而塑造出人的本性的。"③ 这里"尊严意识"还应该包括生态意识，"万物一体"意识。社会尊严及人的本性是有机的整体展示，不可能只就人的社会存在而言，这其中内存着机体哲学所言的因果效验意味，需要有身体的参与及其给予。梅斯勒又说："过程—关系思维肯定，在这个世界上爱也是有因果效验的。构成你的有

① ［美］罗伯特·梅斯勒：《过程—关系哲学——浅释怀特海》，周邦宪译，陈维政校译，贵州人民出版社 2009 年版，第 69、72 页。

② （宋）苏轼：《苏轼全集》，傅成、穆俦标点，上海古籍出版社 2000 年版，第 287页。

③ ［美］大卫·格里芬：《后现代宗教》，孙慕天译，中国城市出版社 2003 年版，第23 页。

意识和无意识自我的那一经验之流——包括你对他人的爱——也要作为结果和原因加入生命的因果之网。那就意味着，你的爱的经验可使你的手和胳膊伸出去温存地抚摩，去呵护地拥抱，以展示你的爱在这个世界上的因果力量的种种方式去帮助别人。"①

---

① ［美］罗伯特·梅斯勒：《过程—关系哲学——浅释怀特海》，周邦宪译，陈维政校译，贵州人民出版社 2009 年版，第 61 页。

融合篇

第四章 生态批评与中国文学
传统的融合

生态批评与中国文学传统的融合既是现代发生的，也是历史的必然，其原因是多方面的。这里既有"生态"有机性建立起来的地球人活动的"家事"，又是生态批评现代发生使然；既因中国文学独有魅力及永恒性而必然得到现代呈现，又有文化多样性及全球文化共融的必然及机遇。生态批评与中国文学是跨文化的，也体现了历史性接续，当其以"生态"而"融合"，就必然呈现出有机性；不仅在时代与永恒的过程中彰显神奇之"合"，而且其生存论的所指旨在惠及每一个地球人，其共通及共荣的魅力会牵动每个人的情意"神经"。如艾兰所言："古代中国与现代欧美在时间、空间和文化起源上的间距是何其遥远。然而，当我或其他任何一位西方人凝视一块古玉或一尊青铜器的时候，或者吟诵《诗经》中一首风谣或《庄子》中的一段散文的时候，我们都会被它们的美所感动。"① 我们在现时代的境域里被这种"融合"所感动，其中就不乏"生态"有机性连接，并且必然接通文化多样性的意义，是文化价值魅力的呈现。

第一节 对不同自然生态环境的文化观念阐释

中西方文化的不同出自不同的自然生态环境。人作为生命有机性

---

① ［美］艾兰：《水之德与道之端——中国早期哲学思想的本喻》，张海晏译，商务印书馆 2010 年版，第 5 页。

的存在，也在不同环境中表现了生命躯体及活动方式的些微不同，进而从思维方式、价值观念及情感表达方式方面也植生了诸多的差异。自然生态环境也呈现出有机性存在，环境的有机性作用于人的活动，支持着人的生存。这时由环境到人的身心，由躯体到人的"家事"，由自然生态到社会、文化及人的精神调控，由多样性、差异性到跨文化交流，皆体现出多层次及复杂性。

一　不同自然地理环境与"东方观"

中西及东西方的提法既是因自然地理环境而言的，亦有以太阳的升落为分野，出者为东方，落者为西方。中国及东方具有地域范围大小及国别存在位置的不同，但较之于西方所指，似乎具有一体性及一定的共通性。东方往往是西方人针对地理位置，是相对于其方位朝向东方的地域及国别的称谓。所谓东方主义、东方学必然基于这种地域判断。我所称谓的"东方观"也因于这种境域及关系因素，而并非止于西方人的一种称谓及仰观，具有更为实有的存在。

（一）地球生态状况的决定性

地球生态状况决定了自然地理现状，在地球上生存的任何物种，包括人类在内，都不可能离开这种生态状况而特立独行。人类活动的种种特性及需求，包括对资源、能源、气候的渴求，包括人的种族、习性、情趣，语言、交往、德性，行为方式、价值观念、信仰状况，以及多种多样的"自然人化"的结果，无不与生态状况相关，或者根本就是由此而造成的。尽管西方人古已有之的自大、自狂除了其文化、宗教的自命不凡而外，对所处的自然地理位置也不乏自负感。尽管地理及历史的局限也影响了文化传播的程度，但对东西方，甚至是中西不同的复杂性构成（自然地理、文化习俗、价值观念、伦理祈望、情感指向等）作为人类的财富必然被肯定，且随着历史的演进及文化界限的被打通，现代性及科学技术的飞速发展，甚至因于当今的全球化进程加快，建设性后现代逐渐被接受，其连接点会越来越多，相互的优长会越来越多地被人所认同、吸纳，并付诸人类实践，融入生活，相互共享滋养，继而转换为人类共同的财富。英国学者齐亚乌丁·萨达乌说："西方和东方都不是均质的整体性实体；二者都是复杂、不明确和异质性的。过去和现在，东方都由西方东边的那些伟大的文明组成：伊斯兰、中国、印度和日本。西方不但不能否认这些文明的历史，而且，它还不得不承认她们的力量和财富。而且，正是智力和军事的力量，以及经济和文化的财富引发了东方主义。"① 这种东方主义的称谓显然是基于自然地理环境的，也存在着西方站在地球的一边对另一边的观望和猜想。东方对西方的影响会随着历史的演进，伴随着东方的经济、政治、文化的不断发展及强盛，以及全球化进程的快速推进，跨文化传播域界越来越宽广，线路会越来越清晰，强度会越来越大。

（二）自然地理的生成推演

自然地理的生成有多重含义：一是地理本身的生成，但在自然的节律运动的长河中，在地质推演、转化的过程中，变化是细微的。一是地理推进人的生成，环境对人的活动的作用，也可看作我们常言的"自然的人化"。二是人的活动频繁及力度越来越大，造成自然地理状况及其面貌也发生着变化，一方面自然地理不断地生成为人的生存环境；另一方面，经过人的加工、改造、转换生成为人工环境。三是人的活动过度（征服、改造……）使地理环境发生着变异。不同的地理状况在地球生态中具有地域、区域的分布，这是不可改变的因素。这就"人化"出不同种群、种族、民族及国家，并植生出人的身体状貌、生活习性、价值观、信仰指向，同时也物化出多样的载体及人工环境。这一切或可统称为以"化"而"文"，继而成就人的"文化"。不同的自然地理生成了人类活动遗迹、活动方式、情感表达及各种成就，其中也创造了多种交融条件。东西方文化是在这种自然地理的多重生成关联中形成的，并表现出多样、不同及差异，也因此生成了东方及西方的称谓。由此形成的自然地理位置无法改变，作为固态化的东方与西方的称谓同样无法改变，但在此之上生成的以"化"而"文"的各种状貌，却会随着人在东西方的移动而产生交

---

① ［英］齐亚乌丁·萨达乌：《东方主义》，马雪峰、苏敏译，吉林人民出版社2005年版，第2页。

融，随之就会产生不同程度的变化。在跨文化、跨民族的融通中自然地理之上的一切存在，包括人的身体、身心状貌，也包括植被及人工环境等，都发生着不同程度的变化。

（三）人类活动的提升性

自然地理分布成就了人类活动，人类活动也成就了文学地理。我们寻找文学的发生之源，考察不同的文学样式，乃至创作者何以具有特殊性的表达方式，其原发处必须落脚到自然地理环境，以及由此而产生的人的生产方式、生活方式及文化存在方式方面。这里文学作为文化的融通方式，尽管文学不可能行使物质生产方式的职能，但较之人类活动的任何方式，文学所显示的特殊性，或许是人类对自然地理及一切生存条件的包容、融括性最为强烈的人的存在方式。这其中，起码有几个因素是人类活动的其他方式所无法相比的。比如文学对人类之情感体验的挥洒，对生命活动深层结构的揭示及其表达，对人与人之关系超越地域性的连接，对人类普泛的生活、生命及现实生存感受方式的共有条件的把握，等等。尤其是人们以道德及伦理性守成，以其行为规定而融通的生命体验方式，文学会给予更加直观、形象且情意融融的显现。我们难以否认，文学对自然地域性存在的客观性所具有的超越性，或者说是有一定的超地理现实性的特点，但这种超越并非地理位置的移动。英国文化地理学研究者迈克·克朗说："文学作品不仅仅是简单地反映外面的世界，只注重它如何准确地描写世界是一种错误。这种浅显的做法遗漏了文学地理景观中最有效和最有趣味的因素。……文学作品不只是简单地对客观地理进行深情的描写，也提供了认识世界的不同方法，广泛展示了各类地理景观：情趣景观，阅历景观，知识景观。将文学评价成'主观的'恰恰遗漏了这个关键问题。文学是社会的产物，事实上，反过来看，它又是一个具有重要意义的社会发展过程。它是一种社会媒体，各民族、各历史时期的意识形态形成了这些作品，反之也被它们所影响。"① 地理环境

① ［英］迈克·克朗：《文化地理学》，杨淑华、宋慧敏译，南京大学出版社2005年版，第52页。

是文学研究绕不过去的坎，同时也是不同地域界限进行"大文化"沟通与交融必须把控的客观实在。客观存在的地理现实是不可越界的，但文学的"超越"性有时既能越界，还会生成超越性的"现实"。东西方的自然地理特征决定了自身的文化风貌，由此而认识东西的跨文化交流，或者利用交流而对中国文学进行深度研究，就必须思考如何超越自然地理限定的问题，或者理应用文学的这种"超越"性能力，来寻求中西方的融通。杨义的重绘文学地图研究也将文学地理研究作为重要内容，在列举出诸多中国典籍关于地理与文学的关系状况时，他谈到，我们对于中国这个"古老的农耕社会带根本意义的情结和模式，因而不讲其地理渊源是不能讲到这些文学经典的根的。文学地理学的研究在展示学术的坚实性和开拓性的同时，实际上借用地理空间的形成，展开文学丰富层面的时间进程"。① 这可以进一步深化，即借用打通及超越地理空间的限定，沿着时间的脉系，串接、融通文学的丰富性，其结果便不止于自身地理环境的问题，更在于对全球性地域进行超越性融合。

我们在交流、交融的条件下看"东方观"，仍然需要有"生态"视野的延展，或者要坚守三重根本含义，即认识人与自然的生态有机性，对当代生态问题进行深度反思，将"生态"方法作为方法论的重要依据。因为我们必然要建立地球生态的有机整体性，必然要体认"万物一体"，由此而观览历史与文化，认识人的当代存在，设置代际性及未来性，这是必经的现实，也是方法的操作。

二 从超越意义上观照"宇宙观"

这里言超越，起码可以有三重含义：一是现实的超越，指人对自我作为自然、生态及生命存在的超越，可表现为"自然的人化"，以及不断社会化、精神化及文化化，但超越不是别离，因人终究无法别离自然之身的存在。二是精神的超越，指人活动在社会化、精神化境

---

① 杨义：《文学地图与文学还原——从叙事学、诗学到诸子学》，北京师范大学出版社 2011 年版，第 61 页。

域中，人要认识、解释自身，以及成就自身的自然、生态及生命，探求如何能够使人的生命活动自由、有机及和谐。这其中，必然存在理想、信仰及理性的超越性，甚至是对真理的寻求。三是跨文化超越。这是基于不同自然地理环境所形成的文化状况，给予有机合理的能量与信息的交流及交换、汲取，以期实现全球性的有机融合，其中必然存在再造新文化，构建新的文化阐释策略，植生新的文化价值及意义的可能性。

（一）超越的丰富性

超越是一种追问、一种寻求，在其多样性的表征中，既有抽象、概念式的，也有针对现实、具体事物的，同时还存在对特殊性、差异性的超越。自然宇宙与人的多样性、复杂性之间之所以可以存在超越，是因为相互间的有机性、过程性联系。这同时也表明，之所以有联系的多样性及复杂性，是因为在万物乃至人的文化存在，甚至人的个体生命活动之间存在着差异性及特殊性。超越式的追问与探求表明，人在万物的有机性、过程性交往中，既旨在把握事物的本质及发生源，又认识自身，同时也认同差异及特殊性。这其中包括超越个体自我，超越文化差异的自我。之所以存在这种系列性的超越，是因为这一不争的事实，即人总是在不断且重新认识自身（自然、社会、精神及审美化的存在）中，确证"自我"。这里的自我不论是个体的自我，是社会整体的自我，还是文化的自我，总不可别离人类之于自然生态存在的自我。余英时在《论文化超越》中说："'超越'在希腊文的原意是退后一步看，用中国的话说，便好像苏东坡所说的'不识庐山真面目，只缘身在此山中'，也就是先要跳出庐山之外才能见其全貌。"① 从这个角度讲，我们可以跳出三重限制看"真面目"：其一是跳出差异论，既不单纯看中西差异，也非片面认同自身文化的优越性。其二是跳出中心论。这有两个观照角度，一是走出东西方各自的"中心"观，走向认同与"间性"；二是由人的自我中心性，回到生态有机关系，从生命体验的有机性来看生命一体化，看"万物一

---

① 余英时：《中国文化的重建》，中信出版社2011年版，第10页。

体"。其三是跳出观念论。差异会引发观念之异，宇宙观、价值观的不同，需回到基本的生态观、自然观、生命感，由此审视人生、社会及文化。对于后者我们应该看到：宇宙观、价值观基于自然地理环境的差异，形成了东西方对世界、对人生的不同看法，进而析出了不同的本体论及天人关系，而生态观、自然观、生命观无法脱离人类对地球生态的整体有机性体认。

（二）超越的基础性

宇宙观实为人们对自然、社会及人生的总看法，更多的是立足于对自然界的认识，且对社会、人生的影响，也包含人们对自然作用于社会、人生的认识及价值认同。中西方不同的自然地理条件会对自然、社会、人生产生不同的看法，同时也会形成不同的宇宙观、价值观、人生观。这些都会影响人们对生命、对人生的看法，继而形成不同的知识话语系统。牟宗三言及中国哲学时曾指出："它没有西方式的以知识为中心，以理智游戏为特征的独立哲学，也没有西方式的以神为中心的启示宗教。它是以'生命'为中心，由此展开他们的教训、智慧、学问与修行。"① 当然，牟宗三所言的"生命"并非我们围绕"生态"意义而言的"生命"，他主要是言"道德"性生命。牟宗三又说："这里所说的生命，不是生物学研究的自然生命（Natural Life），而是道德实践中的生命。在道德的理想主义看来，自然生命或情欲生命只是生命的负担，在正面的精神生命之下，而与动物的生命落在同一层次。"② 诚然，在中国古代人那里，更多的是以儒家学说的"生命"为主要支撑，但人们对天地人之关系的理解，却始终没有脱离对天地之本根性的体验，感受宇宙、天地对人的生成活动的支撑。所以《周易》所言的"天地之大德曰生"，乃至老子的"道生"，太极之"生生"，郭店楚简的"太一生水"，等等，既言"生命"的本根性存在，也是宇宙观及价值观的呈现。我们从这些基础性观念上关注生命，既需要从自然价值的本有机制中体验，也需要从"自然人

---

① 牟宗三：《中国哲学的特质》，吉林出版集团有限责任公司 2010 年版，第 6 页。
② 同上书，第 12 页。

化"对生存论的意义方面把握"生命"。不论言"天地",还是论"道",都表明中国古代所形成的宇宙观及价值论无法脱离对生命之基础状况的认同及体验。蒙培元称"中国哲学是生的哲学"。他认为,儒家和道家都以"生"为其哲学的基本出发点,像生命线一样贯穿其哲学的始终,以此解决宇宙人生的根本问题。① 生命的本身就是自我生长、自我繁衍,也是循环往复,且依"生生"之节律运演的过程性而存在,更是生态有机的本来,是创生性的存在。任何一个生命体都必须是创造与被创造的有机统一体,甚至是生与死的有机统一。这里既是自体的,更需关涉万物的创造与被创造,万物的生生死死,呈现着循环性节律。

(三) 超越的结构性

成中英有著名的"超越"理论,他指出:"人类有四种不同的超越方式:绝对超越、相对超越、外在超越、内在超越。超越的意思是从现状中解放出来,脱离这个现状到另一个存在的状态,相对于原来,这是一个新的状态。超越包括对现状的不满足和对理想境界的认识,有一种趋于理想境界的努力。"② 他认为,在西方文化的两个分支中,希腊文化的超越是"外在超越""它要追求一个人感觉之外的真相,在变相中寻找不变的东西,追求一个真理,所以产生了理性"。希伯来文化则是"绝对超越""希伯来人认为有个绝对的真理,这个绝对的真理不只是说外在的真理,而是高高在上、创造一切的事物的终极。它一开始还不叫真理,到了基督教新约时代,就是耶稣时代,是把上帝和逻辑连在一起,形成三位一体。原始的基督教、犹太教,开始并不是那么绝对,绝对是逐渐发展出来的。"中国是"相对超越""是一种包容性超越,它在超越的同时具有包容性"。对于"超越",张世英认为,根本是超越主客二分,在追寻天人一体,"万有相通"的境界中而达超越。从存在之本根的中西分野中,他有"内在的超越"与"外在的超越"的说法,前者指中国式的本根超越,

---

① 蒙培元:《生的哲学——中国哲学的基本特征》,《北京大学学报》(哲学社会科学版) 2010 年第 6 期。

② [美] 成中英:《美的深处——本体美学》,浙江大学出版社 2011 年版,第 72 页。

后者则指西方的真理之超越。① 张世英还有"纵向超越"和"横向超越"之说，前者是指"现实具体事物到抽象永恒的本质、概念的超越"，实际上是指哲学抽象；后者则指"从在场的现实事物超越到不在场的（或者说未出场）现实事物"，实际上是指现实的连接，包括现在的与未来的、隐蔽的，在场的与未在场的事物的连接。张世英指出："所谓横向，就是指从现实事物到现实事物的意思。海德格尔所讲的从显现的东西到隐蔽的东西的追问，就是这种横向超越的例子。"② 由此，哲学亦应由"横向"转向新的研究方向，即回到万物的联系上，在他那里万物的"相通"，亦即"万有相通"。张世英明确了哲学的这种转向，也带来了由过去的"主体性哲学"，由以人为主体，人通过认识而征服自然的"人类中心主义"转向，形成了侧重于人与人之间相互理解的哲学。③ 哲学的转向，一方面必然带来人与自然之间相互理解的哲学认同，另一方面，也必然带来诸多领域的转向，文学研究自不例外。

我们建立生态批评的视域，必然要依循这种跨文化的对接及交融关系，既需要铺垫基本的理论基础，在古已有之的共同性方面寻找连接点，又要力主构建人的生命体验、情感传输及审美融通的共有条件。

三　绿色生境中的"诗画观"

自然生态是人类活动的基础生境，或谓我们常言的绿色生境。我曾经称其为"深绿色"，并意欲体悟人们如何能够通过深绿色之思而"觉解"人的生存魅力④。徜徉于这种"觉解"之境中，人们必然要体验无为自然，要"法"自然，甚至妙造自然，以寻求开启"众妙之门"的钥匙。启用生态批评的中介性、媒介性及其绿色情境，以其

---

① 张世英：《天人之际——中西追寻的困惑与选择》，人民出版社 1995 年版，第 249 页。

② 张世英：《进入澄明之境——哲学的新方向》，商务印书馆 1999 年版，第 8 页。

③ 同上书，第 16 页。

④ 盖光：《生存视域中的深绿色"觉解"》，《文艺报》2004 年 9 月 30 日第 11 版。

文学体验及学理优势，构建多向、多重融合及融通机制，这本身就是有机性的，更是绿色的。

（一）绿色生境的"诗与画"

绿色作为自然的本色，代表着生命、健康与活力，是充满希望的颜色，也是美的生成的基础之色。我们用绿色生境进行"觉解"及言说，其中的"绿"及"绿色"应该有这样几个含义：一是自然之本色，祈望还原大地之赋予生命的原生之色；二是一种色彩所指，这种色彩在一定意义上又成为大地及生命的代名词；三是指自然、生态及审美体验的材料及方式，也称为绿色生境、绿色之思及绿色体验；四是艺术及审美之色，即表征一种境界性展示，又富含艺术审美类型及符号化展示，我们可以用"诗与画"来指代。前三者作为自然、生态及生命本有状态，既有本质存在的特性，也是第四种含义的基础存在。从人的生命及艺术审美活动而言，既是自然、生态及生命的有机—过程性表达，也是一种结果。这就是说，我们为什么用"诗与画"进行艺术及审美阐释，或者作为生态批评的标识？应该承认，这并不局限于简单地阐发艺术类型，而旨在显化中西方的自然阐释、生命体验、学理求解及审美彰显方式的同与异。"诗与画"都需要绿色装点，而绿色基于自然/生态/生命，既是自然的画面及画境展示，也是对生命有机体验的激励；既是自然之运演的诗意律动，也是艺术审美化地显示生命韵律及诗性节奏。

（二）作为意义性存在的"诗画观"

中西方不同的自然地理环境及不同的宇宙观、价值观，形成了不同的人生观、审美观，也成就了不同的"诗画观"。这里所言的"诗画观"，不只是一种艺术观，我们对其倍加关注，旨在把握其延伸及拓展的意义。对于"诗"的观念，主要是指生态运演之节律而呈现的诗意性；对于"画"的观念，则指自然、宇宙、世界之呈现的有形的画意存在。作为一种观念性存在，我们延伸其意义，把握其观念形态，同时也作为一种思维策略，实际上是从纵横的多重角度来体验生态、生命及生存的"绿色"存在状态。就中西方艺术表达特性而言，"诗"还含有中国古代艺术表达天人关系及其律动性意义；"画"

则含有西方艺术所展示的一种荒野性。如果回到本义，我们探求这种"诗画观"的同与异，需要从绿色审美的历史情境中，以生态整体性、系统结构性的思维脉络，追索以和谐自由的生存体验方式为特征的深绿色之思。自然在中国古代人那里不只是实体存在的自然，更显"自然而然"，且会体现出生境化的自然。作为自然生态的本然状态，作为"道"所依归的自然，其深生态智慧的意蕴还在于表现了生命存在的多样性与共生性。在中国文学体验中对这种自然的体味也总是蕴涵在对生命的感悟中，对生命精神的悟解中，在演奏"生生"韵律的交响曲中，或者展示一种绿色向往。

（三）承载生存论的"诗画一体"

中西方对美的追索有不同的行程，各自表现了不同的"诗画观"，这已受到普遍认同。中国是"诗的故乡"，西方是"画的故乡""诗画一体"却成为共同的美学理想。"诗画一体"是情感性表达及审美活动的结晶，更得自于自然生态之有机性的美学呈现，得自于人们对"绿色"的深度体验。这显然蕴涵着生存论向度，是由两种不同的存在论，以及不同的生存观、生命观、价值观而构成的，以呈现对诗与画的不同解析和体验。中国人的生存论坚守"法自然"的路向，以"天人合一"的本体显现，经由人与自然的有机融入、"和合"，在"气脉流行"的涌动及韵律中，诗意化地体验生命之力量所在，彰显生命的永恒性魅力。当中国古代人在这种体验中寻求超拔的生命灵性境界时，显然会经由"法自然"的生命精神体验，更加直视绿色"自然"的诗意呈现。绿色"自然"并非实体性的自然本色，而是生命体验性的"自然而然"的生命融合，并理应成为我们所祈望的那种绿色生境。宗白华说："中国人与西洋人同爱无尽空间（中国人爱称太虚太空无穷无涯），但此中有很大的精神意境上的不同。西洋人站在固定地点，由固定角度透视深空，他的视线失落于无穷，弛于无极。""中国人对于这无尽空间的态度却是如古诗所说的：'高山仰止，景行行止，虽不能至，而心向往之。'人生在世，如泛扁舟，俯仰天地，容与中流，灵屿瑶岛，极目悠悠。""我们的宇宙是时间率领着空间，因而成就了节奏化、音乐化的'时空合一体'。这是'一阴一阳之谓道'。"① 西方人的生存论路向同样关注生命的存在，但对于生命的理解与认同，往往呈现出对象化，其中，生命是以上帝为代表的人的意志力的表征。

（四）成就艺术观念的"诗画一体"

苏轼有论及王维艺术创作的"诗画观"，莱辛在名著《拉奥孔》中也运用了"诗画观"。两者的不同，除了自然地理条件发生之源的差异外，其宇宙观、价值观、审美观不同，加之其阐释对象的不同外，更涉及历史与文化境域的差异，同时也含有艺术表达纵横面、时空界面的不同。苏轼的"诗画观"是横切面的，并"以点显面"，即他以王维的诗画之美为切面，为点，以小观大，由点显面，在富有诗性时间节律中展示空间性体验，由此而体现了中国艺术的审美体验的特点，但这一切又离不开苏轼的个体审美体验。《拉奥孔》的副标题称为"论诗与画的界限"，莱辛的"诗画观"尽管是诠释"拉奥孔"的，但却是在《荷马史诗》中的拉奥孔和希腊雕塑的拉奥孔的比较中蕴聚审美体验的。在历史性层面上，以诗性表现浪漫特点，以画意（雕塑）表现写实特性，其审美体验更含有历史性因素。这是在极度拓展的"画"意空间中，汇聚历史、时间及生命运动节律的流向。古代文明与文化状貌的构成，使"诗画一体"的审美特征，不仅启悟着我们对文明生成的诗画之境追寻的理路，而且不断创生着动态、节律性的时空感。因为"诗与画"作为深绿色及人与自然审美融合的产物，作为一种指示、一种参照、一种思维方法、一种审美体验方式，既是时间的，也是空间的，更在时空交融中昭示着未来性的绿色文明形态。"诗画一体"的这种融合性机理本身就富含着生态融合的特性：其一，"诗"与"画"的原初形态实为天地人，或"万物一体"的实在，既是大地及荒野的实在，也是生态链接、生命跃动的节律实在；其二，"诗"与"画"作为艺术作品以及不同艺术类型，尽管其审美特性的生成在于艺术家的生命体验方式的不同，但对自然、生态、生命及审美的彰显却是相同的；其三，"诗"与"画"的结缘

---

① 宗白华：《艺境》，北京大学出版社1997年版，第228—229页。

超越了单纯的艺术作品，乃至艺术类型，其原旨实为自然生态状貌（画意之荒野）与生命运演节律（诗意之时序更迭）的存在状态，而之所以得以"一体"呈现，除了其艺术的审美融合及一体化的原动力之外，或许是因为自然生态原初存在与生态、生命节律性运演的一致。

一体化、融合性的"诗画观"内蕴着多层含义，作为历史性及审美体验的重要标识也具有超越性，既能够超越既成的艺术类型及接受方法，跨越诗画界限，也将超越历史及文化阈限，跨越地理阻隔，以绿色、生态意蕴走进现代，呈现出一种融合意义上的审美理想及"文明观"。

第二节　历史境域中生态体验的相似性

人在自然生态中与万物共生共荣，继而自我发展、自我认识、自我超越，这既显示了地球生态境域中人的生命有机—过程性存在的相似性，也成就了人作为历史性存在的相似性。由此我们必须从历史境域中审视人的生态体验的相似性，且在这种相似性体验中认识人的生成史。马克思说："正像一切自然物必须形成一样，人也有自己的形成过程即历史，但历史对人来说是被认识到的历史，因而它作为形成过程是一种有意识地扬弃自身的形成过程。历史是人的真正的自然史。"[①] 显然，马克思还不是特指人的自然存在之演化的历史，也并非局限于人与自然之关系的历史性认识，而是指这种历史性关系中不断呈现的人的生成的历史。我们从这种意义上看，人的历史既是自然人化的历史，也是自我认识、自我体验、自我塑造的历史；既是人不断社会化、精神化及文化化的历史，同时也是人不断回归自然化、生态化的历史。

一　对人的生态体验之历史审视的必要性

马克思说："全部历史是为了使'人'成为感性意识的对象和使

---

① 《马克思恩格斯文集》第 1 卷，人民出版社 2009 年版，第 211 页。

'人作为人'的需要成为需要而作准备的历史（发展的历史）。历史本身是自然史的一个现实部分，即自然界生成为人这一过程的一个现实部分。"① 这既是自然人化的历史，也是人化自然的历史。这双重历史性的归一，既丰富了人的自然性存在，也成就了人的历史性存在，但却没有也不可能改变人作为生命存在的有机性，以及永久地从事生态体验的客观必然性。

（一）体验性与历史性之于相似性

把握生态体验性需要我们承认，人类的生命与自由是自然的赐予，并在与自然生态有机关系中得到认同、得到延续，并不断创生。这既成就了"人化"的历史性，更夯实了人之生命体验的基础，丰富了体验自然、社会、人生及精神、文化存在的策略。这其中，既充实了人的身心，又丰厚人的各个感知觉系统，进而也确立了必备的知识话语体系及激情表达系统。人在与自然的永久性、节律性的生态有机交往中构建自身的历史演化过程，在其中，作为历史的事实，人类将自然赐予的自由划入自己的生命主动性和创生性体验中，使人与自然生态有机地统一在一起，并在自己的生命体验性活动中不断地创生生命的新质。由体验到创生，由创生而不断创化体验的活性状态，其内在机理就要求有机与联系的自由度及主动性。对于人来说，这既是基于人的自然物质之身体性存在的基础性，也基于人的进化，或曰"人化"之不断融通意识、精神及审美的文化化存在。这一切不仅是目的性、主动性的，而且成就了现实的人化、递进、升华的有机—过程性。

（二）历史存在与哲学、科学的支持

柯林武德作为哲学家和历史学家，他的诸多研究最终都归位于历史性阐释。在《自然的观念》一书的最后部分对"现代宇宙论"的研究中，柯林武德得出的结论是"从自然到历史"，而全书实际上是在回答"我们从此处走向何方"。在该书结尾处，柯林武德说："一个'科学的事实'是一类历史事实，一个除非对历史理论有足够的

---

① 《马克思恩格斯文集》第 1 卷，人民出版社 2009 年版，第 194 页。

理解，从而理解什么是一个历史事实，否则他就不能理解什么是一个科学的事实。""一个科学的理论不仅以某些历史事实为基础，并被某些其他的历史事实所证实或否证，它本身也是一个历史事实，是这样的事实，即有人已经提出了或接受了、证实了或否证了这个理论。""我的结论是：作为一种思想形式的自然科学，存在于且一直存在于一个历史的情境之中，并且其存在依赖于历史思想。由此我斗胆推断，一个人除非理解历史，否则他就不能理解自然科学；除非他知道历史是什么，否则就不能回答自然是什么这个问题。"① 尽管我们研究的是文学问题，但"生态"问题却是理论原发点；尽管我们关注"生态"问题，但我们却旨在为了人能够在生态条件下有机和谐的生存与发展。显然，我们的研究是需要引发人类的反思，如若反思，就需要有哲学及历史性把握。柯林武德说："哲学是反思的。进行哲学思考的头脑决不是简单地思考——一个对象而已；当它思考任何一个对象时，它同时总是思考着它自身对那个对象的思想。因此，哲学也可以叫做第二级的思想，即对思想的思想。"② 哲学的反思之谓"思想的思想"，其内容是丰富的，是基础性的，同时也是方法论的。

（三）历史存在与文学支持

在围绕"生态"问题所展开的反思中重要的支撑点及方法的运用，是要借力于自然科学的事实的，并将其运用于文学研究，或者用文学创造及体验，用文学的学理研究的结果确证自然科学事实的规定性，并在相互作用的关系中阐明人类生命存在的事实。"思想的思想"既有科学、历史、哲学那样以思想先行，也有文学艺术那样情感滋润及审美性启悟的境界升华，还有像宗教那样的神性祈望及精神救赎。文学与艺术将这种"思想的思想"及神性融解到情意融通、飞动想象及美感感受中，且通过生命体验完善美的创造，表达包容及反思。柯林武德也说："艺术家，即使他的作品多少能够被称为反思的，似乎也远远不如科学

① ［英］柯林武德：《历史的观念》，何兆武、张文杰译，中国社会科学出版社 1986 年版，第 1—2 页。
② ［英］柯林武德：《自然的观念》，吴国盛译，北京大学出版社 2006 年版，第 213 页。

家或哲学家那么反思。"柯林武德同样认识到，艺术家仿佛在纯粹的想象世界中工作，但其思想却是绝对创造性的。"艺术家并不是从无中创造出他的作品来的。在任何一种情况中，他都是从他面前的一个问题而开始。"① 这就说明，人类活动是由诸多领域体现的，人对自身的学理性研究是由诸多学科构建的，相互间必然有其内在的联系性，有其相互支撑、相互阐释、相互借力的必然性。

我们把握生态体验的相似性既是生态性存在，也是思想的存在；既是生命体验性存在，也是历史性存在；既是对人的存在的原始发生路径的揭示，也思考当下人如何回到生命有机状态而展示"生"的魅力；既是现实的存在，也是文化性隐喻；既是绿色生境的活化，也是生命之审美境界的延伸。

二　如何把握生命之"体"与"验"的联系性

不论是自然生态，还是人的活动，其"体验"的过程必然会有一个共有、共生及互惠之"体"的存在，也会有施展作为个体生命力之身体的存在。恰恰是"体"的存在，使万物间构建起了关系网络，形成生态结构，人也活跃于其中。任何的"体"都在其中进行着有序化的生命能量及信息的交往与交换，而所谓"验"无非就是这种交往、交换中的各种感受及其过程，可能有生命快感性的，有享乐快慰性的，有理智、意志性的，更有每个生命体在其中的自我认识、自我确证及自我实现。

恰恰正是这种共有、共生之"体"的存在，连接着单个"体"的活动，使地球生命系统中多样性的生命之"体"融为一体，同样也使人的生命之"体"融为一体，使之成为具有共同特性，有着生命能量及信息交往、交换的共有条件及方式，体现出生命体验的相似性。成中英在阐释本体之"体"时说："体就是一个比较完整的存在。因为存在本身具有一种内在同一性，一种融合的状态，一种融合

① ［英］柯林武德：《历史的观念》，何兆武、张文杰译，中国社会科学出版社1986年版，第355页。

的伦理或是内在张力，所以这个'体'因而具有一种空间的概念。它就是实际存在的状态、实际的事物；事物是一个体，事也是一种体。"① 由此而生发的"验"必然展示其相似、相同性，具有相互确证的共有基础和条件，具有共同追寻"自我实现"的祈望。这似乎是马斯洛在构建"需要层次结构"及奈斯构建"生态智慧"结构时，都将"自我实现"作为金字塔最高层次的原因。我们将这种金字塔结构还原到生态系统结构中，回到生命需要之食物结构的金字塔中或许更会看到人的独特且全面的取食特性及方式，已经超越了任何生物种群的食物结构、取食方式及需求欲望，所以人类已经将自己推举至金字塔结构的顶端。

我们从生态体验角度认识人的生成性，不全是经验性的累积，而实际上是从人类活动本身，从"人化"的历史性过程全面把握人的存在的生态必然性，抑或是以"体"为始，而在"体"的生态网络及有机关联中自觉认识人何以能够永久且可持续地生成与发展。成中英在论体验与经验的不同时也说："体验还不是经验，经验是外在于自己的一种感觉；体验一定涉及自我本体对外在事物的认知，所以这个体验是从'体'的开源来说的，'验'就是一种自觉的认证或是一种确认、认定。只有在对一个事物整体的认识之下我们才能确认，最后确认到我的本体，万物的本体，确认我的本体和万物的本体在最深的体验之下是一致的，可以合而为一。"② 宋人陆九渊曾云："人与天地万物，皆在无穷之中者也……宇宙内事乃己分内事，己分内事乃宇宙内事……宇宙便是吾心，吾心即是宇宙。"③ 这时，不论"心"如何定位，"心"何以能够最完满地表现宇宙之理，证明宇宙之理的普遍性？事实上，只要是基于人的活动，就必然是"体"与"验"的，是身心共参的。这时，"心"绝不是抽象的、虚幻的，而必然是有机性存在。"体""心"是身体有机存在的组成部分；"验""心"成就身体，也使身体充满活力，宇宙、生命之生态节律之理在此时汇聚于"体"中，并创生于"体"。这既是

---

① ［美］成中英：《美的深处——本体美学》，浙江大学出版社 2011 年版，第 148 页。
② 同上书，第 156 页。
③ （宋）陆九渊：《陆九渊集》，中华书局 1980 年版，第 483 页。

宇宙之"内事"，更为人的"内事"。生态的有机性作为宇宙之"内事"，在"无穷之中"融括"人与天地万物"，相互间呈现的多样性、复杂性也是循环性、节律性及诗意性存在。

人的生态体验呈现出节律性及诗意性，一方面表现着人作为生命有机性存在的实在性、身体性的活动本身的节律状态，并且身体活动是不断地由单纯的生物躯体性运动，而演进到由意识、精神所支持及导引的活动自由，进而使人的活动情意化，不断呈现出文化化、审美化；另一方面人的生命体验的节律及诗意状态是被不断认识及把握的，被理性化、知识化及目的性所标举着的，而非单纯受制于生物躯体性运动的本能状态及无目的性。人类整体性的生态体验的运演，不只是实体性存在，更为目的性、对象性的关系—过程性存在，甚至还应该表现伦理性、责任性的关系和过程。这里的责任不只是针对人的活动自身的，还包括自然生态中的万物。罗伯特·梅斯勒在总结过程哲学的特性时说："世界是由事件和过程构成的。"因此，他指出，世界最终不是由"事物"组成的，假如"事物"是某种长期存在而不变化的东西。他认为，过程哲学鲜明的观点表明，"相关性和过程性的这些特征并非表面现象：它们直达实在之根基处"。"哲学的一个作用就是帮助我们更清楚、更深刻地认清显然的真理……过程哲学就是要努力清楚而深刻地思考这一显然的真理：我们的世界和生命都是动态的、相互关联的过程。同时，它也要质疑这一表明显然、实则根本的错误的观点：世界（包括我们自身）是由事物组成的；这些事物独立于那样的关系，而且在所有的变化过程中都是保持不变的。"[①] 如果我们顺延这种表述，人的生态体验之"体"，其根本性在于多样及复杂之"体"过程的关系性，在于其形成的过程性及运演的节律性、诗意性，那么，这时的"体"就是"验"。

人类的历史与文化演进也必然是节律性及诗意的过程。人的活动离不开生态系统的支持，生态的和谐、有机状况与人类活动，与人的

---

① ［美］罗伯特·梅斯勒：《过程—关系哲学——浅释怀特海》，周邦宪译，陈维政校译，贵州人民出版社 2009 年版，第 6 页。

未来发展息息相关。人的活动是目的性的，受主观支配，且富含精神调节性，这就使得人类活动的生态状况也是多重且复杂的，人的生态/生命/生存体验方式也是多样且丰富的。

三　生态体验相似性的指向性

中西方人同为生态体验性的地球人，其体验方式及策略理应具备相似性，甚至不同程度地汇聚相同性。因为地球人行进着基本相同的演化路径，创生着相同的体验生命，感受生命之美感魅力的方式。当其"化"为现代人时，理应消除"限隔"（陆九渊语），打通地域屏障，并在文化之"化"与"跨"的条件下为每一个生命个体施惠。

生态性体验何为？将人的体验性—和谐结构称为创生体验性—和谐结构，其意在于展示、把握并且细化人活动的特点。创生性的生态体验是人的"自在性体验"与"自为性体验"的有机统一，而后者在"人化"的基础上，更表现出体验的目的性、未来性。这表明，我们研究人类活动中生态体验相似、相通及相同性，目的也意在把控在地球生态环境中活动的所有人的有机性生存条件。如若全力投入，这必然昭示着人们去体味共生、互生和相互依存的关系，回归关怀、亲和之亲情性交往关系，并由此创造出共有的生命价值和意义。

创生性体验何为？我使用了"创生性体验"而没有用"创造性体验"一词，这是有原因的。从生命体验意义上而言，创造性体验与创生性体验的含义有许多的不同。"创造性体验致力于发现生存活动中的'无'，或是'无中生有'与'有中生无'；创生性体验是在人的活动中使生命更加富有活力，更加展示出生命机能的勃勃生机，它始终不脱离具体的、感性的、活生生的生命存在形式，并且是在生态系统运行中展示的生命机能和生命活力。"① 事实上，创造性体验特别注重人类自身的活动，它服务于人类自身，往往在人与自然的对立关系前提下，坚守人类中心论，确立"二元性"存在及世界观，其基础的欲求就是在人与自然的对象化中征服与改造自然，求得自然为

---

① 盖光：《人类生态系统和谐结构论》，《自然辩证法研究》2003 年第 8 期。

人类服务。显然，创造性体验是在一种人化的"自由"感的追寻中构筑人类自身生存及生命体验的和谐，往往不是弥合而更多的是消解，甚至是破坏生态关联性，解除人与自然生态那种无法剥离的共生、互生、共荣存在的生命体验形式，其目的是瞄向人类自体之"利"，探究自然生态应该如何惠及人类，而较少顾及人类活动应该如何进行生态性恢复及补偿，或者说是通过回到循环性、有机性的节律状况中补救人类活动的生态破缺。创生性体验是生命之于生态体验的本然性，依循生命运演的有机性、连续性及节律性，它要求我们在面对生态主义所指时，坚守生态世界观、整体性存在观和系统性活动观的指导，在生态有机整体的系统境域中，在万物的生态关联中把握人类的生存和生命体验形式，在生态和生命存在的一体化中理解生命的生成和创造，把握并创生生命发展的未来。

创生性体验与生态批评。生态体验的循环性、有机性，也使创生性体验内存着一种反向的力，我们在把控这种体验状况时需要掌握反向性思维。这一方面会理智性地引领人们体验生命之魅，感受生态存在的本然性；另一方面则力主解构人自身的价值霸权，推进人通过自身活动而回归生态有机状态，寻求这种意义所指的生命自由。生态批评作为一种文学现象，也是人的一种审美体验方式，作为趋近于自由的人类活动方式，也内存着反思及反向的推进力，而且通过这种意义性的动力促生人的生态有机生存，助推全球的生态有机融通。生态与审美意义上的文学体验及批评实践，是对生命之美的魅力的探寻，不论是创造、批评，还是理论思维及话语系统构建，其对生态性、审美化的把控都应该呈现出有机性的生命体验性的意味，展示创生性—和谐体验的意义。创生性体验内蕴着人类多样化的存在方式，并由此而不断创生着生命及生活的新质，包括实在的、观念的、认识的、艺术的、审美的等多个层面。

人的生态体验是多样多向的，其丰富的体验方式与多种形态的新质需要构建反馈机制，需要通过反馈自然而融入有机—过程性的循环及节律运行中。循环、有机性状态，既创生新的自然状态（有人参与的自然及人化自然），又促生更加色彩斑斓的、人类整体尊享的生态惠利。

第三节　生态批评的现代境域与中国文学传统

作为历史存在的现代，其作用起码有三：一是接续过去，再生资源；二是充蕴现代，丰富时代；三是描写未来，绘制蓝图。从这种意义上说，历史与现代，历史境域与现代境域，历史事实与现代阐发应是异曲同工的，既出创新意，又更生新境。生态批评产生于现代境域，是能够呈现历史事实，运行历史过程，且能表达事实与过程相一致的现代境域。

一　生态批评的实在性

生态批评的现代境域及其建设性推演直至对中国文学传统的关注，实际上是从现代意义上的生态、生命，科学、理性，关怀、关爱，文学、审美的体验方式来探究中国文学的现代转换问题的，力主其资源再生，价值增值，继而不断焕发其魅力，展示出永久性。生态批评不是虚设的，而是实在的：其一，它实实在在地内存于我们的现实存在及人的生命体验中；其二，经由文学的阐释活动直指现实及人的生存；其三，面对实实在在的文本及文学现象，激发无数的实实在在的活动着的生命机体，启悟人们建设性地维护自身生态生存的条件；其四，实实在在地通过文学活动，通过生态审美体验而延展人的身体张力，拓宽活动阈界；其五，通过融通人的多样的活动方式，调适人的有机的且"间性"的活动机能，意在重建主体性（不是对象性主体，而是生态意义上的"间性"主体）。王晓华说："生态批评是生命主体性在文学研究中的归位仪式。拥有特权的主体性在这个仪式中被解构，从高位回到生态学的地平面。受压迫的主体——人类个体与非人类个体——则逐渐与权利理念建立联系，成为解放戏剧的主角，并因此站立起来。解构与建构的张力推动着生态批评的进展。"①

---

① 王晓华：《生态批评——主体间性的黎明》，黑龙江人民出版社 2007 年版，第 35 页。

另外，也是本书观照的中心点，生态批评实在性关涉着生态与生命、生态与文学、生态与审美，不仅作用于个体的活动，而且能够面对地球人的共同共通性，超越地域、国家、族裔，乃至宗教的界限，而起到融通、影响及整合历史文化资源的作用。

二　生态批评的现代生成

生态批评的现代生成因于独特的阐释策略，其中含有重释、重审、重估、重评及价值重构，当它不断放大观照视域时，便会对曾经既定的事实及久传的经典文本给予重新评价。

对海明威及其文学创作的重释及重新评价是生态批评的产生以及大范围传入我国之时人们的一个重要关注点。重释海明威不仅形成多样化的体验策略、阐释方式，并且有多方面、多角度的重新评价。海明威是伟大的，也是矛盾的；既缠绕于困境中，也是一个悲剧性人物。他的创作及人生实践有着与大自然无法别离的关联，他的"丑陋"一面不只是他的生存困境，还在于他对自然生物的无尽猎杀，困境、毁灭及悲剧情境也表现在他的生存悖论上。除了对《老人与海》中圣地亚哥老人的精神悲剧的多样阐发外，生态批评最为集中的关注点就是海明威对自然生物的态度及处理方式，而其悲剧性人生有时就在这里被显化出来。洛夫曾就海明威的原始主义给予淋漓尽致的生态批评，同时也指出其现代意义："海明威的生活和艺术与自然世界存在一种悖论性共生关系，他的原始主义植根于自然世界。从这个意义上讲，海明威明显的印第安品格在当代语境下具有人类学和艺术意义，值得重新审视。"①

重新审视，该如何审视，这是个问题。实际上这涉及了对既定事实，对历史与现实的既成事实的重新评价，对传统，对任何作家体验都存在这种重新评价问题。但如何评价必然给予其历史性与现代性的机缘，更需要有必要的理论和方法的策略。我们在新世纪的

---

① ［美］格伦·A. 洛夫：《实用生态批评——文学、生物学及环境》，胡志红等译，北京大学出版社 2010 年版，第 137 页。

建设性条件下，以生态批评的理论和方法策略评价海明威，不只是范例性的，更是必要的。事实上，在历史层面上，对海明威的评价已经有着多样的结论，其中就不乏给予其个人主义者的评价。对海明威个人主义的表现原因及手段，洛夫结合其原始主义进行了"重新审视"。洛夫多层次地指出："在他的原始主义中，他经常采取一种侵略性和孤僻的个人主义，这种个人主义与他敬畏的自然存在相冲突，这样它经常转而针对地球本身。海明威热爱自然世界的感觉和愉悦，但仍然痛恨拒绝他永生的亘古不变的自然轮回。海明威似乎有一种在自然消灭他之前报复自然的冲动。""无论是在小说还是在现实生活中，海明威对于地球造成的伤害是惊人的……现实的海明威猎杀记录是令人震惊的。""海明威原始主义悖论产生于与地球开战及为强化自我剥削自然世界的对立倾向。"① 海明威的杀戮似乎是个人主义的悲剧，是个体性的，但实际上却是历史性的，是人类悲剧的体现。或者说，历史演进到 20 世纪初叶，人类悲剧以海明威的小说及现实人生活动而被淋漓尽致地表现出来。这其中，人类对死亡的恐惧，也历史性地滋长着人类对自然的恐惧、无奈，进而极尽掠夺及杀戮之能，海明威的悲剧似乎诠释着这个隐喻。于是，洛夫说："对海明威来说，死亡是一个残酷而可恨的圈套，邪恶地把最出色、最勇敢的人作为受害者。海明威的目的总是要控制他所认为的敌对力量。"② 从对海明威的重释范例中我们可以看到，以生态批评的观念及方法重新审视诸多文学现象，既是历史必然，更具有对人类未来何以能够生态永续发展的反思。

三　缠绕于矛盾纠葛中的生态批评

生态批评的建设性也力主对人的精神、灵魂及生存与发展进行深度阐释，而对海明威这一复杂的、矛盾的综合体的阐释就是一例。美国学者伯特·班德这样评述道："海明威的典型手法是把人物抛掷在

---

① ［美］格伦·A. 洛夫：《实用生态批评——文学、生物学及环境》，胡志红等译，北京大学出版社 2010 年版，第 138—139 页。

② 同上书，第 140 页。

其生存的自然历史环境中，让他们去面对自然环境中的自然选择和性选择的威力，并让他们在这种环境中独自领悟、界定自己的人性。他塑造的这种典型人物是失去了一切的'奇怪动物……人'，他们信仰爱以及更高层次的法则。"① 在海明威这里，不仅仅肯定"生命的美丽和壮观，还有生命中不可避免的暴力"（班德语）；海明威的悲剧是现实的，也是心灵的，因而他是备受折磨的。洛夫谈道："对于这种心灵折磨，海明威最伟大的原始主义英雄，《老人与海》中的渔人圣地亚哥向我们证明，悲剧并不能让人过后感觉好些。"作为"无可争议的悲剧英雄，他强烈认同人类精神与自然法则的冲突"②。大海是海明威的家，是他树立自身英雄品格的载体。海明威有诸多的作品写到了大海，而《老人与海》已经极尽他对大海的理想。如果我们暂且搁置他对自然生物的杀戮，对冲突之极尽描绘，那么从海明威的"大海"到其人生及艺术体验，的确会引发人们致力于崇尚大自然及生命。他在自然生态的生境中找寻着自尊与自我，也促发人们深度体验人类的自尊，设定着自我，让人们从中品味着与大自然共生共在，且汇聚"生"的意义的快感。古巴老渔夫圣地亚哥"一个海明威式的男人"，他一生都在大海上进行搏击，他要通过搏击获取生存的资源，这种生存方式或许是艰难的，但的确又给了他极度的快感；在与无数生命体的搏击中，他诗意地抒写着一个硬汉的神话。他是成功者，更是失败者，其失败隐含着人类发展的悖论，因而他是一个悲剧性的寓言人物，他的那种精神表现同样是一个寓言；他诠释着生命，诠释着精神，同时也诠释着历史及人类所为。我曾经这样解读这个寓言的启示：圣地亚哥老人"那同大海之精神游历的漫长行程，的确会给予我们诸多的生态性启示：其一，在生物多样的世界中权利共存与互为认同是必然的，它形成了一个巨大的、错综交织的网络。其二，生存的斗争与调和也是必然的，它促生了生物体间的能量交换，在这

---

① ［美］伯特·班德：《海明威的〈老人与海〉及其他作品中的自然史》，施经碧译，《鄱阳湖学刊》2013 年第 3 期。

② ［美］格伦·A. 洛夫：《实用生态批评——文学、生物学及环境》，胡志红等译，北京大学出版社 2010 年版，第 143 页。

种交换关系中生命体各自确证着自己的本质，同时也确证着对象的力量。其三，生存的占有实际是一种悖论，当你在侵犯对象的时候，其实自己也被对象所制约，甚至于侵犯，所以，老人也曾叹息，'是我走得太远啦'。因此，我们可以说，节制欲望是必要的。其四，以人类自我为中心的意识是不可取的，只要你向自然索取，就必然会得到反向的回报，最终危及的是人类自身。其五，人要获取最优化的生存环境，就必须回归自然，与自然融为一体，在生态家园中共享生存的快乐"①。

当生态批评的价值不断彰显时，其生态、审美体验及理论视野的广泛性、历史性及超越性作用也不断得到人们的认同，而其超越性则更为珍贵。因为我们需要在生态批评的现代境域中跨越地域局限，需要有跨文化的广阔视野。同时，我们应回到中国文化传统里，以生态批评时代性及建设性，借力于其历史和文化的合理性，在融合、一致、汇通中，将中国文学的特有体验方式发扬光大。

第四节　中国文学传统的现代境域与生态批评对接

中国文化与文学传统必须走进现代，这是历史的必然。但如何走进，如何转化，这是个问题。在我看来，与生态批评"对接"，这是一条可行可信也是可操作之路。这其中，既有人的生命存在最为基础性的接通点，也有艺术、审美及超越性的连接点，这都为中国文学传统走进现代，走向世界，走向人类未来提供了机遇和条件，更有其操作性的平台。

一　接续历史，负载文化

现代作为历史性延续，既承接、负载文化传统，又需要转换、转化传统；不仅畅扬、传达传统的精义，更需要在现代境域中最大化地

---

① 盖光：《文艺生态审美论》，人民出版社 2007 年版，第 63 页。

体现其价值的辐射性和再生性。科布有一种表述："现代化在中国正在大范围地实现。但我和许多中国人都有这种判断，就现代化本身而言，它并非一切。现代化需要一种负载文化语境的价值，但其本身并不能提供或鼓励这种价值。"科布还认为，现代大学除了尊重科学和积累财富之外，似乎不再传达任何价值，但它还需要更多的东西，而这些东西"丰富地呈现于传统的中国文化中"。同时，科布又告诫人们："为了迎合一个世界的真实需要，传统中国文化同样必须被转变，而这个世界已深刻地不同于这种文化曾经出现于其中的那个世界了。"① 我认为，科布的言说及告诫是中肯的、实在的，也是可行的。的确，中国文化传统要走进现代，走向全球，瞄向未来，必须改变传统曾经生成的那个土壤及机制，必须以现代的、建设性的视界进行深度拷问，甚至评价其传统的现代意义及价值。如意欲再生，寻求价值增值，则必须与多样的文化进行交流、借力，且力图有机融合，以期生成有机的文化生态。多年来，学界善于使用"重建"一词，我认为，这里的"建"已经不是曾经的"建"，也非破与立层面上的"建"，而必须是现代条件下的建设性、有机性的"建"，是一种朝向未来性的、永续性的"建"。"建"同时是过程性的，对不同的文化生成境域及文化样式而言，"建"需要交往、对话，并且还须超越对话，以相互识别"真面目"，以达理解、认同及吸纳。科布说："对话的目的不是转变对方让其皈依。""正是通过对话我们才能超越对话。但是，那种不想超越自身的对话会变得呆滞。通过对话，人们达到相互之间更好地理解，并学会更好地合作，在对话中，他们甚至可以相互了解彼此的观念和洞见，那将丰富他们各自的思想。"②

二　实施超越，参与创造

我们以"生态"引发一种观念，以生态批评搭建了一种方法，其论题的中心实际上是中国文学传统的现代走向，或者放大了说，是中

① ［美］约翰·B. 科布：《超越对话：走向佛教—基督教的相互转化》，黄铭译，浙江大学出版社 2008 年版，中文版前言第 3 页。

② 同上书，前言第 2 页。

国文化传统的现代转换。如果用学界常用的词语来概括，我认为，这可以是自信、自觉；洞察、了解；认同、互通；交流、建构；融合、推新；超越、再生；增值、强体；共生、未来。现代人活动条件的丰富性、复杂性，也为中国文化传统在其中履新给予了多种"建"的可能及条件。我们所研究的生态批评问题则是其中之一，而生态批评之所以更利于这种"建"，就在于其生态与文学的双重作用。生态与文学在人的活动结构中与生命有着最直接的联系：一个是构建生命活动的有机及根基，另一个是致力于在提升意义上感受生命意蕴，两者始终围绕生命体验而展开。更何况中国文化传统中的"生态"元素及意蕴之丰富，体验方式之直接，更为这种融合及构建提供了取之不尽、用之不竭的资源，是一座滋养宝库。生态批评作为初创期的文学现象，其生态主义的理论内涵还不完善，其批判性策略尚欠精准，其文学活动中的文学性、审美性的体验内涵还不明晰，但其对"生"的关注，对"万物一体"的认同而汇聚的应有的值已被极尽展示着。因而我们可以说，现代境域生成的生态批评需要中国文学传统的资源、智慧和理论的多向支持。王晓华说：

> 目前的生态批评依旧是不成熟的文学运动。当然，这种不成熟的品格也意味着巨大的可能性空间。对于包括中国学者在内的第三世界知识分子来说，参与一种不成熟的文学思潮的建构，更有可能凸显自己，让自己作为交互运动中的主体站在世界学术之林中。在参与所造就的远景中，我们甚至可以看到克服后殖民语境的希望。①

三 优雅执着，寓于整体

在产生之初，生态批评在面对问题及人的生存困境时充满着活力，特点鲜明。尽管其中满含审思、反思及批判，但其目的却旨在建

---

① 王晓华：《生态批评——主体间性的黎明》，黑龙江人民出版社 2007 年版，第89页。

设，其建设的跨界性也是非常显的。我们对中国文学传统现代境域的观照，对其跨界且走向世界的期望是无限的，生态批评的建设性显然会为其助力。生态批评作为建设性的文学现象，理应探究如何能够融入人及人类整体存在的和谐，全面汲取人类智慧，并思考在现代条件下如何构筑趋向和谐的自然、社会、精神及文化存在的生态结构，使人能够有诗意性的生存活动的条件，并主动创造有机和谐生命体验的氛围和生境。这种现代条件及结构、氛围与生境必然趋于生态化，其结构状态应该是复合且复杂的生态结构。这是自然与人（社会、经济、精神文化的整体）的生态有机性的体验性结构，是一种运行机制，也是人类智慧的呈现。生态批评与中国文学传统寓于这种整体、有机结构中，必然会繁盛文学活动，这也使得相互间不会拘泥于对文学文本、思潮、流派等对象的观照，而更会关注对象生成的生态机制及智慧，或者可以说，它需要复合且复杂的生态系统的基础性、生命体验性及审美化的结构，需要生态审美体验方式。任何传统的东西走进现代，意欲重建，都必须是复合性、复杂性及有机—过程性的，是需要再生机缘及多样性的关系条件的。

四 "开发"整合，勇力担当

生态批评的担当除了由继承与传达而获取应有的艺术审美的滋养外，还有其重要的"开发"之源。其一，领悟中国古代人对自然、对生命、对情感、对社会人生的体验方式；其二，把握中国文化传统中生态智慧的精髓，关注古代人对"和"与"合"所蕴含的生态智慧的阐释及深层体验；其三，确证中国古代人在艺术体验中对审美、对生命的情意抒发而蕴聚的深生态感悟，认同其所蕴含的古代人对"自然"及生命的独特理解与体验，以及由此感受生存智慧的方法；其四，特别凸显由自然审美向生态审美转换所形成的特有的生命体验魅力，润化其特殊的诗意节律。这种"开发"意在全方位地引发现代人的关怀情意，培育家园情境，倡扬对万物、对生命乃至对子孙后代的爱意。当生态批评能够生态有机交融性地连接中国古代人那种仁与爱的品格，丰富批评策略及体验方式，或许会唤起全人类对自然的

"敬畏"、关怀与爱，通过深入生命的根性，体认生命的本色及本真性，而导引人们对生命"真意"的体认。生态批评在审美意义上合成，亦须中国人的生态智慧所构建的人的生存机理，认同由"和"而运行的"美的规律"，而"和"绝不是同一、平面的，而是呈现出多样性、多层次之"和"，由多样、个性、特殊且动态性、韵律化转换为生命的自由及美之"和"，即"和而不同"。"和"所内涵的生态意蕴实际上就体现着有机—过程性的演进序列，是运演"生生"节律性的"和"。中国古代人所体认的"和"在现代境域里仍然具有无尽的生命再生力，能够引领人们在现代条件下不断地构筑和谐的生存境域，启悟人们能够不断地从事和谐的生命体验。

五　相互借力，"性"相通汇

中国文学传统需借力于生态批评而走进现代，走向未来，走向世界，对现代、未来，抑或全球进行资源输入，对人们的生存，对社会发展给予思想启悟，这是可能的，更是一个必然。生态批评如果吸纳中国智慧，也会不止于批判，不限于对问题的解疑，更在于建设，旨在求"和"。因为中国智慧中丰富的生态意涵，其"和"的生态"理性""生生"的生命运演节律及审美体验方式，本身都支持着我们对建设性、有机—过程性的体认。在直接的文学创造及体验中，对生与命，"和"与"性"的通汇、悟解，以及所引发的对"美"的体验，中西方明显不同，所以相互借力之"域"与"阈"必然是宏阔的。比如叶维廉对学界关于华兹华斯与陶渊明、谢灵运的诗歌创作所进行的对比，提出自己的看法，这对我们会有启发。他说："试细心从两个文化根源的模子观察，从它们二者在历史中衍生态和美学结构活动两方面的比较和对比，我们便会发现相当重要的根本的歧异，不但在文类的概念上不同，在整个观物应物表现的程度上都有突出的分别。中国诗人意识中'即物即真'所引发的'文类'的可能性及其应物表现的形式几乎是英国自然诗人无法缘接的。"[1] 在对生命的悟解方面，

---

① ［美］叶维廉：《中国诗学》，人民文学出版社 2006 年版，第 81 页。

成中英则说："希腊是一种欲的体现，遇到一种困境，是因为欲，解释成欲的问题，就有了悲剧。西方最原始的是命的问题，所以西方看重'命'；而中国接受这个世界，是'性'的问题。"① 中国人的"性"，少言"欲"及"命运"的驱使，也不只是人的自然之性（性别、欲望、个体性等），其内容是极为广泛的，即便是表现人性，也不仅仅局限于自然性、利欲性。它具有天性、仁性、人性、习性、情性、心性、德性等多样"性"所指。《论语·阳货》曰："性相近，习相远。"《孟子·尽心上》曰："尽其心者，知其性也。知其性，则知天矣。存其心，养其性，所以事天也。"《中庸》就直接讲道："天命之谓性。"张载《正蒙》云："天性，乾坤、阴阳也，二端故有感，本一故能合。天地生万物，所受虽不同，皆无须臾之不感。所谓性即天道也。"② 性与情的连接，并构成同一性范畴是最为广泛的，其中既有人性本真的含义，有伦理性含义，更有审美的含义，或者在艺术审美体验中运演得更为广泛。如汉代许慎《说文解字》就云："性，人之阳气""情，人之阴气"③。这是用阴阳之气的转换、互融、交感的生成状态，来表现性情关系的紧密，进而展示了人的生命活动的特性。后人也有将两者解析为水—波、静—动之态势的，即性为水，情为波；性为静，情为动。这样的表现以自然、生命活动有机性相连接，已经具有了"生态"的含义。《周易》曰："利贞者，性情也。"④ 表明"天"利物且有规范，实际上是说，天地以自然生态的规律抚养万物，亦表明了"天地之大德曰生"的生态事理。《荀子·正名》曰："性者，天之就也；情者，性之质也；欲者，情之应也。"⑤ 荀子尽管言到"欲"，但却表现了人性活动的全面性，而非淫欲，其中既有性之规范，亦有情之体验，而这又显现出生命的本然状

① ［美］成中英：《美的深处——本体美学》，浙江大学出版社 2011 年版，第 75 页。
② （宋）张载：《张载集》，章锡琛点校，中华书局 1978 年版，第 63 页。
③ （汉）许慎：《说文解字（附检字）》，中华书局 1963 年影印版，第 217 页。
④ （清）阮元校刻：《十三经注疏（附校勘记）·周易正义》，中华书局 1980 年影印版。
⑤ 《荀子·正名》。本书所引《荀子》的经典话语，皆出自（清）王先谦撰《荀子集解》，沈啸寰、王星贤点校，中华书局 1988 年版。此后，只注明篇章。

态。在文学的言说中，对"性情"的阐释更是多之又多，其中"性情"既是生命、人性及一般感情的表现，更是通过生命的"吟咏"而进行的艺术审美放射。

文化传统在现代境域里转换所要建构的学术立场及奉行的价值意向，或者所要夯实的社会与现实根基，必然是寻找其最佳的契合点。这既包含中国文学传统与现代的契合，还应该由此而映射出历史及文化传统同现代的契合，但任何方式的契合，考量的都不是过去怎样，现代如何，而是未来如何。

第五节　"情理"指向：共塑融通而亲和的"当代性"

生态批评与中国文学传统需要共铸其"当代性"，这必然会引发我们的思考：人类应该如何确证自身的生命有机体？如何面对大自然的生态有机性？如何为我们的子孙后代留下最大化的生存与发展的生态空间？如何使人类能够永续发展？如此多的问题，必然涉及应该如何确立人类生存与发展的当代价值问题，而这一系列的问题使人们必须在当代不断明晰，且从中解决未来性的、永续发展的问题。

一　"当代性"的"情理"指向

生态批评与中国文学传统都需"合情"与"合理"，相互间得益于人的有机性活动，且要求由文学活动而托举人格构建的自由度、审美的启悟程度及生态体验策略所蕴聚的人的活动的"情理"结构。这也表明：有机—过程性的生态节律状态是"情理"指向的基础，也就是说，符合情理，需依循"生态/生命"的有机状况，要认识生态的"合情合理"。

"情理"是情与理的合成及有机融合，既合情又合理本身就是价值呈现。由"生态/生命"的有机状况而展开的文学活动所合之"理"会有多个层面，既有情的运行之理，有人性本真之理，有生命活动之理，有生态本根之理，有自然演化之理，亦有人类的共通共同之理，同时还需文学活动特性之理，需审美体验之理，等等。这一系列的"理"，既需人的情理滋润，又需有机生命调适；既需多样性、复杂性、个体性来丰富，还需科学理性的条理来确证。这时的"理"既以"生态/生命"的有机之理为根基，又需科学性鉴析及归位；既需道德的坚守及践行，也需审美的境界性提升；既是人类文明的呈现，也须瞄向未来发展的有机之途。理查德·罗蒂在论及"科学的亲和性"时讨论了"合理性"的两种意义：其一即为有条理，显然，这需要科学理性的完备；其二则指"清醒的""合情理"的意义。对于后一种意义，罗蒂说："它指的是一系列的道德德性：容忍、尊敬别人的观点，乐于倾听、依赖于说服而不是压服。这些是一个文明社会如果要持续下去其成员必须拥有的德性。"① 罗蒂还进一步阐明，如果做了这样的解释，那么，理性与非理性之间的区别，艺术与科学之间的差别就不成为特别。尽管罗蒂并非在我们的生态批评论域中讨论所谓合理性，但他对这种"合理性"的阐发，一是基于对"科学的亲和性"表述的延伸；二是对这种"合理性"之德性的肯定，对我们明晰生态批评的"合情"与"合理"是有启示性的。

罗蒂言说的"道德德性"确定了文明社会持续的重要条件，尽管文明社会是人的存在的社会标识，但我们言延伸，社会要发展，其重要因素却并非仅仅局限于人对于自身的活动上，人对自然万物的态度及其情意、亲和性，同样应该是重要内容。当"合理性"被情意滋润，沉浸到生态批评的"情理"价值展示中，其理性与非理性，理智与情感，乃至科学与文学艺术，理性与审美，生命与理性，等等，势必都能相互融通。

二 "当代性"的永续性取向

当代是历史性的存在，是在历史境遇中的接续、传递。当代也

① ［美］理查德·罗蒂：《后哲学文化》，黄勇译，上海译文出版社 2009 年版，第 75 页。

是中介，是承接过去，开启未来的中介。人与自然的生态有机关系作为必然的存在，表明人类如果要走向未来，要永续存在，就必须依循有机—过程性及节律性运演。人类历史的行程理应合辙于自然演化的进向，在同一"法则"的规范下，与万物轻柔弯曲、清风吹拂，与万物的光亮、生长，或者飘流、逝去，行进着相同的节奏及韵律。

人类活动的超强性所产生的诸种问题，最根本的就是干扰这种自然运行的节奏及法则，或者说，变异自然之道的根本。当年，孔子在《论语·子罕》中就曾经慨叹道："子在川上，曰：'逝者如斯夫！不舍昼夜。'"宋代的朱熹释曰："天地之化，往者过，来者续，无一息之停，乃道体之本然也。"[①] 由文学所呈示的"当代性"必借力于文本，绘制现实，被印证着这种有机性，体认由"道体之本然"而显永续性。这时的"当代性"既具历史性，又具中介性。就其中介性而言，这既是文学历史进程的承继，且是由文学来映衬的人类历史的演进，也体现出当代人类所发生的所有事件，人的情思、人的感性、人的理性、人的智慧，甚至人的身体都会在文学中被情意化及审美化地表达。文学活动为我们提供了无尽的话语资源及滋养，创生着无限的言说方式及生命体验方式，以及透视人类未来走向的理想认同方式。当生态体验注入文学时，当文学接受并畅扬着人的生态、生命及生存体验的魅力时，不仅在依循生态有机—过程性而绘制未来永续存在的蓝图，而且人与万物之生命的美也被推向至高的境界。梭罗在1849年出版的第一部著作《河上一周》中，记录了他在康科德河上的自然之旅。梭罗这样体味着："当昨天和历史年代一起成为往事，当今天的工作尽在眼前，那么，那些转瞬即逝的景象和大自然中的部分人生经历，应真正属于未来，或者说会超越时间的界限永远保持年轻和神圣，永不会在风雨中消逝。""我常常伫立在康科德河的岸边，凝望着逝去的流水——它是万物前进的标志，与宇宙、时间及一切创造物遵循着同一个法则；河底的水草随着水流轻柔地弯曲，仿佛受到

---

① （宋）朱熹：《四书章句集注》，中华书局1983年版，第113页。

水底清风的吹拂，依然在种子落下去的地方生长，但不久便会死亡，沉入河底；那些似乎并不急于寻找好环境的光亮的鹅卵石、砂石碎屑、藤蔓野草以及偶尔从水面漂过、奔向命运尽头的圆木、树干，都使我产生了极大的兴趣，最终，我决定泛舟于康科德河的胸膛之上，任由它将我载去任何地方。"① 这一切由文学复魅了梭罗的生命/人生体验，使他情意性地描绘了那永不消逝的自然与人的历史性传承关系，因为在这里，可以"超越时间的界限"，去享受大自然那"永恒的诱惑"；这是一种历史的记忆，更会沿着大自然的流程、变幻，遵循着相同的法则，随着水流而奔向那未来"任何"的地方。

任何一种自然事物及自然现象，都会有这样的流动节奏及法则，以生命活动韵律呈现出生与繁盛、死与消亡，而接续着"生"的永恒。梭罗的《河上一周》《缅因森林》《心灵漫步》等作品，也记录着他在大自然中的心灵漫步。当真正置身于大自然中，梭罗说："我很想就关于大自然的话题畅谈一番，因为与自主、文明的人类社会相比，它拥有绝对的自由与狂野——这样文明便可以把人类视为大自然的居民或者不可缺少的一部分，而不仅仅是社会中的成员。""那些所谓的人类进步，如房屋的建筑、森林的砍伐，只不过是在损毁自然景观而已，它们使大自然变得驯服且低劣。"②

三 "当代性"与"亲和"性人格

生态批评所构建的人格必然是"亲和"性的，而其"亲和"性必须有情与理的植入、互渗、引导，并且作为内在机理而依循一个生命有机体的运演节律，守成"间性"主体的交往策略。"亲和"的情理调适，作用于自然、感性的躯体性人格构成，更有社会性、精神性人格构成的调节与规范的必然条件。

"亲和"所具备的多重观念和意识可以凝结在人的"情理"构合

① ［美］亨利·大卫·梭罗：《河上一周》，宇玲译，北方文艺出版社 2009 年版，第 4、7 页。

② ［美］亨利·大卫·梭罗：《心灵漫步·科德角》，孙达译，北方文艺出版社 2009 年版，第 2、6 页。

的能力方面。当特里·威廉斯在《心灵的慰藉》中面对"单乳女性家族"的灾难和人生悲剧时，我们看到"大自然赋予了她们母女战胜病魔的定力及毅力"，启示我们如何从自然中，从万物的生命灵性及交往、交换能量中汲取力量，获得生活灵感，植生爱意及爱心，并得到心灵慰藉。这种"爱"的施放及慰藉，女性力量无法匹敌。威廉斯言："人类与大地之间的契约制定了，又被撕毁。妇女们重新签订一份契约，因为她们对大地如同对自己的身体一样了如指掌。""一个人若拒不认同自己与大地的血缘关系，就是背叛自己的心灵。"① 人作为生命的存在，使得"亲和"的基础理应表现出这种对生命的情韵，体悟充满活力的生命魅力，并且满含无尽的色彩而亲近并关怀任何生命的存在，感悟生命魅力的不可或缺。爱德华·威尔逊的"亲生命"观也可以为这种"亲和"性人格塑造提供理论支持及践行条件。事实上，人的生命会产生多样性的体验感受，并从中感悟生命之情与理的魅力。人的"情理"构合是溶解剂、合成剂、润滑剂，这是人作为生命有机体的一种特殊的调节机制，是能够在生态条件下从事主动性生存体验的助推机制；既是人的活动的基本导向机制，也是文学活动之生态化、审美化的生发机制。

在人的现实活动中，"情理"需要生态化与审美化的有机融合，在文学活动中，这种融合机制会更富于情意性，且形象、隐喻及多样的话语表达方式会使之意蕴更加深邃、悠长，更加透视出意趣与理趣。特丽·威廉斯深切地感悟母亲之生命的魅力，也似大地之母的慰藉，她每每感慨着："刚绕着小山坡兴致勃勃地走了一圈回来，我感到很平静。空气中散发着树木的清香，大盐湖在地平线上闪烁。湖光山色，晶莹剔透。这一切使我意识到，母亲身上那些令我崇尚、敬佩及吸取的东西都是大地中固有的东西。只需将手放在山脉那黑色的腐殖土上或沙漠那无养分的沙粒上，我就能唤回母亲的灵魂。她的爱心，她的温暖，她的呼吸甚至她搂着我的双臂——这就是浪花、微

---

① ［美］特丽·威廉斯：《心灵的慰藉——一部非同寻常的地域与家族史》，程虹译，生活·读书·新知三联书店2010年版，第337页。

风、阳光和湖水。"① 如果沿着母亲所给予的心灵慰藉进一步推论，"亲和"意义上的"情理"价值结构既是生态批评阐释方式的活化机制，也是成就批评人格、守持责任及良知的活化剂。

四 "当代性"与"情理"感发

作为生命的有机性存在，人的活动的一切"理"理应回归万物生命活动之理，尊崇自然存在权利之理，守持生物多样性存在之理。约翰·缪尔是大自然权利的肯定者，他一生游历、体验并创作了诸多"优山美地"，他以这多重蕴含的"情理"书写了诸多感悟万物灵性的美文。在《我们的国家公园》中，他对森林饱含着他那挥之不去的爱意情怀，因为在森林中，不只有树木，这里还是万物灵性的驻存地；这里的宁静中孕育着无尽的喧嚣及热闹，这里的超然、恬适又生发着狂野及繁复。在描绘黄石国家公园一篇中，缪尔写道：

> 从这里望去，森林是如此宁静，树木一动不动，隐身其中的动物所引起的扰动一眼就能看见。它们挖着、啃着、咬着，眼睛闪闪放光，它们工作着、玩耍着，寻觅着食物、养育着雏崽、穿越着灌丛、攀缘着岩石、涉过宁静的湖沼、沿着湖泊和溪流的岸边踽踽而行！一群群的昆虫在阳光下翩翩起舞，在大地上打洞钻穴，在水中潜游、畅游，这片目睹着一切的浮云讲述着大自然的欢悦！植物与动物一样，也忙碌不停，每一个细胞都在快乐中扭动伸展着，像蜂巢一样发出'嗡嗡'的鸣声，唱着古老的创造新歌。

尽管生态与文学结缘，就需要有学科间的交叉互补，需要学理的界分及评价，但其文学批评特性及价值功能又决定了它不可能仅仅局限于对某种"理"的阐释上，它仍然需要"情"，需要"体"。生态批评

① ［美］特丽·威廉斯：《心灵的慰藉——一部非同寻常的地域与家族史》，程虹译，生活·读书·新知三联书店 2010 年版，第 251 页。

作为生态、生命体验的媒介，仍然会以对生命之魅的体悟和感发而起到一种引领及范例的作用。斯洛维克言："我相信我们需要文学——或更宽泛地说是艺术——来帮助我们更完满、更热忱地运用我们的感官。我们需要克服我们生态意识的抽象性，学会活在这样的意识中，去感知我们在这个世界上的存在。""我相信，我们必须帮助那些在政治学、经济学、法学及公共政策领域内辛勤耕耘的学者，使之走出这些领域里的约束性话语并能够欣赏价值含义丰富的故事与想象的语言。"① 抽象的学理会助人明晰道理，寻求事物的发生及确证走向，但道理的获得及其实施又需要在现实中进行至深的体验，需要人们的经验现实，需要活在"活的"世界中，活在田野中，甚至活在荒野中，也就是说，这需要批评主体身心的共同参与。

五　"当代性"与经验的累积

斯洛维克的生态批评特点极为突出，他既强调生态批评的责任性，注重唤起人类生态良知的作用，更热衷于"走出去"的野外体验；他又身体力行，从事着野外与书斋相结合的批评体验工作。他在《装了大门的山》一文中曾用罗伯特·迈克尔·派尔在《雷电树》中提出的"经验消亡"这个术语，来分析这种体验方式，并指出"消亡"对体验变异的严重性及对人的生存所造成的危机。斯洛维克借用派尔的体验来说明，在美国都市化的日常体验中，我们已经日益远离人以外的世界。至此，派尔辩称："许多通往自我认识和生态意识的路径并非靠抽象思考研究出来的，而是通过平日的经验，倚赖我们的感官去看、闻、听、触摸这个世界而得到的。""我们需要都市外的野地，以期获得通往对世界的经验的捷径，以期赏识我们是谁，以及在我们的生活中究竟什么才是重要的。野外的经验，哪怕是在一个城市公园或附近山路上获取的微不足道的体验，其'消亡'则是我们这个时代最严重的危机之一。"② 当野外经验与人生经验、文学经验

---

① ［美］斯科特·斯洛维克：《走出去思考——入世、出世及生态批评的职责》，韦清琦译，北京大学出版社2010年版，第146—147、143—144页。

② 同上书，第113页。

不谋而合时，其体验就不仅限于日常性，而且更会深化其生态性、艺术性及审美化。这既是三重经验合奏，也是多样生命肌体（有人的，也有万物的）的争奇斗艳。在中国文学传统中，这种经验性的绘制及其体验也是不胜枚举的。如宋代卢梅坡的《雪梅·二首》云："梅雪争春未肯降，骚人搁笔费评章。梅须逊雪三分白，雪却输梅一段香。""有梅无雪不精神，有雪无诗俗了人。日暮诗成天又雪，与梅并作十分春。"卢梅坡利用雪梅争艳，演历时节、昼夜的变化，期盼春的到来，更记述了自己对自然的体悟、感发，在万物的有机交往中，布满了自己欢快的心灵及情意，其中必然存留着对生活的爱意寻求。元代王旭的词《踏莎行·雪中看梅花》则畅抒了另一种梅雪争艳的情调。词云："两种风流，一家制作。雪花全似梅花萼。细看不是雪无香，天风吹得香零落。虽是一般，惟高一着。雪花不似梅花薄。梅花散彩向空山，雪花随意穿帘幕。""两种风流"或可言及多样性的风流，万物之态、之魅皆显"风流"；尽管万物风流多样，但终无法褪去"生态"之整体的有机性"一家制作"。雪花、梅花，似与不似，散彩空山，香飘万里，穿越帘幕，舞尽情韵，的的确确是风流万种，且又与人情、人生风流交融。

仅仅依赖抽象的、学理性的生态意识，难以表达深层体悟及挥洒舒畅心境。我们只有对万物体验及日常生活经验的累积，并包含对生活的爱、对万物及生命的爱，方可获得生态、生命之"真义"，体认人生"真义"，审美之"真义"。生态批评与中国文学传统融合既会穿梭于这种"真义"的寻求及阐发中，也不断形塑着其当代价值及意义。

第五章　天人和合：中国智慧的生态意涵

智慧理应解说人类的行进路径。当明晰了人需要与自然万物生态相伴时，智慧就会呈现为生态智慧。生态智慧既是哲学话题，又是科学话题；既是人表达"意志"的话题，同时又是艺术话题；既是理性的，又或更具体验性。维柯称"智慧是一种功能，它主宰我们为获得构成人类的一切科学和艺术所必要的训练"。又说："人作为人，在他所特有的存在中是由心灵和精气构成的；或则无宁说，是由理智和意志构成的。"① 生态智慧的"心灵和精气"，既需本体论阐释，更有必需的知识话语系统；当其需要给予形象、直观，乃至情意性表达时，就需要科学与艺术的相互助力。

第一节　入驻生态：探寻智慧的发生源

中国文化及文学传统中内聚着丰富的生态智慧意涵，其基本层面即为通过对天人关系的深层体认而求"和"与"合"；在其宇宙观、价值观及人生观方面凸显出本体—有机的存在特性，更充蕴着对自然/生态/生命的深层体验；在文学艺术活动中对生命的悟解及审美的生发方面不仅更富情意化表达，而且具有悟道、韵气、识真、储德、知化、妙造、穷神及境界性提升。法国学者弗朗索瓦·于连的《圣人无意——或哲学的他者》是研究智慧的书，或者说是用中国哲学智慧

---

① ［意］维柯：《新科学》，朱光潜译，商务印书馆1989年版，第172—173页。

及其思维方法研究哲学。于连使用了"他者"的概念，但"他者"却在更多的肯定意义上成为其智慧思想的中心。于连还区分了哲学与智慧的不同，如果说哲学具有既定性、历史性的话，那么智慧则具有更久远、更广大的包容性和容括性。于连说："哲学可以按部就班地阐述，但是智慧却相反，智慧不是在发展，而是在'变化'。"① 这说明智慧不完全是话语、理性，也不完全构成体系，智慧更在于体验性的存在，与人的现代生存相连接。

一　"智慧的居所"

被称为印度—西班牙之子的雷蒙·潘尼卡（1918—2010）称"智慧是大众的财富"，他意在研究智慧的住所，且思考如何为智慧建造"居所"。我认为，智慧更是人类的财富，智慧也是人类灵魂的聚居地；智慧的处所实为人的灵魂住所，亦是人在地球之"家"中的"居住"方式；智慧使"居住"具有了存在的理路，亦使"混沌"不断地清晰且"澄明"。这不是虚性的，而必须是实在的，因为智慧来自于实在，来自于我们得以生存的实在世界。潘尼卡指出，自己的研究祈望为"智慧营造一个居所"，但却不是提供"避难所"让智慧居住。他认为，居所不只是这个地球，也是一个房子，一个真正的家室。

潘尼卡是哲学家、神学家、佛学家，也被称为"宗教对话之父"。潘尼卡的研究显然是基于宗教性体认，他那不乏神性之灵境的体验，为我们的研究注入了必要的思想和智慧。因为这是对人的灵魂深处的解说，并关涉现代人如何生存以及如何对待自身生存环境的解答；既有对人心与世界之关系的深度悟解，亦有对人之生存及生态存在的事出有因之考辨。显然，在他那里，智慧并非虚性的，非虚无的，而是实在的。潘尼卡也认为，为智慧预备居所，等于植根于实在的中心，因而他借用一种宗教传统的说法，这种作为居所的房子有三重，即整

---

① ［法］弗朗索瓦·于连：《圣人无意——或哲学的他者》，闫素伟译，商务印书馆2004年版，第14页。

个世界、人类社会和个人的灵魂。这三者又可以解释为宇宙、人和神，它们拥有同一个居住者。潘尼卡说："没有居所的智慧不是智慧，而只是一个抽象概念，一个术语。智慧必须具体化，必须有根基。没有根基就不可能有居所！没有亲身经验，没有居所，智慧就是虚无。"① 从"圣典"中得来，一是人心，一是世界。居所不只是小房子，也不只是社会和文明，而是人心和整个地球。在潘尼卡看来，这种言说的起因在于现代人常常遭遇的困境，这往往会造成人的无家可归之感。之所以有这种感觉，必然是人心和地球的双重失落，或者是相互间关系的悖谬。潘尼卡说：

> 现代人常常被描述的无家可归感是由这样的事实造成的：科学宇宙论不能够为人提供一个属人的居所。科学的世界不是居所……人无家可归，是因为科学世界观已经丧失人的维度，人甚至不单单是无家可归，因为这一世界观的居所不是由智慧而是由推测性的计算建造的。在这样的宇宙中，一个人不可能有在家的感觉。②

在潘尼卡看来，解除人的无家可归之感，最根本的是为智慧寻求居所，"居所是智慧的孕育之所"，也是为人而寻求居所。这就是回到世界，回到现实的家，或者用我们的论题回答，即回到"生态"之家。

如果我们略去潘尼卡对智慧的神性及宗教性的解说，便可以看到，他特别关注传统的作用，也看到了不同地域、文化域界中传统间的有机性及相通性，并认为，这是解除困境的重要智慧。在我看来，在不同地域和文化中可以寻求"人心"，而"人心"就来自于世界，来自于天地，或者说，来自于天人的生态"和合"。在这里，世界不仅仅是固态的、静止的、无生命的存在，而是有心的存在，是积聚灵

---

① ［西］雷蒙·潘尼卡：《智慧的居所》，王志成、思竹译，江苏人民出版社 2000 年版，第 20 页。

② 同上书，第 13 页。

性的存在，也是现实的及灵魂的家居之地。潘尼卡说："中国传统、印度传统和基督教传统都谈到世界之心，并发现世界之心与人心的密切关系：'宇宙空间如此之大，此内心空间亦如此之大。天与地：二者皆涵括其间，火与风，日与月，电与星，及斯世人之所有者，人所无者，凡此一切皆涵括于其间也。'"① 作为人类的共同财富，东西方文化都对人与世界的关系给予"心"的涵括，亦进行智慧性体认。中国文化传统中对这种关系的把握，或许更具体验性，也更具整体有机性，因中国古代人是基于对自然之"然"的观照，或曰体认"参天地而化育"来行使对天地人之生命体验性的"生态"性融入。

对于智慧的居所，中国文化传统在"道生"智慧的延伸中，更在天人关系及阴阳交感中，在对"自然"的多样性认识中，沿着"生生"运演的节律而建造着。中国古代人的艺术及美的体验，并未排除人的实在之身与心灵"居舍"的游历，且在宇与宙、空间与时间的有机存在中，依循"生生"节律而建造"居舍"。陶渊明的《饮酒》诗云："结庐在人境，而无车马喧。问君何能尔，心远地自偏。采菊东篱下，悠然见南山。山气日夕佳，飞鸟相与还。此中有真意，欲辨已忘言。"② 这是陶渊明身心及灵魂的居舍，也是其人生智慧的居住地，在其中，其身心共同参与而深悟"真意"。这不止于庐舍、东篱、南山，也不限于山气、夕阳及飞鸟的相伴，而是同游于一个阔大的宇空及超越的时空里，且依循着"生生"而动的有机关联，成就心灵、身体与天地的共荣及生态"和合"。宗白华就此阐释道：

中国人的宇宙概念本与庐舍有关。"宇"是屋宇，"宙"是由"宇"中出入往来。中国古代农人的农舍就是他的世界。他们从屋宇得到空间观念。从"日出而作，日入而息（击壤歌）"，由宇中出入而得到时间观念。空间、时间合成他的宇宙而安顿着

① ［西］雷蒙·潘尼卡：《智慧的居所》，王志成、思竹译，江苏人民出版社2000年版，第19页。
② 逯钦立校注：《陶渊明集》，中华书局1979年版，第89页。

他的生活。①

庭院、屋宇及田地不只是他们现实的生活领域，是他们游历时间、歇息身心、积蓄生活情意的聚居地，更是他们确证个体、自我及家的存在之物，是精神和心灵智慧的居所。同样不可否认，这是其智慧的居所，在陶渊明们那里，智慧并非虚无、缥缈的空中楼阁，而是现实存在及生活情意的体现。郑板桥亦形象地绘制过自己的居所："十芴茅斋，一方天井，修竹数竿，石笋数尺，其地无多，其费亦无多也。而风中雨中有声，日中月中有影，诗中酒中有情，闲中闷中有伴，非唯我爱竹石，即竹石亦爱我也。"② 这种宇与宙、空间与时间有机交汇的"居舍"，并不仅仅是具象、局限、静态的，而总是与花草、竹石、鸟兽共生，并伴以诗酒及亲朋，是多样化生命体的有机共荣场所，因而这是一个"万物一体"的、有机的、歇息身心的"生态"居所。

　　我们解读及其体验智慧的"居所"，必然在"世界之心与人心的密切关系"中，同时也是我们论述的人与自然、人与社会、人与自身的多重关系的"生态"呈现，人们往往会在这种境域中悟解生命的真义，体认自我价值。王维《鹿柴》诗云："空山不见人，但闻人语响。返影入深林，复照青苔上。"尽管这里满含"空灵"，但又不止于空灵之性，不只是虚无之性，也不沉溺于混沌，而是有机的，是人心对自然的融入，亦是空山、深林、青苔之自然之情对人心的映衬。显然，这里更表现了人的活动机制的多重内容及层次，且推进与自然的有机融入。尽管其中见人又不见人，但未必是制造"惊奇"，而是归复世界及心灵的实在，是将无性之人与有形之人在富有活性之力的自然物的融入中有机性地展示，使之成为一个有机生命整体。"空山"实为智慧的居所，亦是人心的居所，因而，这也是实在的，有机性的智慧呈现。

----

① 宗白华：《艺境》，北京大学出版社1997年版，第223页。
② 吴泽顺编注：《郑板桥集》，岳麓书社2002年版，第349页。

二 "智慧属于所有时代"

智慧作为存在，更是自然、社会及人的存在所结晶的体验状态，也呈现了人的活动的规律性及内在价值。智慧理应显化人的促生、化生、育生能力，标举"天地之大德"，促"天地氤氲，万物化生"。显然，智慧也呈现出"变化"，调控存在的有机性，助推"生态"性存在。

于连对智慧的断言是："所谓智慧，关键就是要把一切保持在同一层面上。"因为"智慧属于所有时代，她来自远古，出现在所有传统中"，智慧没有历史，"也不会有惊人之处，不会有可以从话语得到系泊的突出之点，不会有值得让人特别关注的东西"①。于连似乎极力把握着中国古代智慧的精髓，并特别强调了"圣人"之平等、同步，甚至是有机性的智慧，这恰恰也是中国智慧的本有之义。在《圣人无意——或哲学的他者》中，他开宗明义地表明了"无意"之思："所谓'无意'，是指圣人不会从很多观念中单独提取一个：圣人的头脑中不会先有一个观念（'意'），作为原则，作为基础，或者简单说就是作为开始，然后再由此而演绎……""圣人把所有的观念统统摆在同等的地位上，而这正是他的智慧之所在：他认为，所有的观念都有同样的可能性，都同样可以理解，其中的任何一个都不比其他的优先，都不会遮盖其他的，都不会让其他的观念变得黯然。"②接着在阐释王夫之评注《易经》所言的"见群龙无首，吉"，并结合六十四卦之第一卦卦相中的平行线运动，于连谈道：

> 这几条线象征着境况的不同表象，以及境况发展变化的连续时刻，其中任何一条线都没有与其他的分开，都没有对其他的线造成压制，都没有突出自己。尽管各条线的位置并不完全一样，

① ［法］弗朗索瓦·于连：《圣人无意——或哲学的他者》，闫素伟译，商务印书馆2004年版，第13页。
② 同上书，第7页。

但其中的任何一条都没有单独为首，都没有占据特殊的地位。①

于连做了进一步阐释，且得出了一个结论：

　　只要头脑里没有先入为主的偏见，我们便能保住现实的全部潜在性，正如王夫之所言："无首者，无所不用其极"。……面对这一组线条，圣人认为每条线都是一个机会，所以他不会抛弃其中的任何一条线，不会让自己失去任何一次机会。他会认为所有的线条都处在飞腾和展开的状态，像一群"龙"，像一群飞鸟（"为跃，为飞"）。②

《庄子·齐物论》开篇有南郭子綦与颜成子游的重要对话，言及了天籁、地籁与人籁的关系及有机性存在。对此，后人多有阐释，或者在言说《庄子》及庄子时，多关涉"三籁"，即便是在论及中国文化的天人之和，揭示中国哲学的本质及其风貌，体验中国艺术审美的精艺时，亦总会以这种思想作为最重要的资源支撑，并致力于对"天籁"之自然之然及其生态含义给予深层揭示。晋人郭象对《庄子》的诠释，应该是最为接近的，见解也比较全面而深刻。如《庄子》云："子綦曰：'夫大块噫气，其名为风。'"郭象释曰："大块者，无物也。夫噫气者，岂有物哉，气块然而自噫耳！物之生也，莫不块然而自生，则块然之体大矣，故遂以大块为名。"唐人成玄英疏曰："大块者，造物之名，亦自然之称也。言自然之理通生万物，不知所以然而然。"③ 这显然是基于古代人对"大"的智慧及境界含义的指认，"大块"似"象"，较之"无"而为"有"的形态，但如若名之为"风"的话，似又同于"无"。或者作为两个词语的并称，大为无，

---

　　①　［法］弗朗索瓦·于连：《圣人无意——或哲学的他者》，闫素伟译，商务印书馆2004年版，第9—10页。
　　②　同上书，第10页。
　　③　（晋）郭象注，（唐）成玄英疏：《庄子注疏》，曹础基、黄兰发整理，中华书局2011年版，第24页。

块为象，那么，"大块"与老子所言"大象"，有相似的特点。面对"三籁"，郭象与成玄英或有更精到的阐释。《庄子》云："'子游曰：地籁则众窍是已，人籁则比竹是已，敢问天籁。'子綦曰：'夫吹万不同，而使其自己也。'"对此，郭象注曰："夫天籁者，岂复别有一物哉！即众窍比竹之属，接乎有生之类，会而成一天耳。无既无矣，则不能生有。有之未生，有不能为生。然则生生者谁哉？块然而自生耳。自生耳，非我生耳。我既不能生物，物亦不能生我，则我自然矣。自己而然则谓之天然。天然耳，非为也，故以天言之。……故天者，万物之总名也。莫适为天，谁主役物乎？故物各自生而无所出焉，此天道也。"成玄英则疏曰："夫天者，万物之总名也，自然之别称也，岂苍苍之谓哉。"① 这里，确也将"天"与万物，与生相并行论及，其中足可以明确"天"之为智慧、人心之居所；"天籁"亦为"人籁"之居所。

对于"大块"，安乐哲给予更加理性及本体论的阐释，称这是一个有趣的比喻，并以"暗示古怪""分析的冷漠""缺乏尊严""非因果性""没有形态""非实质性""以及目的论的缺失"等话语给予评价。尽管我们并不能完全同意这种阐释方式，但他强调理解庄子的"大块"需要仔细研读道家哲学中的"有"与"无"，这却是可以认同的。② 这实际上也切中了"大块"的应有之意，可谓"有无"的形象化，的确是一种比喻。这既成为生成性、过程性的表征，也是对"道生"之生态智慧的形象绘制。因此，成玄英也明确了这是自然之称，也为自然之理，而所谓自然之理，简单说，就是生成、生生。在释《庄子》"日夜相代乎前，而莫知其所萌"句时，郭象注曰："日夜相代，代故以新也。夫天地万物，变化日新，与时俱往，何物萌之哉？自然而然耳！"在释"非彼无我，非我无所取。是亦近矣"句时，郭象注曰："彼，自然也。自然生我，我自然生。故自然者，即

---

① （晋）郭象注，（唐）成玄英疏：《庄子注疏》，曹础基、黄兰发整理，中华书局2011年版，第26页。

② ［美］安乐哲：《自我的圆成：中西互镜下的古典儒学与道家》，河北人民出版社2006年版，第186页。

我之自然，岂远之哉！"成玄英疏："若非自然，谁能生我；若无有我，谁禀自然乎！然我则自然，自然则我。"① 这里，作为对自然体认的进一步深化，郭象与成玄英都沿着庄子的体验及其对智慧的把控，来感悟"天"及"自然"，在我与自然，自然与我的有机一体的存在中诠释"我"。这时的"我"具有"生态"性特点，因为这是与自然交通，而非实在的、功利的"我"。这既为庄子对人的体悟及诠释，亦显示了中国古代人对自然的特定理解。这里的"自然"却非局限于实在的、实体性的自然现象，而是在显示自然的内在之意，是"自然而然"，是"变化日新，与时俱往"的，是与我并生、互生、共生的存在，或者当我们诠释其内在价值时，其生态之意便得以明朗。

于连在"自然"一篇中也系统地解读了庄子的"三籁"之说，但他并没有泛论"三籁"，亦未简单地图解"三籁"，而是围绕"天籁"及"天"，凸显对"自然"之"然"的多重解析，并结合其对"资源"，对"内在性"的把握给予了另一种"他者"性的，或者是超越实在性的深层次诠释。在论及如何理解"天"时，于连说："我们摆脱了人为的是非特点之后，从这个'天'之'然'中看到了'自然'。这里的'天'指的远不是超越（不是超乎自然的东西），而是'资源'：是内在性的资源，事物之'真'就是不断地从这资源中生发出来的。""智慧使人通达事物之'然'，有了事物之'然'，我们的心就会'开放'；事物的本来面目为'自然'所特有，而'天'又是其资源。"② 于连还富有情感地描述说，庄子把大自然的音响描写得栩栩如生，天籁不是超自然的声响，也不是任何人、任何思维吹奏出来的声音，千万种音响之所以声声不同，且被看到了，全在于声声都是由自己本身发出的。他同时看到，由人籁到地籁，再到天籁，是一步步接近了"自然"的中心和基础，就如同老子所言的"道法自然"。于是他表达了对"天籁"的更加深刻的认知，并且作为深深

① （晋）郭象注，（唐）成玄英疏：《庄子注疏》，曹础基、黄兰发整理，中华书局2011年版，第29页。

② ［法］弗朗索瓦·于连：《圣人无意——或哲学的他者》，闫素伟译，商务印书馆2004年版，第133—134页。

的感知，他体悟到，"天籁"远远高于"地籁"。这时的"天籁"已经不是吹奏出来的声响，而是自生之音；不是有前因后果的声响，而是自发之音。于连还进一步认识到，"天"不仅是"自然"的资源，而且是智慧的基础。于连甚至这样论道："所谓智慧，就是通过挖掘自然，通过回溯自然的根源，避开形而上学，避开形而上学所造成的鸿沟；避开另一种'天'，避开另一种性质的另一个世界，也就是理性的或精神的世界，也就是宗教的或观念的世界。"① "我们需要理解的正是这一点：只有感知事物的'自然'，只有抓住事物的内在性，才能够看到事物之'然'。的确，正是有了内在性，事物之'然'产生是显而易见的。大自然的交响乐首先为我们提供了一个形象的比喻。"② "内在性支配着一切，我们不断地体验它，却意识不到它。为了让我们领悟内在性，庄子从大自然外在的交响乐开始说起，又带领我们关注与我们自己关系最为密切，我们也身处其中的体验：对自己身体的体验。"③ 于连认为，通过这种身体的直接而切实体验，就能够让人们感受通过世间万物而表现内在性的"自然"。显然，"然"在这里，如"自然"一样，不是实在的，不是对立的，也不是形而上的，而是内在性、连接性、融通性的，是事物间（包括自然、社会及人的存在）的接续状态、本然状态。因此，于连同时认为，若要连接事物之"然"的性质，如"自然""而然"所言，就必须穿越一切是非：不能再以相互排斥的方式把"然"和"不然"对立起来，而必须表现出以"然"的连接直通"自然而然"的内在性。

三 "智慧的巧妙之处"

于连的这种解读方式及策略，既应验了中国智慧的实有性、体验性，也是准确的；既表现了"生态"体验的应有状态，也给予生态批评以范例性展示。于连说："智慧的巧妙之处就在于从一种意义过

---

① ［法］弗朗索瓦·于连：《圣人无意——或哲学的他者》，闫素伟译，商务印书馆2004年版，第135—136页。

② 同上书，第138页。

③ 同上书，第139页。

渡到另一种意义：不再设想然或不然（可或不可，当或不当）的判断，而是看每个存在物每一次都是如何自然而然的；或者每个存在物都是如何同等地拥有其'可'的。智慧的巧妙之处就在于从事物的'然于然'之处感知其'然'，从事物的'可于可'之处领会其'可'。"①中国智慧对"然"及"本然"的体认，表现了智慧的巧妙，更富含生态智慧。

于连深度体认"然"，会使我们进一步认识中国智慧的"然"及"本然"；既悟解智慧的巧妙，更观照"自然"的本然状态。沟口雄三认为，"自然"这个语汇并不止于作为名词理解，"其实准确的读法应该是作为形容句式来理解，就是说'自而然'，亦即'本来就是那样'。它所传达的是原初状态的存在方式、本来的存在方式、与人的作为无关的存在方式、除此而外别无选择的存在方式——这就是遵循宇宙的条理的存在方式。"②如果说，就名词而言"自然"，所指涉的是其"本"；就形容词而言，"自然"则更指关系—过程，指其有机、循环的生态—生命的运演过程，实际上更存有整体、系统、有机的内涵。我们说中国智慧的整体性特征，一方面是通过对"自然而然"的体认及把握，以其"然"而连接自然（应该是实体、实在的）、社会及人的存在；另一方面则通过"然"，不仅以其连续性，而且通过动态性来表现整体性、有机性。所谓动态，并非局限于自然事物及生命体实在的存在，也不限于物质及生命的实体运动，实际上是以游于"然"而进行联系、连续性的"动"。这时的"动"还是一个催生力及推进力，是由"气"汇聚，且能"充气以为和"。老子的"道生"之说的连续性、动态性及整体性，进而遁入的"和"，就由"气"之"然"，而表现出自然、社会及人的生命存在状态（和）。这恰恰是中国智慧的"本然"性，其中之"然"作为有机性、节律性存在，不仅显示出本来状态，而且对其体验及把控，都是智慧性的展

① ［法］弗朗索瓦·于连：《圣人无意——或哲学的他者》，闫素伟译，商务印书馆2004年版，第142页。
② ［日］沟口雄三、小岛毅等主编：《中国的思维世界》，孙歌等译，江苏人民出版社2006年版，第5页。

示。这是中国智慧的"巧妙"，也是智慧之根性内涵。杜维明在论及中国人的这种自然观时指出了"存有的连续性"问题，他认为："中国哲学家眼里，自然就是展现在我们面前的生命力——连续、神圣和动态的生命力。但在试图理解构成自然之活力的血液和呼吸时，他们摸清了其亘古不衰的规律是合并而不是分离，是融合而不是离散，是联合而不是分裂。无数生命力的小溪相汇合与协作，构成了永恒流动的特色。"①

我们在生态有机性及多重关系性的条件下，凸显人的存在的生命智慧，同时也不离形而下的生存智慧，其中必然揭示出生态智慧问题。这其中对智慧的把握，一方面是对存在之根、之本的把握，另一方面则力图还原人的生存的生态有机状态。这就是一种生态智慧，既是一种本体论的观照，又是认识论的解说；既内蕴着生命的体验性，又呈现出生存论的关注。

第二节　生态智慧：探究万物的"居所"

把握生态智慧起码有两个基本条件：一是万物之"然"，即自然的生态本然存在，或者是"然而然"的内在价值呈现，这可谓生态的内在智慧；二是对其所进行的理性与知识性的解说及其体验，由此形成必要的话语系统，这可谓生态作用于人的生存的存在智慧（人的自然、社会及精神性的存在）。显然，这些都关涉哲学的构建策略及阐释原则，因而有的学者就称生态智慧为生态哲学。

生态智慧是挪威学者阿恩·奈斯深生态学理论的一个关键概念。奈斯认为，深生态学作为一种信念，"可以从一些更复杂的世界观和不同的生态智慧中推演出来"，并且这种哲学思想与基督教、佛教、道教等多种宗教不乏渊源关系。对此，奈斯特别指出了一些佛教思想与深生态学运动的紧密联系。奈斯说："佛教的思想及其实践的历史，尤其如非暴力、不伤害、对生命的敬畏等原则，有时是佛教要比基督

---

① 杜维明：《存有的连续性——中国人的自然观》，《世界哲学》2004 年第 1 期。

教更容易去理解和赞赏深生态学。"奈斯并未止步于宗教，而是将关注现实的存在及科学性作为他的思想建立的基础，所以，奈斯接着说："生态智慧并不是经典意义上的宗教。总的说来，不如将其认作是部分为生态科学所激发的一种哲学。"①

"自我实现"是多有人阐释及深度体验的概念。奈斯在构建自己生态智慧的金字塔结构时，指出其顶端就是"自我实现"。他以"最大化"来提升且强化"为所有存在着的自我实现"。奈斯认为，如若实现这种"最大化的自我实现"必然有两个条件，这就是多样化与共生性。同时他又将后两个条件称为"最大化的（广泛的、全面的）多样性"与"最大化的共生"，其意旨是"我们要争取一个对于其他存在物的压迫减至最小化的生活状态"。我们应该看到，奈斯的"金字塔"不是一般层次性的，而是整体、有机的；尽管"自我实现"在顶端，但却不具超越性，而是融入性的。"自我实现"之"自我"并非超越现实的存在，也非不断提升的"自我"，所以不同于马斯洛"需要层次结构"中处于塔顶的"自我实现"，而是一种"生态自我"。这是在"最大化的多样性"和"最大化的共生性"中从事有机体验，并尊重万物存在的权利，认同万物的生命存在及意义，且与之相互依存、共生共荣、互惠互利的"自我"。美国生态政治学家科尔曼在《生态政治》一书中将生态智慧作为价值观来构建，他说："生态智慧激发我们去理解地球芸芸众生之间的互相依存关系及各个生灵的内在价值。与现代世界观的超理想主义适成对照，生态智慧隐含着对直觉与参与性体验的尊重，在生态智慧所追求的取向中，理性与直觉互为促进，以让人充分地认识到，人类社会不过是自然世界不可分割的一部分。"② 法国学者 F. 伽塔里在《重建社会实践》一文中也指出建立"生态智慧学"的必要性，并强调"如果不改变人的精神状态，不介入一个后媒体时代，对环境就不会有持久的把握。反之，不

① ［挪威］阿恩·奈斯：《深生态学运动：一些哲学观点》，桑靖宇、程悦译，载杨通进、高予远编《现代文明的生态转向》，重庆出版社 2007 年版，第 62 页。

② ［美］丹尼尔·A. 科尔曼：《生态政治——建设一个绿色社会》，梅俊杰译，上海译文出版社 2002 年版，第 116 页。

改变物质的和社会的环境，也就不能改变人的精神状态"。因此，他认为，"生态智慧学"是要"把环境生态学与社会生态学以及精神生态学结合起来"①。尽管科尔曼和伽塔里没有关于"生态智慧"的系统论述，但他们已经道出结合这种观念和方法的本有含义。

潘尼卡也论及"生态智慧"，且给予系统、层次性的阐释。他说："智慧的首要居所是我们的宇宙、世界，更具体地说，是我们的大地母亲。"②潘尼卡指出，他就是在这种意义上理解"生态智慧"的。他还系统地论述了人的构成，并以"完美的四元（它也称中心、维度）"来设置"人的四重本性"。其中第一个中心是"土和躯体"，第二个中心是"水和自我"，第三个中心是"火和存在"，第四个中心是"气和灵"。第一个中心是基础，其中的躯体表明个体是一种存在，是活动的个体。躯体/个体被重力吸引在行星上，生活在一个国家里，而且站在地球这个平台上。这一中心又派生出一系列的词语，其中的重点是围绕道德和善展开的，即体现个体的外在活动，表现出活动的目的。第二个中心表明生存：没有这一层面，生命就会消逝，他认为，水的象征力量在于它流动、常新，它使生命得以可能，因为水是生命之源，还是生命本身。同时，他也以水派生出一组词语，其中重要的是"智"，即理解，也就是理智上对所给出的东西，所呈现的东西的理解。如果我们将这"两元"并行起来看，恰好同于《论语》中的"仁者乐山，智者乐水"。或者我们可以说，中国古代的哲人们对自然、宇宙与人的关系，以及不同层次的体验给予了最简单、最直观、最形象的话语表达。对于第三个中心，潘尼卡称，这类似于印度哲学在古代意义上的"水"，土、水与火三者形成整体。他也将"元"称为"维度"，并做了比方，如果第一维度说到"躯体"，第二维度说到"灵魂"，那么，第三维度就要说到"城邦"，而之所以说城邦，是要强调一个本体和存在，也是人现实生活的场所及共同体。潘尼卡说："人不仅生活在一个共同体中，不仅属于一个特定的社会；

---

① ［法］F. 伽塔里：《重建社会实践》，《世界哲学》2006 年第 4 期。
② ［西］雷蒙·潘尼卡：《智慧的居所》，王志成、思竹译，江苏人民出版社 2000 年版，第 15 页。

人就是共同体，就是城邦。"① 在作为"气和灵"的第四个中心里，主要审视"空"和"无"，他认为这是有"神秘"性的。在此，潘尼卡特别展开了对人作为关系性存在的言说，并指出，人不是孤立的存在，而是由关系总和构成的，关系天然地塑造了整体的人。他同时明确指出他所讨论的生存论的核心是行动、理解和爱之间的相互关联，是圆融的、无所遗缺的。因此，他为第四个中心选择"寂静"这个词语来统摄四元。但他又指出，寂静不是指思想的寂静，不是指行动的寂静，也不是指心灵的寂静。因为思想的寂静属瑜伽，行动的寂静不属于人，而心灵的寂静是致命的。他说："这种寂静是中国古人所称的'无为'；庄子把它描述为一种'无为'，这种'无为'是一切实际行动必要的先决条件：'以无为为常'。"② 显然，潘尼卡悟到了老庄之学及中国古代哲学的真意。庄子祈望"无为"，也意在略去世间的浮躁、功利及役累，要归复"心斋""坐忘"，要寻求"至人无己，神人无功，圣人无名"的人格境界，这就需要"静"。老子也言，要"致虚极，守静笃""归根曰静"。③ 这既是祈望心境的空明宁静状态，亦如河上公所释的："静谓根也。根安静柔弱，谦卑处下，故不复死也。"④ 这时的"静"，即作为本然之然的生态有机状态，理应是就人的活动如何保有有机性而言的，但作为有机性及活力永驻的自然生态，如若"寂静"，则是悖谬的，这一定是外力及强权打破其运演的节奏及韵律所至。蕾切尔·卡逊的《寂静的春天》也言"寂静"，这却是指人的活动霸权对生态节律及生物多样性所造成的危害，以至于喧嚣、有活力的自然运演被扭曲所至。如果像潘尼卡那样，以"无为"之"寂静"来统摄"四元"，使之在整体、有机结构中表现出智慧，并为智慧构建"居所"，那么，显然这既形成了生态有机性结构，其智慧也必然会凸显出"生态"意涵。

---

① ［西］雷蒙·潘尼卡：《智慧的居所》，王志成、思竹译，江苏人民出版社 2000 年版，第 70 页。

② 同上书，第 83—84 页。

③ 《老子》第十六章。

④ 《老子道德经河上公章句》，王卡点校，中华书局 1993 年版，第 63 页。

　　我们构建生态批评的学理机制显然需要把握生态智慧，继而认识何以能够生态化的有机、协调及优质化的生存。事实上，从人作为生命有机体的存在而言，对生态智慧的把握，既是宇宙本有存在的认识和体验，亦在于生命有机性的条件下构筑诗意性的"居所"。人的生命存在绝非一般生物性存在，而是通过劳动建造了复杂的社会存在机制，是意识性、目的性的存在，并最终结晶为文化的存在。由此人的生命活动，乃至对生命智慧的把握及其体验就必然蕴含着无限的社会基因，并受着意识的支配，是人的文化存在的呈现。由生态批评而探询中国哲学、中国美学及文学的生态智慧意涵，对生命的理解，或者认识生命智慧是绕不过去的坎儿。生命智慧作为生态智慧的重要内涵，既要思考生命的实体构形、生命的本质及人的生命活化机能，更重要的是弹拨生命存在的有形且有机的张力。这时的"生命"必然是一元的、有机的，且为"生态"的，亦为精神的。成复旺说："中国古代哲学何以能够避免西方那样的二元分立？根本原因就在于，中国古代的宇宙论既不是立足于精神，也不是立足于物质，而是立足于生命。生命的本质就是自我生长，因而它既是造物者又是被造物者，既是精神的又是物质的。所以，如果要在同西方的比较中揭示中国古代宇宙论的基本特征的话，那就应该说是生命一元论。"① 由一元、有机之生态及精神体认中国古代哲学、美学及其艺术的包孕生态智慧，就须立足于这种有机"生命"的存在。

　　中国文学对宇宙有机性、对生命一元论以及生命智慧的构建，是处于体验中的。这不只融汇于现实之"有"的生命体验，在气韵流动中，在情性的规范中，且通过"品"与"悟"的滋润，而不断地拓展其魅力，发现其真义，并由富含节奏、韵律的话语体系给予物化。这种体验的内涵具有多层次，其智慧性呈现也是多重、多样、多层次的。

---

　　① 成复旺：《走向自然生命——中国文化精神的再生》，中国人民大学出版社 2004 年版，第 31 页。

第三节　"道生"：中国生态智慧的哲性基础

在《老子》中，"道"的提法有很多，所指也非常复杂，但细究起来，基本含义有二，即"道生"与"道法"。其他意涵皆以此为延伸及派生，或者是对此二义的诠释。"道生"与"道法"二义皆语出"生"之本根意义：一是从"生"之运行的尺度、层面阐释，意在释"本"；二是从"生"的生成、化生活力阐释，从其能量输入与输出的有机、和谐状态阐释，意在体"能"，成就"命"。"气"与"和"同"生"相伴，亦成为"生"的发生、运行到超越的基本形态及过程。故《老子》云："道生一，一生二，二生三，三生万物。万物负阴而抱阳，冲气以为和。"①《老子》又云："人法地，地法天，天法道，道法自然。"②"道生"与"道法"在宇宙自然、生命生成、人生构建，在环境建制、社会调控、精神平衡，在"和"的生成及运演逻辑等多层面，都呈现出有机体验、深度阐释及哲性辩证，极具"生态"智慧。这既是老子及道家思想的基础，也是成就中国智慧中"生态"蕴含的主要基石。"道"循"法"而促"生生"，"生生"亦以"法"寻归"自然"之本。事实上，这里的"本"即为"冲气以为和"而就的"本"。这既是乾坤、天地、万物及生命生成过程，也是人化及人的生成过程。

一　"道生"性智慧之源

"道生"性智慧源于《老子》的"道生"说。"道生"作为本源之"在"，有阴阳转换，由一而多，形成"生生"运行节律，进而生成多样及有机性的系统整体。阴阳由阴阳两气构成，"道生"实际上是禀天地阴阳之气而运"生"，其节奏及韵律性的生成与转换实际上就是阴阳二气的交感、融合。没有阴阳二气之动，万物之生难以转

---

① 《老子》第四十二章。
② 《老子》第二十五章。

换，"生生"节律亦难以行进。这里所谓行进，就是生态系统有机与无机，有生命与无生命的万物间的物质转换，能量交换及信息的传递。阴阳二气交感、转换，使万物生生不已，进而产生了生态性转换及生命的生成与演化，或我们反复言说的"有机—过程性"。这就孕育了宇宙万物及生命多样性，或曰"万物一体""万有相通"。邵雍云："天由道而生，地由道而成，物由道而形，人由道而行。天、地、人、物则异也，其于由道一也。"① 天地人及万物由道而生，尽管相互不同，但在道生系统中却是同一的。人由天地自然"道"化而成，人的生成与发展，人的社会机制的运行，人的精神文化存在，实际上是生态转换的结果，是积聚"道生"智慧的结果。

（一）"道生"性智慧与"实"

《周易》言："故易有太极，是生两仪。两仪生四象，四象生八卦。"我们将其称为"太极"之生，这同样是一个"道生"性序列，因"太极"与"道"之义基本相同，故其智慧的呈现同于老子之意。但《周易》所言较之老子，或更具体、直观，更显实在性，因为它总是以"象"的节律转换来显化"生"的过程及阶段。对《周易》所言"四象"，尽管自古多有阐释，但其中的四时，或方位，或金、木、水、火之四象的所指，却是实在的、具象的，或者是自然物象的实有存在。对此，唐人孔颖达疏："正义曰：'两仪生四象'者，谓金木水火，禀天地而有；故云：'两仪生四象'，土则分王四季，又地中之别，故唯云四象也。'四象生八卦'者，若谓震木、离火、兑金、坎水，各主一时，又巽同震木，乾同兑金，加以坤、艮之土为八卦也。"② 有形之"生"的存在，使生命活动成为具体和实有的，也使"化生"成为现实有机转换的"生态"呈现。把物之化生与人的化生统一起来，充分说明宇宙的生成及人的生成，同时也深刻地指出了作为生态智慧而表现出的人与自然的生命构合关系。《周易·系辞下》云："乾坤，其易之门邪？乾，阳物也；坤，阴物也。阴阳合

---

① （宋）邵雍：《邵雍集》，郭彧整理，中华书局2010年版，第33页。
② （清）阮元校刻：《十三经注疏（附校勘记）·周易正义》，中华书局1980年影印版，第82页。

德，而刚柔有体。以体天地之撰，以通神明之德。"这里所谓德，即为促生之"德"，故"天地之大德曰生"。天地呈乾坤、氤氲，天地之间阴阳二气交融，刚柔相摩，生成万物之生命，是为天地之德性；人间有男女，男女亦即阴阳，阴阳转换与男女交合，生成人的生命，既承天地之德，亦运人之德性。"德"并非虚化而神秘的，而是实在的，且跃动着生命体的多样交合及生态共荣。"道生"趋"和"，亦需要"气"的涌动，这些都必须是现实、具体的，继而推及实在的生命躯体之动，呈现天地万物促生之"德"，亦呈"道法"。

（二）"道生"性智慧与"变"

"道生"起因于原初的混沌，却由生命的实在来显示。生命不是虚性的存在，而是活生生的有形存在，是万物生命躯体的活动、演化性存在；生命也不是抽象而虚无的，作为积蓄生命活动的有形存在，其存在的智慧，由气韵、气运的显化，更在于变化、运化。"道生"智慧内存的根本是"变"的智慧，"气"促"变"，"生"更需"变"，有机—过程性亦为"变"，不变无以"生"。《庄子·至乐》云："察其始而本无生；非徒无生也，而本无形；非徒无形也，而本无气。""杂乎芒芴之间，变而有气，气变而有形，形变而有生，今又变而之死，是相与为春秋冬夏四时行也。"成玄英疏云："大道在恍惚之内、造化芒昧之中，和杂清浊，变成阴阳二气；二气凝结，变而有形；形既成就，变而生育，且从无出有，便而为生，自由还无，变而为死。而生来死往，变化循环，亦犹春秋冬夏四时代序。"[1]"道生"之"变"，是在转换、交换中促动生命的循环，自然万物的生命及多样性是由阴阳二气转换、交合而成的，亦是在"变"中繁复、显魅。"变"之法同样表征生命的运演过程是生生死死的循环往复，万物在"变"中协和生长，不只是循"法"而生"变"，这本身就是"道法"。

（三）"道生"性智慧与"死"

"生"不是静止的、形而上的、单面的，也不只显示躯体的活动

---

[1] （晋）郭象注，（唐）成玄英疏：《庄子注疏》，曹础基、黄兰发整理，中华书局2011年版，第334页。

和现实存在。"生"是"生生"的运演、转换，这其中就存有一个"生"之体陨灭的问题。一体之灭，继而成就另一体之开始，进而形成生生、死死，生死、死生的转换，成就"生生"序列的永久性延续。这不限于万物的存在，人之生的存在亦如此，或者人需要永续存在，生生死死也是必然的，是不可改变的，这同样是"道生"智慧的基本内涵。事实上，"气"作为生命的存在依据，既促生，也转化促死；生是必然，死亦是必然。气聚则人生，气散则人亡。《庄子·知北游》指出："生也死之徒，死也生之始，孰知其纪！人之生，气之聚也。聚则为生，散则为死。"郭象在注"生也死之徒"句时云："知变化之道也。"① 这实为指出生与死即为变化的"道"性和根本，显然这也是"道生"之本。五代谭峭的《化书》云："虚化神，神化气，气化血，血化形，形化婴，婴化童，童化少，少化壮，壮化老，老化死。死复化为虚，虚复化为神，神复化为气，气复化为物。化化不间，由环之无穷。夫万物非欲生，不得不生；万物非欲死，不得不死。"② "生"意味着"死"，"死"更意味着新生的必将生成，己死而意味他生，他生就意味着万物之生生，是生命有机体节律性及永续性的"道法"。

二 "道生"与"太一"之生

"道生"与"太一"之生是联系的，其内在是一致且同一的，区别主要在于话语表达及述者的不同。如果说有差别的话，"太一"作为一个合成词语，是"太"与"一"的合成，而两个词的意义是同一的。从生发意义上讲，"太一"还可以衍生出多种表述，"太极"则应是其最为接近的表述，实际上都与"道"同义。《庄子·天下》借惠施而云："至大无外，谓之大一；至小无内，谓之小一。"孔颖达对"太极"疏云："正义曰：太极谓天地未分之前，元气混而为一，即是太初、太一也。故《老子》云：'道生一。'即此

---

① （晋）郭象注，（唐）成玄英疏：《庄子注疏》，曹础基、黄兰发整理，中华书局2011年版，第391页。

② （五代）谭峭：《化书》，丁祯彦、李似珍点校，中华书局1996年版，第13页。

太极是也。"① 邵雍云："元有二：有生天地之始者，太极也；有万物之中各有始者，生之本也。""太极，道之极也；太玄，道之玄也；太素，色之本也。太一，数之始也；太初，事之初也。其成功则一也。"②

这里，我们之所以言"太一"，其原因在郭店楚简所论的"太一生水"。学界普遍认为，这是道家的原典表述，尽管也有不同意此说的，但此命题与老子的"道生"论关系紧密则是肯定的。较之"道生"，或许此命题更加直观、形象，其节律性表述也更形象，或者还可以说，本有无性、虚性，混沌、恍惚的"道"，有了"水"作为载体，也就赋予了有及实。"太一生水"命题的另一个关注点，即"成"与"辅"双向、交叉作用于生命生成，继而展示的节律状态亦更加直观明晰。此篇文字的主要部分为："大（太）一生水，水反（辅）大（太）一，是以成天。天反辅大（太）一，是以成地。天地〔复相辅〕也，是以成神明。神明复相辅也，是以成阴阳。阴阳复相辅也，是以成四时。四时复相辅也，是以成寒热。寒热复相辅也，是以成湿燥。湿燥复相辅也，成岁而止。故岁者，湿燥之所生也。湿燥者，寒热之所生也。寒热者，四时之所生也。四时者，阴阳之所生也。阴阳者，神明之所生也。神明者，天地之所生也。天地者，大一之所生也。是故大一藏于水，行于时，周而又〔始，以己为〕万物母；一缺一盈，以己为万物经。"③ 楚简用极为简短、形象的话语概述了自然生态作用于生命的生成过程及运演的节律状况，从原始初开生成"天"，进而成就天地、神明、阴阳、四时，而具有生命感受的串接方式为寒热、湿燥，作为生命活动境域及条件，出自于"太一"，亦完备于"太一"。这里，之所以铺陈寒热、湿燥，其义也为"生水"及水的滋润生命的作用。"水"在此，既是一般的物质性存

---

① （清）阮元校刻：《十三经注疏（附校勘记）·周易正义》，中华书局1980年影印版，第82页。

② （宋）邵雍：《邵雍集》，郭彧整理，中华书局2010年版，第163、164页。

③ 荆门市博物馆编著：《郭店楚墓竹简——太一生水·鲁穆公问子思》，文物出版社2002年影印版，第1—8页。

在，更是生命的原发之处，且为滋养生命的最本根资源及条件。我们可以看到，郭店楚简的"太一生水"命题与老子的"道生"性节律，与"太极"的"生生"节律，同出一辙，所不同之处，主要在于"太一生水"的生成节律更加具体、直观、形象，"道生"性节律则较为抽象，而"太极"之生也多有境域性内涵，甚至对"卦"的指涉，带有符号性意味，或者是有术数的符码条件。目前，学界对这三套体验系统的出现时间、影响关系多有争议，对水与道、水与太一为何种关系，是"水生"在先，还是"道"在先，是"水生"在先，还是"太一"在先，等等，也争论颇多。我们从水的物理属性，外在形态，到对人类原始发生的思维、神话原型的映衬与解读，再到水对人的精神、心灵的比附及意象化的结晶，等等，足可见生水与水生对生命的决定性作用。显然，"水"在此作为始源性发生，其内含有双重性，而各重含义都需促"生"：一是同于"太一"而作为发生之"元"点，与"太一"而促"生"；二是具有实在性，即为生命活动，乃至万事万物所不可缺少的资源和滋养物而促"生"。此处，我们暂且不过多讨论何以"生水"及"水"何以为生命之源、之本的问题，或者不过多地对"水"的物理特性及原始发生的意义进行考辨，主要还是围绕"生"而对"成"与"辅"的双向、交叉节律给予学理分析。

就"成"而言，此段话使用了八个"成"字，其作用既是连接，更是递进。我们从智慧性解读及体验角度看，如果说"太一"作为原初存在，或称为生态"元"状态，还较为抽象的话，那么，之后的四时、寒热等则为具体性存在，而其"成"的节律递进不仅体现"一"与"多"的关系，而且实为抽象到具体的过程。作为一种智慧性表达，这个递进过程既呈现出逻辑思维的推理过程，更包含着自然生态运化的必然过程。显然，这其中的现实与思维是一致的，更是"生生"韵律的形象化展示，也为有机性、关联性以及形象化描绘。就"辅"而言，其中同样使用了八个"辅"字，尽管其字面相同，但"辅"的词性特点及基本作用同样有两重含义：一是单字之"辅"，其含义为辅助，而在这种语境与情境中，所谓辅助，无非就是助生和助成；二是复合性的"辅"，其中有两重词义组合，即反辅与复辅。当"太一"与"水"建立独立的关联时，其文称为"反辅"；当这种关联不断外延，促生且成就阴阳，阴阳生成而至寒热、湿燥时，该文则称为"复辅"。"太一"与"水"作为原初的存在，似乎是各为整体，相互间相辅相助而生成万物，实际上也同于"道生"及"太极"之生的起始环节，两者相互辅助而生成万物。但"太一"与"水"也有区别，这就是"水"更加具体、直观、实在，对于生命活动，水作为物质存在是万物不可缺少的资源和滋养，这也是为什么在接下来的阐释中，原作者使用寒热、湿燥来表示"成"与"辅"的作用，因这两种表现都与水有着直接的关系。

如果我们再细致地分析"辅"，不论反辅还是复辅，实际上都是"成"的另一种表现。"成"不只是顺向的，且必然是多向、逆向及交叉、互补的状态，生命的有机—过程性本来就是在这种多样的状态中得以成就的。"复辅"就是由多样性展开的，尽管"复辅"是从阴阳开始，而阴阳本身即为多样性、有机性及转换性、过程性表现，由阴阳的生成性过程而至四时，四时接续、更迭，生成生命，且成为生命活动的境域与情境。较之老子的"道生"与"太极"之生，郭店楚简这段"生成论"，还含有两重逆向过程：一是反辅与复辅是逆向于辅的，或者形成微观的交叉、互补、共振谐和；二是在多向性思维品质的表达中多显逆向，主要是在后一段论述由"太一生水"而阴阳，而四时，而寒热、湿燥，进而"成岁"；而后又逆向推论，回到原点。对于自然、生命与人的生态有机关联性，我们曾反复论及物质转换、能量交换及信息互递的有机—过程性展示，而这种转换、交换及互递本身就是反复、无穷的交叉互补，是共生互利的过程，因而也是万物之间，人与自然万物之间的生态及生命有机活动的"辅""反辅""复辅"的过程，这个过程不仅是有机的，而且亘古不断，是永久且可持续的。

从思维逻辑方面审视"太一生水"，其对"生"的序列性、节律性表达，并不是简单的重复，而是内存变化，尽管其中没有使用"生态"一词，但却指明了这种围绕"生"而成就的有机—过程性关联。

我们再进一步分析"反辅""复辅"的逆向过程：一是逆向回复的过程中有了"神明""天地"，且为古代文化中比较普遍称谓的"万物"，并且有"万物母"与"万物经"的表述；二是具体化地表述了"太一"与"水"，与"时"的关联，即"大一藏于水，行于时"，作为周而复始的亘古转化过程，即成为"万物母"与"万物经"。对于"道"与"母"的关系，《老子》中也有多处论及，如玄牝、谷神。这不仅是对"道生"的意象化阐释，而且直观地显示了"生"的途径、渠道，乃至居舍。在对"时"的表述中，"太一生水"论中还有两个最直观的词类显示，即"四时"与"岁"，两者都包含了循环的周期性，一个"四时"的循环过程为一岁，即为年，其循环往复就是"周而始"。如果将其看作循环性思维过程的话，"太一"之论回到原始、原初、原点，这正是宇宙、天地运行的亘古过程，是地球运转的必然过程，而且这时对"太一"的阐释也明显具体化了，其对"岁"的指称从时间上给予具体化。"成岁而止"并非成与辅的结束，而是轮回、循环，是相互转换、递进，之所以"成岁"，从自然生态运演的状貌显示，最为重要的特点即为寒热、湿燥，在于四时的转换、更迭，寒热、湿燥状况显示了季节的变化，而季节之变，即为四时。有学者也称，这种论证方式出于中国农耕经济的生产方式，以及对天地的智慧性解读及体验。这是有道理的，更是确定的。"大一藏于水，行于时"，看似"水"先于"太一"而在，这也就是说，为什么学界总是纠缠于这种先后的论争，当然其中必然存在"水"的原始发生及水神话的问题，这一切都与水对于土地、万物生命及人的生命存在的不可或缺性有关。从思维过程而言，这也有一个具体—抽象—具体的运演状况，而"水"作为物质性存在，其对天地、万物、生命的生成作用也确立了"水"的地位。在我看来，"水"在此还有着符号性所指，似乎指实在的自然，或者指一种"在""自在"。当"大一藏于水，行于时"时，"太一"便不再是单一的混沌，不是原生初开的存在，而是内在机制，是由"水"作为符号所包孕的内在机制、规律，或者也可以看作自然的内在价值。而其价值运演也甚为复杂、多样，且纵横交叉、多样互补，不仅成就了生命，并不断使生命活动繁复、多样而活力无穷，且亘古流行。"周而始〔始，以己为〕万物母；一缺一盈，以己为万物经"，其中"太一"与水都为母与经，如若划分的话，似可以看作水为母，太一为经，"一缺一盈"而生万物。

　　我们将"道生"作为中国"生态"智慧性的总论，老子之"道生"与"太一"之生，乃至"太极"之生为分论。这样，在"道生"的智慧性基础上，我们还可以对老子之"道生"与"太一"之生的些微差异进行简单比较，其中更关注"生"与"成"的过程性及循环状态的比较。在词的所指意涵中，"道"与"太一"具有同一性，应该是一个事实性存在，只是相互间存有表达方式的不同。就老子之"道生"与"太一"之生作为"生"与"成"的过程而言，后者较之前者或许更具体、更直观、更实在。尽管老子论及了阴阳、气与和，也关涉了一、二、三及万物之多样性，内存了一与多、负阴抱阳的转换性，也含蕴着互补互渗性的关联及交感效应，但其抽象性、模糊性及虚性的交往还是比较明显的，因而老子的"道"更像一个原初性阐释。"太一"之生之所以更加具体、形象，是因为它不仅有直观的四时、寒热、湿燥及"成岁"，而且在对"生"与"成"的过程性绘制中，"成"与"辅"的多样表现也直观化了生命生成的过程性，其有机性及转换的特点明显。老子的循环由"道"始，由"和"止，"和"对过程及一切存在的整合、包容及提升，所显化的超越性的"道"，显然还是非具体化的，是抽象的、虚性的。"太一生水"的循环论则由"太一"始，由"太一"终，但不是结束，而是对一个循环过程的描绘。作为有机—过程性，终端的"太一"具有超越性，且更加现实具体化，或者是"象"化，并由起点的模糊性的"生"，而至"太一"与"水"的关联性的具体的"生"。最后的总论是以"周而始"为规定，实际上是对循环性、有机—过程性的总结，说明这个"成"与"辅"的循环过程是"周而始"，并且是始终围绕"太一"与"水"的关联而展开的；"太一"既是一个原点，更是一个过程，或者说是"生态"有机—过程性的存在，同样，"水"也不只是原点，而更是与金木火土共同铸就的滋养生命的物质实在。但"水"与金木火土尚有不同，"水"既具有原始发生义，也与生命活动的关联最直接、最紧密，是其滋养生命的最为重要的物质存在。故《管子》云："地者，万物之本原，诸生之根基也。水者，地之血脉，如筋脉之通流也。"又"水者，何也？万物之本原也，诸生之宗室也。"① 艾兰对中国古代人关于"水"的体认及深层研究，认为"水"不仅是中国哲学中的一个本喻，而且是理解中国独特的哲学术语的意味以及这些术语是如何相互关联的基本条件。艾兰还阐释了"水"与"道"的关系，并指出："哲学意义上作为自然规律的'道'，是基于水之溪流的本喻。如我们已知的那样，水的特性之一便是循道而行。"② 事实上，不论是儒还是道，都因水而表达了"循道而行"的节律状态，其对生命的滋养作用使其具有发生性及本体的意义，或是"本喻"，而且也因其滋养生命的特殊作用及"法"，而与"道"、与"生"相连。

如果将这"两论"循环系统作为智慧确证及思维过程来对接，我们可以看到，"太一"论对"老子"论的时间、过程及阐释方法的接续，更重要的是自然与人的转化。人的生命活动、生成方式、思维方式及文化存在方式就此而不断提升，且具理性化，又呈直观化，表达了对现实自然与人生认知性求解的自觉与自为。在围绕"生"的成与辅上，"道"与"太一"智慧又具体化为"水"智慧，并且直指生命存在的最为根本条件。在此，我们也不妨引证古代典籍中其他显示"太一"的表述，如《礼记·礼运》云："是故夫礼必本于大一，分而为天地，转而为阴阳，变而为四时，列而为鬼神。其降曰命。"孔颖达释云："必本于大一者，谓天地未分，混沌之元气也。极大曰天，未分曰一，其气既极大而未分，故曰大一也。"③ 孔颖达仍然将"太一"释为原始混沌，与"道"类同，也同于对《庄子》所言"太一"

---

① 《管子·水地》。本书所引述《管子》的经典话语，使用版本为黎翔凤撰《管子校注》，梁运华整理，中华书局2004年版。此后，只注明篇章。

② ［美］艾兰：《水之道与德之端——中国早期哲学思想的本喻》，张海晏译，商务印书馆2010年版，第78页。

③ （清）阮元校刻：《十三经注疏（附校勘记）·礼记正义》，中华书局1980年影印版，第1426页。

的诠释。但"礼运"则将其给予天地、阴阳、四时及鬼神的过程呈现，并最终归位为"命"，即显示具体的、实在的生命有机性。《吕氏春秋》云："万物所出，造于太一，化于阴阳。""道也者，至精也，不可为形，不可为名，强为之谓之太一。"又在释音乐的由来时云："生于度量，本于太一。太一出两仪，两仪出阴阳。"① 这里的"太一"同于"道"，而其中的"出"，即为"生"。尽管《礼记》与《吕氏春秋》所论都同于老子的"道生"论，但其论述的语境及情境又是具体的。《礼记》论"礼"，《吕氏春秋》论"音乐"，显然，这作为"太一"论及"道生"论的具体化、境域化、情境化，同样能够将其视为原点性、本体论的智慧性存在。这里，更须提及的是"礼运"中的本、分、转、变、列、降等多个词语的进向显示，使逻辑进向明晰，且呈现出由一而多、由无生有、由抽象而具体的过程性，其内蕴的智慧性内涵也极为精到、准确。

三　"道生"性智慧的精神生态品质

"道生"论作为智慧性的存在，不仅含蕴着精神体验性，而且这本身也是精神生态的表征。在我看来，所谓精神生态可有三重理解：其一，人的精神活动基于人的躯体性存在，建立有机关系，躯体以人的自然存在为基础，且与外在自然生态建立有机关联，这样，精神生态成为人的自然、生命有机活动的表现及提升。其二，人的精神活动对人的整体存在起调节作用，其调节围绕人的现实、自然躯体的存在而展开，包括仅调节人的躯体与心灵，人的情感理智与需要欲望，人的现实欲求与理想、信仰之间的多重且复杂的关系。其三，人与生态系统有着多样性且复杂的有机交往关系，其连接点及中介是人的自然躯体，而起支配作用的是以精神活动为主导的人的内在机制。

我们说中国古代生存智慧中满含着精神生态的品质，既出于对精神生态的这种理性阐释，也在于中国古代人生命活动及精神体验的本

---

① 《吕氏春秋·仲夏纪·大乐》。本书所引述《吕氏春秋》的经典话语，使用版本为许维遹撰《吕氏春秋集释》，梁运华整理，中华书局2009年版。此后，只注明篇章。

来状态，是含义丰富的精神生态资源。我们所讨论的"道生"性智慧就是其中最为基本的也是基础性的资源。《淮南子·精神训》延伸且合理地阐发了"道生"智慧，其中对这种精神生态也有着系统的论述。从生态智慧角度体认，精神作为生态性存在，并不是宽泛的，而是现实具体的。在人的活动中，内在精神必然与外在之形构建生态有机关联，这就如同天地之间的关联一样，基于化生、化育的生命有机性及过程性。事实上，万物的生命也不只在实有，实际上也有其"灵性"。对万物之灵性的不确定认同，既是人的认知能力所限，其中也不乏人之自负及霸权所致，因而人类还无法或者也无意真正把握万物之灵性何在，其生命活动有无精神性体验。人是有灵性的生命之"在"，但这不是凭空而就的，而是由天地阴阳之气聚合生化而来的，是由刚柔之体的气聚而将精神的虚性转换成有形的、实在的存在，同时也是由万物之生命的活动形态映衬而成的。

《淮南子》言："夫形者，生之所也；气者，生之元也；神者，生之制也。一失位，则三者伤矣。"① 这说明有形无形之气与神，在内与外的三位一体交织中寻求"道法"，这便构筑着人的生存智慧。人的生存与万物同出于"道生"，同以"气"而贯通，运行于"天地"，成就于形之身，亦运化于形与神。"道生""道法"及"太一生水"的生态智慧内涵，都形象地阐释及绘制了精神生态运演节律。《淮南子》中还有一段更加具体、直观、形象的表述："夫天地之道，至纮以大，尚犹节其章光，爱其神明，人之耳目，曷能久熏劳而不息乎？精神何能久驰骋而不既乎？是故血气者，人之华也，而五藏者，人之精也。夫血气能专于五藏而不外越，则胸腹充而嗜欲省矣。胸腹充而嗜欲省，则耳目清、听视达矣。耳目清，听视达，谓之明。五藏能属于心而乖，则勃志胜而行不僻矣；勃志胜而行不僻，则精神盛而气不散矣。精神盛而气不散则理，理则均，均则通，通则神，神则以视无不见，以听无不闻也，以为无不成也。"② 精神的驰骋不只起于

① 《淮南子·原道训》。
② 同上。

"道"，运于"天地"，更是一种身体的表征，是身心共同参与的活动。精神活动在其中，也具有反向及逆向作用，这就是反思及质疑，也表征身心共振的谐和程度。人与外在环境的谐和程度，也同于"太一"之生所论，复辅与反辅谐和及其循环、轮回的有机状态。我们可以称之为一种"精神格式塔"。德国神学家、生态学家莫尔特曼认为，人们通过精神活动，使人在社会和文化方面紧密联系着，作为一种"联合体"，精神会促进这种"联合"，并形成有组织的开放系统，又使人与自然环境紧密联系，从而形成人与自然有机组合而成就生态有机关联，进而构筑人的精神生态系统。莫尔特曼说：

> 人类的意识是反思的精神，即对其肉体和灵魂组织的逐渐认识，也是对社会和自然中的人类有机体的极为重要的交往形式的意识。人类的具体形象是创造性的精神渗透、鼓舞和形成的具体形象：人类是灵与肉。人类的灵魂——他的感情、观念、意向等等——是创造性的精神渗透、鼓舞和形成的灵魂：人类是灵与魂。人类的肉体与灵魂由此统一起来的格式塔，是创造性精神所形成的格式塔，人类是精神格式塔。但精神——其功效构成了肉体、灵魂以及他们活生生的格式塔——不仅是创造性的精神，同时还是宇宙的精神。因为肉体、灵魂以及它们的格式塔只能在与自然和人类社会中的其他生命体的交流中才能存在。①

显然，莫尔特曼所构筑的由创造精神形成的"精神格式塔"，并非独立于外在自然环境、社会环境，也不是虚幻的灵魂，而必须与自然、社会相交流，并且运行着生命运动节律的整体性、有机性，乃至于反馈性，是在这种运动中才能存在的精神生态结构。

文学活动若要审美地感受"道生"智慧，除了把握生态有机—过程性外，还需要生命的个体性实在。艺术与审美必依个体的生命体

---

① ［德］莫尔特曼：《创造中的上帝——生态的创造论》，隗仁莲等译，生活·读书·新知三联书店 2002 年版，第 356—357 页。

验，其起因及魅力呈现亦必由个体生命活力的迸发来最大化地显示。现实、具体的生命形式是个体的，只有个体生命处于跃动状态，才能使生命体验具有活力，具有丰富多彩性，才具备了创生的条件，艺术和审美才能有根与源。

第四节　生态智慧的中国话语

从生态批评看生态智慧，必然要从人的现实存在的形而下认同和体验切入，以关注人的生物性、个体性的存在状态为前提，以探寻、追索现实人的生存方式和方法为自觉。生态智慧还需要从人的历史性存在的角度，把握作为"类"存在的人的生命活动状态，在人与天地自然的有机关系中探究自然历史和人类历史，并且将人类的历史视为由自然向人不断生成的历史。中国传统文化智慧中内含着丰富的"生态"意涵，其"生命"的肯定及畅扬，很好地守成着这种方法的自觉，也层次性地运演着这种生成性的历史节律。

一　"和"性作为智慧

"和"是中国文化传统的主色调。中国古代人把握自然万物之生，体认人之生，皆祈望相互间的"和"与"合"。生命活动之所以有"和"，之所以能够"合"，并不唯人之"在"，而是人与自然万物之生态有机关联的"共在"，这是转换互惠、共生共荣的"和"。"和"还可以从两个层次上理解：一是原初混沌之"和"，也是"道"之初；二是转换、转化之"和"，即"冲气以为和"，亦即"道生"性之"和"。后者是多样性统一的"和"，而不是同一性之"和"，是有机的且是生态之"和"。我们所言的"和"性智慧的本义就在于此。

（一）"和"性智慧与"化"

"和"的本义凸显出天地万物的转化、变化，是阴阳交感、转换融通而就的。"和"不断地"化"，"化"不断地转换序列，在有机—过程性的运演节律中成就"和"。这使得"和"·不是静止的，而是动态的，呈现出时空转换性的存在。"和"性智慧是"化"及转换的言说，也作为求解生命的话语表达方式而存在。简言之，"和"与"化"必然是创生、促使、荣生的。故《淮南子·本经训》曰："天地之和合，阴阳之陶化万物。"《淮南子·天文训》还曰："道始于一，一而不生，故分而为阴阳，阴阳和合而万物生。"生命的不断生成及有机性之"和"以及所显现的无穷活力，不仅必须成就于生命的多样性与共生性，而且更需显示奈斯所言的最大化的多样性和共生性。

（二）"和"性智慧与"多"

"和"与"多"可以有多方面的表现。首先，从"道生"及"太极"的生成性节律来看，"和"的内涵极为丰富，构成也极为复杂。"和"既是"万物一体"，生生化育的一条串接之线，更显一种境界。其次，从多样性、共生性方面看，"和"体现出有机性、整体性、系统性及统一性，但这其中的体验具有因与果的关系，同时也是相对的，既在某一个层面上，"和"可能是因，但转化至另一层面，就可能变为"果"。最后，从"形"的运动及构成而言，"和"表现为一种状态，"形"的运动也为多样性统一的，而不是单一、单面的。和实生物，和而不同，其实都揭示着多样统一的规律性。

（三）"和"性智慧与"中"

"和"总是与"中"构合的，既是一个合成形式，也架构为一个命题。"中"也有多层次：或是指地域与方位，或是指规定与尺度，或是指时节与时令，或是指性情运演的节度，等等。另外，"中"也呈现出一种状态、一种节律。《说文解字》释曰："中，内也，从口，上下通。"① 许慎眼里的"中"，也有中心、位置、通道、中轴之义。《周易》中有多处显示了"中"的这种性质，诸如中正、得中、时中、中行、中直、中心、中道、中节、位中等。"中"还显示出一个"轴"的作用，即在自然天地、生命多样性构成中，在生态节律状态所呈现的"中"，实际上是依循"轴"的，生命有机运演也是围绕这种"轴"来运动的。"中"与"和"也是互构的，首先是要促生

①（汉）许慎：《说文解字》，中华书局 1963 年影印版，第 14 页。

"和"的形成，其次需要规定"和"的状态。《中庸》强调了"中节"之"和"，其中的"中"为"大本"，"和"为"达道"，这就形成"中和"的最终规定。成中英从词性角度论及"中"，他认为，"中"的名词意涵为本体论；由本体之中须透过"中"的动词意义来把握，这时的中即为中庸，也就是说要达到目标的中；"中"的形容词义，是指合于"中道"，主要是从行为层面而言的。对于"中和"，成中英认为，不能将其限于学理的状态，中和还有本体论的意涵，其所达道与大本，就是宇宙之本体。成中英言："做为宇宙之本体的中，也是一个具感应性、创造性与普遍性的实体。如是的实体，自然是一切创造、一切感应之源，也就是一切行动之源。""做为创造本源之中，可以说是宇宙之性或人之性。一旦发挥出来，就能自然而然地达到目标。这种状况就是和"①

（四）"和"性智慧与"美"

"和"是中国古典美学的主要特征，也是其主要脉络，同样是艺术的主要特征及脉络。"美"在于和谐，"和"既是美的内容，也是形式。"和"之所以"美"，全在于"生"的存在，即生命多样、共生之有机性存在。《中庸》所言的"致中和"也汇聚着多样、共生及统一性，推及人与万物共荣，使得土地归位而万物"育"。事实上，这既表现了社会理性的存在，也是中国美学的审美理想，同时也是对"生态"存在的最朴素表述。从这种意义上看，中国文学是布满生态智慧的文学，而美学同样如此，文学及美学对"生"及生命精神的表达，就内蕴着浓重的生态体验。董仲舒说："是故东方生，而西方成，东方和生，北方之所起；西方和成，南方之所养长；起之，不至于和之所不能生，养长之，不至于和之所不能成。成于和，生必和也；始于中，止必中也。中者，天下之所终始也；而和者，天地之所生成也。夫德莫大于和，而道莫正于中。中者，天地之美达理也，圣人之所保守也。"② 董仲舒所言的"中者"，也为"适中"，是"中

---

① ［美］成中英：《合外内之道——儒家哲学论》，中国社会科学出版社 2001 年版，第 126 页。

② 董仲舒：《春秋繁露·循天之道》。

和"，即为"天地之美"之理。

二　"化"性作为智慧

万物之生为"化"之生，亦即转换、转化之生，生生化育之生。生态智慧是由"生化"与"化生"的转换序列及有机、节律性运演而积蓄的，所以"化"性转换是作为"生"的智慧而存在的。"化"性转换智慧一方面直指自然存在之体，又特别注重了自然与人、物与心，乃至天文与人文的相互依存及转换；另一方面，以"生生"之有机转换而体验自然事物间、人与自然间相互依存、共生和谐、互惠互利的联系。"化"性作为一个富含生态智慧的范畴，是以"生生"为本，以"和"为质，以"天人合一"为外在的表现，印证着生态、生命的动态性及转换性，亦显现出有机—过程性之律动。

（一）"化"性智慧与"道"

"化"的本体为"道"，以"大"来表征，由此而组构成"大化"与"大道"等。老子讲"域中四大"，其中"道大"为首，这是本，但"四大"的关系是由"化"性转换的。"大化"跃动"生生"之道，且转化、生成万物，呈现出运动、循环之状，而"天道"亦为此。宋人张载《正蒙》云："神，天德，化，天道。"① 其意也在说明"化"就是天地"生生"之"神"，即转化规律所在。这里所讲的"神"作为天德，即天的运行转换之本、之根，似乎有神秘感，有不可测、不可知感，但实际上这种作为天德的"神"还是具体的、现实的，是生命化的，是由生命活动充蕴的。因为"化"与"变"是具体而现实的，也是最感性的，是有形的、具体的，是由生命活动之"化"与"变"来承继的。正是天地人之"化"与"变"，人与万物之"生"的"化"与"变"，皆有形、有可感性及生命体验性，使得"道"也不再恍惚、模糊、混沌。这也因为运动、转换、永久的"化"之途，"道"之动势就使生命活动必运/韵/蕴着节奏感和韵律感。

---

① （宋）张载：《张载集》，章锡琛点校，中华书局1978年版，第15页。

（二）"化"性智慧与"变"

《周易·系辞上》云："一阖一辟谓之变。""刚柔相推而生变化""变化者，进退之象也"。"一阖一辟"与"刚柔相推"即相互转化，作为宇宙之门，一开一闭，万物一出一入即为变；阳为刚，阴为柔，刚柔作为事物之阴阳，就使天地万物有了"质感"；刚推向柔即刚变柔，柔推向刚即柔变刚。"变"印证着这样的事实，即自然万物之"生"从本体里流出，化为多样化的生命体，流入主体的心灵之境，创化无限的生机，润化生态化的诗意灵境。易学之"易"本身就是"变"。故《周易·系辞下》云："易，穷则变，变则通，通则久。""变"是由"生"而就，即由天地生而变，引发阴阳生而变，进而使得人之变。"化"与"变"的互通、转换、生成，成为"化"性存在的客观基础，也是其运行操作的转换性机理。"变"与"转化"相通实际上是为"生"，"化"由"化生"而组合，发散成"化成""化育""活化"，以及"化机""化境"等，这就多样化地表达了自然与人的生态性融通关系。所谓"化成"，就是自然"造化"向"人化"的生成。这时自然便呈现出"人化"的自然，显现为人文化的自然。由"天文"（自然）的世界转换为"人文"的世界，就表明了这两重世界的转换而至生态融合。

（三）"化"性智慧与"性"

"性"作为自然、生命存在之根本，也是"生"之品性的呈现。天地自然及万物阴阳的"易变"之道，即为"生生"之道，其节律及韵律性的呈现就是"化"，也是"化"之道，即"化生"之道，这一切都显示为"性"。事实上，"化"之道是"道""气""和"三位一体式转换的根本之道，是性之道，或道之性。"化"之性表现出自然生命的化育、化成，这也包含着"人化"的过程，亦为"性"。人与自然的生态和节律、化性转换的生命动律及生态韵律，同样是"性"。"化"的方式及其内在机理如何，对人的生态存在而言还要"至诚""尽性"。所以《中庸》云："能尽物之性，则可以赞天地之化育。可以赞天地之化育，则可以与天地参矣。"自然生态中万物各有其性，恰是其"性"的不同，方体现了生命活动的多样性及复杂性，使"生态"呈现出斑斓色彩，这正是"生态"的本有之义。邵雍有段很形象的绘制："雨化物之走，风化物之飞，露化物之草，雷化物之木。走飞草木交，而动植之应尽之矣。""性，应雨而化者走之性也，应风而化者飞之性也，应露而化者草之性也，应雷而化者木之性也。"人不仅同物，而且能够"尽物之性"，既可以参与万物之"化育"，也能够与天地并立成"三"而为"三才"，而尽人之性。对于人之生，但凡"尽性"，必须融情，以性情而"化"。于是，邵雍接着言说道："情，应雨而化者走之情也，应风而化者飞之情也，应露而化者草之情也，应雷而化者木之情也。"① 雨风露雷，草木动植与人的情性之"化"，使得"天人和合"而立"三才"。②

三　"象"性作为智慧

"象"基于生命体验及过程性，又似一个有机体；既具有物观及形态的可观性，又是非实体性存在；既有中介性、流动性、植生性特点，又不断地延伸至思想、情感及艺术审美的整体活动；既有语境性特点，凸显并串接人与自然，人对自然、天地的感发，致力情感体验及意识的构建，又似一种"镜像"，自然天地的状态，其生命体验方式及审美创生方式都会在"象"这里被显化着、活跃着，也会被"镜"映现着。《周易·系辞下》云："是故，易者象也。象也者，像也。"孔颖达称这是因于"写万物之形象""取象以制器""故云'易者，象也'"。而"谓卦为万物象者，法像万物"，故称为"象也者，像也"③。我们之所以将"象"性作为智慧性存在，一方面是"象"的这种中介性及支撑作用，另一方面，则是由于"象"的流动性，更具包容性及生发性。"象"有时又像一个"核"，向内其意蕴深含，向外则容括"物"的存在，并成为情感活动的支撑体，更凝

---

① （宋）邵雍：《邵雍集》，郭彧整理，中华书局 2010 年版，第 3 页。
② 关于"化"，可参见盖光《中国古代人"化"性思维的生态韵律及审美内涵》，《管子学刊》2007 年第 1 期。
③ （清）阮元校刻：《十三经注疏（附校勘记）·周易正义》，中华书局 1980 年影印版，第 87 页。

聚着心灵现象，体现出精神与思想特点，使之实在化、具象化、现实化，就晶华为作品、文本。王树人教授从思维层面解读"象"，将"象思维"视为中国智慧的原创之思，并指出："正是'象'或其他最高理念之作为动态整体的'非实体性'，决定了它们具有'非对象性'、'非现成性'及其'原发创生性'诸品格。"① 就审美活动来说，魅力无尽的艺术美感总是围绕"象"而形成多层面，即一方面以物之象为基础，另一方面，其旨趣及意蕴魅力又游刃于物之象，或更在象外。

（一）"象"性智慧与"大"

《老子》主言"大象"。"大"有同于"无"，亦为"道"的另一种称谓，故"大象"其义实为"无象"，亦为"道象"。如果将"象"与"道"之义连接，那么，"道"便会具象、显形，便能够褪去"恍惚""混沌"之态。故《老子》云："孔德之容，惟道是从。道之为物，惟恍惟惚。惚兮恍兮，其中有象；恍兮惚兮，其中有物。窈兮冥兮，其中有精；其精甚真，其中有信。"② 当老子将物与象并称时，且延伸至精、真、信，显然是实在化、具体化了"恍惚"之态的"道"。同时精、真、信也对"象"进行了绘制，赋予其内涵，这就使"象"不仅为物态的存在，而且其内涵所指亦更加丰富。因而《老子》第三十五章言："执大象，天下往。"对此"大象"，后人多有解释，有言为"道"者，有言为"大道"者，有言为"无象之象"者。魏人王弼则云："大象，天象之母也。不炎不寒，不温不凉，故能包统万物，无所犯伤。"③ 近人钱穆先生则给予整体阐释："此因宇宙间万事万物，皆无所逃于道之外，亦即无所逃于此'大象'之外也。"④ 依此古今二说，"大象"同于"道"，即"无"性之道；"天象"为"有"。"天象"与世间万事万物，皆生于"大象"，

---

① 王树人：《回归原创之思——"象思维"视野下的中国智慧》，江苏人民出版社2005年版，第3页。

② 《老子》第二十一章。

③ （魏）王弼撰，楼宇烈校释：《王弼集校释》，中华书局1980年版，第88页。

④ 钱穆：《庄老通辨》，九州出版社2011年版，第190页。

也与"有"生于"无"相同。故"有"的运行必依循"道"，即"大象"之规律，方可往来无阻，顺通畅舒。《老子》也"建言"："大白若辱；大方无隅；大器晚成；大音希声；大象无形；道隐无名。"① 对"大象无形"，诠释者无数，在我看来，如果我们将"象"作为一个生态有机体，其之所以能够运行，就全在于"生"之动，在于内在的节律，恰是这内在性，有时是看不见、摸不着的，故为"无形"之状。钱穆认为，老子的"象"中有"境"，言"道"演化而生万物，这是老子的特创新说。老子所言"象"不只是一个单一性现象，或者是概念，而且是有着包容、辐射、植生及指代性的，也就是说，万物演化与生成可以有多种多样的表述方式及命名。"象"又能成为一个统领性称谓，自然万物是这样，人的存在，尤其人的精神性存在更是如此。钱穆说："若循此求之，老子书中所举'有无''曲全'，'大小''高下'，'动静''强弱'，'雌性''黑白'，'荣辱''成败'，种种对称并举之名，实皆属象名，非物名也。以近代语释之，此等皆为一种抽象名辞。然则老子之意，乃主天地万物生成，先有抽象之表现，乃始有具体之演化。""道之可名，即在名其象；道之可知，亦由知其象。今老子书中常用诸名，如'美恶'、'难易'、'长短'、'得失'、'强弱'、'雌性'、'白黑'、'荣辱'之类，皆非物名，皆无形体可指，亦皆象之名。物屡变而象有常，故知象则可以知常，知常乃可以知变。即如生之与死，亦一切生物之两象。宇宙生物繁变，而有生者必有死，则为生物之大象。"②

（二）"象"性智慧与"形"

"象"与"形"不可分割，我们可以视"形"为"象"的外在形态，表现为形象。这是艺术活动的感性依据，也是艺术作品的基本支撑体。董仲舒云："剑之在左，青龙之象也。刀之在右，白虎之象也。韨之在前，赤鸟之象也。冠之在首，玄武之象也。四者、人之盛饰也。"③ 张载《正蒙》云："天象者，阳中之阴；风霆者，阴中之

---

① 《老子》第四十一章。
② 钱穆：《庄老通辨》，九州出版社 2011 年版，第 5、189 页。
③ 董仲舒：《春秋繁露·服制像》。

阳。""人之有息，盖刚柔相摩、乾坤阖辟之象也。""凡可状，皆有也；凡有，皆象也；凡象，皆气也。"① 诸家不论言天、言阴阳，还是言不同物，都是以实在的物之形来言"象"，也以"象"指代不同的实在之物。但在中国智慧话语中，将"象"视为"形"，就不仅仅指形象，更重要的是指与天地、万物，与造化并称的自然之象，常有"气象""万象"之说。张载所言的"天象""气象"，也属此列。这时的"象"，一方面实为生态、生命运动之象，其内含着很浓重的自然生态的本有状态及其运演，当其作用于人的生命活动则必然会生发出多重意蕴；另一方面在描绘艺术创造中主体的生命力勃发状态时，人们常用这种"象"作比。如刘勰《文心雕龙·养气》云："纷哉万象，劳矣千想。玄神宜宝，素气资养。"《物色》言："诗人感物，联类不穷，流连万象之际，沉吟视听之区。"唐代司空图《诗品》云："真力弥满，万象在旁。"② 宋人严羽《沧浪诗话》云："诗之法有五：曰体制、曰格力、曰气象、曰兴趣、曰音节。"严羽将"气象"视为作诗的重要之法，在具体评述时，也称"唐人与本朝人诗，未论工拙，直是气象不同"。"坡谷诸公之诗，如米元章之字，虽笔力劲健，终有子路事夫子时气象。盛唐诸公之诗，如颜鲁公书，既笔力雄壮，又气象浑厚。"③ 严羽多处赞盛唐之气象，也肯定"建安之作，全在气象，不可寻枝摘叶"。五代人谭峭的《化书》在言"儒有讲五常之道"时云："变之为万象，化之为万生，通之为阴阳，虚之为神明。"④ 这一评价既表达作诗的浑然整体性，又恰恰是"象"的本有含义。中国古代人对"中和之美"的体认，讲求喜怒哀乐之情绪化反应的"中和"与节度，强调情绪感应施放的节度。主体只有把握住"和"与"度"，才能够融入化育生成的天地万物，才能够"参天

① （宋）张载：《张载集》，章锡琛点校，中华书局1978年版，第12、20、63页。

② （唐）司空图：《诗品·豪放》，载（清）何文焕辑《历代诗话》，中华书局2004年版，第41页。

③ （宋）严羽撰，郭绍虞校释：《沧浪诗话校释》，人民文学出版社1983年版，第7、144、253页。

④ （五代）谭峭：《化书》，丁祯彦、李似珍点校，中华书局1996年版，第29页。

尽物"，实际上也是"象"的有形及有情，成为浑然一体之存在。如"皇心美阳泽，万象咸光昭"（谢灵运《从游京口北固应诏》），"万象皆春气，孤槎自客星"（杜甫《宿白沙驿》）。

（三）"象"性智慧与"化"

"象"也是一个过程性存在，因而是不断转化的，并且会依循一定的节律运演、转化；有"象"，就意味着有情、有神，亦通"化"。故刘勰《文心雕龙·神思》言："神用象通，情变所孕。"围绕生命体验，由观物之象的混沌到心意之象的清晰，再到手中之象的确定，其显化的节律性和有机性也是"化"的过程性。如郑板桥的"三竹"论中没有出现"象"字，但却是一个把"象"作为生命有机体而运演的过程，是不断由实而虚，又由虚而实的一个"化"性转换的过程。作为"象"之于"化"融入文学活动，其特征首先呈模糊性。我与物互化，形成双向互为选择性的"化生"，在外可能是实在的，在"心"却是处于模糊性的状态。对于艺术主体来讲，这是"物"与"心"、"知"与"情"、理性与非理性、自觉意识与非自觉意识、审美和非审美的多重机制的胶合与整合，使艺术主体对"象"的掌握总是处于"恍兮惚兮"和"惚兮恍兮"的模糊状态。其次是不确定性。"象"在"化性"体验中的不确定性，主要是指它的游离性，即"心象"处在由物到心的"化生"性整合状态，总是受到情感与想象的驱使，所以才有了模糊与游离的状态。这种不确定性的"心象"，只有当它被某种外在或内在的契机点燃，才能突然闪现出一种神秘的光环，瞬间形成一个相对稳定的"象"的机制，才会是众里寻他千百度，蓦然回首，"象"化却在灯火阑珊处。最后是指向性。"我"与"象"在主体生命体验性方面也呈"化生"之相，其中存有主体"知"性的求解方式，而有"知"性就显意志性、目的性，这时"心象"的"化性"节律也必然具有指向性，否则主体就难以规范漂移不定的情感与飞驰的想象，难以融入和体验生命的"真义"。这理应是郑板桥言"趣在法外者，化机也"的原由。此言实际上延伸了刘勰的"神用象通"，也融汇了司空图《诗品·雄浑》所言的

"超以象外，得其环中。持之非强，来之无穷。"①

（四）"象"性智慧与"知"

"象"富含认知性内涵，对"象"的体认及诠释，实际上也是对自然、社会、人之生态存在状态的体验及解析。"象"内存的情感，乃至生命体验形式的"和"与"度"，需要融进主体的"知"性体验，以其为"情/心象"定位，并把无目的性的情感与生命生成的目的，载入"化"性机制中。《荀子·乐论》云："凡奸声感人而逆气应之，逆气成象而乱生焉；正声感人而顺气应之，顺气成象而治生焉。"② 宋张载云："由象识心，徇象丧心。知象者心，存象之心，亦象而已，谓之心可乎？"③"天地氤氲，万物化成"是宇宙自然的存在状态，其"化性"品质就在于它那不断运演的永无止境的融合/转换/生成的节律。司空图《诗品·缜密》云："意象欲生，造化已奇。"④这里由"象"而植生的"意"，是对造化自然的情感体验，也是理智的求解。艺术模仿说初看起来似乎是对自然对象实体化的认同与参照，其实它所关注、体验的却也无法背离这种"化性"节律，只是它参照"心化"，更多的是求助于"知"性解读。情感表现说的"化性"似乎就更注重"心"性的作用，但这却未游离于自然之物的感发，而是将"物"与"心"同体通联，融解在"志"与"情"的醇化中，其"知"性解读同样被"志"与"情"醇化着，因而是更为主动的"化性"体验。中国文学传统中的"缘情"说同样是以万物生命之"象"的感发而言情，但其并不是无限张扬的，而是有所指的，因而也需"知"的归位；"言志"说中的志趣、志向表达显然满含着"知"的内容，但其中更多的是儒家之入世之志；"载道"说中"知"主位自不必说。但不论是哪种无限体验的言说方式，都是对

---

① （唐）司空图：《诗品》，载（清）何文焕辑《历代诗话》，中华书局 2004 年版，第 38 页。

② 《荀子·乐论》。

③ （宋）张载：《张载集》，章锡琛点校，中华书局 1978 年版，第 24 页。

④ （唐）司空图：《诗品》，载（清）何文焕辑《历代诗话》，中华书局 2004 年版，第 41 页。

"象"的感发，而发抒情意，积蓄志趣，表达目的。

（五）"象"性智慧与"符号"

"象"本身就具有符号征象，或者可以称之为生命的"符号"。《周易》诸卦象既指代某种自然物及自然现象，同时也与生命活动的某种表现相关，实际上这是先人对自然、生态、生命的智慧性提炼，且以这种符号化的方式给予标识。《韩非子·解老》云："人希见生象也，而得死象之骨，案其图以想其生也，故诸人之所以意想者皆谓之'象'也。今道虽不可得闻见，圣人执其见功以处见其形，故曰：'无状之状，无物之象。'"① 尽管"象"具有不可言的"无"之虚性状态，但又须表"意"，在"意"，其所指是明晰的，并且与"意"合成构成"意象"。"意象"的生态特点起码富含两重意思：一是由自然天地与人的生命活动之间的有机构合而成，是一种生态存在；二是呈中介性连接作用，并形成意、象、言与言、象、意的对接交叉，展示出双向互补的过程，且印记着生命活动（尤其是艺术审美活动）的创造与接受中的对接及互补。"象"在其中既是连接体，又是创新符号性、指示性以及活动的形象化，也富于可感性。"象"的符号性转换是主体把感物之"象"视为符号化的系统结构，任何物象都可能是一种心意、观念的所指，同时主体利用自身的符号思维和符号行为，进行聚合与整合而创化为艺术意象的符号。在中国文学体验中，"象"的意义所指，更多的是在"象"外，而不在其内，或者是"超以象外"。严羽云："盛唐诸人惟在兴趣，羚羊挂角无迹可求。故其妙处透彻玲珑不可凑泊，如空中之音、相中之色、水中之月、镜中之象，言有尽而意无穷。"② 这里排列的"音、色、月、象"就具有明显的符号所指，作为诗意存在的符号化的征象，与主体作为生命存在的情意体验相通，并且指示个中含义。卡西尔将人定义为"符号的动物"，他认为："人不是生活在一个单纯的物理宇宙中，而是生活在一个符

---

① （战国）韩非撰，陈奇猷校注：《韩非子新校注》，上海古籍出版社2000年版，第413—414页。

② （宋）严羽撰，郭绍虞校释：《沧浪诗话校释》，人民文学出版社1983年版，第26页。

号宇宙之中。""符号化的思维和符号化的行为是人类生活中最富于代表性的特性，并且人类文化的全部发展都依赖于这些条件。"① 苏珊·朗格则把艺术定义为"人类情感符号的创造"。由此可见，"象"之过程运演所形成的迹象，也在于创生符号化的艺术意象。

四 "德"性作为智慧

中国古代人尚伦理，非常注重人的德性及人格塑造。在现实生活中，在人的日常行为中，即便是在审美与艺术中，德性与对人格存在的伦理规定是注重"做人"与"为人"。如果将人作为"生态"之人来塑造，那么，在中国古代"生态"人格构成机制中，悟解"自然"，体味生命则是其人格运行的基本载体，而德性与伦理则是支撑人格行为的"知"性内容，更是成就人格结构层次的重要条件。《老子》云："含德之厚，比于赤子。"② 我们这里构建"德"性智慧不独以人的社会存在的德性为唯一标准和独有内涵，而是将德性拓展至人与自然万物，尤其是人对自然生物的德性关注，这就包括了关怀、关爱、尊重、敬畏及保护，更内存着抚育生命的含义。"德"性智慧既是社会性存在、生态性存在的伦理表现，在中国文学体验中，更显现出审美体验的整体性表达，有时人们对社会、自然/生命/生态的德性体认，往往转换为审美体验中的德性抒发。

（一）"德"性智慧与天地之"德"

天地的德性是化生化育万物生命的，而"德"的始源即在于天地之德。《庄子·天地》云："通于天地者，德也。""物得以生谓之德。"《管子》也言："虚无无形谓之道，化育万物谓之德。""德者，得也。得也者，其谓所得以然也。"③ 扬雄《太玄·大玄文》曰："天地之所贵曰生。"④ 天地的"道行"及"德"与"贵"在于促生、化

---

① ［德］恩斯特·卡西尔：《人论》，甘阳译，上海译文出版社1985年版，第33、35页。

② 《老子》第五十五章。

③ 《管子·心术上》。

④ （汉）扬雄：《太玄》，郭万耕校释，北京师范大学出版社1989年版，第333页。

生，在于创生万物运演的永无止境。《黄帝内经》有言："天之在我者德也，地之在我者气也，德流气薄而生者。"① 天地互转、阴阳构合生成且抚育生命，而天地既依基本节律运转、循环往复，但天地又各司其职，故天行健，地势坤。天地的职能以承德与厚德而表达天地智慧，但其中重要的是"德"的"成"与"和"，其中首先是对于生，对于生命活动的作用不同。郭象在解释庄子"德者，成和之修也"句时云："事得以成，物得以和，谓之德。"② 孔颖达对《周易》所言"天地之大德曰生"给予这样的阐发："正义曰：自此已下，欲明圣人同天地之德，广生万物之意也。言天地之盛德，在乎无常生，故言曰生。若不常生，则德之不大。以其常生万物，故云大德也。"③ 古代人这种种言说，揭示了德性的根本，明确其智慧的原发处，而人之德、社会之德、人类之德源出于天地之德，其德性的生态转换及循环，要求其回归天地及万物之生。

（二）"德"性智慧与"玄德"

《老子》有云："道生之，德畜之，物形之，势成之。是以万物莫不尊道而贵德。道之尊，德之贵，夫莫之命而常自然。"老子在这里非常确定地指出了"道生"与"德性"的一致，这里所谓的德性无非就是万物存在的内在机理，亦为"内在价值"。自然万物生成及亘古延续必"尊道而贵德"，而人作为万物之一体，存于其中，更需要依循这种"德性"而不断"人化"，这理应是其"道德经"的内涵所指。《老子》接下来的阐述，对这种理解或许更加明了："故道生之，德畜之；长之育之；成之熟之；养之覆之。生而不有，为而不恃，长而不宰。是谓玄德。"④ 这是一个生生之化，化性转换，无限的生命存在依循这种不息的循环之链，构建生命的有机性，运演生命

① （清）张志聪集注：《黄帝内经集注·黄帝内经灵枢集注》，方春阳等点校，浙江古籍出版社 2002 年版，第 54 页。

② （晋）郭象注，（唐）成玄英疏：《庄子注疏》，曹础基、黄兰发整理，中华书局2011 年版，第 118 页。

③ （清）阮元校刻：《十三经注疏（附校勘记）·周易正义》，中华书局 1980 年影印版，第 86 页。

④ 《老子》第五十一章。

活动的节奏及韵律的生态过程，实为"神"的运演及不断显化的过程。在我看来，这种"自然"的本根及"玄德"之品性所生成的神性，表明了颐养生命的化生、创生性应该是"德"的本根所在。而人们常言的人伦之德及人之德性则应该是衍生于此，派生、引申于此，其人本化、人伦化，抑或"自然德性的人化"，则是天地之德性不断"化"出的。

（三）"德"性智慧与"比德"

"比德"所比之物及方法，总是以自然物性之"德"，而衬托人之"德"，进而结晶人与自然之物共融共有之"德"。这时的"德"，就彰显出趋向"生态"和谐的特性。在我看来，物之"德"有两重意思：一是物的本有属性以及所呈现的生命运动节律性；二是物的属性所映衬的人的品性，在艺术体验中或展示出审美主体的人格和精神。早在《诗经》中就有以"玉"作比的，如《秦风·小戎》曰："言念君子，温其如玉。"这是以"玉"比丈夫、比君子的性格。孔子最为强调人的这种德性，他云："君子之德风，小人之德草。草上之风，必偃。"① 孔子在"知者"与"仁者"的乐山、乐水，以及动静互生的感受中，在体认"岁寒然后知松柏之后凋也"中所观照的对象实际上已经成为主体精神的反衬物，因而对象也就转换为主体性存在了。《荀子》说："夫玉者，君子比德焉。温润而泽，仁也；栗而理，知也；坚刚而不屈，义也；廉而不刿，行也；折而不挠，勇也；瑕适并见，情也；扣之，其声清扬而远闻，其止辍然，辞也。"② 这是"比德"这个术语最早的出处，荀子的表述是突出人的德性的，其中自然物性之比并不为主。在中国文学艺术审美体验的历史过程中，这种"比德"的审美至法在多种艺术类型中皆有至深、至广的表现。宋人周敦颐的《爱莲说》曰："予独爱莲之出淤泥而不染，濯清涟而不妖，中通外直，不蔓不枝，香远益清，亭亭净植，可远观而不可亵玩焉。"③ 这时的"比德"具有"法理"性，也具生态意味。

① 《论语·颜渊》。
② 《荀子·法行》。
③ （宋）周敦颐：《周敦颐集》，陈克明点校，中华书局2009年版，第53页。

周敦颐言自己之所以爱莲，是因为莲不同于菊的"花之隐逸"，也不同于牡丹的"花之宝贵"，而为"花之君子"。显然，这是多样性及共生性的人与万物的理解。尽管其中不乏禅意，但他的确抓住了莲的那种特有的自然物性对提升人格品性的作用，或者说，以"出淤泥而不染"比衬并彰显"莲"之洁与人之洁。

生态批评所呈现的德性智慧必然是人们在社会交往与交换关系中所要确立的德性品质。这是人的现实德行的升华，是人们在观念、思想的规定中协调各种关系时必须遵循的信念和行为规范。德性智慧应包括心灵、社会及环境等多个层面，以促使人与自然心灵融通，构建多层次的生态有机关系，完备和谐性的思想和观念，使人与自然、社会、心灵建立多重交往与交换关系。

五　"理"性作为智慧

"理"不单指理性、学理、理论之理，更意在寻归事物（自然、社会、人生、精神、心理、文化，个体、部分与整体，人与自然，天与地、宇与宙等）之理。从"生态"角度说，就是展示生之理、气之理、性之理、命之理、有机性之理、过程之理、情之理及其"态"之理、律之理等，其智慧性呈现就是生态运演、生命活动及生存机制，乃至哲性/知性/理性、自由/意在/审美表达的理与态。这一切都在中国智慧中得到了多方面的阐释，并融于自然悟解、现实的社会人生及艺术审美体验中。清人戴震云："理者，察之而几微必区以别之名也，是故谓之分理；在物之质，曰肌理，曰肌理，曰文理；得其分则有条而不紊，谓之条理。"[1]

（一）"理"性智慧与"道"

理与道难以分割，如果说"道"为生态/生命/生存的本根的话，那么，"理"就是其运演节律、秩序；如果说"道"尚有神秘性、模糊性，甚至混沌状态的话，那么，"道"不断显化，到最终"冲气以为和"之结果的有机—过程性，则是理的展示，亦是"诚"的过程。

---

① （清）戴震：《孟子字义疏证》，中华书局1982年版，第1页。

《韩非子·解老》云："道者，万物之所然也，万理之所稽也。理者，成物之文也；道者，万物之所以成也。故曰：'道，理之者也。'物有理不可以相薄，故理之为物之制。万物各异理，万物各异理而道尽。"① 道有理，万物生成亦循理。道促万物生成而为理，理依循道而使万物各得其所，各现其形，各显其性，至此，万物形成且成就自身特性之道，同时也构建自身存在之理。这时"道"与"理"即显"生态"特点，而道之理也同于万物运演生成的节奏及韵律。马克斯·韦伯在比较儒道两家关于"道"的认定时，也对道家之"道"给予了另类确证。韦伯说："'道'本身是一个正统儒教的概念：宇宙的永恒秩序，同时也是宇宙的发展本身，一切非辩证地完成的形而上学往往认为秩序与发展是同一的。老子把道同神秘主义者对神的典型追求联系起来：道是唯一永恒的，因而是绝对宝贵的；它既是秩序，又是生万物的实在根基，也是一切存在的永恒原型的总体。简言之，道是神圣的唯一，同一切冥想的神秘主义一样，人可以通过使自我绝对脱离世俗的利益与热情，直至完成无为，来分享这种神的唯一。"② 由于"道"内存着实在性、生成性，不可能与神秘主义相提并论，但由于其"无"性的存在之根，也的确有着难以解说性和不确定性，因而带有幻象性色彩，但求理、明理、析理、证理则是明"道"的必然过程。

（二）"理"性智慧与"天"

"理"与"天"并称，是为"天理"，可有三重含义：一是自然生态本有之"理"，即其运行的节律、规律。荀子言"天行有常"，《周易》有言"天行健"。二是由人的情感活动而植生的一种评价方式，但其参照是自然之理、人之理及律令之理的合成义。董仲舒在《春秋繁露·为人者天》中阐释人由天而"化"的节律过程时称，"人之德行，化天理而义"。三是作为一种成规，内含着正义、道义、

---

① （战国）韩非撰，陈奇猷校注：《韩非子新校注》，上海古籍出版社 2000 年版，第413—414 页。

② ［德］马克斯·韦伯：《儒教与道教》，王蓉芬译，商务印书馆 1995 年版，第 232页。

德性等，且会成为社会发展的动律及制度。董仲舒曾论及殷因夏无道而伐之，周因殷无道而伐之，秦因周无道而伐之，汉因秦无道而伐之，故云："有道伐无道，此天理也。"《春秋繁露·度制》云："故明圣者象天所为，为制度，使诸有大奉禄，亦皆不得兼小利、与民争利业，乃天理也。"王阳明《传习录》云："无时无处不是存天理，即是穷理。天理即是'明德'，穷理即是'明明德'。"① 第一层含义是从生态智慧语境论及"天理"的主要指向，此时，"天理"与"天性"相似，同指自然的生态本性。如果将"天理"作为一种生命体验策略，或是一个思维范畴，在实际语境中，往往会表达深沉的情感和认知性内涵，亦强调这是一定"节度"内的情感表达，过度、越界即为失"天理"。《礼记·乐记》云："人生而静，天之性也。感于物而动，性之欲也。物至知知，然后好恶形焉。好恶无节于内，知诱于外，不能反躬，天理灭矣。"郑玄注："节，法度也。知，犹欲也。诱，犹道也，引也。躬，犹己也。理，犹性也。"②《礼记》所言"天理"是由人的情感指向性而论的，并内存着一定的认知性含义，主要还是以"生态"节律为参照，来表达情感和艺术状态。清人戴震云："理也者，情之不爽失也；未有情不得而理得者也。""天理云者，言乎自然之分理也；自然之分理，以我之情絜人之情，而无不得其平是也。"③ 戴震有"理十六条"，此处言"理"，显然是延伸了《礼记》"天理"之思，从中我们也可以看到，"理"作为一种"人化"状态以及自然生态之理的延伸表达而存在，且有向人的活动（理与情）转换、辐射及派生之义。

（三）"理"性智慧与"理"

"理"大概是更加人本化、实在性且理智性的。在中国古代人那里，"理"实际上规定了人的存在之理，应该包含人之生存活动的事

---

① （明）王守仁撰：《王阳明全集》，吴光等编校，上海古籍出版社 1992 年版，第 6 页。

② （清）阮元校刻：《十三经注疏（附校勘记）·礼记正义》，中华书局 1980 年影印版，第 1529 页。

③ （清）戴震：《孟子字义疏证》，中华书局 1982 年版，第 1、2 页。

理、情理，更有认识论上的意义，有时呈现出人的本性、品性，有时则与诚、性之义相通。如果跃迁出学理意义而求"理"，那么，人们对"理"的认同还应该包含对自然、对生命的追寻之事理、情理。这要求人们要知"理"，更要穷"理"，要尽性情之"理"。"至诚"便是性情之"理"的最高境界。在孔子那里，其"仁"性之理，不仅对人，对人的群体与社会性存在而表达，而且是对自然及生命而言说的。《论语·述而》云："子钓而不纲，弋不射宿。"这表现了孔子的"理"存有对弱小生物的仁爱与尊重，内含着他对自然生物的生态关爱之"理"。中国古代人强调与天地自然休戚与共而成"三才"，禀赋天地之本性，发抒生态之灵性，极尽融通"人之性"和"物之性"，从而以"赞天地之化育"之势，构建人与自然之生态"造合"的理。我之所以认为"理"具有幻象性体验色彩，一方面是因为"理"往往是超验性的，又总是行使着规范性、总结性、制约性的职责，往往对现实存在着主观介入的色彩；另一方面是因为"理"又可以是无、气、道的概括及提升，它必须在现实中付诸实施，或者必然在现实化、具体化中才能够穷究生存之"理"。如王夫之在论理与气的关系时云："理本非一成可执之物，不可得而见；气之条绪节文，乃理之可见者也。故其始之有理，即于气上见理；迨已得理，则自然成势，又只在执之必然处见理。"① 显然，王夫之认为，理是内在的、不可见的，是由"气"而见，所以它从物之"气"的实有之性及其规律性呈现中来显示理，且阐释理，如若把握到理，那么，事物之根本即得以显现。至宋明理学，"理"作为本体存在，与性，与心合奏，形成了"性即理"（程朱学）和"心即理"（陆王学）等学说。

（四）"理"性智慧与"理、事、情"

在文学活动中，"理"也不是孤立的，其"生态"含义还需要与和、德、情等有机连接，并且由"事"与"行"来支撑。清人叶燮以理、事、情的一体化及有机性表现万物存在的有机合成及意义。叶氏《原诗·内篇》云："自开辟以来，天地之大，古今之变，万汇之

---

① （清）王夫之：《读四书大全说》，中华书局 1975 年版，第 601 页。

赜，日星河岳，赋物象形，兵刑礼乐，饮食男女，于以发为文章，形为诗赋，其道万千，余得之以三语蔽之：曰理、曰事、曰情，不出乎此而已。"① 如果我们暂且不论叶燮之理、之事所言诗的理与法，而回到他所绘制的开天辟地、天地变化、日月星辰的自然之"然"的本来状貌，我们可以看到，这里的理，首先是求自然生态意义上的理，但当有人参与，并且赋予情意体验时，天地人的有机一体化则与理、事、情的一体化构合，后者会极尽言说前者。所以叶燮云："曰理、曰事、曰情三语，大而乾坤以之定位，日月以之运行，以至一草一木，一飞一走，三者缺一，则不成物。"② 尽管叶燮尚未必懂得"生态"，但在他的现实活动及艺术体验中，对这种整体性及有机—过程性的把握及其阐释，却的确揭示着"生态"本有之意（事、理），并颇具生态学的理性阐释原则及逻辑。叶燮还进一步概括云："曰理、曰事、曰情，此三言者足以穷尽万有之变态。凡形形色色，音声状貌，举不能越乎此。此举在物者而为言，而无一物之或能去此者也。"③ 但三者还需要借"气"，文章之所以能够表达天地万物的情状，又能够以条理贯通，是因为气、理、事、情的有机融通、一体化及活动状态，而其中"气为用"。在叶燮看来，草木能够生发的前在原因是因理，而得以生发则为事，生发之后所产生的万千情状则是情，然而，这三者如果无气，则将一事无成，所以，三者借气而行。一切理与法，亦全得自于以气而就的自然之"然"。故叶燮云："得是三者，而气鼓行于其间，纲缊磅礴，随其自然，所至即为法，此天地万象之至文也。岂先有法以驭是气者哉？"④ 在中国古代人的宇宙观中，无、气、道、理等实际上是一体化的，呈现出本体论的意义性存在，其本体存在的内蕴及其意义的"显魅"其实就指向生命，旨在构建生命体验的脉络，并且力图在生命的实在中显化其本体的魅

---

① （清）叶燮：《原诗》，（清）王夫之等撰：《清诗话》，上海古籍出版社 1978 年版，第 574 页。

② 同上书，第 576 页。

③ 同上书，第 579 页。

④ 同上书，第 576 页。

力。但之所以能够"显魅",皆是因为这系列性的本体构件不是无生命感的僵死之物,而是融情、储意的灵性存在。

富含生态智慧的中国话语内涵丰富,且都以"生"为中心而延伸、拓展。如果智慧性地释"生"的话语,必然是知性的,是求理的,是由"知"与"理"而体验及诠释"生"的。当其植入文学活动中,皆由物之生而起,其中既有感性生命活动体验(体物与自体),亦有视知觉的"观",而有机—过程性就是这样被彰显的。对于这种"观",我们可以分解层次,即观物与自观,目观与体观,性观与情观,心观与理观,进而生成"文观"。邵雍云:"夫所以谓之观物者,非以目观之也。非观之以目而观之以心也,非观之以心而观之以理也。天下之物莫不有理焉,莫不有性焉,莫不有命焉。所以谓之理者,穷之而后可知也。所以谓之性者,尽之而后可知也。所以谓之命者,至之而后可知也。此三知者,天下之真知也。"① 显然,这时的"观"既是有机—过程性的,也是体验性的表征。由"观"不断生发,则对"生""命""态"给予穷"知"求"性",继而把握生命之"在"的本质。

第五节 至诚尽性:对生态智慧的价值追问

对生态智慧给予价值追问,实际上是追问"生"的意义,追问"道"何以成就万物之生与人之生,观览万物而化人之生的有机—过程性。这既是天地之道,也是为人之道,成人之道,而前在基础则是生态之道。何谓天地之道,《中庸》言:"天地之道,可一言而尽也。其为物不贰,则其生物不测。天地之道:博也,厚也,高也,明也,悠也,久也。今夫天,斯昭昭之多,及其无穷也,日月星辰系焉,万物覆焉。今夫地,一撮土之多。及其广厚,载华岳而不重,振河海而不泄,万物载焉。今夫山,一卷石之多,及其广大,草木生之,禽兽居之,宝藏兴焉,今夫水,一勺之多,及其不测,鼋、鼍、蛟龙、鱼

---

① (宋)邵雍:《邵雍集》,郭彧整理,中华书局 2010 年版,第 49 页。

鳖生焉，货财殖焉。"① 所谓天地之道，并不繁复，从其最简单、最根本的意义上说，就是"道生"，天地交融、转换，且运行有机节律，一切规则皆是为"万物覆""万物载"。中庸此言对"天地之道"给予本体论观照，更满含价值论的意味。

一 "促生"的生成性智慧

中国智慧的生态蕴含中充蕴着生成性智慧，其中的价值论意味异常浓厚。首先是以"道生"印证天地自然的内在价值。"生生"的节律性及过程性作为"道生"性价值的延伸，成就了万物及人存在的实在价值，"道生"价值也因其内在性而转换为外在价值。所谓外在价值，就是促生万物及人的生命活动，展示其对"生"的作用及意义的价值呈现。其次是以"道生"生成人之生的价值。万物与人都是生成性存在，不论是先有万物还是先有人，就体认生成性智慧而言，人类祈望万物之生与人之生并行，继而不断支持、成就人之生，以体现万物对于人之生的价值，同时也期望人的价值能够掌控万物之生的价值。从狭义的价值来讲，天地万物的价值（自然价值）是由对人的价值的肯定和支持而体现的，自然价值完备于对人的生存与发展活动的作用中。最后是"道生"作为"诚"与"性"，而将"至诚尽性"作为价值论追问。对此，我们可从两重角度来理解：一是自然天地本有的"至诚尽性"，即由"道生"节律运行，既生成万物，更促生人的生命有机—过程性存在，依循且极尽其成就生命生成的本性，显然，这是自然价值作用于生命价值而呈现的。这可称为是"天文"。二是人的生命活动的"至诚尽性"，人要依万物生成的本性而成就自身，要在生命的有机—过程性运行中，遵万物的多样性及共生性，最大限度地保有万物的品性。对人的生命活动而言，这是人对自然价值、生命价值的尊重及有机体验，也生成着有机性的人的价值。

---

① （清）阮元校刻：《十三经注疏（附校勘记）·礼记正义》，中华书局 1980 年影印版，第 1632 页。

二 "与天地参"的"人道"智慧

《中庸》云："唯天下至诚，为能尽其性。能尽其性，则能尽人之性。能尽人之性，则尽物之性。能尽物之性，则可以赞天地之化育。可以赞天地之化育，则可以与天地参矣。"郑玄注："尽性者，谓顺理之使，不失其所也。赞，助也；育，生也，助天地之化生。"①这里"至诚"思想是肯定了"道生"的价值本义，以及对天地万物与人的生存的价值支持，其中明晰了人必然依循天地之道的根本而生成自身。这也是生命生成的根本境域及生境的智慧性阐释。"尽性"，也就是要在这"生境"中有机性地体验及认识"生"的价值本性。其中，既为天地之性，还要包括人之性。只有在这多重"性"的有机一致中，才能达到天人和合，进而体现"诚"的价值本性。作为生态智慧的呈现，"至诚尽性"既是天人有机一体的价值呈现，也含蕴着认知性意义。尽管此言由天之性起始，但其义还是强调人的活动作用，甚至人的德性、德行的作用。这其中包括人要运用自身的本性，也要认识自身，尤其是要尽天之性，也就是认识天地自然，万物一体的本质，只有对这双重意义的认知，方可"尽性"。"至诚"，一方面从本体论意义上认同及归依天地之性，寻归"道生"性；另一方面，亦在规范人的活动及认知，而至人与"天地参"。孟子也言"至诚"，但其义更强调"人之诚"。《孟子·离娄上》云："诚者，天之道也；思诚者，人之道也。而不动，未之有也；不诚，未有能动者也。"从这段话的语境来看，孟子是就人之善性、诚信之义而言的，讲求心意之诚，诚心诚意，实际上关注的是人的道德价值。我们从"至诚尽性"的智慧言说及价值追问中，更期望延展、转换人的道德价值而推及自然价值，也就是说，人的心意之诚，诚心诚意理应提升至自身生命的来源，并延伸至天地自然及与自身并生的万物生命。

---

① （清）阮元校刻：《十三经注疏（附校勘记）·礼记正义》，中华书局 1980 年影印版，第 1632 页。

三　"道""诚"互补的儒道智慧

《中庸》云："诚者自成也，而道自道也。诚者物之终始，不诚无物。是故君子诚之为贵。诚者非自成己而已也，所以成物也。成己，仁也；成物，知也。性之德也，合外内之道也，故时措之宜也。"对此，朱熹从理学角度解释说："诚者物之所以自成，而道者人之所当自行也。诚以心言，本也；道以理言，用也。""天下之物，皆实理之所为，故必得是理，然后有是物。所得之理既尽，则是物亦尽而无有矣。故人之心一有不实，则虽有所为亦如无有，而君子必以诚为贵也。盖人之心能无不实，乃为有以自成，而道之在我者亦无不行矣。"① 这也就是我们为什么从人的价值的角度追问，因为"至诚尽性"的原发含义应在"道生"及天地万物之本，其中既包括生之本，也包括生之理。从认识和体验的层面来看，这里更多的是表达人对此的认识、体验及价值认同。所谓人之道，由"至诚尽性"而生成，更需要以"心言"之本和"理言"至用去全面体认；所谓"以诚为贵"，即强调心意之诚，诚心诚意而知性、尽性。诚然，"诚"多出现在儒家经典中，如果我们用"他山"的方式来辨析，安乐哲也沿着《中庸》的这段话，将之与道家之"道"进行比较，梳理了"诚"与"道"的生成及运演的不同过程，进而区别了两者的特点。安乐哲谈道："道家的'道'和儒家的'诚'的主要区别源自这样的事实，即前者是从人的自然环境的框架中来解释人，而后者则从人开始且通过人来理解宇宙。道家注重通过存在的演变来理解人类，而儒家则寻求从人类的视角来理解所有的存在。"② 可见，儒道两家一重"人文"，一显"天文"，其价值坚守则一倡人文价值，一证自然价值。作为"天人和合"的不同解读和体验，儒道两家殊途同归，不论是由自然价值而至人的价值问询，还是由人的价值而诠释自然价值，其最终无非通过"心言"之本和"理言"之用而解读人之道，

① （宋）朱熹：《四书章句集注》，中华书局 1983 年版，第 33—34 页。
② ［美］郝大维、安乐哲：《通过孔子而思》，何金俐译，北京大学出版社 2005 年版，第 58 页。

且认识和体验人的价值。

四　"情境化"地表达智慧

如果我们追问人之道何谓？何为？实际上是在进行人的自问，一问个体之人的价值何为？二问人的生存意义何为？这必然包含：其一，人的"为人"何为？人之道何为？人文何为？人文价值何为？乃至人类何为？这是现实与实在的，需基本的思想导引，有其世界观、价值观及人生观的确立原则，更需展示人的创生性活动的境界性。"至诚尽性"作为价值存在，显然是由这种境界性而展示的，并不止于提供认知性价值，更多地需调适情境价值及境域性价值。依据中国古代人的生命体验特点及智慧表达方式，"道生""道法"延展生态智慧，并不限定为认知性智慧，往往也是在境域及情境关系中，或者在关系性、过程性的价值表达中含情、蓄意、识性，且以此表达对人、对生命、对社会的理解及体认。这样，有美国学者称中国文化传统更多地内蕴着"情境化艺术"，这颇有道理。《中庸》云："唯天下至诚，为能经纶天下之大经，立天下之大本，知天地之化育。"尽管此言逻辑性地推演到"天地化育"，进而凸显"至诚"之本，但所言的经纶、立、知等并非限于认知，更多的是关系境域中的情境性表达，其意更在畅扬对德性人格的坚守。其中所言"天下"，既不乏自然天地，又含内在或情意性所指，但其中充蕴更多容量的则是人之天，抑或社会存在结构的最高之理，即"天理""天德"等。这既显示了人文价值的重要内涵，也蕴含着中国古代人的"生态"坚守。安乐哲说："在古典时代的中国，'认知'不是认知什么——即这样一种东西，它提供关于周围自然界条件的知识，而是要知晓怎样很好地对待关系，在乐观地对待这些关系提供的种种可能性时，怎样增强对这些关系的生命力的信念。"① 安氏还使用"关联性"思维来分析这种价值坚守，他认为，"情境化艺术"是与之相宜的，并且"情境

---

① ［美］安乐哲：《自我的圆成：中西互镜下的古典儒学与道家》，河北人民出版社2006年版，第117页。

化艺术"的一个突出特点是关于场域关系的假设，这就意味着相互关联的意义又是向不断变化着位置的焦点开放的。就此，我们可以视这个焦点为"道"（或者包括与"道"类同的，如无、一、大等诸多词义现象），或者是"道生"，其场域及其辐射性显然是价值性展示，它运演着由一而多，且如乾坤、天地、阴阳、刚柔之互为转换及交感共融，同时也经由化生、化育而成就的"和"性节律。

五　文学活动的"至诚尽性"

"至诚尽性"成为"情境化艺术"的价值表现，其价值含义是有层次性的，也是递升性的。在中国文学艺术传统中，这种"情境"状态就不只是一种"焦点"，或场域，更作为生命、艺术审美体验而被淋漓尽致地发挥出来。在中国文学场域中，不论是文学创造还是文学理论批评，其"生态"意蕴及对"自然"的体悟，都是这种由"道生"延伸的"诚"与"性"的体验性表征，甚至是境界性展示。"诚"所指向的"真"，"性"所指向的物性及人性，都是富含自然价值性的，且满含生态智慧。在这个价值层面上人与自然是共有的，也是富含生态价值意蕴的。但究其境域、情境、语境及场域的表意所指，更多地指向人的价值；我们能够从生态智慧语境中分析"至诚"与"尽性"的归位价值，主要也注重对人自身活动的生态道德坚守及人格规范。邵雍五言小诗《至诚吟》就"情境化"地表达了这种"至诚"的人格操守。诗云："不多求故得，不离学故明。欲得心常明，无过用至诚。"[①] 人要"至诚"，一方面对"欲"要限，"不多求"；另一方面，即"不离学"，才能"得心""常明"，且能使感性与理性、情感与理智有机交合，才能"尽性"而得"至诚"之境。

概而言之，不论是对个体的人，还是对社会整体；不论是对人类自体，还是人在生态有机—过程性中，当"至诚"与"尽性"成为开放、辐射的场域时就能够成就天地境界与人、人与"天德"之境的和合。

---

① （宋）邵雍：《邵雍集》，郭彧整理，中华书局2010年版，第450页。

第六章 哲性观照：中国文学传统的生态智慧基础

　　如果我们的生活、我们的道德乃至我们的精神活动充蕴着生态智慧，那么我们必然会以强大的生态亲和力包容天地万物，以肯定的态度对待万物生命，以涌动的激情活化生命，必然会积蓄且彰显亲和、包容乃至化育万物的情怀。在中国古代，人们亦会以这种"情怀"去观照、体验自然与人生，且将自然物作为人生存与发展的资源及滋养，将其作为精神体验的载体，作为提升人生品格的价值支撑。中国古代人尽管对自然/生态/生命，乃至人生的理解及体验少用理性、思辨来解答，也少有知识论、目的论的求解，但在生命感的植入，对生命意识的经验性破解中，也不乏哲性思维品质，文学艺术中会给予形象、情意性审美及境界性表达。

第一节　易学传统的生态智慧

　　易学智慧的核心亦为解说及体验生命存在及其运动、变化的智慧，其对生命活动之"生生"的本来状态，对其运演节律、人化过程、德性构建，以及对符号性话语的描绘及系统的搭建，对其进行的理论、提纯及概括，作为一种学说已蕴含深生态智慧。我认为，把握易学生态智慧应该有这样几个层面：其一，在基本路向方面，认识和揭示宇宙自然更替、演化的节律及内在规律，体认其内在价值；认识人类与世界的关系，揭示和体验人类自身生存、繁衍、发展乃至最终生成的节律及内在规律，并加以把握和体验，及至试图创制生命创生的方法和机制。其二，在基本方法方面，易学创制了一系列符号系统，诸如卦象符号系统和文字符号系统，以求直观、形象、可解、可悟，并且可以在通解、通识的意义上悟解生命存在的根本，疏通自然生态与社会生态、精神生态的运行机制。其三，在认识趋向方面，通过认识天地自然的"生"与"创"，呈现出"生生不已"的运化节律，不仅认识自然天地的虚无之道及其德性与尊贵，还体认着生命多样性、多功能性以及相互间建立的多重自由的生态关系。其四，在意义指向方面，旨在悟解"生生"结构的机能与活力，揭示地球生命共同体的家族繁盛，体现天地自然的生态价值本性，实际上也激励着"生生"韵律的易变与多样、多样与共生、共生与创生，使"生"与"生生"的状态、姿态、态势更加富有"美态"。

一 "生生"与生态本体智慧

易学的生态本体论意义表现在探求"生"之源而体认生命存在的内在机理上，在"道"本生"一"中化生阴阳，生成万物和谐为"一"的生态系统的循环性结构体。易学中的"生"不是孤立、静止而单体的存在，而是"生生不息"的节律性存在。《周易·系辞上》所言的"一阴一阳谓之道"，作为"生"之道，作为阴阳化成之道，必然生成并繁育万物，运演宇宙自然的无限广大。

"生生"节律运作不息，成为有序循环的生命流程，同时也以时间的无时不在和空间的浩淼无垠，来促动并揭示生命的创生能力。《周易·系辞上》又云："生生之谓易。"孔颖达疏："正义曰：生生，不绝之辞。阴阳变转，后生次于前生，是万物恒生谓之易也。"[1]"生生"也是一种本体论构成，并成为把握易学之生态智慧的主脉。易学内蕴的"生"孕育着无限的生机与活力，显化出一种无限、和谐及

---

① （清）阮元校刻：《十三经注疏（附校勘记）·周易正义》，中华书局1980年影印版，第78页。

循环往复的生命创生与生成。① "生生"的生态本体智慧表明，这不是一个静止的原初存在，而是不断生成并呈现出生命活动节律状态的生态循环序列。事实上，生态的本义在于生命之"生"，是由"生"而成就的关系性、有机—过程性的状态，用以凸显生命活动的节律性、和谐化、序位化的运行状态。"生"的现实存在是"命"，有了"命"，"生"就有了形，就具备了形态；有了"形"，就有了"体"，就有了与其他多样事物进行交往、建立多样关系的基础和条件；有了居舍，其活力状态就会得以显现，其"生"的延续及永驻就成为可能。至此"生命"作为现实，作为有形之体的活动，就会不断地创生出生命新质，并得以有序及永续性的延续。易学智慧绘制的"生生"作为关系性、过程性转换及有机循环网络，形象化地表现了自然与人的共生与互生。这首先是自然的"生生"，亦即作为"乾"与"坤"的合成，创始万物且养成万物，以成天地的"生化"。《周易·系辞上》云："乾道成男，坤道成女。乾知大始，坤作成物。"这既指天地创生万物所具有的功能，又指其创生的结果。天地运行之理，内蕴着阴阳和合之理。天地和合，阴阳和合，方可创生万物，繁育万物，这即为太极之理。同时人从太极的"生生"之韵律中生成，故《周易》云："有天地然后有万物，有万物然后有男女。有男女然后有夫妇，有夫妇然后有父子……"② 其实，这也是天地生人的一个生成序列。天地万物生成人，只是人生成的条件，在生态化的世界中更应该是自然与人的共生与互生，也就是"天地人"三才的"生态"共生与互生。

易学在生态本体意义上显化"生"，悟解"生"的真义，不仅在寻归生命存在的根基，并且已含蕴着深生态智慧。成中英在论述易的本体性时说："本体的重心是在生与生生，故包含了生之原始、生之

---

① "生生"意涵多重、多样。我曾就生命存在的特性、意义本性、万物的联系与时空构成、话语的结构特性、人类学征象、人的精神性存在、审美的意义及价值论的构成八个层面对"生生"进行了较为全面、细致的解析（见盖光《生态境域中人的生存问题》，人民出版社 2013 年版，第 7—12 页）。

② 《周易·序卦》。

过程、生之作用与生之实体等意涵。是以本体世界就其连续性讲是包含一切现象与活动的整体：现象是本体的现象，变化是本体的变化，过程是本体的过程，生命是本体的生命等等，也是此等事物发生及持续之所系。"① 易学生态智慧所指认的生命，是融于"三才"而共生的生命，同时中国古代人也把整个世界看成是一种系统的生命现象，把整个宇宙视为天、地、人三才气化氤氲，流布万物，从而使天地与人相通、相融，人与物相感、相应，天地人万物融为一体，成为"和生共在"的生态存在系统。

二 阴阳交感的生成性智慧

易学智慧揭示了阴阳的生态转换与生命的生成节律，揭示了宇宙发生及万物的起源，也明晰了生命之生成、繁衍及永续的存在根本，这已经成为生态价值的重要表征。《周易》云："立天之道曰阴与阳，立地之道曰柔与刚，立人之道曰仁与义。兼三材而两之，故易六画而成卦。"② 这就指出了人与天的结构有相通的生态根源，这种相通及相应之处就成为阴阳、刚柔转换的基础，也是物我、情景交相感应的基础。

（一）阴阳交合

易学把万物之化生与人的化生统一起来，充分说明宇宙的生成与人的生成的机缘，同时也显现了人与自然的生态构合关系。《周易·系辞下》云："天地氤氲，万物化醇。男女构精，万物化生。""乾坤，其易之门邪？乾，阳物也；坤，阴物也。"③ 天地呈乾坤，天地之间阴阳二气交感相融，刚柔相摩。天地有阴阳，人间有男女，男女亦即阴阳，阴阳转换与男女交合，在生成万物之生命的同时，也生成人之生命，而人与自然的生态和谐实际上就是在这种"生生"运演及转换中得以存在的。阴阳的对立与融合、互相转化是构成自然万物化生流行的内因，日月的变化、寒暑的交替、四时的更迭、万物的盛

---

① 成中英：《易学本体论》，北京大学出版社 2006 年版，第 24 页。
② 《周易·说卦》。
③ 《周易·系辞下》。

衰、生命的生与死，或者是生态系统中的物质转换、生命能量的交换与信息的传递等生态现象，都是由阴阳两方面的互为转化构成的。"万物化生"不是一蹴而就的，也不是亘古不变的，而是遵循着乾坤、阴阳、刚柔之转换，践履着变易、变化的根本法则，且可持续、永久性地演替着"生生"的节律。

（二）"刚柔相推"

"刚柔"由阴阳转化而至，或是阴阳的另一种表现形态，一种衍化，在生态体验中更易于表现为对生命活动形式的感悟。"刚柔"还作为阳阴的属性，具有一定的特指性，即"刚"指刚健，"柔"指柔顺；刚指男，柔之女。那么，就美的不同形态而言，亦有阳刚之美与阴柔之美。作为生态的系统转换性的表现，阳刚、阴柔相摩相推而生变化，使得万物化生，进而不断以转换、生成而演奏出"生生"的交响曲。《周易·系辞下》云："刚柔相推，变在其中矣。""阴阳合德，而刚柔有体。以体天地之撰，以通神明之德。"天地合德而生成万物，因为天地之大德在于生。高亨先生解释此言时称："天地之撰，谓天地所具有之一切事物也。此二句言：运用天地是阴阳两性之物，阴阳合德，刚柔有体三大要点，去分析天地所具有之一切事物，区别其异；会通其神妙而明显之性质，综合其同。如此分析会通，则能认识天地万物。"[1] 天地存在的三个主要特点更凸显了阴阳刚柔交合，使万物生命"生生不息"。在易学智慧中，阴阳的存在，甚至在理论层面上，阴阳范畴的存在必然与"气"密不可分。阴阳是由阴阳两气构成的，万物化生实际上是禀天地阴阳之气以生，而"生生"韵律的生成与转换也就是阴阳二气的交感、融合。古人认为，自然宇宙起源于混沌之气，而混沌之气又内含阴阳二气，或者可以说，厘清、析分混沌之气的是阴阳二气，混沌之气有同于自然之道，阴阳二气作为"化生"的内在力量，实际上就呈现出"道生"的生命生成、转换的形态及节律感应性。《周易》在解释"咸卦"时云："咸，感也。

---

[1] 高亨：《周易大传今注》，齐鲁书社1998年版，第434页。

柔上而刚下，二气感应以相与……天地感而万物化生。"① 这就是说，阴阳二气，一动一静，消长盈虚，相互交感，使万物谐和生长，天地合序，方使万物生生不已，既孕育了自然万物的生命多样性，也产生了生态转换与演化的有机—过程性。

（三）"动静有常"

生态创生需要阴阳刚柔之中和，亦要呈现出动静、虚实和有无，因为这是生命活动的辩证机理及创生的至高之法。在体验动静的辩证关系问题上，《周易·系辞上》云："动静有常，刚柔断矣。"孔颖达疏："正义曰：天阳为动，地阴为静，各有常度，则刚柔断定矣。动而有常则成刚，静而有常则成柔，所以刚柔可断定矣。若动而无常，则刚道不成；静而无常，则柔道不立。是刚柔杂乱，动静无常，则刚柔不可断定也。此《经》论天地之性也。此虽天地动静，亦裹兼万物也。万物禀于阳气多而为动也，禀于阴气多而为静也。"② 高亨也释曰："天动地静既各有常，则天刚地柔，因之以分。"③ 这指出了动静与刚柔间不仅紧密联系，而且对"生生"之链及阴阳交感节律的构建亦各有之别、各有所在，甚至各司其职。宋人周敦颐在《太极图说》开篇即云："无极而太极。太极动而生阳，动极而静，静极而生阴。静极复动。一动一静，互为其根；分阴分阳，两仪立焉。阳变阴合，而生水、火、木、金、土。""二气交感，化生万物。万物生生，而变化无穷焉。"④《太极图说》以简短的文字，谨严的结构，以转换性的思维逐层推进而完整地展示了一个宇宙生成图式的系统结构，是一幅自然生态的运行、转换的节律图景，同样也是内存着人类由自然转换、生成及不断发展的过程图。宋人邵雍也云："天生于动者也，地生于静者也。一动一静交，交而天地之道尽之矣。动之始则阳生焉，动之极则阴生焉。一阴一阳交，而天之用尽之矣。静之始则柔生

---

① 《周易·咸·彖》。

② （清）阮元校刻：《十三经注疏（附校勘记）·周易正义》，中华书局1980年影印版，第76页。

③ 高亨：《周易大传今注》，齐鲁书社1998年版，第381页。

④ （宋）周敦颐：《周敦颐集》，陈克明点校，中华书局2009年版，第137—138页。

焉，静之极则刚生焉。一刚一柔交，而地之用尽之矣。"① 显然，邵雍之说更凸显了由交感而促动的"生生"运行的互补、辩证及融合性。

易学与中国文化传统中两两对应的概念、范畴何其多！有学者往往以二元性给予规定，这是值得商榷的。个中的原因在于：一方面东西哲学与文化中思维方式及学理体系、概念的表达方式不同，西方哲学的二元表述，在中国哲学及文化的功能确认中并非适用；另一方面，中国古代人表达思想一般不是分离、分立及二元的，而往往是对事物及现象的一体性进行对应且交合、交感性的表达，并非谁参照谁，而是谁都离不开谁，相互间有机谐和，血脉互通，交感互渗，并且对每一种现象的所指都有层次性、相对性，甚至随着阐释条件及语境的变化，概念、范畴也会发生转换、变化。

三 "象"与"意"的体验性智慧

"象"与"意"是易学思想的重要范畴。我们选择从易学的生态智慧的角度对其进行考察，旨在表明：如若"象"与"意"的意义发扬，势必由"易"与"生"的本根所引发，由万物生命的生成性及有机创生而呈现。在易学中，"象"起码有两层生成性的含义：一是凸显生命存在的直观性及运动状态，比如"两仪"（"仪"亦为"象"）、"四象"产生于"太极"，并体现出多样性的生成；二是由运动、生成节律的不断提升而体现生命意义，或者是"尽意"。这其中，"象"与"意"都是紧密联系的。"象"与"意"对"易"与"生"的体验，具有连通、接续作用，并显示出人的活动特质及提升的机理，其中满含"生态"意味。"象"理应得自于客观实在之物及自然现象，或是自然存在的生命活动，似可视其为一种生态存在。从生态转换的意义上说，把握"象"并不是目的，目的是获取"意"。这里"意"的内涵是比较丰富的，起码要包含人的生存的意义。

---

① （宋）邵雍：《邵雍集》，郭彧整理，中华书局 2010 年版，第 1 页。

（一）"象"对于"生"的体验性

我们可以称"象"是《周易》成书的依据，其卦变、爻的推移运动及生成即以"象"而显现。"象"既有实在性、原发性，又有生成性；既有中介性，更有包容性，同时也可泛指一切客观存在物。由太极、两仪、四象而至八卦，表现出"象"还是一种动态创制，既为生成的，也以中介性及过程性而呈现出"生生"节律。王树人称："'易道'之'象'是作为'太极'的'原发创生'之'象'。"① 而这种"原发创生"又起因于"太极"。《周易·系辞下》云："是故《易》者，象也。象也者，像也。""象也者，像此者也。"孔颖达称这是因于"取象以制器""写万物之形象""故云'易者，象也'。"而"谓卦为万物象者，法像万物"，故称为"象也者，像也"。② 这表明"易"由"象"来表现，而"象"又是对事物的反衬与影像，以爻卦之象的序位、多样的排列呈现出自然、生态、生命的多样性及共生性。这时"象"既是实在且生成性的，不同的"象"也是转换中介，相互间形成多样、复杂且有序的结构。这种转换一是表现客观之物象及其向影像化的生成之物的转换，二是由"象"而"意"地生成与转换，同时也表明"意"必须由"象"而生，无"象"，"意"则无支撑，更无根基，或者说，没有客观之物象，没有生命的实在，生命的意义也无从把握。

（二）"观物取象"的体验性

《周易·系辞下》云："古者包牺氏之王天下也，仰则观象于天，俯则观法于地，观鸟兽之文，与地之宜，近取诸身，远取诸物，于是始作八卦，以通神明之德，以类万物之情。"③ 仰观天，地观法，实际上都是为"取"，不论是取身，还是取物，都是经由"象"，而八卦易生之于"象"。不论是观还是取，所建立的必然是客观物象，是

① 王树人：《回归原创之思——"象思维"视野下的中国智慧》，江苏人民出版社2005年版，第8页。

② （清）阮元校刻：《十三经注疏（附校勘记）·周易正义》，中华书局1980年影印版，第87页。

③ 《周易·系辞下》。

以客观之物为实在，通过人的生命活动，将物象进行转换、生成，再生为人的生命活动的基本要素。牟宗三在解释《周易·系辞上》中"在天成象"之说时指出，它"在我们人间社会里就表现成具体的东西，这个具体的东西就是柏拉图所说的'具体物'"①。从对象的体验性意义上看，"观物"与"取象"都不是目的，而是中介与过程，目的是生意、创意，旨在展示生命体验的意义。这里的"意"既有生命运演、生成、创化本有之意，亦有人与生命生成而构建伦理、艺术及审美的人生之意。由于是"观物""取象"而得，鉴于是多样又复杂的组合，故"意"不可能是抽象的、虚幻的。"观"与"取"的转换性表明，不只创化人生，即便是创化艺术和美都必须由"象"而"意"。

（三）"立象以尽意"的体验性

《周易·系辞上》云："子曰：书不尽言，言不尽意；然则圣人之意，其不可见乎？曰：圣人立象以尽意，设卦以尽情伪，系辞焉以尽其言，变而通之以尽利，鼓之舞之以尽神。"② 显然，这里已经明确表现出"意"的目的，"立象"亦为"尽意"，但"意"是内隐的，"意"要得到显现，就要成就有机整体；"象"是不可能完结的，因还需要"言"。国内学界常引述魏人王弼《周易略列·明象》所言："夫象者，出意者也。言者，明象者也。尽意莫若象，尽象莫若言，言生于象，故可寻言以观象；象生于意，故可寻象以观意。意以象尽，象以言著。"③ 由此可见，"象"出"意"并尽意，"言"明"象"并尽象；寻言观象与寻象观意必须有"意以象尽，象以言著"的前在过程，可以说"言"形成了终端。这里的"言"起码包含两层意思：一是带有思维逻辑的含义，用以观物、取象、尽意；二是含有外在形式的意义，也就是说，"象"与"意"组合、生成、转换而成的"意象"需要有外显的手段与形式，这就是"言"。用海德格尔的话说，这就是构建语言之家。就文学而言，"言"就是语言。但在

① 牟宗三：《周易哲学讲演录》，华东师范大学出版社 2004 年版，40 页。
② 《周易·系辞上》
③ （魏）王弼撰，楼宇烈校释：《王弼集校释》，中华书局 1980 年版，第 609 页。

《周易》中，"言"既是语言、文字，又指卦辞、爻辞等。人们只有通过"言"的认知性和思维活动及其指"象"性，才能把握"象"与"意"的本来意义，同时也只有通过"言"赋予其形式外观，或者说，这种意、象、言的过程在艺术审美中得到极致的展示，也使"象"与"意"获得了真正的意义。

（四）"象"思维的过程性及有机性体验

钱穆认为，易之象意出自老子之"象"，尤受"大象"之影响。王树人在谈到"象思维"的智慧特性时，也将易学之"卦爻之象"与老子的道之象做过比较："卦爻象与道象的'象思维'，都是从动态整体出发的思维，其所说的象，与表象之象、形象之象不同点之一，就在于它是动态整体之象。""这里所显示的创生的整体，'太极'或'道'，其本身具有无穷的创生机制。"① 我们言说"象"之生成的过程性、有机体验，也意在明晰"象"的创生机制。"象"的有机性和创生性是"象"存在的根本，也是"象"运动的机制。从这种意义上说，不论观物、取象，还是立象、尽意以至言说，作为"象"的运思过程，即印记"生生"的运演节律，或根本就旨在生成和创生，在于布满情意的生存活动运演，这是整体、有机的体验过程。张锡坤等人指出："中国传统'象思维'以生生之象为'原象'，则必然延展出一条与西方的'概念思维'不同的运思方式。总的来说，象思维之运思方式可以用四个字来概括，即整体直观。"在他看来，"'原象'与'生存'同义，与'生命'同义，对'原象'的描摹就等于对'生命'的描述，'象思维'就相当于'生命的思维'"。②

"象"作为一种思维机制，既为精神性存在，又是以生命之存在为依据，是以生命的生生运演节律而呈现出的一种运动状态，或是体验性状态。物、象、意与言相连接，而追寻生命本真智慧，且不断充

---

① 王树人：《回归原创之思——"象思维"视野下的中国智慧》，江苏人民出版社2005年版，第4页。

② 张锡坤、姜勇、窦可阳：《周易经传美学通论》，生活·读书·新知三联书店2011年版，第485、487页。

蕴而创化着"生"的生态意涵。

四 "保合大和"的美学智慧

中国文学传统的情意/情境表达满含圆融、和谐，又以阴阳、刚柔转换且永不歇息的生命涌动激活着情意体验，以兼收并蓄、心物交融、物我两忘、有我与无我互通共生的审美情境，展示生命与美的魅力。这种美学体验的生命艺术化和艺术生命化转换、运行的节奏与韵律，就深蕴着一种生态化的创生智慧。

（一）"道法"的美学哲思

生态、生命及美的融合催生着自然的人化及人化的自然，这就是一种"大"及"和"。《周易·乾卦》云："乾道变化，各正性命，保合大和，乃利贞。"其中的"大"即为"太"；"大和"亦即"太和"。高亨解释说："太和非谓四时皆春，乃谓春暖、夏热、秋凉、冬寒，四时之气皆极调谐，不越自然规律，无酷热，无严寒，无烈风，无淫雨，无久旱，无早霜，总之，无特殊之自然灾害。天能保合太和之景象，乃能普利万物，乃为天之正道。"① 阴阳之间的交互作用引起万物"生生"之变，这不仅形成万物化生的根本和谐状态及自然之"道法"，并且也"化成"人的存在的和谐及所依循的"道法"，同时也是美的生成的"道法"。"道法"是生态智慧的本根，也是美学智慧的内在根由，且为起于对生命及人之生存的"根"与"本""性"与"理"的思考，亦为延伸及深度体验。

（二）"德合"的包容之体

易学之"生生"印记天地人的"和合"运行之道，美不仅由此而创生，而且其最根本的意义就在于创生、育生、助生，使生命得以生生不息及活力无穷。《周易·坤卦》云："至哉坤'元'，万物资生，乃顺承天。坤厚载物，德合无疆。含弘光大，品物咸亨。"大地顺承天的运行规律，成就了地之本性，能够生养万物，承载万物、包容万物，那么，万物就得其美，从而体现出天地之美，人之美亦由此

---

① 高亨：《周易大传今注》，齐鲁书社 1998 年版，第 43 页。

而就。这一切皆为天地之德性，呈天地之"德合无疆"，万物亦与"天地合其德"。美学家刘纲纪在肯定易学所言之美在于生命时说："《周易》从天地出发来讲美亦即是从生命出发来讲美。更进一步，《周易》所讲的生命的规律也就是美的规律。这正是《周易》中许多不是讲美的思想都可具有美学意义的根本原因。但《周易》认为人类的道德行为的准则都是效法自然，以自然为根据的，从而它所说的生命之美也就具有伦理道德的意义，与善相通、一致。"① 我们还可以接着说，为何这种审美之美存有生态意义，因为这是得自于自然、活跃于生命的，并以自然为参照，以生命之"活性"状态为标志，且运演着"生生"节律，彰显生态转换。人的生命源于阴阳之"保合太和"，"太和"作为生命的最佳存在状态与佳境，既是人化自然的佳境，又是对人的生态存在状态的渴求，更是人对生命体验的境界性升华。易学之所以极为重视"和"的"生态"蕴含对审美之境的营造，是因为要追寻这种深层次及升华意义的"太和"境界。这种"太和"之境一方面是以自然生态存在的转换及节律运行为根基，进而引发人的生命活动的"化"性转换，以显生态存在的"和合"之境；另一方面，从根本意义上说，"太和"境界是人与自然的生态互化与共荣，所以中国古代人往往努力把控人与自然生态的互"化"，将其所呈现的生态和谐节律作为最高审美原则与审美境界。

（三）"知行"的真意流向

刘纲纪说："《周易》认为美在生命之中，生命即美，而这种美的最高表现即是'大和'（'大'读为'太'）。因为只有在'大和'的状态下，生命才能获得最顺畅、最理想的发展。"② 王振复也说："从乾坤二元自然相感境界分析，最美的是《周易》所谓的'保合太和'境界。"③ 这种"和"是以真支撑的，周来祥在论述太极图为中华和谐美第一图时说："太极图不仅富于美的魅力，而且美中蕴真……真可谓是形象的世界观，直观性的方法论，极简括又极抽象地

---

① 刘纲纪：《〈周易〉美学》，武汉大学出版社 2006 年版，第 58 页。
② 同上书，第 69 页。
③ 王振复：《大易之美：周易的美学智慧》，北京大学出版社 2006 年版，第 152 页。

展示了宇宙、人类、自然、社会发展最根本的规律。"① 中国美学智慧的价值取向是要努力升华"天人合一""心物合一""情景合一"的审美境界，既包含"知行合一"的伦理性，更以真为基础，而这种"真"的本根就在生态性。清人姚鼐主张阳刚之美与阴柔之美的"和"也是有"真"基础的，且具有生态审美之和的特点。因为姚鼐也强调内与外、意与象、阴与阳、刚与柔是不偏不倚的，是多样化、多功能化地呈现的和谐一致，并要求通过互相的联结交流，互济互泄，转化生成复合且复杂的运动过程，最终使统一体臻于最佳和谐状态，从而构成高度协调、平衡、一致的整体，成为一个和谐统一的整体的"化"性存在，这就是"致中和"的美学境界。

（四）"中和"的圆融之境

易学美学智慧以天地万物依据"生生"节律，在阴阳、刚柔"化"性转换中形成各安其位的"中和之美"，并且构成一种和谐感、自由感、超越感，给人以美的享受，促进人性的完满和丰厚。"中"与"和"的互构，首先是要促生"和"的形成，同时需要规定"和"的状态，亦为"保合太和"之境。"中"在词义上也有生成性，与多种字词的组合，可以产生多重含义，但含义再多也没有脱离"中"的基本意义。易学所表现的"中"并不拘泥于方位感及时间与空间的组合性，其实质是指天地万物顺乎天性、居中守序、和合共生，也含蕴在整体之"中"，其内存着由"生"与"化"而勾连的美学智慧。"中和"的"保合太和"有圆融之意，这种境界表明生命之美最圆融无碍地流淌着，标志着生命体验达到至高境界，这种至高境界所呈现的就是无迹无痕的"化"，作为一种"化境"，以为审美之境。

易学传统的生态智慧给予我们的审美化启示同样包蕴着生态内涵：人合天地之德，形成自己"自强不息""含弘光大"的美善一体化的审美品格，表明人既需有"乾坤"之态，要锻铸刚柔之体，又要充蕴动静平衡的精神生态，且与自然"和合"一致而自我生成。

---

① 周来祥：《中华和谐美第一图——太极图的审美观照和理性思考》，《学术月刊》2003 年第 10 期。

我们可以邵雍《观易吟》来"情境艺术化"地体味"易"与"人"的这种生命交融。邵雍云："一物其来有一身，一身还有一乾坤。能知万物备于我，肯把三才别立根。天向一中分体用，人于心上起经纶。天人焉有两般义，道不虚行只在人。"① 这时，天人存在表明人的自然躯体及精神化的存在皆取天地之灵气，化成自己生命运行的肌理及节律，不论是为生、为人与德行，还是审美与艺术，皆显示出人不可能别离自然而独善其身，不可能游离于生命运行节律之外而独行其事。

第二节　"穷神"传统的生态智慧

"神"是中国古代艺术中一个内涵非常丰富的审美体验现象，也是一个重要的文学及美学范畴。中国古代人既讲"神道"，也讲"神明"；既讲"神形"，也讲"神韵"。这一切的"神"必因于"道生"，也讲"道生"的体验性，其中不乏审美化的体验。显然，作为审美范畴的"神"并不是虚无的而是有着生命活动的根基，甚至有明晰的实在所指。"神"由自然天地及生命存在现象而生成、延伸，有时还依据某种物象的存在而拓展，并不断升华。《周易》言"穷神"，其意也充蕴着一种生态智慧，起因就在于人们对"神"的体验始终不离生命及创生，且伴随着对生命的道德沉淀及对生命精神的畅扬，从这种意义上说，中国文学又是满含"穷神"之义的文学。

一　"穷神"的智慧基础

在中国智慧库存中，"神"并不止于虚性，作为由"道生"而出的一种生命体验现象，其递嬗及延伸是一个伴随着生命运演而不断转化及转换的过程。"道生"天地万物，既是"道"的神性及作为，也是其智慧的呈现。《说文解字》云："神，天神，引出万物者也。"②

---

① （宋）邵雍：《邵雍集》，郭彧整理，中华书局2010年版，第416页。
② （汉）许慎：《说文解字（附检字）》，中华书局1963年版，第8页。

天神，亦为万物之"极"，并起因于"道"。之所以"引出万物"，只因道生万物，引人悟解"道"何以生万物。这时的"道生"，抑或是"天神"即显神明。《淮南子》云："若神明，四通并流，无所不极，上际于天，下蟠于地。化育万物而不可为象，俯仰之间而抚四海之外。"① 显然，"神明"是非具体的，尽管有时也指代某种实在的物之存在，但却应是天地万物及生命跃动之实在的内在依据，或者是呈现其节律运演的方式，显化天地万物及生命之实在生成方式，也为"成"与"辅"的方式。

（一）"穷神"与"神道"合谋

直言"穷神"智慧，旨在穷尽、穷究"神性"。因"神"出于"道生"，引出天地万物。"神性"诚为"道生"之性，实为天地万物运演的内在关联性、有机—过程性，即内在价值，在此亦可称为"神道"。何谓"穷"，《诗·邶风·泉水》云："极者，穷尽之至也。"故穷尽亦为极，或曰极尽。《淮南子·原道训》云："万物有所生，而独知守其根；百事有所出，而独知守其门。故穷无穷，极无极，照物而不眩，响应而不乏。此之谓天解。"② 《尔雅》释"穷"与"究"时也称，皆穷尽也。在这里，"穷"与"尽"都属于内涵丰富生态智慧的范畴。《周易·观卦·象》云："观天之神道，而四时不忒。"孔颖达疏云："'神道'者，微妙无方，理不可知，目不可见，不知所以然而然，谓之'神道'，而四时之节气见矣。岂见天之所为，不知从何而来邪？盖四时流行，不有差忒，故云'观天之神道而四时不忒'也。"③ "神道"与老子之"道"有着同样的运行方式，同时"神道"出，四时行。事实上，"四时"也有明确的指代性，既指天地万物之行，也可指代生命活动的有机—过程性，这实为"道生"之"然"。故孔颖达对《说卦》"蓍受命如向，不知所以然而然也"句作疏云："神之为道，阴阳不测，妙而无方疏，生成变化，不知所以然

---

① 《淮南子·道应训》。

② 《淮南子·原道训》。

③ （清）阮元校刻：《十三经注疏（附校勘记）·周易正义》，中华书局 1980 年影印版，第 36 页。

而然者也。著则受人命令，告人吉凶，应人如向，亦不知所以然，而然与神道为一。"① 从天地万物及生命活动的转换及转化的生态智慧层面看，"穷神"即为使"神"的"然而然"显化，但其过程性必然呈现节律性，促生有机—过程性，因而是"生态"之化的过程。我们从"化"性智慧的解说中，已经看到"生态"之化的效力发挥。在此，我们须明确，"穷神"欲显化"神道"，就始终不能脱离"化"。"化"作为生命生成的智慧性基础在于经由自然天地之化，而成就人之化，亦可为生化、人化，并显示为"神化"。对万物之生命存在而言，"穷神"必然颐养生命，其生态智慧内涵，是依循"道生"的智慧基础，沿着"化"性智慧的路径，在过程性、关联性、节律性及有机性的生命生成中行进，使"万物一体"不断显化，实在化。

（二）"穷神"与"人化"节律

中国智慧中的"穷神"主要还是求解人的活动特点，当"神"运行道且体认艺术及审美活动时，其"神道"也由人的生命体验的状态，而作用于人的精神活动。这种显现"化"的过程，寻道而行，由天地之神到生命实在之"化"，但最终需要植生到"人化"。这既是"自然的人化"，也是人的"自化"，后者主要指人的道德化、社会化及文化化。如李泽厚所言，"人化"的二级层次即为伦理道德层面。人融入"化"的转换及其过程，从事着审美体验。"穷神"就是"运化"的过程，"化"依循生态有机转换而显"神"性。包蕴自然天地之"神"、生命之"神"而向人转化的"神"，更是向人的精神之"神"的转化，这时"穷神"的过程，也呈现着审美韵律的节奏。在审美活动中，"神"的这种"化性"转换的节律运演、生命精神的挥洒及艺术之妙的诗意性呈现，更是由生命本真的"生态"体验而生发出审美精神。在中国文学传统中，"神"的凝化、晶化而创造的艺术之"神性"是自然物之神、生命之神、精神之神的"化"性转换及提升，往往会以"神机""畅神"而汇聚形成具有生态美感的

_____

① （清）阮元校刻：《十三经注疏（附校勘记）·周易正义》，中华书局1980年影印版，第93页。

"神韵"。

（三）"穷神"与形、气合维

"穷神"作为生命智慧的呈现，究其"天神"而至人的精神。人悟解及穷究天地之"神"，把握生命精神及审美体验所蕴积的"神"性，皆因于"生"。人在生态境域中，必为自生，更需与"万物一体"共生，且显共生的"神性"。显"神性"，必有"形"，即通过外"形"而显化。神与形关系的基本"性征"为：神要由形来彰显，形则以神为内蕴，为依据，继而"化"为现实的、审美的存在。彰显神的形，并不局限于后天的、人为的、人创的，更重要的还是自然生态之形，是生命韵律之形，抑或是那种自然而然的，以及老子所言的"道法自然""道生"性的生态"化性"之形。中国文学与美学中论神与形的关系往往是就整体意义而言的，其中的"神"并不是虚空的、虚无缥缈的，在文学和审美中往往作为一种生命精神的体现。如《淮南子》云："夫形者，生之舍也；气者，生之充也；神者，生之制也。一失位则三者伤矣。是故圣人使人各处其位，守其职，而不得相干也。故夫形者非其所安也而处之则废；气不当其所充而用之则泄；神非其所宜而行之则昧。此三者，不可不慎守也。"[①] 形、神、气之三维状态作为生命存在的整体，尽管不可分离，但又各司其职。这三者在生命活动及审美体验中起到不同作用，其中生命之气是存在的本根，由气的充蕴而推进神与形的互动共生及转换，进而体现"化"的转换性特征。王振复教授在分析这段话时说："人的外在形体（形）、内在精神气质才识智慧（神）与人的生命底蕴（气）三者统一构成一个完善的人的形象，缺一则其美自损或无美可言。但三者的关系不是对等的，分别呈现人'生'进而是人生之美的三层次、三境界：外在形体之美是'气'（精气）的完满的物质性外化；内在精神气质之美是'气'的心灵升华；'气'则是外在形体、内在精神（形神）两美的根元，这是人的本质之美。"[②]

---

① 《淮南子·原道训》。
② 王振复：《中国美学的文脉历程》，四川人民出版社 2002 年版，第 291 页。

人的生命活动、道德守成、精神体验，乃至审美活动必然是以自然及生态运行为根，为脉，而其"气"是由自然天地之气，由生态及生命之气的"化"与"变"而就。当其行进而生成人的生命体验之气，合成生命有机性之气时，必然成就审美活动及艺术体验之气。张载云："神，天德，化，天道。德，其体，道，其用，一于气而已。""天之化也运诸气，人之化也顺夫时；非气非时，则化之名何有？化之实何施？"① 张载此言的意义实为说明，"化"就是天地之气的运化及"生生"之"神"的转化。

二 "穷神知化"的生命智慧体验

《周易》云："穷神知化，德之盛也。"② 孔颖达疏："穷极微妙之神，晓知变化之道，乃是圣人德之盛极也。"③ 宋代哲学家张载在《正蒙》中说："神化者，天之良能，非人能；故大而位天德，然后能穷神知化。""大可为也，大而化不可为也，在熟而已。易谓'穷神知化'，乃德盛仁熟之致，非智力能强也。""大而化之，能不勉而大也，不已而天，则不测而神矣。""穷神知化，与天为一，岂有我所能勉哉？乃德盛而自致尔。"④ 这里所讲的"神"作为天德，即天的运行转换之本、之根，似乎有神秘感，有不可测、不可知感。今人高亨先生解释曰："穷神，穷究事物之神妙。知化，认识事物之变化。有此二者，是为盛德。"⑤ 事实上，作为天德的"神"还是具体的、现实的，包蕴事物存在的实在、变化及不断的生命有机化。

（一）"穷神知化"之"化"与"变"

有形、可感及机能交换的生命肌体，相互间转换、转化而呈现出生态关联，其关系状况是不断变化的。这使得生命有机体的运动、转

---

① （宋）张载：《张载集》，章锡琛点校，中华书局1978年版，第15、16页。

② 《周易·系辞下》。

③ （清）阮元校刻：《十三经注疏（附校勘记）·周易正义》，中华书局1980年影印版，第88页。

④ （宋）张载：《张载集》，章锡琛点校，中华书局1978年版，第17页。

⑤ 高亨：《周易大传今注》，齐鲁书社1998年版，第428页。

换及永续存在，在转化、变化中依循生命活动的节奏感和韵律感而行。我们拓展"穷神知化"的意涵，使其意能呈现出生态的，活化生命的有机性及"生生"运演的"化"与"变"，同时也提升道德认同和审美体验的"化"与"变"。《周易》关于天地之德的论述，不仅指出了天地运行的"生生"之脉，显示出化生、育生的天地之德性，而且作为"天性""至诚"之性，亦显示了天地之道。张载云："至诚，天性也；不息，天命也。人能至诚则性尽而神可穷矣，不息则命行而化可知矣。"① 生命的生生不息及有机存在，亦是天地之"诚"，作为自然／生态／生命存在的天性，也是天地助生／化生／育生的"生态"德性。

（二）"穷神知化"源自天地之"德性"

"穷神知化"即为穷究天地之生的德性，因天地存在的本根、大化之脉就在于生成生命的存在；在于不断地化生万物，繁育、创化生命。然天地之德源于"道生"，且依"法"而生，既生生，亦育生。故《老子》的"玄德"之论所言"德性"，也是一种生生而化的"神性"，出自天地之德性。在国内学界，常有学者略去这种"德"的本根性，而仅就人的德性，或者仅就人伦、人世之德而论，或用儒家之"德"套用老子之"德"，显然，这是值得商榷的。在我看来，人的活动（不论是感性，还是理性的；不论是个体，还是社会的）希求的伦理及德性理应是由此而促生的，既促人之生（既有人的社会存在及精神体验性的生，更应该关注个体存在的生），更应该促自然万物之生。

（三）"穷神知化"与万物生生

"穷神知化"解天地之"德性"，体认"化"与"创"，希求活化"生"的有机性，融通万物生生的运演节奏与韵律。这里，关于"德"的所指，已经含有深生态智慧的内容，或者说，这是生态本来状态及生命化生及创化意义上的"德"，更是提升生命精神之"德"。由"化"而识"德"意在明"神"，这需有形且可感，呈现出生命体

---

① （宋）张载：《张载集》，章锡琛点校，中华书局1978年版，第63页。

验及有机性，能够推进"生"的永久传承及延伸，生、化而至神的融通的过程性、节奏韵律融入文学活动中，作为审美的形态，成就了跃动"生"的美感体验。"穷神知化"内在地、不断地掌控着"生"的律动，使之韵律悠扬，情意融融，并且还对其进行知性的把握及运用。

我们经由"神"的"化"性特征及体用关系，并依循生命有机性体验而品味自然及其生态的美，提升生命精神，演奏生命之美的韵律。这一切必然通过那种自然本然的"化性"节律，用"生生"的韵律感的神妙来品味、悟解，来知解、把握及扩展其所内蕴的无穷的思维及体验的空间。

三 "穷神知化"的审美知解性

"穷神知化"还呈现了那种由"知"的体认去穷究感性、现实事物及生命存在的本根，即印记、熟知及深测"大化"运行及内外转换的生态轨迹。这也表征我们何以能够通过感悟生命，经由体验、提升及理性确证而活化生命，进而品味、体悟，乃至知解审美与艺术生态之妙的机理。张载云："惟神为能变化，以其一天下之动也。人能知变化之道，其必知神之为也。"① 显然，"神"包蕴天地之本、之道法、之德性，既作为"化"的依据，也是"化"的结果。我们如能知"化"，则可通"神"。故宋代程颢言："'穷神知化'，化之妙者神也。"②

（一）"穷神知化"与形而上下转换而"知"

我们从文学及美学的角度论及"穷神知化"，就势延展对生态、生命，生生、化性以及有机性、节律性的体认。审美始终不离感性具体的生命存在，始终萦绕于生命有机性体验中，或者说，审美所关涉的感性、性情等作为生命现象跃动在人的活动中，也成为显现审美魅力的基础。张载云："感者性之神，性者感之体。惟屈伸、动静、始

---

① （宋）张载：《张载集》，章锡琛点校，中华书局 1978 年版，第 18 页。
② （宋）程颢、程颐：《二程集》，王孝鱼点校，中华书局 2004 年版，第 121 页。

终能一也，故所以妙万物而谓之神，通万物而谓之道，体万物而谓之性。"① 这既是一个形而上下的转换过程，也是经由人与万物共生，而从中知解、知化万物，共演生态、生命的审美体验过程。在审美活动中，人们通过品评、悟道，知天地而知神，知变化而通神，那么，运变化、蕴变化而知神，实际上也就是知生命，化生命。此时的"知"，是思之知、理之知，更需身之知、体之知，感之知、情之知，"知"感性与理性、情感与理智的这种合成性作用，成就文学艺术，且生成美、创化美。

（二）"穷神知化"知解"形"与"实"

"穷神知化"的审美知解也需依循生态运演的节律及循环状况，既破解永无止境的生命律动的奥秘，又显化着生命运行及主体生命体验的魅力，进而悟解生态与生命、艺术与审美的神妙。《周易·系辞上》云："通变之谓事，阴阳不测之谓神。"《周易·说卦》云："神也者，妙万物而为言者也。"这并非针对艺术及审美活动而言的，但却与艺术与审美的特性不谋而合，对"神"的这种阴阳转换及自然万物与生命的妙造之境的把握，即点明了艺术的审美特性。因而，中国文学传统及中国人的审美之思中的"神"，其妙造之境似乎总是显现着一种"无状之状"，"神"有时就旨在表现人的精神品质及审美的灵性境界。《淮南子》云："夫精神气志者，静而日充者以壮，躁而日耗者以老。是故圣人将养其神，和弱其气，平夷其形，而与道沈浮俯仰。"② 尽管"神"的形态是"无"与"虚"之状，但"神"却不是虚幻之物，也不是虚无缥缈的。之所以"穷神"，只因"神"是有形的，其"神"性彰显是"有形"之体与内蕴的"无"性之韵的造合。如果被知解，且会确证天地之德性，明晰生命体验的生态意涵。尽管这种知解并非以直接求"实"为目的，但又包孕且行进着"实境""实象""实形"，与天地化生及生命活动之"气"的脉动合辙、和韵。

---

① （宋）张载：《张载集》，章锡琛点校，中华书局1978年版，第63—64页。
② 《淮南子·原道训》。

（三）"穷神知化"与"言志"之"知"

"神"性依奉"化"与"变"是绝对且永恒的，由其而彰显的神性魅力意在不化中显化，在不变中通变。"神"性转换及其所呈现的审美之变，是要通过审美主体的活动来实现的。"穷神知化"的审美知解同样需要主体的情感抒发、意志体验及审美理解，这在古代人那里除了求"知"、示"言"而外，还需要"言志"。《淮南子·原道训》云："形神气志，各居其宜，以随天地之所为。"这里，志与形神气并列，道出四者间的一体一致，且表明，如果随天地所为，就会言"志"。"志"必然内存意志性的调控之力，更汇聚着有意识的支配力。"志"并非人的随心所欲，当其与万物共在，与形神气"各居其宜"，并守持其共同的基元去知解自然、天地之"德性"。"志"的所为既显露在有机—过程性中，也显现出万物之生的"真性"。中国古代文学艺术都会畅言"传神写照"，这并非浮于表面，也非驻足于审美体验表层的感官冲动及形式抚慰，实际上其"神"的内在机理全在于由"形"的实在性和"志"的意志与意识的掌控，并表现在人的"德性"、品性的升华及境界性拓展上。宋人郭若虚还将气韵、神与人的品质相连接，而神则是由气韵带来的生动，而这又与人的品性（必然有"志"来助推）关系密切。郭若虚在《图画见闻志》"叙论"中就言："人品既已高矣，气韵不得不高；气韵既已高矣，生动不得不至。所谓神之又神而能精也焉。"[1]

（四）"穷神知化"经诗性探幽而"知"

中国人的艺术审美往往经"化"与"变"而显"神"。唐代王昌龄五言诗《琴》曰："孤桐秘虚鸣，朴素传幽真。仿佛弦指外，遂见初古人。意远风雪苦，时来江山春。高宴未终曲，谁能辨经纶。"魏晋时嵇康的《琴赋》也云："众器之中，琴德最优。"[2] 这里，王昌龄以"孤桐""朴素"自况，以"风雪""江山春"设境，以"古人""意远""时来"接续时空，由自然之境而至人（自我）之境，又由

---

① 俞剑华编著：《中国古代画论类编》，人民美术出版社 2004 年版，第 59 页。

② （三国魏）嵇康撰，戴明扬校注：《嵇康集校注》，中华书局 2014 年版，第 140 页。

"我"出，谐玄外音，在"风雪""江山春"的时序、季节更迭中，传达出人生的情意之"曲"。尽管此有"高宴"之曲，而在诗人那里，却犹如"孤桐"之曲。这是一个多重、往复的"化"与"变"的转换，其"神"布满了"情"，似有"苦"之情，表层似行"经纶"之辨，而实际上是在蕴"虚鸣"，解"幽真"。白居易《琴》诗云："置琴曲几上，慵坐但含情。何烦故挥弄，风弦自有声。"王建《听琴》诗云："无事此身离白云，松风溪水不曾闻。至心听著仙翁引，今看青山围绕君。"此时，风声、白云、溪水及青山环绕与琴声互"化"，声声相伴"神"魅尽显，不知是风声、水声，还是琴声、心声。常建《听琴秋夜赠寇尊师》云："琴当秋夜听，况是洞中人。一指指应法，一声声爽神。寒虫临砌急，清吹袅灯频。何必钟期耳，高闲自可亲。"苏轼《琴诗》绝句云："若言琴上有琴声，放在匣中何不鸣？若言声在指头上，何不于君指上听？"此诗布满禅意，自古解诗者何其多，但在我看来，其诗意在琴声与指上的转换是实在的，但却是表层的，是身体性的发生，而其诗的"神"则在这些实在所指的内里，或者是相互关联而产生"意"，而其意就在于万物之生，生则在于"动"生命机体。"动"既需有自身的轨道，又需与多样事物相连。这"知"与"化"，就因于事物的特性，而琴与指的特性及动态、声态皆源于此。意与神显现在"知"与"化"所产生的结果里，不过这个结果有时是神秘的、难以捉摸的。苏轼的《琴诗》所产生的这种不可"定式"，恰恰是其"神"的魅力，实际上也存有王昌龄《琴》诗那种蕴"虚鸣"，解"幽真"的意味，亦含有白诗、王诗的多声"和旋"。邵雍五言诗《听琴》则诵出一种以"静"体"清"而"思"，以庄子所言"心斋""坐忘"的神机，体悟万物与人生"青山无限好"的境界。诗云："琴宜入夜听，别起一般清。才觉哀猿绝，还闻离凤鸣。青山无限好，白发不须惊。会取坐忘意，方知太古情。"① 显然，这多声部的"琴声"合奏，尽显"神机"，诗人的生命体验多样化，促成这种情理构合而"穷神""知化"，继而有

---

① （宋）邵雍：《邵雍集》，郭彧整理，中华书局 2010 年版，第 1 页。

"解真"之"妙"。明代李贽《琴赋》云："《白虎通》曰：'琴者禁也。禁人邪恶，归于正道，故谓之琴。'余谓琴者心也，琴者吟也，所以吟其心也。人知口之吟，不知手之吟；知口之有声，而不知手亦有声也。如风撼树，但见树鸣，谓树不鸣不可也，谓树能鸣亦不可也。此可以知手之有声矣。听者指谓琴声，是犹指树鸣也，不亦泥与！"① 由此观之，苏轼的"琴声""指声"，实为发自"心声"，这一切皆源自万物之生命的互动共荣的"神"与"化"。

在中国古代人那里，这种"神"与"化"蕴"化工"之妙，且为情境、情景，乃至于艺境、意境声声相扣。李贽有言："夫所谓画工者，以其能夺天地之化工，而其孰知天地之无工乎？"② 清人王夫之在论述情与景的关系时云："含情而能达，会景而生心，体物而得神，则自有灵通之句，参化工之妙。"③

第三节　东方宗教传统的生态智慧

宗教具有平衡心态，平衡人的欲望的价值功能。人们在宗教信仰中，在幻象的世界中寻求精神的安慰，以平衡自己满含欲望的心态。由此，宗教智慧实际上可以表征为"天使"的智慧，而此言"天使"即为"天"与万物之和，"天"之生态运演惠及万物，人生在其中。当其运演节律及和合之状尚不为人所解，或既出"神"性，幻象性，也就成就了宗教性。但须明确此宗教之"神"非上述"穷神"之"神"，因这是由人而创的"神"，而非由"道"而生的"神"。

一　宗教的智慧内蕴

言及宗教，就会不自觉地连带人类的原始发生，也会不自觉地关联神性、神秘等称谓，或者不自觉地去探求人类原始生活的神秘。但在涂尔干看来，神秘观念并不具有原始的起源，也不是人类天生就有

---

① （明）李贽：《焚书·续焚书》，中华书局2009年版，第204页。
② 同上书，第96页。
③ （清）王夫之等撰：《清诗话》（上），上海古籍出版社1978年版，第14页。

的，"正是人类本身，亲手塑造了神秘的功能以及与此相反的观念"①。事实的确如此，我们常言当原始人类对自然现象难以求解时，则会对其产生神秘感，即为之赋予多种多样的神性色彩，继而产生了宗教感。

（一）宗教性与有机性

事实上，这一切神秘、神性的对象及发生源，无非就是实在、实存的，且为自然有机关联的生态存在。如涂尔干所言，"神"是人的创造，而非自然生态本有，其意义无非也是为人的活动而产生的，或者是对其"神圣"作用所产生的反思。大卫·格里芬也说："我把神学定义为对我们视之为神圣的东西的理性反思，亦即对那些以己之故而视之为终极关怀的东西的理性反思。"② 如果说"神""神圣"性为实有的话，那么，这无非就是自然之生态有机的实在，或者是其"内在价值"的运行，是其有机—过程性的运演节律。当其在人这里显现时，即会植生出象征性；当遇到求解障碍，或者对其根性及实在性尚有接受距离时，就会产生神秘感。在这里，宗教的生态智慧就显露出来了，这使得宗教并非仅仅驻足在对"神"的求解上，当其回归现世时，就旨在关注人欲与"天"能否合辙的问题。至此，宗教就有了惜生、爱生、护生的情结，但这要戒除欲望，力倡平衡，强调关怀，方能爱惜生命。事实上，宗教既可比作一个系统，也可比作一种世界观，格里芬就说："对每一种宗教来说，其最后的基础都是一种世界观，而每一种世界观又都提示了一种宗教。"③ 当我们将宗教视为系统的话，那么，就像生态系统一样，它也需要系统的稳态，需要生命的融入，需要组织性的关系。罗尔斯顿说："在这过程中，我们是把具体事物当作意义的象征物，就像基督教徒把圣餐当作一种象征一样。人类以自己的心智赋予自然以极为丰富的意义，这需要人类有

---

① ［法］爱弥尔·涂尔干：《宗教生活的基本形式》，渠东、汲喆译，上海人民出版社2006年版，第26页。

② ［美］大卫·格里芬：《后现代宗教》，孙慕天译，中国城市出版社2003年版，序第2页。

③ 同上书，第24页。

发现、想象、参与和判别的能力。但这最终又使得我们要追问堪称自然最复杂的工程的、能对自然进行观察的人类心智本身的意义。"①罗尔斯顿在自己的"荒野"哲学中讨论自然价值，并进行了多样分类，宗教价值是其中的一种。这里罗尔斯顿着重表述了自己对自然的宗教象征价值的看法，他认为，自然是科学的源泉，也是诗、哲学与宗教的源泉，当人们在深究自然现象所指向的真实，寻求具体事物所体现的普遍规律时，人们才会发现这种价值。

（二）宗教智慧与生态智慧

从本质上讲，宗教与生态学是非同质的，这起码有两重理解：一是宗教与作为科学形态的生态学有着本质的区别；二是宗教与自然本身的生态有机运行也非相同，尽管其中不乏人们对自然之天的莫测、惊异而产生的神秘及幻象。就此而论，宗教智慧亦非生态智慧，但就其宗教的本有意义而言，其宗教的智慧蕴含却又负载且内蕴着生态智慧。其原因也可有两重理解：一是宗教智慧实为人们对自然之生态运演状况的一种理解及诠释；二是任何宗教都不离对生命存在的指认，尤其是关乎生命运演节律及关系状况的情意性表达，显然，这就与生态智慧有着不解之缘了。自然的生态运演始终如一，周而复始，生生不息，亘古不可改变其本性，不可能常态地接受外在异常力量的非常态影响，例如人类活动超限所产生的种种影响。涂尔干认为，自然的这种始终如一，其一致性从来不会带有强烈的情绪，如果是野蛮人对自然的状况充满了惊异之情，这只不过是我们把近来产生的某种感情放到了历史之初罢了。在涂尔干看来，原始人对自然是非常习惯的，他们不可能对自然感到惊讶。涂尔干说："在人接触自然的过程中，他每时每刻都会感受到自然比自己伟大得多。无边无际的自然征服了人类。人类对于其周围无限延伸的空间，无限绵延的时间，以及无比优越的力量的感觉，似乎不可能不在其心中唤起这样的观念：在他以外，存在着他所赖以存在的无限力量。恰恰是这种观念，构成了神性

---

① ［美］霍尔姆斯·罗尔斯顿：《哲学走向荒野》，刘耳、叶平译，吉林人民出版社2000年版，第148—149页。

概念的基本要素。"① 对这种"无限力量"的求解及诠释，生成了神性概念，也成就了宗教生态智慧的基本内涵。在东方宗教中，对这种"神性"的求解及生态智慧意涵的指认，不乏对生命的体验及理解，或者说，在东方宗教的生态智慧中表现着对生命价值的体认及崇尚。恰恰是这种围绕"生"而植生的智慧性内涵，使东方宗教对生命关联性的把握超越了"神"性，或者说其本身就无意将"神"设置为救赎的归依之地。如涂尔干认为，佛教主要是由救度观念构成的，其前提条件仅仅是知晓善的教义并付诸实施。佛教徒并没有兴趣去了解他所生活和受苦的这个世界究竟来自何处，他仅仅把它当成了既成的事实，他全心关注的是如何逃离这个世界。涂尔干说："因为这些神的力量所统辖的仅仅是这个世界上的无常之物，对佛教徒而言毫无价值，所以，从这个意义上来说，佛教徒作为无神论者，根本不用考虑神是否存在的问题。"② 奥修曾言："在东方，神并不是一个人，他是自然的力量。每一样东西都被拟人化只是要给它一颗心或一个心跳，只是要使它变得更有爱心。"③

（三）宗教智慧与东方智慧

不以"神"为上的东方宗教与生态学的确有着殊途同归之处，诸如其中的和谐论思想、对生命的认识与体验的思想，对生命的尊重与关爱，对自然生态及地球的"康宁"之存在所应有的态度等，对构建人类永续性生存与发展等，其所指显然是能够归一的。罗尔斯顿说："每一伟大的宗教都教导人们要崇尚生命。即使厌弃宗教的道德家也赋予生命以伦理价值。"④ 尤其在东方宗教中，这种直视生态之真与伦理关爱的乐观精神含蕴着生态智慧，其核心除了对"天人一体"关系的肯定外，最为重要的就是通过对生命的尊重与关爱而认识

---

① ［法］爱弥尔·涂尔干：《宗教生活的基本形式》，渠东、汲喆译，上海人民出版社2006年版，第80页。

② 同上书，第28页。

③ ［印］奥修：《莲心禅韵》，谦达那译，陕西师范大学出版社2007年版，第6页。

④ ［美］霍尔姆斯·罗尔斯顿：《哲学走向荒野》，刘耳、叶平译，吉林人民出版社2000年版，第136页。

人，同时也认识生命何以能够永续存在。金岳霖说："如果我们把'天'理解为'自然'和'自然神'，有时强调前者，有时强调后者，那就有点抓住这个中国字了。'天人合一'说确是一种无所不包的学说；最高、最广意义的'天人合一'，就是主体融入客体，或者客体融入主体，坚持根本同一，泯除一切显著差别，从而达到个人与宇宙不二的状态。"① 事实上，在东方宗教中，这种"不二"状态的连接就是生命，是"万物一体"。施韦泽在谈到宗教与世界观时也看到中国宗教思想的这种特点，他认为老子、孔子、孟子和庄子"试图在一种肯定世界和生命的自然哲学中论证伦理。在此，他们达到了一种乐观主义—伦理的世界观，即一种包含着内在文化和外在文化的动力的世界观"②。这并不是把生命视为虚幻的结构，而是作为实在性的存在，划归为自然存在之一隅，或者是人与自然的生命同在。

总而言之，在东方文化传统与宗教体验中，不论是那种惜生、爱生、护生而达"贵生"的生命精神，还是对天人"和合"的交融境的体认，其生态智慧蕴含都不是孤立的，而是在整体、有机的融合与融通中得以显现，且表达一种对人及万物的终极关怀。

二 禅宗生态智慧及文学表达

"禅"在本义上是强调一种静心、静虑的修持方法，禅宗精神则是一种超越现世的精神，也寻求精神与生态之平衡性的存在。有人称禅是东方文化特有的大智慧，"禅的智慧，就是宇宙的真谛，就是自然规律，就是人的内在生命的本源，就是对社会事物本质的感悟与把握。"③ 这也有如格里芬所言的那种"世界观"。美国一位宗教学教授在展望禅宗与生态之关系及未来状况时就说："禅宗对于维系与促进地球的康宁，对于在地球上构建一个生命可持续繁衍的生活方式，所

---

① 金岳霖：《道、自然与人》，刘培育编，生活·读书·新知三联书店 2005 年版，第 54—55 页。

② ［法］阿尔贝特·施韦泽：《文化哲学》，陈泽环译，上海人民出版社 2008 年版，第 133 页。

③ 张志军：《禅魂：月下竹弄影，雪里梅点红》，现代出版社 2009 年版，第 6 页。

能提供的最大贡献就是，提供关于真实之境的一种根本洞察，并诚邀全人类浸入一种与山脉、河流和大地融为一体的绝妙体验。"①

"禅"的超世注重"心性"精神，其宗旨是"识心见性""见性成佛"。由于"心"的统摄而缩短了与"佛"的距离，这便可以构架起众生与佛、此岸与彼岸的桥梁。禅宗的"缘起论"构筑了一个深刻的世界整体性与关联性的生态思想。禅宗认为，万物的存在因缘而起，因缘和合，万物都不是孤立的，是互为因果的，那么，不只人本身，即便是人的生命存在的环境同样也是相互联系、互为因果的。尤其在对待自然的态度上，禅宗把自然看作"空"，实为"心"的自然，是"心境"化了的自然。由于自然的这种超越性，关注自然就必然需要关注"心"，也就是关注"见性"、快乐与贵生的自我。事实上，人只有真正回归自然、关注自然，才能重新认识自我及自由，进而运演精神生态的平衡性节律。至此，爱心、爱意即会达"回归"之境。奥修言："当一个人变成空，太阳的品质就会立刻改变，他具有一种欢迎的诗在里面，它的温暖不只是温暖，它变成一种爱——一种爱的温暖。"② 有了空性，则会有平衡性，则会平心静气，万物与我则会有我与无我地联系着。王维诗画中布满禅意，其空性，其闲静、幽静之境无不驻留在"空山"中。人在静听山水之声中，甚至徜徉在空的浩渺无垠中，让人去聆听心声，携情、蓄意而成，这就形成了与万物之生态关联的共鸣之声。学界往往品解《鹿柴》《鸟鸣涧》等小诗来佐证王维诗的"空灵"，这里我们不妨以《渡河到清河作》这样一首颇具气势的五言诗来显现其"空性"的现实与具体。诗云："泛舟大河里，积水穷天涯。天波忽开拆，君邑千万家。行复见城市，宛然有桑麻。回瞻旧乡国，森漫连云霞。"此诗的诗性对禅意是有超越性的，有"情性"的归依之地，即便跨越时空的广袤，也是立足于具体的家居环境，且山水连接，乡情依依。学界论苏轼的禅意人生者多乎也，且多以其"识心见性"而解其人生之理。《北寺

---

① ［美］鲁本·L. F. 哈比托：《山脉、河流与大地：禅宗与生态》，载安乐哲主编《佛教与生态》，何则阴等译，江苏教育出版社 2008 年版，第 166 页。

② ［印］奥修：《莲心禅韵》，谦达那译，陕西师范大学出版社 2007 年版，第 7 页。

悟空禅师塔》云（名齐安，宣宗微时，师知其非凡人）："已将世界等微尘，空里浮花梦里身。岂为龙颜更分别，只应天眼识天人。"《送参寥师》："上人学苦空，百念已灰冷……欲令诗语妙，无厌空且静。静故了群动，空故纳万境。阅世走人间，观身卧云岭。咸酸杂众好，中有至味永。诗法不相妨，此语当更请。"① 恰恰是人暂时忘却了尘世的浮尘，在空与静的平衡态中，才能以真识而现真人，且能够"了群动"，才能"纳万境"。

言"爱"必关乎"生"，关乎"生"之平等。因"生"是"爱"的前提和基础，只有"生"活动着，平等才能体现其价值。禅宗生态智慧重"生"，且是一统贯之的，其中所形成的生命同在，众生平等的思想是其主要支撑。而所谓众生平等实为万物一体，万物之平等，而非仅仅限于人之间的平等。事实上，言平等最为重要的是观照生命，即尊重生命、关爱生命，就需贵生、禁欲，后者显然是就人而言的。贵生、禁欲，要爱生，更要不杀生，要"四大皆空"。所以言"空"，并非只限于表达对自然的态度，也非只驻足于平心、静气，更重要的是"节欲""禁欲"。达到这种境界，在禅宗那里，主要是通过悟，"悟"是一种修持的方式，称为禅定，南宗禅改为参禅。恰是这种"悟"，成为中国文学传统的一种基本的美学体验方式。宋代严羽即称"妙悟"，既"大抵禅道惟在妙悟"，亦称"论诗如论禅""以禅喻诗"。宋代元好问《答俊书记学诗》云："诗为禅客添花锦，禅是诗家切玉刀。心地待渠明白了，百篇吾不惜眉毛。"② 袁行霈先生在题名《诗与禅》的文章中指出："诗和禅的沟通，表面看来似乎是双向的，其实主要是禅对诗的单向渗透。诗赋予禅的不过是一种形式而已，禅赋予诗的却是内省的功夫，以及由内省带来的理趣。""禅对诗的渗透，理应从两个方面看：一方面是以禅入诗，另一方面是以禅喻诗。""以禅喻诗，这是传统的说法，比较笼统。细分起来，有以禅参诗、以禅衡诗和以禅论诗的区别。以禅参诗是用参禅的态度

① （宋）苏轼：《苏轼全集》，傅成、穆俦标点，上海古籍出版社 2000 年版，第 212 页。

② 阎凤梧、康金声主编：《全辽金诗》，山西古籍出版社 1999 年版，第 2711 页。

和方法去阅读欣赏诗歌作品。以禅衡诗是用禅家所谓大小乘、南北宗、正邪道的说法来品评诗歌的高低。以禅论诗则是用禅家的妙谛来论述作诗的奥妙。"① 张中行接着袁先生的这个表述谈道，这些都是诗家借禅为工具，而把自己修整得更精美。他总结说："这可以化简些，说只是'诗作'和'作诗'两个方面的某种性质的进口设备。具体说，诗作方面取得的是意境的'超凡'；作诗方面取的是入手的'妙悟'。"② 在我看来，这种"以禅入诗""以禅喻诗"的"超凡"及"妙悟"，最主要的是有一种平静且安乐之心，以一种止欲的"内省"创生意境，而此境则为"我"消融于自然万物的生态连接之时空运演中。常建《题破山寺后禅院》云："清晨入古寺，初日照高林。曲径通幽处，禅房花木深。山光悦鸟性，潭影空人心。万籁此都寂，但馀钟磬音。"事实上，人在这种布满禅性的诗意境域中才能真正参悟、求解"生"及"我"。至于"作诗"，学界多引述宋人诸多关乎学诗与参禅浑然交融的诗篇，我们可以吴可《学诗诗》三首之一略作体悟，诗云："学诗浑似学参禅，竹榻蒲团不计年。直待自家都了得，等闲拈出便超然。"成诗需要激情涌动，而参禅则需空、静，这看似矛盾，实为在动静的交合中参悟"生"之真性，且放逐"生"的源远流长，如苏轼言"静故了群动，空故纳万境"。

以禅性生态智慧植入文学活动，仍然无法脱离中国文化传统中关乎入世与出世的纠结。入世与出世都是守持人格的方法，即便是参禅，实际上也不可能真正略去入世之情、之性，或者说，这只能以禅性暂时平衡心境，育就一种超越情性。禅宗还有强烈的自我观照意识，强调自我管理，拯救要靠自己，众生应该"自有本觉性"，有"自身自性自度"的能力，以致峰回路转，同时也是在对待万物时需要强化人的节度，要求人们不可无限地张扬欲望。

三　道教生态智慧及文学表达

道教以"道"为本，视"道"为宇宙的本源；"道"实为"无为

---

① 袁行霈：《中国诗歌艺术研究》，北京大学出版社2009年版，第93—95页。
② 张中行：《禅外说禅》，中华书局2006年版，第308页。

自然"，是本源性的世界存在；"道"生成、创化万物，故为万物之本。道教生态智慧对自然之本根性的认识和把握，强调"自然无为"。《太平经》言："自然者，乃万物之自然也。""元气自然，共为天地之性也。"道教中充满了惜生、长生的"贵生"精神。就"贵生"而言，道教与道家，乃至老子所言有所不同。老子的"贵生"是调养而"长生"，即长寿，老子承认"死"，但更认同"死而不亡者寿"。因此，道家崇尚"自然无为"，而否认主宰一切的神灵，显然，它不是宗教。道教的"贵生"是长生不死，需要得道成仙，因而具有宗教性。

首先，在"本根"的求解方面，道教强调"根基"的原初发生，认为天地万物始于自然，而自然之本根亦为元气。《太平经》云："天地开辟贵本根，乃气之元也。欲致太平，念本根也。不思其根，名大烦，举事不得，灾并来也。此非人过也，失根基也。离本求末，祸不治，故当深思之。夫一者，乃道之根也，气之始也，命之所系属，众心之主也。当欲知其实，在中央为根，命之府也。"① 《太平经》谈论"元气"不外几个方面：一是就其本根而言；二是言元气作为阴阳二气的合成；三是言元气何以生万物，而这一切显然是因于"道"。故曰："元气行道，以生万物，天地大小，无不由道而生者也。"② 事实上，这种元气之于道行及道生的思想既是道家与道教所为，作为一种本体论求解，显然是中国文化传统之生态智慧最为精到的阐释。作为发生论的一种解说，认识万物之根、之始，以期把握万物由本而至生生不息的"命之府"，即为自然、生态、生命之有机一过程性的运演节律表征。

其次，在"生"的来源方面，"元气"作为始发性存在，生成了万物的实在及生命。事实上，"思其根"就需要探求何以"贵生"，所以道教的"贵生"思想不仅确证了"生"的来源，而且不断地植生着"仙"。致使"长生成仙"作为道教人格生成的基本旨归，而成

---

① 王明编：《太平经合校》，中华书局 1960 年版，第 12—13 页。
② 同上书，第 16 页。

为人生发展的最高理想。如此看来，其一，"生"的基本旨归。《太平经》云："元气，阳也，主生；自然而化，阴也，主养凡物。天阳主生也，地阴主养也。日与昼，阳也，主生；月星夜，阴也，主养。春夏，阳也，主生；秋冬，阴也，主养。"① 其二，"贵生"作为修持方式。这同时也引申出善恶报应的因果关系，对于生命存在的善之于善，恶之于恶的表现，就必然会有相应的结果。对于生命的善性给予，简单地说就是有慈心，护生，不伤生。因此，道教以"五戒"为归根之戒，即不杀生、不荤酒、不口是心非、不偷盗、不邪淫。道教的教义即为修道、学道先要修人道，修好人道就可以沿着康庄大道而登天道。其三，由"生"到"长生成仙"。各种得"道"的仙人及神仙生活的世界神妙无比，进而与现实中人们的苦痛形成了鲜明的对比。葛洪《神仙传·广成子》云："至道之精，窈窈冥冥，至道之极，昏昏默默，无视无听，抱神以静，形将自正；必静必清，无劳尔形，无摇尔精，乃可长生。"② "得道成仙"或曰成仙之道，言出于老子论"道"之恍兮惚兮，惚兮恍兮之说，尽管在道教这里，"道"有宗教性的虚幻色彩，但它并未脱离老子所言的其中有精，亦须有形，这里主要在于明确成仙长生需神静、行正及"清"。这其中能给予我们生态启示：人确确实实需要静心、精心、清心；守其形，戒其欲，方可长生。

再次，"道"的延伸。道教源于老庄的道家之学，其长生之道不无老庄影响。汉代严遵《老子指归》诠释老子"上德不德"时云："故有道人，有德人，有仁人，有义人，有礼人。敢问彼人何行而名号殊谬谬至于斯？庄子曰：虚无无为，开导万物，谓之道人。清静因应，为所不为，谓之德人。兼爱万物，博施无穷，谓之仁人。理名正实，处世之义，谓之义人。谦退辞让，敬以守和，谓之礼人。凡此五人，皆乐长生，尊厚德，贵高名。"③ 道教在道家那里承继，且生成一个庞大的"天神"系统，而且有着"三一"的理念。《太平经·和

---

① 王明编：《太平经合校》，中华书局1960年版，第220页。
② （晋）葛洪撰，胡守为校释：《神仙传校释》，中华书局2010年版，第1页。
③ （汉）严遵：《老子指归》，王德有点校，中华书局1994年版，第3页。

三气兴帝王法》云："元气有三名，太阳、太阴、中和。形体有三名，天、地、人。天有三名，日、月、星，北极为中也。地有三名，为山、川、平土。人有三名，父、母、子。治有三名，君、臣、民，欲太平也。此三者常当腹心，不失铢分，使同一忧，合成一家，立致太平，延年不疑矣。"① 显然，所谓"三一"理念，无非得自于《老子》中的道及"道生"性序列，即为一生三，三合一；一化三，三化一。同时道教尚"清"，且视为神，其中最高的尊神当属上清、玉清及太清。"三清"尊神也成为道教"三一"理念的象征，而三清由道的"一气"化韵成就，三清的尊神即为"三清天"，因为是由大罗天所生的玄、元、始三气所成，所以必含始生性的意义。

最后，"清"的美学呈现。中国古代人体认"清"，首先得自于"天"，表达对天与清的崇尚及膜拜，其中也不乏道教之清的引发及烘托。尚清之风作为一种审美体验方式及美学理想的表达，自魏晋繁盛，与其道玄之学的盛行关系紧密。其中"清"作为人格风范，有静气、平静心态之意，且具"去欲""消累"的功能，实际上是自然/生态/生命有机性在人的精神体验和人格守成中的绝美展示。当然，这种"清"美的理想性崇尚并非只此道家延伸，实际上道、禅所言虚静都是"清"的路径表达。中国诗歌多以这种"清"美植入审美体验，且往往借助于对这种特性明显的自然物及自然现象极尽渲染、铺陈所创造的"意象"来充蕴情理与创生特有的生境与心境。比如对"月"的审美展示，极尽表现对月意象尤其是对月的皎洁、清澈、明朗、宁静，月的无私无欲、如水如玉、情意融融、柔顺妖娆、空净及清美，月夜中万物生命的萌动与鸣唱等的神往，其意境悠长。唐代杜牧《寄扬州韩绰判官》云："青山隐隐水迢迢，秋尽江南草木凋。二十四桥明月夜，玉人何处教吹箫?"刘方平《夜月/月夜》云："更深月色半人家，北斗阑干南斗斜。今夜偏知春气暖，虫声新透绿窗纱。"宋代王安石《咏月三首》诗云："江海清明上下兼，碧天遥见一毫纤。此时只欲浮云尽，窟穴何妨有兔蟾。""一片清光万

---

① 王明编：《太平经合校》，中华书局1960年版，第19页。

里兼，几回圆极又纤纤。君看出没非无意，岂为辛勤养玉蟾。""寒光乍洗山川莹，清影遥分草树纤。万里更无云物动，中天只有兔随蟾。"这些诗篇与人们寻求太阳的实用价值相反，对月往往是消却功利性、实用性，而向往那种由"清"而蕴积的"无"性价值的。月高挂当空，却不是独立的存在，而是与我，与多种多样的自然物相伴，这时，月也成为平静心态、沉淀心灵的淤积，解除烦恼和忧愁，寄予理想和美好向往的绝好良剂。

在以"道"为本的整体性自然观的统摄下，道教认为，人们认识事物的方式及观物方式即以"道"观物，而非以"我"观物。如若从系统整体性的世界存在中认识事物，就戒除了以"我"观物中"我"的利益膨胀，因此，这可以还自然与人的存在以本来的面目。

第四节　诗学传统的生态智慧

中国文学呈现着宇宙生命精神的诗性特征，并诗意性地畅扬着"生态/生命"的"内在价值"及精神品性。我们探究中国诗学传统，体认其所蕴含的丰富的生态智慧，其意也在于悟解中国古代人对自然/生态/生命/生存的审美境界性升华，把握古人如何通过文学而凸显生命精神及蕴聚生态智慧意涵，继而寻求如何借力于生态/生命，文学/诗学而连接生态批评与中西文学的互通路径。

一　诗学与文学创作的生态智慧呈现

中国诗学生成需要诸环节之间的内在契合，这包括自然/环境及多样性的物的存在环节；生态/生命/生存的人化过程环节；道德化/精神化/审美化的提升节律；品味/悟解/象化方式的运用环节；润化/诗化/情意化的转换环节；展示境界化/言语化/韵律化/及物化/现实化的生成特点环节；关注意、象、言的创作过程环节；连接言、象、意的文学接受过程环节，如此等等。我们之所以说，这诸环节相互间须"内在契合"，其意是因于"生态/生命"的有机节律，会以生命体验为基准的"生态"融合而展开，且经不断的转化/转换，延伸/递进，人化/道德化/审美化，而至超越/回归。

（一）审美感发的生态起因

中国文学艺术创作强调"有感而发"，其感发的源起在于"生态/生命"（尽管古代人不可能从学理上认识这种存在，或者根本就不会懂得这种词语的表达，但在人的生命/生存活动的有机—过程性中，或者是在人的生活的始终，这又是必然的存在，是任何人、任何生物性无法别离的存在）。这里的"生态/生命"既指自然生态、生命活动的本有特点，也指其对于人的情意化、精神化、审美化的人化转换，还包括延伸派生意义上（即人的多样化活动本身）"生态转换"（自然生态、社会生态、精神生态及文化生态多重存在）的融合。我们言"生态起因"，意在瞄准感发的节律、状态及升华的基准度，因这必然与对有机与无机，有生命与无生命的自然现象（生态/生命）的体认及理解程度紧密联系。用生态学话语表述，即物质转换/能量交换/信息传递的必然性及认知性。这其中更需要有对物与人之"知"的把握及归类。这就是说，感发并不限于或者仅仅驻留在情感波动的多层面，更需有知/智及理的解惑及归位。审美主体的灵性和审美客体的物性互相感应，互相激发，并互换能量、信息，进而使文学/诗学创造（诗性/审美体验）成为可能。中国古代人常言的"感兴"过程，实际上就是指诗人以身体的全方位投入，用自己的心灵去体验，去捕捉自然万物的生态运化机理及物性形态，当与自身的身/心与情/智接通，实际上就"践行"着生态/生命体验性及行进着有机—过程性了。

（二）审美物化作为有机—过程性

"物化"是生命机体的运动及过程性呈现，必然伴以身心的全体参与。既然是有机性、过程性的，就必然是多样且复杂的，而且必定有生命关联网络呈现；不仅有身体参与审美，而且是多样的、不同的身体（人的、物的、人与人的）参与。这时多样存在的身体则作为中介、桥梁，成为构建关系性、过程性的有机存在物，也成为网络结构的纽结点。身体的（心灵、情感、知识，思维、想象，辨识、析理、界分，提纯、提炼、组合，如此等等，人的一切能力皆驻留、积蓄在身体中）情意勃发，想象飞动，形成"化"的境界，生命在此升华，生态和谐也被审美化了。物之"化"的过程，作为起因，是不断人化、道德化、精神化的，直至美化。

（三）感发、物化借力于"象"的审美存在

前面，我们多层面地论及了"象"，不论是"象"作为智慧呈现，还是《周易》的"象""意"合成，当其最终走向审美化时，所有环节、过程所呈现的"象"都是艺术审美（包括审美感发、物化）之"象"的前在基础及条件，这只因"象"是一个"生态"有机蕴含极为浓重的现象。起码有几重原因会使"象"有其重负：其一，"象"是现实的引发，包括自然之物的外观形貌、物性特点，也包括人作为生命体的存在形貌和运动方式。其二，"象"是人进行现实生命活动的体验，进行思维，感受客观现象（自然、社会）及自身活动所依奉的具体所指，是一种共融（荣）、共生、共参性存在。其三，"象"既有中介性、连接性，又体现出转换性特点。"象"既连接人的活动以及对外在事物的感知与理解，连接人的身心活动与过程及境界提升方式，又作为心与物、情与境之转换的标识，并在转换提升中被情意化、审美化，而其物化状态又成为审美与接受的负载者及标识。其四，"象"还具有放大、辐射的作用，有时并不以物之外形显示其作用，而往往与"生"，与"心"，与"情"，与"意"，与"境"有机结合，形成多种多样的形貌。其五，"象"还具有技术性生发作用，不仅是心象、意象，而且还是技术性影像、镜像，成为一种折射、映衬，具有复写、复制及反映特点，也具有意义再生和多重意蕴包容的功能。其六，"象"具有历史性。这是因为在不同的历史境域中，"象"的含义会发生变化、转化，其外延也会拓展，似乎具有被无限放大的可能性。如果说古代意义上的"象"更重要的是揭示其物之形貌及与主体活动接续，并生成意涵的话，那么现代性的"象"的直观性、视觉性、镜像性则被不断放大、转化，其技术性作用及意义也被不断丰富，图像、视像等镜像性特性被普泛化。这里，从"象"到"像"的递进、转换，也由对事物（实在、精神、审美等）的存在样态，转换为比照、仿像、似像等样态，且由虚性、抽象性转换为近乎实在的具象性存在。我们之所以从中国诗学传统层面言及"象"的诸种蕴含，一方面是因为文学/诗学中的"象"蕴含着浓重的"生态"意味及"化"的转换、过程性，另一方面则因为其整体、有机、节律性地展示生态/生命，不仅能直视物之"象"的存在，能体悟身心对"象"的感发及重构，而且其中的画面感，图像、视像的色彩感也出现端倪，或者是"诗画一体"的审美特性极为明晰。

对中国诗学传统的生态智慧何以呈现，我们可以进行一种过程性描述：通过超越性氛围营造出渐进朴素的"生态"体悟，来体验"生"的有机状态，继而创生美；既基于现实之"象"，又超越其实象及理/礼的限定而参悟"象"的一切，这就有了"超以象外"的审美转换；既然是转换、转化，就必定是"生态/生命"的有机—过程性呈现。循/寻"象外"并非迷离于虚无缥缈，而更在于寻"意"，这就有了"立象以尽意"的审美转换。所谓"得其环中"必在得"意"。中国诗学传统尽管不乏无性、虚性，无形、无声、无工的言说，但却不是形而上的二元辩证，也非虚无缥缈的，而是在有与实性的"生态/生命"及身心的交织中，或者是融通有无、虚实，在对"大象""大音"乃至"大块"的悟解、体认中，通过身心共同参与创生的有机—过程性而致力于诗学创造。

二　诗学传统与文学批评的生态智慧

中国文学/诗学往往接通"艺"与"道"而悟"生"，或称悟"生"的智慧。这时就行进在"悟道"与"体道""运气"与"气韵""求和"及"显生"，或依"象"寻"意"，或"象外"得"意"的路径上。这其中，对艺术目的性寻求，也融解在对宇宙万物的变化（生态/生命有机—过程性）和艺术生成（转换/转化）之间审美关系的"生态"体认中。

（一）"道生"与"气"的注入

我们从中国文学/诗学传统中所深蕴的生态智慧来看，其诗性表达中总会依"道生"及"道法"形成"生态"性关联，且在有机—

过程性及协同创生中深蕴"生""意"及"美"。清代沈宗骞云："天下之物本气之所积而成。即如山水，自重岗复岭以至一木一石，无不有生气贯乎其间。"① "本"与"气"往往被古人称为"元"或"元气"，且与天地、阴阳共感合一，共同创生万物，成就生命精神。在文学批评体验中，其论说总是以"生"、生命为核心而展开。我们也可列举诸多范畴给予确证，如气韵、气势、气象、气度、生气、气动、气质，由此还会衍生出力度、风神、神韵等。显然，尽管这还不是现代意义上的生态批评，但由生命之"气"而贯通的艺术体验方式，却带有极大的"生态/生命"之感悟。我们观照中国文学/诗学批评所初显的"生态/生命"之气与真，作为资源及滋养即为现代的生态批评注入活力，输入更能够切近"生态/生命"本意的概念范畴系统，协助其完备学理机制，其本身就可以转换为完全意义上的生态批评。"气韵生动"尽管是一个画学范畴，但在中国古代艺术整体中，又是一个贯通性的范畴，它以"生命"，以"气"来统贯，且求解艺术创生机制，其核心必然能够熔铸出以观照生命为特征的"生态"诗学。事实上，在审美体验方面，富含生态意蕴的"气韵"由阳刚与阴柔二气充蕴，且二气之美呈现出有机统一；不仅体现了宇宙生命完整的生机与活力，而且能够成为生命之和谐美最动人的呈现。

（二）"气韵"与"悟"的求解

在中国古代人那里，"气韵"品性实际上是检验作品生命及审美质量最为重要的尺度。"气韵"赋予人品及作品以内在的活力和外在的动势，成为艺术生命力久存的重要元素。在文学批评体验中，如何能切近"生""生生"（生态/生命、有机—过程）而汇聚批评体验及艺术观照，就要看"气韵"何以"生动"；如何以生命观照为起点、过程及终点，也就是有机—过程性何以促发认识生命精神及美学特征，且促动生命机体涌动着情感机制。进入文学批评的阐释活动，无宁又是一种再创造，主体所展示的艺术创生能力，同样会经"气韵生动"而达到艺术的最高境界，在蕴积"宇宙元气"中，主体自身的

---

① 俞剑华编著：《中国古代画论类编》，人民美术出版社2004年版，第912页。

生气和审美对象的生命活力妙合无痕，营造着生气淋漓的艺术境界。但这总是由"悟"而体验性实施的。"悟"是中国文学活动的一个基本的体验过程，文学作为激发生命和解放生命的手段，对生命的理解就不止于感性及欲望，更重要的是寻求自由及解放，这就需要"悟"。人从既定的生活秩序超升到理想的、可能性的诗意境界的途径就是"悟"的过程。"悟"作为一种艺术思维也富有"生态"蕴含，"悟"是统贯"道生"而成就"理"的过程。它会始终伴以生命之躯的运动，在身心共融而引带的情意、情景、情境的多样且复杂性参与中，理解生态/生命/生存的真义。因而"悟"也在中国古代的"道"论、"玄"论及佛学中得到了有效的阐发，其内在的机理实际上就是"悟道""悟生"。在老庄那里，"悟"通过"涤除玄鉴"而使人的精神达到一种"纯粹而不杂，静一而不变"（庄子语）的境界。艺术体验乃至人生体验，皆经"悟"的过程性展示出来。这是对"生命"之过程性的求解，必须得自"生态"之真，且运演生态有机的关系性及过程性。"悟"的过程蕴涵则是一个由"体悟"到"顿悟"，而深解"妙悟"之理的节律运演。显然，这已经超越了对自然物象实体性的攫取，也不是复写物之实像，而是深层次悟解，体悟由生命共生、共荣而积聚于人与自然生态/生命有机—过程性中。故严羽就深解妙悟之理且云："大抵禅道惟在妙悟，诗道亦在妙悟。且孟襄阳学力下韩退之远甚，而其诗独出退之之上者，一味妙悟而已。惟悟乃为当行，乃为本色。"[1] 尽管在"妙悟"的审美体验中并不是希求自然物象之功利性给予，但作为一种生态化的审美，它又始终没有脱离自然物象的感发，其审美过程深刻地关涉到主体的"心悟""情悟"和"意悟"的体验，继而碰撞出生命的火花，悟解并敞开生命的本真。

（三）"大象无形"与"象"的回转

中国文学/诗学传统的理论批评致力于"妙悟""诗道"，体认这种诗性特点需要"象"的支撑及有机—过程性的连接，更要品象、悟

---

① （宋）严羽：《沧浪诗话校释》，郭绍虞校释，人民文学出版社1983年版，第12页。

象。因"象"既实又虚，且具有"生态"之意。"象"还是艺术通向"道"的基石，或者说，在文学与审美体验中，"象"会成为"道"的化身及替代物。"象"之内涵的深化及外延拓展程度，更同于"道生"性作用。在文学活动中，"象"可以呈现出自然之象、意中之象、情意之象，必然是充满艺味的"象"，也可为"大象"。作为实与虚及多样化统一，作为情性与意、与景、与境地"化"性转换及有机合成，极似"大美"之形象化。我们已经多方确证过，"象"本是一个动态性、关系性及过程性的存在，所以不会止于物的形态，而是不断生发、拓展着，并被情意化、情境化，进而意境化。在中国古代人的诗性表达中，常称象外有象，象外之象，味外之旨，境外有境。"象"必然是不断转换的，一面转向情意，一面又无限地指向"道"。两面合一，从有形进入无形，从有限进入无限。"象"的这种回转，使得"象"与"道"都显示出无限的张力，吸引着我们，引领着我们去探寻"道"，接近"道"，体味"道"，解悟"道"，迁想妙得，进而生发"道"的无尽意涵。

气、悟、象的体验方式及文学批评策略，可使我们受惠于深生态智慧，即会引带对生命存在及人的生存智慧的畅扬。这必然为当代生态批评的方法、体系及体验方式提供学理参照，丰富其方法，而且为其注入文学感悟、社会批评、价值判断及审美创生的体验策略。

三 诗学传统之范畴的生态智慧

中国文学/诗学传统范畴极为丰富，体验性极强，能够为产生于20世纪的生态批评注入活力，引发其生态/生命/审美体验性，亦能启悟生态批评对生命真义的求解方式，认识人的存在的真义和万物一体的共通路径。

（一）"气"、"道"与"和"作为"元"范畴

在中国古代人的诗学体验及表达中，"气"与"道"总是紧密联系的，"气"为"道"的表现形态，是生命的底蕴，是"道"生成万物的中介；"道"也通过"气"而融通万物之生命的活动，人的活动也在其中。《管子·内业》云："凡物之精，此则为生。下生五谷，

上为列星。流于天地之间，谓之鬼神。藏于胸中，谓之圣人。是故民气，杲乎如登于天，杳乎如入于渊，淖乎如在于海，卒乎如在于己。是故此气也，不可止以力，而可安以德。不可呼以声，而可迎以音。敬守勿失，是谓成德。德成而智出，万物果得。"① 这里，作为一种创生性生命观的阐发，《管子》言出的"气"既为生命的根本，也由促生而给予有机—过程性表达。这不仅成为人感应宇宙、天地、万物的中介，而且人们从中能深切体认万物的生命内涵，彻悟生命韵律，推及生态/生命及审美的有机—过程性体验。"气"作为涉及艺术创作本源的概念，也是一个标识艺术家生命力和创造力的范畴。钟嵘《诗品序》云："气之动物，物之感人，故摇荡性情，形诸舞咏。"② "气"的丰富内涵，千变万化的存在状态，既植生性情，也能依物而显形，这需要由阴阳之气相互作用而成，由此生成一个充满活力的、有机—过程性之"和"的生命结构。"和"作为一个集合性的"元"范畴，既是有机—过程性节律运演的集合，也呈现出"生""生生"的基本存在状态，甚至"道生""道法""阴阳""刚柔"以及万物化生运演的逻辑起点和终点都能由"和"来表达。由"和"而至"中和"，"中和"就成为中国文学/诗学中关于美的生成，抒发审美情意及确证审美理想的基础性范畴。我们已经讨论过，"和"并非"同一"，而是作为多样性的统一与共生，引发人们在理智认识上，在现实审美活动中经由多样性、共生性的体验，依循有机—过程性的生命节律而孕/运/蕴/韵"生"，随之也生成了中国文学/诗学中围绕"生"与"和"而展开的，既对应又易于转换的范畴系列。这除了学人们常言的，如乾坤、宇宙、氤氲、阴阳、刚柔等诸多显示本体存在的范畴系列外，在诗学体验中，如雅与俗、浓与淡、虚与实、隐与显、文与质、圆与方、情与景、理与情等，也是使自然/生态/生命显魅的范畴系列。这无限丰富的范畴系统既表达个体生命的情意及对自身身心活性动力的能量彰显，又需依自然/生态/生命之本、之形而生发。作为

---

① 《管子·内业》。
② （南朝·梁）钟嵘：《诗品》，载（清）何文焕辑《历代诗话》，中华书局 2004 年版，第 2 页。

文学/诗学中师法自然和妙造自然的产物，必须以求"和"作为根本目的，这就显示了审美的最终归位也应该是"和"。在中国文化/文学/诗学传统中"道""气""和"作为对自然/生态/生命的发生论释解，既可作为"元"范畴，也可作为三位一体的整体、有机的始源性范畴发挥效力。"道"由"一"（混沌的"气"）分化为阴阳二气（"二"），阴阳二气的相激相荡又生成万物，最终形成一种"和合"的状态（"三"）。

（二）"有无""虚实""师法"作为关联性范畴

中国古代人在构造范式、范畴、概念的支撑系统时所产生的诸多带有极强生命意识及生态关联性的话语表达系列，其植生力及生成性也极为明显。我们这里所列举的"有无""虚实""师法"等只是一个提炼，或者作为代表来凸显生成性范畴的特性。如果说"有无""虚实"是体认自然生态的本有之状的话，那么，"师法"则显示了在有机—过程（审美）中需依自然之"法"而行。事实上，富含"有无""虚实"的自然之"法"，既为生成一切的"大法"，更是"美"的显形及显魅的至"法"。中国诗学传统对人的存在，人的生命活动源于自然生态之"大法"有其特有感悟及提炼方式，或者是对自然之美有着独特的体验、认同及融通、表达方式，这只因文学艺术发源于自然生态，对自然之美的体认是美的最高表现。在中国古代人看来，自然之"然"蕴聚着无尽的美，或者说，自然的整体及有机—过程性存在，不论是实在的自然物及生命体，还是四季、节气、日夜的转换更迭，无不聚美，无时不显美，更在植生、促生、显生且魅生，使得文学艺术在"生"的跃动中极尽地表达"美"。我们言自然之美作为美的最高形态，肯定自然生态中无处不在的美，还不同于有的西方美学家所言的"自然全美"，如在加拿大美学家卡尔松的"肯定美学"那里，"自然全美"往往是静态的、实在的，或者有时是与环境之美并称的。我们这里言自然美则是动态的，是由生命运演节律所表征的，所映衬的，所融括的自然物及现象是以有机整体而关联在一起的，并且往往随着季节、节气及日夜的转换而凸显其特性。这既依有机—过程性的节律而行，也带有很强的主观性及个体体验性。中国文学/诗学传统还常常运用具有相互交感对应性的范畴进行文学提炼及批评，像有无、虚实、盈虚、刚柔、浮沉、动静、显隐，这些范畴还能够进一步植生和放大，形成更具包容性的范畴，如有无相成、虚实相生、刚柔相济、骨肉相称、肥瘦相和、燥润相济等，这些看似矛盾且实为对应互补、交融的范畴，相摩相荡，既形象地观览着"生""生生"的节律状态，也显示了万物的千差万别。

（三）活力无穷且派生力极强的范畴系统

中国古代人以"道""气""和"等元范畴，实践着艺术审美活动，熔铸、转化且派生着诗学范畴体系，并赋予它们鲜活而持久的生命力，如气、势、韵、味、趣、悟、感、兴、体物、物化、形神、虚实、风骨、雄浑、意境、文气、养气、气象、气韵、自然、灵动、中和、妙境、化生化育、阴阳刚柔、师法自然，天地位且万物育，等等。这些诗学范畴都同样具有很强的促生、显生、运/蕴/韵生的意味，展示了中国文学/诗学传统的生命自觉。它们或从生命的外在形态，或从生命的内里，甚或从生命与生命之间，人的生命存在及物的生命关联之间的多维关系方面，构筑了中国文学/诗学范畴生命论。这其中内含着丰富且深邃的生命精神，其言语表达不仅内含多义性，而且作为有机交融性的合成范畴还表明，在审美活动中往往呈现出两两对应，单纯追求一极无法揭示"生态/生命"及审美的根本特点，也无法表达其有机—过程性的节律状态；不只其意义无法彰显，即便是情意抒发也难以到位。当这活力无穷且派生力极强的范畴系统跃动于生态/生命体验，且致力于审美表达时，我们就不再仅仅把"艺术"，把审美看作言志缘情的个人表达，也不再孤立地思考艺术与审美存在的意义，而是在更全面的视点上观览"艺术"、诗学有机—过程性，释解其生命的整体关系如何显魅。

中国文学传统中由"生"的两两交织、交感、互动、共生而形成诸多的范畴，是中国古代以"和"为美的理念对文学活动发生深刻影响的表征，体现了中国文学传统对艺术生命整体美及价值取向的追求。显然，这会成为世界文学库存中的精华，且带有人类的普适性，因这其中有着"生态/生命"的共同、共通、共融（荣）性。

第五节　镜与灯：互释互镜的张力

本书使用"镜与灯"这个称谓，其本义来自于艾布拉姆斯。但我们不只是将"镜"与"灯"作为两个意象，也不是行使其符号化职能，而意在延伸艾氏所言的"隐喻"性。艾布拉姆斯在《镜与灯：浪漫主义文论及批评传统》的序言中说，他将"镜与灯"这"两个常见而相对的用来形容心灵的隐喻放到一起：一个把心灵比作外界事物的反映者，另一个则把心灵比作一种发光体，认为心灵也是它所感知的事物的一部分。前者概括了从柏拉图到 18 世纪的主要思维特征；后者则代表了浪漫主义关于诗人心灵的主导观念"。① 艾氏的主要用意在于，一方面将柏拉图以来的思维及思想作为镜像，视为反映，以起到记叙、映衬的作用；另一方面，以浪漫主义作为"灯"，起着照亮作用，这个"发光体"既是一个凝聚体，又是对历史、现实及未来的指路灯。

一　从历史与现实看互释互镜中的张力

事实上，国内诸多学者对艾氏的关注及对其思想的汲取，认识更多的还是艾氏所设计的那个艺术理论的"坐标系"，即艺术家、作品、世界、欣赏者四者之间的关系及结构状况。事实上，这只是一个导引，艾氏并未止于对四者的空间、时间及个案分析，主要还在于将浪漫主义心灵作为灯光，也就是将近代意识作为灯光，意欲照亮历史与现实，所以其中既含有历史性隐喻，更蕴藉着对现代艺术流程镜像的绘制。艾氏之所以将"浪漫主义文论及批评传统"作为副标题，其意也在于此，或者其中最深沉的隐喻是浪漫主义的现代性透析。之前的反映、镜像必然隐括于现代性，而由浪漫主义照亮后，就会植生出历史性的新意。我们借用此隐喻来考量生态智慧的深意，并意在对

---

① 〔美〕M. H. 艾布拉姆斯：《镜与灯：浪漫主义文论及批评传统》，郦稚牛等译，北京大学出版社 2004 年版，序言第 2 页。

接。这其中有几个关注层次：其一，"生态"与中西文化及文学的关系。在此，可视"生态"为"灯"，中西文化及文学为"镜"，当"生态"被引入，或者被植入时，文化与文学会发生诸多的变化，或者是根本性的变化，产生无尽的新意，其义在于"生态"即行隐括，更存有"颠覆性"。其二，关于东西方的对接问题。这其中我们对之的把控并不是偏执于东西方的某一方，而是基于互镜互释，那么，"镜与灯"实际上就是互为映衬，互为照亮，是基于不同文化的融合。其三，古代与现代的对接。这沿用了艾氏的原意，现代为"灯"，历史与文化传统为"镜"，现代照亮历史传统，直至通向未来。其四，生态与关怀的造合。建立生态情怀，关怀地球生态中生活及生存的任何生命机体，这是必然，是责任，也是人类与自然协同演化的必需。

二　从"镜与灯"看互释互镜中的张力

从我们多层面的论述中可以看到，"生态"之灯的作用是由人的现实生存问题所引发的，是对"生命"真性的解说。这就使得：其一，"生态"之灯对万物生存及生命之途的照亮，是最现实、最具体、最直接的。其二，"生态"之灯也是最学理化的，是理智化地明晰人何以会生态生存，何以必须与万物关联，有机一体。其三，"生态"之灯是满含智慧的，或者是人的生存最本根的智慧，且智慧性地告知人如何体认"生命"，活化生命，告知人的存在只有围绕对生命智慧及活动最本来状况的解说及有机体验，才能真正诠释人何以为人。关注人的未来永续性生存，即便是对人类已经行走的历程，已经确证的思想、观念，如若以这种本根性智慧给予审视，或许会产生诸多新意。就中西方文化与文学而言，新意也会叠加出来，同时也会在其中重新发现不同文化境域中思想的精华及特色。我们只有确证特色，才能独具生命力，才能彰显世界性，才能充蕴生态性。而当"生态"之灯照亮有机具体的生命活动的延伸路途，将世界视为一个大的生命体时，各种文化与文学便会机缘多多，皆会在这个肌体中获得有机生存的条件，并且经由多向地有机性交融、汇通，展示出无尽的文化张力，而文化张力更会呈现出生命有机性的活动张力。

三　从"圆与方"看互释互镜中的张力

生态与生命活动的张力基于宇宙存在及生命有机性的节律运演状态，而这就是"道生""太极""太一"之生的由一而多，由"多"而归复"一"的循环性的"生态圈"。这是"意象"或隐喻的栖居地，更在于生态、生命及人的生存的本来。在我们智慧性的掌握及学理构建过程中，"生态圈"不应该是封闭的，而应该是开放的、超越的，也就是"多"对原初之"一"的超越，新的"一"对"多"的超越，而我们的阐释也需思考何以能够植生新的"一"与"多"的转换、递升，以至无穷。自然、社会及人的生命存在即在这"生态圈"及超越性结构运演中生态性地存在着。中西文化与文学的相互照亮与推进、互映与互镜、互释与挺立实际上亦应该是这种"生态圈"的循环状态及超越性结构。但超越并非谁凌驾于谁之上，而旨在强调超越的合成、交融、整合，以产生人类整体之新的生存境域。美国学者郝大维、安乐哲曾用"圆与方"的形状来形象化地比喻中西差异，他们谈道："两种文化都看到'环形'意象的原初重要性，但两者对他的说法截然不同。在西方世界，人们最终将它规定为存在和永恒，并用圆环的完满性来质疑运动和变化的不完善。存在物被看作是一个'圆融的球体'。有限的宇宙常常被摹绘成球形的模样。"但他们也指出，西方人又不拘于这种"圆满"，而总是意欲将其理性化，为其提供某种更能切近表达精确和必然性要求的刻板样式，因而"使圆方形化"。"中国人力图把方形如同圆形那样视为最终是无边际、未完成的东西。""在中国人看来，圆和方并非决定于它的边缘，而是受其中心支配。在中国人的艺术、文学或哲学中，我们所见的并不是限定的圆形和方形，而是呈'辐射状'的圆和'套叠状'的方，它们从其中心连绵不断地向外伸展。"① 我们应该看到，就其循环性及超越

---

① ［美］郝大维、安乐哲：《期望中国：中西哲学文化比较》，施连忠等译，学林出版社 2005 年版，导言第 11—12 页。

性结构而言，中国文化的中心性、一元的宇宙论，以及"辐射状"的圆和"套叠状"的方，或许更能够展示其张力性，因而更具"生态"蕴含，包孕了更丰满的生态智慧的植生功能。

四　从"一与多"看互释互镜中的张力

我们也必须看到，一元性及循环性虽然经由"多"，但其最终并非简单回归，而需超越原初。生态存在及生命有机—过程性的基本存在状态是多样性、共生性及复杂性，尽管多样性复杂寓于生态有机—过程性及关联系统中，但多样性、共生性及复杂性则体现了生态有机的最根本特性，或者是没有多样性及复杂性便难以成就整体有机，因而也难以"共生"。由此看来，中国文化传统中的"中心"性及圆形性必须内存多样性，尽管各家思想中不乏对"多"的认同，但"多"最终统一于"一"及"和"，所以我们称中国古代的生态智慧是朴素的生态有机性。尽管我们也论及了中国文化的一元宇宙论及"中心"性，但却与西方文化中的人类中心主义不同，因为前者的圆形是"和合"形的；后者是分离形的，尽管强调了多，但这里的"多"还不是循环性的超越而归复的生态之"和"性的多。从这种意义上说，中西文化与文学互释互镜需要产生无尽的张力，在很大程度上是对"一"与"多"的认同策略，即由一而多及由多而一的生态交融，这是理性及观念形态的，更应该是对人的生命存在之本来状态的体认形态的。

五　从"隔与不隔"看互释互镜中的张力

"隔"与"不隔"是王国维"境界"论中一个重要的对应范畴，不仅内涵丰富，而且有较强的辐射力度。我们这里将其关系视阈延伸、扩展到中西方文化与文学的交往及能量互换层面，给予更加深层次的把控，这在我看来是可行的。毋庸讳言，中西的互释互镜所需的必然是"不隔"的有机性，是需要破除已有的"隔"的二元性、对立性。这是一种建设性后现代的把握，更是历史性的必然。"不隔"的境域及情境，或者意欲创设的人与万物共荣、共存的栖居之地，是需要生态、生命及审美化的有机体验的融入的，是需要地球生命共同体的"家族"性交往的。张耀南也将"不隔"进行了广泛延伸，从中国哲学语境中阐释其人与人、人与物及物与物之三重"不隔"，且在中西方哲学的互镜中提出一种"不隔主义"。他认为："西方哲学似乎正在接近'中国哲学'的核心，中国哲学家似乎可以在西方哲学家的努力中找到另一把打开'中国哲学'之'堂奥'的钥匙！中国哲学的'不隔主义'似乎可以为当今人类妥善处理人际关系、人与自然的关系开辟新的途径或新的方式：认定人与人的关系、人与物的关系、物与物的关系，其实就是同一种关系；人伦、物则与天理，其实就是一理。"①

六　从"生成与境域"看互释互镜中的张力

生态、生命，人与文化都是生成性的存在，同时也是境域性的存在。生成与境域既是历史同传统的呈现，也是当下的存在，更是未来发展的必然。所谓境域性存在，我们可以从三个层面把握：一是自然地理环境的"生态"存在生成的人的生存境域；二是由此而生成的"人化"的文化观念境域；三是这两重境域造就了人的身心活动的精神境域。境域不是静态的，而是动态的，是更为有机—过程性的存在。一切的文化状态、精神心理状态及呈现的人的智慧状况，对人的生命活动的确证状态，以及人们相互间建立的关系、人与自然之间建立的关联性，实际上都是出于这多重境域性的有机—过程性呈现。简单地说，不同境域会阐释不同生存状况及文化活动状况，并会生成不同的文化结晶，也会形成不同的精神体验状况，以及相互间有机交融的过程性表达。事实上，中西方文化与文学互释互镜中的张力，以及未来的交融所呈现出的生成性的存在，本就是源自境域性的存在，当相互间充蕴着生态智慧，建立生态情境中的文明视阈时，就会生成新境域。新境域作为过程必然是多样、复杂合成的，且必须适宜于"共

---

① 张耀南：《论中国哲学中的三重"不隔"》，《清华大学学报》（哲学社会科学版）2007 年第 1 期。

生"性，其中仍然存在着中西互释互镜，发挥着方与圆的张力效应。郝大维、安乐哲用"扩展圆圈"来分析这种互释互镜，并且基于中国的"圆圈"性文化及思维，又用西方文化的基本理性思维方式进行多向度的阐释，同时用"阴—阳思维"与"关联性思维"进行了对比。他们谈道："阴与阳是一个关联性对子的两元素，它们在区分'此'与'彼'的过程中非常有实际效用。阴与阳不是通常所谓的亮和暗、男和女、动与静的二元原则，在此亮和暗相互排斥、逻辑上又相互需要并且相互补充构成一个整体。相反，阴与阳首先是一对表示质的对比的词汇，它们被用于特殊情境中，并且使得我们能够作出特定的区分。"① 他们认识到两者之间的相互关联性，相互依赖性、差异性，认识到世界的一切差异都被认为可以通过阴阳对接而得到解释。他们还称"阴—阳思维"是"关联性思维"的另一种名称，而这包含了"语境化方法"。他们认为，阴阳作为描述特殊关系的特性，总会产生一个来自特定视角的认识，这就是使得人们能够揭示相关性之模式，并且解释特殊环境，而这种特殊环境也是一种情境、境域，并生成阐释语境。这样不同的阴阳关系会产生于不同情境及境域，因而表现出不同的作用，进而展示阴阳关系的张力，即成就不同的阐释语境。事实上，阴阳思维可帮助关联性思维解决多样性、共生性及复杂性问题，表明万物之间的生态有机—过程性，并且是在不同境域、不同层次上都存在着多样性、共生性及复杂性。阴阳转换不是线性的，也非简单的二元对立，同样呈现出"一"与"多"的特性，而且其"多"在层次、所指、内蕴等诸多方面呈现出多样性及丰富性。关联性思维也会帮助阴阳思维超越"圆圈"性循环思维的局限，万物间的关联不断使之表现出复杂与多样，而且是在有机—过程性体验中的复杂性与多样性，这必然会超越"圆圈"性循环而不断生成新的思维及生命存在。

　　不论是圆圈思维还是阴阳思维，最终都需解决"生"的问题，既

---

　　① ［美］郝大维、安乐哲：《期望中国：中西哲学文化比较》，施连忠等译，学林出版社 2005 年版，第 313 页。

认识存在，又验证生存。中西互释互镜同样寻求能够在同一个地球（境域、生境、栖居地……）上获得生态有机生存的条件，这时相互学习、交融共存是必须的，因这是人类共同的事情，是"家事"。我们用美国学者斯宾塞·韦尔斯的话来表述一个总结性言说："目前人类正处于关键时刻，是人类这个物种史上从来没有碰到过的情况：我们的文化威胁着要摧毁生而为人的本质。我们必须记取过去的教训，才能够更了解自己，以及猜测未来该朝哪里去。"[①] 韦尔斯还明确指出，我们是应该停下脚步来评估现况、体认事实的时候了，在他看来，愈大的欲望将带来愈大的后果。

---

① ［美］斯宾塞·韦尔斯：《潘多拉的种子——人类文明进步的代价》，潘震泽译，广西师范大学出版社 2013 年版，第 282 页。

析源篇

第七章　智慧显魅：中国文学之"艺境"澄明

"境界"是中国哲学与美学的重要范畴，也是中国文学艺术的主要标识。我们从生态与审美的有机体验意义上看，"境界"的存在、发生及基本内涵是多样的，也是多层次的，更是智慧的汇聚。"境"首先是创生生命存在的"生境"，是生命活动所赖以存在的环境。当这种环境作为生态环境，且为生命体验的环境而存在时，或者是活化主体的生命精神，促合主体的艺术审美体验时，便会由物态、静态转换为活态、动态，而至情态、美态。因而"生态"不止于"物态"的关联，而是多态交融。这时，不论是生境，还是环境；不论是边界、疆域的明晰，还是"澄明"之境的模糊、魅惑，当这多层次的"境"以多态交融创生艺术意境时，就显现出智慧的蕴聚，且能以多重转换性而显魅生态智慧。

第一节　境界智慧的生态转换意涵

"境"的原发含义是"疆界"，意指某个区域、境域的边界。"界"交织"疆界""边界"，还富含层次、层级性，如宗教的"三界""九界"等称谓。自古以来，诸家在研究境界时，总是给予层次性划分，或者由基础到高层，或者由自然物性到精神、心灵层次，或者由现实需要到天德、天界，等等。即便是对人的心灵、心理活动而言，往往也有"界"的划分，以区分人的心理状态及人的品性德性体验的层级性。由此看来，不论是疆域之界，还是人生之界；不论是自然物性存在之界，还是心灵、精神之界；不论是基于生命创生及活化的"生境"，还是在人生创制过程中时常变化的"心境"，皆有其共通点。这就表现为：其一，皆基于自然环境的生态存在，或谓"境"的存在基础是自然生态环境；其二，其对应、交叉、转换的融合形态皆得自于生态/生命有机性，或者是寓于有机—过程性的节律运演中；其三，所呈现的物界、生界与人界的关系即为人与自然的有机关系，亦显天地人的"和合"关系。

就其客观性而言，"境"并不只是静止的、物性的。尽管其原初存在是"自在"的、实在的，但就其转换性而言，"境"是一个指向人的概念，或者说，"境"相对于人的活动而言，是相对于人的存在而生的"物界"。当其作为向"自为"性存在转化的"境"时，就必须保有自然生态的物性存在，或者是环境、生境（对自然万物之生命存在而言）的原生风貌；当其针对人的活动时，"境"或运"生"而支持人的生命存在，合成、激越且升华人的生命活动。至此，不论是作为环境，还是作为精神、心灵及审美的境界展示，"境"必然是针对人的生存及生命活动而存在的，并且以体现"生"的有机状态而促动人的生命活动。从这种意义上讲，"境"与"生"是无法分离的，因而是创生性、节律性的，且是在有机—过程性中不断转换而生成的"境"。中国文化传统中存有、把握、言说及审美表达的"境"，实际上就是这种转换性、过程性、节律性，以至于生成性的"境"。在中国古代人的审美体验中，"境"还作为一个艺术实践现象，并标举审美特性的层次性。

就主观性而言，"境"与"生"的关联，也含蕴着生命特性及主体体验色彩。当"境"主要体现人生体验之德性、精神的基本状况时，往往由"界"来展示。这时，"境界"作为层次性的生命体验及人的活动的有机—过程性的标识，即被赋予无尽的内涵。不可否认，人的生命活动是有层次性的，不论是马克思所规定的人的"类"存在特性，还是马斯洛所设定的人的需要层次结构，都将人的自然物性需要设为基础层次，这时人与自然生物相差无几。但人之所以为人，就不止于人与物的简单划分，而是有着更高级、更高层次的需要。在马斯洛看来，"自我实现"是人存在的最高层次，阿恩·奈斯的"自我实现"也处于生态智慧结构的顶层。如果我们用中国文学的传统话语及体验方式来界定，这些层次可为"境界"性的汇聚。这些现象在中国古已有之的论述及思想精华中多有经验性阐发，而在现代更是哲学、伦理、审美之社会之精神文化对人的品格塑造的重要标尺，也是根本依据。这种层次性的划分一方面基于人的生命活动，人的精神文化寻求，人的德性、德行塑造的基本状况；另一方面，也活动于主体性存在内里，表征人的主观观念的施放状况。不同的"界"有着不同的"境"，在不同的"境"中，人们进行多样化的交往、交流，传递着多样化的信息，塑造着自我，进而形成"境界"性的人。

就审美范畴而言，"境界"提升了生态蕴含。在审美体验中，"境界"也含蕴着"生"的功能，且得自于自然生态的孕/蕴/韵生之美，并表达着主客之"境"的转换。"境界"的生态意蕴因于其实体存在及实境的状态，在中国古代人那里，首先是天地之境，是天地之大德的存在，是化生化育的存在。天地之境、之德创生的审美活动，除了其基础的物态环境之外，还植生了审美主体活动的"生境"。这重"生境"是生态/生命有机—过程性存在，同样也不止于外在且实在的物态，当其由生命情意感发时，就理应包含内在的情态、意态，乃至社会、文化及人的精神心灵活动的整体有机存在。显然，这个"境"既是多样合成的，也是内外转换的"境界"，且综合体现出其转换、生成及提升作用。就其转换而言，既是外与内的转换，是物性、物象及客体对象向主体的转换，也有实境与虚境的转换；就其生成性而言，在审美与艺术活动中，境不可能是孤立存在的，而必须与主体相共生，当其归位于意境时，实际上是由初始的心与物、心与象的关系，经由情与景、情与境而直至意与境的多样化统一，进而形成有机融合。叶燮《原诗》曰："如苏轼之诗，其境界皆开辟古今之所未有，天地万物，嬉笑怒骂，无不鼓舞于笔端，而适如其意之所欲出，此韩愈后之一大变也，而盛极矣。"① 就其提升作用而言，境界

---

① （清）叶燮：《原诗》，（清）王夫之等撰：《清诗话》，上海古籍出版社1978年版，第570页。

的层次性，也需助推主体活动，人的生命及美的体验至层次境域，而最终归位于更高的精神境界，进入"澄明"之境。进入艺术体验的"境"，其审美转换和提升必然呈现出"生态"性，其生成机遇主要是由自然美的"生态"有机性引发的，继而进行"生态"化的延伸，或者是人与自然之生态有机关系的演进。这时，"境"不仅起到了生境与环境的承载作用，起到了对生命机能的凸显作用，而且对这种审美转换也起到了推进作用。

在中国文学艺术传统中，"境界"作为智慧亦为人的活动的"居所"。这既是身体性存在之居，也是人的精神心灵之居，是身心共融、游心太玄、高至林泉的智慧"居所"。人在"境界"的"居住"中，既实存，又"无"性地悟解着自然、生命及人的活动之真。

第二节　有无之境：境界智慧的本体存在

我们可将"有无之境"视为本体存在，也可作为"生态"存在的一种表述。这是自然生态运演与人的活动的必然，由生命存在及生命多样性之间的物质转换、能量交换关系而呈现，既是化生、化育之本，也呈现出互构互生的有机—过程性。作为智慧的求解"元"点，"有无之境"理应源于老子学说中的"有无"相生，亦源出于"道生"（包括太极之生、太一之生）。这不仅是中国智慧，乃至人类智慧的一种表达，而且是境界之本的重要内容。

一　"有无相生"之本体境

"有无相生"的境界智慧在于促生。生命的实在、活化、演化作为"有"，必依循内在之"无"。"无"的本相是为生之本，但却不为虚相，且与"有"合成共相，既呈现出本体存在之状，也成就"境界"。我们观照"无"的"生态"意义，其视角亦可有二：其一，"无"作为自然的"然而然"，其"本相"亦在生成万物之"有"，从而使生命成为"显相"；其二，对于人的生命活动而言，"无"或为人在自然/生态/生命及生存体验中所依行的根本旨归，旨在超越现实的"有"（主要是过度的欲望、利益驱动等）。

"无"的存在，作为"然"，作为"内在价值"：一是为"本"；二是植"生"，创"生"；三是促就万物一体，但这一切又需与"有"共同完成。"无"似乎是"虚"状，无形无体，而其"然"，不仅使之有"体"，并显其"实"；不只显其"有"，更为"生"，为"生生"。在自然、万物之生命的生态共生及其有机性、关联性中，有了人的生命活动，"无"性之境，亦显化为"人化"之境，其"有"不仅凸显了人的生命活动特点，而且会成为有思有情有义的存在，且为塑德、蕴美的存在。这既为"境界"，更为智慧，而其智慧呈现出既在情思与情意中，更在身心共参中促进"生生"。自然/生态/生命的动态运行与变化节律是"无迹"化的规律（"内在价值"）表征，也是"生生"的生态化运动变化。在审美体验中，"无"的作用还在于促人求"味"与"韵"，这内蕴了中国人审美体验与审美理解中独有的思维品质。

"有无相生"之境作为"道生"之境，亦为"有无相合"之境。这时的"生"不是孤立的，而是多样性、共生性及复杂性的合奏。"道生"之于"有"与"无"凸显"生态"蕴含，"有""无"相生，"化醇""化育"不饰雕琢的生命润化轨迹，使多样性的生命存在各显其位，各成其性，各运其命，各行其轨，各显其态，各蕴其势，各交其"友"，各取其"能"，其多样性、复杂性必由"化"而最终趋向生态之"和"。万物依"道"而"生生"，跃动于天地、有无的生态之和，共享其快乐之境。"道生"之为"合"，成乐之合奏，更呈现出自然、天地、生命及人的共生"合奏"。那么这种"有无相生"作为"生态"本体境，也为"合"境与"一"境。张载云："有无虚实通为一物者，性也；不能为一，非尽性也。""有无一，内外合，此人心之所自来也……无所不感者虚也，感即合也，咸也。以万物本一，故一能合异；以其能合异，故谓之感；若非有异则无合。天性，乾坤、阴阳也，二端故有感，本一故能合。"[1]

---

① （宋）张载：《张载集》，章锡琛点校，中华书局1978年版，第63页。

二 "万物一体"之关联境

万物所以为"一体",且生态,且有机,依"有无",有境界,全在于万物及生命存在的多样、共生、复杂的关联性。中国古代人表述"万物一体",其义在于明晰"天地人"之间呈"三才"之关联,其中不仅认同人的存在之必然,而且体认着"人之大"。从老庄之"道法"的转换、递进节律来看,尽管显化"域中四大",但又明晰"人居其一也"。"域中四大"依循"道生""道法"呈现出关联境,也使人与自然(天地、万物、生命)成为有机且不可分割的关联体及过程性存在。

(一)"万物一体"之"一"境

人并不能独立生存于自然生态之外,而是与自然万物同根同生为"一",而成为生态一体化,有机—过程性存在。万物能够形成一体性存在,全在于"生命"活动的有机—过程性,显然,这也是"有无相生"的关联性及有机性的表现。许慎《说文解字》云:"一者,惟初太始,道立于一,造分天地,化成万物。"① 我们将"万物一体"作为"境界"来体认,并视其为"生态"性境界,也因于万物由"多"而"一"的,持续不断且亘古存在的生态转换。这时的"一",并不限于"道"之"一",而更为整体之"一",为天地人或曰万物"合一"。尽管如此,但这种"一"又源出于"道"之"一"。《庄子·齐物论》云:"天地与我并生,而万物与我为一。"这种"一"境,既是存在之本,也是生命之生成的过程性,即"生生"的运演节律的"合一"。这时的"一"作为境,即显生态智慧之境。明代哲学家王阳明反复阐释"万物一体",并具体化为亲民、明德、格物、致知等。《大学问》云:"大人者,以天地万物为一体者也,其视天下犹一家,中国犹一人焉。""大人之能以天地万物为一体也,非意之也,其心之仁本若是,其与天地万物而为一也。"② 显然,这种"一体"

---

① (汉)许慎:《说文解字(附检字)》,中华书局1963年影印版,第7页。
② (明)王守仁撰:《王阳明全集》,吴光等编校,上海古籍出版社1992年版,第968页。

论，既包含了较为深刻的生态智慧，也呈现出境界性。

（二）"万物一体"之"心"境

《周易》有"三材"之说，云："易之为书也，广大悉备，有天道焉，有人道焉，有地道焉。兼三材而两之，故六。六者非它也，三材之道也。"① 这明确了万物之生命体的关联性及有机——过程性是天地人三材的根本特质，化生、化育及创生万物是其基本功能。《周易》还云："古者包牺氏之王天下也，仰则观象于天，俯则观法于地，观鸟兽之文与地之宜，近取诸身，远取诸物，于是始作八卦，以通神明之德，以类万物之情。"② 这里，以"观"而"取"，摄万物之一体。这也表明"万物一体"的生态关联，或为有机——过程性呈现，既是生命活动的实在，也为人需不断地用"身"、用"心"去体悟及进行智慧性掌控。交感本于"万物一体"，对于人的生命活动而言，既形于身，更成于心，润化"境"。就是说，交感必行动于人的主体活动，感物、感心、融情、储意，继而造境，用儒家之言，此即为"仁"心。《周易》云："天地感，而万物化生。圣人感人心，而天下和平。观其所感，而天地万物之情可见矣。"③ 朱熹云："盖天地万物本吾一体，吾之心正，则天地之心亦正矣，吾之气顺，则天地之气亦顺矣。"④ 朱熹在释孟子的"心"论时进一步发挥道："天地以生物为心，而所生之物因各得夫天地生物之心以为心。"⑤ 这其中，美也基于"万物一体"而作用于"生"，进而促发人心，心动、生情、储意、明象、显和，其美便有了境域、语境，便成境界。

（三）"万物一体"之"德"境

回答如何平等地看待天地万物及人和万物的一体化及关联，并观照这种关联境的"德"性显现，这也是中国智慧的一项重要内容。《庄子》云："故通于天地者，德也；行于万物者，道也。""无为为

---

① 《周易·系辞下》。
② 同上。
③ 《周易·咸》。
④ （宋）朱熹撰：《四书章句集注》，中华书局1983年版，第18页。
⑤ 同上书，第237页。

之之谓天，无言为之之谓德，爱人利物之谓仁，不同同之之谓大，行不崖异之谓宽，有万不同之谓富。"① 如若将这种思想视为生态智慧的内容，其最为重要的就必须是由人及物，亦即强调对人与自然之物的生命的关注及关爱。同时，这作为"境界"，既显伦理性，"德"性存在，更循本体之境的表达路径。怀特海的过程哲学思想也表明，这种关联与过程性作为"境界"，必然承载着巨大的伦理责任，并理应产生影响。如梅斯特在阐释过程论思想时就说："以过程—关系的观点来看待这个经验世界，就要求我们对所有的生物承担更广泛的伦理责任。动物有自身的价值，正如它们对人类有价值一样。所以，我们对于它们有伦理的义务。"②

（四）"万物一体"之"民胞物与"境

张载《正蒙》里有著名的"民胞物与"说："乾称父，坤称母，予兹藐焉，乃混然中处。故天地之塞，吾其体；天地之帅，吾其性。民吾同胞，物吾与也。大君者，吾父母宗子，其大臣，宗子之家相也。尊高年，所以长其长；慈孤弱，所以幼吾幼。圣其合德，贤其秀也。"③ 在"万物一体"中，不仅将"物"视为"胞"，而且应该是实实在在的"胞"。④ 这是德性境界，更是人的活动必然。个中的简单道理，就在于人是活动着的生命体，这就无法别离"物"的存在。人还是多重关系构建的生命有机性，必然要在关系中寻找自由的活动，而真正的自由是略去欲望的缠绕，去与万物之"胞"有机地共生共荣。这种"自由"作为人的存在的境界性展示，既要有"万物一体"的"自由"，同时还要在此基础上确证何谓人的自由。自由，

---

① 《庄子·天地》。

② ［美］罗伯特·梅斯特：《过程—关系哲学——浅释怀特海》，周邦宪译，贵州人民出版社 2009 年版，第 38 页。

③ （宋）张载：《张载集》，章锡琛点校，中华书局 1978 年版，第 62 页。

④ 在我看来，"'民胞'对人，'物与'对物，但如果作为一个生态整体性的命题，这又可以具备整体的含义。生态系统及生命多样性中存在的生态因子都应该是'胞'，所以也可以将'物'视为'民胞'的补充；可以视之为人与人、人与社会的关系而推及至人与自然、人与物的关系。'胞'是生命的血亲，血亲将有着必然的爱意，因此，呈现爱也是生态意义最基本内涵"（见盖光《生态文艺与中国文艺思想的现代转换》，齐鲁书社 2007 年版，第 234 页）。

不限于个体性，还需是社会性、道德性及文化构成的自由，更需审美的自由。王阳明《大学问》在反复言说中，强调一种"大人"之作为，是"明德"之本，是至善之举，不仅与张载有相同之论，而且从多个层面明晰着由"仁"统贯的"万物一体"及"民胞物与"的自由品性。故王阳明曰："明明德者，立其天地万物一体之体也。亲民者，达其天地万物一体之用也。故明明德必在于亲民，而亲民乃所以明其明德也。""君臣也，夫妇也，朋友也，以至于山川鬼神鸟兽草木也，莫不实有以亲之，以达吾一体之仁，然后吾之明德始无不明，而真能以天地万物为一体矣。""是故见孺子之入井，而必有怵惕恻隐之心焉，是其仁之与孺子而为一体也；孺子犹同类者也，见鸟兽之哀鸣觳觫，而必有不忍之心，是其仁之与鸟兽而为一体也；鸟兽犹有知觉者也，见草木之摧折而必有悯恤之心焉，是其仁之与草木而为一体也；草木犹有生意者也，见瓦石之毁坏而必有顾惜之心焉，是其仁之与瓦石而为一体也；是其一体之仁也，虽小人之心亦必有之。是乃根于天命之性，而自然灵昭不昧者也，是故谓之'明德'。"①

（五）"万物一体"之"美"境

在中国古代人看来，对"万物一体"的认同与体验，也是真善美的统一，因其基础为"生"，故"生"为真与善，更为美的基础。由"生"到"生生不已"运行着生态创生性法则，也呈现出"美生"与"生美"的法则。袁鼎声将这种由生而美，由美而生的转换、递升的过程称为整生、竞生及依生的过程。这也是一种由"一"（整生）而"多"（竞生），继而提升其超越性的"和"（依生）的"生生"转换的有机一过程性。张世英先生在谈到这种境界时说："'万物一体'既是美，又是真，也是善：就一事物之真实面貌只有在'万物一体'之中，在无穷的普遍联系之中才能认识到（知）而言，它是真；就当前在场的事物通过想象而显现未出场的东西从而使人玩味无穷（情）而言，它是美；就'万物一体'使人有'民胞物与'的责任感

---

① （明）王守仁撰：《王阳明全集》，吴光等编校，上海古籍出版社1992年版，第968—969页。

与同类感（意）而言，它是善。'万物一体'集真、善、美三位于一体，人能体悟到'万物一体'，就能产生一种令人敬爱、仰慕的宏伟气魄和胸怀。"① 在文学艺术活动中，"万物一体"可以作为人格之美的境界。唐代王昌龄的五言诗《斋心》云："女萝覆石壁，溪水幽朦胧。紫葛蔓黄花，娟娟寒露中。朝饮花上露，夜卧松下风。云英化为水，光采与我同。日月荡精魄，寥寥天宇空。""万物一体"难分难解，"物"的多样、复杂的关联之"光彩"与我同形，入我魂魄，与渺渺"宇空"同构且阔大无形。"我"与一山一石，一草一木，与风与水本不是孤立的存在物，而是一个个蕴涵着无限生机的生命有机体。我在此中，融入"天地人"生态一体且共同体验着快乐的关联境界中的自我。

三 "化成化生"之过程境

"有无相生"是有机的，也是过程性的，其所谓"相生"，更为创生，并创万物及人之生命。生命的生成，不论是种群的、个体的，还是地球生命共同体的所有存在，都是由天地、阴阳的"有无"及相感而生成的，并呈现出亘古永续的"化生化育"过程。

"生"与"化"之"然"。《庄子·齐物论》云："可乎可，不可乎不可。道行之而成，物谓之而然。恶乎然？然于然。恶乎不然？不然于不然。物固有所然，物固有所可。无物不然，无物不可。"所谓"然"，实为"律"；所谓"可"，实为"运"与"行"，其共相亦即生态运演的节律、规律的过程性展示。生命的生成及"生生"运演的节律实为生态之"律"，"律"必显动与行，亦为"然"。这就是中国古代人反复阐释的天地、阴阳交感互应，其转换性的过程，作为植生生命的过程，也是天地之德性及德行的呈现，因而必然呈现出境界性。由"然"而"感"必含情意与情韵，亦须有仁心与爱心，这不只是万物间，更须人人间，以及人与物间之"生态"之理的互感、共爱。王阳明云："天地感而万物化生，实理流行也。圣人感人心而

---

① 张世英：《哲学导论》，北京大学出版社 2002 年版，第 199 页。

天下和平，至诚发见也。皆所谓'贞'也。观天地交感之理，圣人感人心之道，不过于一贞，而万物生，天下和平焉，则天地万物之情可见矣。"① 如若人而感物、感人心，必蕴情蕴理，必然会积极主动地彰显生命的魅力和生态之"美态"。

"化成化生"即"无"向"有"的生成，其中必显生命之动，呈现出生成性节律。《黄帝内经·素问·阴阳应象大论篇》云："故天有精，地有形，天有八纪，地有五理，故能为万物之父母。清阳上天，浊阴归地，是故天地之动静，神明为之纲纪，故能以生长收藏，终而复始。""故曰：天地者，万物之上下也；阴阳者，血气之男女也；左右者，阴阳之道路也；水火者，阴阳之征兆也；阴阳者，万物之能始也。故曰：阴在内，阳之守也，阳在外，阴之使也。"《黄帝内经·脉要精微论》云："岐伯曰：请言其与天运转大也。万物之外，六合之内，天地之变，阴阳之应，彼春之暖，为夏之暑，彼秋之忿，为冬之怒，四变之动脉与之上下，以春应中规，夏应中矩，秋应中衡，冬应中权。"② 人的血脉之流动，全然为自然、万物、生命之动的神妙，这三段阐释皆以人的生命之动为微观观照体，而进行宏观性的拓展及延伸。

中国文学传统所形成的，由生命的情意涌动而结晶出的境界智慧，其主要支撑体就是一种独有的生命精神，以及对"万物一体"独有的体验方式。王昌龄五言诗《独游》云："林卧情每闲，独游景常晏。时从灞陵下，垂钓往南涧。手携双鲤鱼，目送千里雁。悟彼飞有适，知此罹忧患。放之清冷泉，因得省疏慢。永怀青岑客，回首白云间。神超物无违，岂系名与宦。"这种"神超"的人格品质及生命精神是在与万物之时空相交中"和合"，既不以物累，亦不为"名与宦"牵，而随性放逐"我"，名为"独游"，而实为身心与万物同游。唐代元稹也有《独游》一首，诗云："远地难逢侣，闲人且独行。上

① （明）王守仁撰：《王阳明全集》，吴光等编校，上海古籍出版社 1992 年版，第 978 页。

② （清）张志聪集注：《黄帝内经集注》，方春阳等点校，浙江古籍出版社 2002 年版，第 48—49、45、121 页。

山随老鹤，接酒待残莺。花当西施面，泉胜卫玠清。鹈鹕满春野，无限好同声。"这里，尽管与王诗感受不同，但其"游"性则是相似的，不论是身游，还是心游，都是身心与万物共享"无限好同声"，显然，在此中确立的"我"，作为生态共生的生成机体，亦是"化成化生"境中的"我"。

第三节　王国维"境界"说的生态智慧

王国维沿用了古代文人惯用的词话、诗话文体，言简、凝练地表达着他的境界观。王国维对"境界/意境"的多重阐发，聚合、凝炼了中国古代人的境界体验，且深刻地影响了 20 世纪以来的学人及艺术体验者，其影响还会亘古存在。王国维作为一位中西贯通的大学者，其"境界"论中也不乏西学的影子，有学者认为，王学是为中西化合之学，但其中更多的是消化。佛雏说："王氏的'化合'论其实就是讲对西学的'消化'，使之变为我自己的'血肉'；而不能'奴隶'般地一味'注入'，以致'压倒自己之思想'，弄得'不能自思一物'。这种态度（或方法），原则地讲，无疑是正确的进步的。"①《人间词话》集中涵蕴了王国维的"境界"思想，以及对艺术审美的境界性体验及提炼，其中的支撑素材主要是对古已有之的诗词解读及对创造者的人生考究。由于其中不乏中西方文化的交融因素，或许我们可以说，这也可以成为一种"似"生态批评的体验性文本。

一　对"境界"本根性的体认

我们从生态智慧的域界中体认王国维对"境界"的多重阐释及体验，因"境界"犹似智慧之"居所"，亦似人生及精神体验之"居所"。"境界"既是本体的，也是有机—过程性的，因而也呈现出生态存在。从"境界"把握艺术之美，一是视其"本"，二是体其

---

① 佛雏：《王国维诗学研究》，北京大学出版社 1999 年版，第 43 页。

"生"，三是悟其"味"，四是感其"韵"。尽管王国维有时也将"境界"与"意境"合用，但在其本来意义上，两者还是有不同的。因为"境界"还旨在阐释"本"，或者析"存在"，且具有发生论的意义，而"意境"则从作品本身生发，在所含蕴的整体意味中体验着生命，悟解着审美。

（一）"境界"作为"本"的存在

王国维说："言气质，言神韵，不如言境界。有境界，本也。气质、神韵，末也。有境界而二者随之矣。"① 显然，王国维是将"境界"作为"本"来看的，但还不是客观存在之本，而是艺术体验之"本"，或者是成形于艺术作品的"本"。这可以看出，王国维是作为审美体验者而研究"境界"的，而不是作为哲学家、科学家而研究"境界"。但只要是认同了"本"的存在，想必就不会否认自然存在之本，人的生命存在之本，以及"境界"存在之本。这应该是没有疑问的。在艺术活动中，气质、神韵与境界是艺术体验至关重要的三重节律，这是中国古代艺术最重要的美学特质。在王国维看来，"境界"作为艺术审美之"本"的存在，是"气""神"与"韵"的基质，还可以统领三者，艺术审美活动只要把握了境界之本，那么"气""神"与"韵"便可以随之而感悟在囊中，或者是说，有境界在，气质与神韵必矣。就三者的关系来说，气质和神韵可为境界的外在表征，境界则为气质和神韵的内在基质，境界包孕着气质和神韵。

（二）"境界"的造境与写境

"境界"似一个生态连接体，或者就是一种生态存在。就艺术操作而言，"境"可以有造境与写境。王国维在《人间词话》中对造境与写境进行了总结性表述，他说："有造境，有写境，此理想与写实二派之所由分。然二者颇难分别。因大诗人所造之境，必合乎自然，所写之境，亦必邻于理想故也。"② 王国维表述了"造境"的理想性，"写境"的写实性，但理想性并不是空泛的，而必须是"自然"的、

---

① 王国维：《人间词话》，唐圭璋编：《词话丛编》第 5 册，中华书局 2005 年版，第 4258 页。

② 同上书，第 4239 页。

有机的、和合的，写实也必须充蕴着理想。其中，我们理应肯定，王国维对"境"的强调，不论是"造"还是"写"，不论是理想还是写实，都围绕着"境"而展开。由此，我们就必须体认自然/生态/生命存在的客观性，因"境"是万物之生态而有机性地存在着。王国维所言"造境"与"写境"也是过程性、转化性的"境"，其"境"既可为有机生命体，也可作为审美体验的结晶品及其转化品；既汇聚了创作者的体验过程（造与写），也包揽着接受者的体验（亦包括其社会人生及精神品性的提升）。"境"促动着生命有机性及审美体验性，为"化"的载体及中介，且成为文学活动的基本依托。对于"境"的形成，"造"更为主导，其起因必得自于"造化"自然，跃动于生命有机体，作为审美活动的基础，其过程性则由造势行进至"造境"。所谓造势既要造自然之势，又要造主体活动之势。对于自然之势的"造"，既要借助自然生态之势，即沿着"自然而然"之节律而"造"，又要"造"客观存在的自然现象及物性之势，即显物的实在及实体，综合起来就要借助自然的生态润化之势、之理而成"境"。对于主体活动之势的"造"，除了生成艺术审美所必需的情境与心境外，更重要的是"生境"的创造，使主体生命活动的动势及机能呈现出节律性。王国维云："自然中之物，互相限制。然其写之于文学及美术中也，必遗其关系、限制之处。故虽写实家，亦理想家也。又虽如何虚构之境，其材料必求之于自然，而其构造，亦必从自然之法则，故虽理想家，亦写实家也。"①

（三）"境界"的"格"

"格"是中国文学传统中的一个艺术标准，既是创造标准，也是批评标准。在文学活动中，"格"关涉品味、体悟及思想、精神状况的表达，更与对生命悟解的程度有关。在王国维那里，"格"与"境界"的本根相连接，《人间词话》开篇即云："词以境界为最上。有境界则自成高格，自有名句。"② 这里的"境界"不仅是词的存在之

---

① 王国维：《人间词话》，唐圭璋编：《词话丛编》第 5 册，中华书局 2005 年版，第 4240 页。

② 同上书，第 4239 页。

根，而且有其"意境"的含义，所谓高格也意味着较高的体验标准。当境界与"格"相合，或者由"格"而显时，就表现出意境的内涵。在《人间词话》中，王国维多处论及了"品格""格调"，如"词之雅郑，在神不在貌。永叔少游虽作艳语，终有品格"。在评姜白石词时称，"格调虽高，然无一语道著""虽格韵高绝，然如雾里看花，终隔一层""南宋词人，白石有格而无情，剑南有气而乏韵"。又有评曰："若屯田之《八声甘州》，东坡之《水调歌头》，则伫兴之作，格高千古，不能以常调论也。"又评"《水云楼词》小令颇有境界，长调惟存气格"。宋李希声《诗话》云："唐人作诗，正以风调高古为主。虽意远语疏，皆为佳作。后人有切近的、气格凡下者，终使人可憎。"王国维接着说："余谓北宋词亦不妨疏远。若梅溪以下，正所谓切近的当、气格凡下者也。""格"作为批评标准，王国维始终将"格"与意境体认相联系，在其与"格"并称的阐释中，则多以姜白石的词作为证据。姜白石既作诗、作词，也进行诗话体悟，其中多言"格"，注重格与意的关系。白石云："意出于格，先得格也；格出于意，先得意也。"① 白石之所以语出此言，也全在于他对自然的推崇，对作诗之"气象"的体认。他指出，作诗有四种高妙，即理高妙、意高妙、思想高妙与自然高妙。这其中便呈现出真正能"知其妙而不知其所以妙，曰自然高妙"。除上述所引外，王国维对白石作诗还有最为重要的一个评价："古今词人格调之高，无如白石。惜不与意境上用力，故觉无言外之味，弦外之响，终不能与第一流之作者也。"②

二 对"真"的绘制与提纯

在中国文学传统中，"真"应该有独创含义：一是自然存在的本真；二是生命活动之真；三是情感之真。在文学活动中，前两者可以

---

① （宋）姜夔：《白石诗说》，载（清）何文焕辑《历代诗话》，中华书局 2004 年版，第 682 页。

② 王国维：《人间词话》，唐圭璋编：《词话丛编》第 5 册，中华书局 2005 年版，第 4249 页。

由实在的境与景来显示，而后者则需前两者的深化及升华。事实上，真正富含意境且意蕴悠长的文学作品，不止于观照自然之真及生命之真的相通，当其表现万物的有机—过程性时，更重要的还需情感之真来疏通。情感之真并不是喜怒哀乐之感情的无节制发泄，也不只是"发而皆中节"，而在于情感对生命有机性的激励程度。情感尽管基于人的生命的动感，但却不沉陷于感性欲望的张扬，更需被不断净化与提纯。因为情感之真基于生命的本真，而生命的本真在于生命有机—过程性，感性欲望并不可能跃迁出生命之真。

　　自然、生命之真与情感之真一体化，在王国维的"境界"论中都有所关涉。王国维云："境非独谓景物也。喜怒哀乐，亦人心中之一境界。故能写真景物，真感情者，谓之有境界。否则谓之无境界。"①王国维所言的"真感情"理应在我们所言的情感范围内。依王国维所言，这时的"境界"不是静止的景物，而是"真景物"，是促发生命之动的生态之"真"，是激发生命情感活动的"真"。王国维还有多为人关注的"隔"与"不隔"的论述："问隔与不隔之别，曰：陶谢之诗不隔，延年则稍隔已。东坡之诗不隔，山谷则稍隔矣。'池塘生春草'、'空梁落燕泥'等二句，妙处唯在不隔。词亦如是。即以一人一词论，如欧阳公〈少年游〉咏春草上半阕云：'阑干十二独凭春，晴碧远连云。千里万里，二月三月，行色苦愁人。'语语都在目前，便是不隔。至云：'谢家池上，江淹浦畔'，则隔矣。白石〈翠楼吟〉'此地。宜有词仙，拥素云黄鹤，与君游戏。玉梯凝望久，叹芳草、萋萋千里。'便是不隔。至'酒祓清愁，花消英气'，则隔矣。然南宋词虽不隔处，比之前人，自有浅深厚薄之别。"②国内多有学者指出，这里的"不隔"为真。假如我们暂且不论何为"真"，仅就王国维所列"不隔"的创作及对"不隔"之真的体验，却也能够品味出何谓"不隔"。王国维特别推崇陶渊明、谢灵运、苏东坡、欧阳修的诗作，他称其为"不隔"。这种评价不只是古已有之的，也是确

---

　　①　王国维：《人间词话》，唐圭璋编：《词话丛编》第5册，中华书局2005年版，第4240页。
　　②　同上书，第4248页。

凿的。叶燮《原诗》云："六朝诗家，惟陶潜、谢灵运、谢朓三人最杰出，可以鼎立。三家之诗不相谋，陶潜澹远，灵运警秀，朓高华。各辟境界、开生面，其名句无人能道。""陶潜胸次浩然，吐弃人间一切，故其诗俱不从人间得。"① 澹远、警秀、高华，且"俱不从人间得"，而必从自然、生命底蕴中生，从情意体验的至深处而得，显现为"不隔"之境。故王国维言之所以有"隔"与"不隔"之别，因为"有浅深厚薄之别"。如果我们认同"不隔"为"真"，即为"境界"创作的本有状态，是自然而然，是生命体验之真的存在，亦为"真景物，真感情"所在。"隔"即为主体自身的东西过多，也就是"有"与"我"占据主位，乃始终为"利"与"欲"缠绕，形成了距离，往往会淹没自然之"在"，变异自然而然的"本真"。"不隔"之所以为"真"，就是"有"与"我"消融在"无"中，亦即在"自然而然"中观照"我"，"我"与"真"是有机性的存在，是无距离的存在，也是"生态"性的存在。显然，"隔"与"不隔"实为有距离与无距离之关系的中国化表述。

王国维还言："大家之作，其言情也必沁人心脾，其写景也必豁人耳目。其辞脱口而出，无矫揉妆束之态。以其所见者真，所知者深也。诗词皆然。持此以衡古今之作者，可无大误矣。"② 这里也论到了"真"，其中"见者真""知者深"，在二者的关系中，可视前者决定后者，后者映衬、结晶前者。也就是说，只有所见为"真"，才能体验"真"，才能发现自然而然之有机性的"在"。这时，对生命、对情感的把握才能是"真"，进而才能对"真"境界有至深解悟及把控。在我看来，这里的"知者深"一方面可看作对自然之"真"的认识和把握得"深"；另一方面，可有更加深刻、形象、富有感染力的话语来表达对自然之"真"的体悟，继而对生命有机性的体验，对情感韵律、韵味有深刻的悟解。否则，便不会"言情也必沁人心脾""写景也必豁人耳目"，并且会布满"矫揉妆束之态"。这时的文

---

① （清）叶燮：《原诗》，（清）王夫之等撰：《清诗话》，上海古籍出版社1978年版，第602页。

② 王国维：《人间词话》，唐圭璋编：《词话丛编》第5册，第4252页。

学活动不只会"隔",想必也会是"大误"。这在评述纳兰词时,王国维也称其为"真切",因为"纳兰容若以自然之眼观物,以自然之舌言情"。之所以有这种"真切"的"自然之眼"和"自然之舌"的视与观,言与述,是因为纳兰容若"初入中原,未染汉人风气"。所谓"汉人风气"就是骄奢之气、权贵之气与名利之气,一旦被此熏染,必会阻隔自然之"真",变异感悟生命之真的"真感情"。

王国维作为世纪性的人物,其思想也不乏西学影响,而其"真"性绘制及对"真"的把握,显然渗透着康德之"真"。故国内也多关于王国维"境界"有西学之源的论争。罗钢就称,这其中"潜伏着一种系统的诗学话语",是"一种以'康德叔本华哲学'为基础的、在中国诗学史上从未有过的'新'的诗学话语"。它的基本的构成元素包括四重内容:一是以叔本华的直观说为核心的认识论美学;二是席勒关于自然诗与理想诗的区分;三是康德的自然天才理论;四是席勒—谷鲁斯的游戏论。"一个中国传统诗学遗留下来的符号",使得中国古代诗学与现代西方美学在这个符号之内发生着冲突和嬗替。①尽管我们肯定王国维思想中的西学影响,但也未必认同这种"变体说"的否定性评价。事实上,作为世纪性人物,其生活境域中中西文化接触已经初显端倪,思想的综合性是不可否认的,但其对文化根脉的沿袭、传承及再生,又是无法断裂的。

三 "有我""无我"之境的转换与过程性

我们已经谈到有与无的本体存在特性。王国维"境界"论中关于"有我之境"与"无我之境"的体验,作为有与无之情结的实践及延展,更是对有与无之审美体验的"生态"观照。

王国维论"境"的有我与无我的两重性,实际上是出于升华意义而言的。这两重"境"也是生成、递进、转换及有机—过程性存在,其中作为最高之境必然是能够呈现"无"性的境界,亦即这是原发

---

① 罗钢:《意境说是德国美学的中国变体》,《南京大学学报》(哲学·人文科学·社会科学版)2011年第5期。

的、真性的，显然，在王国维这里，就是"无我之境"。所谓"无我之境"就是经由物与我、我与物的有机交融，而使"我"消融到物中，以期涤除功利性的"我"，而后展示的一种超越意义上的"我"，也同于"忘我"。显然，这里所言的"物"，不止于实在、实体存在的自然物，而更是物物间、生命机体间的有机—过程性连接，或显示生态/生命有机性存在，只有在这种有机性的"真"境界中，"我"才能真正弱化利欲，归复"真"我。王国维云："有有我之境，有无我之境。'泪眼问花花不语，乱红飞过秋千去'，'可堪孤馆闭春寒，杜鹃声里斜阳暮，'有我之境也。'采菊东篱下，悠然见南山'，'寒波澹澹起，白鸟悠悠下'，无我之境也。有我之境，以我观物，故物皆著我之色彩。无我之境，以物观物，故不知何者为我，何者为物。"① 我们应该看到，王国维这种"有我"与"无我"体验内存着儒道两家的人生情怀，本无优劣高下之别，但就艺术体验的特性及其过程性来说，也的确是有别的，不然王国维也不会情感深蕴地给予反复解说。

宋人邵雍有"观物"与"我观"的表述。他在《观物内篇》中云："圣人之所以能以万物之情者，谓其圣人之能反观也。所以谓之反观者，不以我观物也。不以我观物者，以物观物之谓也。既能以物观物，又安有我于其间哉！"《观物外篇》亦云："以物观物，性也；以我观物，情也。性公而明，情偏而暗。"② 这里，邵雍所言圣人因于"反观"，而能体味万物之"情"。而所谓"反观"，也就是"以我观物"，我是观物的标准。假如"以物观物"，我不在其中，故我亦被"否定"。邵雍是依据"圣人"标准而言的，"我"是一个阐释中介，而圣人必然是以自身为标准的。尽管这里并未认同"以我观物"，但我们也须看到，其言并不是出于艺术体验，其中所提及的"万物之情"，也未必是审美活动中的情感激越，因而这是理智性的阐释，亦即理性之"观"。但这种"观"进入艺术审美活动中，通过

---

① 王国维：《人间词话》，唐圭璋编：《词话丛编》第5册，中华书局2005年版，第4239页。

② （宋）邵雍：《邵雍集》，郭彧整理，中华书局2010年版，第49、152页。

深度的情感体验而延伸至对物与我的观，这里的"观"则是变化的，即不同于理性的"观"，或曰情之"观"，是更高境界的观及"无我之境"的观。如果我们借用德国著名的宗教哲学家马丁·布伯的话来诠释"有我"与"无我"，实际上这种"观"也表征了"我与他（它）"及"我与你"的关系。在马丁看来，人生活动的这两重关系展开，既表明世界存在的二重性，也指出人如何生存于二重世界中。"我与你"的关系表明我与你的"相遇"而呈现出相融关系；在"我与它"的关系中，我与它（他、她）就成为经验、对象性的关系。布伯说："凡称述'你'的人都不以事物为对象。因为，有一物则必有他物，'它'与其他的'它'相持，'它'之存在必仰仗他物。而诵出'你'之时，事物、对象皆不复存在。'你'无待无限。言及'你'之人不据有他物。他一无所持。然他处于关系之中。"① 尽管布伯并非论及"观"，但他对这种双重关系的分解却给予我们以启示。"以我观物"所构成的关系实际上是对象性、经验性关系，亦即"我与它"，而"以物观物"之关系，更似主体间性关系，其中业已赋予"物"以主体性存在条件及必要性，这样所建立的即为"我与你"的关系。

"以物观物"并不是完全消除"我"的存在，而是将以"我"的标准给予境界性提升、转换。"我"与"物"在"观"中，不只为词语的转换，更重要的是关系特性的变化，是在关系性中所指涉的对象及角色的转换，是"我"在"境界"体验中与物，甚至与我自身的交往、互动方式的转换。当确立"你"的主体地位及存在必然时，就会显现为你中有我、我中有你的关系；当归复"物"的主体地位时，即会存在物中有我、我中有物的关系。布伯又说："'你'与我相遇，我步入与'你'的直接关系里。所以，关系既是被择者又是选择者，既是施动者又是受动者。""人必以其纯全真性来倾诉原初词'我—你'。欲使人生汇融于此真性，决不能依靠我但又决不可脱

---

① ［德］马丁·布伯：《我与你》，陈维刚译，生活·读书·新知三联书店1986年版，第19页。

离我。我实现'我'而接近'你'；在实现'我'的过程中我讲出了'你'。"① 当把"境界"作为生态有机关系对待时，我们会体认到，将这两种关系进行有机性界分也是极为有意义的。"有我之境"与"无我之境"以"有"与"无"为本体存在，而成就其境界化、审美化，这实际上是生态有机关系的不同表现，"无我"即为超越现实之"有我"的更高意义上的"我"。试问，马丁·布伯何以会产生这样的看法呢？因为他是出于宗教研究和宗教体验，而悟其人活动的真义，我们所讨论的"境界"并非宗教性体验，但却与其有着内在相通之点，故也会产生相通的体验。

从审美的过程方面讲，境界生成的"我"理应成就袪利而显魅性的"我"。从"以我观物"到"以物观物"，从"有我之境"到"无我之境"可以视为体验过程，由"我"（现实存在的、物性缠绕且被利欲役累的我）向"物"（弱化物性及功利，且去累的、"寂静"的我）的转换，实际上就同于"有"（现实、功利之有）向"无"（超越现实、功利的无）的转换，更为超越，这必然是更高层次的体验（超越性体验），也是"我"在有机—过程性中的价值提升。这种由超越性的"无"而内存的"我"，也是更高意义上自我实现的"我"，作为超越性的"我"，也就是多样性与共生性（即有"我"与自然万物之生命存在的多样性与共生性，也有"我"与社会、与人、与自身活动的多样性与共生性）相交织、相融合的"我"（"生态"化的"我"）。

四 对"造境"的过程性把握及人生境域的延展

"境"由"造"而成，如果我们将"写"视为"造"的外在化、现实化的手段及过程，那么，这时的"造"即为创造。从主体活动来讲，是由外在之物的感发到心灵境界的意象化，进而给予外在之"写"的艺术传达。

---

① ［德］马丁·布伯：《我与你》，陈维刚译，生活·读书·新知三联书店 1986 年版，第 26—27 页。

在中国古代人的审美体验中，这种"造"，既"造势"，又"造境"，进而形成"意象"，创化"境界"。"造"的过程，也是"游"的过程，即为"游心太玄""逍遥游"，又呈现"心与物游""神与物游"。这种伴随始终的"游性"，成就身体之游和精神之游双重交织的审美体验。这其中既是现实之游，是物境中的游，更是心游、情游，以至于神游。这里的"造"与"游"都必须在生命的动态中，在动势的创造中显示。宗白华说："中国诗人、画家确是用'俯仰自得'的精神来欣赏宇宙，而跃入大自然的节奏里去游心太玄。"① 事实上，"大自然的节奏"既为"游"的前在因素，也是"造"与"写"的基础性因素。这种由"游性"而"造势"与"造境"是中国古代人进行"生态/艺术"化的审美体验/创造的一种至法，其中蕴涵着无尽的奥秘，甚至是玄机，而这种意义所创化的"境界"魅力是无尽的。"造境"成于身心之"游"，"游"无定准，实为无法之法。这种"法"在中国古代的诗词、绘画、书法、舞蹈，甚至是园林艺术中都得到最好的表现。如唐代王维五言诗《青溪》云："言入黄花川，每逐青溪水。随山将万转，趣途无百里。声喧乱石中，色静深松里。漾漾泛菱荇，澄澄映葭苇。我心素以闲，清川澹如此。请留盘石上，垂钓将已矣。"此诗就非常明显地表征了这种由造势而造境的转换节律，并且是在"游"性中展示这种节律的，节律运行必然是"大自然的节奏"的延伸及审美化再生。这里的"游"作为生命活动状态必然呈现出诗性、情性、心性，且伴以"生"及身心动态而蕴聚着"生生"的生态韵律。对于"写境"不过是这种"造"的操作及外化手段，应该是包容在造势与造境中的。"写境"主要通过主体情感的运思，加之肌体的运动而将这种"造"的心灵状态及所形成的审美意象进行转换，或者是外化、现实化，且超越有限的时间与空间，而归复更加广大且富含超越性的时空。宗白华说："中国人于有限中见到无限，又于无限中回归有限。他的意趣不是一往不返，而是回旋往复的。""中国人抚爱万物，与万物同其节奏：静而与阴

---

① 宗白华：《艺境》，北京大学出版社1997年版，第217页。

同德，动而与阳同波（庄子语）。我们宇宙即是一阴一阳、一虚一实的生命节奏，所以它根本上是虚灵的时空合一体，是流荡的生动气韵。"① 在我看来，创生艺术境界之高妙的玄机全在于这种依据自然生态之理、润泽自然生态之机的造势与造境，实际上真正的艺术之境也全在于这种"造"，真正的艺术境界必得自于生态审美之境，而真正的生态审美之境又必基于自然生态之境"流荡的生动气韵"，进而创得"虚灵的时空合一体"。王国维云："诗人对宇宙人生，须入乎其内，又须出乎其外。入乎其内，故能写之。出乎其外，故能观之。入乎其内，故有生气。出乎其外，故有高致。美成能入而不出。白石以降，于此二事皆未梦见。"② 这种造与游，出与入，动与观而成就的宇宙之"在"（境），是"生生"的有机—过程性呈现，更是审美体验之境界性的展示。

由"写境"而"造境"，由"有我之境"而为"无我之境"，由"入乎其内"而至"出乎其外"，都可谓生态/艺术审美体验及境界创造的过程呈现，也是其层次性构建。由此，我们可以将这种过程性、转换性及层次性之"势"给予深度体味，进而观览王国维对人生境界的层次描绘，或许还会有新的体验及阐释，似可以给予重新解析。王国维云："古今之成大事业、大学问者，必经过三种之境界。'昨夜西风凋碧树。独上高楼，望尽天涯路'，此第一境也。'衣带渐宽终不悔，为伊消得人憔悴'，此第二境也。'众里寻他千百度，蓦然回首，那人却在，灯火阑珊处'，此第三境也。"③ 长期以来，学界对王国维的这段描绘疑问颇多，即王国维在《人间词话》中多讨论及体验艺术境界问题，而较少论述人生，即便讨论人生问题，也多关涉古代诗词作家及其创造，更多的是以名篇、名句为证据支撑。但在这段话中，通过层次性绘制，抒写人生境界的层次，似与整体不甚合辙。但事实上，从我们对"境界"的过程性、转换性及层次性的分

① 宗白华：《艺境》，北京大学出版社 1997 年版，第 229—230 页。
② 王国维：《人间词话》，唐圭璋编：《词话丛编》第 5 册，中华书局 2005 年版，第 4253 页。
③ 同上书，第 4245 页。

析中却完全可以看出，王国维的论述恰恰是走进了思维中心，即将艺术体验拓展为人生体验，又将单一境界（或对多个文学文本的境界揭示）的层次，放射至人生境界的丰富性及全面性。而细读、细思且深度体验这段话，我们似可以看到，这恰恰是一个有机—过程性转换，也是王国维"境界"论的精义所在。这其中显然是由"有我之境"而为"无我之境"的境界性展示，由"入乎其内"而至"出乎其外"的审美体验及人生境界创造的过程呈现。"独上高楼，望尽天涯路"与"衣带渐宽""伊人憔悴"实际上都关涉"我"的困顿，不管是身体性的，还是情意性的，皆是入乎我之内的，也是缠绕于"有我之境"的。在这种过程中，历经寻觅，却蓦然发现，不仅仅是人，也不只是焦虑的"我"，更是能够超越困顿的"我"。人要行进且人生解困，不可能总是缠绕于焦灼中，不可能总是"憔悴"的，且被利欲及愁苦所禁锢着，而必须走出，进行自我超越，"外观"（以物观）自我，才能真正发现自我，也就是"出乎其外"而创生"高致"人格的"我"，这恰是蓦然回首，这个"我"却在灯火阑珊处。

第四节　境界智慧的现代探究

中国文化传统中"境界"的推演及话语表述极为丰富，典籍浩瀚，渗透力极强，智慧性表述精到。在现代境域中，"境界"仍在本体论、认识论及价值论的诸多层面展示其魅力，而成为调控社会人生，认识自然、生命，塑造道德人格的重要标识。我们的研究或许更应注重对 20 世纪重要学者关于"境界"的体验及学理性阐释，一方面旨在延展"境界"观的历史脉络，认识其现代意义；另一方面力求以现代人的学理构建、思维把控和人生追求为参照，审视"境界"的生命力及永续性。此外，我们理应明确，探究境界智慧的现代意义是绕不过中西方文化融通这个"坎"儿的，或者我们需由此提供几个思考路径：一是境界智慧现代意义的呈现皆是中西合璧且交融的结果，具有跨文化交流及接受的特点；二是这系列性境界智慧的创制者皆学贯中西，既深涵中国文化传统的滋养，又精透西学思维及方法，且又能使两者有机合作；三是不同学人所把控的境界智慧，尽管并未赋予"生态"的称谓，但其中不仅深蕴生态意味，并且观念确证、思维拓展以及境界层次的划分却已经透析着明确的生态意涵。值此，我们有两个必须明晰的路向：一是对境界智慧的观照及把控，是研究中国文学传统特性及其现代转换绕不过去的"坎"儿，同时也是深化西学之诗性观照的重要方法；二是这为我们观照植生于西学的生态批评与中国文学传统的融合及学理构建问题，不仅提供了历史、文化之认识的学理条件，或者说，这会形成一种延续脉络，而且给予我们的研究以方法论的启示及接续。

一　冯友兰的"四境界"

冯友兰有著名的"四境界"说。他的"境界论"其实已经满含着价值论的意义，其中"生态智慧"意涵也异常明晰。冯友兰首先肯定"境界"的最基础性存在，即自然境界，在此基础上，则肯定了境界中的个体性所指，或者明确了不同境界的层次，往往是由个体活动的状态来显示的。人在境界中的活动是致力于不断地"觉解"，并最终追寻作为"知天"的人。何谓"觉解"，冯友兰指出，"解是了解""觉是自觉"。人做事且了解事，即为"解"，但不仅了解而且自觉做事，即为"觉"。"人生是有觉解底生活，或有较高程度底觉解底生活者。"①

冯友兰说："每个人都是一个体，每个人的境界，都是一个个体底境界。没有两个个体，是完全相同底，所以亦没有两个人的境界，是完全相同底。但我们忽其小异，而取其大同。就大同方面看，人所可能有底境界，可以分为四种：自然境界，功利境界，道德境界，天地境界。"② 冯友兰认为，在各境界的行为表现中，自然境界是"顺才或顺习"，功利境界是"为利"，道德境界是"行义"，天地境界是"事天"。显然，他是将天地境界作为人生的最高境界，自然境界则

① 冯友兰：《新原人》，生活·读书·新知三联书店2007年版，第11—12页。
② 同上书，第45页。

是基础性的。人的基础性境界主要是"知性"，这里"性"与"才"是相通的，因为冯友兰把"性"视为逻辑学意义的表达，而"才"则体现出生物性的意义。自然境界中的"习"，即指习惯，但性、才、习皆指对于所行之事，没有清楚的了解，没有明确的意义，"似乎是一个混沌"，而在天地境界中活动的人主要是把握"全"。显然，这可以证明，人的活动及其对人之理的掌控必须是清晰的、明确的。对此，冯友兰又指出："在此种境界中底人，了解于社会的全之外，还有宇宙的全，人必于知有宇宙的全时，始能使其所得于人之所以为人者尽量发展，始能尽性。在此境界中底人，有完全底高一层底觉解。此即是说，他已完全知性，因其已知天，所以他知人不但是社会的全的一部分，而并且是宇宙的全的一部分。"① 在冯友兰看来，只有这种天地境界中"知全"的人，才是人最高层次的存在，因为这会既知人、知社会、知天，更知人与社会都为宇宙之天的一部分。

我们将冯友兰的自然境界与天地境界打通来看，实际上其中内存着循环性思维。这种着意至高境界的寻求及方法论构建，更重要的是旨在回归一个现实，那就是人来自于自然，最终必然回归于自然天地。当然，这种回归必然是超越性的，是"觉解"的过程，因而不是归复原初的自然，而是被人生体验升华了的自然，是"觉解"的自然，所以，冯友兰称之为"天地境界"。显然，这里加重了对"天"的理解，但这里的"天"也不是原初的、客观实在的"天"，而同样是升华的，是"觉解"的"天"。在这种境界中活动的人，是"知天"的人，也是"觉解"的人。事实上，冯友兰在论述孟子的"天民""天职""天位"与"天爵"之说时对这种境界中的人给予了绘制，并深刻表述为："知天底人，觉解他不仅是社会的一分子，而且是宇宙的一分子。所以知天底人，可以谓之天民。当然任何人都是宇宙的一分子，不过一般人虽是如此而不自觉。所以他们在宇宙间，正如一个社会中的奴隶，而不是其中底自由底人民。只有知天底人，对于他与宇宙底关系，及其对于宇宙底责任，有充分底觉解。所

---

① 冯友兰：《新原人》，生活·读书·新知三联书店 2007 年版，第 48—49 页。

以只有知天底人，才可以称为天民。天民所应做底，即是天职。他与宇宙间事物底关系，可以谓之天伦。一个人所有底境界，决定他在宇宙间底地位，如道学家所谓贤人地位，圣人地位等。这种地位，即是天爵。"① 与"天"并称，且融入"天"的人，显然是最高境界的人，或者就是"自我超越""自我实现"的人。

这种超越、提升并不是一蹴而就的，而必须基于有机—过程性。所谓"觉解"也必然是过程性存在，其过程就需要经由功利境界和道德境界而逐步提升。冯友兰指出："功利境界的特征是：在此种境界中底人，其行为是'为利'，是为他自己的利。"② 同时，他也指出，动物的活动也是"为利"，但大多数动物的"为利"是本能，不是出于"心灵的计划"，而人却不同。这里，冯友兰将功利境界作为自然境界的提升，可以看出，他所言的"自然境界"并非我们常言的自然而然意义上的"自然"，而是带有实在性的、生物性的自然。因为他言"为利"时，也分析自然境界中人的"为利"。在这种境遇中，人也为自己的"利"，但却不清楚需"觉解"，这是不自觉的。在功利境界中，"为利"就带有自觉性，是经过"觉解"的，也是有目的性的。对于道德境界，冯友兰指出："道德境界的特征是：在此种境界中底人，其行为是'行义'底。义与利是相反亦是相承底……在此种境界中底人，对于人之性已有觉解。他了解人之性是涵蕴有社会底。"③ 社会和个人在道德境界这里不是对立的，并且知人必依全面，依其"性"而发展。这里，冯友兰还明确指出，他所言的"道德"与道家所言的"道德"不同，是现代意义上的含义，实际上就是围绕人的行为方式而言的活动。

冯友兰在总结性的话语中指出，之所以境界有高低，之所以划分高低，就是因为"觉解"。"其需要境界多者，其境界高；其需要境界少者，其境界低。""境界"的逐级递升，也表明"觉解"的程度。

---

① 冯友兰：《新原人》，生活·读书·新知三联书店2007年版，第137页。
② 同上书，第47页。
③ 同上书，第47—48页。

"天地境界，需要最多的觉解，所以天地境界，是最高底境界。"① 在他看来，在天地境界中的人是圣人，"是最完全底人"。在冯友兰的论阈中，尽管具有儒家文化的道德延伸，但又由自然的基础性存在到最高境界的天地升华，一方面，是沿着对自然的实在性的肯定而展开论述的，另一方面，始终未脱离对人的活动的行为方式的把控，并始终抓住"利""性"等生命现象。我们由此而体认境界的生态智慧，可以悟出从生态存在的意义上认识人之理的学理意义，并从中把握人的存在的本真性并给予学理以现实的确证。

冯友兰从系统整体性及全面结构性的角度构建了"境界"的层次，并将其设定为一个不断递升的运化且又呈循环性的有机—过程性。更重要的是，他将自然境界作为基础性存在，又将天地境界作为最高境界，同时肯定了境界存在及其差异性。这些都为我们体认生态智慧提供了启示。

二 宗白华的"六境界"

在宗白华的美学思想中，"意境"是其最重要的阐释对象，或者说，他是由生命体验及美学提升而升华至对境界的探寻的。在《中国艺术意境之诞生》一文中，他对境界层次也有系统的描述。宗白华说：

> 人与世界接触，因关系的层次不同，可有五种境界：（1）为满足生理的物质的需要，而有功利境界；（2）因人群共存互爱的关系，而有伦理境界；（3）因人群组合互制的关系，而有政治境界；（4）因穷研物理，追求智慧，而有学术境界；（5）因欲返本归真，冥合天人，而有宗教境界。功利境界主于利，伦理境界主于爱，政治境界主于权，学术境界主于真，宗教境界主于神。但介乎后二者的中间，以宇宙人生的具体为对象，赏玩它的色相、秩序、节奏、和谐，借以窥见自我的最深心灵的反映；化实

---

① 冯友兰：《新原人》，生活·读书·新知三联书店 2007 年版，第 50 页。

境而为虚境，创现象意味象征，使人类最高的心灵具体化、肉身化，这就是"艺术境界"。艺术境界主于美。①

对于自然境界，宗白华没有单独论及，但他所言功利境界则有同于冯友兰所论的自然境界，或者也类同于冯友兰论说中前两个境界的合一。从这种意义上看，对于人的基础性存在，即将自然物性活动作为境界的底层，作为普遍的价值判断，东西方有其相同性。如马斯洛需要层次结构的底层即为人作为生命存在的最基本的需要，事实上，这恰恰符合人作为自然生物存在的根本特点。宗白华将伦理境界设为第二层次，因为在更上级的层次上，他设置了政治与学术层次，这种划分在一般的境界层次分类不多见，但在关注人的社会、伦理活动构成方面，这又是必不可少的，尤其是政治境界。当政治权利在一定时期成为人的生存的重要手段时，亦会成为人们普遍追寻的境界，但这种权利可以有多个层面，有对人的存在基本权利的设定，有对人的社群组合关系及其方式的设定，也有对极大地获取政治领导权力的动议，同时也有对公平、正义的追寻。在宗白华的境界设定中，这一层次的境界主要是表述关于人的社会组织关系构成的状况。对于学术境界，宗白华主要是基于科学理性崇尚，对人类智慧的向往而设定的。一般来讲，人们设定境界层次及需要层次结构时，往往会忽略这个层次，但事实上，人类活动之智慧的积淀和结晶，是需要由科学思维和科学活动来完备的，这就需要有从事科学活动的人，那么，境界划分方面同样需要这样的层次。宗教境界并不强调皈依宗教，而是依这重境界而祈望人性的至高层次构建，需要对"真"的真实把握。这里的"真"既有宇宙自然存在之真，同样应该有人的生命存在之真。因为宗白华强调的是"冥合天人"，是"返本归真"，实际上是在境界性追寻中逐步弱化功利性，或者是不断进行人生境界的升华。

作为美学家，宗白华将艺术境界设为最高境界，尽管还没有对这重境界中的审美活动方式给予必要的绘制，但其中对宇宙人生具体对

---

① 宗白华：《艺境》，北京大学出版社 1997 年版，第 159 页。

象的规定，却也明晰了艺术境界的本质。这其中有两重重要内涵需要我们加以分析：一是与宇宙本体存在相一致的"真"。其中学术境界就是求真的，并且更求世界（自然、社会、人生）之真，宗教境界的求真是超越性的，并不要人复写世界之真，而是从超越意义上认识人生之真。二是境界归位了人生追寻，弱化其功利性。因为在前三重境界中，都或多或少、或深或浅地含蕴着功利性价值的判定，而超越意义上的境界则是超越功利的，尽管科学活动也内存着功利，但对智慧的把控及提炼，则更多地构建的是知识价值，而非功利价值。从这种意义上看，艺术境界既求真又弱化功利，只有这样，艺术才能进行心灵化的提升。在实与虚的境界中，艺术还需由虚向现实还原，让心灵之境回到人的现实中，驻留在人的生命有机体中，因而美的境界就不是虚幻的，而是现实具体的，是跃动于身体中的，促动人的生命力，并具有体验和谐生命的情调。宗白华进一步论说道："一个艺术品里形式的结构，如点、线之神秘的组织，色彩或音韵之奇妙的谐和，与生命情绪的表现交融组合成一个'境界'。每一座巍峨崇高的建筑里是表现一个'境界'，每一曲悠扬清妙的音乐里也启示一个'境界'。"①

我们从"生态"层面看宗白华的境界论，是否可以形成几重判断：其一，全面构建了境界整体的有机结构，同时肯定人的现实存在的基础性，并且在美的境界中，特别指出"使人类最高的心灵具体化、肉身化"，显然，这关注到了作为生命有机体之活动的生态存在。其二，对各境界组合，宗白华非常关注关系性构建，即便在权利境界的设定中，他所关注的是人的权利，是在人群互制关系中的活动，而艺术本身就是关系性的存在。这是否也表明，人活动的一切关系状况无不是自然及"生态"关联的体验、延伸及派生。其三，作为美学家的宗白华将艺术境界设为最高，并跃迁于宗教境界之上，这是艺术家、美学家的决断，实际上是把握了艺术的真谛。尽管他没有指出，但我们不妨设定，艺术境界完全可以成为前几个境界的集合，或者是

---

① 宗白华：《艺境》，北京大学出版社 1997 年版，第 77 页。

包容的，并且也是回归的，既体现了有机循环状态，也呈现了"自我实现"的节律。所谓回归，即艺术境界无法别离人的感性存在，艺术的体验不离感性具体且激越的生命有机体的活动。宗白华指出："艺术境界不是一个单层的平面的自然的再现，而是一个境界深层的创构。从直观感相的模写，活跃生命的传达，到最高灵境的启示，可以有三层。"这就是宗白华接着引述的蔡小石在《拜石山房词》序里所形容的三境界，其中在对各个"境"的表述后面，既加上自己的阐发，又增添了江顺贻的评赞。即"夫意以曲而善托，调以杳而弥深。始读之则万萼春深，百色妖露，积雪缟地，余霞绮天，一境也（这是他对直观感相的渲染）。再读之则烟涛澒洞，霜飙飞摇，骏马下坡，泳鳞出水，又一境也（这是活跃生命的传达）。卒读之而皎皎明月，仙仙白云，鸿雁高翔，坠叶如雨，不知其何以冲然而澹，悠然而远也（这是最高灵境的启示）"①。当有活跃的生命躯体参与其中，并传达出跃动的生命力量时，艺术的灵境便不会是虚空，不是虚无缥缈，亦未别离实在基础，但却不拘于现实之功利所累，这种境界必然呈现出生态化的状态。

三 唐君毅的"九境界"

唐君毅（1909—1978）是当代新儒家的领军者。唐君毅的"九境界"是一个极为复杂、结构"繁中更有繁"的境界系统。他自况曰，这"如九爪之神龙之游于九天，而气象万千"。"则此九境者，又有如倚一山而建之三进九重之宫殿，亦原有回廊曲径之逶迤而上者，足以通之。然亦可开四面之窗以相望，而楼阁交映，即翻成幻影；而其上下、左右、内外相望，所成复杂关系，则可使人觉迷离而难辨。此迷离难辨之幻影，亦多姿多彩，足以娱心，其本身亦具一审美之价值，然亦使人疑惑。"② 这"九境界"与冯友兰的"四境界"也是异曲同工的，即同由自然万物始，且关注个体存在，经由道德提

① 宗白华：《艺境》，北京大学出版社1997年版，第163页。
② 唐君毅：《生命存在与心灵境界》，中国社会科学出版社2006年版，第26页。

升，而最终进入天地境界，同时，这又是一个由实而虚的过程。在唐君毅那里，最高境界之虚，非实虚，而是超越性的虚，是建立在"实"的基础上的"虚"，亦是唐君毅所论最高境界之"天德"。

我们从其"繁"中足可以看到，唐君毅的境界论更细致，知识性、形上性及道德理性更加明晰，对生命的感悟更加直观，其心性的理解也更加深透和系统，实际上是他对生命哲学和道德哲学的系统化阐释，甚至对所关涉到的诸多学科的层次位置也有着明晰定位，学理内容的关注对象确证且繁复。唐君毅明确表示，他所言的境界是为"生命"所言，其中关涉"心灵"，也为生命而言。而生命与心灵间关系融通，亦即共为"相"，也共为"用"。他说："如以生命为主，则言生命存在，即谓此生命为存在的，存在的为生命之相。如以存在为主，则言生命存在，即谓此存在为有生命的，而生命为其相。至于言心灵者，则如以生命或存在为主，则心灵为其用。此心灵之用，即能知能行之用也。然心灵亦可说为生命存在之主，则有生命能存在，皆此心灵之相或用。此中体、相、用三者，可相涵而说。"① 生命是有机存在，是实在，又是中介；既是基础，又是机能跃动的。当生命的体、相、用三者相涵，实际上指出了生命的有机整体及关联特性。这时对生命及境界的言说及确证就富含着生态智慧的意味。

唐君毅的境界论分为客观境界、主观境界和超主观客观境界。客观境界有万物散殊境——观个体界，依类成化境——观类界，功能序运境——观因果、目的手段界；主观境界有感觉互摄境——观心身关系与时空界，观照凌虚境——观意义界，道德实践境——观德行界；超主观客观境有归向一神境——观神界，我法二空境——众生普度境——观一真界，天德流行境——尽性立命境——观性命界。此为"九境"。

（一）客观境界

其中的第一境是呈现人的存在之初的境界。在这重境界中，人是不能观自身本性的，亦即不能"观其体"与"观其相"的，这时需外照而非内照，也就是不自觉的阶段。作为客观之境，人的心灵活动也

---

① 唐君毅：《生命存在与心灵境界》，中国社会科学出版社 2006 年版，第 1 页。

是向外的，生命个体及事物"万殊"，即为千差万别，多种多样，个体差异性及事物的类别差异明显，所以称为"观个体界"。第二境被称为"化境"，也为"观类界"，我认为，这是一个转化的境界，即从个体的差异，物性特征明显的境界，转向人的"类"特性境界，即"定种类"，但却是前在的，显然不在于凸显善。这重境界仍然注重生命及个体的实体性之类，因而变化明显，其中，包括知识性求解，即对物的"类"的分野也必须是知识性的，且需形而上的。这里也包括人的活动的"类"的划分，甚至关涉职业性之"类"别。第三境是功能性的，需观其因果及目的性，即在前一境的基础上，观"类"的划分的因果关系，看其手段及目的，并且观物之类与物之间的因果关系，而人的活动也以物为手段，而达自身之目的。在这三重境界中，唐君毅指出，主体所观的世界为客体的存在，对于人的生命心灵之主体而言，这是"他"，主体在觉知客体时也被视为"觉他、知他"。

（二）主观境界

这是"非觉他境，而为自觉境"。第一境是人以感觉摄取外物，并于此中观身心关系与外在时空，主体观事物的外在状貌，即"之物之相"，并一起感觉，进而以理性推知且明晰事物的特性。对于主体与主体而言，相互间即可互摄，又各自独立，亦为"散殊而互摄"。故这一境被称为"感觉互摄境"。第二境称为"观照凌虚境"，其义为，人的活动捕捉到外在事物的形貌、状态，并给予摄取、吸收，故暂且可以"游离脱开"，在"凌虚"之状中进行思考、分析、归类，并把握其意义，故被称为"意义界"。第三境作为"道德实践境"，显然是观人的行为方式的，要把握人的思想、目的且符合理想，更需普遍化，并能够将其意义转换为现实活动，所以本境界成为"观德行界"。在这一境中，不仅要将道德理想付诸行动，而且需要给予语言以律令，同时作用于人的道德生活和道德人格塑造。唐君毅指出，这三境是主体摄取客体之境，其中更要超越主客之分，而由自觉至超自觉，也是超主客之绝对主体境。

（三）超主客观境

这是带有宗教色彩的体验性而生成的境界。在这一境中，关涉了神教、佛教和儒教，其目的是循前六境而逐级上升，进入三境，观其异同，理其意义，进而推升境界的层次。对于第一境，唐君毅称这是"绝对真实境""形上境"，实际上也消除了实有境中的对立性，以及先入为主的观念导向性，因而为"超主观客观境"。他称这一境与一般哲学中所言的宇宙观之境有不同含义，他这样辩证说："一般哲学中之宇宙观，乃于一主观观点中，观宇宙万物，更见此万物之呈于此主观观点中之性相等。此乃先设定所观之宇宙万物为实有，观之之主观观点为实有。在今兹所说之形上境中，在其有超主观客观之意义上，则可不先设定宇宙万物为实有、主观观点为实有，其兼同主观客观之义，可为其第二义，而在此兼统主观客观之义中，亦可全泯除一般宇宙论中之主观观点与所观客观宇宙万物之相对。"① 事实上，这种"观"在实有的境界中，不论是客观事物，还是人的存在，抑或进入前在的那个境界都是不可能存在的，或许只有"神"的境界可实现，故此境为"观神界"。第二境源于道教与佛教，以"我法二空境之思想，要在以佛家破我法之执，如实观法界诸法，正诸法之空性、众生之佛性思想为代表"。所以，这一境成为"我法二空境——众生普度境"，实际上是在综论"宗教道德情感"，但这不同于一般道德人格塑造问题。因为"如其宗教道德情感，不只限于对吾人今生所见之人类，而及于一切世界中一切能感苦乐之生命存在"②。第三境是"天德流行境——尽性立命境"，似乎又从神境、宗教境中回到大地之境，回到现实的认识中，回到生命机体的存在上，这有同于如约行进了一个生命的循环。因为此境处于儒家道德观里，且展示了儒家的道德实践，乃观人之道德成就，同时是"天德"流行，这也是"超主观客观境"。唐君毅同时指明，道家所言的道德亦可融于其中，并且这一境是"切于吾人当下之生命存在与当前世界而说"。"要在顺吾人生命存在之次序进行，与当前之世界之次第展现于前，依由先至后，由始至终，由本至末之顺观，以通贯天人上下之隔，亦通贯物

① 唐君毅：《生命存在与心灵境界》，中国社会科学出版社 2006 年版，第 396—397 页。

② 同上书，第 439 页。

我内外之隔，以和融主观客观之对立，而达于超主观客观之境。"①
故此境被称为"观性命境"。

（四）　通观九境

唐君毅视"九境"为一体，并且是在整体上的生命存在与心灵之
境界。他的总结表述概括了"九境"的特点："此前三境之由论形体
之事物，归于功能之序运，如炼精化气；中三境归于道德人格之殆而
为鬼神，如炼气化神；后三境之由神灵而论我法之二空，则炼神还
虚，尽性立命则九转而丹成也。"② 尽管这"九境界"庞杂繁复，但
细思量，可以看到其智慧构成的明晰及深广，其中整体、系统、有机
及"九境"的递升过程性，也足显其"生态"特点。他以事物的物
性及人的个体性存在言起，也就是运演着生命活动的基本过程。因
此，唐君毅在细分"九境"时，在其境界的一体性观照中，既有其
整体的相状或相，也有各境独自的相状或相，各境也相互感通，或运
演生命活动，或作用之，而这种作用也就是诸境对生命存在活化及激
活心灵所显示的作用。"九境"相互间互为内外之义而紧密相连，感
通、互用，互为内在，亦皆为真实的。每一境也对应着心灵，事实上
也对应着人的生命活动的状态及心灵体验的状态，诸境的互转、开
阖，只由最后一境中主客观感通境而开出。作为人的存在（吾人当前
之一实事）的事实，此时是既通主客又超主客，亦统主客，由此而
"客"，"主"可化为"客"，而"主"之体相，亦化为"客"之体
相；主客感通，亦化为客与客的感通。唐君毅总结说："此九境中，
只是吾人之心灵生命与其所对境有感通之一事之原可分为三；而此中
之三，皆可存于此三中之一，所开出。故约而论之，则此九可约为
三，三可约为'吾人之心灵生命与境有感通'之一事而已。"③ 其实，
在我看来，三三而为"九境"，固然是实存的"九境"，但三三与九
更内含着"多"之义，仅就主客互通、相互转化的多层次方面看，
其"境"更是多乎也，而对生命存在及心灵感通的作用，显然也并

---

① 唐君毅：《生命存在与心灵境界》，中国社会科学出版社 2006 年版，第 487 页。
② 同上书，第 25 页。
③ 同上书，第 554 页。

非限于此"三"与"九",而必然表现着多,或者也可以说,三与九本身就是多,是多样性及复杂性的呈现。

事实上,"境"之多,无非源自无尽之复杂的世间事物,或者言出自生物/生命/文化的多样性。故唐君毅称:"吾人于世间无尽复杂之事物,实尝分别属之于不同层次之九境。"我们从"生态"蕴含中解读、体验、把控且通观"九境",也必然基于这种世间的复杂、多样,对于生命存在及心灵体验则不仅"不难为上述九境",而且亦致力于有机融合九境,进而体悟人生、心灵"生态"与"澄明"之境,因为"九境"之巅,必然是"澄明"之境。

四 张世英的"澄明"之境

张世英的"万物一体"与"万有相通"哲学指出,这个世界是一个千差万别而又彼此融通的世界。"万物虽各不相同,却因彼此相通而结合成为一个整体",所以,张世英称自己的哲学是"万有相通的哲学"①。万有相通实际上表述了万物间多样复杂的关系及运演的过程性,表现出万物的差异性、独特性,同时也是时间上的连续性,即过去、现在与将来也因此而不相同且相通(这就有同于我所概览的生态/生命有机—过程性)。张世英指出,相通的关键在于不同者所反映的全宇宙的唯一性,也全在于其"生态"存在的关键,我们亦可称之为"万有相通的生态哲学"。

万物何以能为一体,何以融通,不在其"相同",而在于万物的不同,不同催生了相互间所具有的"交叉点"。这个"点"实际上也是作为物的内外一体特性且与万物相接,作为最具个性的点,是有别于他物、他人的根本特点。恰恰是这个"点",使万物间得以联系,使人与万物、人与人之间得以联系,得以形成有机的"生态"关系,事实上,我们可以称之为"生态联系点"。"这种联系使得每一人、每一物甚至每一人的每一构成部分或每一物的每一构成部分都成为一个千丝万缕的联系、作用与影响的交叉点,此交叉点无广延性,类似

---

① 张世英:《境界与文化——成人之道》,人民出版社2007年版,第3页。

几何学上的点，但它是真实的而非虚构的。尼采关于事物是相互作用的总和的思想是合理的。由于每一交叉点集全宇宙普遍作用与影响于一身，因此，我们也就可以说每一交叉点都反映全宇宙，或者说，就是全宇宙。"① 这种相通行进到最高层次，就是"境界"。在张世英看来，这个点不是实体，而是空灵的，但又不是虚构的，而是真的。他用"灵明"这样一个称谓来延伸对"超越在场"的确证。张世英说："'境界'就是一个人的'灵明'所照亮了的、他所生活与其在的、有意义的世界。"② 在他那里，"境界"的内涵甚为丰富，从时间角度说，境界的这个"交叉点"也在人的活动的时间场域，既是过去与未来构成的现实存在，又是过去、现在与未来构建的整体，同时又浓缩与结合了这种时间性、过程性而成为一种思维导向，也是进行思想的有效路子。他认为，中国人体认境界的内涵也是非常丰富的，既讲艺术审美中的境界，也讲比诗意境界更高的人生境界，而人生境界包括了诗意境界。鉴于中国传统思想中境界与人生的密切联系，张世英指出："'境界'这个范畴可以说是对于人所寓于其中、融于其中的活生生的生活世界的最恰切、最深刻的表达。"③ 张世英认为，境界具有独创性与客观性，独创性就在于每个人的存在特点方面，这就形成了人的千差万别，人的独具的"灵明"的存在既使人属于自己的主观能动性，也使境界的独立自主性、创造性和自由性成为可能。独创性的根本原因是万物与人、人与他物、人与他人有不同聚集点，这是客观存在的，并且是人在社会历史和自身的活动过程中不断形成的，是在社会历史性和主观创造性的结合中形成的。人在这种境界中发展自己，完善自己，人的一切活动，人的思想风貌也在这种境界中得以表现及丰富。他把境界视为交叉点，并主张每个人现在的境界就是他的过去与未来的交叉点。张世英同样对境界进行了层次划分，他的《境界与文化——成人之道》一书就是围绕这个问题而展开的，并且其"结语"部分的最终归位就是对"境界"的层次划分。

---

① 张世英：《哲学导论》，北京大学出版社 2002 年版，第 34 页。
② 同上书，第 69 页。
③ 同上书，第 71 页。

　　张世英还将境界划分为四个等级。第一等级是最低的境界，即"欲求的境界"。"人在这种境界中，只知道满足个人生存所必需的最低欲望"，这时的人与世界的关系属于"原始的不分主客"的"在世结构"。第二等级是"求实境界"，这是"主—客关系"的"在世结构"，这时人有了自我意识，能分清我与他、主与客，能将自我视为主，他物视为客体。"人在这种境界中，不再只是满足于最低的生存欲望，而是更进而要求理解外在的客观事物（客体）的秩序——规律。这种要求就是一种科学追求的精神，也可以说是一种求实的精神。"第三等级是"道德境界""人在这种境界中，以对万物一体的相通领悟作为自己精神追求的最高目标，作为自己所'应该做之事而为之奋斗"。但这一境界以现实与理想之间所存在的距离为前提，所以还不算主客的最终融合，故尚属于"主—客关系"的"在世结构"。第四等级是"审美的境界"，是属于"高级的主客融合的""在世结构"，这既包摄道德而又超越道德、高于道德。"在'审美境界'中，人不再只是出于道德义务的强制（尽管这是一种自愿的强制）而做某事，不再只是为了'应该'而做某事，而是完全处于一种人与世界融合为一的自然而然的境界之中。"[1] 这种"自然而然"的境界是完全自由的，但在这种境界中，道德仍然是主位。人的活动也须符合道德，是自觉行道德之事，且无任何强制，自然在这里就是自由。在优美与崇高的界分中，他认为崇高高于优美，原因在于崇高是审美境界的极致，是对万物相通之"一体"的一种崇敬感。尽管他没有论及宗教境界，但他却将这种崇高性的感情称为"无神论的宗教感情"。很显然，张世英的境界层次与诸家的境界层次有异曲同工之处，这起码表明了两重因素：一是境界存在的本有因素，人的活动的本有状态以及不断提升人的活动质量的过程，就是这样由低到高，由欲求到精神，到道德，再到审美的；二是中国学人古已有之的认识及体验方法，是其思想观念传统沿袭的必然所在，不仅其中都未离开对"道德"的关注，并且还将道德作为一个贯通的主线。

---

　　① 张世英：《境界与文化——成人之道》，人民出版社 2007 年版，第 279—280 页。

在我看来，上述所讨论的张世英的境界论思想，还不全是他所期望的"澄明"之境，但在审美境界里，却已接近此境。审美境界尽管并未脱离"在世结构"，而其对"自然而然"的本有状况的归位，以及崇高感情之"无神论"状况的认同，似有"澄明"之态，事实也的确如此。尽管话语表达不同，概念来源不同，但却是异曲同工的。在我看来，"澄明之境"更应是"境界"的最终状态，或者是最高的境界存在，而审美境界亦应是"澄明之境"的另一种称谓。因为审美境界既肯定了"万有相通"，也认同了"自然而然"，并且是一种融合性的深度体验，将"万有"、天地之"隐蔽"给予整体性的去蔽，至敞开，至澄明。所谓"澄明"必然是回到存在的本来，回到"自然而然"，同时也回到"天人合一"，回到"万物一体"之生生化育。"澄明之境"仍然是"在世结构"，但却是体认差异、交叉点及万有、天地人之独自特性，且力主进行有机融合的"在世结构"。这似乎已经接近了"生态"性结构，而其"澄明之境"亦同于生态性境界。张世英说："境界是宇宙万物之整体，但这里说整体不是总和，而是一个包含人生意义在内的概念，其内容比总和要无比丰富，勿宁死，它是一个无底深渊，而不是有底的基础。""境界是人作为活动者（不是简单的旁观者）与万物打交道时所拥有的一种对万物的把握，它是人与物、情与景交融的产物，是'天人合一'的产物。"① "境界"是"去蔽""敞开"的，是在更高层次上回到主客融合的整体，是超越，也就是从宇宙整体的内部体验到一个物我两忘的境界。

"澄明"之境必然是一种敞开的、无蔽的世界，这种话语表达方式，显然来自于海德格尔。海德格尔说："这个敞开的中心并非由存在者包围着，而不如说，这个光亮中心本身就像我们所不认识的无一样，围绕这一切存在者而运行。""惟当存在者进入和出离这种澄明的光亮领域之际，存在者才能作为存在者而存在。惟有这种澄明才允

---

① 张世英：《天人之际——中西哲学的困惑与选择》，人民出版社1995年版，第280、280页。

诺并且保证我们人通达非人的存在者，走向我们本身所是的存在者，由于这种澄明，存在者才在确定的和不确定的程度上是无蔽的。"①张世英也指出，"澄明之境"首先是一个本体论（存在论）范畴，是"无穷的相互联系、相互作用、相互影响的交叉点或集合点，也可以说是万事万物的聚焦点。这个点是空灵的，但又集中了天地万物的最广博、最丰富的内涵和意义，它是最真实的"。"任何事物包括人的思想在内，都源于这个澄明之境，都以它为前提。它是'无'，却又是万有之源；它超越了存在，却又不在存在以外。"② 万物一体、万有相通是张世英哲学观的最核心部分，也是其境界论形成的主要理论依据。他在汲取海德格尔的思想精华时，始终交织着这种"有"的多样性和联系性、相通性，并且在肯定"无"，肯定超越性时，也始终不脱离对万物之"有"的把握。人们之所以掌握"无"，要去蔽，除了相互间内存的"灵性"之外，就全是因为万物之"有"（"交叉点"也在"有"），且在内外相通中使万物间发生有机的联系。

王阳明的天地"万物一体"的主张，如海德格尔的思想一样，深度影响着张世英关于"境界"思想的整体结构，甚至也形成了他的哲学思想的主要内容。他在诸多著述中反复阐释着王阳明的这种思想，并引发对"万物一体"与"万物相通"的多层次、多角度关注，而且将其作为中西互融、共通的重要标尺。张世英认为，这恰可以画龙点睛地点出万事万物的意义，亦即照亮了万事万物，敞开了万事万物。他说："用王阳明的话来说，这种体会乃是天地万物的'发窍之最精处'，也就是说，只有人的这种体会才使天地万物'发窍'——开窍。所以说到底，人的这种体会乃是真正的'澄明之境'，万事万物都在这里得以澄明、得以照亮、得以开窍。"③"澄明"之境的"开窍"更在于发现，在于找寻"隐蔽"的、不在场的存在，在于敞亮，

---

① ［德］马丁·海德格尔：《林中路》，孙周兴译，上海译文出版社 2004 年版，第 39—40 页。

② 张世英：《进入澄明之境——哲学的新方向》，商务印书馆 1999 年版，第 140、141 页。

③ 同上书，第 133 页。

去蔽、澄明。因为世界是不可穷尽的，是无底的，因而多是"隐蔽"的存在，是不在场的存在，也是无尽的"在"。在我看来，所谓无尽、无底及"隐蔽"、不在场的存在，只是较之人的存在而言的，或者是相对于人的生命活动及认识的阶段性而言的。人的活动及认识的每一阶段，都是一个敞亮，是去蔽、澄明的过程。自古以来的哲人们实际上都是在"找底"，或者自认为找到了"底"，都在为自己所找的"底"，设定一个"命题"。张世英进一步指出，这如同柏拉图的"理念"，黑格尔的"绝对理念"所寻找的"永恒"，但他们的"真正世界"的永恒是抽象的，而任何一个存在物出现或显现，都是以不可穷尽的不在场的东西为"底"的，即以"隐蔽"为根底。如果要说明一个存在物，要显示一个存在物的内涵和意蕴，或者是敞亮、澄明，就需要让其回到他所"隐蔽"于其中的不可穷尽性之中，也就是回归事物的本身、本质中去。由此看来，"澄明之境"看似一种人之追寻的境界，而实际上则是世界本来存在的"境界"，而人所追寻的世界不是虚幻的，不是无法把握的"无"，而是现实的实在，是"有"；"无"与"有"是互通的，也是转换的。所谓"有"也并非限于静止、形上的实在，而是联系的实在，呈现在万物之间、万物与人之间，是人与人之间多样性复杂性的联系。由此，在我看来，"澄明"之境亦在于把握联系方式，在于融通多样的联系，这何尝不是"生态"之境呢？

澄明之为"敞亮"，而"敞亮"全因有"隐蔽"和不在场的存在。张世英明确指出，海德格尔的一大贡献就是强调了"隐蔽"和不在场的东西对于"敞亮"和不在场的东西的极端重要性。正是"隐蔽"和不在场的东西使得一个存在物之"去蔽"和出场成为可能，亦成为魅力展示之源。

第五节　"去蔽"与"敞亮"：从"艺境"走向澄明

"境界"的创生及其体验是过程性、层次性的，是不断地"解蔽""去蔽"且"敞亮"，而得以"澄明"。这个过程是由外到内、由物到意、由实到虚的转换过程，也是自然人化的过程。这里的"人化"须是精神境界的审美化、自由化的，并且还须是循环性、反馈性的"化"，亦即通过艺术审美及"境界"的创生及体验，而反馈自然、反馈生命有机性活动的整体。如果我们在这种意义上看"敞亮"，悟"澄明"，就必然会经历"生态"化体验，在解悟人与自然生态有机状态中"敞亮"与"澄明"。张世英也说："'隐蔽'对于'敞亮'的重要性告诉我们，鉴赏一件艺术品，领会一首诗，或者更扩大一点说，把握一个存在物的真实性，最重要的是从看到的东西中体会和抓住未看到的东西，从说到的东西中体会和抓住未说到的东西。"① 这个东西是什么？是"境界"，是"真理"，是美的本真，是生命的真义，是"生态"有机，是自由，还是"永续"。如果借用海德格尔论述"真理"的话语来说，这个"东西"抑或是"真理"，这时的真理，非理智性地求解，是为解蔽，是敞开的存在，这或许能够包容我们在此所列举的这一系列"是什么"。海德格尔说："真理的本质揭示自身为自由。自由乃是绽出的、解蔽着的让存在者存在。任何一种开放行为皆游弋于'让存在者存在'之中，并且每每对此一或彼一存在者有所作为。作为参与到存在者整体本身的解蔽中去这样一回事情，自由乃已经使一切行为协调于存在者整体。"② "艺境"的绽出与解蔽，会捕捉那"未看到""未说到"的东西，实际上是旨在"澄明"。

一 "敞开"之在与"艺境"之澄明

"敞开"之在即言作为"自在"之物的转化，这是"艺境"形成的前在过程，也是由先期"敞开"而趋近"敞亮"的过程。在"艺境"之"澄明"中，这实际上就是"物境"转换的过程。唐代的王昌龄在《诗格》中论述诗之三境时就将物境视为第一境，亦即基础之境。事实上，"物境"首先是自然的生态性存在，应该包括有机与无机的、有生命与无生命的自然事物及现象，且是在生态有机与整体

---

① 张世英：《进入澄明之境——哲学的新方向》，商务印书馆 1999 年版，第 92 页。
② 〔德〕海德格尔：《路标》，孙周兴译，商务印书馆 2000 年版，第 221 页。

性状态下的物质转换及能量交换，人的活动理应寓于其中。但就人的现实存在而言，物境是人现实生存的自然环境，是"化"性转换的基础；就艺术审美活动而言，物境则是催化主体由一般生命活动向艺术审美活动转换的自然生态基础。由于物境不断以"化"性节律向主体转换、生成，进而不断成为物象、景象、心象、情象、意象以及境象存在的载体。物境体验是主体识蔽、解蔽且去蔽的前在环节。此言，何为蔽？如何"解蔽"？《荀子》言："故为蔽：欲为蔽，恶为蔽，始为蔽，终为蔽，远为蔽，近为蔽，博为蔽，浅为蔽，古为蔽，今为蔽。凡万物异则莫不相为蔽，此心术之公患也。"① 海德格尔在求解真理的本质时说："'真理'乃是存在者之解蔽，通过这种解蔽，一种敞开状态才成其本质。一切人类行为和姿态都在它的敞开域中展开。因此，人乃以绽出之生存的方式存在。"② 在我看来，解蔽起码有三重意涵：一是解自然存在之蔽（谜）；二是解人自身之蔽；三是解人与自然的关系性存在何以能够有机且和谐之蔽。它不仅成为艺术活动的前提与基础，而且伴随着"艺境"之澄明的始终。"敞开"且解蔽如同艺境创构的"取境"，唐代皎然在论及"取境"时云："风韵正、天真全，即名上等。""取境之时，须至难至险，始见奇句。成篇之后，观其气貌，有似等闲，不思而得，此高手也。"③ "艺境"之澄明实为"高手"所就的上等品。

二　"游弋"之情与"艺境"之澄明

"艺境"之澄明是主体身心有机参与而"游"的过程。"境"本就是依据人的存在而言的，"艺境"亦为人的活动方式及表达情境。"游"的方式是身体实在的节律运动状态，更需主体之心与情的活动，由此构成心境、情境。心境、情境的含义也是多层次的，或者说主体身心的共振节律也表现为多层次性。这时的"境"则不只是客观存在的物质实在，更是被主体情意化了的"境"。分析起来：其

---

① 《荀子·解蔽》。
② ［德］海德格尔：《路标》，孙周兴译，商务印书馆2000年版，第219—220页。
③ （唐）皎然：《诗式校注》，李壮鹰校注，人民文学出版社2003年版，第39页。

一，就主体性存在本身而言，作为主体活动的心灵与情感状态，这表现为内在性的"境"。其二，就自然生态与主体精神生态的融合性而言，这又表现为主体活动的心灵与情感必然依据物境的感发和刺激而表现出的活动状态，这表现为共在性的"境"。其三，就人与自然、主体与客体生态性的互为选择及多维度的互动而言，这必然使主体的心灵与情感向外转换，并表现出与外在物境构筑生态合成性的关系，同时也使得主体的心灵与情感流动具有更加广阔的域境，这就表现为外在性的"境"。从这种意义上看，心境、情境尽管是主体的精神活动状况，但当其作为精神生态运行状态而呈现，并且表现出积极主动的精神平衡性状况时，其境域必须是宽广的，否则就难以形成王昌龄言"情境"时所要求的那种"立身""张意""驰思"并要"思心"的运行节律，因而也难以成就"艺境"之澄明。

三 "绽出"之圣与"艺境"之澄明

"境"的"绽出"昭然于诗意品性的"圣洁"，因而"境"可以有圣境、神境。圣境、神境也是由自然生态的圣与神性而向主体的转化。尽管古代人所言这两种境，多指人之境，或者是主体之境，但这种主体之境的获得必然得自于自然生态的圣与神。从这种意义上说，自然现象及自然事物的圣境与神境是自然生态的最高境界。"艺境"之澄明既要"绽出"这种境界之圣，要融入其中，又要超越于此。文学活动中自然的圣与神必然要向主体转换，要呈现出主体的生命活动，并且还要以支撑生命活动的载体性而融入审美活动中，那么，其"境"始终需要作用于身心共振性的审美体验中。清人金圣叹在为《水浒传》所作的序中曾论及文章的圣境与神境，他说："心之所至，手亦至焉，文章之圣境也。心之所不至，手亦至焉，文章之神境也。"① 中国古代人论"神"之处颇多，论"神"的内涵也颇丰。明人谢榛言："诗无神气，犹绘日月而无光彩。"② 其实，我们不必单独

---

① 陈曦钟等辑校：《水浒传会评本》（上），北京大学出版社1987年版，第5页。
② （明）谢榛：《四溟诗话》，载丁福保辑《历代诗话续编》（下），中华书局2006年版，第1164页。

论"神境"，"艺境"之澄明也是畅神之境，如若有"神"之圣的"绽出"，那么这时的"神"则显现出"生态"有机性之神。在我看来，圣境与神境作为主体深层次地体验自然生态之美韵，感悟生命之美味的境界性展示，更多的是主体融入自然，悟解自然生态的妙理，破解自然的神性之玄机。"绽出"也是有机融入，是由身心共振的精神体验的神与圣绽放出来的。从金圣叹对"神境"的表述中可见，圣境与神境是深化的，是不断升华之境。但他主要是就文章的创作而言的，而我们这里所讨论的圣境与神境还需要将其提升至"生态"意义而至审美转换上。

四 "无工"之化与"艺境"之澄明

就其生态转换意义而言，境与化性构合而呈现化境。"化境"突出了转换性、生成性，促成"生态"性审美体验中人与自然之间的互为创生，并基于物与心、情与景、意与境的转换；不仅以"境"的载体性而支撑主体的审美体验，而且以主体的生命机能的运行而提升"境"的审美意味。我认为，理解"化境"可以有两个层面：一是过程性层面，即经由自然生态的化性转换机理，使自然向主体转换，这必然呈现出生态审美活动的内在机理；二是结果性层面，即通过"化"性及转换性使自然生态与人的生命活动有机融合，进而不断提升自然生态的审美机能，提升主体的审美融（知）解力，而最终创造艺术与美的境界。过程性、生成性的节律存在，更使得作为结果的"化境"不是机械的、生硬的"化"，而是无机的、互渗的、融入的"化"，是"润物细无声"之化，是有意所为而无所为，而无意所为却有所为，并且有可能是有所至为的化。清人贺贻孙《诗筏》云："清空一气，搅之不碎，挥之不开，此化境也。然须厚养气始得，非浅薄者所能侥幸。"① 这一切都指出化境是由自然生态与人的主体活动的浑然一体性而呈现出的整体有机性，进而升华为艺术境界，尤其在贺贻孙这里，"化境"并非浅薄之举，而必须由主体的"厚养"

---

① 郭绍虞编选：《清诗话续编》，上海古籍出版社 1983 年版，第 137 页。

与"养气"方可得，而"厚养"更要养主体的肌体与精神之气，方可使艺术蕴积无尽的意味。所以贺贻孙在定位"厚"时云："所谓厚者，以其神厚也，气厚也，味厚也。"① 金圣叹在将圣境、神境推及"化境"时说："心之所不至，手亦不至焉者，文章之化境也。夫文章至于心手皆不至，则是其纸上无字、无句、无局、无思者也。"② 显然，金圣叹这里所说的心手"不至"就是一种"无"性之机、天工之理，是遁去了"有"的雕琢痕迹，是无迹无痕的润化及转换生成，是对实存之"有"的超越。清代的唐岱《绘事发微》云："盖自然者学问之化境，而力学者又自然之根基。""心溯手追，熟后自臻化境。"③ 唐岱这里所言"化境"更谨于悟解自然之高妙，并强调主体必须用心、用生命融入所创生的艺术审美的至高境界。

五 "大美"之境与"艺境"之澄明

在"大美"之境中，"大"与"美"之融合趋于"艺境"之澄明，并于其中观照人们现实的生存境遇，旨在从整合、集合的角度表征人类未来的生存境界，祈望生成"美"的境界，绽出"富而强""大而美"的境界。庄子曾言："天地有大美而不言，四时有明法而不议，万物有成理而不说。"④ 这里的"大美"依据天地、四时、万物的运行节律，其"大美"之"和"必然是天地自然之生态运行的自由与和谐。由天地生四时而和万物，作为天地运行的节律，也是四时和万物存在的根本状态，那么"明法""成理"的和谐、自由形态，其实就是"大美"的形态。"大美"既为人之美，更为"域中四大"（老子言）之"共美"。就人能够在"生态"条件下生存来说，即便从事文学活动，"大美"也是由"人美"来运行、呈现的。事实上，"域中四大"之"共美"是内隐的，是隐蔽的不在场者，是"无"，而人之美是外显的，是"有"，因此，"大美"必然是由人的

---

① 郭绍虞编选：《清诗话续编》，上海古籍出版社 1983 年版，第 136 页。
② 陈曦钟等辑校：《水浒传会评本》（上），北京大学出版社 1987 年版，第 5—6 页。
③ 俞剑华编著：《中国古代画论类编》，人民美术出版社 2004 年版，第 864、868 页。
④ 《庄子·知北游》。

出场来体验、敞开、"显魅"的。这同时也说明，把握"大美"首先需要体现人之美，只有人之美，才能最终呈现出"大美"。"大美"的"艺境"之澄明，是敞开，是去蔽而自由地绽出，也是作为历史、文化存在的人的绽出。海德格尔言："人并不把自由'占有'为特性，情形恰恰相反：是自由，即绽出的、解蔽着的此之在占有人，如此源始地占有着人，以至于唯有自由才允诺给人类那种与作为存在者的存在者整体的关联，而这种关联才首先创建并标志着一切历史。唯有绽出的人才是历史性的人。"① 人历史性地绽出，也成就了人之美。而何谓人之美？在一般的人本视域中，人之美必然是人的创生性之美，是人在自然面前所展示的人的价值之美；在"生态"条件下体验，人之美认同创生性与价值性之美，更须肯定这种体认是在生态性的共生共荣、互惠互利状态中显现出的生命之"大美"。

---

① ［德］海德格尔：《路标》，孙周兴译，商务印书馆2000年版，第219页。

第八章 悟解自然：中国文学
传统的生态发生

自然是人生存的家，地球是人生存之母。"家"的温馨，"母"的怀抱，呵护、抚养着人及万物的生命。中国古代人长于体悟自然之"然"，品解"然而然"，寻求"生"的发生及促"生"的方法。尽管古人的自然观不以自然的实在性求解为上，但在品解"然而然"时也需借力于实在，或为"实象"的自然物及自然现象，以达对"生"的至深体验。这其中就会智慧性地认识、经验性地把握及悟解自然之"然"，或者认识有机—过程性存在的自然。作为生态发生，启动"道生""道法"，依自然、人生之"生生"之理，是中国文学传统体验自然之"然"，继而显其"然"的基本路径。

第一节 自然之"然"与生命体悟的表达智慧

自然之"然"，即指称自然的本然，本来所固有的状貌。作为本然的存在及"固有所然"，自然之"然"的"无为"之缘，"有无"相生之状，其"内在性"或"内在价值"皆显"生态"存在之状。"太极"之"生生"及老子的"道生"论，皆明确地绘制了自然之"然"的"生生"节律之状，亦显"固有所然"。老子的"道法自然"由人为起点而逆向演进，实际上也以实与有（自然）为起点。当其"逻辑"地行进至"法自然"时，即将实与有转换为虚与无，其意在表达及确认自然之"然"，或者是识解其发生。孟子的知心、知性、知天与老子取道不同，但行进线路却是一致的，孟子所言的知其"天"，主要含义还是"自然"，只是儒家的"自然"不是那么纯粹罢了，其"自然"的"内在性"及"内在价值"也不那么确证。老子用"自然"来指称最终的"归途"，作为自然本然，并非仅指无与虚。这也说明"然"不止于"虚"性，而是"虚实"相间，"有无"相生的。

一 "物固有所然"：认同生命之根的表达线路

自然的"固有所然"，作为生态之状，是以有机与无机，有生命与无生命，有序与无序，有限与无限，确定与不确定，简单性与复杂性，以及依其运动节奏韵律的过程、状态及关联而存在的，其存在也为转换与交换的、亘古的、永续的生态有机—过程性。

在中国古代人那里，体认、悟解及把握这种"自然"，其表达往往不是沿着实与有，不是以确定性、实在性去指认及诠释实体，也非静态地观览实存的自然物性的演进线路，也主要不在于求其"知"，而往往以"虚"性，以体验性来"品"，来"悟"自然的"实"与"有"，乃至知解自然之"性"。"品"与"悟"必然要识"性"，要通过对万物之"性"的知解来知、来法"天"，而知"天"、法"天"就是认识和把握自然之"然"，或者在这里，"天"就是自然。不论是识"性"，还是知"天"；不论是"法自然"，还是知解自然，既然经由"品"与"悟"去"解"，那么，这种表达线路就会带有浓重的主观性及情意化的蕴涵。这也是中国古代人以对"自然"的这种认知方式为牵引，而延展至对诸多事物的认知及确证，并与伦理及人格构成相关联。

在自然、社会及心灵层面，"品"与"悟"更多的是针对自然生态中多样且共生着的动植物及现象，有时则以对具体的自然事物的物性实在及特性，来比衬社会、道德及人的形态、情态等，既施化人心，养成人格，又愉悦情志。我们应该承认，中国古代人"品"与"悟"自然，并不全是感性的，也非限于物理性、生物性的，其中必然内存着"理"。这也就是说，尽管不限定于知解自然之实，但又以此为牵引，来表达人格、人情及人心、人志，或者凸显社会规范、社会理想及道德范式的作用。于连也析出了中国人的这种哲思方式，故而言道："中国的思想不断地游走和变化，从来不完全停滞在某一点上……中国的思想所瞄准的目的，不是让人知道，而是让人'悟'；不是要寻求和证明，而是阐明一致性（中国的'理'）。"① 在我看来，这种"理"既含有自然之所在的物理、事理，也有人的社会存在如何运用自然之"理"，并创制获取滋养之"理"；有人活动的各种事理，更有人之为人的"理"，也有人们表达自我关怀，表达对社会及他人关怀的情"理"。事实上，这就是"自然人化"到人的自我塑造的有机—过程性之理，是人的存在"固有所然"，然而，人的这种"然"不可别离自然之"然"。老子的"法自然"之"理"，表达了由人的活动的"然"到自然状态的"固有所然"，也揭示了自然、生态、生命及人的生存的"固有所然"的共相。宋代邵雍云："天下之物莫不有理焉，莫不有性焉，莫不有命焉。所以谓之理者，穷之而后可知也。所以谓之性者，尽之而后可知也。所以谓之命者，至之而后可知也。此三知者，天下之真知也。"② 事实上，不论儒家与道家，对"自然"的生态发生的体悟角度有所不同，但"法自然"必然为几千年来中国人所依奉的一种守"天"，识"真"，尽"性"，塑"生"，运"命"，蕴"情"的法"理"。

我们曾观览了庄子学说中对自然之"然"（律）较全面的表达线路，以及所述的"物固有所然，物固有所可"，从中也意识到"可"与"不可"不是对立的，而是带有一种对直观情意的感慨。但从客观表述而言，不论自然万物如何作用于人的活动之"可"，都须依其本有之"然"，而人及万物之生命之所以存在，皆因自然之"然"而成就。庄子言"然"与"不然"同样不是对立的，实际上是在表达自然之道，也是自然之生态存在的本然，因为这是建立人与自然之生态有机关联的基本前提。成玄英疏庄子"道行之而成"句时云："大

---

① ［法］弗朗索瓦·于连：《圣人无意——或哲学的他者》，闫素伟译，商务印书馆2004年版，第87页。

② （宋）邵雍：《邵雍集》，郭彧整理，中华书局2010年版，第49页。

道旷荡，亭毒含灵，周行万物，无不成就。"① "物固有所然，物固有所可"，即万物必有其"本然"，使一切活动（人与自然万物）皆以此而行。于连也谈道："若要理解事物之'然'的性质，如'而然'、'自然'中所言，按照智慧的逻辑，必须超越一切是非，不能再以互相排斥的方式把'然'和'不然'对立起来。""智慧巧妙之处就在于从事物的'然于然'之处感知其'然'，从事物的'可于可'之处领会其'可'。因为，'物均有所然''物均有所可'。'无物不然'（皆然），'无物不可'（皆可）。"②

对于智慧的表达，基于万物之生命（人在其中）的"固有所然"，依有机体的运动节律而延伸，因万物之"然"是在物质转换、能量交换及传递信息的有机节律中存在的。自然万物之所"然"，也是其"理"，既是关联—关系性的，更是有机—过程性的，其生命能量的交换就是在关联及过程中亘古、永续地有机延伸。宋代程颢就云："天地万物之理，无独必有对，皆自然而然，非有安排也。"③

二　"然而然"：生命智慧的经验性把控

尽管在古代人那里，自然并非一个实在的概念，但却有着较为明晰的所指，或者说，古人对这种"内在性"的认识和把握有其独到的阐释及体验。《文子》有"自然"篇，唐代徐灵符释曰："自然，盖道之绝称，不知而然，亦非不然，万物皆然，不得不然。然而自然非有能然，无所因寄，故曰自然也。"④ "然"作为"内在性"是万物生态运动的归依，是万物及"生生"的"本然"。

我们可就几个层次指认"然而然"：其一，原初的混沌，有同于"道""太极""太一"，"然而然"之动及运演是以促"生"而呈现

① （晋）郭象注，（唐）成玄英疏：《庄子注疏》，曹础基、黄兰发整理，中华书局2011年版，第38页。

② ［法］弗朗索瓦·于连：《圣人无意——或哲学的他者》，闫素伟译，商务印书馆2004年版，第141—142、142—143页。

③ （宋）程颢、程颐：《二程集》，王孝鱼点校，中华书局2004年版，第121页。

④ 王利器撰：《文子疏义》，中华书局2000年版，第344页。

其"天地之大德"的。其二，自然有具体的参照及代称物，如天地、万物乃至阴阳等，故而其"然"的促"生"不仅是天地、阴阳转换的"生生"之理，并且是不断地由一而多，由多而归一成"生"的有机之理。其三，作为经验性体认，"自然"的促"生"依有机—过程性而推进，是有无相生、化生化育的，其"然"即参天地而化育，使万物生命跃动，亘古传承。这种自然观并非逻辑的，但却因"此中有真意"，人们会从中意识到自然本然及其真性、其"内在性"及内在价值，其依循天地万物之生命的化育生成的运演逻辑而显现的有机、关联及过程。其四，如金岳霖说："中国哲学的特点之一，是那种可以称为逻辑和认识论的意识不发达。""中国哲学家没有发达的逻辑意识，也能轻易自如地安排得合乎逻辑；他们的哲学虽然缺少发达的逻辑意识，也能建立在已往取得的认识上。意识到逻辑和认识论，就是意识到思维手段。"[①] 中国智慧的确在很大程度上有非逻辑思维的特点，但当其认识并且深层悟解自然之"然而然"之时，却既符合自然的生态运演的节律及逻辑之状，又颇具生活的逻辑。

如若考究认识论意义上的"自然"，并且把握这种"然而然"，我们仍然有多个切入角度。

首先，"法"。老子的"道法自然"亦为有机/关系—过程性存在，如若视"法"为促"生"的有机性、节律性，且以循环性来表征，人地天则皆取法于"道"，是依"道"而知"法"，继而把握自然。这时的"自然"作为原初的混沌，亦可为最内在的"无"，也可称其为自然内在价值之"无"。如果人地天为"有"或"有为"的话，那么，"自然"则是"无"或"无为"。从逻辑趋向上说，若"法"与"生"可以进行逆向思维及转换，由人地天而至"自然之道"是为循"法"的话，那么，由"自然"到天地人则为"生"。"道"则依循自然之"法"而促"生"，呈现出"道生"。

其次，"合"。"合"还不同于"和"，或者更本于"和"。如果

---

① 金岳霖：《道、自然与人》，刘培育编，生活·读书·新知三联书店2005年版，第52页。

说"和"是过程，或者结果的话，那么，"合"既是原初之"合"，也是结果之"合"；既是"和"的依循之根，是"在"，即为自然本于"合"，又是"道生"及自然生成"万物一体"，呈现出"天地之大德"之"合"，这个层次的"合"是为多样统一之"合"。"和"是生成性，是促"生"且有机性的过程运演。这里，"和"为结果，更为有机的关系—过程性存在，且存在循环性之"和"，由"道生"而至"冲气以为和"的有机性关系，实际上是循环性存在，作为结果的"和"既回归又超越原初的"道"。这种循环、过程性存在本身也是"和"，由此而显示出生态、生命、生存的有机性。自然之"合"首先是天地之"和"，进而生成天地人之"和"，天地由"合"而生成天地人之"和"，实际上就是"生生"之"和"，因而"合"与"和"最终的过程及结果同样是"生"。

再次，"心"。"心"显然是"人化"及"化人"的表述，可含有思想、情感的意蕴，亦呈心灵状态。在理学家那里，"心"又是统领，故"心即理""心统性情"。王阳明云："心即理也。天下又有心外之事、心外之理乎？"① 从"心"及认识论层面把握"自然"，首先是对思想观念导引的体认及确证，进而延伸到情感体验性。中国古代人在对思想和情感进行深度体验时，有时"心"起到了统领性作用，其中，一方面将自然万物与"心"并称，另一方面，则用"心"来认识和把握自然之"法"，以及促"生"的节律。所以，古代人总会明确地表述天地万物一体之所以"正"，"气"之所以顺，是因为我之"心"正，我之"气"顺。

最后，"情"。从情意体验认识自然，实际上就介入了文学艺术活动，但在中国古代人那里，这种认识论的本根，首先不在艺术，而在于识"圣人"，显神人之性。《周易》云："天地感，而万物化生。圣人感人心，而天下和平。观其所感，而天地万物之情可见矣。"孔颖达疏曰："道之广，大则包天地，小则该万物。感物而动，谓之情也。

---

① （明）王守仁撰：《王阳明全集》，吴光等编校，上海古籍出版社 1992 年版，第 2 页。

天地万物皆以气类共相感应，故'观其所感，而天地万物之情可见矣'。"① 因为中国人对"自然"本体论及认识论把握的至深程度及其体验的情意性，并且往往与"生""生生"的过程运演及体验性相吻合，所以在中国传统文化尤其是艺术活动中，"自然"（天地、万物、生命及人的身心融入）总是主体表达情意和思想的指称体。从艺术至高境界的设定中，自然之"真"与"无"及多样性，不仅内蕴着具有相通、相同及相近的特点，而且在艺术作品的展示及其时空徜徉中，往往会留下极具阐释及体验的空间，并流淌着无尽的情意，布施着德性的"未定点"和"空白点"。这些往往会在接受者的解读、体验及发现中被破译，乃至填补"空白"进而形成多样性的，或曰"间性主体"（生命有机体之间）的多层次交流及交融的生态有机性体验。

尤其是在文学艺术及道德性体验中，当人们面对实在的自然物与生命体时，更多的不是求证其物性之"真"，即不是求解其物质实在性，或者是其物理特性，而是深潜于自然实在的内里（"然"），一方面以其物性与人性有机且带有情意化的和合，智慧性地把控物所映衬的人性特点，另一方面，总是将物及体合成自然、宇宙、节气、时令、四时、日夜及情感意志，借力于相互间的转换，注入融融情意而牵动人心，激励身体，继而悟道、明理。

三 "目的"与本然：西方智慧之映衬

爱默生同样对自然赋予了浓重的情意，因为在他看来，自然总是充满了变化，"总是染有情绪色彩"，也"从不表现出贫乏单一的面貌"，同时他自身也满含情意及"崇敬之情"地绘制着自然，表达着极富诗意的感觉。在爱默生看来，这种感觉来自由无数自然物体所造成的完整印象，也正是这种完整统一的意识使人们能够分辨出伐木工人的木料和诗人笔下的树木。

---

① （清）阮元校刻：《十三经注疏（附校勘记）·周易正义》，中华书局 1980 年影印版，第 47 页。

爱默生的《论自然》也探究了"大自然的目的是什么"这一问题。在他看来，人的愉悦心情的力量并不存在于自然之中，它出自人的心灵，或者出自心灵与自然的和谐。尽管爱默生明晰了作为愉悦之情的自然感悟，但这种心灵性的自然实际上是出自于西方人亘古存在的逻辑与意识，因而他着重强调了自然的有用性。所谓有用无非就是自然之"在"对人的活动的服务性、支持性，即便是由艺术及其人类智慧构成的，也必然出自自然的这种恩惠。在此，爱默生就明确表示："大自然在它对人类的服务中不仅仅是提供物质，它也是服务的过程与结果。自然界的每个部分都在不停顿地相互协作，以便为人类提供福利。""有用的艺术是人类凭借自己的智慧、利用同样的自然恩惠再造或重新组合而成的。"① 与此同时，大自然既以"爱美之心"满足了人类的一个崇高需求，语言也帮助人类成就了第三种工具，同时大自然作为纪律，帮助人们认识真理，反映人们的良知，如此等等。柯林武德在解答"自然"的含义时认为，自然的固有含义不只是现代欧洲语言中所言的那样，是一个集合、一种原则，是本源、本性。他指出，自然一词"涉及的是某种使它的持有者如其所表现的那样表现的东西，其行为表现的这种根源是其自身之内的某种东西：如果根源在它之外，那么来自它的行为就不是'自然的'，而是被迫的"。"一个事物的'自然'就是在它其中并使它像它所表现的那样表现的东西。"② 显然，柯林武德所言的"自然"有非实体性存在的含义，有同于那种自然而然之"自然"，也是一种表现性自然，或者是自然地表现"持有者"的特性、机理及运动节律，更是显示功能的自然。

但在西方古已有之的"自然"观中，更强调实体、实在自然的历史，并以"中心"性而使自然的功能归复人，或者是服务于人。金岳霖说："西方有一种征服自然的强烈愿望。人们尽管把人性看成

---

① ［美］爱默生：《论自然》，见吉欧·波尔泰编《爱默生集——论文与讲演录》，赵一凡等译，生活·读书·新知三联书店 1993 年版，第 12—13 页。

② ［英］柯林武德：《自然的观念》，吴国盛译，北京大学出版社 2006 年版，第 52、56 页。

'卑鄙、残忍、低贱的'，或者把人看成森林中天使般的赤子，却似乎总在对自然作战，主张人有权支配整个自然界。这种态度的结果，一方面是人类中心论，另一方面是自然顺从论。……从自然与人类隔离的观点，产生的结果是清楚的——胜利终归属于人类；但是从人类有自己的自然天性，因而也有随之而来的相互调节问题这个观点，产生的结果就不那么清楚——甚至可以变成胜利者也是被征服者。""在哲学语言中，'自然'概念包括一种可以构造的意思，心智是在其中自由驰骋的；在日常生活语言中，人们所享有或者意图享有的自然，是可以操纵的。"① 在西方思想史中，也不乏有机论的观点，美国的生态女性主义哲学家麦茜特曾经总结文艺复兴的有机论哲学，指出这个时期有机论的"共同前提是，宇宙的所有部分都处于一个有机整体中互相联系、互相作用。从'自然的亲和力'导出了所有的东西通过互相吸引或爱而联结在一起。自然界的所有部分都互相依赖，每一部分都反映宇宙其余部分的变化。世界各个部分的紧密结合不仅含有共同滋养和成长的意思，也含有共同忍受痛苦的意思"。"宇宙的有机整体来自它是有生命的动物的概念。巨大有机体处处活泼而又有生命，它的身体、灵魂和精神是紧密结合在一起的。"② 麦茜特更认同自然、机体、生命的有机化，她认为，宇宙这个巨大的有机体处于活泼而有生命的境域中，它的身体、灵魂和精神是紧密结合在一起的。这个世界的所有部分都会作为有机体而受到土地和太阳的养育。这一点与中国古代人的自然观有异曲同工之处，尤其是"道"作为养育生命的自然功用。

融合东西方智慧，我们也会看到其内在的一致性。仅就"道"而言，自然（实在、实有与虚性、无为）与道皆是有机—过程性存在，旨在成就有机整体而抚育生命。老庄的"道"性自然从广义角度说，是源于扩（阔）大的，且混沌的宇宙之"一"，但在其生成、运演的

---

① 金岳霖：《道、自然与人》，刘培育编，生活·读书·新知三联书店2005年版，第55页。

② ［美］卡洛琳·麦茜特：《自然之死——妇女、生态和科学革命》，吴国盛等译，吉林人民出版社1999年版，第114—115页。

过程中，在由一而多的过程中，始终伴随着生命运动，并呈现出生命运动状态的，事实上，这就不乏身心的共有、共融性及参与性。其过程—关系的有序化、实在化、节律性及循环性，始终无法别离身心的有机结合。这是一个现实宇宙、自然、生命的有机运演，也是人的身心体验及精神悟解的过程，同时又不断地向伦理性，向德性及德行靠拢。所以，老子称之为"玄德"。这里的"德"既指扶养生命有机性之德，也不乏人伦之德。但"玄德"似作为一种标识，强调人要像"道"之"德"性抚养生命那样对待人和事，且不断回报。故河上公释曰："欲使人如道也。"① 荀子的"比德"说所言"德"还非老子所言"玄德"，这是以人的德性为上，与自然事物之比的含义是弱化的，或者说，实在的自然物只是比衬，是为了表达人之"德"的。

四　有机与自然：生态之理的延伸阐释

"天道自然""自然之性""无为自然""自然而然"，乃至"万物一体"，皆为有机—过程性存在。自然成于过程，自然之"然"、之"性"，其本然即为有机—过程性的。人成于自然，但人的归位必然走向人自身，且在身心共同参与中，展示天道/自然与自然/伦理的整体有机—过程性。从这两个角度讲，前者的有机—过程性是就自然向人转换，继而生成人的有机—过程性存在而言的；后者的有机—过程性是就自然的运演节律、进向、永续，或者是"内在价值"而言的。

沟口雄三说："在中国，所谓自然，就是物只能如此的本来的存在方式，万物的自然调和的存在方式，宇宙运行的井然有序的、有条理的存在方式。而它对于人来说，就意味着按照伦理而生活的生活方式。这一贯通着自然界与人类世界的'条理—伦理'，进而催生了共同包括着人类世界和自然世界的'自然的天理'和'天理的自然'这样的观念，在这里，人类社会与自然界被视为相互连接的世界。"②

---

① 《老子道德经河上公章句》，王卡点校，中华书局1993年版，第36页。
② ［日］沟口雄三、小岛毅主编：《中国的思维世界》，孙歌等译，江苏人民出版社2006年版，第5页。

这种作为有机性、过程性及节律性的自然观具有体验性色彩，不仅运行于社会、德性及精神体验中，而且与艺术审美融通。中国古代艺术与生命智慧的表达中不乏"自然"，或者是满含着自然的韵味，尽管这种自然也不乏实在的物性存在，但人们在表现这种物及实在的天性自然之状的同时，更在表现人性、人情及物性以展示人的品性，或者融通人的情意及德性指向。显然，这种自然观具有广延性及包容性，也显示了有序性及条理性，其"生态"含蕴或更为明显，更人情、入理。因而沟口雄三接着说："在中国，自然是被作为万物的有条理的存在方式，而这一条理的存在方式包括人类世界，作为人类世界的伦理而通用。所谓与西方的概念相比较，但是并不假西方概念为基准，在这里所指的具体做法就是，不以把自然从伦理中切割出去的思考方式为基准，而是遵循上述中国哲学的实际状况，提炼出作为'条理—伦理'的自然概念。"① 尽管自然最终通向伦理，但仅以"条理—伦理"也无法穷尽中国古代人对"自然"的体验及归位。

这里须明晰一个逻辑关系，即是伦理生自然，还是自然生伦理，抑或是两者互生。这同时又会引申出另外一个问题，即作为实在、实体存在的自然物是生出另一种与之明确关联的自然物，还是自然物之间不断地互生、共生。《淮南子》中有一段话："天致其高，地致其厚，月照其夜，日照其昼，阴阳化，列星朗，非其道而物自然。故阴阳四时，非生万物也；雨露时降，非养草木也。神明接，阴阳和，而万物生矣。故高山深林，非为虎豹也；大木茂枝，非为飞鸟也；流源千里，渊深百仞，非为蛟龙也。致其高崇，成其广大，山居木栖，巢枝穴藏，水潜陆行，各得其所宁焉。"② 这段话的关键点在万物的运行"非其道而物自然"，即表明任何自然物的运行皆有各自的"机理"之"然"，尽管有多样的物会依其而生，但这种物却未必是为所依之物而生；任何物·（包括人）决不可能独自而生，必须以生态关联而生。这首先肯定了物的存在的实在及实体性，也是其基础及本

---

① [日]沟口雄三、小岛毅主编：《中国的思维世界》，孙歌等译，江苏人民出版社2006年版，第5—6页。

② 《淮南子·泰族训》。

根。这段表述连续使用"非"，但其中有一点却是不可否定的，作为有机—过程性的存在，物物之间的生态关联是无法断裂的，比如"阴阳四时，非生万物"，但万物却生于阴阳四时；"雨露时降，非养草木"，但草木却必依雨露时降，方可茁壮成长。这是一种机理—条理—事理的存在，即生态有机性存在，万物在此中即可"各得其所宁"。这就是其"道"，亦为"然"，是自然之"然"，是自然，乃至各种自然物（有机与无机、有生命与无生命）的"内在性"。物自然（实体性自然物）必因其道及"然"，亦成其"道"，运其"然"，既成自身之道，也成共生之道，而这种"道"的合奏，即为"自然而然"，更显现出生态有机—过程性。

如果我们从"生态"含义中延伸"条理—伦理"之说，那么，这里的伦理则不可仅限于人伦伦理，更需要拓展至生态伦理。生态伦理必然是基础性、有机性的，尽管在我们惯常的认识中，认为人伦伦理先于生态伦理，但当回归伦理的本位时，人伦伦理或应是生态伦理运行节律及条理的延伸、派生，或者是参照。如果用上述《淮南子》之言推论，可言两重含义：一是生态伦理并非必生人伦伦理，二是人伦伦理则必生于生态伦理，因人是生态性的存在物，是生命有机体，人生于且融于"万物一体"，实际上，这也是生态伦理的一种表现。生态理论肯定了自然的内在价值，而所谓内在价值就是这种由物与物之有机—过程性的实在而自然而然运动的节奏、韵律，是物与物之间互为依存而成就的"各得其所宁"。罗尔斯顿就说："自然的内在价值是指某些自然情景中所固有的价值，不需要以人类作为参照。潜鸟不管有没有人在听它，都应该继续啼叫下去。潜鸟虽然不是人，但它自己也是自然的一个主体。"① 罗尔斯顿以潜鸟作比，与《淮南子》之言有着相通之处，因为潜鸟并非因人而活动，而啼鸣，但却因有了潜鸟（可以视为喻体，而无限放大）的啼鸣，才有了潜鸟与多种多样的鸟及其他生物种群间的"生态"关联。

---

① ［美］霍尔姆斯·罗尔斯顿：《哲学走向荒野》，刘耳、叶平译，吉林人民出版社2000年版，第189页。

我们深度体认及其表达自然之"然",乃至品解"法自然",必然突出对自然/生态/生命及人的生存的深层理解,并引发人们做事必须循"法"而求真。人们对"物各自然"之情与意的抒发及获取,不可脱离自然之"法"("然")的真性,也不可别离生命肌体的活动。

第二节　原始神话的"生态"意蕴

神话记述了原始先民对自然、对生命、对人生的体验,其中具有混沌性、模糊性、幻想幻象性,亦有清晰性、实在性及想象性。而所谓清晰实在,一方面是神话叙事中具有实在、实存的形象,不论是人自身的形象,是自然物的形象,还是半人半物的形象,这些作为生命的活动体,都是实在的、清晰的;另一方面,神话的叙事结构始终不脱离人的活动与天地之间的关系,不论这种关系表现的是人在天地之间,在生命的生存祈望及交替之间被动性的生存境遇,还是主动地寻求生存的自主,都可能是艰难、曲折,且历经坎坷的,总是原始先民的生产生活的记述,表达了先民的理想与愿望。弗雷泽说:"神话可以被看作原始人的哲学。对于那个自古以来就为人类思想所不得不面对的世界,正是神话开始了对它的思考。"① 事实上,我们也可以进一步说,神话作为人对自身的发生性求解,是原始人进行自然(包括自然的自身)体悟的哲学,因为那时原始人的半人半物形象及自然物性特征还极为明显,他们除了面对变幻莫测的自然生态外,同时还需面对自身的神秘莫测,乃至匪夷所思。中国原始神话中的自然天地、生命繁育的深层意蕴,并没有脱离自身的"生态"境况及自然/地理之身,以及由此形成的生产/生活方式、独具特点的文化存在方式。

一　神话与文学

不论神话的原始发生多么久远,其神话特点的形成都离不开其自

① ［英］弗雷泽:《火起源的神话》,夏希原译,北京大学出版社2013年版,第7页。

然条件及生态境况，即便是神话叙事中人与物、物与物在时间、空间中的交往状况，也是由特有的"生态"意蕴而形成的。中国的原始神话也表达了原初中国人"自然体悟"的特点。

（一）文学与神话形象

时至今日，神话已经是一种重要的文学现象。原因在于：其一，至今流传的神话文本，已经成为文学色彩浓重，且形象、直观的叙事文本。其二，神话记载了原始先民的生活境遇及生存祈望，是现今进行文学活动（创作及批评）的重要素材，是现代人进行审美化生活，提高生存质量滋养的汲取系统。其三，神话记述了先民的活动方式、情感指向、幻象及想象方式，已经转换为一种原始思维，一种诗性智慧，既成为历史性的延续，也为当下人们的思维输入了必要的方法论参照，同时也呈现出为人们思绪以及行走的历史及文化，人们必须构建的未来的理想模型输送着必要的基因元素。其四，作为文学创作及批评的参照，如艾布拉姆斯称："'神话'已经成为文学分析中的一个重要术语……许多文学作品中的各种体裁和独立情节格式，包括在表面上看来非常复杂和写实的作品，都是基本神话程式的再现。""一个综合的神话体系，不管它是因袭而来的或是创造出来的，对文学来说都必不可少。"① 其五，不同地域、国别、种族及民族的神话所形成的不同现象，所记述的神话与事迹，所创造的神话的"形"与"貌"，所植生的神话模型，即形成了"神话意象"（叶舒宪语），具有符号性。列维·斯特劳斯就认为，每种文化系统中的神话是由符号组成的，都是符号指示系统，作为符号指示系统的神话，既存有原始先民的生活祈望及标识一个特定的所指，也是一种民族传承，并不断生成成熟的历史性记载及标识。文学对时下所出现的"神话重述"现象的作用不可低估，这不仅包括文学对神话形象的再造，成为自然、生命及文化记忆，而且在文学史演化中，对多种多样的文学样式及文本的生成，神话起着滋养及素材的作用，同时在文学意象创生中

---

① ［美］M. H. 艾布拉姆斯：《文学术语词典（中英对照）》，吴松江主译，北京大学出版社 2009 年版，第 343 页。

神话可谓至关重要。叶舒宪说："以文学史为例，只要承认神话是文学的源头，那么整个的文学史，就可以看成主要是由各种自觉的与不自觉的神话重述链接而成的。"① 事实上，这不可能仅限于文学现象，更是文化现象，是人类文化历史性传承的必然要求。

（二）文学与神话的叙事

我们之所以对原始神话给予"生态"分析，是因为在人类的初年，自然力是无法抗拒的，人的力量在自然面前是微弱的、被动性的。从现代境域中所产生的"生态"话语角度说，这里有着"复现"和"重述"的因素。所谓复现，即以生态视阈归复原始先民原本的生存境域，尽管"生态"话语是现代的，但生态生存的境域及方式则是亘古存在的，或者说，是人类初年就始终缠绕着的境域。人类初年理应是生态生存的，或者说自人产生之日起，人就是一种生态存在物。所谓"重述"，即为以话语的方式给予重现，尽管我们会从文学性及意象性中进行体悟式的"重述"，但这里的"述"却不可能局限于文学，或者需要经由文学而进行放大。这一方面是还原性的"述"，即回到原点、原初而作发生性的"述"；另一方面进行自然/生态/生命之于人类生成的本来状况的"述"，或者是一种"真"性的"述"。尽管原始先民努力着，也记述了"抗争"的种种"意象"，但在人与自然的这种"生态"关联中，这些记述又无法别离一种困境和艰难，所以每一组神话的叙事都会显现出一种"生态"现象，并且成为先民生存的生态叙事。

（三）文学与神话的现代启示

细述神话的产生及发展的原因，我们可以得到这样几重启悟。第一，原始神话对先民的生活境遇的记述，对其信仰及向往的情意指向，始终环绕在天地人之关系中，不论是表现与天，与地，或者是与他物之间的"斗"，或曰"生存竞争"，不论是向天祈福，还是进行"物质转换"，必然都富含着浓重的"生态"印记。

第二，神话构型的形象性及生命体的存在方式，始终是人与自然

---

① 叶舒宪：《神话意象》，北京大学出版社 2007 年版，第 88 页。

物同形、同体、同构。这作为一种"生态"化的形象构造，不仅是一种身体作用的破解，而且是一种原始性的关联及发生性描述。这使得神话形象的活动方式具有巨大的力量感，其身体的作用具有超能性，不同于普通人的生活境况，因而成为原始的"崇高"。显然，这是一种"生态"合成性的人物形象。

第三，神话记载的原始先民的生产、生活方式及状况，既被动于天地的威力，又力图战胜这种威力；既力主超越对自然力的依附性，又总是难以别离自然力，实际上这表现了人与自然的生态有机关联的紧密性，尽管其中历经矛盾、悖论，但却是不可否认的"生态"必然律。

第四，原始神话形象都具有超常的创生力和创造力，不论是造人的"女娲"，为人的生存而奋争的"夸父"，还是"共工"，都在多重力量的角逐中，显示了一种聚合性的"力"。这其中既有自然物性之力，亦有身体的力，更由初显的精神力。这时，或许已经表现了原始人的朴素人类意识，或曰初显的"中心"意识。

第五，在"神"的设定中，诸神的"图腾"之蕴无不是自然物，或者是与生命的繁育息息相通的关节点。这其中既含有对自然、对生命的祈望及模糊性认知，同时也内存着在强大的自然力、生命力面前，原始先民之力量的不足，但又充满着对"生"的渴求。这时的诸神设定及角力不只与原始的方位（自然地理、自然环境）关系密切，也与原始先民的时间、空间感，对天文、历法的"生态"认知有着直接的关系。

第六，诸神及诸多神话的记述或许会是原始时期的一系列"生态"事件，并且必然在农耕经济的运行过程中表现出人与天地之间，人与人之间，甚至是部落与部落之间，所产生的种种矛盾纠葛，也是先民为了自身，或者是为了部落自身的生产与生活而进行的各种活动。其中既有祈天、求雨的，也有通过变异环境，使之既适宜于本部落生存，又影响了他部落，进而产生部落间的战争。这些作为必然的"生态"现象，使得人活动的发生主要针对自然物及自然现象及将获取生存需求作为主导。这一切在神话传承、诵读的过程中，往往又会被人们社会化、伦理化，甚至精神化、信仰化。

面对古代中国的自然地理条件，有一个自然生物到大地崇尚之神的转换过程。农耕，作为主要的生产方式，致使早期的"烈山"，田猎、开垦土地，影响了多样动物的生存，动物的日渐稀少，转而变为家养，由畜牧到种植作为生产方式的转换，也使得文化存在方式发生了变化。这时，鉴于女性在其中的巨大作用，女神崇尚就成为"神"的主脉。如丁山先生说："农业的萌芽，起于妇女采集或移植野生植物；所以原始农神，不论任何民族，总以崇祀女性者居多数。""任何古代民族所崇祀的原始农神，不论是神农或后稷，往往是'地母'或'大祖母大地'。""神农是商代的农神，后稷是周代的农神，农神都是自'地母'分化出来的；从宗教发展的过程看，农神之上，总该有个'地母'神……能生殖百谷百蔬的柱，就是'地母'别名，也就是'后土'省称。"①

二 神话与自然、生态、生命

如果我们借力于"文学性"对已经非常明晰的原始神话给予"生态"解析，那么，就会显现出生态批评的特点。但这却不是基于批判、否定，而是力主通过还原原始"生态"状貌，进而分析原始必然性，人类活动的发生性，更需探析其对人们当代生态生存的启发性。

（一）神话与生态体验

茅盾说："神话所述者，是'神们的行事'，但是这些'神们'不是凭空跳出来的，而是原始人民的生活状况和心理状况之必然的产物。原始人民的心理，有可举之特点六：一为相信万物皆有生命，思想，情绪，与人类一般；此即所谓泛灵论。二为魔术的迷信，以为人可变兽，兽可变人，而风雨雷电晦暝亦可用魔术以招致。三为相信人死后魂离躯壳，仍有直觉，且存在于别一个世界（幽冥世界），衣食作息，与生前无异。四为相信鬼可附丽于有生或无生的物类，灵魂亦

---

① 丁山：《中国古代宗教与神话考》，上海书店出版社 2011 年版，第 32—33 页。

常能脱离躯壳，变为鸟或兽而自行其事。五为相信人类本可不死，所以死者是受了仇人的暗算（此惟少数原始民族则然）。六为好奇心非常强烈，见了自然现象（风雨雷雪等等）以及生死睡梦等事都觉得奇怪，渴求其答。"① 细观茅盾所言，其中关涉了两个基本视点，即自然与生命。原始人的活动及其心理境况，不论是思想、情绪，是好奇、梦魇，还是生死、人兽互变，实际上都是在这两个视点中攀缘、交织，是对自然的求解与认同，是对生命的体悟与解读，有时他们就用行动、仪式及图腾意象设置来实施这种体悟及解答。这显然就是原始先民的"生态"生存记事，但其中更多的是外向的，对自然运演状况及节律，对生命（主要与外在自然现象构建的生命关联）还难以达到思想和心灵的诠释，因而多是依附性及被动性的。但这却是人类生态生存及其体验的本有状态，是破解生命之谜的初始。作为原始发生，这也必然是人类思想的初始，更重要的是由人初始的生态体验到文化、文学及审美化的生态体验的必然过程。

（二）神话与生态认知

在我们的论域中还有几点是需要明晰的：其一，依据上述内容，就其历史依据而言，不论是剥离也好，提炼也好，任何形式的神话文本及其口头传诵体，都会自觉或不自觉地，或深或浅地成为原始先民生产生活的记述，既为文化发生印记，又内存着历史性内涵，成为后人破解、诠释其生存境况，认知人类早期活动状况的历史依据。其二，从其宇宙观的传承方面而言，原始人的宇宙观必然为人类宇宙观的雏形，因而茅盾认为，原始人的思想虽然简单，却喜欢攻击，甚至破解那些巨大的问题，因为这些问题对他们的生产生活，甚至对肉身躯体活性能力都产生着巨大的作用。如天地缘何而始？人类从何而来？天地之外有何物，等等，他们对于这些问题的答案便有了天地开辟的神话，这便是他们的原始哲学，他们的宇宙观。② 其三，从生态诠释角度说，由于对这种自然与生命的外向性体验的渴求程度，原始

---

① 茅盾：《中国神话研究初探》，江苏文艺出版社 2009 年版，第 3 页。
② 同上书，第 41 页。

先民对天与地的关联性，对天地何以造人，并形成基本的生产、生活状况的极度渴求，总是成为他们关注的重点。原始人对自然、生命的悟解，同样成为我们认知其"生态"意蕴，把握原始人生态生存体验，认识人类早期生态活动的基本依据。

（三）神话形象与身体性

神话形象作为自然与生命（动物、植物及人的生命）的造合，具有不自觉性，不同于后来自觉意义上创造的文学形象。神话形象是一个参与者，是一个体验者，也是一个意识创生者；既是主体，也是客体；既是空间创造，也是时间存在，或者说这是原生及原发性的身体性存在。后来的文学形象更多的是创造的，是意识、观念、情感、直觉在生命及身体的体验中生成的。梅洛—庞蒂称，我们的身体寓于空间和时间中，也适合并包含时间和空间。如进一步借用庞蒂的话说，神话中的身体"不仅是我的身体的体验，而且也是在世界中的我的身体的体验"①。因此，他的体验性及参与性并非我们现实的审美体验，而是其直接的身体参与，其"生态"有机—过程之节律性的身体存在更加明晰。在原始先民生活与初始身体关系中，人与外在之物的生态交往还是朴素的、本根的，其发生更多的是身体事件。身体在这里，既有中介性、关联性及发散性，也具有不确定性、符号性及幻象性；既是生命活动的躯体性存在，包孕机能及能量交换，又是一种认知、符号支撑及能力。这时对活动、理解具有不确定性，但身体则为实在的、确定的。理查德·舒斯特曼说："无论是作为体验这个世界的敏感主体，还是作为这个世界中被感知到的客体（对象），身体都表达了人类的不确定性。作为构成'我们体验之正中心'的主体性，身体具有散发性，它不能被恰当地理解为仅仅是客体（对象）；尽管如此，它在我们的体验中又不可避免地发挥着意识对象的功能，即使对于个体自己的具体化意识也是如此。"②

---

① ［法］莫里斯·梅洛—庞蒂：《知觉现象学》，姜志辉译，商务印书馆 2001 年版，第 188 页。

② ［美］理查德·舒斯特曼：《身体意识与身体美学》，程相占译，商务印书馆 2011 年版，第 13—14 页。

神话是人类活动最初的身体体验及集体"参与"，是身体最全面、最直接投入的机能展示及能量获取条件，同时也是原始先民们在建立各种关系时必须介入的中介。这时身体是实在的，是在不断的原发性运动中呈现自然、生命的有机存在。所谓原发性运动，是出于生的本能与能力而实施的，其中的非目的性是很强的。

三　神话、身体与创世

身体是生命活动的基础，关注身体是生态、生命活动的必需，是文学及审美体验绕不过去的坎。试问，人的一切活动怎能别离身体的"参与"？神话本应是人们最初的身体"诉说"，也为身体记忆。人们通过身体而构建多重关系，认知世界，跃动取食，组合信息，增长心智，继而确立自身。然而，身体并非仅仅限于肉身，因为肉身也是生成性的，既不断完备着躯体，又是躯体的机能，包括大脑容量，直立行走，性属关系，符号传递，情意植生，想象幻想飞动等，不可能不以躯体的滋养及活动而成就。神话中所蕴藉的生命及情意的幻想，其变幻莫测的幻象实际上还基于身体这种综合的运动状况，因于身体的交往及能力的交换状况。

（一）创世神话与生态生存的发生

在中国古代创世神话中，有两则古已有之而广为传诵的神话是应给予关注的，即女娲神话与盘古神话。女娲创世神话有两个主要情节，即女娲补天与女娲造人，如果将其关联起来，作为整体来解析，似乎其中也内存着天地与人的生态链接，其义都在转换，在创生。许慎《说文解字》云："娲，古之神圣女，化万物者也。"① 补天神话之"化"，从强烈的对立中表现了原始先民的生活理想，作为一种"生态"关联性表述，已经显现了先民与自然现象的复杂关系，也表现了先人的生产、生活与大地及其他生物群类的对立性。《淮南子》云："往古之时，四极废，九州裂，天不兼覆，地不周载，火爁炎而不灭，水浩洋而不息，猛兽食颛民，鸷鸟攫老弱，于是女娲炼五色石以补苍

---

① （汉）许慎：《说文解字（附检字）》，中华书局1963年影印版，第260页。

天，断鳌足以立四极。杀黑龙以济冀州，积芦灰以止淫水。苍天补，四极正，淫水涸，冀州平，狡虫死，颛民生。背方州，抱圆天，和春阳夏，杀秋约冬，枕方寝绳，阴阳之所壅沈不通者，窍理之；逆气戾物，伤民厚积者，绝止之。"① 这其中有两则"生态"连接点，作为过程性的因果关系成就了"女娲"：一是原初之时的天地与万物间的"生态"连接，形成"天不兼覆，地不周载"，进而波及生物多样的存在；二是女娲的"补天"活动，一方面平定了天地与多样生物的关系，另一方面抚慰了"生"，并至"抱圆天，和春阳夏"，但更多的是人之生，因为女娲是伴随着斗争及杀戮而实现自身活动的。这是先民的祈望，女娲作为女性行使着男性力的作用，呈现出"崇高"感。女娲以身体的参与而创生的这种神话意象，与创世神话中普泛存在的指向一样，具有"坐标"感。因为其中围绕女娲的形象载体，一方是向天、向地、向其他生，另一方是平天、平地、平其他生，而"颛民生"。叶舒宪说："人类用自己的身体行为为坐标，把整个宇宙都身体化了。这种天父、地母型神话可以说是一切身体写作和生态创造的总根源。"② 女娲以女性、"地母"的身体，借力于男性的刚性及威力、技能而完成的创世/创生活动，表现了天地共生而抚养生命生成的生态事实，也体现了远古时代女性威力存在的必然性。所谓女性威力就是女性对生命的孕育所起到的决定性作用。较之基督教文化中上帝的创世神话，女娲创世更符合人类早期生命活动的"生态"本来，因其原发性、初始性而更体现出其"生态"性。

如果说女娲神话的创世主要是创人之世，进而在生态之"平衡"状态中抚慰人的生活的话，盘古神话则更具开阔视域，不仅创人之世，而且创宇宙之世。盘古神话有两则叙事是传诵最多的：一是较早见于三国时期徐整的《三五历记》中的记载，其云："天地浑沌如鸡子，盘古生在其中。万八千岁，天地开辟，阳清为天，阴浊为地。盘古在其中，一日九变，神于天，圣于地。天日高一丈，地日厚一丈，

---

① 《淮南子·览冥训》。
② 叶舒宪：《神话意象》，北京大学出版社 2007 年版，第 67 页。

盘古日长一丈，如此万八千岁，天数极高，地数极深，盘古极长。后乃有三皇。数起于一，立于三，成于五，盛于七，处于九，故天去地九万里！"① 二是《五运历年纪》的记述："元气濛鸿，萌芽滋始，遂分天地，肇立乾坤，启阴成阳，分布元气，乃孕中和，是为人也。首生盘古，垂死化身，气成风云，声为雷霆。左眼为日，右眼为月，四肢五体为四极五岳，血液为江河，筋脉为地裏，肌肉为田土，发髭为星辰，皮毛为草木，齿骨为金石，精髓为珠玉，汗流为雨泽，身之诸虫，因风所感，化为黎甿。"② 在我看来，盘古神话所述盘古作为过程及关系性存在，更似"内在价值"；作为宇宙、地球、现世的创生者，使其"内在价值"的生成性应和着生态有机—过程性的节律、转换的特性。我们延伸女娲形象的"坐标"感，盘古不仅具有"坐标"感，而且还会体现出两重身份，即生成性身份与确定性身份。生成性身份是指其在经由"天地浑沌"而"天地开辟"，进而生成天地、阴阳的运行节律，成就乾坤，分元气，孕中和，而创生包括人在内的万千生物。确定性身份是指盘古成为确定性的天地存在，首先是形成风雨雷电，然后形成地球的确定性存在。事实上，盘古的身体已经是地球整体及生命的化身，或者直接就是地球的身体，形成盘古/地球，地球/盘古一体化的"生态"存在。王茜认为，盘古神话的主题是"世界"的形成，其所指的世界不是一个空洞抽象的空间，而是包含着风云雷电、日月星辰、山川雨泽、草木金石等基本自然现象和自然事物的具体空间。盘古化身的世界正是一个既实在又超验的自然世界的象征。王茜这样表述着："盘古神话的价值，正在于它向我们展示了一个身体与世界彼此纠缠着的原初生命图景，它提醒我们灵性的身体无法离开真实而博大的自然世界，而要想真正进入一个开阔的生命世界，也必须通过我们最真实的身体触摸。"③

---

① 见（唐）欧阳询撰《艺文类聚（附索引）》，汪绍楹校，上海古籍出版社 1982 年版，第 2 页。

② 见（清）马骕纂《绎史》（一），刘晓东等点校，齐鲁书社 2001 年版，第 2 页。

③ 王茜：《盘古神话的现象学阐释》，《文艺理论研究》2012 年第 3 期。

（二）身体与自然、生命的比附

作为生命存在的身体，不论是人的，还是多样自然生物的，实际上都是地球身体的微缩版；作为生态运演的过程，其最终创生的必然是生命，是万物的生命，更是具体化的，内蕴生命机能及永续进化的有机性身体。这其中，既有人与自然生物的生命及生态，更应该包括地球本身作为生命的存在及身体。这就如同麦茜特所描绘的那样："地球的泉水就像是人体的血液系统，其它流体就像是人体中的黏液、唾液、汗液等润滑形式。""在地球中，自然的形式与我们的身体组织之间存在着惊人的相似性。""地球的静脉系统充满了金属矿物……它的体液从小静脉流入更大的静脉。跟人类一样，地球甚至有它自己的排泄系统。地球的放气趋势会导致地震，就如同放屁会引起其它类型的震动一样。""地球子宫不仅是金属的发源地，而且是所有活的生命体的母亲。"① 尽管这是将地球与人体作比，但在我看来，或者将我们归复生态本来状况，回到人类原始发生之初来作比，实际上应该将地球的生命存在系统的一切活动状态及其依循的运演节律，与人类活动作比，也就是说，人类与其他生物体及生物种群的身体性存在特性实际上是地球身体的微缩。因而《淮南子》言："天有四时五行九解三百六十六日，人亦有四支五藏九窍三百六十六节。天有风雨寒暑，人亦有取与喜怒。故胆为云，肺为气，肝为风，肾为雨，脾为雷，以与天地相参也，而心为之主。是故耳目者，日月也；血气者，风雨也。"② 郭熙在《林泉高致·山水训》中说："山以水为血脉，以草木为毛发，以烟云为神采。故山得水而活，得草木而华，得烟云而秀媚。水以山为面，以亭榭为眉目，以渔钓为精神，故水得山而媚，得亭榭而明快，得渔钓而旷落。此山水之布置也。"③ 郭熙已经初步显示了以"林泉之心"倾情描绘生命，以整体、有机—过程性及"万物一体"性相关联，来主动地体认共生情境，或者这里的艺术思维源起其整体、有机性，其体验的有机效应已经

---

① ［美］卡洛琳·麦茜特：《自然之死——妇女、生态和科学革命》，吴国盛译，吉林人民出版社1999年版，第114—115页。

② 《淮南子·精神训》。

③ 俞剑华编著：《中国古代画论类编》，人民美术出版社2004年版，第638页。

初显生态"化生"特征的美学蕴含。

中国的创世神话与基督创世不同，基督创世是从"无"到"有"，女娲与盘古创世则是有中之有；基督创世是从天地到万物到人，再到万物与人的生命活动，女娲与盘古创世是已有天地存在，而其"创"主要是创人及人赖以生存的环境，并且他们都是"实存"的生命体，而且活动于世界中，是生存于有（天地）中的。《淮南子》记述："昔者共工与颛顼争为帝，怒而触不周之山。天柱折，地维绝。天倾西北，故日月星辰移焉；地不满东南，故水潦尘埃归焉。"① 共工头触不周山，以身体直接参与，造成天地日月及大地、水的动荡及变化，"世界"发生了变异。

第三节　图腾崇尚的"生态"意蕴

图腾崇尚发轫于原始神话与宗教，基于原始人们对自然、生态及生命的体悟，生发于对生存境域及状况的体认。图腾既是人们崇尚、信仰及幻象的符号，也是一种祈福的印记。之所以说这是一种体悟，是因为图腾作为一种信仰性及精神性存在物，总会以自然物的生命运演及特性为依托，以身体性的"动"来表现，甚至是在破解"生"及"身体"的发生原因；尽管不乏实体、实在性，或者是以自然中的实有之物为原型，但又不拘于原型，或者在一定意义上又超越了原型，或者呈现出超自然的特点。因为图腾的形成是建基于某种自然物的超强力量的，对生殖力的破解应该是其中的一种重要因素。人们意欲理解此，甚至超越此，这便逐渐生成了一种信仰，或者表达出一种目的性。在原始群落中图腾具有聚合性力量，但又是发散的、辐射的，不仅要聚合，而且要惠及群落中所有的生命个体。图腾崇尚的内质往往是实在的自然客体，但又有隐含的"虚"体、神性及组合性，这使得托举图腾形象的那个积蓄生命力的"自然物"，不仅是"和合"的生命有机体，而且有着一种超强的生态合成力。

---

① 《淮南子·天文训》。

一　图腾、生命与生态

我们要对图腾给予"生态"解读及阐释，首先需将图腾视为一个生命有机体，所连接的仍然是自然、生命及人相互间的有机性关系。原始先民以部族为单位而设置一种符号化的信仰物，基于祈福、安神，乃至仪式，之所以大都以自然物及自然现象做指代物，表明了原始先民的生活与自然之密切的生态关联。不同的图腾物象都有原始的"族类"特性，是一个氏族部落共同遵守与崇尚的生态存在。图腾建基于部族的自然地理条件，以及由此而植生的生产及生活方式，反映了部族的生命体征、心理欲求及信仰向往，因而也是极具个性化的生态存在物。

（一）图腾何以呈现出生态存在

我们说，图腾是一种生态存在，其原因在于：其一，图腾中所积蓄的生命有机性，必然基于实有的自然存在物，即便是部族假想的存在物，也必然是以某种自然物为参照、延伸、组合而成的；其二，图腾表现的生态关联性，一方面，以围绕部族的活动展示着人在生产、生活中所处的生态境域，既有祈福、安神、保养、统领的作用，也有表征对自然力（应该包含生殖力）的崇尚、膜拜，乃至困惑、困顿；另一方面，体现部族本体作用，是部族本身的聚合力、凝聚力的标识，是标识部族特性、精神品质的符号指示物。尽管这是一种"物"，但更多的却是精神指示物，作为喻体，内蕴着极强的比喻作用及隐喻性。其三，在原始氏族中，图腾还展现出神秘的血缘亲属关系，是以生命的活动（包括肌体性活动及精神、信仰性活动）为连线，而成为原始氏族凝聚力的生态整体图景，也是部族"内在价值"的显现。其四，图腾显示了生物及生命活动的多样性、复杂性。各部族相互间，甚至部族内部的多样图腾物，原发于自然生物及自然现象，不仅形成自然物之间的有机关联，而且也形成人与人、人与物之间的生态关联。其五，图腾是原始生命力的展示。图腾是原始智慧的积累、沉淀，其所标识的自然物及自然现象都是人对生命力的祈望，是生命价值的展示，其中不乏对生命个体的困顿、模糊的明辨及对生命力的张扬，当然，这里所言的生命力不仅包括生产、生活中人与自然物的生命力纠葛，而且包括人与人之间的活动，以及生命的延续、传承的生命力展示。其六，图腾具有地理学、地域性特点。不同图腾的设置必然起因于部族生存的地域环境，以及该环境中所活动着的自然生物，或者是对部族活动产生极大影响的自然现象，自然地理特性是部族活动的发生基础，也是图腾生态存在之特性展示的基础。

（二）图腾是否具有有机性特点

图腾生成也是有机—过程性及节律性的展示，是依循自然物与人的生产、生活之关系的连接状况而不断转换、丰富的。何星亮认为，最早的图腾是动物，并且是哺乳动物，原因可能与人的生命活动相类似，后来产生的植物图腾，也主要是与食物类别关系密切的，自然现象的图腾可能更近一些。从图腾的过程性来看，以取食结构而成就的图腾，体现出原始先民基本的生存活动。这也表明"万物一体"、生态关联的基本条件理应是取食结构，以及由此形成的食物链条及"金字塔"。但对于物种及生命体而言，其生态连接的另一个重要原因则在于"生殖"。这是种群延续的基本条件，也是自然之生态节律运演的重要因素。人作为生命有机体而存在，对此，同样是无法别离的。这也是孟子何以明确指出，食色作为人之本性的基本条件。近年来，有更多的学者研究认为，鉴于图腾始于母系氏族，故图腾崇拜则是一种生殖力的崇拜，尤其是对女性/母性生殖力的崇尚。女娲创世的内在根由，亦在于其作为女性的生命创生力。图腾具有神秘性，更具实在性、实体性，但这都源于对原始生命力的体悟，然而其体悟的过程是基于对自然物及自然现象的物性特征，其生态关联性也在于指示这些"物"缘何能够延续生命，推动生产，维系部族"和平"，诠释部族信仰，并激发人们的原始生命力。

（三）明晰图腾作为艺术的呈现

图腾崇尚有着那种激励本能生命欲望的功力，也呈现着原始生命力中的有机性内涵。图腾作为艺术和审美的体验性存在，基于生态关联性，同时呈现出对人的生命力在生态运演的有机—过程性及节律性中的交织作用，也成就了艺术审美的基本条件。美是人的生命精神的存在，美必然要表现生命之动，而所谓生命之动除了在自然生命之间建立生态连接而形成的生命之动外，更重要的还在于不同生命体自身运动状况及形态。这时不论如何运动，作为有机—过程性存在的生命机体，必然依循着基本的节奏及韵律，恰恰是这种节律状况，成为美存在的最根本条件。在美的创造过程中，生命体的节律动态，不是形式的表征，实际上积蓄着审美的内在要素。像原始意象中由"蛇""鱼"等自然生物所展示的图腾征象，一方面是以其物性躯体的动而展示的柔美曲线，进而表征生命节律与生态美韵；另一方面则以"生"及生殖特性把握其对生命的表现力。这些蕴含所积蓄的生态征象，也表征了一种内在地激发人的生命感（主要为性与欲）及感性生命力的趋向。如"蛇"图腾，除了其体态特征及行动路线能成为形式美的构成，且呈现出最美的曲线之外，人们还会凸显其生命之"欲"。这其中既存有"女色"的文化内蕴，曾经是性激情的象征，也是智慧、淫欲与邪恶的象征。在基督"创世纪"的传说中，"蛇"同时具备这三种品性，作为智慧的象征，它既教给了人类智慧，又"施欲"引诱夏娃偷食禁果，从而使人类堕入罪恶的深渊。对于这种自然生物的特性，中西方文化都有将其比附为女性的说法，如《诗经·小雅·斯干》云："维熊维罴，维虺维蛇""维熊维罴，男子之祥；维虺维蛇，女子之祥。"宋代朱熹释曰："熊罴，阳物，在山，强力壮毅，男子之祥也。虺蛇，阴物，穴处，柔弱隐伏，女子之祥也。"① 艾兰用中国上古神话分析龙与蛇的关系，并以青铜器的纹饰所显示的蛇形，得出这样一种说法："蛇是原始艺术中极为普遍的母型。蛇住在水里，或是穴居土中，冬天长眠，春天蜕皮，于是它成为转化和再生的自然象征。"蛇有毒性，有生理性的畸变等特性，艾兰还依据蛇的这种特性指出："这种动物本身就乖离了自然常规，会被人们视为神圣。"② 又如"鱼"图腾则具有生殖性图腾征象，对"鱼"的表达往往不是孤立的，而是建基于生态关联。因为"鱼"有男性

① （宋）朱熹：《诗集传》，赵长征点校，中华书局 2011 年版，第 165 页。
② ［美］艾兰：《龟之谜——商代神话、祭祀、艺术和宇宙观研究》，汪涛译，商务印书馆 2010 年版，第 202—203 页。

生命力的象征作用，必然有一种能够表达女性力量的自然物与其媾和，而形成生命活动的"整体"。在原始氏族中的人面鱼身，如河南临汝县出土的属于仰韶文化的"鹳鱼石斧罐"，作为装饰上面用鹳口衔鱼等图像，就构塑着一种生殖性图腾。李泽厚在研究中华文化的源头符号时也认为，"鱼"是生命的符号，并将其视为本源性的人的生存本体论，即人类学的历史本体论。在他看来，"鱼"有着生殖、生存和交往、语言两个含义，使"鱼"成了最早的神圣符号；"鱼"给人生存和生活本身以神圣，这种神圣价值的观念和情感，已积淀为中华儿女的文化心理。李泽厚明确指出："'鱼'所宣示的'哲学'也正是这个人的生存和生命。所以，不是精神、理性、意识，不是天理、良知，不是新儒家的'道德精神''德性自我'，而是那实实在在的'人活着'即人的物质性的生命、生存和生活，才是第一位的现实和根本，是第一原则和首要符号"。①

杨堃先生认为，图腾主义是母系氏族的宗教，图腾崇拜实际上是一种生殖崇拜，而母系氏族的图腾是女性生殖器的象征。② 不论如何言说，图腾与自然、图腾与生命紧密联系，乃至图腾所呈现的生态蕴含，或者说，图腾的发端及发生之因，基于原始人对自然、生态及生命的体悟状况及求解，这应该是不言而喻的。

二　图腾与中国文化体验

中国文化传统中的"图腾"也是多样性合成的。就中华文化整体中由"天"归"一"的自然观而言，其图腾崇尚必然内存着整一性，或者也呈现出由多而一的转换。如"龙"图腾可谓是中华文化整体象征，龙的整一性也是由多样性、合成性而成就的。尽管对是否具有实存的龙这样一种自然物，一直有着争议，并且有待考古发掘的最终论定，但"龙"作为多样而整一的图腾，不仅是学界认可的，而且考古的器物证据也是确凿的。

---

① 李泽厚：《新编中国古代思想史论》，天津社会科学院出版社2008年版，第264页。
② ［苏］Д. Е. 海通：《图腾崇拜》，何星亮译，广西师范大学出版社2004年版，中译本序。

（一）中华文化的指示性图腾——龙

亘古以来，人们对龙的祈望以及业已形成的、具有确定性的图腾征象，实际上已经论定了龙的实在性、实有性及多变性，且作为民族价值符号而千古传承。孔颖达在释《周易》首卦"乾"之"潜龙勿用"时云："龙者，变化之物。"① 西方学者在用混沌理论观照"龙"时说："《易经》中第一卦是乾——龙的形象，《易经》把龙视为满载电荷的云层背后蕴含的无穷威力，它瞬息万变，惊天动地。乾卦的注释写道：'它的能量不受宇宙中任何固定条件的限制，它就是运动的化身。'"② 就龙的自然本相、生成性及运动节律性而言，龙的"变"，不仅有其运动形态之变，更在于其生成性之变。龙图腾之所以能够表明中华文化特性，主要是因为其"变"，也因为其所具有的几个基本特性：一是其多样性的生物组合及多样生命力的合成；二是由两两合成（如"二龙"所指）而展示出生命繁衍的作用；三是运演生命体的运动节律性，表现出人们对生命活动的体悟，还存有由简单到复杂的演化过程；四是不同地域的生产、生活及文化习性形成了不同的龙形及动态状貌，而使之符号性内蕴极为丰富。李泽厚也将"龙"作为中华文化源头的另一符号，视其为"权威/秩序的象征"。与"鱼"符号因其神秘性而尚未显神不同，"龙"一开始就是神的代表。李泽厚认为，龙隐藏着神秘和恐怖，显示出它的巨大的全面统治功能和神圣威力，这种神秘的巨大威力又都与原始巫术活动有关。③

（二）"龙"生态的可能性

"龙"凸显出生态特性，呈现出生命有机性，且实为一个生态系统的表征。龙图腾之所以存在，并不因为它是单个存在的生物体，而是龙已经成为多样性合成的生态系统。龙图腾亦显"龙生态"。作为

---

① （清）阮元校刻：《十三经注疏（附校勘记）·周易正义》，中华书局 1980 年影印版，第 13 页。

② ［美］约翰·布里格斯、［英］F. 戴维·皮特：《混沌七鉴——来自易学的永恒智慧》，陈忠、金纬译，上海科技教育出版社 2008 年版，第 26 页。

③ 李泽厚：《新编中国古代思想史论》，天津社会科学院出版社 2008 年版，第 264—269 页。

图腾，其文化象征性更在于其是生态有机性、合成性的象征；其审美性及价值体验性之所以意蕴无穷，也是因为其生命多样性、有机性及生命运动体征的节律性。"龙"生态所蕴积的图腾征象，首先是由多样的实在、有机生命体繁复合成的，并在不断的运动、变化中相互补充，进行着能量交换、信息交流，继而聚合为整体性的生命有机体。这就使"龙"有着巨大的包容性和象征性，一方面，作为有机整体性的生态存在，成为中华民族的象征；另一方面，其地域性形成的差异，又使其有着地域特点及个性。总的说来，"龙"的生态存在呈现出中国人对生命精神体认中所蕴涵的"和谐"性的精神价值指向。学界对龙图腾展开了研究，闻一多《伏曦考》的作用不可低估。闻一多明确指出，现在的龙是由原始的龙（一种蛇）图腾兼并许多旁的图腾而形成的一种综合式的虚构生物，也为综合式龙图腾团族，我们的文化就是以龙图腾团族的诸夏为基础的。[①] 在我看来，原始先民之所以以龙这种虚实相生的生命体来设定华夏图腾及文化的标识，一方面是出于虚与实，即在自然、生命及人的有机交往中，难以找寻出一种可以代表多样性合一的文化状貌的实有生物体来支撑信仰，积蓄凝聚力，延伸伦理，跃动情意体验；另一方面，从实与虚的角度说，华夏大地的农耕经济，既要立足于天地及由此生生不息的生命运演节律，又需在此基础上寻求精神、情意性的灵境，需要有一种动感强烈、节律明晰的生命运动体来指代其作用，并能够将地域的广博与生物种群的多样性给予合一、整合。多样统一与合成的"龙"则肩负了这种责任，且对多种生物体所存在的最为突出的物性特点进行了有机合成。这是"虚实"相生，"有无"相承的生态存在，是包容性的价值存在。我们应该肯定，原始先民在构筑龙图腾时，或者是在之后历史、文化的运演中，龙形及龙体不断完善，特性不断凸显，并且在文化意蕴不断丰富的过程中，主要不是局限于对多样化的生物载体的破解，而更多的则是赋予其情意、德性、品格、信仰、民族性及美学特性，并且在地域环境中不断加以完备，不同的民族所形成的龙图腾

---

① 《闻一多全集》第 1 卷，生活·读书·新知三联书店 1982 年版，第 32—33 页。

的各自特点，也映衬出自然地理环境的特点，民族习性及对人们日常生活的至深影响。

（三）龙图腾对人生存活动的作用

如果从生态发生的角度说，"龙"内存的不仅是图腾崇尚，而且这种崇尚从形成到发生效力都具有自然地理因素的作用，同时龙图腾对人们的生命活动、生存方式及文化积蓄的重要作用更是不可低估。这在风水学中也有很好的表达，"风水"实为中国古代人的生态环境说，或者说，讲求环境的生态化及对人的生产、生活的影响，实际上就是如何惠利。"龙"在风水学中的重要含义，即意在作为一种所指来表达自然地理环境的进程及动律，如将连绵起伏的大山视为龙，且富含"龙脉"。当其作为图腾来影响风水现象时，一是起着根基作用，二是起着调节作用。龙图腾的生态调节具有象征性作用，其对人的精神具有规约作用，但却有着现实的根基，这就是中华地理版图中现实存在的山与水。从地理、山势的状貌来看，其连绵起伏、节律性的运动状况，也与生命运演节律相吻合。这其中又应和着宇宙自然、时节时令、万物共生所呈现的生态/生命/生存的根基之状，且与生命运动的节奏、韵律之状合辙。

形成中华文化的"和合"精神，龙图腾的生态合成作用是不可低估的。这不仅因为龙是由多样的自然生物合成的，体现了中国人的自然、生态及生命的体悟特性，而且因为龙的变化、运动作用于人的生活及精神，使之成为一种精神—文化性的构型。龙的生态合成性对自然生物的超越，对自然价值的提炼、转换，使之和谐与包容，也审美化地呈现出其精神—文化价值。

三　图腾及其现代阐释

龙图腾的生态构型体现着生物多样性及生命多样性，但在其成形及发挥效力的过程中，却呈现着文化多样性。这里所言的文化多样性，一方面多样性的生物体的存在与人的活动、思想、精神及情意体验的结合，都会形成自身的文化状貌，其生态合力既因于多样性，也成就于合成性；另一方面，在其历史与文化运演过程中，其文化含量被不断丰富，且也是多样性的合成。对文化的合成性，在横向构成中，有不同民族、地域、习性的文化融合；在纵向接续中，是在不同历史与文化条件下对图腾形态的完备及文化意蕴的丰富。这些都会完备文化多样性，但就后者而言，往往也会由"多"走向"一"。比如龙形，当作为民族的标识及代码而被确定、确证后，往往就成为"整一"性的存在。

在现代条件下，图腾与文化多样性观照与诸多学科领域研究一样，方法的提新并结合现代科学技术、考古发现及多种文化思潮，必然会促进研究的深入。这既可能深入揭示出神话、图腾的原始发生之源，而且会进一步开掘并丰富其文化含量。叶舒宪根据辽河流域所发现的红山文化的艺术品分析，给龙的原型研究打开了前所未有的新局面。其中，关于猪龙、熊龙和鹿龙等的新假说，也是建立在红山文化所出土的史前玉雕像的实物分析基础上的。这就表明，神话与图腾研究（龙图腾）由原本的文字、文本文献的观照而拓展至考古确证及实物分析，后者或许更具说服力。叶舒宪对龙起源的研究除了兼及人类学、文化学及艺术学研究外，更注重汲取国际考古学的女神宗教研究的滋养，从食物考古的器物分析方面，对中国龙的起源新说给予总体的比较观照和重新评估。他认为，红山文化各种组合龙造型的象征蕴涵及其同女神崇拜的关系极为密切，猪、熊、鹿、虫每一种都是构成史前神龙想象的原型要素之一。叶舒宪认为，猪在史前文化中呈现出女神象征的意蕴，"猪的意象在神话思维中常常就是地母神的化身"[①]。熊是数百万年来猿人狩猎活动的重要对象之一，因而叶舒宪谈到，原始先民"将熊当做宗教崇拜的对象，也是迄今我们所能看到的人类最初的宗教活动的证据"，诸如"北方地区的熊所特有的季节性活动规则，尤其是冬眠的习性，更加容易给先民造成一种能够死而复活的印象，于是熊就在史前信仰之中成为代表生死相互转化观的一个神奇标本，成为被崇拜的神秘和神圣的对象，这也就使它充当了图

①　叶舒宪：《亥日人君》，陕西人民出版社2008年版，第7页。

腾观念首选的物种之一"①。事实上，在欧洲和西亚先民祭祀仪式上的熊与女神已经被认同为一体了，而"熊女神"甚至延续到古希腊人的女神想象中。在美国人类学家伊万·布莱迪编的《人类学诗学》一书中，学者托尼·弗洛里斯撰写了《缪斯女神》一章，弗洛里斯曾深入研究了诸多关于熊与女神的诗歌，并指出这其中往往表现了"熊—母亲"的主题。在该书中她也谈道："早在旧石器时代人们就开始把熊跟女神联系在一起。这一称呼没有蔑视或引诱的意味，而是表现了母亲的博大、孕育能力，她与黑暗洞穴和出生的联系，以及她对生和死的控制。"②

在远古时代，女神实际上也是作为一种宇宙现象，或者是"生态"性的存在，因为女神的出现始终与生育紧密联系着，"生育"显然是当时女神崇尚的内在原因，而原始先民往往会将女性的生育体征及职能与诸多的自然、生态现象连接起来。已经被学界关注多年的韦伦多夫的维纳斯等系列女神雕像，其对女性体态特征的绘制，对其生殖部位的凸显，以及一座反映女性与男性生殖特性的雕像组合原始艺术作品（如劳塞尔的维纳斯、塞维纳诺的维纳斯等），实际上透露着原始先民对生殖的崇尚，因为这是万物、生命及人得以存在，得以延续的最基本条件。美国学者马丽加·金芭塔丝认为，在新石器时代一些以突出女性身体而表现的复杂多样的艺术形式，旨在揭示一种自然而然的女性的神圣特性，但往往在现代文化中被忽视。远古时代女神身体的裸露，并非色情表现，而是展示其功能，显示其女性身体的哺育、繁育能力。她认为，女性力量，如怀孕的植物女神，贴切地体现了土地的繁殖力；"女神"是所有生命的创造者，人类植物及动物皆源于"她"。在《活着的女神》一书中，金芭塔丝还将女神的力量与宇宙构造及生态性特点相连接，她说："水汽、生命与生育女神之间的联系包含着深刻的宇宙论蕴涵。人类的生命起源于女性子宫潮湿的环境中。于是，类似地，女神便是一切生命——包括人类、动物和植

① 叶舒宪：《神话意象》，北京大学出版社 2007 年版，第 7—8 页。

② ［美］伊万·布莱迪：《人类学诗学》，徐鲁亚译，中国人民大学出版社 2010 年版，第 145 页。

物——的源头。女神也统治着一切水源：湖泊、河流、泉水、井，还有雨云。女神生育出新生命这个事实可以解释她的形象上的各种水的象征，诸如网、溪流和平行线。"① 金芭塔丝还就多种自然生物以及相互间构成的女神形象进行分析，在熊女神和鹿女神方面，她指出："熊与鹿始终与生育女神同时出现，她经常化身为熊或鹿，作为分娩或哺育婴儿的辅助者。""熊由于代表了生育、死亡与再生的全过程，自然而然地与生育女神产生了联系。""鹿和麋对于生育女神来说也是神圣的。""鹿角的生命再生能力拥有巨大的象征力，因为它们季节性地在春天出现。"② 弗洛伊德也明确指出："图腾崇拜的最终根源便在于原始人对于人和动物繁衍过程的无知；尤其是对雄性在繁殖中的作用的无知……图腾崇拜就是女性心理而非男性心理的产物。"③弗洛伊德的这种解释也应和了图腾崇尚何以与女神关系密切，显然是出于生殖、生育关系中女性的地位及远古时代女性何以能够获得话语权、主导权的问题。

当我们着力揭示图腾的"生态"意蕴，且将对"龙"图腾的体悟延伸至对女性/女神、大地，生命/生存、生殖/再生，宇宙、自然/生态的多重体认时，就不得不牵引出著名的"盖娅"假说理论。这也说明人类与万物一样，必然在宇宙之光的照耀下接受"盖娅"/地球母体的施惠。依照该理论的创立者、英国科学家詹姆斯·拉伍洛克所言："古老的盖娅是一个存在，在时间和季节的长河中她使自身以及那些与她一起存在的一切保持舒适。她持续运作，从而使大气、海洋和土壤的状态始终适合生命。"在谈到他为何创建"盖娅"时，拉伍洛克说："目的就是要使人们在乡间漫步或去一个没有去过的新地方旅行时，既感受到勃勃生机，又保存愉悦的心情。"④

---

① ［美］马丽加·金芭塔丝：《活着的女神》，叶舒宪译，广西师范大学出版社2008年版，第11页

② 同上书，第11—14页

③ ［奥］西格蒙德·弗洛伊德：《图腾与禁忌》，赵立伟译，上海人民出版社2005年版，第143页。

④ ［英］詹姆斯·拉伍洛克：《盖娅：地球生命的新视野》，肖显静、范祥东译，上海人民出版社2007年版，序10—11页。

第四节 "法自然"的审美体悟

老子的"道法自然"观既富于体验性，也有着认知性。如果我们从审美的层面来观照，其中的"法"，既有成规、规范、规律及内在价值的含义，也有遵循、取法，以及体验策略的含义。我们已经在多处论及老子的"道法"与"道生"论所呈现的有机—过程性及节律性运演的整体状态，及其围绕生命活动而展开的生态体验。这里，我们需进一步观照，"道法"是由人的活动而归复自然，其"法"必定是自然生态之法，即为有机—过程性的节律运演之"法"。

《庄子·天运》中有着一系列设问："天其运乎？地其处乎？日月其争于所乎？孰主张是？孰维纲是？孰居无事推而行是？意者其有机缄而不得已邪？意者其运转而不能自止邪？云者为雨乎？雨者为云乎？孰隆施是？孰居无事淫乐而劝是？风气北方，一西一东，有上彷徨。孰嘘吸是？孰居无事而披拂是？敢问何故？"庄子以天地起言，论及日月、云雨、东西方位，如此种种，所问何以运，何以处，云雨何以互为，其内里实际上是在求解相互间何以能够运转、互换，其中既非人"无事生非淫乐而劝是"，也非"无事而披拂是"，实际上全在于天地云雨之法所至，即为自然的内在价值所至，是天地运行的过程性、节律性呈现。故成玄英在诠释此段疑问的总结性表述时曰："孰居无事而为此乎？盖自然也。"[①]事实上，当论及个中原因，并释其疑惑时，亦为思其法，寻其理，悟其道。尽管这是非"淫乐"，非"披拂"的，其中也非庄子不解天地何以运行，何以运行雨施，而其的确是在设问及解惑中体悟天地运行之道性，也就在于体悟自然之美蕴。《论语·阳货》言孔子的慨叹："天何言哉？四时行焉，百物生焉，天何言哉？"同样并非不解其义，而是通过设问，通过叹息人生之途，而申明天地及生命运行之理。

---

① （晋）郭象注，（唐）成玄英疏：《庄子注疏》，曹础基、黄兰发整理，中华书局2011年版，第268页。

　　"道法自然"作为有机—过程性存在，其节律性表现并不局限于"道"与"自然"的关系，或者不只是道"法自然"，而且是人、地、天与道同"法自然"。这里的"自然"必然是基础的、先在的，是发生性的、根本性的，是"然而然"的行动，是自然内在价值的呈现。在审美活动中，审美体验着的人悟解自然之魅，是与人自身维系于天地，而依循自然"道"，继而成就自身，完善自身紧密联系的。这个过程不是机械的、线性的、二元的，而是有机性、非线性且复杂的，是与生命活动的逻辑进向一致的，或者是这个过程的展开。我们这里所言作为体验性、经验性的"法自然"，实际上是由生命有机性体验而展开的，其"自然"是以生命有机性而体现的，是化生、化育，共生互惠性的生命运演过程的展示。人取法"自然"既要经由天地与"道"，又要用心去体悟，方可觉知生命的"本真"，方可知晓何为自然造化，方可融入审美之境。"法自然"的生命体悟是依自然之"然"，运化生化育之路径，继而融入"万物一体"。我们业已明确，中国古代人对"自然"的求解与审美不是以逻辑性的析理来实现的，也不是基于确证概念、命题、逻辑而建起经验大厦，往往是通过"体"和"悟"的方式贯通生命的律动，以此而悟解"自然"及"然而然"。这里的"体"起码有几重含义：一是实在的生命有机体的参与；二是以身体为根基，以大脑为"中心"，引发身心共融；三是身体（生命体）节律性的运动，由个体向多样机体及社会延伸。以"体"来奠基，实在是"悟"必依身心的有机共融，且共同参与寻"法"，且与自然万物构建有机—过程性及关系网络。这里多样合成的"悟"，更在于"解"，是求解、"悟解"，既"解"其实有、实在，更"解"其何以与能"悟"者相通，且能情理构合。中国文化传统的审美机缘全在于"悟"，由"悟"而深解，亦即"觉"，并旨在觉识人之德性、情性、心性、品性。事实上，"悟"即为以心识真，以情识意，以静启动，由内而外。老子的"道法自然"的有机—过程性运演，同样是这样演历的，其中，更在于以"悟"真而识"真"，解"真"。

　　陶渊明《饮酒》诗言"采菊东篱下，悠然见南山"，意欲以身之体，"心"之悟，而解"真意"。"菊"在这里既是自然生物，又是与陶渊明结伴而行的朋友，作为一个"象"，亦显现为一种符号，成为其身心共同参与"体悟"的中介。在《饮酒》的另一篇中，陶渊明云："秋菊有佳色，裛露掇其英。泛此忘忧物，远我遗世情。一觞虽独尽，杯尽壶自倾。日入群动息，归鸟趋林鸣。啸傲东轩下，聊复得此生。"① 尽管陶渊明仍然以"菊"起兴，但总是为忘却"情"，并且以情意携"觞"，而日日更迭；以鸟鸣、啸傲及万物之动，贯通诗的整体。这同样是在慨叹，在解"忘忧物（菊）"之魅，但却并非消极性的"聊复此生"，而实际上仍未脱离他对身心、生命之悟解，而解何以"得此生（真意）"。像宋代陆游《枯菊》诗云："翠羽金钱梦已阑，空余残蕊报枝干。纷纷轻薄随流水，莫与姚花一样看。""积雪严霜转眼空，春回无处不春风。欲知造物无穷妙，但看萱根与菊同。"陆游以"枯菊"自况，通过时令转换，菊、牡丹等自然物的物性转换与自身认识经历通体悟解，"吟咏情性"。这其中，既不写菊之艳丽，也不写其在群芳中的娇媚，而是既慨叹了造物之妙，既有"空余残蕊"，又有"春回"之"春风"，同时又以双重隐喻，指陈世事小人及其他花类与菊相比之不足。"造物无穷妙"不仅造物，专注于时节转换中的盛衰，而且造人，意在人对物的盛衰和人生磨砺的悟解。苏轼《寒菊》云："轻肌弱骨散幽葩，真是青裙两髻丫。便有佳名配黄菊，应缘霜后苦无花。"此时秋菊佳色"轻肌弱骨"，也表征四季之花的最后时节。这是自然之生态节律的必然，但唯在秋时的开放，也显出"菊"的君子之态。

在中国文学传统中，山水体验是"法自然"审美体悟的重要内容，由此而形成的山水文化也是中国文化传统最重要的特色。山水体验之根一方面是广袤的自然山水，为"法自然"提供了无尽的资源和滋养；另一方面，得自于人对山水的独特的融入方式和体验方式。这其中，既有人的情意的通体贯通，更有对山水"理路"之"真意"的把控。但究其根本，还在于山水自然的生态存在，在于人与大地的

---

① 逯钦立校注：《陶渊明集》，中华书局 1979 年版，第 90 页。

生态链接，呈现出地球生态与人的生命存在的息息相关。在中国古代，至魏晋，玄学植入，山水体悟至盛，想必观山水非以入山水、写山水之本样为上，更在于"体"与"悟"，其中的"法"也不以复现本样为上，而必在"悟"中取法，取其与生命、情意共荣和合之"法"。叶维廉认为，不是所有的山水描写的诗都是山水诗，对自然景物的运用还不成其为山水诗。在我看来，真正的山水诗本应为情意、生命融入的，并达身心共同参与的"体悟"。在分析何为山水诗时，叶维廉给我们一种启示，他认为："我们称某一首诗为山水诗，是因为山水解脱其衬托的次要的作用而成为诗中美学的主位对象，本样自存，是因为我们接受其作为物象之自然已然及自身自足。"① 这时的"自然""依法"而复现自然节律、过程及有机状态，更在于人的身心融入，且悟解、植生新意及"真意"。在我看来，这时的"真意"，并非对自然物之摹写的客观之实，而是与主体身心共参的"实"，因而是"体悟"性之实。如若介入山水，必然有对实在、实境、实景性的山水之"在"的体验，而其"法"首先需要有身体对实在山水的依归，在其中的观、望、行、游、居中"悟"，"悟"不仅觉识其实、境、景及山水、草木、动物的实有存在，而更会依生命的节律性、有机性运演，而进行共通、连缀、共荣，体悟其生态有机关联。显然，"法自然"的审美体悟，也必然要成就"物各自然"。叶维廉也说："山水诗的艺术是要把现象中的景物从其表面看似凌乱不相关的存在中释放出来，使它们原真的新鲜感和物自性原原本本地呈现，让它们'物各自然'地共存于万象中。"②

王国维云："纳兰容若以自然之眼观物，以自然之舌言情。此由初入中原，未染汉人风气，故能真切如此。"③ 王国维以纳兰来表达自己对"真切"的体认，而"真切"之所以能够展露，就需要自然/生态/生命及身体的共同参与。这时的"身体"也必然是"真"的，

① ［美］叶维廉：《中国诗学》，人民文学出版社 2006 年版，第 82 页。
② 同上书，第 116 页。
③ 王国维：《人间词话》，唐圭璋编：《词话丛编》第 5 册，中华书局 2005 年版，第 4251 页。

是循"法"的，是依自然/生态/生命之法而有机运动的，否则就不可能有"自然之眼"，或"自然之舌"的展露。这看似一种比喻，实际上却道出了"真"的本意。

第五节 循"法"体"真"：中国文学传统的自然审美

"法自然"的审美体悟，能够呈现出自然审美的发生学含义。自然审美突出对自然/生态/生命的深层体悟，审美主体交融于由"天人和合""万物一体""化生化育""万有相通"之生命的共通及"真"性体认中，不在于静止地呈示人与自然的生态有机关联，而是在生态/生命的运演节律中，亦即在有机—过程性中循"法"体"真"。

一 "无为"之性与自然审美

"无为"为审美之根，亦为"美"之"法"。在"无为"状态中，自然审美的"生态"蕴含着隽永，因其是循"法"自然而求"真"，故在悟解人与自然的"生态/生命"有机性时，即会将那种无迹无痕的"生态/生命"的"有无相生"及融通给予情意映现。中国古代人尽享自然审美，总是将求"美"的感受植入生命体验中，而不拘于技术与雕琢性。人们总会经由"无为"之性的体味，呈现出一种无声的透析，其中布满"隐"性及"含蓄"，尽管不乏字词的雕饰、斟酌，但当其滋润到"生态/生命"体悟的整体状貌中时，其雕饰的技术性、功利性会弱化，不仅其"无性"状态会尽显，而且蕴含着多义性及多重阐释性。这表明在文学活动中，对生命、对生态的体验及悟解，不同于现实生命活动中对功利之"显"性的追索，而往往是"隐"性的，有时是混沌的。恰恰是这混沌，呈现了生态性之"无"，"无"以沁浸灵府的形式融入人们对生命活动之"真"的体悟中。自然审美的"无为"之性，基于审美的根本性，还作为其方法的体验，或以身心通体参与，而深层悟解生命之和，厘清混沌之脉，这实际上就是在悟/识/体/析/辩/解/思/释"真"。司空图《诗

366

品》在言"含蓄"时称"不著一字，尽得风流"①。事实上，这就"悟"出了以"无"性而显的"真"性，其中运用万千气象及"真"不事雕琢地悟解着自然之美的根脉。

二 "造化"之性与自然审美

"造化"（实为自然/生态/生命之"真"性的存在）之性依循自然本然、"物各自然"及"化"性转换，亦即循"法"。在中国文学传统的审美之思及艺术体验中，"造化"之性的审美发生是"自然"的，因而"造化"通（同）自然。但在我看来，"造化"之于自然，既含有实存自然之义，更表征着万物间相互转化/转换之义。其一，从自然本相上言，"造化"与天地运行相应。《淮南子》言："一和于四时，明照于日月，与造化者相雌雄。"② 当"和"与四时一致，光明与日月同辉时，"和"不只呈现出自然天地、万物生命间的相互协调，相互转换，而且其本身就是自然造化之状。其二，"造化"与变化、转化。阮籍在《孔子诔》中言："本造化于太初。"③ "太初"作为混沌，在不断变化、转换着，且呈生成性、过程性。在《咏怀诗·九》中，阮籍又云："造化絪缊，万物纷敷。"④ 这里的"絪缊"本就是阴阳转换的呈现，是自然、造化的另一种称谓，也表征着生态有机—过程性。其三，"造化"与识理。张载接着上述之言又云："圣人之意莫先乎要识造化，既识造化，然后理可穷。""不见易则不识造化，不识造化则不知性命，既不识造化，则将何以谓之性命也？"⑤ 其四，"造化"与艺术体验之"师"。张彦远说："唯观吴道玄之迹，可谓六法俱全，万象必尽，神人假手，穷极造化也。"⑥ 唐代施肩吾

---

① （唐）司空图：《诗品》，见（清）何文焕辑《历代诗话》，中华书局 2004 年版，第 40 页。

② 《淮南子·本经训》。

③ （三国·魏）阮籍撰，陈伯君校注：《阮籍集校注》，中华书局 2012 年版，第 195 页。

④ 同上书，第 439 页。

⑤ （宋）张载：《张载集》，章锡琛点校，中华书局 1978 年版，第 206 页。

⑥ 俞剑华编著：《中国古代画论类编》，人民美术出版社 2004 年版，第 33 页。

七绝《早春游曲江》云："芳处亦将枯槁同，应缘造化未施功。羲和若拟动炉鞴，先铸曲江千树红。"唐代贯休《风琴》云："至境心为造化功，一枝青竹四弦风。寥寥双耳更深后，如在缑山明月中。"王安石也多有诗句言"造化"，如"岂因粪壤栽培力，自得乾坤造化心"（《古松》）；"不奈神仙品，何辜造化恩"（《海棠》）；"神闲意定始一扫，功与造化论锱铢"（《虎图》）。宋人包恢说："以为诗家者流，以汪洋澹泊为高。其体似造化之未发者，有似造化之已发者，而皆归于自然，不知所以然而然也。"① 这些说法都以自然"造化"为师，而经由身心体验生命，创生艺术。

三 "尚清"之性与自然审美

"清"实指无欲之自然，亦呈自然而然，因而审美融于物，但并非混于物，而是望自然之"清"的本根性，体悟其消欲及无功利。"清"的最主要参照是"水"的清净、晶莹，而水作为万物及生命之源，不只滋养万物与生命，还在于这种"清"使从事生命活动中的人们平"欲"，或弱化欲念及功利。中国文学传统中"清"的另一参照为"天"，水天相连，"天"又像"水"那样，运动变化，且无私无欲，"上善"，且"天"之雨露又呈"水"之清及抚育生命。生态存在中万物与生命之"清"必始于"水清"与"天清"，致使"物清"无欲而"无为"。这对人来说，即显"人清"。汉代刘熙《释名》云："清，青也。去浊远秽，色如青也。"② "清"而"去浊远秽"亦表现出一种人格精神及审美体验，其根基在于自然朴拙之意。"清"美的人格品质中还祈望有静与淡，"静"讲求致远宁静，这是一种"虚"性之在，显然也是自然生态本相。"淡"不仅强调淡泊名利，而且显其"清"之人格，也带有超越一般德性的意义。因为强调德性往往会流于规范，约束个体性，而这种"尚清"却旨在畅扬个性及个体性，甚至强调身体的运动及节律状态。因为水之清与天之

---

① 转引自蔡锺翔《美在自然》，百花洲出版社 2001 年版，第 94 页。
② （清）王先谦撰集：《释名疏证补》，上海古籍出版社 1984 年版，第 182 页。

清作用于人的身体，是身体得以存在的最基本的物质条件，是机体健康永续的基础。在中国古代人那里，"尚清"激扬个体性，但却不越界，即不只是驻留于个体创造，而是有着明晰的道德归位及参照，也呈现出人的身心共荣。韩经太教授认为，"清"美文化乃是中华民族精神文明史的综合特性所在。他以公正、纯洁、平静概述"清"美思想的逻辑起点，且明确"所有从这一起点引发出来的文化阐释，共同构成了中国'清'美文化的原生意义空间"。①

四　"传意"之性与自然审美

叶维廉说："中国诗的传意活动，着重视觉意象和事件的演出，让它们从自然并置并发的涌现作说明，让它们之间的空间对位与张力反映种种情景与状态，尽量去避免通过'我'，通过说明性的策略去分解、串联、剖析原是物物关系未定、浑然不分的自然现象，也就是道家的'任物自然'。"②陶渊明欲辨"真意"，且不说是分解性的，还是其身心体悟的，其中含蕴着"忘言"，因而成为"未定性"的体验结构。中国文学传统中的"传意"始终不离生态之"物"（自然万物、生命存在及运演节律），作为自然审美，其生态关联体验呈现出多样形态：其一，融于物。这其中"物我合一"，就不限于主体的"传意"，更是"传"自然/生态/生命及审美之意。其二，游于物。这不仅仅是"游心太玄"，且必须身心共参之"游"；在"游"的途中，个体、自由性会每每光顾，功利及欲念会得以弱化。其三，出于物。这时物既是物，又非物，主体"以物观物"而显示出我与物的共融、一体，继而"传意"。苏轼《宝绘堂记》云："君子可以寓意于物，而不可以留意于物。寓意于物，虽微物足以为乐，虽尤物不足以为病；留意于物，虽微物足以为病，虽尤物不足以为乐。"③"传意"基于"法自然"也需内外兼修，理、意、象合奏。谢

---

① 韩经太：《清淡美论辨析》，百花洲文艺出版社 2005 年版，第 45 页。
② ［美］叶维廉：《中国诗学》，人民文学出版社 2006 年版，第 116 页。
③ （宋）苏轼：《苏轼全集》，傅成、穆俦标点，上海古籍出版社 2000 年版，第 879 页。

榛《四溟诗话》有内意外意之言："《金针诗格》曰：'内意欲尽其理，外意欲尽其象。内外涵蓄，方入诗格。若子美'旌旗日暖龙蛇动，宫殿风微燕雀高'是也。'此固上乘之论，殆非盛唐之法。且如贾至王维岑参诸联，皆非内意，谓之不入诗格，可乎？然格高气畅，自是盛唐家数。"① 如果我们将此"内意"之理与"外意"之象皆理解为不离自然之物，而其"理"与"象"的艺术含蕴着自然生态之理与象者，似无不可。谢榛所述杜甫之诗句同样是以自然生物的生命之动来牵引的，所谓"格高气畅"亦全在于生态及自然之美的理与象的把控及体悟。李东阳云："诗贵意，意贵远不贵近，贵淡不贵浓。浓而近者易识，淡而远者难知。如杜子美'钩帘宿鹭起，丸药流莺啭'，'不通姓字粗豪甚，指点银瓶索酒尝'，'衔泥点涴琴书内，更接飞虫打著人'；李太白'桃花流水杳然去，别有天地非人间'；王摩诘'返景入深林，复照莓苔上'，皆淡而愈浓，近而愈远，可与知者道，难与俗人言。"② 这里的远近、浓淡一方面是对自然物抒写的流露、传达方式，即为"任物自然"，另一方面则是"意"中情感体验性与"理"性内涵及利欲的容量程度，以及相互间的交织程度。如果"理"与"利"含量多，必然固化情，节制情，而束缚生命有机性的活力。

五 "君子"之性与自然审美

自然审美中的"君子"是一个合成体，即自然生物的物性与人的品性的有机合成体，是融于审美体验的生命共感、转换、参照及聚合，也内存着一定的方法论特性。中国文化传统中的"君子"一般是有具体所指的，对于自然生物而言，往往是指那些能够显示且符号性地指代人的坚韧、刚强、节气等性格品质。自然生物的物性特征与四时、节气，昼夜转换，乃至生命运演节律也息息相关，而之所以用

---

① （明）谢榛：《四溟诗话》，载丁福保辑《历代诗话续编》，中华书局 2006 年版，第1148 页。

② （明）李东阳：《怀麓堂诗话校释》，李庆利校释，人民文学出版社 2009 年版，第12 页。

"君子"称谓，是因为其具备一定的超越性。如一般自然生物会被时令节气的转换及节律运演规范着，其生命的活动及生长、变化必须在此限中跃动、循环，而被称为"君子"的多种自然物，人们祈望其具有一种越界的特性。如竹、兰、松等四季常青，菊在特定季节绽放出清香淡雅，梅在严冬时却傲骨凌霜等。即便是无机的、无生命的石头，也往往会被人们转换为有机的生命体，只因石头有其坚硬，霹雳风霜而难变其形的物理特性。故古人往往以其与人的坚贞性格作比。《吕氏春秋》云："石可破也，而不可夺坚；丹可磨也，而不可夺赤。坚与赤，性之有也。性也者，所受于天也，非择取而为之也。"[①] 当石头进入人们的艺术及审美生活时，其不规则的"皱、瘦、透、漏"之形呈现出多样性的美态，石头的多样质料，地域、天象生成的状况及其多样形态的变化，或者以其不规则，以其多样变化的棱角、纹理，石体的象形等，与水流、花木、游鱼有机联通而显示出其审美特性，其中仍然以其与大地的连接、与万物共荣，以其稳态及亘古不变来展示人格的不屈及坚强。清代郑板桥就将梅、兰、石头和自己比作"四美"。板桥云："四时不谢之兰，百节长青之竹。万古不移之石，千秋不变之人，写三物与大君子为四美也。"[②] 这里所谓的"美"，实为亘古坚守的物性特点与人性守成专一的有机和合。

中国古代人的自然审美往往以艺术精神来昭示，并非仅仅拘泥于对某种自然物，或某种自然属性的体悟及描绘，而更在于经由自然/生态/生命/的节律性，在有机—过程性的运演状态中尽览"自然"之全貌，其中既致力于至深情意的抒写，又以身心共同参与而确证主体人格。以其身体的游历而处于审美中，古人不只留恋于山川草木中，而往往会手之舞之，足之蹈之，也会伴以笔墨运动；既会仰天长啸，拂袖舒髯，又会涕泪涟涟，狂饮助兴。

---

① 《吕氏春秋·诚廉》。
② 吴泽顺编注：《郑板桥集》，岳麓书社2002年版，第362页。

第九章 诗性价值：中国文学 传统的情意韵通

毋庸置疑，诗性价值的根脉在"生态"。尽管自然/生态/生命运演的有机—过程性呈现出诗性状态，但当"诗"作为一种文体呈现时，不仅源出于人对自然、对生命、对人生、对情意的生态体悟，而且其诗性所呈现的生态状貌就不止于自然生态，而更多地呈现、包孕着情感体验及情意传达的文化状貌。中国文化作为诗性文化，其诗性蕴聚着对自然、生态之"生生"韵律，对万物"和合"含蕴着无尽的表达之意。这不仅形成了激越的情意感发，而且在与万物间的生态"亲和"性关联中促动着气韵、生韵、物韵、体韵、情韵的顺通而跃动诗意，呈现出诗性价值。

第一节 诗意：诗性文化的生态求解

中国是诗的国度，是汇聚诗性文化的国度。"诗"讲韵、讲律，这源于生态/生命有机运演的节奏、韵律。我们言诗性，并非只是描绘生命的实在，也不只是驻留在某种文体上，还需汇聚诗意的原发形态，显示出自然与人生的生态连接状态。诗意是对自然、社会及人生的生态体验，也是认知，更存有对其意义的求解。诗、诗意、诗性及诗性文化，其中的运演中心及中心词语是"诗"，诗歌是其文体的代表。

一 诗性蕴含
"诗"的含义丰富、多样，又具复杂性。这表现在：其一，原发性。这是自然、万物之生命（包括人）最为根本的活动状态，诗性的形成必依一定的节奏、韵律轨道运行，继而可通联万物及生命活动的情与思、情与景、意与境。其二，"栖居"状态。万物与人皆以节律性状态运动着，任何人与物皆不可越界，万物及人在纵横交错的节律网络中生态地生存着，并融入"诗意地栖居"。其三，情意相伴。人的生命活动，人生情感体验，乃至情意伴随着有机体的活动而生成，这成为诗的节奏和韵律的条件，这使得"诗歌"作为文学文体必然依托情意的节奏而唱诵生命。其四，表达特点。诗性指向"诗"的这种整体性、系统性，不仅是体验性的，而且含蕴着人类智慧，至此，这会给予"诗"以知识及理性的确证，且形成特定的话语表达方式。其五，文化存在。诗性亦是一种文化，作为自然、生态及生命的运动节律呈现，既体现出"化"性转换，也形成"诗"的整体、系统状貌，并且凝固、实化为文化价值。其六，中国的诗性文化。中国的诗性作为人类智慧及东方智慧的呈现，并不止于诗歌的强盛，而更在于中国人总是将诗性体验作为智慧呈现，而显示出其智慧的文化价值。其七，诗意求解。诗意呈生态性，因而亦呈节奏运动状；诗意的体验是确证的，是"栖居"的，也是求解的；是文化的，是价值，也是文明成就；是中国的，也是人类的；是历史现实的，更是亘古永久的。事实上，从这种综合意义上说，广义的"诗"是人类作为生态、生命的存在物，是永久传承延续的必然过程，由此而创生出的人的活动及一切成就，都会结晶为文化与价值，体现出人类活动的文化生态。而人的活动如果能够秉承诗的节律性，那么，必会享有平衡、顺通且有机性地行进动势，人类便会源远流长，亘古长驻。

二　诗性之意

　　诗性也始源于原初人的生存，亦显原始的混沌及生命力，因而诗始终不离生命的机体性活动，不会别离人在生态境域中有机—过程性的交往互动。诗性之所以存在，或许就在于能够对这种互动状态给予明晰、认知及情意性的阐释。诗性的最佳表达应该是诗歌，诗歌不仅兼具文学活动的特性，而且以其至深的情感体验方式、飞动的想象及节奏、韵律化的言语，聚合形成内蕴着生命机能的象征与符号系统。自然、万物及人的生态关联中所建立起的多样性联系，必然是诗意的呈现，并不断结晶为诗性文化。诗性文化何以显示出这种联系，何以对人的生命活动、情意感发具有阐释作用，且何以能够延续传承，皆因诗有"意"。清代王夫之《姜斋诗话》云："无论诗歌与长行文字，俱以意为主。意犹帅也。无帅之兵，谓之乌合。李、杜所以称大家者，无意之诗，十不得一二也。烟云泉石，花鸟苔林，金铺锦帐，寓意则灵。"①"意"不仅源于"烟云泉石，花鸟苔林"，而且诗的灵魂也必依其有机—过程性的运演，以及由此而生发的情意及情韵而显化。当诗意与意义结缘，诗意既是体验的、情感的，更是象征的、求解的，其中也不乏隐喻、玄奥，亦不排除理性及逻辑。诗意及意义何以确立、确证且沿着历史文化的脉络传承，并且又以历史演化的诗性节律传承、流布，这需要象征，需要符号，需要语言来显其意义。卡瓦拉罗说："事物并不是仅仅因为存在就有意义的……要获得某种确定的意义，就必须赋予人、动物和物体以象征意味。只有把有生命和无生命的栖居者都转换为象征性的实体，社会与文化才能理解这个世界——即使只是尝试性的、暂时性的理解。人们使用的象征符号多种多样，其含义因社会和文化的差异而发生变化。此类象征性符号包括了塑造特定群体之价值体系和行为方式的词语、视觉形象以及礼仪和习俗。"② 当人们通过符号、多样且复杂的象征而理解世界，确证人生，运演生命的节律时，世界、生命及人生必然是诗性的存在，其意义就会经由诗意而传达。这时的象征显然是蕴聚着"生态"意蕴的，但这里的生态就不限于自然生态，而其延伸和派生，乃至社会、精神生态，人的身体、心灵本身及其相互的关联、合作亦会呈现出"生态"状态。

三　诗的智慧

诗性的表达作为文化，既依存于生命活动中，是生态的，更是智

---

① （清）王夫之等撰：《清诗话》，上海古籍出版社1978年版，第8页。
② ［英］丹尼·卡瓦拉罗：《文化理论关键词》，张卫东等译，江苏人民出版社2006年版，第3页。

慧的；是有机的、律动的，也是情感体验的；是栖居的，也是飞动想象的、联想的。这一方面因诗性源自生态与生命，既依托实有性及实在性，其行进又依"生生"的运演节律，这就使诗性必然是节奏、韵律化的；另一方面，诗性以对自然之物性的体悟为参照，对于人生、德性及情意的抒发也依循着生态与生命的节律性。事实上，中国的诗性文化特性作为智慧，抑或呈现出生态智慧意涵，即富含文化生态状貌。其不论是"道生"与"道法"的求解之思、之理，是天地人的多样、复杂性的合成，还是依"天行健""地势坤"而运君子之势；不论是"万物一体"且参天化育，是设定自然物的物性特征与人的品性的吻合，而作为德性之摹本及人生之范例，还是极度挥洒情义，在观山观水、悦心乐至中寻找心灵的慰藉，实际上都在对诗性的创生及体悟给予意义性求解，或者是在寻意及"传意"。在我看来，这种求解之路、之理、之情必促生态智慧显化，或者也呈现出文化生态风貌的繁盛。我们来看王安石两首《暮春》诗，其一云："无限残红著地飞，溪头烟树翠相围。杨花独得东风意，相逐晴空去不归。""暮春"为春夏之交，作为过程性的季节转换，万物的形态也发生着多样的变化，尤其是绿色覆盖大地，以"翠相围"。此诗之意，不仅情意化地抒发自然、生态的本来状况，而且其欢快、悦心表达出人生体悟及意义。其二云："春期行晼晚，春意剩芳菲。曲水应修禊，披香未试衣。雨花红半堕，烟树碧相依。怅望梦中地，王孙底不归。"春意将离去，芳菲尚存，不仅留住雨花、烟树，实际上是一个繁花似锦夏季的前奏，同时又会年复一年，循环往复。春意是也，人生是也，亦全在于自然之生态运演的永续。

四 诗之永恒

我们所言的诗性不仅具有生发的含蕴，而且依自然/生态/生命的"动"势而形成亘古不绝的运演、传承节律。这不仅是中华智慧的呈现，而且更闪耀着人类智慧。当然，我们这里所言这种富含智慧的诗性与维柯《新科学》中的诗性智慧尚有不同。在维柯那里，诗性智慧起源于一种粗糙的玄学，这就似于原初的混沌，这种智慧不断派生出多种多样的"学"，并都显诗性。维柯认为，这种"玄学"是原始人所使用的，诗就是他们生而就有的一种功能。事实上，维柯的"玄学"称谓作为人与自然的原初状态，既存有"生态"的初显含义，也是原初人们对生活的朴素祈望。不管人们是否能够认识及体味到，但个中却必然存有"生态"的求解。这其中的"生态"，必然彰显着生发的意义，也显示出有机—过程性的节律之韵。由原初的人向今日"成熟"的人的活动转换，其诗性的"生态"也不断转换、变化着。作为对诗性的"生态"求解，理应扣紧对自然、对生命的生态体验，演历其律与韵，以达永恒。这是实在的、确定的，因而已经不同于玄学、混沌的原初，因为其内里既满含情意及文化流变，也内存着逻辑及理性的辩证。

五　诗中造"形"

"诗"是创造，也是生命的诗意表达，生命即为诗性的创造；创造亦成就生命，创造/诗性/生命就是人与自然的生态合奏，而人的活动的诗意即为这种合奏的文化呈现。诗意性之所以具有如此的能量及魅力，是因为它以其多重"合奏"而呈现出"生态"的本根存在之状，应和着生命有机性的运演节律，引领人"诗意地栖居"。中国古代人赋诗、评诗有时会从小处见大，且将极微处的物象绘制通过多重"意"的诠释，衬托出有机—过程性氛围，而显示出"生态"意味的隽永。元稹五言诗《春鸠》云："春鸠与百舌，音响讵同年。如何一时语，俱得春风怜。犹知化工意，当春不生蝉。免教争叫噪，沸渭桃花前。"此诗以春日鸣唱的"鸠"，书写着多样、别彩的生态交往画卷，也显示出多重"意"的汇聚。春之万物复苏，鸠与百鸟合唱，是自然生态的"化工"之妙。诗人又引出秋蝉相衬，倘若秋蝉在，却会是百鸟鸣唱的不谐和之音。苏轼是一个大文豪，我们时常关注的是他那些独具震撼性的诗、词及文，乃至绘画，但实际上他的一些绘制自然生物的小诗，也独具特性。其《雍秀才画草虫八物》就形象地描绘了八种自然生物。我们可吟诵几首，如《促织》云："月丛号耿耿，露叶泣溥溥。夜长不自暖，那忧公子寒。"《蝉》云："蜕形浊污中，羽翼便翩好。秋来闲何阔，已抱寒茎槁。"《蜣蜋》云："洪钟起暗室，飘瓦落空庭。谁言转丸手，能作殷床声。"《天水牛》云："两角徒自长，空飞不服箱。为牛竟何事，利吻穴枯桑。"《蝎虎》云："趹趹有足蛇，脉脉无角龙。为虎君勿笑，食尽蚕尾虫。"《蜗牛》云："腥涎不满壳，聊足以自濡。升高不知回，竟作粘壁枯。"①这些都抒写描绘了自然生物形与动的多样灵活，在日夜更迭、季节转换中互动、共生，或者在进行物质转换、能量交换的自然万物中动出形与态，扬出灵性，诵出神性。

六　诗中"栖居"

"诗意"本是人本化的词语，是人进行生命、情感及艺术体验而生成的词语。我们之所以用其阐释、显化，甚至归位生态、生命、人及文学，也全是因为生态与人的活动的有机节律性及诗意性呈现，而所谓"诗"，必然生发于此。海德格尔在评述荷尔德林的诗时说："诗看起来就像一种游戏，实则不然。游戏虽然把人们带到一起，但在其中，每个人恰恰都把自身忘了。相反地，在诗中，人被聚集到他的此在的根基上。人在其中达乎安宁；当然不是达乎无所作为、空无心思的假宁静，而是达乎那种无限的安宁，在这种安宁中，一切力量和关联都是活跃的……诗的本质貌似浮动于其外观的固有假象上，而实则凿凿可定。其实，诗本身在本质上就是创建——创建意味着：牢固的建基。"②柳宗元《零陵春望》云："平野春草绿，晓莺啼远林。日晴潇湘渚，云断岣嵝岑。仙驾不可望，世途非所任。凝情空景慕，万里苍梧阴。"司马光《山中早春》云："山木欣欣意，春光次第催。敧巾望归雁，伏槛听新雷。岩静闻冰折，巢空喜燕来。涧花从寂寞，亦向草堂开。"春的波澜之色，无论用什么样的言词，什么样的情意，都不可穷尽。春的来临既是喧嚣的，也是安宁的。喧嚣者，言万物复

---

① （宋）苏轼：《苏轼全集》，傅成、穆俦标点，上海古籍出版社 2000 年版，第 304—305 页。

② ［德］海德格尔：《荷尔德林诗的阐释》，孙周兴译，商务印书馆 2000 年版，第49—50 页。

苏，生命体在跃动，唱鸣生命，喧嚣热闹；安宁者，万物依生态/生命有机—过程性节律，行进生命之途，不可跃迁，无可偏离，依序，和合，安宁也，以至无限，以至永恒。人于其中，同样会在春日与万物同行、同住、同往，喧嚣、安宁，以至无限之永恒。这是春，是诗，是生的居舍，是诗意栖居之地。诗人与万物同为地球之子，诗人的灵魂亦在此寻找着归宿。海德格尔言："诗意创作的灵魂通过生灵建立着大地之子的诗意栖居。所以，灵魂本身必须首先在有所建基的基础中栖居。诗人的诗意栖居先行于人的诗意栖居。所以，诗意创作的灵魂作为这样一个灵魂本来就在家里。"① 在中国古代人那里，有写不尽的春，抒不尽的情，诵不竭的诗，且与万物共有宽广的栖居之地。唐代张若虚《春江花月夜》将春意、春情、春色，春中的万物神态、情态及春之生/声览尽，故慨叹"人生代代无穷已，江月年年望相似"的永无止境。

汉乐府《江南》诗云："江南可采莲，莲叶何田田。鱼戏莲叶间，鱼戏莲叶东，鱼戏莲叶西，鱼戏莲叶南，鱼戏莲叶北。"沈德潜给予其"奇格"② 的经典评述。这首乐府小诗的确是"奇"，它组合了江南、游鱼、莲（莲叶）及东西南北方位的多重物象，以其可感的实在，有机过程的连接及节律之动而合成一个诗意的象征整体。该诗还以游鱼那自由的生命运动及"栖居"之状，在虚实相间中映衬，甚至也是渴望像民间生存那样无拘无束，像游鱼那样在广袤大地、山水田间嬉戏，更与万物相互抚慰。此诗精妙处还有对"方位"的表达，看似这是"田田"之池塘，而又蕴含着更加宽广的天地；看似是游鱼的嬉戏，实际上又是祈望人自身的"嬉戏"，祈望在自由自在中生活。我们体味乡间、四方及游鱼的自由，必定会联想到庄子的"观鱼"之游与乐，但事实上两者尚有不同。因为《江南》所绘鱼之游是一种民间性的生态化、诗性的表述，不仅展示了对美好生活的向往，而且是未经雕琢的，且没有了庄子之"观游"中满含祛除现实

---

① ［德］海德格尔：《荷尔德林诗的阐释》，孙周兴译，商务印书馆2000年版，第109页。

② （清）沈德潜撰：《古诗源》，中华书局2006年版，第64页。

之"累"而追寻的游与乐，因而《江南》更体现出一种"无我"的"诗意地栖居"。庄子之游是以"游"比衬自身对自由的向往，尽管庄子也寻求"无"性，但他的"无"却总在表达脱离"有"之缠绕的"无"。由此可见，地方性、民间性及乡间体验，乃至田园景致、荒野感悟是"去累"的，是"复魅"的，是"归真"的，是"有无"共荣的，或为在"家"中的驻留。如加里·斯奈德言："家，就是从内心深处、精神高度上必须根植于此的地方。"① 所以陶渊明才返归故里，"复魅"乡间，游历、寄情山水及茅舍，以寻归真义。而《江南》更是在乡间及自然本来之状中体悟生态家园之魅，且以"鱼游"而望人身心之自由，以"鱼游"而映衬寻归真义之"游"。

第二节　韵律：诗性节奏的生态特性

诗性是依律而动且和韵的，诗性韵律因于生态及生命的有机运演节律。诗性文化既是韵律性文化，是有机性文化，也是生态性文化。应该说，诗性与韵律的最主要表现是诗歌，因为诗歌创作及体验就是以情感想象与节奏韵律来构建的，诗歌的形式构成（语言符号）既是过程性呈现，也需讲求韵律规范，由和韵、规整而显现出诗的节律。诗的节律必显示"生态/生命"之动，且合有机—过程性之律与韵。

一　诗的语言及韵

诗作为凸显有机、节律性的文体存在，"韵"是其最主要的运行状态。明代李东阳《怀麓堂诗话》："诗韵贵稳，韵不稳则不成句。和韵尤难，类失牵强，强之不如勿和。善用韵者，虽和犹其自作；不善用者，虽所自作犹和也。"② 在诗意的运行中，语言与韵相得益彰。

---

① ［美］加里·斯奈德：《禅定荒野》，陈登、谭琼琳译，广西师范大学出版社 2014 年版，第 43 页。

② （明）李东阳：《怀麓堂诗话校释》，李庆立校释，人民文学出版社 2009 年版，第 130 页。

语言的符号性表现了韵和律的合成，但其内里需要几个基本条件，即生境（包括环境）、情态与心境，加之物性景致。这在中国古代诗歌的景致抒写中，往往还要有"节令"，有季节、日夜的循环，乃至晨起、日落等时空转换的动律吻合，因而其"生态"意味极为浓重。唐人储光羲《钓鱼湾》云："垂钓绿湾春，春深杏花乱。潭清疑水浅，荷动知鱼散。日暮待情人，维舟绿杨岸。"此诗合韵行律的是"日暮待情人"的情态和心境，作为中国诗性文化传统中普泛的表达方式，这种心与情及情意的表达并非直露挥洒，而呈现出诗性象征及隐喻，借助自然物象，且在一个特定的环境中娓娓道来。此诗环境的空间构成为"绿湾春"，时间的节律为"春深""日暮"，除了"垂钓"的心境而外，"潭清疑水浅，荷动知鱼散"这样两个动态意象相互吻合，使人与自然物及境、景形成"生态"造合。其中的"荷动"也有着较深的意味：一是采莲人使"荷动"，二是思慕的"情人"使"荷动"，同时也不乏"垂钓"者的情动、心动所造成的视觉之"动"。该诗丰富的内涵所指，有其"待情人"式，有超越式，有禅意，有"孤舟蓑笠翁，独钓寒江雪"式，又有如庄子内在寻归最高、最清灵的身心构合，如此等等。中国诗性文化传统并不限于诗词表现这种"生态"合成状态，在散文体的创作及戏剧的程式及象征中，这种韵和律的合成性也是极为明晰的。在我看来，这些文类体式之所以能够以诗性韵律呈现表达特点，从其表层来看，是显示语言、词语的符号及节奏性，并且往往都是选取极度符合这种韵与律的词语来表达，从其内在结构及运行状况而言，作为中国智慧的体现，这实际上应和着生命运动的律与韵。

二 应和生命律动之节奏

事实上，人的主体存在常伴以喜怒哀乐等多种多样的情感活动，但其在流动和外射的过程中，其"情与感"活动的节奏性是极为明显的。事实上，任何的诗与意、情与境、韵与律、词与物的"和合"及表达，都不会别离生态/生命有机—过程性的运动节律，必然依循其节律状态而呈现出不同形态。当诗性运动起来时，其融入的生命之动就不单指实体、实在的生命体的运动，这其中昼夜变化、四时及节气转换、天地构合、阴阳交合等，都参与着诗性之动。有学人常常会将宇宙运动比作"生命体"，这显然是因于宇宙之动形似生命体的运动及其节律状态。宇宙之各种星球的运动都是有必然的运行轨道的，任何"体"的运动绝不可能偏离轨道。地球上万物的生命运动是这样的，而诗性、诗意及情感韵律不仅以此而行，且其表达方式同样是这样的。如储光羲《江南曲》云："日暮长江里，相邀归渡头。落花如有意，来去逐轻舟。"这首小诗是在动态中完成的，"日暮""落花"不仅是自然物象的运动，而且依时间与空间的转换而动，其空间环境不仅是"渡头""轻舟"，还在"日暮""落花"的时节转换中表现出来。长江本身就是亘古流动的生命体，在长江生命躯体上的时空转换，亦随时节及落花的转换，且驾舟追逐情意，这江南的景致便在阔大的时空转换中显魅。显然，这种场景成为其特有的自然生态的原发点，情意特性也同样以其为发生源，显然，这些在江北是很难发生的。李东阳言"诗韵贵稳"，而所谓"稳"并非限于言语、词语设计依律的规范而"稳"，实际上就是依律、依运动轨迹行进，依环境、时空转换及时节变化的本根条件而"稳"。大自然的本来状态使其韵律呈现出自由运动，呈现出有机—过程性，亦为其"稳"。如果外力过于强大，必然会破坏其"稳"，实际上也就是打破节律。人的活动会产生这种状况，在诗性活动及诗歌创作中，同样会产生这种破"律"现象。唐人张谓《早梅》诗云："一树寒梅白玉条，迥临村路傍溪桥。不知近水花先发，疑是经冬雪未销。"寒梅、花发、冬雪是自然生态的必然，其早与晚的显现同样是生态的必然，诗中的寒梅在冬之早与晚的时间运演中以空间性（寒冬、临村路、傍溪桥）显现，其诗性韵律表现得明晰、确定，但张谓却以"早梅"设疑，又旨在打破这种时空的设定，而创设"经冬雪未销"之梅开的情意，其中不论是"早"的疑和奇，梅开的时节与环境归位并未发生改变，因而其生态状貌是确定的。张谓的另一首《官舍早梅》诗云："阶下双梅树，春来画不成。晚时花未落，阴处叶难生。摘子防人到，攀枝畏鸟惊。风光先占得，桃李莫相轻。"此诗将环境设置为居舍、阶下，但以居舍之小，见之时节转换的扩大与亘古无限。早梅开放时，晚秋时节所开的花尚未落败，梅先期占得而与之争艳，之前及之后会竞相显现的"桃李"也无法轻对。此诗不论是实在写梅，还是自况，其通过对时节转换的韵律体验而展示出生命运演节奏的生态意味是明晰的。

三 韵律表达与时间性

韵律表现时间与过程是基于生命运演的有机与节律，中国诗性文化中往往以其最为直接，也是最富情意体验的表现策略。宋代女诗人朱淑真，钱塘人，自号幽栖居士。她的"断肠诗"之韵律即极尽这种"时间性"。在朱淑真那里，有写不尽的四季、四时的韵律，其中对春天的绘制尤其多。这其中，不仅类别多而且形式多样，采撷春的转换及跃动与春中多样的自然物象的诗篇也最多，且最为感人。朱淑真诗的景致及情致在合韵、行律中，极尽诗人以对自然万物的感悟为牵引，而展露出自身的心路、情路，表达她在四季转换节律中的诗性栖居状态。其中，既有喜，也有忧；既有春夏秋冬的整体抒写，也有对初、仲之季的情意渲染；既有实在的自然物象及景致描绘，也有借景、借物而引发出自身不同时段中情感的波澜，从中可见其波折的生命历程。宋人魏仲恭为"断肠集"的辑录者，对朱淑真评述云："朱淑真词，每窃听之，清新婉丽，蓄意含情，能道人意中事，岂泛泛者所能及，未尝不一唱而三叹也。"朱淑真身世坎坷，"一生抑郁不得志，故诗中多有忧愁怨恨之语。每临风对月，触及伤怀，皆寓于诗，以写其胸中不平之气"[①]。尽管朱淑真的身世与其诗词创作的聪慧，与其清词丽句实不相符，但不幸之命运或许也为她的作品增添了些许的滋味，使之在对四季转换，对多样性的自然生物，尤其以多样的花而牵引其情意抒发，往往都会伴随其身世，合奏出多样的感悟及体验。这既使她对生命、情意的韵律不仅体味至深，而且韵味悠长，又

---

① （宋）朱淑真撰，（宋）魏仲恭辑，（宋）郑元佐注，冀勤辑校：《朱淑真集注》，中华书局 2008 年版，断肠诗集序。

为她的创作及其人生增添了魅力。总括起来看，朱淑真的诗性体验伴随着女性活动特点，形成了三个既定的，又并行交叉的线：一是多样化及多角度地铺陈自然/生态/生命的实在与动态；二是合奏着自己的身世及情感的变化；三是诗词的韵和律。这三条线都是和韵的，其基础之韵在于四季及自然生物的生命运动之韵与律，情意体验之韵作为穿插的线，不断串接着，也起到了润滑剂、溶解剂的作用。《立春前一日》云："梅花枝上雪初融，一夜高风激转东。芳草池塘冰未薄，柳条如线著春工。"[①] 寒梅与初春，冬雪与春风接续，尽管尚有厚厚的冰未融化，但最能够显示春日到来的柳条给人们报道了"春"的信息。显然，此诗的生态有机转换，伴随着情感抒发、情意表达的明快，使其诗性韵律的"生生"韵味隽永。《暮春三首·其一》："才过清明春意残，落花飞絮便相关。衔泥燕子时来去，酿蜜蜂儿自往还。风静窗前榆叶茂，雨余墙角藓苔斑。绿槐高柳浓阴合，深院人眠白昼闲。"清明到来，意味着万物复苏。这时天上飞的，地上行的；筑巢的，采撷的；退却的，葱绿的，尽显繁忙景象。朱淑真以庭院、居舍为栖居之地，以小生境俯瞰大生境，诗意地绘制着时节的更迭及万物在春意盎然中忙碌。显然，诗人此时心境是快慰的，尽管在春残、落花中有伤春之感，忙碌的燕子和蜂儿，繁茂的榆叶、绿槐、高柳给栖居之地带来生的气息，所演奏的有机—过程性的诗性韵律则显示了在这个季节中人们那种普泛的快慰之身心。《江城子·赏春》云："斜风细雨作春寒。对尊前，忆前欢。曾把梨花、寂寞泪阑干。芳草断烟南浦路，和别泪，看青山。/昨宵结得梦夤缘。水云间，俏无言。争奈醒来、愁恨又依然。展转衾裯空懊恼，天易见，见伊难。"这时在春寒时节，雨水、酒水与泪水相伴，回忆、思念、离别、愁恨与梦境互参，既赏春，亦伤春；既伤情，也揪心，这与前面对春的欢快的体悟有别。由此看来，春之所以使人心境纠结，伤恨离别，全是因为春的时节特殊性，越严冬，复苏万物，对生命情意及身心的互参有着极

---

① 本书所吟诵朱淑真诗词皆出自《朱淑真集注》，（宋）魏仲恭辑，（宋）郑元佐注，冀勤辑校，中华书局 2008 年版。此后只注篇名。

尽的激越和挥洒。春的来临会使人欢快、雀跃，使跃动于严冬的生命机能勃勃生发，且会想到夏的繁花似锦，金秋的收获，而春的离去又每每会使人伤感。这些不仅会连带引发人的情意共鸣，而且对万物、时节的转换更迭、生生不息产生无尽情思。所以，朱淑真对"春"实在是喜恨、怡情交加。有《恨春五首·其一》云："樱桃初荐杏梅酸，槐嫩风高麦秀寒。惆怅东君太情薄，挽留时暂也应难。"樱桃杏梅、嫩槐秀麦伴春而生，恰恰是春的魅力，但东君情薄不能让春永在，不让春之魅永驻，且挽留不应。《惜春》云："连理枝头花正开，妒花风雨苦相摧。愿教青帝长为主，莫遣纷纷落翠苔。"春天万物跨过严冬而复苏，绿色覆盖了大地，人们依春、恋春，祈望"青帝长为主"。两首小诗以咏物起兴，以自然体悟含蕴着自身勃发的情意，一"恨"，一"惜"合着春的转换韵律，演奏着自身对春的依恋之情。

四　时节转换与情动、行动

感春、体悟春之魅是中国古代文人品味人生的重要方式，我们也吟诵过多个诗人关于"春"的不同体悟。南朝梁元帝有五言诗《春日诗》，诗云："春还春节美，春日春风过。春心日日异，春情处处多。处处春芳动，日日春禽变。春意春已繁，春人春不见。不见怀春人，徒望春光新。春愁春自结，春结讵能申。欲道春园趣，复忆春时人。春人竟何在，空爽上春期。独念春花落，还以昔春时。"[①] 此诗用了 23 个"春"字，从季节之春到万物之春，从人之春到身之春；从意之春到心之春、情之春；览尽春色，抒尽春意。南朝梁时的鲍泉五言诗《奉和湘东王春日诗》，诗云："新莺始新归，新蝶复新飞。新花满新树，新月丽新辉。新光新气早，新望新盈抱。新水新绿浮，新禽新听好。新景自新还，新叶复新攀。新枝虽可结，新愁讵解颜。新思独氛氲，新知不可闻。新扇如新月，新盖学新云。新落连珠泪，新点石榴裙。"[②] 此诗以 30 个"新"阅尽春色。明人谢榛有评述云：

---

①　逯钦立辑校：《先秦汉魏晋南北朝诗》，中华书局 1983 年版，第 2045 页。
②　同上书，第 2026 页。

"梁元帝《春日》诗，用二十三'春'字，鲍泉奉和，亦用二十九'新'字（应为 30 个'新'字。——引者），不及渊明《止酒》诗，用二十'止'字，略无虚设，字字有味。"① 尽管谢榛这样判断，但在我们所论及的自然的、生态的有机—过程性语境中，能够以诗文极言"春"之色、之态、之意、之新者，尚前无古人。我们纵观古代人的诗性体验，其对夏秋冬的悟解相对少于对春那样的层次性体悟，在朱淑真这里同样如此。尽管如此，文人们还是会依四时及节令的转换，各显特点，以及各个季节中自然物象的变异特点而极尽挥洒情意。朱淑真的《初夏二首·其二》云："冰蚕欲茧二桑阴，粉箨凋风曲径深。长日渐成微暑意，喜看楼影浸波心。"当初夏至，有微微的暑意，与之相伴的多样的动物和植物也相继并生；初显繁茂，此时诗人的心情、心境也随之波动。《早秋》云："一痕雨过湿秋光，纨扇初抛自有凉。雾影乍随山影薄，恐声偏接漏声长。"秋雨过后，乍暖还寒，雾气笼罩，此诗一个"湿"字，不仅切合秋色之实在，并韵味十足，且富含隐喻；不仅沁浸了早秋的一切景色，而且秋的凉意也使人心及情意发生多种变化。朱淑真直接写冬季的作品不多，但却有几篇抒写冬雪及寒梅的作品，其意味隽永。如《雪夜对月赋梅》云："一树梅花雪月间，梅清月皎雪光寒。看来表裹俱清澈，酌酒吟诗兴近宽。"此诗以雪为景、为境，以梅为主，梅的生命依雪而盛。

朱淑真还有诸多借四季及时节转换节律而写景、咏物的作品，且将梅、月、雪光并置，多样交织，交响合奏，创生出同一意象，以雪与月映衬梅的生命之魅，亦有依此而抒写自然物象，并咏物倾情的作品。如《柳》云："万缕千丝织暖风，绊烟留雾市桥东。砌成幽恨斜阳里，供断闲愁细雨中。"以柳映衬春的到来，春的暖风和细雨，编织着情意和情思，而柳的摇曳和"万缕千丝"又以其"韵"呈现出春及四时转换的节律。《新荷》云："平波浮动洛妃钿，翠色娇圆小更鲜。荡漾湖光三十顷，未知叶底是谁莲。"全诗没有直写荷，只在

---

① （明）谢榛《四溟诗话》，丁福保辑：《历代诗话续编》，中华书局 2006 年版，第 1155 页。

诗尾处出现"莲",但全诗却将荷的妖娆、娇媚及"平波浮动"给予淋漓挥洒,想必在荷与莲"荡漾湖光"中栖居,不仅是如画的场景,而且诗意盎然。《海棠》云:"胭脂为脸玉为肌,未赴春风二月期。曾比温泉妃子睡,不吟西蜀杜陵诗。桃羞艳冶愁回首,柳妒妖娆袛皱眉。燕子欲归寒食近,黄昏庭院雨丝丝。"一曲海棠,出现多样的自然生物,在春的时节各依生命体的活动特性,尽显其魅,又相互映衬,共生共荣。这样的生态有机场景,既是诗人的活动生境,也抒写了诗人的明快心境。《白菊》云:"回旋秋色溥清露,凌厉西风紫嫩霜。莫作东篱等闲看,下清曾借广寒香。"菊在秋季的开放,秋没有了春的喧嚣,也没有了夏的繁花似锦,而是收获的季节,菊也更为增色、显魅。《羞燕》云:"停针无语泪盈眸,不但伤春夏亦愁。花外飞来双燕子,一番飞过一番羞。"一个"羞",不知是诗人羞,是燕子羞,还是春之羞、夏之羞,但总归是依季节转换中的韵和律而生成的这种有机、过程的体悟。

明人陆时雍《诗镜总论》言:"凡情无奇而自佳,景不丽而自妙,韵使之也。"陆时雍言"韵",又与神与韵、色与韵同论,同时还言:"诗贵真,诗之真趣,又在意似之间。"他在最后总结性的表述中言:"有韵则生,无韵则死;有韵则雅,无韵则俗;有韵则响,无韵则沈;有韵则远,无韵则局。物色在于点染,意态在于转折,情事在于犹夷,风致在于绰约,语气在于吞吐,体势在于游行,此则韵之所由生也。"① 应该说,陆时雍所言的"韵"是非常丰富的,尽管是基于为诗而言的,但其中对情与景、情与意、诗与真、色与韵的阐释,也表明他的"韵"能跃迁出诗之局限。

第三节　比兴:诗性活力的生态标识

"比兴"富含生态意蕴是毋庸置疑的,因"比"与"兴"皆以感

① (明)陆时雍:《诗镜总论》,丁福保辑:《历代诗话续编》,中华书局 2006 年版,第 1406、1420、1423 页。

物、托物、咏物为径，且由人与自然的有机关联而引发，而体悟、言情、传意，或直言，或含蓄，或隐晦，或快意，或悲凉，皆为求解其"真"。显然，比与兴都源于"自然之物"，"比"是以自然物作比，"兴"则以自然物起兴，实际上是"托事于物"，相互间所言之物及方式方法，各有千秋，各有所指。在中国文学的长期运演过程中，比之物与兴之物也逐步被确定化，有时有着明晰的所指，如对天地、四时的所指，对梅兰竹菊的所指，对飞禽走兽的所指，等等。在用四时、四季的更迭转换作比时，春与冬的转换总会富含快乐、活性的心境与情意，并以春草、飞燕及春天开放，以未来的季节中会果实累累的某种"花"等自然生物进行烘托、渲染；对秋与冬的转换往往满含着愁绪，思乡，思念亲人、佳人的心理状态，也会以落叶、大雁远行、雾霜等渲染气氛。当"比兴"作为整体有机的生态之"象"存在时，无论所感的心灵境况何如，所托之物为何，所指意向如何，都必然与主体自身的生命活动、栖居状态、情感意向紧密联系，或者是物性与人性、人情及言意的结合，或者是自然物之动态、神态与人的情态、意态相一致，因而具有明显的指代含义。

一　比兴与诗性活力

比兴所指之自然物对诗情及诗意的表达，使诗性充满生命活力，而且成为展示诗性的标识，其中诸多的自然物象或已成为既定符码。就诗性的情意指向而言，兴之物起，更趋向于对客观之物的绘制，具有符号所指性，然后在诗情及诗意运演中，物性被逐步予以情意融解。比，较之兴，其情意内涵较重，体现出物性与情性有机关联的过程性，其中的自然物往往被熏染上了情性与情意。

比与兴也可视作有机—过程性，是一种接续性关系，尽管"比"能够接续诗性运化的过程，但有时"兴"的内涵较之比，会更加丰富、多样，其意蕴更加悠长，因为"兴"与情、与思、与意联姻，或延伸及派生出多重状态。《文心雕龙·比兴》云："故比者，附也；兴者，起也。附理者切类以指事；起情者依微以拟议。起情故兴体以立，附理故比例以生。"刘勰在此篇中还分论"兴"与"比"，并称：

"观夫兴之托谕，婉而成章，称名也小，取类也大。""夫比之为义，取类不常：或喻于声，或方于貌，或拟于心，或譬于事。"对于与多种多样的自然物而言，比在生态有机关联中，往往会比声、比貌、比形、比动，并且会依四季转换，用山势、流水、色彩及各种自然物的运动、形貌作比，或咏春，或悲秋，或思乡、思妇（夫），如此等等。事实上，在中国古代人那里，尽管比兴多有分类诠释者，但在诗性体验中，两者往往会有机交融，杂糅互通而共畅其情，共显其意。唐代刘禹锡《竹枝词·其二》云："山桃红花满上头，蜀江春水拍山流。花红易衰似郎意，水流无限似侬愁。"此诗以"山桃红花""蜀江春水"起兴，但又不限于兴，同时也是作比，比花红少女的情意，实在是兴即为比，比即为兴，兴中有比，比中有兴，兴托比，比托兴。在"满"的盛开桃花时，在"拍"的激流春水中，该诗以景与境设喻，比兴互通，映衬少女之"愁"。刘禹锡《望洞庭》云："湖光秋月两相和，潭面无风镜未磨。遥望洞庭山水色，白银盘里一青螺。"此诗少现人迹，自然物象作为景与境，却全托于人的活动。其中，隐去明晰的比兴，但全诗又尽显比与兴。该诗以静显动，月雨中的湖光，无风的潭面寂静。这里用了"和"与"磨"作比，"和"起码有两种状态：一是原初、本义之"和"；二是经过修与"磨"之"和"，而此诗显然是显其前一种状态。"白银盘里一青螺"尤为精彩，月光下的大地，映衬着湖光好似"白银盘"，而洞庭的山水则似"青螺"。刘禹锡《乌衣巷》云："朱雀桥边野草花，乌衣巷口夕阳斜。旧时王谢堂前燕，飞入寻常百姓家。""野草花"既起兴，又作比，而一个"野"不仅修饰野草，更在于烘托"朱雀桥"的凋零与荒凉。飞燕不仅是作比，而且也旨在表现内在凋零与荒凉而使得"燕"归之处发生了变化。这种关系与过程的变化，不仅表明人与自然生物之有机关系变化的一般特点，还在于燕的活动与人的活动息息相关。

中国文人在行文吟诗中之所以常言燕与雁，全是因为这两种自然生物与人的活动有着明确的关联，同时其关联方式与人的生境、心境、情意状态、居舍构建等有着直接的关系。就燕而言，燕与居舍亲近，不仅燕飞之状有表征阴雨、晴转的天象，而且燕的筑巢，往往会在寻常百姓家，在其房檐下，甚至在其居舍中的梁下，因而燕的亲近感极强。唐代杜甫五言诗《归燕》云："不独避霜雪，其如俦侣稀。四时无失序，八月自知归。春色岂相访，众雏还识机。故巢傥未毁，会傍主人飞。"韦应物有诗《燕居即事》《西郊燕集》《乐燕行》《燕衔泥》等，其《燕居即事》云："萧条竹林院，风雨丛兰折。幽鸟林上啼，青苔人迹绝。燕居日已永，夏木纷成结。几阁积群书，时来北窗阅。"唐代张九龄《咏燕》诗云："海燕何微眇，乘春亦暂来。岂知泥滓贱，祇见玉堂开。绣户时双入，华轩日几回。无心与物竞，鹰隼莫相猜。"王安石诗《燕》云："处处定知秋后别，年年长向社前逢。行藏自欲追时节，岂是人间不见容。"宋代梅尧臣诗《燕》云："一避吴宫火，千年楚屋春。翅迎风雨健，声入户庭频。掠水过长渚，衔虫落覆尘。休将汉皇后，故故比轻身。"就雁而言，其高飞与宇空，雁之飞不仅形的变幻给人以畅想，也与人群的活动状态有关联。更重要的还在于，雁随季节变化，南来北往，既印记冬与春的交替，而且满含着人的生境与心境的变化。杜甫五言诗《归雁》云："闻道今春雁，南归自广州。见花辞涨海，避雪到罗浮。是物关兵气，何时免客愁。年年霜露隔，不过五湖秋。"唐代钱起诗《归雁》云："潇湘何事等闲回，水碧沙明两岸苔。二十五弦弹夜月，不胜清怨却飞来。"韦应物五言诗《闻雁》云："故园眇何处，归思方悠哉。淮南秋雨夜，高斋闻雁来。"唐代许浑《孤雁》云："昔年双颉颃，池上霭春晖。霄汉力犹怯，稻粱心已违。芦洲寒独宿，榆塞夜孤飞。不及营巢燕，西风相伴归。"王安石五言诗《雁》云："北去还为客，南来岂是归。倦投空渚泊，饥帖冷云飞。垣栅鸡长暖，沟池鹜自肥。怜渠不如此，更堕野人机。"当人们以燕与雁起兴与作比时，或者不仅为比兴，而且是直接绘制，直陈抒发体悟所感，往往贴近情感及情意的转换，更有时令感，有"万物一体""民胞物与"之状，也更显栖居之状。

二　比兴之"法"

比兴作为由《诗经》演化而来的一个文学准则及方法，因与自然物和人的活动生态连接密切，"比兴"既显化为一种行诗之"意义"，也是一种"法"；既体现出有机、关联性，又具有本体之状。比兴的诗性价值结构环绕自然物而展开，且"随物宛转"（刘勰语），但却不会拘泥于"物"，而是由物流向人，"与心徘徊"，并在所包孕的强烈的生命感动中深化诗性体验，于此悟解人生，创生情意，寻归"真义"。杜甫《登高》云："风急天高猿啸哀，渚清沙白鸟飞回。无边落木萧萧下，不尽长江滚滚来。/万里悲秋常作客，百年多病独登台。艰难苦恨繁霜鬓，潦倒新停浊酒杯。"前四句述自然物及景，既起兴，又作比，为自身的"艰难苦恨"做铺垫，作为草堂诗的代表作，其中映衬着杜甫对山河国破的感叹，自己的人生也随之"鬓霜"，且只能以"浊酒"度日。但其曾经的志向尚未泯灭，这就全部铺设到比兴之笔中，"猿啸""飞鸟"会冲上云霄，"无边落木""滚滚长江"这类亘古永存的有机运动，不仅会永久地成为自身及他人的诗性体验领地，而且会成为记述人生志向，寻求生命之真义的"居舍"。宋代柳永的词《八声甘州》云："对潇潇暮雨、洒江天，一番洗清秋。渐霜风凄紧，关河冷落，残照当楼。是处红衰翠减，苒苒物华休，惟有长江水，无语东流。　　不忍登高临远，望故乡渺邈，归思难收，叹年来踪迹，何事苦淹留。想佳人、妆楼颙望，误几回、天际识归舟。争知我，倚栏杆处，正恁凝愁。"①上阕极尽"比兴"，驻足游历秋冬转换，览尽江天物华，极度铺陈，且以长江无语东流，铺设生境、心境与情境的交织及纠结，其中既以多重自然物象的生态有机合成作比，又力主为下阕的"归思""想佳人"起兴。显然，此中之"兴"，不是单个物象之兴，而是生态有机体的系统整体之兴，从中必然充蕴着"思乡"之人的主体性融入。

三　比兴之放大

在中国古代诗词的创生及体验中，比兴既成就一种生态关联性、

---

① 本书所吟诵宋词，未注明出处的，皆出自唐圭璋编纂，王仲闻参订，孔凡礼补辑的《全宋词》，中华书局1999年版。

生命活力的标识，又具有植生、延伸及派生性。

首先，比兴不离"象"。比兴成诗，必先成"象"，先由自然物的形与动而成"物象"，同人的情感、情意活动的"情象"连接而蕴"意"，继而成"意象"。起兴也好，比于物也好，托于事也好，托物寓情也好，尽管由物生、物感、物显，但却唯以显物，会生成富含生态意蕴的"意象"，方可传达及显化寓意、喻义。以诗性价值观照，不仅物是活体，而且人也是活体，物感与感物因两类"活体"而有机共生，其成就的互动、共荣的"间性"机体，必然显示其生命活力，继而呈现诗意性栖居。皎然《诗式》云："今且于六义之中，略论比兴。取象曰比，取义曰兴。义即象下之意。凡禽鱼、草木、人物、名数，万象之中义类同者，尽入比兴，《关雎》即其义也。"① 显然，皎然在这里言"兴"并不仅仅是起兴，也是蕴意的，比兴合奏，即成"意象"。

其次，比兴必蕴"意"。欲成就诗性价值，象为形与体，意为内蕴；比兴融合，作为串接之线，也必蕴源远悠长之"意"。南朝梁人钟嵘《诗品序》云："故诗有三义焉：一曰兴，二曰比，三曰赋。文已尽而意有馀，兴也；因物喻志，比也；直书其事，寓言写物，赋也。宏斯三义，酌而用之，干之以风力，润之以丹彩，使味之者无极，闻之者动心，是诗之至也。若专用比兴，患在意深，意深则词踬。若但用赋体，患在意浮，意浮则文散，嬉成流移，文无止泊，有芜漫之累矣。若乃春风春鸟，秋月秋蝉，夏云暑雨，冬月祁寒，斯四候之感诸诗也。"② "诗之至"即为物之形，文之言有余而"意"无穷，因而"物"喻言也好，喻志也好，必"使味之者无极"。在钟嵘看来，仅以比兴无法达到此境，因而需赋比兴三者形成生态合力。钟嵘在这里言"赋"，不仅指其作为三义之一，而且其中也含有赋作为文体的特点，因为赋"芜漫之累"，恰恰是这种文体之庸。在此言中，钟嵘也极尽渲染四时（"四候"）之感，且于中尽显万物之生、

① （唐）皎然：《诗式校注》，李壮鹰校注，人民文学出版社2003年版，第31页。
② （南朝梁）钟嵘：《诗品》，载（清）何文焕辑《历代诗话》，中华书局2004年版，第3页。

之色、之态，这不仅使"象"之形、之动的活力尽显，而且"意"由此而生，且意蕴无穷，而真正的象与意的有机合成，且尽显意蕴，恰是生态有机性的。

再次，比兴与赋之合奏。在《诗经》六义中，赋比兴既是并列关系，又可成为交叉关系，其中不仅比兴是交叉的、互补的，是比中有兴，兴中有比，而且赋也是如此。"比兴"说应源自《周礼》的"六诗"说和《诗大序》的"六义"说，其排序为：风、赋、比、兴、雅、颂，且被称为三体（风雅颂）、三用（赋比兴）。尽管对此体用之分，多有争议，但比兴与赋作为用及法，其表现方法已广被确证，也多在诗词评论中运用。从上述钟嵘所言，"宏斯三义，酌而用之"，方可成"诗之至"。其原因似在于，比兴既为"义"，亦为"法"，但其主要运行于诗性体验及其价值构合的过程里，还无法显示其文体特点；尽管"赋"的文体过于铺陈、用典，但作为文体却是确证的。同时，赋作为方法，是为"赋形"，思想体验中比兴需要对自然物"赋形"，故"赋"作为义与法则是必不可少的。在这"三义"中，既要有"法"，又要有"体"，更要蕴"技"，才能形成合力，以合奏诗之韵，悠长其意蕴。清代李重华《贞一斋诗话》云："赋为敷陈其事而直言之，尚是肤浅。须知化工之妙处，全在随物赋形。故自屈、宋以来，体物作文，名之曰赋，即随物赋形之义也。相如论作赋之法，是何等能事。"① 清代刘熙载《艺概·赋概》云："春有草树，山有烟霞，皆是造化自然，非设色之可拟。故赋之为道，重象尤宜兴。兴不称象，虽纷披繁密而生意索然，能无为识者厌乎？"②

最后，"兴"的植生意味。当"兴"不受起兴所限，而运行、贯通于诗性体验时，不仅其"意"会有多重，而且也会成为植生力、辐射性非常强的词语。"兴"之所以有这种作用和能量，就是因为其对自然物质形与意的指涉，对人的生命体验的情意感发及志向的助推作用。《论语·泰伯》云："兴于诗，立于礼，成于乐。"其中的

---

① （清）王夫之等撰：《清诗话》，上海古籍出版社 1978 年版，第 930 页。
② （清）刘熙载：《艺概》，上海古籍出版社 1978 年版，第 97 页。

"兴"，即为兴起，但不为诗之"起兴"，而如朱熹释曰："诗本性情，有邪有正，其为言既易知，而吟咏之间，抑扬反复，其感人又易入。故学者之初，所以兴起其好善恶恶之心，而不能自已者，必于此而得之。"①《论语·阳货》云："诗可以兴，可以观，可以群，可以怨。"其中的"兴"即言"诗"具有感发、想象、言志之意。此后感兴、兴象、意兴等都有着生命力活化及发动之义，并伴随着情意的深度体验而展开，其中不乏身体性的体验，或者就是身心参与而共生体验。感兴，简言之，即为感物而兴，即由自然物引发所感，触物类通，联想、幻想性并发，进而动情、动理。就生命体验的有机性、过程性而言，任何的兴与比皆起因于对物之感，作为生态、生命及栖居性的合成，同样，情与理亦必源于这种物感，并提升诗性的栖居状态。兴象，即为由感而兴之后成象，殷璠《河岳英灵集》提出，兴象的"象"，也是物感与感物而成的，这时不仅仅是自然物质的"物象"，而是共融性情象及意象的合成。对于意兴，严羽《沧浪诗话》云："诗有词理意兴。南朝人尚词而病于理，本朝人尚理而病于意兴；唐人尚意兴而理在其中，汉魏之诗，词理意兴，无迹可求。"② 严羽将意与兴合成，其中兴必然内涵理，所以严羽又推崇唐人及魏晋之诗词，全在于理与兴的有机融合，实际上也是意与兴的融合。

第四节 和乐：诗性体验中天地万物合奏

从诗性价值层面谈"和"与"乐"，因于两者皆为天地之大本，不仅是《中庸》所言"天地位焉，万物育焉"的天地之本，也在于"位"与"育"是生态有机—过程性的关联之状，是依天地、万物的生命活动及诗性运演的节奏、韵律而行的。《吕氏春秋》云："凡乐，天地之和，阴阳之调也。"③ "和"与"乐"同体、同质且同调，既为

---

① （宋）朱熹撰：《四书章句集注》，中华书局 1983 年版，第 104—105 页。
② （宋）严羽撰，郭绍虞校释：《沧浪诗话校释》，人民文学出版社 1983 年版，第 148页。
③ 《吕氏春秋·大乐》。

诗性的存在，更是生态有机—过程性之状；既是天地之大德的生态呈现，也促合"万物一体"，且在诗意栖居中感悟生命之美，情意之快。当"和"与"乐"作为诗性体验及吟诗、咏乐、悟生的方法，成为其文学艺术体验的重要门类时，就能显示出自然/生态/生命及情意的合成体验。

一 "和乐"之于"生生"

就"和"与"乐"的"生态"本来状况看，"和"为本，即有"道生""太极"之生的本根及表现形态；"乐"为行，即为有机、节律，呈现出生态有机—过程性的节奏韵律。"乐"依"和"而行，即显"和"之性，亦成"和"之态、之律、之形；既使"和"丰富多彩，更使"和"长久、亘古永存，且不断创生、促生万物生生，呈现出万物一体。这不仅是作为生态本真的"乐"的作用，而且当"乐"成为人的活动方式，成为演奏生命、情意运演节律的交响时，或者成为一种艺术形态时，仍然表现着这种节奏和韵律，并且以其"韵"与"律"而显"体"与"用"的合成。诗与乐的基本表现方式是韵与律，作为诗性存在本来是这样的，作为艺术形态同样是这样的。

古代中国的自然地理条件以及由此而形成的生产、生活方式及文化存在方式，生发出对"天地"的特有"情结"，因而无论是言"乐"，还是言"和"，似多由天地关联而展开。《乐记·乐礼》云："地气上齐，天气下降，阴阳相摩，天地相荡，鼓之以雷霆，奋之以风雨，动之以四时，暖之以日月，而百化兴焉。如此，则乐者，天地之和也。"孔颖达疏："'地气'至'和也'。""'天气下降'者，谓降下与地气交合。积气从下升，在乐象气，故先从地始。"① 尽管《乐记》是论音乐的首篇著作，但其论"乐"的起始点，不只是"乐"的形式和方法，更在于论"乐"的起始和原始发生，论"乐"

---

① （清）阮元校刻：《十三经注疏（附校勘记）·礼记正义》，中华书局 1980 年影印版，第 1531 页。

何以能够以天地之和而展示其"化"的状态，而呈现出"和"与"乐"。张载亦将"和"与"乐"并称，且以"久大"来概括，实际上也明确了天地之大及亘古永久。张载云："和乐，道之端乎！和则可大，乐则可久，天地之性，久大而已矣。"① 天地、和乐、久大必"化"，即"百化兴焉"。这就是说化生、化育万物，必使万物生命在天地之德的抚慰中诗意地栖居。当诗与乐共同显化天地之和的"体"时，更多的不是驻足于"体"，而是"用"，是"法"，以达最能够体现天地之有机运行之和，或曰最能够显化"万物冲气以为和"的表现方法。同时，诗与乐以人的诗性体验而带天地，作用于人的活动，并通向人心、人情、人意。《文心雕龙·乐府》云："和乐精妙，固表里而相资矣。故知诗为乐心，声为乐体；乐体在声，瞽师务调其器；乐心在诗，君子宜正其文。"刘勰所言有乐府之"乐"的含义，但如果我们给予文字及意义的延伸、转换，将"乐"丰富为呈天地之大"和"的"乐"，似也不为过。更何况乐府之诗的产生并不离诗与乐生存的大地，而其显天地大和之状，或者极尽"接地"性，也是乐府诗的主要特性。

二 "和乐"之于天地之"和"

我们确证"和"之本，且将"诗"与"乐"互证，其中的"乐"不单指作为艺术类型的音乐，而是从诗性存在、诗意体验中生发起因，以把握"生态/生命"运动的诗性节奏及韵律。在这种意义上，音乐及诗歌都包含其中。诗乐同体、互补，两者在"生态/生命"及审美发生的层面是一致的，起因是一体的，且在艺术类型上具有内外互通及相同性；在其韵与律的奏响中，两者必然是合体的。

在论乐的古代典籍中，《礼记·乐记》，之后阮籍《乐论》，嵇康《声无哀乐论》，既论乐，也论诗，更论诗与乐的审美发生及运演节奏。先秦时，《荀子·乐论》则多论人治、人心及人情，多以乐而延伸至礼，更加寻求礼制。故云："夫乐者、乐也，人情之所必不免也，

---

① （宋）张载：《张载集》，章锡琛点校，中华书局 1978 年版，第 24 页。

故人不能无乐。乐则必发于声音，形于动静，而人之道，声音、动静、性术之变尽是矣。故人不能不乐，乐则不能无形，形而不为道，则不能无乱。"《荀子》通篇讲天、讲地，也讲人，但延伸至《乐论》后，则由天地转换为对人的研究。此篇尽管并未言及天地之和，但由乐之和而引发的礼制，亦应是"和合"的。人的活动如果有了乐，或者如果行乐，其活动的规则就不会乱。事实上，声音、动静、规则所依归的前在因素，看似是先王之道，实则是天地之和的"道"性，而此"道"性是永久不可变的。这也就是天不变，道亦不变；人治、人心及人情皆发自于天地的"和"性及道性。这也就是《荀子·乐论》所言："且乐也者，和之不可变者也；礼也者，理之不可易者也。乐合同，礼别异，礼乐之统，管乎人心矣。"阮籍的《乐论》云："夫乐者，天地之体，万物之性也。合其体，得其性，则和；离其体，失其性，则乖。昔者圣人之作乐也，将以顺天地之体，成万物之性也。故定天地八方之音，以迎阴阳八风之声，均黄钟中和之律，开群生万物之情。"①"天地八方之音""阴阳八风之声"所奏出的乐，作为天地之体与性的表征，所奏响的"和"，也必然显化人与万物一体的诗性情意及栖居。故阮籍也特别强调了"自然之道，乐之所始也"。诗性体验，寻归栖居之态不仅运演着生命活动的有机—过程性，而且需经由诗乐体验而至。可以想见，世间如无诗与乐，将是何等贫乏，且显窘态。故阮籍云："天下无乐，而有阴阳调和，灾害不生，亦已难矣。乐者，使人精神平和，衰气不入，天地交泰，远物来集，故谓之乐也。"② 这时的"乐"，已经被赋予多重含义：一是展示天地之和，体现天地之体与性的"乐"；二是平衡心灵及精神状态，调节阴阳的"乐"；三是促使情感勃发，而又满含快乐体验的"乐"；四是作为音乐的类型存在，奏响音律的"乐"。

早在《乐记》多层次阐释"乐"时，实际上已经赋予其多重含义了。如"正声感人，而顺气应之。顺气成象，而和乐兴焉……故乐

---

① （三国魏）阮籍撰，陈伯君校注：《阮籍集校注》，中华书局1987年版，第78页。
② 同上书，第99页。

行而伦清，耳目聪明，血气和平，移风易俗，天下皆宁。故曰：乐者乐也……德者，性之端也。乐者，德之华也。金石丝竹，乐之器也。诗，言其志也。歌，咏其声也。舞，动其容也。三者本于心，然后乐器从之。是故情深而文明，气盛而化神，和顺积中，而英华发外，唯乐不可以为伪。"孔颖达有疏："三者，谓志也、声也、容也。容从声生，声从志起，志从心发，三者相因，原本从心而来，故云'本于心'。""内志既盛，则外感动于物，故变化神通也。"① 以"乐"为牵引，一方面言"乐"显示之"德"，必然是天地之德，即育生、扶生之德；另一方面论诗、歌与舞的分而合，分则为行与类，合则为体，而使之合者，是为"乐"。此时的"乐"即为形式的统领，因为诗、歌与舞三者以"乐"而成为一体。这种对乐"三位一体"说，与"毛诗序"在论诗之言志时所称的手之舞之，足之蹈之的身体参与也是一致的。这表明，如若成就"和乐"，既是天地之大和，也需要有身体与心灵的共生及参与，因而这必然是生态的。

尽管现今的文献上没有阮籍行"乐"的记载，但其诗作却乐韵及律动十足，并每每应和着"乐"作为"天地之体，万物之性"的形态。阮籍的"咏怀诗"对自然、天地之物及形象加以起兴及作比，进而映衬出自身人生境域的磨砺。其四言诗《咏怀》其一云："天地缅缊，元精代序。清阳曜灵，和风容与。明日映天，甘露被宇。蓊郁高松，猗那长楚。草虫哀鸣，鸧鹒振羽。感时兴思，企首延伫。于赫帝朝，伊衡作辅。才非允文，器非经武。适彼沅湘，托分渔父。优哉游哉，爰居爰处。"② 此诗由天地之大"和"起笔，概览天地、万物一体的有机一过程性，亦为言自身的志向宏远，但却怀才不遇，因而只能"适彼沅湘"，而与"渔父"作伴、神交。其五言诗《咏怀》其四十三云："鸿鹄相随飞，飞飞适荒裔。双翮临长风，须臾万里逝。朝餐琅玕实，夕宿丹山际。抗身青云中，网罗孰能制？岂与乡曲士，

---

① （清）阮元校刻：《十三经注疏（附校勘记）·礼记正义》，中华书局 1980 年影印版，第 1536 页。

② （三国魏）阮籍撰，陈伯君校注：《阮籍集校注》，中华书局 1987 年版，第 200 页。

携手共言誓。"① 阮籍以鸿鹄高飞翱翔起兴、作比，表现出自身的凌云之志，其中更蕴含着他能够像鸿鹄那样，超脱世俗的羁绊，而寻求自由身心的畅舒。日本学者吉川幸次郎有言："如果问我，在中国诗歌中什么作品是格调最高的，我将毫不犹豫地回答，是阮籍的八十二首《咏怀诗》。"② 在我看来，这种"最高"的格调不仅伴随着歌乐而行，而且得"乐"。故为乐者，乐也。后一个"乐"，即为对这种"快乐"身心的追寻。事实上，这不唯阮籍，竹林七贤们以及古代中国的诸多文人墨客们，之所以寄居山林、乡间，饮酒、吟诗、作乐，垂钓、悠游，极尽"可游""可居"（宋·郭熙语）之能，其实就是因为这种快乐身心的诗性构建。

三 "和乐"之于身心"居住"

嵇康的《声无哀乐论》曰："夫天地合德，万物贵生；寒暑代往，五行以成。故章为五色，发为五音。音声之作，其犹臭味在于天地之间。其善与不善，虽遭遇浊乱，其体自若，而不变也。"③ 嵇康同样将乐的基础确定为天地合德且促生，也将音乐比作萦绕于天地间的"气味"，其表现的显然也是合（和）乐（音）。事实上，天地、万物合德促生的诗性价值，其有机、过程的运演，形同音乐的萦绕，天地之有机—过程性不会变，且乐之体亦不会变，也就是说，"本"不变，"体"必然不会变；本与体不变，"心"同样也不会变。但当由心而掌控，或者用心与情来奏响时，其音与乐悠长，且情意融融。

由本、体与心合奏的诗意体验，继而生成的诗性价值，易于人的身心"居住"，更会平心静气，蕴意悠长。故嵇康又云："乐之为体，以心为主。故无声之乐，民之父母也。至八音会谐，人之所悦，亦总谓之乐。然风俗移易，不在此也。夫音声和比，人情所不能已者也。是以古人知情之不可放，故抑其所遁；知欲之不可绝，故因其所自。"④ 这里，

---

① （三国魏）阮籍撰，陈伯君校注：《阮籍集校注》，中华书局1987年版，第332页。
② ［日］吉川幸次郎：《中国诗史》，复旦大学出版社2012年版，第124页。
③ （三国魏）嵇康撰，戴明扬校注：《嵇康集校注》，中华书局2014年版，第346页。
④ 同上书，第357—358页。

嵇康将"乐"延伸至与"心"关联，并强调乐与音必是多音之和，显然多音仍然源自天地之和、之德。嵇康还将"乐"作为"体"，但"心"则为主导乐的"主"。就中国文学活动而言，"和乐"行于诗，而诗性必然是"和乐"的；诗与乐的同体共生，并结合韵与律而显其魅。嵇康的诗作体验乐感、韵律强烈，与阮籍不同，其中涵蕴着深沉的游心、玄居之态。而"竹林七贤"也是身心同游、同居的，且身心共同挥洒而放逐，在他们的游与居中，身体是一个最为重要的体用机制及中介。嵇康《四言赠兄秀才入军诗》其十五云："息徒兰圃，秣马华山。流磻平皋，垂纶长川。目送归鸿，手挥五弦。俯仰自得，游心太玄。嘉彼钓叟，得鱼忘筌。郢人逝矣，谁与尽言。"其十八云："琴诗自乐，远游可珍。含道独往，弃智遗身。寂乎无累，何求于人。长寄灵岳，怡志养神。"①《秋胡行》其五云："绝智弃学，游心于玄默。绝智弃学，游心于玄默。遇过而悔，当不自得。垂钓一壑，所乐一国。被发行歌，和气四塞。歌以言之，游心于玄默。"②在嵇康这里的"乐"与"歌"是伴以"垂纶""五弦"而进入"俯仰自得，游心太玄""琴诗自乐，远游可珍"及"游心于玄默"境域的，这其中"怡志养神"，且"寂乎无累""和气四塞"。尽管嵇康多言"游心"，实际上却是"身游"与"心游"的有机一体。这里，嵇康与阮籍以及古代文人墨客们有着一个共通的体验自由的方式，即为"垂钓"，这并非简单的闲适、悠游，而是一个诗性且自由的体验境域。其中有"忘"，即"嘉彼钓叟，得鱼忘筌"，更有"乐"，即"垂钓一壑，所乐一国"。对现实的人来说，融入这种诗性体验，必然忘却凡间的琐事及利欲的羁绊，而获得最为快意的歌与乐。

　　李东阳《怀麓堂诗话》开篇即云："诗在六经中别是一教，盖六艺中之乐也。乐始于诗，终于律，人声和则乐声和。又取其声之和者，以陶写情性，感发志意，动汤血脉，流通精神，有至于手舞足蹈而不自觉者。后世诗与乐判而为二，虽有格律，而无音韵，是不过为

---

　　①　（三国魏）嵇康撰，戴明扬校注：《嵇康集校注》，中华书局 2014 年版，第 24、31页。

　　②　同上书，第 82 页。

排偶之文而已。使徒以文而已也，则古之教，何必以诗律为哉?"[1]尽管诗与乐逐渐分离了，但"和"并未分离，因为"和"既是中国文化传统的核心"理念"及操作原则，更是自然/生态/生命及审美的基本条件。

第五节　高致：诗性升华的生态人格品质

"高致"理应是诗性价值的至高境界，且可显示一种生态人格构成，因这不离于自然，是"生态/生命"及人生体验的"高致"之境的体现。高致之境的生态性融入，不是融于喧嚣的城市及官场，而是别离，既超越，又回归。回归，或是寄居山林、绿水间，或是融入乡间、居舍，以悟解"真义"。事实上，"高致"总表现着人生的巨大转折，是一种新的人格的再造。山水体验则是这种高致人格的最主要的表现，而能够创设且有机体验这种人格过程的，大都是仁者、智者，故孔子曾言"仁者乐山，智者乐水"。尽管孔子进行"乐山乐水"的划分，但事实上，不论智者还是仁者，都深谙山水的寄情和融入之妙；在山水间，任何人都能借力于诗性体验而悟解生命的"快意"。

一　高致的"真意"

我们这里使用"高致"之说，语出宋人郭熙的《林泉高致》。尽管此论言山水绘画，但其作为一种文化精义的展示，不仅是重要的文人取向，是各种艺术现象体验的主要策略，并且这应该不限于中国文化传统及智者仁者，而且具有一定的"人类共通"性，是一种共参、共通、共荣的人生情意及韵通，因而其诗性价值具有普泛性。

（一）"高致"与山水体验之"真"性

从生态体验及诗性价值的构成而言，寄情山水不仅是人的生命、

---

[1]　（明）李东阳撰，李庆立校释：《怀麓堂诗话校释》，人民文学出版社 2009 年版，第 1 页。

生活，人的身心活动出自山水，不可别离山水，而且山水总是与人生相伴随的，别离了山水，人生将无所是。作为诗性体验，山水促发人生之"韵"，呈现出人的生境，能够使人休养生息，平定内心，安抚困境及焦虑的心境，歇息曾经疲惫的身心。山水使人得以快意人生，且在身心"共参"中诗性地体验自然/生态/生命。山水是诗意栖居的最佳场所，是人生的归宿，不仅是个体生命、种群生命，而且基于人的生命的"真"性感悟，是与万物结伴而行，同心而居的。在《林泉高致·山水训》中，郭熙云："君子之所以爱夫山水者，其旨安在？丘园养素，所常处也；泉石啸傲，所常乐也；渔樵隐逸，所常适也；猿鹤飞鸣，所常亲也；尘嚣缰锁，此人情所常厌也；烟霞仙圣，此人情所常愿而不得见也。直以太平盛日，君亲之心两隆，苟洁一身，出处节义斯系，岂仁人高蹈远引，为离世绝俗之行，而必与箕、颖埒素，黄绮同芳哉！白驹之诗，紫芝之咏，皆不得已而长往者也。然则林泉之志，烟霞之侣，梦寐在焉，耳目断绝，今得妙手郁然出之，不下堂筵，坐穷泉壑，猿声鸟啼，依约在耳；山光水色，滉漾夺目。此岂不快人意，实获我心哉？此世之所以贵夫画山之本意也。"[①]山水之诗性体验的"旨意"，实际上是在寻归"本意"，这在艺术与审美中是共通的。只因人作为生态性的存在，其生态及诗性体验的方式是共通的。

（二）"高致"与山水体验的身心之居

在中国古代人那里，寄情山水的诗性，悟解生命及人生的诗性必然存有必备的"意象"视点。如对郭熙的表述，我们给予排列：丘园、泉石、渔樵、猿鹤、鸟啼及烟霞仙圣、山光水色。这不仅构成了生态有机的整体，而其有机合成必然是过程性的，是在不断地运动、游走、观览及身心互参、互助中实现的。郭熙又有"四可"之论，将这种有机—过程性的山水及诗性体验挥洒备至。"世之笃论，谓山水有可行者，有可望者，有可游者，有可居者。画凡至此，皆入妙品；但可行、可望不如可居、可游之为得。何者？观今山川，地占数

---

① 俞剑华编著：《中国古代画论类编》，人民美术出版社2004年版，第632页。

百里，可游可居之处十无三四，而必取可居、可游之品。君子之所以渴慕林泉者，正谓此佳处故也。故画者当以此意造，而鉴者又当以此意穷之。此之谓不失其本意。"① 这"四可"是节奏的、韵通的，其寻意、造意的最为精到之处是郭熙将"可居"作为过程的升华，或为归途、归宿，这恰恰应和了"诗意地栖居"之境。事实上，诗性体验及价值的创生，其可行、可望、可游都是过程，可居是身心及精神归位之处，而生态之有机关联性本身就包含"居舍"构建。"可居"之处作为生态有机关联的标识，既是实在的，又是虚性的；既是山水、乡间、居舍之"居"，更是旷达、高蹈及"琼楼玉宇式"的身心栖居之地。

（三）"高致"与山水间的人格修整

山水体验及诗性价值的创生，作为生态有机—过程性展示，也表现出人在多重关系中的自由体验。如果说山与水，猿与禽，林木与泉石，烟霞与盛日、落日，这一切皆成就人与自然的生态有机关联的话，那么，在诗性体验中，总会有一个人迹的存在，并且是虚实相间，动静结合，与山水进行有机连接的人的活动。我们似可以在这种体验状态中探视特有的人与人的关系，并且这种关系还可以放大，由此而整体窥视人与自然、人与社会的有机关联。这种"人迹"存在似超越，似虚无，呈虚静，但又为实在、实存之人，或为生命活动的机体；既为实在的居住者，又为灵境、游心太玄式的，身心共参式的"游"性居住者。在我看来，渔樵者、垂钓者，或能担纲此任。上述所论阮籍的"适彼沅湘，托分渔父"，嵇康的"嘉彼钓叟，得鱼忘筌"与"垂钓一壑，所乐一国"等，即为这种多重自由关联的诗性体验。郭熙也多方面论及了"渔樵"之神，如论"水，活物也"时，有"渔钓怡怡"；在将山与生命躯体进行比附时，有"以渔钓为精神"及"得渔钓而旷落"。在《画意》篇中，引述诗句作为画意的范例时有无名氏的诗："钓罢孤舟系苇梢，酒开新瓮鲊开包。自从江浙

---

① 俞剑华编著：《中国古代画论类编》，人民美术出版社 2004 年版，第 632—633 页。

为渔父，二十余年手不权。"① 在中国古代人那里，似乎言渔父、言樵夫及言垂钓作为一种审美意象，是一种普泛的诗性寻求。

"渔父"的高致，也是一种"真"性人格绘制。《庄子·渔父》述"真"时云："真者，所以受于天也，自然不可易也。故圣人法天贵真，不拘于俗。"在求"真"的际遇中，人们会"发现"，会看到不凡的天地；会以超越、超拔的身心悟解"真"性。陶渊明《桃花源记》即以"渔父"的忘路之偶遇，而发现了"桃花源"这样一个"怡然自乐"的"真"性世界。与此不同，"垂钓"现象总是诗人的自身融入，诗人既是作诗者，又是垂钓者，而这种一体化的人格构成，正显身心的诗性栖居之状。孟浩然《万山潭作》云："垂钓坐磐石，水清心亦闲。鱼行潭树下，猿挂岛藤间。游女昔解佩，传闻于此山。求之不可得，沿月棹歌还。"在水清、心闲状态下垂钓，以此起兴，将观鱼行、猿跃作比，精心而思，看似在寻传闻中的"游女"，而实际上是在闲静、清心中品高致人格。孟浩然《临洞庭》云："八月湖水平，涵虚混太清。气蒸云梦泽，波撼岳阳城。欲济无舟楫，端居耻圣明。坐观垂钓者，徒有羡鱼情。"垂钓者实为一种超越，看似身在"垂钓"，实际上是已"游心太玄"。王维的诗性与画意能够有机和合，还在动态、过程中流连，其"诗画一体"的画意造型被融解在诗性的有机动态体验中。《终南山》云："太乙近天都，连山到海隅。白云回望合，青霭入看无。分野中峰变，阴晴众壑殊。欲投人处宿，隔水问樵夫。"《青溪》云："言入黄花川，每逐青溪水。随山将万转，趣途无百里。声喧乱石中，色静深松里。漾漾泛菱荇，澄澄映葭苇。我心素已闲，清川澹如此。请留盘石上，垂钓将已矣。"这两首诗作都以"入"与"看"的动态、过程，在观山、逐水中展示诗性的体验，在"分野中峰变，阴晴众壑殊"的体悟中，在穿行于乱石、松林、菱荇、葭苇中既游心，又是身心共同参与之游。唐代白居易《垂钓》云："临水一长啸，忽思十年初。三登甲乙第，一入承明庐。浮生多变化，外事有盈虚。今来伴江叟，沙头坐钓鱼。"如前

① 俞剑华编著：《中国古代画论类编》，人民美术出版社2004年版，第641页。

面所诵储光羲诗《钓鱼湾》中，亦有诗句"垂钓绿湾春，春深杏花乱"。垂钓似是静态的，但又是时间的、动态的；是回溯，"遥想当年"，世事多变。实际上生活恰恰是静态的沉思，是能够让人驻足联想，修正自我的。

渔樵、垂钓作为点睛之处，作为"神交"之迹，不仅是自我高致人格的设置，而且是诗性居舍的创制。这种居舍并非现实实在的家居之处，而是身心共有的栖居之地。山水的整体风貌，其自然与人的生态有机交合即为居舍的灵性。

二 高致的时空跨越

高致的时空跨越必然是无、空、旷且静的，但却满含着自然/生态/生命有机的充实，从中必显其诗性意蕴。柳宗元《江雪》云："千山鸟飞绝，万径人踪灭。孤舟蓑笠翁，独钓寒江雪。"宋代马远有画作名曰《寒江独钓》。清代王士禛有《题秋江独钓图》云："一蓑一笠一扁舟，一丈丝纶一寸钩。一曲高歌一樽酒，一人独钓一江秋。"在这些诗情画意中，有画意的空旷，诗意的悠长，看似万物绝灭，而在寒江独钓者的身心内里，却是一切丰满、生意喧嚣的；在虚静、旷达、空灵、深远、悠长中，有时也会在烟尘、雾霭中引领人达高致之境。尤其是马远的画品，将诗与画给予神来构想，作为艺术现象的有机交融与构合，不只画意与诗意相映成辉，亦更加悠远、神妙。欧阳修诗《钓者》云："风牵钓线袅长竿，短笠轻蓑细草间。春雨蒙蒙看不见，火烟埋却面前山。"这些诗画之境，高致超拔，会借力于跨越时空的诗画合体，在江与雪，在蒙蒙春雨的意象创制中，内蕴着人与自然、人与人之间的"道"性生成的永久。

（一）"高致"与跨文化"神交"

我们之所以说对高致之境诗意的寻求及诗性价值的创生具有人类共通性，是因为这是人在多重关系的自由体验中力图构建的一种人格，并显现出在生态有机的境域中一种共通、共同的人格寻求。即便是我们所论及的渔父、樵夫和垂钓的"神交"之态，作为诗性体验的超越性人格塑造，也同样存在着这种人生体验的生态"共通"性。这不仅因于人们相互间自然躯体的"间性"交往，而且会结晶为特有的文化生态风貌，成为人类共有的"生态"财富。储光羲《渔父词》云："泽鱼好鸣水，溪鱼好上流。渔梁不得意，下渚潜垂钩。乱荇时碍楫，新芦复隐舟。静言念终始，安坐看沉浮。素发随风扬，远心与云游。逆浪还极浦，信潮下沧洲。非为徇形役，所乐在行休。"渔父之"钓"与"游"，实为一种"神遇"，既为万物之神遇，又为"游心"之神遇；垂钓与"游心"，即在褪去现实的役累时，达歇息身心的快意。刘长卿《赠湘南渔父》云："问君何所适，暮暮逢烟水。独与不系舟，往来楚云里。钓鱼非一岁，终日只如此。日落江清桂楫迟，纤鳞百尺深可窥。沈钩垂饵不在得，白首沧浪空自知。"江南渔父终日垂钓，年复一年，在垂钓，又不在垂钓，而在与天地"神交"。

对于这种"神交"，亨利·梭罗亦有至深感受。梭罗在游历、寄居"瓦尔登湖"时，与大自然神交，与万物神交，尤其与那位老渔夫的神交是梭罗最快意的诗性体验，更是《瓦尔登湖》的神来之笔。梭罗描绘道：

> 有一个老年人，是个好渔夫，尤精于各种木工，他很高兴把我的屋子看作是为便利渔民而建筑的屋子，他坐在我的屋门口整理钓丝，我也同样高兴。我们偶尔一起泛舟湖上，他在船的这一头，我在船的另一头；我们并没有交换多少话，因为他近年来耳朵聋了，偶尔他哼起一首圣诗来，这和我的哲学异常地和谐。我们的神交实在全部都是和谐的，回想起来真是美妙，比我们的谈话要有意思得多，我常是这样的，当找不到人谈话了，就用桨敲打我的船舷，寻求回声，使周围的森林被激起了一圈圈扩展着的声浪，像动物园中那管理群兽的人激动了兽群那样，每一个山林和青翠的峡谷最后都发出了咆哮之声。

> 在温和的黄昏中，我常坐在船里弄笛，看到鲈鱼游泳在我的四周，好似我的笛音迷住了它们一样，而月光旅行在肋骨似的水

波上，那上面还零乱地散布着破碎的森林。①

这种抛却喧闹、物欲、功利的"神交"，是全部身心及多重关联的交汇，且虚静、无欲。梭罗的这种"神交"之境，对于这超越性高致之境的体悟，中西方实际上是有着共通及共同之处的。究其原因在于，作为地球家园中共享快意的人们来说，家园情意应是汇通、交融的。

（二）"高致"与跨时空"神交"

《楚辞·渔父》言："屈原既放，游于江潭，行吟泽畔，颜色憔悴，形容枯槁。"时遇渔父，两人有性格、志向不同的对话。渔父对屈原"举世皆浊我独清，众人皆醉我独醒"提出质疑，故劝诫道："圣人不凝滞于物，而能与世推移。世人皆浊，何不淈其泥而扬其波？众人皆醉，何不餔其糟而歠其醨？何故深思高举，自令放为？"然屈原仍自持而曰："吾闻之，新沐者必弹冠，新浴者必振衣；安能以身之察察，受物之汶汶者乎？宁赴湘流，葬于江鱼之腹中。安能以皓皓之白，而蒙世俗之尘埃乎！"结果是"渔父莞尔而笑，鼓枻而去，乃歌曰：'沧浪之水清兮，可以濯吾缨；沧浪之水浊兮，可以濯吾足。'遂去，不复与言。"② 这里面，屈原与渔父的"偶遇"似显对立性，渔父的平心静气、随遇而安、乐天知命而呈其高蹈生活的色彩，就与屈原的执拗、孤愤形成鲜明对比。尽管两者相交非那种自然、诗性及境界性的"神交"，但却在相互比照中，在不同性格的对比中显示了渔父独特的人格。尤其是渔父歌沧浪之水清、水浊皆可与我"交"，这作为超拔的悟解人生方式对后世影响也颇深。宋代苏轼有诗《渔父四首》，戴复古有词《渔父四首》，皆以饮、醉、醒、笑四种情态、心境，并以具体的生活情境，且又游历于超拔而表达一种"渔父智慧"。在此，我们且吟诵两人的"渔父笑"来略作体味。苏轼《渔父》诗云："渔父笑，轻鸥举，漠漠一江风雨。江边骑马是官人，借

---

① ［美］亨利·梭罗：《瓦尔登湖》，徐迟译，吉林人民出版社1997年版，第165页。
② 黄灵庚集校：《楚辞集校》，上海古籍出版社2009年版，第1020—1038页。

我孤舟南渡。"戴复古《渔父》词云："渔父笑，笑何人。古来豪杰尽成尘。江山秋复春。""笑"在四种情态中是最为畅快的，这里的笑由饮到醉，由醉到醒，由醒到笑，"孤舟南渡"，且四季轮回，因而更具高蹈及超越，更具意象性，更富含意境。唐代罗隐《赠渔翁》云："叶艇悠扬鹤发垂，生涯空托一纶丝。是非不向眼前起，寒暑任从波上移。风漾长歌笼月里，梦和春雨昼眠时。逍遥此意谁人会，应有青山渌水知。"鹤发、纶丝者，渔翁老矣，但长歌笼月、春雨昼眠使之阅尽人间无数；其悠悠、逍遥人不知，只为"青山渌水知"，此渔父的高致之境尽显。清代纳兰性德也有《渔父》词，词云："收却纶杆落照红，秋风宁为剪芙蓉。人淡淡，水蒙蒙，吹入芦花短笛中。"① 在此词中，纳兰仍然沿用自身畅言自然物象的优长，并不直言渔父的形与态，而是在落日夕阳，在水蒙蒙中映衬收杆归途的渔父，并以秋风中的芙蓉作比，既在时空中显现，又超越时空。因为秋风中的芙蓉是落败的，但落红映照中的渔父，却并非落败归途，事实上，这是人生的旅途，是笛声悠扬中的人生妙境。此处的"落照"与"笛声"，同梭罗驻留的黄昏与聆听的笛声何其相似，亦何其相融。庄子的观鱼之乐与梭罗的看鲈鱼游泳，亦何其相似且相融。这是一种韵通的哲学，是一种圣洁与和谐的"哲学"，更似一种跨越时空的"神交"。

柳宗元还有一首《渔翁》，诗云："渔翁夜傍西岩宿，晓汲清湘燃楚竹。烟销日出不见人，欸乃一声山水绿。回看天际下中流，岩上无心云相逐。"此诗不直写渔翁垂钓之状，而写夜宿之状，犹言晨晓时天地、山水、万物，在烟云、流水中有机关联之状，且在时空流转中超越现实境况，"回看天际"，其览"云相逐"亦为一种"神交"。在中国古代文人那里，"渔父"意象的超时空性，恰在于其"神"，其"神"境则在"逍遥此意谁人会，应有青山绿水知"中绘制，也是由其无限及悠远来充蕴的。

---

① （清）纳兰性德：《纳兰词笺注》，张草纫笺注，上海古籍出版社2003年版，第404页。

三 高致的多重表现

如果说流连于天地之大和，踏着四时的步履，与山林、猿啸、莺啼相伴，在望、行、游中栖居，并与垂钓者、与渔樵们"神交"共生，是为诗性的高致之境的话，那么，在中国文学传统中，这种诗性之境是有多维表现的，其多层次、多方面的聚合总会呈现出有机—过程性，并且必显现出在自然山水间驻足、游历及栖居的过程，与万物相伴、共生共荣的过程。

（一）驻足欢乐，解除苦短之"旷达"

如果就宋词的豪放作为一种诗性标准的话，那么，豪放的前在表现就是"旷达"。如在"竹林七贤"中，旷达之人格尽显，阮籍的"朝餐琅玕实，夕宿丹山际"，嵇康的"歌以言之，游心于玄默"，皆表现出敞开胸襟、身心共携而游于无穷的"旷"，亦有那种与"垂钓"神交的"达"。事实上，"旷达"之态多为解忧，其中一是解怀才不遇的困顿，二是解仕途、官场的不自由。解忧之法，除这种夕宿、游心，与垂钓神交外，在中国文人墨客那里最主要的滋润原料就是酒水与放歌，或归复山林、田园。唐代司空图《诗品·旷达》云："生者百岁，相去几何。欢乐苦短，忧愁实多。何如尊酒，日往烟萝。花覆茅檐，疏雨相过。倒酒既尽，杖藜行歌。孰不有古，南山峨峨。"[1] 司空图并未言及游心之态，其"旷达"多以解忧之"尊酒"及"杖藜行歌"而显，其中也未对"才"的状况给予言说，但这种描述却也绘制了这种人格逻辑的基本表现。

（二）神而不浮，妙而不虚之"飘逸"

"飘逸"较之"旷达"更具神性、虚性及游性，但却不浮、不虚，其中的"逸"更具生境、心境与情境合成之状。这种合成会跃迁出功利的羁绊，凡间的困顿，尽管也存有"欢乐苦短，忧愁实多"的遭际，但却会在神与虚，或在身心共参、同游中暂时忘却苦与愁。

---

① （唐）司空图：《诗品》，（清）何文焕辑：《历代诗话》，中华书局 2004 年版，第 44 页。

"逸"作为一种性格指向，也是中国古代文人性格表现的一种常态，或者表现为普泛的文人性格。这其中也不乏德性的蕴藉，但这种德性会暂时了却世俗功利及伦常的位置规范，会在天地氤氲间与自然物神交，在物性与人性的交融中安身立命，继而促就生命之悠长。司空图《诗品·飘逸》云："落落欲往，矫矫不群。缑山之鹤，华顶之云。高人画中，令色氤氲。御风蓬叶，泛彼无垠。如不可执，如将有闻。识者已领，期之愈分。"① 事实上，逸者，亦为"高人"，且是在天地万物中游，似会得仙，也就是顺其自然，在融通无隔中飘然，并寻归"真意"。郭绍虞先生曾释曰："山之鹤，凭虚而来，羽化登仙。华顶之云，卷舒自若。高人顺其心之自然，无隔无阂，飘然意远。色根于心，则浑然元气之流露，非同作伪新劳也。"② "逸"在中国古代画论中也是一种重要之"格"，宋代黄休复在绘画"四格"中，将"逸格"置为神格、妙格与能格之首，并云："画之逸格，是难其俦。拙规矩于方圆，鄙精研于彩绘，笔简形具，得之自然，莫可楷模，出于意表，故目之曰逸格尔。"③ 这种出自自然之作，是不可繁复，亦不可效法，不可楷模的。这全在于有其"真意"，即为自然之本意。

（三）跃出困境，独善其志的"高蹈"

我们可以将这种高蹈生活世界中的"独善其志"，以及艺术的"从吾所好""以乐其志"的人格，称为一种"乐志情结"。这其中不乏"自恋"意识，但这种情结与那种远绝尘嚣（实际上是难以远绝的）的悲怨人格却是一体的，主要是在现实的失意中看到了现实的黑暗；在现实的无耐中苦闷、孤独，因而欲在"乐志情结"中寻找生命的"救济场"。日本学者青木正儿说：

　　　　此风在魏晋间清谈家中，由道家思想的实行派的竹林七贤，又作了一番盛大的宣传。高蹈的世界，是浮世的纷绕、个人的失

① （唐）司空图：《诗品》，（清）何文焕辑：《历代诗话》，中华书局 2004 年版，第 44 页。

② 郭绍虞主编：《诗品集解·续诗品注》，人民文学出版社 1963 年版，第 40 页。

③ 俞剑华编著：《中国古代画论类编》，人民美术出版社 2004 年版，第 405 页。

意而生的苦闷的救济场。这无须乎说，是因为在那里独善——个人的自由——绝对的被容许的缘故。然独善的生活，在一方面自觉有意气昂然的，独行的气魄；而同时在他的里面，也不能一点儿感不到孤独的心的寂寞。为安慰这种无聊，高蹈主义者往往选择了文艺。例如七贤中的阮籍、嵇康是显耀于魏末的诗文作家，而其中的嵇康长于音乐，能画画，字也是名家。像这样，高蹈生活与文艺的关系，影响于魏晋以来的文坛，遂至酿成文人气质之一大要素。①

庄子倡"丧我""无己"，求"乐"而达"逍遥游"，要"养生"。故《庄子·让王》云："养志者忘形，养形者忘利，致道者忘心矣。"忘记世间的烦恼，由于"丧我"，故能在"忘年忘义，振于无竟"中，在天地万物中"逍遥游"，解除"累"，以达精神的解脱。我曾以这种高蹈人格分析过蒲松龄的"聊斋人格"。我认为，蒲松龄在其《聊斋》世界中不可能"丧我"，也不可能达到"忘适之适"，他难忘是非，这是高于庄子的地方，因他受世间之"累"，是难以解脱的，"无己"也必然"知己"。蒲松龄一首《拙叟行》云："生无逢世才，一拙心所安。我自有故步，无须羡邯郸。世好新奇矜聚鸲，我惟古钝仍峨冠。古道不应遂泯没，自有知己与我同咸酸。何况世态原无定，安能俯仰随人为悲欢？君不见：衣服妍媸随时眼，我欲学长世已短。"② 对此，我表达了这样一种看法，蒲松龄"写《聊斋》不仅仅在于体味人生，消解人生所'累'，这也是他的'乐其志'，也是一种自我的超越。因此，蒲氏的高蹈世界与庄子的不同，与'齐可物兮超自得'，'越名教而任自然'的嵇康，与寻求'虑周流于无外，志浩荡而自舒'的阮籍也是不同的。庄子表现的只是一种理想化，或者说是难以实现的理想，蒲氏所表现的则是现实的人生及现实中的理想，他是边体味苦涩的人生，边创造虚幻的境界，并且在这种虚幻世

---

① ［日］青木正儿：《中国文学概说》，重庆出版社 1982 年版，第 38—39 页。
② （清）蒲松龄：《蒲松龄集》，路大荒整理，上海古籍出版社 1986 年版，第 582 页。

界中将人生的苦涩转化为人生的甜美。这既超越现实，又高于现实，这可以说是他的'乐志'和'独善其身'"①。除了他的俚曲、农事等杂著记述自己的生活事件及经历之外，蒲松龄还有一个世界，就是他的诗歌创作。在诗的世界里，他植根于大地、山野、田家，身心同游于天地自然，乡间民风，写尽村事、人事、人情及心灵，以其"接地性"而显示他的生存经历及"栖居"状态。在此，我们可以选录其几首特色鲜明的山村纪事，感受其生境及心境。《山村》云："三秋槲叶半离披，低曲千枝与万枝。草木有情花自放，春秋无历鸟先知。青岚带雨笼茅舍，黄蝶随花上豆篱。只有家家新酒醉，出来不解听黄鹂。"《留别》云："山村野色暗斜曛，北过衡阳雁几群。楼外长河天外尽，笛中杨柳月中闻。娇春桐叶依青凤，细雨溪花染白云。城市山林惟十里，每逢风雨一思君。"《喜雨》云："秋侵鬓发雪霜新，一夜帘声滴翠筠。柳陌笼烟生晓色，花村赛社走农人。藓苔初长青犹涩，禾黍新鲜绿未匀。不向首阳忧妇子，犹虞秋悦尽艰辛。"② 当在山村居舍野望时，悟花鸟飞蝶悠悠，杨柳春桐依依，喜雨笼烟袅袅，与天之白云，与大地之青岚，与长河山林相随，接续地脉，充蕴地气，这怎能不是一番生态有机交融景色呢？

"高致"作为一种"栖居"之状，渔樵、垂钓、山野、乡居的旷逸，与万物，与身心的"神交"，即似这种"栖居"，亦如一种人生"神游"。故二程言："神是极妙之语。"③ 储光羲《樵父词》云："山北饶朽木，山南多枯枝。枯枝作采薪，爨室私自知。诘朝砺斧寻，视暮行歌归。先雪隐薜荔，迎暄卧茅茨。清涧日濯足，乔木时曝衣。终年登险阻，不复忧安危。荡漾与神游，莫知是与非。"渔樵之高致，其"神交"，往来于山水间，登山望远，逐水清癯，"荡漾与神游"，其诗"真"意，全得自于自然生态，万物一体的"真"性。皮日休有《奉和鲁望樵人十咏》，其中《樵叟》云："不曾照青镜，岂解伤

---

① 盖光：《论聊斋人格》，《蒲松龄研究》1998 年第 3 期。
② （清）蒲松龄：《蒲松龄集》，路大荒整理，上海古籍出版社 1986 年版，第 482、483、490 页。
③ （宋）程颢、程颐：《二程集》，王孝鱼点校，中华书局 2004 年版，第 64 页。

华发。至老未息肩，至今无病骨。家风是林岭，世禄为薇蕨。所以两大夫，天年自为伐。"从生命机体而言，"华发"意味着老态，但樵夫与自然环境的有机融合，加之辛勤劳作，且远离尘嚣、利欲，这样使生命机体总是处于"动"的状态，自然的清新之气，心境的平衡态，使得这位"樵叟""至今无病骨"。

第十章　神性妙和：中国文学
传统的本真化通

中国古代人阐发"神"的内在机理内存着对生命精神的体认，其中必含生态意蕴。至于"神"如何"化"，"神"性如何能够将"天性""天德"化通，且化成万物一体，化成生命及人的活动，以通达审美与艺术体验，这是个问题。前面对"神"与"化"的多重阐释，不仅使我们对"神"与"化"所具有的生命及审美的生成性，而且对话语表达的生发性有了较为明晰的线索。在本章中，我们主要基于"神"与"化"在文学艺术活动中的运思形态，一解如何通达诗性的"本真"体验，二分类把握"神"之妙和。对此，我们先需要明确，"神"结缘"化"，含"神"的规律、节律及韵律的运动性生发，以达艺术审美化的生态悟解。

第一节　神妙：玄之又玄与众妙之门

"神妙"与天地之"元"，与"生"以及促生有着不解之缘。中国文学中所言之"神妙"即与自然万物，生命有机及天地、情性连接的体悟及审美表达直接相关。我曾谈到"神"的三重汇通，即自然天地之神，由生命之神向人转化的神，继而形成艺术审美之神。"神"的生成机理不是一个静态的，而是不断转换、变相的。当由文学之美来呈现时，"神"已经过了多重"化"的过程。恰恰是这多重之"化"，使"神"富含无尽之妙，而彰显出"神妙"。

一 "神妙"与"道"

"神"与"妙"共通与化合，必需"神形"的共通及共振，以呈现出自然天地之德性与生命精神的神妙。"神"与"妙"合，尽管具有虚性特征，但却没有别离实在自然物及生命体，它需要有实体存在物的支撑。人的精神活动有时具有神秘性、无规定性，因而由"神"与"妙"化合的审美境界也具有一定的神秘感。这不同于对现实"形"与"象"的直观感应，而更是一种"穷神"的过程。依前文所述，"穷神"必"知化"、显"化"，方为"妙"；其言"妙"不止于神之妙，而更在于"化"之妙。"化"何以妙，只因"化"是转换的，是多层次性存在的，并且具有无尽的拓展空间。这其中有自然生态及万物间的"化"之妙，有万物向人的活动及生存方式、文化存在方式的"化"之妙，有人自身活动多样化的"化"之妙，并且人对于"化"之妙有着身心体验，与万物交往且交换生命能量，更能给予诗性构建、情意感发及话语言说。《周易·说卦》言："神也者，妙万物而为言者也。"其中，"妙"是"神"的内律，是万物存在的机理，是生命润化的内在节律；"神"则是"妙"的可言说性。"妙"出于"道"，出于"道"的"无名"状态，所以"妙"的本义在于体现"道"的无限性、不确定性和恍兮惚兮之态，更内蕴着其无限的植生性，即运演着"生生"的节律。同时"妙"的"无"性之态本身具有不可言说性，这恰恰是艺术与审美的真味。但"妙"也不是虚无之态，不是无形无体的幻象，它生成于自然而又回归于自然，是由"道"之本体始发，最终又归于"道"，继而显"和"，并且是"妙合"的生态化的生命体验之状。在老子那里，"妙"就是那种"常无"之道，"欲以观其妙"，是"玄之又玄，众妙之门"的妙；之所以言"妙"，即为显"神"，实际上就是依循"道生""道法"，而化生化育。在我看来，玄即言道，亦指天地之根；妙，就是指道之法及天之法，亦为"化"之机，实际上就是促生、育生之法。而所谓众妙之门，不仅是虚性道法及天地之根，而且亦是实存的生命生成之门，也是"化"的必然路径。《老子》云："谷神不死，是谓玄牝。

玄牝之门，是谓天地根。"汉代严遵在阐发此意时云："太和妙气，妙物若神，空虚为家，寂泊为常，出入无穷，往往无间，动无不遂，静无不成，化化而不化，生生而不生。""牝以雌柔而能生，玄犹悠远而不见。"① 老子此言仍然围绕他的道、生、变以及亘古不绝（不息、不死）的"生生"思想而展开论述，其生态智慧表达明晰而确证。其中以"谷"代言"道"，或指万物之元、之气、之根，且含有虚空之义。

二 "神妙"与"生"

万物之所以能够生生、化化，之所以相互间能够进行有机转换及连接，并能够使"神"与"妙"显化，全在那个使生命得以存在的"根"与"牝"。"牝"作为天地之根，作为生育之门，既同于大地之母的代称，也实指万物之生，且生生不息的实在之点，同时也指代无数生命体实在及跃动生命的出世之门。"牝"作为形象化比喻及实在的身体性所指，既代言神与妙，又作为生命之基而使神与妙有着现实存在的根脉；既有包容性，也有虚空性；既有广延性，也有实在性；既有直观形象性，也富含审美意味。这既包含着早期中国文学之"文"的宽泛性，其文学艺术的审美特性所展示的广延性及喻体所蕴含的诗意性，更形象化地表明中国文学体验中自然物象、生命体征、人的心灵体验及理性节度的调控，且给予相互间情意及诗性融合。在现实的生命、情意及美的体验中，古代人总会使用直观、形象的自然物、生命躯体、季节节气转换及多样"物象"的实在来作比，来起兴，来显神，来赋魅，其中又不止于物的静态，也不限于单纯阐发及复现物性特点，而往往在节令、昼夜及物的生长状态的时间与历史性变化节律中，且含蕴在生命之动的有机—过程性的节律转换中来显"神"。这时的"妙"，还会以繁复地铺陈、排比、叠词等话语表达方式，形象化、激励式地加强体悟及理解，其所表现的文学性、审美蕴含及境界性的"神妙"特点，尽管形象、直观，但又不露痕迹，即

---

① （汉）严遵：《老子指归》，王德有点校，中华书局 1994 年版，第 128 页。

"羚羊挂角，无迹可求"。

三 "神妙"之生态表达

当"神"与"妙"联通，作为"神妙"蕴生及游刃于文学体验中时，其生态之状会随着某种自然现象或自然物而引发人的情意，以交融之态而滋润身体及心灵，进而有机相融到诗性体验中。这既展示了艺术审美活动的本然，更将中国文学传统的特性给予淋漓表达。中国文学的"神性"之态，既成就于有形有体的现实物象和形象及"充气"为体的生命有机—过程性，又需要超越有限的物象，超越对自然对象的欲望性、功利性占有，且对"象"给予"有我"与"无我"的观览。清代刘熙载《艺概·文概》云："文之神妙，莫过于能飞。《庄子》之言鹏曰'怒而飞'，今观其文，无端而来，无端而去，殆得'飞'之机者。"① 一个"飞"字富含着多重寓意，但其根基在于生态之变、之化。"飞"即显生命之动，"飞"之神妙，意味着生命之动的神妙，或许是实在的，却又会来无踪去无影。文学中体悟"飞"之妙的神性并非驻足于物的实在，不是停滞在直接观感物、象、景、境的现实镜像中，而是在"象外"，在于虚实相间，有如庄子设置的逍遥之鲲鹏，以及庄子行文的汪洋恣肆。显然，其定位不是"形似"，而是生命韵味的内在机理；所破解的是由"无"性之状呈现的"道"之本、之然，是"自然而然"的。

（一）自然天地之妙

基于天地促生，是为天地之德，而其"神"，亦为其"德"。其"妙"，作为"化"之态，一方面是天地之德促生万物生生及万物一体，总是沿着天地氤氲之化，阴阳和合，而与本有的生命节奏、韵律合辙，由此既促生，更显生。这既表征只有"化"而显"生"，方可展示"妙"，又表明"德"向人的活动转换，或者是"人化"，其"妙"的表现程度也是其"人化"的程度。所谓"人化"的程度并非限于外在，不止于人的感性、躯体性的活动，而是不断提升，作为艺

---

① （清）刘熙载：《艺概》，上海古籍出版社 1978 年版，第 8 页。

术审美的"妙"，就在于能够由"生"而激活情感、意志，而创生境界，或显示更高层次的"化"。因为境界已经体现出回归性，即向"本真"，向自然天地的本有状态的回归。只是在文学艺术活动中，更多的是精神及灵境体验的回归，而非物质、躯体、感性的回归。其回归并非单一的、整一的，必然以多样性为基，其多样性基于生命的关系网络，体现出自然生物及形象的多样，其建立的关联是多样，由此而使生命个体存在及情感体验方式显示了多样，继而使其艺术之美展示出多样性。我们仍然可以"蝉"这种自然生物为例，进行"神妙"之体悟。贾岛《早蝉》诗云："早蝉孤抱芳槐叶，噪向残阳意度秋。也任一声催我老，堪听两耳畏吟休。得非下第无高韵，须是青山隐白头。若问此心嗟叹否，天人不可怨而尤。"白居易《早蝉》诗云："月出先照山，风生先动水。亦如早蝉声，先入闲人耳。一闻愁意结，再听乡心起。渭上村蝉声，先听浑相似。衡门有谁听？日暮槐花里。"贾岛与白居易吟咏同一自然生物，但基于各自的生命活动历程及不同的情感体验方式，产生了不同的悟解结果。一个以"残阳"起笔，一个以月夜、风生起笔，一实一喻，不同自然环境及景观状态使蝉的神妙形成多样化的构成。在诗中，两人所产生的情感体验又颇有相似之处，一个是感叹"催我老"，一个是听乡心而"愁意结"。从古人对蝉这种自然生物的总体感悟来看，吟咏者所构建的"蝉"的意象往往与这种思乡及愁意相勾连，使之带有普泛的符号所指。宋代梅尧臣《蝉》云："柳上一声蝉，沙头千里船。行经朝雨后，思乱暑风前。物趣时时改，人情忽忽迁。感新犹感旧，更复几多年。"这或许是基于蝉这种自然生物的物性特点，一方面是蝉鸣的季节性，尤其在秋季这样一个思乡及愁绪的季节，另一方面，蝉往往是孤立的驻足，攀附于枝叶间，而少群类之动，并且蝉鸣相似，难有各自的特色。当其与人的生命、生活及心境相连接时，往往会产生"孤"与"愁"的情感状态，恰恰是基于此，而使蝉之神与人的活动之神（催生、愁思、感旧、时节轮回等）有机连接，进而产生无尽之妙。

（二）生命之妙

"神"显化生命活动的本来之妙。对人的生命活动来说，除了基本的生命体征之外，人能理智、意志及目的性地掌控生命的这种"动"，与万物建立有机联系，更能激情跃动，而"情"中又满含着"志"与"意"。生命在亘古永驻的"生生"之韵中显妙，人的生命之妙就成为不断充蕴及显化满含着情意和爱意的"生生"之韵。生命之"妙"在于这种"韵"，韵的基础是生命活动本有状态，不仅是个体生命的活动，而且是万物之生命整体活动之韵。之所以能够成韵，全在于生之"化"，全在于"生生"之运演节律。生命活动能够行韵，并且能够有礼有节地掌控"韵"而显"妙"，就必知"变"与"化"。这只因"生态/生命"成就"万物一体"，其无尽的转换不仅印记着"化"，而且也生成"化"。"化"的节律即成"韵"，继而成就生命活动的生生不息、永无止境。孟郊的小诗《春雨后》云："昨夜一霎雨，天意苏群物。何物最先知，虚庭草争出。"生态的"天意"引发了万物之"化"，而之所以"生生"的节律亘古永在，全在于万物以其天意而"化"的不同节奏。孟郊另一首咏春诗《春日有感》云："雨滴草芽出，一日长一日。风吹柳线垂，一枝连一枝。独有愁人颜，经春如等闲。且持酒满杯，狂歌狂笑来。"这两首诗作都以春雨为牵引，绘制万物之生的"神"，而其"妙"，则是抓住了雨后的春草最先理解"天意"。而春的"天意"，不仅是万物之生命跃动，而且神态各显，娇媚迷人。孟郊诗《摇柳》云："弱弱本易惊，看看势难定。因风似醉舞，尽日不能正。时邀咏花女，笑辍春妆镜。"这时的春意，柳的神态及人的情态似在"醉舞"中妙和。这时，由春而引发的生命之"神"、之"韵"，不限于诗的格律及语言表达之韵，更在于时节转换、万物相连而显化的生命运动及能量信息交换之韵。

（三）人之妙

人之神并非指人的超验性、虚幻性，而是明晰由于人生于自然天地，与万物同根，人的活动必显生命的本有状态，而使自身的生命活动演历亘古不绝。人不同于万物之处在于，人会通过社会实践，通过精神体验而再造天地生命运动的节律状态，而人之妙恰在于这种再造性。人的再造性之妙，起码含有四重内容：一是物性再造。这包括对环境、景观，对其他生物体，对支持人的生命活动的各种各样的物质载体的再造。二是组织再造。这包括人的社会组织结构，由生态有机关系中延伸、派生后所形成的人与社会、人与人之间的关系及组织。三是精神再造。这包括人的意识、观念、理想、信仰、德性、品质，以及艺术在内的各种各样的精神活动再造。这三重再造之妙需归复为塑造、活化生命体的活动，而形成生命有机性再造。作为生命有机体的人的存在之所以不同于其他物的群类，就是因为这三重再造条件的至妙、至境而成就的。生命有机性再造之妙所显示的有机性、过程性必然需要溶解剂、润滑剂，需要有机的调节系统，以促成人的生命活动的意味和魅力。由情感、意志所支撑的文学艺术审美体验作为重要的再造之法，实为"妙造"。恰恰是这"造"，能使人与万物妙和，使之"神性"魅力尽显。

（四）文学之妙

文学之神在于以感性躯体为基，以缘情为脉，以蓄意为理，以言语而赋形成魅。文学的"神"之根是有机的，生态的生命之"在"。文学之"妙"将"神"的有机、生态合成给予审美表达，其表达的过程性则植生出意、象、言的节律转换。这又是一个"化"的过程，因文学之妙同样在"化"。文学之"化"不同于万物之"化"，因为文学是由物与心、情与景、意与境的交融转换，以致境界性不断提升之"化"。文学之妙由"化"而推进，需要生"情"，满含着情意，其情的基础在于引发感性的躯体活动。身体是生命有机性体验的"标识"。"情"不是静止的，而是不断变化、涌动着的，既充满波澜，又和风细雨；既伴以波涛汹涌，又合着粼粼波光，继而促"化"性不竭。王夫之云："情、景名为二，而实不可离。神于诗者，妙合无垠。巧者则有情中景，景中情。"[①] 在文学活动中，情景和合也是人与自然生态有机关联的表现，有机之状就是其神妙的呈现。文学作为

---

① （清）王夫之等撰：《清诗话》（上），上海古籍出版社 1978 年版，第 11 页。

语言的艺术，以言语而赋形作为对象化、现实化的传达，成为文学的实在，但其文学性的语言又是行韵，其韵必由"化"之韵而来，而情景与"神妙"亦在"化"中显魅。从文学的根本特性来说，语言承载着文学的一切，神妙皆需言语的方式及策略显化，而"化"与"韵"就内蕴在言语转换的节律中。清人贺贻孙《诗筏》云："诗文有神，方可行远。神者，吾身之生气也。""神者，灵变惝恍，妙万物而为言。读破万卷而胸无一字，则神来矣，一落滓秽，神已索然。"① 李商隐的小诗《嘲桃》云："无赖夭桃面，平时露井东。春风为开了，却拟笑春风。"桃花依春而开放，是万物生命之化的必然，一"嘲"一"笑"作为"神来"之笔，妙在一反一正，"灵变惝恍"，将生命连接的生态之韵淋漓挥洒，同时桃之笑亦同于百花之笑，即为百花迎着阳光，沐浴着春风、春雨盛开，而百花争艳则有同于万物一体的"生生"之妙。李商隐诗《蝶》云："孤蝶小徘徊，翩翾粉翅开。并应伤皎洁，频近雪中来。"我们将两首小诗连接起来，似有四季节奏转换之态，亦有万物关联之态，活在其中更显桃与蝶的媚态。

"妙"在古人那里的称谓有很多，比如魏曹丕《典论·论文》云："体气高妙。"这种称谓显然具备了在生命体验的至高层面上所达到的神妙，同时也是"冲气"而至"和"的一种复归。后人也多有沿此而论高妙者。宋代姜夔言："诗有四种高妙。一曰理高妙，二曰意高妙，三曰想高妙，四曰自然高妙。碍而实通，曰理高妙；出自意外，曰意高妙；写出幽微，如清潭见底，曰想高妙；非奇非怪，剥落文采，知其妙而不知其所以妙，曰自然高妙。"② 对于此言，由后开始排列的话，他是将自然设置为最高级的"妙"，因这恰是悟"然"韵"然"之妙，前三者理应出于此，或者汇通、集合、总括于此。清人方东树《昭昧詹言》言："用意高妙；兴象高妙；文法高妙；而非深解古人则不得。""用笔之妙，翩若惊鸿，宛若游龙；如

① 郭绍虞编选：《清诗话续编》，富寿荪校点，上海古籍出版社1983年版，第136页。
② （宋）姜夔：《白石诗说》，载（清）何文焕辑《历代诗话》，中华书局2004年版，第682页。

百尺游丝宛转；如落花回风，将飞更舞，终不遽落；如庆云在霄，舒展不定。"① 在方东树那里，多重之妙需深解其意，当然他在文学表达之妙处进行形象绘制时，恰恰是沿着体气及悟解自然之神妙，而动态、韵律感地展示了"妙"的精微之态。

第二节　神气：颐养生命与文的脉动

当"神"作为天地之道法、之德性存在时，它可以统领"气"。当"气"灌注在生命的始发之源时，又成"神"的根基。故程颢云："气外无神，神外无气。或者谓清者神，则浊者非神乎？"② 由"神"而把握"气"，并且体认"神气"，起码有几重含义：一是观照"气"的始发性；二是体认"气"的实在性；三是调理"气"的通性。如果由"神"而统领"气"时，那么三者都需鉴析"气"的虚性存在及与具体自然现象、生命机体活动状态的有机关联。当"神"作为主体精神品质及艺术审美的升华机制时，是不可离"气"的。其"神气"也有两重基本的表征：一是由生命实在而表现的精神、审美的品质及韵律感；二是由"气"之韵而彰显的审美的形式感。在文学活动中，"气"成为主体生命体验、审美活动的统领，作为诗文脉动及韵律的推进条件，其"神"也在这个有机过程中被不断地显化。方东树云："气之精者为神。必至能神，方能不朽，而衣被后世。""诗文须神气浑涵，不露圭角。"③

一　神与气的颐养生命

在中国文学体验中，焕发"气"之精神及精神之"气"，必要"穷神"，而"穷神"必然要充蕴"气"，就须"知化"。"知化"就

---

① （清）方东树：《昭昧詹言》，汪绍楹校点，人民文学出版社1961年版，第30、25—26页。
② （宋）程颢、程颐：《二程集》，王孝鱼点校，中华书局2004年版，第121页。
③ （清）方东树：《昭昧詹言》，汪绍楹校点，人民文学出版社1961年版，第25、36页。

是能够有机地蕴"气",并合"气"而行韵,以"气韵"显"生动",以"生动"而显艺术之美及魅力。方东树也云:"读古人诗,须观其气韵。气者,气味也;韵者,态度风致也。"① 显然,方东树更强调的是诗文形式之状,而非切入其内里,而知其生命之"气"的本根性。

如果我们仍然对"神"基于生态智慧性体悟,就可以看到,"气"之于"神"而行韵,一方面会与原发的"元"气、精气相通,另一方面,更以生命体的运动及颐养状态为基,当其运行于人的生命活动之时,显然会是目的性的,由此便会产生"意"。如若"气"要显"神",且需保养。保养"气"实际上就是保养"生",只有保养"生",才能显"韵",生命才能充"实",诗文才能显魅,生命与诗文才能蕴"意"。董仲舒云:"故养生之大者,乃在爱气,气从神而成,神从意而出,心之所之谓意,意劳者神扰,神扰者气少,气少者难久矣;故君子闲欲止恶以平意,平意以静神,静神以养气,气多而治,则养身之大者得矣。"② 这里,董仲舒将"神"作为"气"而通"意"的中间环节,形成了有机性及过程性的转换节律。这其中的"神"显然也属于平衡性的环节,其担纲及调控的有机节奏状态甚为明了。生命有机性活动需要养"气",这除了养肉身躯体,更需调养精神。如若能够有机、合理地调养身心,焕发精神,那么,不仅须有"意"的支配和调度,而且会产生新"意"。孟子所言其善养"浩然之气",而此种气脉所需要的"神"与"意",即为"其为气也,至大至刚,以直养而无害,则塞于天地之间。其为气也,配义与道;无是,馁也。"朱熹释曰:"浩然,盛大流行之貌。气,即所谓体之充者。本自浩然,失养故馁,惟孟子为善养之以复其初也。盖惟知言,则有以明夫道义,而于天下之事无所疑;养气,则有以配夫道义,而于天下之事无所惧,此其所以当大任而不动心也。"③ "养气"不可能脱离"元"的本体及原发存在,否则亦会失去神。颐养"浩然之气"

---

① (清)方东树:《昭昧詹言》,汪绍楹校点,人民文学出版社 1961 年版,第 29 页。
② 《春秋繁露·循天之道》。
③ (宋)朱熹撰:《四书章句集注》,中华书局 1983 年版,第 231 页。

尽管要显"道"，但需通"至大至刚"之气而显，此时的气之神，必然宏阔、盛大，而其彰显的"道义"，也必然是壮阔宏大的。这种由"大"而显的"气"，作为自然生态之大的实在，既为中国古代人的生态智慧对始发之"元"的肯定，也是人们伦理寻求及审美理想的展示。王阳明《传习录》云："问仙家元气、元神、元精。先生曰：'只是一件：流行为气，凝聚为精，妙用为神。'""来书云：'元神、元气、元精，必各有寄藏发生之处，又有真阴之精，真阳之气'云云。夫良知一也，以其妙用而言谓之神，以其流行而言谓之气，以其凝聚而言谓之精，安可形象方所求哉？真阴之精，即真阳之气之母；真阳之气，即真阴之精之父；阴根阳，阳根阴，亦非有二也。"[①]王阳明对元、气、神、妙等的系列性阐发，似可以为一种总结，一种确证，但这同样不离"生"之实在、之根性。

二　神与气的实在性

对于"气"，在中国古代人那里，尽管有着多种多样的阐释方式，但其内涵则基本一致，即一方面，"气"既源于又流行于天地、万物间，作为生命活动的始发及实在，或为"元"，且也是有形之物存在的内在依据和运动的支撑，这样"气"必然成就生命的实在；另一方面，"气"流行、运行于生命的过程，并且对天地、万物及生命的有机和合具有根本推力，故老子言"冲气以为和"。在"冲气"这个层面，"气"作为生命活动的内在机理；在表达方面，古人有时也将其视为一定的虚空性、不确定性。《庄子·逍遥游》云："若夫乘天地之正，而御六气之辩，以游无穷者。"庄子所言"六气"，即为阴、阳、风、雨、晦、明，其中多为物之实在，并体现出万物、生命变与化的体征。这其中也不乏虚性及不确定性，比如晦、明，就难以某种具体的事物来确证。但统贯"六气"，却成为整体，作为整体之气，亦为"道生"之气，实为"生态"的表征，万物、生命

---

① （明）王守仁撰：《王阳明全集》，吴光等编校，上海古籍出版社1992年版，第19、62页。

活动之神，以及生命体验的实在，文学审美活动的精神气质及境界性提升皆出于此"气"。《黄帝内经·素问》载："黄帝曰：余闻上古有真人者，提挈天地，把握阴阳，呼吸精气，独立守神，肌肉若一，故能寿蔽天地，此其道生。"① 显然，这里所言"道生"，有着标志及符号的所指，即"真人"，其生命的运演节律由天地起始而最终练就肉身躯体。由这种系统、整一的生态有机合成，生命便会有机且生生流行；"无有终时"，生命才能与天地同在，故为"寿"，其"神"也由此而彰显。基于确证生命体的病理特性，故将"气"与自然/生态/生命的具体且实在相连接进行生态有机性把握，《黄帝内经·素问》云："故春气者，病在头；夏气者，病在藏；秋气者，病在肩背；冬气者，病在四肢。"② 生命的有机状态需充（冲）气，而与生态运用节律的主要表征四时有着直接的联系，这表现了由"生态/生命"有机性而连接起的"万物一体"。在中国古代人那里，即便言虚性，也非指其虚幻的存在及虚无缥缈之状，而更多的是指其原发之状，或指"元气"之状的气。张载云："太虚无形，气之本体，其聚其散，变化之客形尔；至静无感，性之渊源，有识有知，物交之客感尔。""气之为物，散入无形，适得吾体；聚为有象，不失吾常。太虚不能无气，气不能不聚而为万物，万物不能不散而为太虚。"③"气"并非虚无，而必然是现实具体的，因当其与"太虚"联通，"气"必然是实在的，是有神的。这时的现实具体性由于实在自然现象及自然物形成一体性存在；不仅气是运动的，不断地聚散、变化，并且也使物始终运动着、变化着。如果脱离物的实在性，气也会成为虚性及幻象性的存在。

三 神与气的"交合"变化

"神气"作为有形之状且"交合"而显其整体性、有机性，其

---

① （清）张志聪集注：《黄帝内经集注·黄帝内经灵枢集注》，方春阳等点校，浙江古籍出版社 2002 年版，第 6 页。

② 同上书，第 26 页。

③ （宋）张载：《张载集》，章锡琛点校，中华书局 1978 年版，第 7 页。

"交"即为"化"，但其交与化、变与化最终归位到生命的实在。多
样生命体之间的交与化，其表现的"和"即为生态的"和合"。谭峭
《化书·神交》云："牝牡之道，龟龟相顾，神交也；鹤鹤相唳，气
交也。盖由情爱相接，所以神气可交也。是故大人大其道以合天地，
廓其心以符至真，融其气以生万物，和其神以接兆民。我心熙熙，民
心怡怡。心怡怡兮不知其所思，形惚惚兮不知其所为。若一气之和
合，若一神之混同，若一声之哀乐，若一形之穷通。安用旌旗，安用
金鼓，安用赏罚，安用行伍？斯可以将天下之兵，灭天下之敌。是谓
神交之道也。"① 谭峭的"神交之道"是基于"神气可交"，是大道合
天地，以融万物生生，同时人如若融入"生生"之脉中，还需有身
的感悟及心的体悟相融通。事实上，真正能够通"悟"显神气，而
必是多样生命体的神交。多样性必显个性，有个性方可有"神"性。
这作为文学艺术的根基，也是其"至法"；既是"文"之生态交合的
表征，也是显现审美活动魅力的基础。南朝诗人阴铿的《渡青草湖》
云："洞庭春溜满，平湖锦帆张。沉水桃花色，湘流杜若香。穴去茅
山近，江连巫峡长。带天澄迥碧，映日动浮光。行舟逗远树，度鸟息
危樯。滔滔不可测，一苇讵能航？"唐代杜甫《宿青草湖》云："洞
庭犹在目，青草续为名。宿桨依农事，邮签报水程。寒冰争倚薄，云
月递微明。湖雁双双起，人来故北征。"诗人阴铿与杜甫作为实在的
生命体，既是历史过程性存在的生命个体，也是沉浸在自然悟解及审
美体验之境中的生命有机体。两人共同体悟着"青草湖"，共同以
"洞庭"之春起笔，但其中起码存在着两种相异之处：一是历史过程
及境遇的差异；二是生命个体的差异。这必然会产生不同的体悟方
式，表达出不同的情感体验策略，因而对"青草湖"产生了不同的
悟解及审美表达。"青草湖"作为中介，又全然可以使之"神交"，
不仅是湖的广阔而"滔滔不可测""湖雁双双起"，并且与两人的一
渡一宿形成整体有机的体验情景，继而超越历史的规范，又和韵着自

---

① （五代）谭峭：《化书》，丁祯彦、李似珍点校，中华书局1996年版，第13、15
页。

然生态的运演节律，对人与青草湖的环境、景观及生长的万物给予生态性的"和合"。在现今人们的审美接受中，体验同样可以打破历史的限定，而得以超越时空，植入美感体验。此时，"青草湖"之神，伴随着诗人间的神交，沿着历史的过程及生命运演的节律而亘古流传，与永续不绝的后世之人进行无尽的"神交"。

四　神与气的"文脉"动律

当"神"与"气"的关系融进"文"的自觉中时，也显"文"的诗性神气。"神气"不是凝固静止的，而必须有骨力，呈飞动，显本色，并不矫饰，其神交必依具体的脉象及节奏，而体现出"文脉"动律。方东树在评七言古诗时云："七言古之妙，扑、拙、琐、曲、硬、淡，缺一不可，总归一个字，曰老。""大约不过叙耳、议耳、写耳，其入妙处，全在神来气来，纸上起梭，骨肉飞腾，令人神采飞越。此为有汁浆，此为神气。"① 刘熙载云："文如云龙雾豹，出没隐见，变化无方，此《庄》《骚》太史所同。""文以炼神炼气为上半截事，以炼字炼句为下半截事。此如《易》道有先天后天也。""文莫贵于精能变化"② 诗文的脉象必然是动态、变化的，这是文学体验的根本，其合一凝固而成就变化。这就同于刘熙载所言，需"炼神炼气"，既显诗文的神气，更显人之神气。诗文活动与生命活动有机相连，既显文学活动的生态化。清代刘大魁在《论文偶记》中言："神者气之主，气者神之用。神只是气之精处。""神气者，文之最精处也。"刘氏在具体论述艺术创造中体认"神"与"气"的有机化合，并解析主与用的关系时说："行文之道，神为主，气辅之。曹子恒、苏子由论文，以气为主，是矣。然气随神转，神浑则气灏，神远则气逸，神伟则气高，神变则气奇，神深则气静，故神为气之主。"③ 在

---

① （清）方东树：《昭昧詹言》，汪绍楹校点，人民文学出版社 1961 年版，第 232、234 页。

② （清）刘熙载：《艺概》，上海古籍出版社 1978 年版，第 13、24、25 页。

③ 郭绍虞、罗根泽主编：《论文偶记·初月楼古文绪论·春觉斋论文》，人民文学出版社 1959 年版，第 4、3 页。

文学艺术活动中，"气"有了神，便有了主脉，"神"的"无"性之状，就转化为有形之体。"神"有了气，就使生命有了活力，有了激情，就使生命活动及主体精神有了深层次且审美化的体验特征。这时"神"就能出"彩"，就有"骨力"，就会得以"妙"解。

《太平经》云："今是委气神人，乃与元气合形并力，与四时五行共生。凡事人神者，皆受之于天气，天气者受之于元气。神者乘气而行，故人有气则有神，有神则有气，神去则气绝，气亡则神去。故无神亦死，无气亦死，委气神人宁入人腹中不邪？"[①]元气、四时生气与神，并非虚空，而是与天，与万物，与人共铸有机整体，亦在"身体"。"身"的生与死，在气与神的"有无"状态；"神人"不死，并非"身"不死，而在于"与元气合形并力"而蕴聚身体合力。

第三节　神思：思理之妙及神与物游

"神"与"思"共通是作为艺术思维方法而存在的，既呈现出艺术想象的过程性，更以"神思"之力、之法而造境。"思"所依据的仍然是自然天地之德与"道生"性机理，这就不可能是虚空的，而必须融入具象及有形的存在，并以"象"的转换、流动节律而呈现出有机—过程性。"象"有具体的物之形，而又韵（运）"思"，其动态性，是依永无止境的生命之动而成为"思"之神的根脉，其中又需"理"穿行、连接、定位。尽管"思"属于人的大脑所支配的精神、心灵活动，但大脑作为身体的存在，是身体的构件，因而"思"之动与生态关联及生命之动是紧密连接的，也是身心共参、共融的结果。

一　"思"理的统领

文学之思伴随着生命之动，既是理性的，也是情感的，更是有机的；既是飞动想象的，也是有理有据且呈现出"化"性的，因而是过程性的。"思"之神即在整体、合成的过程中运动，成就生命有机

---

① 王明编：《太平经合校》，中华书局1960年版，第96页。

的体验，并感受美的魅力。南朝宗炳《画山水序》云："夫以应目会心为理者。类之成巧，则目亦同应，心亦俱会。应会感神，神超理得，虽复虚求幽严，何以加焉？又神本亡端，栖形感类，理人影迹，诚能妙写，亦诚尽矣。""圣贤暎于绝代，万趣融其神思，余复何为哉？畅神而已，神之所畅，孰有先焉！"① 宗炳提出了感神、神思和畅神的说法，但更重要的还在于，他言说的"理"，是在运思之"神"中发挥作用的。在艺术体验及思维活动中，思与神、思与理都是"心"的活动，但神与理又不全归于"心"，相互间是以"物"（自然物、自然现象及人的生命之动）之动律（或为物"理"）为基础的。这可以有几重理解路径：一是自然的生态运行及物的多样性存在的有机运动；二是生命体验及身体性运动而产生的多样状态及关联方式；三是"思"的主体本身的活动在大脑的支配下，调动身体、机能及精神的全面参与。这时的全面性、有机性，本就是物理、事理及情理的共振，而其"神"含蕴着多重物及生命的生态融合之"理"，也是相互间的共振，并有机地融解到运思的全过程中。事实上，人们常言的感神、神思和畅神所求之"理"，理应是这种意义上的，这种"理"必然是生态之理。在具体的艺术体验及思维过程中，神与韵也需有理的规范、定位，但这并非限于理性与逻辑，一如宗炳所言，"应目会心为理""神超理得"。这就是要沿着物之理，生之理，以悟解情之理，把握意之理，确定思之理，其目的是通过畅神、妙写，而得其"万趣"，继而得"道"，这就是"神思"。其中，尽管会有无尽的激情涌动，但"思"理之妙却为上，并且神也非虚性及无规制的，同样是沿着"理"（更含"有"）的运演之路行进。

二 想象的联动

在中国文学传统中，人们表达"神思"，作为思维过程，并非以抽象、理性与逻辑的过程来推演，而总是沿着自身文化传统中的直观、具象、可感的形象组合，以多样化的自然现象与生物的运动状

---

① 俞剑华编著：《中国古代画论类编》，人民美术出版社 2004 年版，第 583—584 页。

态进行比附、转喻、兴言，使多样化的生命有机体富含着人的情意体验。那些无机、无生命的自然物，也总会被赋予生命感，且运化情感状态。为最大限度地拓展这种飞动的时间与空间，作为喻体的自然现象既会是阔大、雄浑之物，也会是恬静、柔媚之物，其中皆显浓重的"生态"体验性意味。这时，万物会从神思者的个体体验，被放大到更加悠远、无限的境域中。晋人陆机《文赋》云："其始也，皆收视反听，耽思傍讯，精骛八极，心游万仞。其致也情曈昽而弥鲜，物昭晰而互进，倾群言之沥液，漱六艺之芳润，浮天渊以安流，濯下泉而潜浸。于是沈辞怫悦，若游鱼衔钩而出重渊之深；浮藻联翩，若翰鸟缨缴，而坠曾云之峻。收百世之阙文，采千载之遗韵。谢朝华于已披，启夕秀于未振，观古今于须臾，抚四海于一瞬。"① 情感的滋润、想象的飞动并非弃绝"理"，而是思"理"，聚知与智，而显形，储意，赋魅。陆机的这种"精骛八极，心游万仞"，其飞动有神游，驰骋且逍遥，但未离物，也不可能离物，多样的自然现象及自然生物共同参与这种运思，其中不仅有生命躯体的参与，而且身体全方位与外之物进行生态融合。这其中，"观古今""抚四海"，跨越时空，所以其"游"与"思"必然是有机的，也是"生态"的。陆机还强调了"情"的作用，即情在这种参与性的生态融合中作用积极，有了"情"，运思主体更与生态、生命运动之"变"形成默契，其有机状态就更加自由和谐。事实上，由"神"而运行的审美与艺术之思，无非就是以艺术主体的精神体验而统领，并伴随着意志、情感、想象，加之理智、理性的活动，而旨在破解自然与"生生"之妙。那么，所谓"神思"，也是这种破解玄机，体验过程的和谐、自由，并且是悟解其神奇、玄妙机理，或者是参破与透析"穷神知化"之理。

三 "情"意的延展

"思"理之妙还以不同的艺术类型及运思主体的差异来显妙，尽

---

① （晋）陆机：《陆机集》，金涛声点校，中华书局1982年版，第1—2页。

管诸艺术现象间的内里是相通的，其心、意、象之间具有内在相通性，但作为不同艺术类型的操作及传达方式，其外在赋形及形式结构方面必然有差异。同样，多样的运思主体都会将身心与万物有机融合，但主体的个性、体征，心智、情态，其生命活动的环境差异，时空环境的不同也会体现出运思方式的不同。从本书的分析中我们也可以看到，宗炳对"神思"过程的体味是出于绘画艺术体验的，所以对天地的言说始终不离"目"，不离具象的山水、幽岩、四方远景、荒野丛林、悬崖峭壁，因为这一切都是绘画作品的基本物象支撑。而在文学这种语言的艺术体验中，其思维方式往往会沿着言语运化的路子，以"心"之动，代"生"之动，代"身心"共同参与的动，并且在这种动中往往满含着韵及律。因为文学之诗性必然要有韵及律的节奏运演，如果弱化了韵律，文学就将失去"精神"及神妙。刘勰《文心雕龙·神思》所言的"思"，具有艺术思维的普遍性，但主要还是由文学之"思"的特性而延展及拓宽的。这其中的"思"并不仅仅是"理"之思，而且更融于"情"之思，没有"情思"的延展，理则空泛、乏味。刘勰云：

> 文之思也，其神远矣，故寂然凝虑，思接千载；悄焉动容，视通万里；吟咏之间，吐纳珠玉之声；眉睫之前，卷舒风云之色：其思理之致乎。故思理为妙，神与物游。神居胸臆，而志气统其关键；物沿耳目，而辞令管其枢机。枢机方通，则物无隐貌；关键将塞，则神有遁心。是以陶钧文思，贵在虚静，疏瀹五藏，澡雪精神，积学以储宝，酌理以富才，研阅以穷照，驯致以绎辞，然后使玄解之宰，寻声律而定墨；独照之匠，窥意象而运斤；此盖驭文之首术，谋篇之大端。夫神思方运，万涂竞萌，规矩虚位，刻镂无形，登山则情满于山，观海则意溢于海，我才之多少，将与风云而并驱矣。

刘勰首先将"神"做了理与物的两层分解，在这种分与合的有机过程中延伸，其"志气""辞令""枢机""积学""谋篇""规矩"等皆是这种理与物之分合的过程性、阶段性的不同表现，也是运思的手段、策略。在艺术审美体验中，这种合分与分合必然灌注着情与意，继而形成意象。"意象"不只是心与物、情与景、情与境的合成，更重要的是，意象还伴随着生命运动的节奏，以其韵律性表征而显示出有机的过程性、转换性。

四 "象"与"意"的支撑

当融入"神思"的生命及美的体验过程，自然现象及自然生物同运思主体身体的共振形成生态有机之状时，中国人的一个重要词语会将这种"物"的参与给予定位，这就是"象"。前文曾多方位地分析过"象"，而在艺术思维中"思"所造的主要是"象"，是物象与心象的有机合成，然后成"意象"。"意象"通过主体现实具体的艺术体验及操作，给予其形式构成，通过艺术传达，最后物化为艺术作品。从这个方面来看，不论是何种艺术类型，还是多样个体的艺术体验，"象"都是相通的，也就是我们所说的多样艺术间内里的相通性。这种相通性主要就是由"象"的相通而延伸、拓展，进而凸显艺术审美特性的。故仅就"思"这种艺术体验及思维过程的阐释而言，古人的言说也是非常多的。如《荀子·乐论》言"逆气成象而乱生""顺气成象而治生"。宗炳言"意求于千载""旨微于言象之外"。陆机云"仰观象乎古人""象变化乎鬼神"。刘勰云，"独照之匠，窥意象而运斤""神用象通，情变所孕"。南朝梁萧子显也云："属文之道，事出神思，感召无象，变化不穷。"《金针诗格》指出，诗有内外意，其内意欲尽其理，外意欲尽其象，内外含蓄，方入诗格。唐代张说言"万象鼓舞"。释皎然也称"万象不能藏其巧"。宋代陆游称梅圣俞的诗律"雄浑"，是"导河积石源流正，维岳崧高气象尊"。明代谢榛强调赋诗要有"英雄气象""昂然气象""气象浑厚"，他称李白诗有"少陵气象"。明李东阳评古人诗言"音韵铿锵，意象具足""意象超脱"，王夫之《姜斋诗话》称"自然生其气象"，清人赵翼《瓯北诗话》言"阴阳配合之象"，如此等等。古人论"象"不胜枚举，但不论对"象"赋予了多少修饰及限制性的词语，不论其从哪种角度，对哪个诗人的诗作给予分析、论述及诠释，其中"象"对自然的延伸，对心与物的基础性存在的提升，其与"生命/生态"运演及体验的有机合成不会改变，对情意体验，对思与理的支撑作用也未产生太大的变化。姜夔云："大凡诗，自有气象、体面、血脉、韵度。气象欲其浑厚，其失也俗；体面欲其宏大，其失也狂；血脉欲其贯穿，其失也露；韵度欲其飘逸，其失也轻。"① 这里就显示了艺术之思的血脉流动，也呈现出其最基础性的特点。至此，不论"思"是游刃千载，还是寂然凝虑；是精骛八极，还是澡雪精神；是万涂竞萌，还是溢满山海，其"神"性都不可能游离于基本的支撑点，即生、生生，即参天化育、万物一体的有机—过程性，同时这一切就必然是具体、实在的"生"的存在及有机合成。

五 "游"性的动律

"思"理依托"象"而成，运演"神思"之妙。尽管"象"是具体、实在的生与物，但却不是静止、凝固的，而是不断变化、游走，尽显有机—过程性存在的，因而古代艺术体验往往会以"游"来表述。《淮南子》开篇论"道"："神与化游，以抚四方。"② 在陆机那里称之为"心游万仞"，刘勰则称其为"神与物游"。如果从"道"的基础层面论，"游"并非虚幻的，而是依"道生"之韵来行进的，亦为"生生"的有机—过程性展示。我们从艺术审美体验方面看，这种"游"实际上是三重动态、过程的合成：一是自然/生态/生命之物性存在本身运演的有机过程，或为"物游"；二是运思主体以身体的生命活动为基础的动态过程，或为"身游"；三是由"心"与"情"而促发的"思"的运动过程，或为"心游"。这三重"游"性的有机合成必然成"象"，而"象"又通过艺术传达的有机过程，被现实化、物化为艺术品。"象"的过程也含蕴着"游"性特点，也是"身心"共参的，此亦可称为"象游"，或者说，这是由前三重"游"的

---

① （宋）姜夔：《白石诗说》，（清）何文焕辑：《历代诗话》，中华书局 2004 年版，第 680 页。

② 《淮南子·原道训》。

有机合成而成就的"游"。"游"并非虚拟且幻化的，而是实在的。因为"游"始终没有脱离"生"的运动，始终围绕着"物"的存在，是"气"的涌动，"情"的串接，在明"理"、显"生"、析"物"的有机合成的"神妙"中显动。我们之所以分析这种"游"，并将其视为艺术审美体验及思维过程，继而把握其特点，阐发其机理，一方面是因为艺术活动的动态（生、物、身、心、情、思之动）特性，另一方面是因为中国古代人对"游"的独特的体验及阐释方式。更重要的或许是因为体认"游"，才能够更为准确、至深地理解生态，把握生态体验特性，并由此而深化及提升艺术体验之思的本质。

第四节　神形：内外兼具与形具神生

神之化必须有形，神性妙合不可离"形"，必然显示出"神形兼备"的存在状态。如果就生态/生命/生存的体验来说，当言及"形"时，实际上就须论及"生"的实在，必须是身体的植入，或不离对身体的言说。这里所言身体，并非仅仅限于人的生命活动的身体，也非限于自然之物的身体存在，同时还指代万物存在，即"万物一体"的有机性存在。因身体作为中介、纽带，是一切连接、转换的枢纽，同时，这一切活动最终要回到身体，跃动身体，抚慰身体。这时的身体，则不限于肉身躯体，人的大脑活动，精神、意识的存在，情感发射，审美感发皆发自身体，又归复身体。

一　神形与身体

我们之所以用身体来表征"形"，是因为这种"生态"言说更符合对"生态/生命"运动状态的表意，也更适宜对人的生命活动与万物有机和谐状态的展示，同时也易于具体的艺术之思及生命体验的过程表达，或者更能够确证"神"的本义及妙造之理。中国文学传统中的"神形"论，主要是由文学作品而展开的，但其展开的宽广度，必然延伸到文学作品"神形"的生成过程中。作品的生成也是转化的过程，是由自然/生态/生命及人的身体有机运动，继而衍化、提升的过程。我们言及神形，仍然需扣紧我们曾反复延伸的气、生及其化的生态运演过程，而这一切又无法别离身体作为生命实在的气、生及其化。

二 神形与"气化"

从生命活动及艺术体验而言，"神"与"形"可以为一内一外，其共同展示了生命活动的显性状态。主内的"神"显然具有统领作用，主外的"形"必然通过赋形，使"神"逐步直观、感性且具备依生而动的状态。《荀子·不苟》云："诚心守仁则形，形则神，神则能化矣。"出于儒家之论，荀子将"神"比作"心"与"仁"，但"形"能够支撑"神"的这种作用，还能够起到"中介"性作用。这就点明了"形"的根本含义，不仅是"生"之形，还是一般的"物"之形，作为实在，作为运动体，必然具有中介作用。这是物与物、物与人、人与物、人与人相互联系，建立多样关系的连接点及中介。自然生态及生命运动过程是这样，人的生命及社会活动网络是这样，即便是文学活动及文学作品的存在也同样是这样。这些有形之"态"作为中介，与外在的一切建立联系，其联系的内在血脉，可以视为"气"。我们也可以认为，这时生命体"能量"的输出与输入亦可视为气脉、血脉。我们似可以说这多重的转换及转化机理为"气化"过程，或者说，是能量交换的过程，用生态学的概念来表述，即为"能流"运行。如果我们认同这种"气化""能流"的合理性，这时的"神"，就不仅是"心"的表征，其作为"形"的内在韵律也必然是"冲气"、蕴"气"的，或是能量流动的，"神"与"形"通联着生命的内在之"气"与"能"。这时"气"与"能"就呈现为生，是生命的存在之"有"，其"形"即为灌注生命之气的"形"；"神"与"形"的合成之"态"，是生命的存在状态，亦为"生态"；"气"充蕴着"神"与"形"的共荣和谐，实际上就是"生态"性的生命存在。《庄子·在宥》云："抱神以静，形将自正。""神将守形，形乃长生。"这就从"生"及生命活动方面说明了"神"与"形"的相互作用。在庄子那里，生命之神与形皆源于生命之气，生命之气关乎着生命体的气聚离散，同时神与形的存在也同样是由气之聚合离散而成就的。故《庄子·知北游》云："人之生，气之聚也。聚则为生，散则为死。"气散，不仅会形散，而且会使神无所依托，那么，"神气"也必然将尽矣。王充《论衡》云："体气与形骸相抱，生死与期节相须。形不可变化，命不可减加。""人以气为寿，形随气而动。""形之血气也，犹囊之贮粟米也。"①《淮南子》有关形、气、神对"生"作用的论述所关涉的形神关系，也从生命存在的本体指出了形与神的生命根基。《淮南子》云："故以神为主者，形从而利。以形为制者，神从而害。""夫精神气志者，静而日充者以壮，躁而日耗者以老。是故圣人将养其神，和弱其气，平夷其形，而与道沈浮挽仰，恬然则纵之，迫则用之。"②在这里，"形"作为生命存在之"舍"，"神"作为其精神主宰，"气"（或为"能"）则是充盈流动的生命存在的内在动力。"气"充盈起来，人的生命活动便有了精神，有了勃勃的生机。

三　神形与"生化"

《淮南子》论神形往往与"气"、与"生"紧密联系着，而其"气"与"生"又总是具体化为"身"的存在，并且也通过对"身"与"体"的分解，多层次地阐释其对神形构成的基础作用。《淮南子》云："形神气志，各居其宜，以随天地之所为。""夫形者，生之舍也；气者，生之充也；神者，生之制也。一失位，则三者伤矣。"③对于这种统领"形"的"神"，《淮南子·精神训》总是给予"精神"的称谓，其地位有时远高于"形"。当将神与形并称时，则赋予其天与地之关系的比喻，显然，这时就能够以整体有机状态阐释"神形"。如云："是故精神，天之有也；而骨骸者，地之有也。""夫精神者，所受于天也；而形体者，所禀于地也。故曰：一生二，二生

---

① （汉）王充：《论衡校注》，张宗祥校注，邓绍昌标点，上海古籍出版社2013年版，第30页。
② 《淮南子·原道训》。
③ 同上。

三，三生万物。万物背阴而抱阳，冲气以为和。"① 这种天地并生的称谓，"神形"的气化、生化仍然出于亘古存在的天父地母之论的拓展。如《周易·系辞上》云："天尊地卑，乾坤定矣。""在天成象，在地成形，变化见矣。"《淮南子·精神训》还对神的主位给予充分的阐释："精神澹然无极，不与物散，而天下自服。故心者，形之主也；而神者，心之宝也。形劳而不休则蹶，精用而不已则竭。"② 这里所言的"精神"，并不单指神性之精神，而是精与神有机合一的精神，而其"精"其实也意在指明神之存在的客观基础，即为气、能、生与化，以及由此而形成的"身"的运动。

四 神形与"形具"

在文学活动中，"形"及"赋形"与有机显神的过程同样重要，因这同是"形具"的过程。《荀子·天伦》云："天职既立，天功既成，形具而神生。"《荀子·解蔽》也云："心者，形之君也，而神明之主也。""形具神生"指出了"形"的作用之重，"心"作为神明及"形"之主、之君，不会自行导入交往、交流及"能量"交换的关系与过程中，必须通过赋形而被实在化、现实化，如若要发挥其作用，同样有"形具"的过程及方法。事实上，在艺术审美体验及艺术作品的形成时，"形"尽管是实在、具象、有形、结构、节奏及有机合成的，但"形具"也并非仅限于这种实在、实相、实象，其有机之状更在于明晰其"无"形之象，也就是"神形"有机合一。故老子言"大象无形"，庄子言"无为无形"。《淮南子》云："神明藏于无形，精神反于至真。"在论"一"时云："其动无形，变化若神；其行无迹，常后而先。"③ 这种无形之形既是天地人的有机"和合"，又是"有无"相生相通的过程呈现。《周易·系辞上》言："形而上者谓之道，形而下者谓之器。"这时"形"既是平衡态，又是具体"物"的所指，但更表明"道"与"器"分野的无形、无性之状。在

---

① 《淮南子·精神训》。
② 同上。
③ 《淮南子·本经训》。

艺术活动中，这种"形具"之状及其作用还需是有情、有意的，其神性与情意作为有机合一体，积聚在身体运动中，成为生命有机活动之态，或者汇聚为生命能量。韦应物有五言诗《对新篁》，诗云："新绿苞初解，嫩气笋犹香。含露渐舒叶，抽丛稍自长。清晨止亭下，独爱此幽篁。"此诗极尽"新篁"之"形具"，从"新绿苞初解"，到"笋犹香"，再到"舒叶"如此悠悠，但诗人言"独爱幽篁"的原因，却不止于"新篁"之形，更在于显化了"新篁"之所以能够成"形"的"生"之理，即所谓生态之理。这就是其随天地自然地生长、变化，由"初解"，由"嫩气"，由"渐舒叶"，如此种种，最终成为参天之竹，而恰恰是这种"生"之理成其"神"，定其"神形"。

在艺术体验中，"神"与"形"应有一个重要题解，即"似"，也可以称为"神形"。当"神"略去虚性及幻象，"形"虚化实在及具象，必然会使两者归一，在你中有我，我中有你中显现有机之状，形成有机整体，即神似与形似。刘勰《文心雕龙·物色》言"文贵形似"，而所谓形似即为不去客观地摄录现实及物象，而是依神之妙赋形，使形有机显神。这既是审美的，也是生态的。

第五节　神韵：自具本然与凝重远致

"神韵"得自于气韵，致力于彰显自然与"生生"之"神妙"。"神韵"较之前述的与"神"接通的各路"景致"，似更有结果之意味，更为接受、解读、欣赏，抑或是批评之用。尽管如此，"神"仍然依据自然与"生生"的律动，而"韵"也必然与自然天地的"化"性之韵律，与"生生"的运化之韵合辙，否则所显示的所谓"韵"将无以通"神"，也不可能显"神"，更不可能有神妙之趣及审美与艺术的"美味"。事实上，在艺术审美体验中，所谓神之气，神之妙及形神气质的有机合一，最终会归位于这种"韵"之态，或者由"韵"而脱出。

一　神韵与气韵

大凡融入审美体验的机理，无非要先运（孕、韵、蕴）气，以

"气"之动而行韵，故融"气韵"。在我看来，气韵与神韵是并行的，是一体两面，或者是一实一虚，即气韵为实，而其"实"是出自"气"与"能"的实在；神韵为虚，其"虚"则出自"神"的虚性及发生之"元"。尽管"气韵"语出画论，但实在是可以用来形容生命活动的基本状态的，更能够用来比称艺术活动的基本特性；"神韵"语出特定境域，往往多言及诗歌创作与接受。南朝谢赫《古画品录》言"气韵"既将其作为美学主张，也运用于实际的批评。对于"气韵"，后人也有言"气运"者，但在我看来，"韵"较之"运"，一者可含蕴"运"，二者更能体现出气与生命运动的节律，三者更展示出艺术体验的审美特点，四者也能最佳凸显艺术的形式构成。在谢赫那里，"气韵"和"神韵"在理论与实践中的称谓有别，其"六法"之首，即为"气韵生动"，在批评时则言"神韵"。故在评述顾俊的绘画时，谢赫云："神韵气力，不逮前贤；精微谨细，有过往哲。"谢赫是将此评述置为第二品，并不为最高，而在论陆机时则评述为"穷理尽性，事绝言象"。在评张墨、荀时，则为"风范气候，极妙参神，但取精灵，遗其骨法"①。显然，在谢赫这里，"气韵"是高于"神韵"的，因"气韵"融扩了理、性、象、气及神妙，即艺术体验中作为基础铺垫及导引的一切先在条件。南朝姚最评谢赫时云："至于气韵精灵，未穷生动之致；笔路纤弱，不副壮雅之怀。"在姚最这里，画的最高境界应是"立万象于胸怀，传千祀于毫翰"②。对于"气韵"，古人大凡在论及书画时，每每不厌论之、写之、采之，或以至法，或以类型，或以手法，但其对于万千气象、对于生命之动的把控及和韵总不离二。如清代方薰《山静居画论》云："气韵生动，须将生动二字省悟，能会生动，则气韵自在。气韵生动为第一义，然必以气为主，气盛则纵横挥洒，机无滞碍，其间韵自生动矣。杜老云：'元气淋漓障犹湿'，是即气韵生动。气韵有笔墨间两种：墨中气韵人多会得，笔端气韵世每匙少。"③ 事实上，这种"气韵"

---

① 俞剑华编著：《中国古代画论类编》，人民美术出版社 2004 年版，第 356—358 页。
② 同上书，第 371、369 页。
③ 同上书，第 229—230 页。

及"生动"的出场，必然推进了神韵、神奇及神妙的生成，或者说，当艺术作品现实化，或者进入接受过程后，气韵就会以神韵来彰显。宋代荆浩《笔法记》论及"神妙奇巧"，其中"神者，亡有所为，任运成象。妙者，思经天地，万类性情，文理合仪，品物流笔"。① 这实际上也道出了由"气韵"到"神韵"的"神妙"，而"神妙"的韵味与奇巧之因何在？ 其必曰，既在物，在自然，在生命的韵律；亦在人，在体验生命的美韵，在人的精神体验的"奇巧"。徐复观更强调了"神"对"气韵"的作用，他说："气与韵，都是神的分解性的说法，都是神的一面；所以气常称为'神气'，而韵亦常称为'神韵'。"② 显然，审美与艺术之妙、之韵律，万不可刻意去造，而必须由自然的"天工"化成。邵雍的诗《善赏花吟》，就对这种"神"之状给予形象比喻，诗云："人不善赏花，只爱花之貌。人或善赏花，只爱花之妙。花貌在颜色，颜色人可效。花妙在精神，精神人莫造。"③

二　神韵与情韵

文学艺术离不开情，其中的蕴（孕、运、韵）情及发抒情意，不是简单地迸发喜怒哀乐之情，而是融"情"于"韵"，或者是以"韵"节"情"，我们可称为"情韵"。但这不同于"发乎情，止于礼仪"。我们之所以称以"韵"节"情"，就在于"情"生于"韵"，形于"韵"，限于"韵"。这时的"韵"并非限于诗文的形式格律之韵，而且有生、生生节律运演的气韵、神韵。这就使得"情"必由"气"而生，且生于身体存在，其基础仍然是"气韵"及生命之动。倘若无"情"，"气"将会是凝固的实在，无法融"生"，也无法植入审美体验，亦无法显示"神"。"气"只有融情、孕情，方可造就"神韵"。对于"情"的阐发，是中国文学艺术传统的一种颇具特色的体验方式，也是品评、议论言说的主要话语滋养。事实上，古人言

---

① 俞剑华编著：《中国古代画论类编》，人民美术出版社2004年版，第606页。
② 徐复观：《中国艺术精神》，华东师范大学出版社2001年版，第106页。
③ （宋）邵雍：《邵雍集》，郭彧整理，中华书局2010年版，第344页。

"情"，并未孤立论"情"，而总是在情与物、情与景、情与境的有机交融中言"情"。由"气韵"到"神韵"不可别离"情韵"的中介环节，并且"神韵"最终形成必然是"气韵"与"情韵"的有机合成。清人翁方纲对人们评述渔洋诗提出异议，云："神韵者，非风致情韵之谓也。今人不知，妄谓渔洋诗近于风致情韵，此大误也。神韵乃诗中自具之本然，自古家皆是有之，岂自渔洋乎。"① 但翁方纲也未否定"情韵"的存在，何况"情"怎能别离自然之本，游离于身体之外呢？"诗中自具之本然"，无情则无然、无韵。"神韵"在清人那里既是一种时尚，还被提到了至高的境界。应该说，王夫之论"情"是较多的，似乎他有着特殊的融情的"情结"。王夫之体"情"总是融入对具体诗性体验的过程，并含蕴着对神、对化、对生，以及对情与景的共融抒发，因而其对情的体认及把控具有可信度。王夫之云："人情之游也无涯，而各以其情遇，斯所贵于有诗。""含情而能达，会景而生心，体物而得神，则自有灵通之句，参化工之妙。若但于句求巧，则性情先为外荡，生意索然矣。"② 在不同艺术类型及不同的艺术主体那里，"情"的表达及情韵的孕聚方式是不同的，或直接，或凝重；或挥洒，或含蓄；或狂放，或隐约；或刚烈，或柔润；或悠远，或摄魄；或体悟，或凝思，如此种种。不同之情的输出输入与主体内存的"气"（能）与"生"的流动方式及节奏有别，因而会产生不同的情韵，继而创生出不同的神韵。清袁枚《续诗品·神悟》云："鸟啼花落，皆与神通。人不能悟，付之飘风。惟我诗人，众妙扶智。但见性情，不著文字。宣尼偶过，童歌沧浪。"③ 神悟需"众妙扶智"，此处之"妙"即为"鸟啼花落"之万物一体所成就的共生共荣之态。所谓神韵必然出自于此，并且是情意融融畅扬于此。在文学艺术体验中，所谓"悟"，必须是融情之悟，离情不可能有彻悟。清代况周颐《蕙风词话》云："填词先求凝重。凝重中有神韵，去成

---

① 胡经之主编：《中国古典美学丛编》，凤凰出版社 2009 年版，第 102 页。
② （清）王夫之等撰：《清诗话》，上海古籍出版社 1978 年版，第 3、14 页。
③ 同上书，第 1034 页。

就不远矣。所谓神韵，即事外远致也。"① 融情的情态多样，欲求深远，必存凝重，而这种"远致"之态也得以彻悟出至深之理。

三　神韵与形韵

神韵曾出于人物品评，其注重了人的外形所显示的气质及风致情韵，其中也含蕴着人的智慧及学识，实际上显示的就是形神兼备。明代王世贞《艺苑卮言论画》云："人物以形模为先，气韵超乎其表，山水以气韵为主，形模寓乎其中，乃为合作。若形似无生气，神采至脱格，则病格。"② 明代胡应麟《诗薮·外篇》云："诗之筋骨，犹木之根干也；肌肉，犹枝叶也；色泽神韵，犹花蕊也。筋骨立于中，肌肉荣于外，色泽神韵充溢其间，而后诗之美善备。犹木之根干苍然，枝叶蔚然，花蕊灿然，而后木之生意完。"③

这种对神韵及形韵的诗意性阐发，仍然沿用中国古代人所惯常的表达方式，即借力于自然生物的物性形态及特性，又与生命动态及运行节律合辙；既是对诗意体验及创生的审美阐发，也是对生命、情意的生态体验。尤其对"形"的体认，古人往往以自然之物的形与质作比，形象而直观，富有视觉感、动感及有机状态，富含"生"与"韵"的节奏及"然"，也是"万物一体"、天地共生的生态智慧的延伸。这就使神韵体验包孕着生态意味，即便是在对前人的诗品与情意的体验中，也总是选取其表意自然物性的作品及诗句，来表达这种诗性及神韵。尽管清人论诗有主观化、精神体验化的倾向，但在王夫之、翁方纲等对"神韵"的解读中，却也充分肯定了自然及物的实在性、本然状态。他们肯定了神与形的关系，也借力于自然物性与物形，融入生命意味的绘制、体验及阐发，这显然已具生态之思及生态体验性。翁方纲言："神韵者，是乃所以君形者也。"④ 翁方纲还将神

---

① （清）况周颐：《蕙风词话》，唐圭璋编：《词话丛编》第5册，中华书局2005年版，第4409页。

② 俞剑华编著：《中国古代画论类编》，人民美术出版社2004年版，第115页。

③ （明）胡应麟：《诗薮》，上海古籍出版社1979年版，第206页。

④ 胡经之主编：《中国古典美学丛编》，凤凰出版社2009年版，第102页。

韵与格调综论，以显两者的异同。就翁氏之论而言，格调显形，而神韵居内，因而他认为，气格高者，是以神居，而非以貌显。但无貌又何其显内、聚神呢？翁方纲言："神韵者，格调之别名耳。虽然，究竟言之，则格调实而神韵虚，格调呆而神韵活，格调有形而神韵无迹也。"① 翁方纲所言神韵为格调的别名，意出王渔洋，翁氏曾在多处言及了王渔洋将神韵与格调并称即合成："渔洋先生所讲神韵，则合丰致、格调为一而浑化之。此道至于先生，谓之集大成可也。"② 事实上，不仅神韵与格调本身并非一致，即便在翁方纲的论述中也表现出两者的差异，而其相异之处就在于这种内外、形韵及神形的有机连接。由"格"而显"形"本身是有层次的，一般说来，可有内形与外形，古代文人已经对此有着较深的体认了。清代薛雪《一瓢诗话》云："格有品格之格，体格之格。体格一定之章程，品格自然之高远。品高虽被绿蓑青笠，如立万仞之峰，俯视一切；品格低即拖绅缙芴，趋走红尘，适足夸耀乡闾而已。所以品格之格与体格之格不可同日而语。"③ 就薛雪所言来看，高远的"品格"主内，制章程的"体格"主外，但"神"却不唯"品格"而就，理应是两"格"有机一体；是以"生"而促动，跃动"体"，丰厚超越性的"品"。

"神"的意蕴极为丰富，"神性妙和"的内涵也甚为丰富和深沉。古人不论从哪种意义及角度论"神"，都是通过"穷神"而传神，继而畅神，其生态意蕴也在其"穷"与"传"的畅扬过程及有机状态中传达，显"化"，进而显示其诗文之"厚"。清代贺贻孙《诗筏》称这种"诗文之厚"，必须"内养"。显然，这就不可能别离"生"，也不可能祛"生"之运行的过程及多样，由"冲气""能流"及"生"之韵而养与传，必然在有机关联中显"神"。贺贻孙云："所谓厚者，以其神厚也，气厚也，味厚也。即如李太白诗歌，其神气与味皆厚，不独少陵也。他人学少陵者，形状庞然，自谓厚矣，及细测

---

① （清）王夫之等撰：《清诗话》，上海古籍出版社 1978 年版，第 285 页。
② 郭绍虞编选：《清诗话续编》，富寿荪校点，上海古籍出版社 1983 年版，第 1427 页。
③ （清）王夫之等撰：《清诗话》，上海古籍出版社 1978 年版，第 695 页。

之，其神浮，其气嚣，其味短。书孟贲之目，大而无威；塑项籍之貌，猛而无气，安在其能厚哉！""诗文有神，方可行远。神者，吾身之生气也。老杜云：'读书破万卷，下笔如有神。'吾身之神，与神相通，吾神既来，如有神助，岂必湘灵鼓瑟，乃为神助乎？老杜之诗，所以传者，其神传也。"① "神"显现出人与自然的生态有机关联，并非不期而遇，而是"生"的必然，更是亘古永驻的生态交往及交流。石涛称是一种"神遇"，其中"遇"是必然，"神"也不是偶然，都是人与自然、我与山川之能量互换的必然。《石涛画语录》云："此予五十年前未脱胎于山川也，亦非糟粕其山川，而使山川自私也。山川使予代山川而言也，山川脱胎于予也，予脱胎于山川也。搜尽奇峰打草稿也。山川与予神遇而迹化也。"② "神遇而迹化"足可以道破"生"与"神"的一切蕴含，人与自然、予与山川生态有机之"化"不能是斧凿，而是水乳交融的互渗，其为"神"。

中国文学延伸及升华了艺术的"神性妙和"之境，在言说韵与律、象与意、形与神的有机合成中，化通对"生"的有机—过程性的"本真"体认。这时"神"性的作用及意义被放大，被深化，且能够合理地体现出中国文化及文学艺术的生态与审美的风貌。

---

① 郭绍虞编选：《清诗话续编》，富寿荪校点，上海古籍出版社 1983 年版，第 135—136 页。

② 俞剑华编著：《中国古代画论类编》，人民美术出版社 2004 年版，第 153 页。

构建篇

第十一章　多向整合：有机共存的生态批评与中国文学传统

　　生态批评与中国文学传统的对接、整合，有合而归一的三条路径：一是生态批评中国化路径；二是中国文学传统现代生态转换，在植生新的蕴含、呈现价值增值中走向世界；三是生态批评与中国文学传统融合、整合，进而探究人类生存的新路径、新境界。这其中生态批评不仅会在中国化的行程中被极大地丰富，而且中国文学传统在现代转换中与生态批评的接应也会焕然一新。这种"间性"交往与整合不仅会使中国文学得到价值增值，而且会在其中发现中国，畅扬中国文化，使中国文化走向世界。中国必然在"生生不息"中，不断地创生新质，使之产生极大的"人类效应"[1]。成中英有言："中国文化的现代化与世界化的中心思想是：自觉地融入世界，但却运转如道之恒动，动而愈出，以至于生而不有，为而不恃，长而不宰。这也是中国文化世界化的最精义与最高境界。"[2] 这种"精义"及"境界"

---

　　① 我这里所言的这种"人类效应"可有几重含义：一是延展普惠性。人的活动理应创制自身优质化生存的条件及福祉，但更需惠及地球上每一个作为生命个体而生存的人。二是通达共识性。包括对地球作为家园，对"万物一体"，生生化育的共识，以及由"生"连接的人类生存交往有机性的共识。三是直视未来性。人需要以丰富的未来性视野，构建代际融通，促发现代人的警醒，自身的活动必须惠及子孙后代。四是输出有机性。作为生命有机性存在，人的活动必然回馈地球家园，能够将人的"劳绩"成果同人的活动息息相关的有机与无机，有生命与无生命的一切存在共享。五是疏通永续性。引发地球人不仅认识永续性，更需认同及体验"生生"运演的节律性，因"律"不可变异，"律"成"韵"会成美，人类需自我疏通，且依"律"、行韵而至永续存在。

　　② 成中英：《论中西哲学精神》，李翔海、邓克武编：《成中英文集》第1卷，湖北人民出版社2006年版，第72页。

必然会惠及全人类，这不仅是中国文化展示自身的世界性及人类性的有效路径，而且是回馈地球家园的必经路途。

<h2 style="text-align:center">第一节 "和而不同"：随"波"
逐"流"而合</h2>

生态批评已经在中国大地上开花结果，中国学者将其与中国文学传统融合也取得了诸多成效。作为一个"走向太阳"的学术观照及文学实践领域，明晰生态批评与中国文学传统何以能够整合，且达有机共存，这是接下来的重中之重，也是一个重要的路径选择。在我看来，路径选择包括了即成性与可能性两个方面的含义。即成性主要是指生态批评产生以来所体现的特性及整合性，包括体验对象的整合、思维方法的整合、理论视野的整合及多学科整合等，当其与中国文学传统兼容、整合，不仅会充蕴着各方的特色，而且会创生新的概念、范式、体系及价值判断系统。可能性则是指生态批评在自身发展的过程中，在完备学术立场、批评实践、践履社会义务、守持人类责任等方面应该具有的整合的可能性。

一 路径展示之"波"与"流"

生态批评的中国化历程，已经被诸多的中国学者注入中国文学传统的滋养，这就印证着它被不断丰富、确证及魅力化的事实。作为事实性存在，生态批评之中国化路径，理应汇入布伊尔等所称的"波"，或"浪潮"流变之中。这其中既含蕴着学理性，更呈现出现实性；既有文本、学术思想的译介及评述，也呈现出历史性演进的路径；既有依照生态批评的思想、观点及方法解读中国现当代文学作品，并构建历史脉络的实例，也有以此观照中国古代学术思想、文学现象的研究进向，更有将中国文化世界化，使其"精义"成为人类的共有滋养。

2009 年 11 月，"生态批评的未来：新的视野"首次生态批评国际学术研究会在土耳其举办①，土耳其哈希坦普大学色普尔·奥伯曼教授发表"生态批评的未来：第三波"的演讲。程相占介绍说，奥伯曼认为，"最近的生态批评理论主要关注场所、新生物区域主义和地球行星性等"。奥伯曼倡导"生态哲学的后现代理论"，并认为"这种理论构想可以为我们提供更加富有生态取向的讨论策略，能够终止存在领域的本体论分隔而走向一种综合的现实模式"。程相占提出了自己的观点，他认为，目前国际学术界似乎存在着两种不同的"生态批评"。第一种可定义为"在全球性环境危机意识激发下，对于文学与环境之关系研究"的"生态文学批评"；第二种是"采用生态意识和生态视角对各种文化现象进行评析，侧重考察某种文化对于自然的态度以及对于环境观念的文化构建"的"生态文化批评"。程相占认为，奥伯曼的"生态批评"则属于第二种，是偏离生态批评之原发意义的。他还认为，生态批评的第三波应该是"生态文艺美学"，并明确"针对国际学术界偏离生态批评本义的第三波，针对文艺美学的当前困窘和发展前景，我这里提出'生态文艺美学'来回应'生态批评的未来'这个前瞻性问题"。程相占还明确表示："综合吸收文艺美学和生态批评而产生的'生态文艺美学'这种新理论形态，将通过'由外到内→由内向外→由外到内→由内向外'的'良性阐释循环'这一学术思路而得到健康发展。"②王诺则更倾向于生态批评向生态美学的跨越，他说："生态批评家目前已经探讨了处所的审美生态区域的审美，荒野等原生态景观的审美，家园的审美特别是寻找和回归家园的审美经验，生态的存在或'诗意地栖居'的审美，破坏自然现象的审丑，初步论述了生态批评在评价生态审美和生态的艺术表现方面的自然性原则、整体性原则和交融性原则。"③事实上，生态批评是走向生态文艺美学，还是生态美学，这并不矛

---

① 此语出自程相占《生态批评第三波：生态文艺美学》，《中国社会科学报》2010 年 2 月 11 日第 11 版。

② 程相占：《生态批评第三波：生态文艺美学》，《中国社会科学报》2010 年 2 月 11 日第 11 版。

③ 王诺：《生态批评"跨"向何方》，《中国社会科学报》2010 年 2 月 11 日第 11 版。

盾，实际上也是归一的，只是学者们在表述方式，或者是在外延拓展方面有所侧重罢了。生态批评与美学结缘是必然的，因其最为重要的美学资源是文学艺术，而且方法主要是在生态境域中探究文学艺术的生态美学特性。

斯洛维克也有生态批评已经行进了"三波"的说法。在他看来，"当前生态批评潮流之一是把环境展望应用到地方文学或者从跨语言和跨文化的角度比较文学文本"。他是在2009年开始使用"第三波"这个术语的，在2010年发表的《生态批评的第三波：北美学者的思考》一文中，他归纳、阐释了"第一波"和"第二波"生态批评的主要特征。近年来，在接受中国学者的一次采访中，斯洛维克也谈到了"三波"生态批评。他认为，生态批评的第一波始于1980年，非虚构性文学"自然书写"是其主要关注视点；第二波涵盖了多个流派，甚至涉及流行文化，有人称作"绿色文化研究"，这时的批评视野既覆盖城市和郊区，也波及乡村和荒野。对于第三波生态批评，斯洛维克说："其一，从地域上，以乌苏拉·海塞的生态世界观和汤姆·林奇的鸟巢式生物区的新生物区域主义为代表，在关注地域上有不同概念的融合和冲突，既重视地方生态环境，又重视全球生态环境；其二，生态女性主义越来越关注女性的实际环境经历、体验和女性的实际生存状态，还出现了新兴的物质生态女权运动和多元性别理论，包括生态男性主义和绿色男同性恋理论；其三，'动物性'研究的理论性和系统性催生了进化论生态批评、动物主体性、素食主义、非人物种的公正、后人本主义等理论；其四，生态批评也开始了对自身的反思，更加注重自身的实践意义，出现了约翰·菲尔斯蒂纳利用诗歌与自然对话、为自然代言的生态行动主义，等等。这些动向表明，承担领军角色的美英等国生态批评在新世纪正在向深广方向发展，正在走向成熟。"① 看起来，斯洛维克关于"波"的理论，与布伊尔的说法不同，斯氏的"三波"并非限于时间的流程，而且具有

---

① 苏冰：《温暖的生态海洋：自然·环境艺术·生态批评——斯科特·斯洛维克教授访谈》，《鄱阳湖学刊》2013年第3期。

并行的特点，或者呈现出时空交错。但"走向成熟"的生态批评作为人类共同的"事业"，则必然植入跨文化、跨语言及跨民族的内容，显然，这就不仅仅限于欧美等国了。对这样的问题及现象，斯洛维克与布伊尔的观念，尽管表述方式不同，但其内里是相同的。

布伊尔说："我对未来生态批评趋势的最后想法可能更加一厢情愿，特别是考虑到本文对非英语世界的生态批评论著的讨论是如此匮乏。随着生态批评继续传播到原初盎格鲁——英语母语基地之外的地方，批判语汇之间的互传播问题也将相应地变得更加突出。""如果要完全发挥其潜力，该项目和诸如此类的其他项目就必须超越美国主义，超越其盎格鲁——英语母语中心，尽管英语乃是今日世界的共通语言。21世纪地球和世人所面对的多重环境'危机'需要有规模的传播交流能力，不仅意识到共享的问题，也同时认识到文化的特殊性。就这一点来说，我们仅仅刚开始培植必需的语汇。"[①] 如果要补充斯洛维克与布伊尔的表述，那么，生态批评与中国文学传统的融合、整合必然会成为其重要内容，会不断地创生出新的理论视阈、学理方法及实践境域，更会助推这种"波"的繁盛，以期造福人类。

二　"跨"的场域与生态批评的走向

历时性路径不仅需要这种共时性"跨"的场域及"地方"性，而且须具有未来性展望的视野。当中国文学传统在这种"跨"的场域中，借力于生态批评而汇聚现代转换的意义，植生新思想、新内容，并衍生新的学术及学理方法时，自身就会得到丰富，也必然会为生态批评注入新范式、新"语汇"、新内涵，添加丰富性及特殊性。更重要的是，她能够使生态批评更加接近自然/生态/生命及审美节律状态，甚至对二十四节气、四季、昼夜转换、田园风致、山水情结、高致情境、天地境界等会有润物细无声的接受。

---

① ［美］劳伦斯·布伊尔：《生态批评：晚近趋势面面观》，孙绍谊译，《电影艺术》2013年第1期。

　　我们是否可以这样认为，中国文学传统基于现代转换，置于跨文化境域，尤其是古代人对天地自然，对生及"生生"的智慧表达，古人那种特有的生命、情意体验方式植入且丰富着生态批评，这时生态批评的第四波、第五波从学理构建、批评实践到全方位的外向辐射是否会如火如荼呢？这既是我们的期待，也是中国文化及文学传统之生命力得以放射的重要路径。这显然是为人类整体献力，尤其是为跃动生态/地球家园的人类智慧注入有机体验的元素。中国文化传统资源中丰富的生态智慧意涵、情意体验方式皆具有可操作性，同样具有人类性，这表明她需要世界，实际上世界也需要她，因而她必须走向世界。中国文化与文学传统要走向世界，还需重新发现，并且当其用新的方法及审美体验方式，梳理其浩繁丰富的资源时，有些是需要被重新确证的，并需开掘出新的意义；有些文本、体式也需要给予新的解读及阐释。然而，这里所言的"新"主要是我们必须观照的"生态"思想。在这种新"场域"里跋涉，并成就新的"波"，这既需破解"生态"难题，也是一个实践"难题"。这一方面需要我们的自我认同，确立自信心、自信力，又需要我们悉心去做文学活动及文学之外的诸多事情；另一方面，需从观念确证、方法延伸及信心强化等方面，从正义寻求、公平设置、代际关注、全球关怀等方面，全面、整体、有机地介入。显然，这还不能像有的学者那样简单地指涉、认为这就是指解决"自然"问题，或者说是人与自然的关系问题，甚至只是关涉发展与保护的"瓶颈"问题，而忽略其整体性、有机性的人自身的问题，需要明晰人何以能够在生态条件下有机生存的问题。同理，中国文学传统要在"跨"的场域中立根，更需要解决我们自身的问题，需要有扎实而具体的行为掌控。王晓华说："汉语批评家更倾向于以生态/自然的名义说话，常常不自觉地陷入代言者悖论：吾非自然，不能以自然的名义说话；我们是代言者，为自然说话是我们的义务。从总体上看，大多数中国生态批评家还没有意识到这个悖论，仍然习惯于前反思性地为自然代言。""中国生态批评家习惯于以生态、自然、宇宙的身份说话，以'为生民立命'和'替天行道'

的激情'重建宏大叙事，再造深度模式'。"① 我们所言的这种"跨"，
远不是王晓华所评析的这种欲为自然、生态代言的自大的人类行为，
而是切近事实。我们从文化融通的可能性及必要性方面启程，走进人
类生存与发展的现实，继而思考何以能够"跨"，且如何"跨"。

　　我始终认为，"生态"问题的"难度"只因它离不开人的问题，或
者说是人的生存问题；离不开对人何为，人的未来何为的解析；关乎
人的文化进向何如？人何以能够表达自我关怀及对地球的关怀及寻思？
我们解决"生态"问题实际上是在探究人与"万物一体"，何以能在生
态条件下优化人的生存问题，应该说，这是每个地球人作为生命个体
存在能否得以生态生存的问题。这首先是形而下的，但我们却需自下
而上地将人类现实遇到的生存困境，给予理性层面的提升及科学性的
认识和反思，从中认识人类永续存在的机理和运行节律。当将其置于
形而上的学理层面进行全方位观照时，则需要人类整体（历史与文化，
地域、地方与国家、民族与种族，等等）的资源、滋养的"大荟萃"
"总动员"，需要兼收并蓄。当这种生态生存观及"多样"指向同"生
态"与批评，乃至文学活动相连接、融合时，就会在现代条件下展示
其建设性价值，发挥修补、补偿、再生、增值效能，且不断地被放大，
以作用于人的生存活动及永续发展。这种综合效应同样会作用于生态
批评与中国文学传统的对接及整合，使价值及其整合、融合既基于当
代性，更须蕴聚永续性。而生态批评的"波"与"流"理应沿着这样
的观念去行实践策略，去增加价值含量，但这并非单个的事情，也非
各个国家与地区的事情，而是全球的事情，是整个地球人的共同家事。

　　布伊尔在一篇讨论晚近生态批评发展趋势的文章中写到了"生态
批评的'未来可能走向'，并描绘环境正义修正主义以社会为中心的
旨要，与新浮现的生态批评论著中两条路径的吻合"。第一条路径是
美国生态女性主义者史泰茜·阿莱莫"身体的环境建构性"。他进一
步明确说："生态批评对边缘社群的关注将其与第二条路径相连，即
后殖民环境主义。过去五年来，生态批评和后殖民研究的整合有较强

---

① 王晓华：《中国生态批评的合法性问题》，《文艺争鸣》2012 年第 7 期。

的增长趋势。"布伊尔还谈道："发生中的跨界滋养的未来准确路径究竟为何仍不得而知，但有两点似乎很明朗：首先，关于第一世界生成的生态批评模式究竟在何种程度上能应用到发展中国家的争论仍会继续；第二，与之相关的是，非欧洲中心的生态批评会激发新的框架和词汇，丰富和重新思考生态批评的范畴。"① 生态批评之"波"的进向及融合、整合特性不是一种固定的结构，在其守成本体论建构原则之时，在其生存论的观照视野中，必然拓展与辐射出它的活动的、动态的功能性及过程性，以展示其不断生成与完善的机能。

三 中国文学传统在"波"流向中的作用展示

生态批评的"波"与"流"借力于中国文学，通过"激发新的框架和词汇"，构建学理系统，继而趋"和"与"合"，应该是可行的，也是必要的，但这又是多重且复杂的。这样说是对"异"而"和"，且又由"和"而显"异"的把握所至，尽管表现"和而不同"，但又要趋同，是困难重重的。这里，我们同样可以从历时与共时两个层面来思考。

（一）历时层面

在生态批评方面：一是生态批评创生的历史机缘以及在西方文学传统地位上的体现；二是生态批评对文学活动的延伸和由内而外的拓展，且能够凸显文学活动书写自然、生命的本来状貌；三是生态批评为人类活动何以能够在生态条件下生存所给予的形象绘制、记述及其评价；四是生态批评不只是在当代产生，其指向性也使其蕴聚着未来性。在中国文学传统方面：一是传统本身就是一种历史性存在，是时间的流变。文学传统使历史存在的传承更为久远，流变更趋耐性，是再生性及价值增值能力更强的人类活动方式，是被历史淘洗、筛选的文学精华，在不同的时代不仅会发扬光大，而且会被赋予诸多新的内容，甚至会发生重新阐释，重新建构观念的事情。二是中国文学传统从学理层面到创作、文本层面，其特性是异常明显的，其朴素的有机

---

① ［美］劳伦斯·布伊尔：《生态批评：晚近趋势面面观》，孙绍谊译，《电影艺术》2013 年第 1 期。

性，对生命体验及人的生成方式的经验性揭示，使其在文学发展及放射力的拓展中会体现出无尽的生命力。三是中国文学中这种体验性本质，对生命、情意、德性的极尽挥洒，对人的身体、心灵、情感的投射及冲击，具有极大的普泛性，也具备人类活动的共通性。四是中国文学体验释解着中国人的生命、审美、德性、境界生成及日常生活，而且会不断地在全球范围内获得共识。

（二）在共时层面

在生态批评方面：一是"生态"存在的必然性，生态与环境的基础性，环境问题与人类生存与发展的直接性，使得在这种条件下产生的生态批评自面世以来就不可能是独立于某个国家及地区的，而是必须迅速辐射并在全球传播、流布的。二是鉴于文学活动对人的现实生存及精神心灵作用的广延性、普泛性，对人的情感体验及生命活动影响的共融性，对爱意表达的直接性，其审美接受的一致性也是极为明晰的，当文学在现代条件下植生新的内容及体验方法，并与生态和环境结缘时，其生命力及影响力既是需要的，也必须是跨国界、跨地域及跨文化、跨民族的。三是就生态批评的学理方法而言，作为由内而外的文学活动现象，它也使得生态批评成为一种外向性批评活动，其外向性指向不仅仅局限于人类活动自身，而是须辐射或者直接指陈地球家园、万物生命、人的生存及万物相互间的一体共融，更须思考人的活动何以能够助推这种共融性，并且由此产生互惠互利的效应。使其随着生态主义的演进，不只是简单地指涉环境，而是须辨析"中心性"，反思且批判人类活动的过度性，找寻未来行进路径，这一切又需在地球有机体中实践，同时也是生态主义方法的实践。

在中国文学传统方面：一是中国文学生成于中华大地特殊的土壤中，在其特殊的生产方式、生活方式及文化存在方式中不断发展，在这种土壤中生成的文学，必然有其自身的特点，其"悟道"、畅神、明德、穷理、融情、神韵、境界性的体验方式，对自然、人生、德性及心灵的独特的感悟方式，最能够与人的心灵及人格塑造相联通，具有至深的审美体验性及广泛的人类性，因而最易于在全球传播及流布。二是中国古代人对自然、对生命及对美的特殊的感悟、理解方式，尽管呈现出非逻辑性，也不寻求概念的确证，但却能够植入生命及人的心灵深处，去体认自然及美，而这种体验性特点理应是世界所需要的。用成中英的"中国文化的现代化与世界化"的说法，这表明世界需要中国人的审美及美的体验方式，需要其对自然、生命及情意的悟解、妙造方式，需要其对自然之"然"的觉解方式。同理，如果中国文化要明确地确证自身，要信心备至，并给予学理性的表达，使之蕴"情"，更通"理"，的确需要西方的概念与逻辑、实证与思辨，以及对万物实体存在及对"真"的实在性的把握方法，甚至须利用其对自然的求解路径，对荒野、对环境的抒写策略。三是生态批评产生，并在国内不断繁盛，其基本理论研究及文本批评也已取得诸多成就，其批评的审美化、现实化，对人的生命及生存活动的关注也使其体现出有效性，尽管其学理操作的路数基本上是西方化的，但这并未影响诸多新思想、方法及批评路径的产生，并且对诸多学科的渗透、参与，也使生态批评越来越展示出生命力。

新世纪以来，生态批评与中国文化及文学传统的嫁接及再造所取得的骄人成就，可以印证斯洛维克的描绘："生态批评的研究可谓深似大海，如果你仅仅伸进脚趾探探其深浅，可能会深不见底。不要担心，这个大海的水很温暖，你尽可在里面畅游。生态批评是人文科学最有活力和最急迫发展一个研究领域，它也能给人们的生态意识提供富有教益的启蒙。"① 借此，我们也可以说，中国文化及文学传统之优长在未来的境域中得以发扬，充分展示其活力，就需要不断注入现代的、知性的元素，使其丰富和繁盛。

第二节 "生生不息"：环绕有机性世界观而合

有机性世界观导引着对生命有机—过程性的认知和体验，亦可称为是"生生不息"的世界观。生态批评以文学活动为领地，体认且

---

① ［美］苏冰：《温暖的生态海洋：自然·环境艺术·生态批评——斯科特·斯洛维克教授访谈》，《鄱阳湖学刊》2003 年第 3 期。

阐释自然／生态／生命的有机—过程性，当其以有机性来显化人的生存问题时，其守成的世界观也必然是有机性的。

一　有机性世界观之"特性"

有机性世界观映衬着"生生不息"，观照"生"及"生生"之"态"的世界观，"生"的有机性活动，万物之生的交往、连接及互为转换，其能量的交换关系呈"色彩斑斓"状。这就使有机性世界观必然成为生态世界观，是一种系统整体性及生成性、有机性的，是唯物辨证统一、联系与发展的世界观，其内里主要由生命的整体有机性、循环过程性、多样共生性、结构复杂性、运演永续性而呈现出生态存在。余谋昌在评述美国环境哲学家科利考关于有机世界观、生态世界观及系统世界观三种说法时认为，这三种称呼是一致的，可统称为有机论世界观。他指出："由于生态系统是有机整体，同时生态学整体性观点，也就是系统观点，也就是有机论观点，因而这三者具有一致性。"[①]

二　有机世界观之"根脉"

有机世界观之"根脉"在"生"及"生生"，我们探究其学理内涵必以"生态／生命"存在为"根"，且需以探究人何以能够在有机条件下生态性生存为"脉"。所谓"生态存在"，实际上是由"生态／生命"存在及生存活动而融括的有机—过程性来显化及展开的，这在中国智慧中多有展示。在中国古代人那里，"太极"之生与易变，或老子的"道生"与"道法"的转换、递进节律，庄子"天地与我并生，而万物与我为一"的有机感悟，宋明学人那里的"天地万物为一体"的学理规定及建构，等等，亦成为这种有机性世界观的形象绘制，也是古代中国学人们给予"生态存在"以直观、形象、情意及确定性的表达。在中国古代文化与文学活动中，艺术与美的创造所含蕴的"生生"及情意体验对自然（山水、生命及多样化的生物）表现出浓郁的生态"亲和"性。中国古代人对自然有着天然的情谊，

---

① 余谋昌：《生态哲学》，陕西人民教育出版社 2000 年版，第 97 页。

其情感投射及亲和力表达往往超过了与自然相对立的认识性理解，这与古人守持的朴素的有机性世界观是一致的。应该说，这种朴素的世界观尽管不以理性、思辨性见长，但却更含"生态/生命"及审美意味，也最适宜于生态艺术体验、生态艺术创造，乃至生态批评。从本书的多重言说中我们可以看到，中国文学传统中这种人与自然一体化（"万物一体"）的思想，加之对万物生命的情意认同及审美体验方式，不只在古代，即便是在现代仍然能够影响人们对自然、生命及生存方式之生态蕴含的理解，左右人们如何认识文学艺术的生态性质，调适人们对生命及艺术的生态审美体验，也能够有效掌控人们对生态性生存节律的把握。这不仅成就了那种蕴积生态整体性与生命有机性的审美创造方式，作为一种人类滋养而体现出永久的生命力，而且对接通生态批评，且融合与构建汇聚人类智慧的作用是不可低估的。

三　有机世界观之"延伸"

有机性世界观并非凭空产生，也非仅仅生成于 20 世纪人类的过度活动，而是有其历史与逻辑传承及延伸的。因而这也是古代朴素的有机论世界观，近代机械论世界观的辩证否定，并呈现出历史生成性及整合包容性的世界观，既聚合时空构建，又能演历历史与逻辑的一致性。有机性世界观可以引领人类去合理认识"生态/生命"有机状态之作用，认识何以能够有"万物一体"之存在，且会深度影响在其中活动且驻留的人与万物，助推着人的生态实践。除了其历史性"延伸"之外，构建有机世界观是地球人活动的必然，这是一个地球人生命存在及能否得以优化生存的必然，这不仅有其引领、导向性，而且具有实践性。因为，只要我们不脱离生命活动，必以跃动着的身体而展开生命活动的一切一切，那么，我们就必然跃动于有机性，其生命活动必在有机—过程性中展开，显然，作为一种规范、导向，有机性世界观必然渗透着身体存在的每一个细胞。

四　有机世界观之"融通"

生态批评与中国文学传统相互间理应坚守有机性世界观，但又必须是行动和实践的世界观。有机性世界观既能够通过文学活动呈现出生态还原，又于其中呈现出生态融合的世界观。我们由文学活动和文学研究而展开对有机世界观的认同和观照，还需通过文学活动及文学研究来展开一种还原，但却不是驻留于对一般生活世界的还原，也非指单纯回到自然躯体及人的动物性存在，而是观照其还原生态世界的本来面目；如何能够启悟人们深度体验"生"及"生生"，以期掌控人在生态境域中生存的本来状况。"还原"必然推演到"融通"，我们已经多方面论及了"融通"问题，本书的中心意旨正在于观照"融通"问题。在此，我们还是回到中西方的跨文化交融中，通过文化及文学的融通来进一步认识有机性世界观，或者是以有机性世界观进一步推进这种"融通"。事实上，生态批评与中国文学传统融合的路径：一是围绕有机性世界观而构建自然、生命及审美体验策略；二是在文学境域中成就内向与外向相交织的文学活动。我们同时须明确，中西方融合的新形态借力于文学现象，使文学批评建立的生态观念也融入汇聚反思性及建设性的社会—历史批评和文化批评中，因而其学理特点必然是综合性的。其生态融合性（显然包括中西方一般性的文化交融及生态批评与中国文学传统的融合）文学活动作为"生态/生命"的有机体验方式，作为现实实践及人的生态性生存活动方式有其更广阔的视野。

有机世界观必然是"践形"着的。这不仅要助推人们建立生态观念，完备生态/环境意识的自信，而且须"践形"生态/大地伦理，因而也是行动着的世界观。利奥波德说："土地伦理是要把人类在共同体中以征服者的面目出现的角色，变成这个共同体中的平等的一员和公民。它暗含着对每个成员的尊敬，也包括对这个共同体本身的尊敬。"① 这里使用"践形"，而没有用"践行"，主要是凸显身体之形的"动"，明晰跃动着生命机能的身体存在作为中介的作用及意义，作为建立生态网络及关系构成的关节点的作用。

---

① ［美］奥尔多·利奥波德：《沙乡年鉴》，侯文蕙译，吉林人民出版社1997年版，第194页。

第三节 "通变和合"：依循有机性
思维及方法而合

不论是生态批评，还是中国文学传统的现代转换，都要依其独有的特性，在未来的时日里，如若要进行对接、整合，方法的运用是关键，而运用何种思维方法又是重中之重。生态批评与中国文学传统各自的起因、运演节律、体验特性、审美旨趣、目的所指、价值指向及未来走向一刻都离不开"生态/生命"，其特性展示及魅力畅扬更需基于"生态/生命"，所以在思维方法的运用上，有机性则是最为基本的思维方法。

一 有机性思维与"整合"性

在方法构成上，有机世界观既延展及确证了生态整体论、有机论，拓展有机—过程性视野，且以复杂性与多样性的有机交合促就了有机性思维与方法。由有机世界观而植生的有机性思维也必须依据生命活动的特性，守护生命的权利，凸显生命活动个体的"中介"作用，在共创家园美好的活动状况中，在优化人的生态生存的祈望中，实施对多样性与共生性、复杂性与创生性的综合运用。方法与思维活动有不解之缘，因而思维特性表明，方法不仅辅助人的思维活动，而且更需要助推生命活动的聚合。方法也是多样和丰富的，这得自于自然、社会、精神及人的文化存在的多样性和丰富性。方法尽管具有手段的作用，但却是趋"合"的，或者说，是达到合与和的，或曰成就"和合"的手段及过程。我们从"生态/生命"蕴含中看有机性方法，或者说直接的生态方法的运用，其整合无非就是由天地、万物的"和合"，而达到更高层面及境界的"和合"。我们运用有机—过程性思维进行中西方文化、文学的交融，而其"融"是须建基在地球家园共生的条件下，且在这种有机—过程性的运演节律中展开。只要我们活动于"生态"有机境域，就需要地球生态的有机一体性，就需要生物/生命/文化多样性，那么，在地球"母体"中生存的诸多物种，包括人类自身，都理应有其基本生存条件、活动方式及家园位置。

二 有机性思维与"学理"性

在学理层面，有机性思维及方法既呈现出释解生态、生命和人的生存活动，以及人的感知、觉解生命存在的必要方法，又期望随着现代科学的发展而不断地由"多"而"一"地归复有机整体，运行有机—过程性节律。依历史与逻辑的方法论意义看，有机性思维也呈现出思维科学的辩证否定及发展，更须立足当代，且瞄准未来而创建"万物一体"之永续存在的思维与方法论。中国文学传统建基在古代经验、直觉思维的体验性条件上，人们对自然与"道生""道法"，对生命与情意，对审美与境界的体验方式，皆因于朴素的有机性思维。现代思维以西方主导的工业社会及文明成就的获取方式为主要表征，尽管生态批评产生于20世纪后半叶，但作为地域性思维与方法论的品质，或者说，产生于欧美国家的这种文学现象，也是延续这种现代性思维而展开的。我们所言的在生态、生命及生存有机—过程性意义上的有机性思维与方法，与古代有机整体性思维具有许多共同的内容和特征。有机性思维与方法的意义及价值呈现还在于必须是建设性、和谐性的方法，也是多样性、共生性及复杂性的，是由"多"而"一"的有机—过程性运动的方法。

三 有机性思维与"超越"性

从过程意义上看，生态批评与中国文学传统交融，且进行思维及方法论的学理构建，内存着超越性。事实上，超越性也表现了建设性，建设性则趋于和谐性，其最终是趋近"生态"有机性的。在建设性条件下，生态批评走进中国，中国文学传统借力于生态批评而推进现代转换。这是一个必然及互通的过程，既是自我超越，也是相互超越的建设性过程。生态批评与中国文学传统在现代条件下的交融，其学理构建不仅必然是实实在在的建设过程，更是有机"和合"的过程，是探求生命有机体之美的过程，也是生态"复魅"的过程。从文学阐释条件而言，以"生态/生命"存在而牵引的问题意识使文学不断融入反思及批判性阐释内容，且趋向于由解构到建构，而至重构，总体上是对当下生态与环境问题所产生的社会、政治、经济、文化等多种因素的审视，进而建设性地构筑未来意识。这其中我们必须认同，中国文学传统必须在"变"中进行现代转换，而其与生态批评交融之"通"，则是一条合"理"的行进之路。中国古代那种"中和"性的生命体验方式及审美机制，理应在现代生态条件下，在有机性思维及方法规制下，既畅扬古代人审美活动的优雅，又依据人的生态性生存的指向性，以现代艺术思维与艺术体验的方法来渗透、辐射，进而融合与整合多种多样的方法，而汇聚新的批评策略，以体现现代条件下的超越性、建设性、未来性，继而构制新的"中和"。生态批评与中国文学传统交融的学理特性，在方法论层面同样会坚守趋"和"的思维方法，丰厚人在"生态"有机状态中的和合、圆融的情感意向及生存活动。

四 有机性思维与"效应"性

如果我们站在中国文化境域中审视生态批评，并确证思维"整合"的方法，那么我们会认同用中国古代人的生命体验及对自然、人生的理解及体验的方式，来延伸及拓展生态批评，这样或许能切近生态批评的"本真"，或许会更切近"生态"化。在此基础上创生的文学及艺术也更具生态审美化、情意化，更有境界提升的阔大空间。如果说将生态批评（事实上，我们完全可以将生态批评放大，不是指称生态主义，而是指代文化，或者是西方文化）与中国文学传统分别视为两重效应，那么，交融及整合、建设与重构绝不是沿着各自的线路单向行进的，而是会在"场域"及共同的语境中产生效应综合的。试想，究竟哪种方法更适宜于这种"合"与"建"呢？成中英总结了西方的四种思维方式，即以科学丰富为典范的理性思维，以诠释传统为典范的历史思维，以绝对精神为典范的超越思维，以空无清虚为典范的静止思维，同时他又将中国文化中以"通变和合"为典范的创新思维作为第五种思维。对于后者，成中英主要是就《周易》的思维方式而言的。他指出："《周易》的思维方式是把任何分歧看成属于一个整体，然后在这个整体中找寻并穷尽所有的关联，并对这些作深度的透视以了解其可能具有的相反相成、相生互制等动态关系，最后在时间过程中掌握其历史源流及追溯其本源在其现在存有的结构中透视发展未来……《周易》思维显然可以为西方提供两种作用：一是和合当代西方的四种思维；二是在和合的基础上导向新典范新系统的创立，而此新典范新系统正应是新的一代人类所需要的生产与发展凭借。这里所谓和合（来自《易经·乾卦·象传》'保合太和'之句）是指物之相依或相反，是可以在一个太和的基础上合为一整体而逐渐消除其矛盾并进一步形成和谐的有机一体，创生和创造出新美与新好的事物与世界。这也就是一个从现实转向理想、从现在转向未来思想、未来文化的转化过程。"① 尽管成中英将"中国文化中以通变和合为典范的创新思维"作为"第五种思维"，但实际上，他不只是展示中国文化的思维特性，而是力图通过对这种"通变和合"思维的把控，打通西方的这种四种思维方式，或者能通过"通变和合"思维而再造新的思维。显然，"通变和合"思维是有机性的，其生态智慧内涵极为丰富和深刻，并且切近生态/生命/生存的本根状态。

五　有机性思维与"通变和合"性

本书已经多层次、多角度地以中国文学传统的特性，并结合文学文本审美化地分析体验了这种"通变和合"，这里，我们仍然可以将"通变和合"视为有机思维的形象表述，或者是中国古代人致力于有机思维的标准及标志，以此观照生态批评与中国文学传统的对接及整合。对此，我们可以分解出几个视点来进一步认识。其一，"通"的视点。这不仅是自通，而且是互通，各自汲取优长。如果能够由"通"而形成有机整体，且作为激活相互间内在结构与功能的活性因子，使之不断植生出新的文学元素，或许能够产生更加广泛的社会及文化影响。其二，"变"的视点。整合必须是变中之和，不仅要融通

---

① 成中英：《论中西哲学精神》，载李翔海、邓克武编《成中英文集》第 1 卷，湖北人民出版社 2006 年版，第 66 页。

中西方各自曾经的固有模式，而且要改变曾经的漠视，消除各自的自我之大，在各自相互尊重中，挖掘并重整生态、生命及文学审美的滋养要素，作为生态/生命/生存，审美/文学/艺术及其相互间联系的纽带及资源。其三，"合"的视点。"合"是过程性和生成性的点，以时间及空间的叠合而为"一"。生态批评与中国文学传统本身也是过程性及生成性的，其整合要求我们合目的性地、主动性地认识和把握自然、社会、经济、文化、意识、精神之复杂及多样的结构，目的性地体验人的活动的有机整体结构及过程性、生成性。其四，"和"的视点。"和"是有机的，也是肯定性的；既是过程，也是目的；既是延伸，也呈现出"度"。"和"是多样性之和，是"和而不同"。

　　"通变和合"尽管出自中国古代人的文本创制，植生于中国古代的文化土壤里，但其中那浓重的"生态/生命"蕴涵，其智慧性汇聚不仅表现了"生态/生命"的实在性、现实性，而且作为一种有机性思维与方法，已经具备了在现代条件下建构历史性、建设性及未来永续性的条件。"通变和合"的形而下进向既可展示"化生化育"，亦可呈现"万物一体"。张世英指出：

> 　　我主张把中华传统的"万物一体"（"天人合一"）观与西方"主体—客体"式中自我的独立自主精神（"主体性"）结合起来，建立一种"万物不同而相通"的"新的万物一体观"：既肯定"不同""自我"所固有的独特性，又肯定"一体"中人我间的"相通"（相互联系、相互作用、相互影响、相互支持）而尊重"他人"。只有尊重"他人"之"自我"的独特性，创造一个"和而不同"的局面，才能建设一个真正和谐的社会。①

这种"新的万物一体观"所构建的社会机制以及跨文化融通必然是有机性的，而生态与审美（包括文学艺术）的契合必然为其注入活性基因，且沿着人们对自身、对生命及对生存的呵护而展开。

---

① 张世英：《中西文化与自我》，人民出版社 2011 年版，序第 3 页。

第四节 "气脉流行"：辨识有机主体性而合

我们言有机主体性，其意旨在借力于认识论的考察，掌握生态批评与中国文学传统对接、整合的"间性"条件。作为文学活动的生态批评和中国文学，以及在相互交融的肌体内跨文化、跨民族共享，势必凸显其各种文化主体的机能和作用。有机主体性不同于对象化主体性，是以生命有机体的活动来支撑的，且跃动于生命机能的节奏及韵律化之"动"的主体性中，在物质转换及能量、信息的机能互换中，由多样共生的机体"间性"运作而植生的主体性。

一 有机主体性之"动"势

有机主体也可视为是生态主体，其主体性本身就呈现出生态关联性及关系融合状态。有机主体不是静态的、平面的，而必然是动态与包容的存在，是多样性与共生性的有机构成，由"动"及有机—过程性来表征。这里，我们讨论有机主体并非限于对个体主体的观照，而是将其放大，从地域关联及"文化间性"的角度将中西方文化及文学也视为多样的生命有机体，将各自作为有机主体来认识，通过观览其有机"个体"之"动"的状态，探求相互间的互动化育，何以能由"动"而促使新质的生成。

（一）有机主体作为平衡性主体

生态批评（有机主体）与中国文学（有机主体）在现代及未来的时日里交融与整合，构建与创生新价值，我们可以视之为有机性活动，或者说是有机主体间的活动。其所创生的价值新质及永续性存在的条件既含蕴着有机主体活动的机能，更呈现出其生命机体的"气运流行""气韵生动"之"动"势节律。这也表明，生命的永续存在必然是"气"的运行，可持续发展偏离这种"气性"及"气脉"，冲出"气"场，其发展就会变异，就会偏离轨道及运行节律，显然，这会危及人类自身，更会贻害地球家园。事实上，有机主体作为富含生命机能之"动"势的生态存在，本身就是一个集情感想象活动和理性思维于一体的双重变奏，是协同互动的主体性结构。这种双重机能性是生命有机体存在的必然表征，这时有机主体并非仅仅守持主体自身的"静"态，不应固守自我、自大，且固化肌体，静止于本土化，或者约束跨文化交流，它必须调适"动"势的冲击及关系性协调，进而提升主体对交往及交流对象（主体）的权利和价值认同，这必然会形成主体活动"间性"特征。我们论及有机主体性，其意在力求推演出以"动"势激越出的"间性"活动，并以此为基础来审视"文化间性"。事实上，有机主体的机能特性所呈现的"动"势及其成就的交往、多向对接及文化交流状况，也是你中有我，我中有你的，且跃动于交感效应、携手共进、相互生成的生态"化生"状态。

（二）有机主体作为交往性主体

有机主体的"动势"以自身强烈的认同意识、生态融合意识及主动的交往意识体现出"间性"特征，通过认识"自我"，调控自身机能（肌体、精神、心理等）的能动性，推进转换及交融。"动势"主体性的机能作用会消除边界，调整界限，突破限定，充分张扬主体的"力量"。有机主体的"间性"结构在文化及文学交融中，也会突破地域、国家、民族以及意识形态的限定，消融物与物、物与人、感性与理性、现实与理想之间的界限。它既像一只辛勤的春蚕，又像一张编织着的蛛网，更像一种融合剂，将在有机——过程性"列车"上共享"盛宴"的万物生命，人的文化，人的肌体有机地编织在一起，黏合为一体。如果我们将其放回到文学及审美活动中，这种"动势"不仅可能最大化地呈现出那种"激跃"的情意，而且需要一定程度的定势和沉静。这一方面能积聚滋养、资源，显化根性，蕴生特性；另一方面则将这种根性及特性转换、转化、传承、流布。这不仅要使主体内部机能始终处于活跃的状态，而且要不断地与外界（自然与环境、全球与世界）进行能量交换及相互传递信息。这其中，向内丰富自身，激活自身；向外展示自己，汲取滋养，确定行进目标，铺设依循有机节律进向的演进路径。

（三）有机主体作为"气脉"流行的生命体

"气"的流行及脉动不仅使有机主体充蕴着无穷的生命激情与活

力，而且使之作为共生且互惠互利的生命体，进行着交往、互动、能量交换并传递着信息，因而成为开放且不断释放有机能量的生命机体。这不只局限于个体的生命有机体，事实上，对一个整体、一个国家、一个地域、一个民族，甚至一种观念、一种思潮、一种文化类型、一种文学样式，都可以给予其有机性审视和评价。这就是我们以识别有机主体性而讨论生态批评与中国文学传统对接及整合问题的原因。我们这里是将这两种文化现象作为有机性存在，作为生命有机体的跃动状态，在无穷的生命之气的"场域"中，通过艺术生态审美的体验性，而置于一种世界性、全球性构建中，继而探寻其何以能够惠及人类，并回馈地球家园。有机主体理应是不断进行着生态创生的，这需要"气"作为生命激情与活力的依据，需要"气"充蕴着永恒性的流动脉络。不仅个体存在的有机主体是这样的，即便国家、地域及文化类型同样是这样的，其重要基础要素是作为人类整体，无法别离自然/生态/生命的存在，或者说，人必须由自然之气来激越生命之气。自然之气构筑了自然生命体的状貌，也激活了有机主体的自然生命力。这是地球人有可能进行全面交往、交流及交融的基础及条件，同时也使文学艺术活动成为地球人进行交流的重要机制及中介。蕴藉、体验及表达"气"的"动"势状态，是中国文学艺术精神的智慧呈现，更显示出其基本主题及美学精神。在中国古代人那里，不管是论者，还是体验者，尽管其思绪千差万别，构型状貌形神各异，表述方式也各有特色，但其"气"的归源必在自然生命之气中立根，在主体的生命精神之气中畅神、飞动。这种气运飞动的生命精神，已经形成"生态文学"的初级形态，其诗话、词话、文话，乃至画论、书论等，业已显示出"生态批评"的端倪。这一切即可作为中国文学现代转换的一种机能和条件，也必然成为进行文化交流及交融的基础及条件。

有机主体性交织着自然—社会—精神/文化/艺术—人（生命活动的个体）的复合性。如前所述，人作为生态性的存在，是复合性且复杂性的存在，生态存在所建基的人的生存世界同样也是复合性且复杂性的存在。其复合且复杂的基本条件起码有几重意旨：一是由无数多样且复杂存在的生命个体作为有机主体的活动而行进于有机—过程性节律中；二是人的世界是自然、社会、经济及精神/文化存在的复合性世界；三是这种复合性世界是由多样且复杂的生命个体的有机活动而构成的；四是个体与世界整体的有机融合是要寻着"气脉"的流动，演替其"生态"化的生命节律，以构建世界的融合，家园的繁兴，个体生命力的涌动。文学艺术要发扬这种复合且复杂的生态存在，其审美体验所充蕴着的"生生"及无穷的创生性意味，必然被重整为无尽的"生态"因素。生态批评与中国文学传统的对接、整合，乃至融合的过程及方式，不仅是一个复合且复杂的过程，其融合过程中成就的艺术品，作为创生的价值新质必然助推人的生态化生存实践。这种文学现象不仅呈示着有机主体之动势，而且作为"生态存在"成为一个解放的、开放的生命律动体。

二 有机主体性与间性主体结构

有机主体性之所以是不同于对象性存在的主体性，是因为多样主体间的互动必然呈现出"间性"。所谓间性须包含几重基础意义：一是有机主体之自体的特性；二是能够与外在、"他者"间性交往的主动性；三是有机主体各方有互动、交往的对应性，有能够融通"间性"的过程。就此看来，间性既具动态性，也呈时间性与空间性。有机性与"间性"含义是有一致性的，其中由客体—主体、客体性—主体性，到主体—客体—主体、主体—主体的演化不仅是有机—过程性的，也体现出其间性互动与交往。有机主体的"间性"关联作为生态关系存在，表现出人与自然生态的关系，即便是人与社会、人与自身，乃至在全球范围内进行文化交往、交流的过程性，都要呈示出共生共荣、互惠互利的关系，展示出有机主体的"间性"/生态交往。

在言及"生态"问题的论域内，主体—主体之间的转换既呈现出形而下样态，并关涉生存论转换问题，也具备形而上层面观念形态的转换问题。任何生命体在生存的域界里，都有存在的可能性和现实性，都有成为主体—主体性存在的可能性和现实性。依据主体的间性存在所表现的文化样态，不论体现出何种"人本"化特点，都必然要在交往、互动的关系中呈现出"间性"的融合及整合。这既是在观念形态上确证有机主体的生存权利，而且必须是优化、美好且生态化的生存权利，同时也是每一个作为个体存在的生命有机体理应获得的生存权利。"间性"体现出"生态"性关联，其有机—过程性也是生态平衡—循环性的。当将这种表述放回到中西方文化交融的论域，系统观照生态批评与中国文学传统的融合时，我们可以从多个方面进行学理推演，直至明晰其如何呈现出意义性存在。

（一）确证实在性

确证实在性是指明生态关联性、有机主体性，以及以建立"生态"视阈而构建跨文化交融机制的实在性，这是因于时下，尚有诸多观念认为我们论及生态问题，构建生态审美及生态批评机制是虚幻的，是一种乌托邦现象。而我们这里的实在性所指，有两重含义是需要明晰的。一是不仅在生态关联的条件下，而且在人作为人而存在的条件下，都不可能祛除自然生态性的存在，不可能背弃自身作为生命有机体的存在，不可能偏离有机—过程性的运行节律。人作为有机体与世界（自然、社会、他人、国家、地域、民族、种族，文化差异、文化形态，等等）间的联系及互动、交往必须是实在的。二是由"生态"关联性构建的跨文化交流及传播同样是实在的。这一方面表现为文化的支撑体是实在的，文化的形态类型是实在的；另一方面跨文化交流所产生的结果，所创生的新的文化样态同样是实在的。其原因就在于，一方面不同的文化样态植生于不同的、实在的自然地理环境及地域条件，有着实在的生命有机体的生态运行，建基于生态关联性，汇聚创生性；另一方面，不同的实在的文化间的关联、互动，其交往过程、方式及创生结果也必然是实在的。这一切的实在皆源于自然/生态/生命的有机性及实在性，并由文化的自主性、多样性、有机共生性展示及展开，也因于有机性主体的"动"势及"气脉流行"。

（二）围绕中介性

"间性"也呈中介性，因为任何生命有机体都是一种中介性存在，即为生态关联及生命连接网络的中介，或者是节点，其"间性"

关联也是中介性关联。从人与自然的生态关系层面看，其关系的建立，人与自然都可以成为中介，或者作为生命有机体而成为主体性存在。但从人的生成史脉络上看，人总是要人本化、主体化地成就自身，确证自我的；自然作为中介关联体，也可为客体性、对象性的存在，是人类生成及人本化、主体化的中介及对象。从人与社会之间的交往关系上看，不同的人既是主体，也是客体；既是主体，也是中介。人作为中介，既是被动的，也是主动的；既是物质、精神能量的接受者，也是能量的输出者。事实上，跨文化交融中的文化存在，同样具有中介性作用，不同的地域、地理环境及民族、种族间形成的文化存在，都会是"间性"存在的中介，并且以这种中介性而呈现出"间性"互动及交往。在这种具备"间性"特性的中介性中，各自的文化存在也会成为有机的主体性存在，各自施放主体的能量，展示主体性的能力。我们明确这种有机性、间性，不仅是观念形态的，而且是现实的、实存的，是实在的。在有机性、间性中跨文化交往、传播的文化是实在的，更是独立自主且各自富有特性的，相互间是平等的，不存在高低、优劣之分。特性表现了差异性、中介性，也是一种财富。

（三）突破有限性

在生态交往中的各种生物有机体，都是有限性存在，人也是一个有限性主体。有机主体性的有限性可有几个方面的表现：一是主体活动的需要是有限的；二是主体交往对象/主体的条件是有限的；三是主体活动的区域及环境条件是有限的；四是主体活动的轨迹、节律是既定的，且需受到限定的，是不可越界的；五是主体活动的历史与文化存在也有既定性，甚至包括世界观、价值观、伦理趋向、地方性、民族性等，皆是有限性的。尽管在生态境域中万物之多样性、共生性的有机关联理应有着无限的时空及拓展际遇，但当其归位到人的有机性存在，由历史和文化，甚至是理念、观念、组织、政体等来约束这种活动与交往时，就必然是有限性的。尽管随着历史的进程，全球范围内地区、国家、民族间的交往会越来越多，越来越广泛，但在一定历史际遇及文化守成的条件下，这种广泛性也是具有历史性及阶段性的。在"生态/生命"的有机—过程性进向中，文化限度会不断被突破，被丰富，其价值会不断地增值，有机主体的"间性"作用呈现越来越明显。这其中会聚焦一个中心点，这就是有机主体的共同需要，对人类福祉的共同祈望，对地球家园的共同呵护。从这种意义上看，我们所讨论的生态批评与中国文学传统的融合问题，不只局限于文学观念的突破，不止于审美体验方式的交换，也不拘泥于一种学理演绎，更在于在跨文化交流与融通中所表现出的多层次的共同指向及一致性。突破有限性、表征可能性及现实性，使得这种跨文化交流与传播围绕"生态/生命"而展开，并不断延伸，而且在交流、融通过程中，各自文化、多种观念的生成被极大地丰富，并得到增值。事实上，从生态批评走进我们的视野，直至今日在学界、批评界、创作界乃至全社会引发了共鸣与回应，其中最为重要的是将这种观念、方法及理论运用到对中国文化与文学传统生态智慧滋养及资源的挖掘上，并给予再评价，使中国智慧作为正能量发挥出极大的效力。

（四）确证意义性

研究主体的"间性"表现之意义可有多重表征：有主体自我存在的意义，有对"他者"存在的意义；有"自体"性意义，有共有性意义；有作用于有机个体的意义，有共生、共创性的意义。我们所论及的这种"间性"更能显示其共生、共创性的意义。生态批评与中国文化和文学传统不仅于其中最大化地展示其意义，而且汇聚其融合、再生的意义；既表现出人与自然有机关联的意义，又体现出人类性意义。对意义性地把控既是形而上的，也是形而下的。也就是说，不只是学理性、观念性，既是对本体、存在形态的言说，更在于其惠及生存论，优化有机性，激越身体性，充蕴着日常生活；不仅回到了人的活动整体，而且极大地观照了有机体作为身体性存在的文化特性及审美化。对此，我们也可以从中西方哲学及艺术的"意义"展示方式的不同，来窥见这种"间性"特征。叶秀山在谈到中国艺术的"意义"时形象地举了个实例，表达了对中国传统哲学不同于西方传统哲学的看法。他描述说，如"燕子""归来"了，遂知"春天"即将来临。但这种并非科学知解，也不是概念、判断，而是一种"意义"。这种意义生成的基本条件就是自然/生态/生命的运演状态，是其"神性"，而人类借力于自身的生命体验的"形而下"，求证与理智地把控"形而上"，继而给予智慧性表达。叶秀山认为，概念是无时间的，而"意义"则是时间性的，它"意味""蕴涵"着"过去"，也"意味""预示"着"未来"。叶秀山在谈到中西方这种表达方式的不同时说：

> 从"形而下"到"形而上"，都会有个"过程"，不过西方哲学的"过程"主要是"逻辑推理"性的，而中国传统哲学则侧重在对"时间性"的总体把握。在这个意义上，它就不是抽象概念式的，比较而言，就带有更大的"直接性"。这种"直接性"，同时也因为我们对"形而上"的把握，不全是从"形而下"的感性世界"推论"出来而多一层保障。对"形而上"的直接把握，使我们中国艺术精神更接近"哲学"而比较地脱离（经验）科学稍许远一点。①

"时间"的过程性汇聚了人与自然（物种之生命肌体）的"间性"在时间与空间中的交往特点，其意义的确证性更多地表达的是"生态/生命"运演之循环性的时间、节律。

生态批评与间性主体对接，既是"间性"的意义延伸，也是"道生"性智慧显露，这会把有机主体间的交往、对话由人向自然生物及物种延伸及拓展，由此也会植生出多种话语表达方式。如王晓华说："从主体间性原则出发，生态批评家致力于敞开自然生命被遮蔽的主体性，走向跨物种的交往和对话，推动所有生命最大限度地自我实现。他们不但让边沿、先锋、地平线、边缘等流行术语有了生态学内涵，而且把物种、环境、关系等概念引入文学批评中，将后者升华

---

① 叶秀山：《中国哲学之"形而上"意义》，见《中西智慧的贯通——叶秀山中国哲学文化论集》，江苏人民出版社 2009 年版，第 197 页。

为建构生态主体间性的话语实践。"① 我们将生态批评与中国文学传统的构建策略视为有机主体的间性互动及交往方式，也表现出"间性"既有惠利性，更有共创性；不仅可以打通文化界限，而且能够体现人类性。

三 由间性主体到文化间性

由广义的中西方文化到具体的以"生态"为中介的中西方、古代与现代，甚至是现代与未来的文化交流及融合，都能够成为跨文化交流及传播的主要内容，因为这最终都会惠及人类整体，影响人的文化存在，而其相互之"交"，最终会决定人能否在生态条件下优化生存的问题。

（一）文化间性与整体性

由有机主体之间性而呈现出文化间性，显然是基于人与自然生态之间的生态有机关联的。间性主体可体现生态有机性存在，也可促成不同文化存在的有机性，使文化间性成为可能。确证文化间性，须立足于人类整体的有机性，这就要求我们暂时地消除所谓"中心"性、"本位"性的缠绕，以及无休止的关于"中心"问题的论争，关于文化强弱之分的论争，而从平等、交往、互动的有机状态中体认文化间性，最终通过跨文化交流及理解，推进人们能够共享人类的文化滋养。这不仅是必要的，更是必然的、必须的。由"生态/生命"而牵引的跨文化理解及解释，一方面形成地球人的文化整体观、共同体观、共生观及互惠观，以致能够共通性地寻求有机性生存；另一方面面对不同的文化际遇（尤其是中西方文化）不仅影响其他文化，而且通过相互注入新的文化养料，使人的生态化生存不断地现实化，且永续存在。

（二）文化间性与文化的意义

文化间性带有"元理论"意义这一问题，也是从我们的论域里

---

① 王晓华：《生态批评与主体间性理念的扩展》，《中国社会科学报》2010 年 2 月 11 日第 11 版。

观照生态批评与中国文学传统对接、整合所不可避开的。尽管这种交融内蕴着"生态"与"生存"这个共同性问题，但毕竟是关涉中西方文化（可视为有机主体）能否且何以融合的问题。如果我们承认需要交融、整合及融合必然性，那么，既可通过取长补短，通过他山之石而重组及再造，既可能延伸文化的意义，也必然会植生新的意义。从这种意义上生成的文化间性是活性的，既是关系性存在，也呈现出存在的关系，也就是有机主体间性存在的关系。王才勇说："从文化角度看，当一种文化与另一种发生交互作用时，该文化中进入此作用的部分必然会在与他者显出的关联中发生意义重组。孤立地从一种文化来看，可以说这种关联使参与其中的部分发生了意义偏离，可是，这种偏离不仅是正常的、不可避免的，而且也是不同文化交互作用的真正实际所在。"① 他认为，每一种文化在其静态层面上都是自成一体的系统，但从意义的生成实际来看，每一种文化又只有在被接受时才获得其意义，只有在与它的接受者处于某种关联，或构建存在关系时才能实现其意义。在不同文化间的交互作用中，一种文化的意义只能生成于该作用过程本身，离开这个关联而言说的文化只能是从其生命实际中抽离出的静态要素，因而对它展现效用的实际上不具有真正的切入能力，而真正植入这种"言说"的是活生生的文化间性特质。我们将生态批评与中国文学传统的对接、整合、交融、融合视为一种跨文化交流，各自作为文化间性的内容是由"生态"来承担的，其相互间引起注意的应该是"生态"意涵，而其更深层的原因却是人的生存问题，或者是人何以能够且如何表现生态条件下的生存，这只因"生态"蕴聚了地球人及万物的共同、共通性。

（三）文化间性与"文化中国"

生态批评在我国行走了 30 余年的历程，它由起初的思想观念、学术视野、学者身份、文本阐释的介绍到全面展开研究，并且从植入对中国文学现象的研究，到力主构建学科特性，植生概念体系，这其

---

① 王才勇：《文化间性问题论要》，《江西社会科学》2007 年第 4 期。

实也是在致力于呈现"文化中国"的意义。国人对生态批评这种文化现象及其关乎人的生存境遇的文学活动方式已经不陌生了，但中国文学传统中的深生态智慧却不为他国所传播、认识、接受及在现实中加以运用，这也是事实。至此，有一个必须明晰的问题，这就是目前我们国人自身对中国文化及文学中的"生态"意涵也是疑虑重重的，对其可信性、合法性总是疑问多多，甚至带着一点否定意味。存在这种疑虑及问题，实际上似乎忘却了我们是一个生命机体，是必须在自然、生态有机条件下生存的生命机体，既然是生命的存在就无法别离对"生态／生命"问题的观念求解，也无法剔除书写生命的文学中所蕴含的"生态"因素。"生态／生命"有机性是人类亘古的存在，原始洪荒时的先人是这样，现代人乃至后来人同样是这样，难道我们不可以对自身进行生态阐发吗？可以肯定，"生态"作为一个词语、一种观念被关注，是 20 世纪的事情，但不可就此否定人作为生态存在的基本事实。或者我们可以说，生态关注是人类 20 世纪的最重大发现，我们认识中国文化、中国智慧，观照其中深蕴的生态智慧意涵，是否也是 20 世纪国人的最重大发现呢？我认为，这应该是肯定的。我们在这里所言及的文化间性及跨文化传播、接受、理解，更多的是致力于挖掘中国文学传统的间性特征，重要的是在现代化、全球化进程中，通过中国文化、文学的现代转换，以至于世界化，继而将蕴含深生态智慧的"文化中国"这样一个有机主体的形象呈现给世界及全人类，呈现给地球家园。成中英说："中国文化的发展应该是一个动态而整体的过程，文化中国也因之不可能是一个静态的个人王国……中国文化的发展有赖于一个具有活力的中国文化社群的建立，而这种建设工作不应只是空谈而应表现富有亲和力的奉献与实践。"中国文化的发展就是在中国文化的现代化与世界化的两种努力上，"而这两种努力又各蕴涵着双重的意义：它是在了解西方批判西方吸取西方的过程中透过自我理解与觉醒在一个世界的平面上把中国文化带到现代化与后现代；它也是在促使西方了解中国文化与中国思想的世界性与深层性中奉献自身于世界以达成人类未来更好的发展和成长。简言之，中国文化必须在自己的主体性上自我提升与丰富，也必须在自己的主体性上积极奉献与参与：在时间的向度上就是现代化，在空间的向度上就是世界化"①。在这里，生态化的"文化中国"不仅其"亲和"性的智慧需要开掘，而且更需在现代条件下确立一种形象，一种富含生态"亲和力"的形象。我们也可称这是一种"跨文化形象"，但却是由中华文化主导的"跨文化形象"，而非西方话语主导的"他者"形象。周宁关于"跨文化形象学"的研究，总是在批评、责难中呈示出西方话语霸权际遇中的中国，且评析"西方主导的现代性观念秩序的中国形象"。他认为：

> 西方的"中国形象"作为一种知识与想象体系，真正的意义不是认识或再现中国的现实，而是构筑一种西方文化必要的、关于中国的形象，其中包含着对地理现实的中国的某种认识，也包含着对中西关系的焦虑与期望，当然更多的是对西方文化自我认同的隐喻性表达，它将概念、思想、神话或幻象融合在一起，构成西方文化自身投射的"他者"空间。②

在确证中国文化形象方面，我们不可能以西方话语的"他者"进行跨文化输出，并从中汲取西方文化滋养，但事实上这也内存着相同性，即我们在这种跨文化交往中，又何尝不是以他国文化为"镜像"而映现自身呢？但这其中需要加"力"：其一是观自身文化的优长与不足；其二是以"他山之石"来充蕴自身；其三，或许应该更重要的是汇聚人类文化"合力"，创造具备生态亲和力的人类形象。如周宁的"跨文化形象学"所言："跨文化形象学意识到的问题，是当下中国思想的核心问题，中国和平崛起的现实必须经过中国思想的诠释，才能获得其历史的正当性；也是当下文化自觉的使命所在，文化自觉首先是中国思想与中国思想主体的自觉。思想的困境可能出现在

---

① 成中英：《论中西哲学精神》，载李翔海、邓克武编《成中英文集》第 1 卷，湖北人民出版社 2006 年版，第 71 页。

② 周宁：《跨文化形象学：当下中国文化自觉的三组问题》，《厦门大学学报》（哲学社会科学版）2008 年第 6 期。

问题本身，也可能出现在方法上。"① 在我们所讨论的关涉"生态"交往的问题中，这种方法更多地在于汲取，以及如何构建作为中国形象的有机主体及"跨文化形象"。

（四）文化间性与文化形象创设

"亲和"性的跨文化形象既是一种"生态人"的形象，也需美学形象的构建。我们如何创设这种形象，作为一种文化自觉，作为一个有机主体形象塑造，需要我们准确并至深地把握中国文化特性，中国艺术及美学的生态特性，当然在间性主体的跨文化关联中，我们更须把握中国文学艺术之美的间性特点。杨春时关于中华美学间性特点的观照，或许也是一种思考的路径。杨春时认为，主体间性是中华美学的根本性质，只有主体间性才能对中华美学作出根本的说明，而中华美学的主体间性植根于中国文化的"天人合一"性质和中国哲学的主体间性中。中华美学的主体间性是古典的主体间性，它属于古典美学的范畴，而不属于现代美学范畴，具有前主体性的主体间性、不充分性以及主体间性是主体间的情感关系，而不是认识关系等特点。确认中华美学的主体间性，可以解决中西美学沟通、交流的问题，从而推动现代中华美学的建设。杨春时进一步指出：

> 中华美学与现代西方美学沟通的关节点就是主体间性，这既体现了中西美学的共同性，也体现了中西美学的差异性。共同性在于，中华古典美学和西方现代美学都主张审美不是人与物的关系，而是自我主体与世界主体间的关系，通过主体性交流、对话达到对存在意义的体验和理解。差异性在于，西方美学具有现代性，主体间性充分发展；而中华美学是古典美学现代性，主体间性不充分。还有，中华美学的主体间性具有自己的特点，如偏重于表情论等。因此，中西美学的对话必须首先是一个中华美学的现代化的过程。②

---

① 周宁：《跨文化形象学：问题与方法的困境》，《厦门大学学报》（哲学社会科学版）2012 年第 5 期。

② 杨春时：《中华美学的古典主体间性》，《社会科学战线》2004 年第 6 期。

我们理应明晰，"间性"乃至文化间性是现代人不可回避的一个事实性存在，以"生态"、文学的审美化作为连接点，建设文化间性的主体形象，是一个有意义的思考路径。沿此路径，在如何确证中国文化形象问题上，生态性地合理评介中国文化及文学对现代人的资源效应，对人的机能滋养同样是不可避开的事实性存在，我们应该竭尽全力，且优质化地去丰富、坐实。

第五节 "自然而然"：接续历史与
逻辑的统一而合

文学与人类的历史及文化演进并行，与历史的整体—过程及阶段性共生，因而文学的发展同样会呈现历史与逻辑相统一的过程性。人类的历史及人的历史性存在同样是生命有机—过程性存在，尽管人类的发展也历经磨砺，但总归是一个"自然而然"地存在，并与自然/生态/生命的"自然而然"并行、合辙。

一 文学作为过程性存在

我们对生态批评与中国文学传统如何能够融合及多向整合给予学理性把握，不可能避开生命有机—过程性及历史与逻辑相统一的过程性，或者我们也可以确证，这种"整合"本身就是一个历史与逻辑相统一的过程性表达。我们可以从几个层面思考这种过程性。

（一）基础性层面

中国文学传统是中国古代人艺术及审美的记述，其中必然记录和倾情抒写着中国古代人对自然/生态/生命的理解和体验，且给予审美表达。生态批评作为 20 世纪后半叶产生的一种文化及文学现象，尽管基于对现代性的反思，且游历于后现代语境，但同样满含着倾情抒写，因为这是关乎着地球人家事的重大问题。如果两者在历史与逻辑中相遇，那么，其"合"的基础性方法需要借力于辩证否定观之"扬弃"，以期对各自的特性、优长加以兼收并蓄，相互间理应充满情意地为现代人的生存需要及未来行进走向而析理生态化、审美化的路径。

（二）规定性层面

历史作为既定性的存在，尽管现代人无法改变历史，但完全可能对历史给予重新阐释及评价。作为辩证否定观的肯定与否定，也不可能是固化的，其曾经的肯定性内容也会不断被开掘，或被设定为"精华"；其曾经的否定性内容也会被重新评价、阐释，或许也会转换为一种"精华"。在这种新的内容构建及"精华"的阐释中，现代人会重新寻找那种能够亘古接续人类存在的有机—过程性的"精华"，以进一步确证人何以为人，人何以确证自身作为生命有机性存在的本性及永续，在生态批评与中国文学传统之"合"中给予其历史与逻辑相统一的表达。这不仅成为必然，其"精华"接续、放大、重建，业已成为不可改变的事实性存在。

（三）本体性层面

从文学本体性层面来说，其内存的历史与逻辑，与人类整体层面的历史与逻辑不尽相同。这就是说，文学不仅有自身的创生机缘，而且有着自己的历史与逻辑。文学对自然、生态及对生命有着特殊体验性，同时也有其自身发展的特性，有其精神存在特性，其审美价值的创生到消费体现也有其特定性，其价值增值性及永久生命力也会有历史与逻辑的表达。因而，文学的过程性即印记着历史的整体性及阶段性的表达，其生态、生命体验性及审美的理解一方面镶嵌着不同历史阶段的思想、情意的过程印记，另一方面，作为既存的内容成为不断焕发活力，植生新意的永久性存在。这只因自然、生命与审美作为事实性存在，作为人的生存之必需，不仅是人的存在之本，而且是永久不可止歇的价值存在。

二 中国文学传统作为资源元素的现代走向

我们已经从多个层面及多重内容上分析、阐释了中国文学传统如何以其丰富且特殊的内容向现代转换，如何"对接"生态批评，接下来我们还需对"对接"、整合及融合给予学理确证，探究如何能够围绕"生态"而构建一个新的文学思想、观念、文学体验及表达方式，以期确定中国文学如何能够至深地、永续地支持人及人类的生存及未来发展。

（一）"道"的现代确证

中国文学传统中对"自然"的体认、审美的表达及学理的确认，经由自然之道不仅揭示其发生源，而且是推进至艺术之道的必然过程，艺术之道的丰富性，又能够和谐地润化自然之道。"道"作为自然/生态/生命的智慧性表达，其朴素的"生态"观，显然已经成为中国文学传统中艺术构成和审美价值创生的核心要素。"道"不仅是认识人的存在本性，确立现代人活动的内在本质及价值的一个不可替代的标识，同时也是现代人确立文学观与自然/生态/生命有机关联所必然强调的一个文学的"母体"。刘勰所说的文艺现象，天地之"文"，及其相互间的贯通、接续，其中所呈现的"天地并生"，所表达的"天地人"的互相联系实际上就是"道"性运演状态。

（二）"情"的现代融通

中国古代人往往将生命体验作为艺术发生的表征、机理及活动机制，这其中伴随着"情"的融通。而"情"往往不离自然物及自然现象的引发，或者在季节转换，或者在山水、雨雪中不断地植生情意。自然生态与人的生命活动的有机一体，继而产生和谐共振，使得人具有了感物而生情的天性。因为在古代人那里，多种多样的自然事物都会被视为有生命的存在，且与生命有机体及人的生命的活动相呼应，参与生态有机的、系统整体性的生命共同体的运行，进而参与人作为人的生命有机体的活动。我们可录韩愈《游城南十六首》中的两首小诗来看其如何写情。《风折花枝》云："浮艳侵天难就看，清香扑地只遥闻。春风也是多情思，故拣繁枝折赠君。"《赠同游》云："唤起窗全曙，催归日未西。无心花里鸟，更与尽情啼。"此诗尽管并不多为人们所传诵，但其畅情，尤其是对春风之"情思"，花鸟之"情啼"的感悟至深，的确是值得唱诵的。其中，"情"并非无目的地表达，而是在自然/时间的流动中，在多样自然物及自然现象的促合中生情、畅情。事实上，当现代人越来越远离本来的自然，更多地为人工自然，为物欲所掌控，人的"情"更多地为欲望、功利所左右时，中国古代人对自然的情意表达，尤其是古人的"见景生情"，情生于万物，必然会成为现代人情意融通之必不可少的滋养支持。

（三）"境"的现代延伸

中国古代人将环境视为"生境"，是"万物一体"的"生境"。环境的作用并非限定于某个自然生物体，或某种自然现象，而是合成性、整体有机性的，是多样性（自然生物、自然现象）的有机聚合。中国古代人的文学体验所寓于的环境，作为时空构建的"生境"，作为天人一体的生态审美关系的构建，往往不是静止、静态的景观存在，而是活的、生命化的存在，甚至是情意的存在，或者是情与境、情与景不可分离的存在。大到《敕勒川》中"天苍苍，野茫茫，风吹草低见牛羊"的阔大景观，到融庄子观鱼之乐的"旷达"，陶渊明的"悠然"居舍，杜甫的"草堂"居舍，郭熙的"四可"居舍，再到郑板桥的"茅斋"居舍；这时还有"只缘身在此山中"的"心灵"居舍，"垂钓""渔樵"的超拔居舍，如此等等，都会成为由"情"而串接的环境/生境。在其中，人们会深悟庄子观鱼时那样的自由与"旷达"。如邵雍五言诗《川上观鱼》云："天气冷涵秋，川长鱼正游。虽知能避网，犹恐误吞钩。已绝登门望，曾无点额忧。因思濠上乐，旷达是庄周。"① 杨万里《荷池观鱼》云："截山剜沼贮泉流，旋种儵鱼绝善游。细数未齐还已乱，群嬉半没忽全浮。荷钱荇带来复去，雪片银花稀却稠。我乐自知鱼似我，何缘惠子会庄周？"这时的境与景不仅是自然现象，更是富含生命、情意的审美存在。或者在这其中，由"自然"的"生态"牵引不仅让人释放出自我的生命，更会丰富自然物、自然现象作为生命活动的基础调适。

（四）"话语"的现代生发

中国文学传统对自然/生态/生命的体验及表达所累积的话语系统具备无尽的生命力。因为其产生的境域及情意条件基于对"生"及"生生"的理解、体验，尽管并不长于理性、思辨，其对象性尚处于模糊状态，但对生命感的植入及体认，甚至是直观、形象的画面感却

---

① （宋）邵雍：《邵雍集》，郭彧整理，中华书局2010年版，第239页。

能为现代进行"生态/生命"体验注入"神妙"。司空图《诗品·沉着》云："绿杉野屋，落日气清。脱巾独步，时闻鸟声。鸿雁不来，之子远行。所思不远，若为平生。海风碧云，夜渚月明。如有佳语，大河前横。"① 如果说这是对诗的品评，或者是"诗性"论定，毋宁说这是一幅自然/生态/生命及"脱巾独步"之"远行"人的交往画面。这样一幅美的图画，不是固态、静止的画面，而是动态的、穿越时空的图景。显然，其中记述的不仅是有机—过程性的"道"，而是"万物一体"之交往、交流的神妙。古人所构造的话语、范畴的支撑系统，往往不离"生"，不仅充满了极强的生命意识，而且其生态关联性既显系统性，又有其不可隔绝的节律性、连续性。如气、势、韵、味、悟、神的态势；雄浑、含蓄、豪放的气势；混沌、天籁、大象、大音的原生态；阴阳、刚柔、中和的转换态；妙境、象外之象、味外之旨的妙万物之势，如此等等。这些话语的特性，显然都是由"生"或"道生"，太极之生引发的，而接续、转换、递升，且由抽象到具象，由模糊到实象，由虚到实。尽管这是艺术的话语特点，但蕴聚着浓重的生态有机—过程性意味。

事实上，这一切既为现代人接续文学艺术活动及研究注入滋养，也为人的现代生活质量的提升提供必要的话语滋养，这就使得中国古代人的话语表达方式富含"生态"再生力。

三 建设性"整合"：在过程中确证

作为历史与逻辑的"镜像"，中国文学传统必然走进现代，但以何种姿态、何种方式及何种内容来行进，这是个问题。在我看来，最大的或许还是在现时代为全球的"通晓"程度问题。20世纪初，"文化中国"如何为他人而知显露出不足，使得文学的优长之处在这个环节上被弱化了。但历史是公允的，历史与逻辑又总是在肯定与否定的辩证中展开。全球性的跨文化际遇，就使得我们破解诸种"问题"，

---

① （唐）司空图：《诗品》，载（清）何文焕辑《历代诗话》，中华书局2004年版，第42页。

为中国文学构建现代内容，发挥有机"动"势，并与现代形态的生态批评"对接"，明证其再生力及价值增值性创设了极大发挥效力的多样条件。

（一）建设性"整合"面对技术性

人类由对自然的膜拜转而转向崇尚自身的理性，将原本的对"自然"的生态认同及体验，对其有机融入关系，不断地转化为对自我的认同，形成以自我意识为主脉的对象性关系。这种对人类"自我"的理性确证，作为肯定性存在，接续历史与逻辑的相统一的进程，其中所表达的必然是对古代人在自然面前的无力、依附及膜拜的否定，而代之以人类对自我、对主体意识的确证。在技术性生存模式的宰制下，人的存在，自然万物，有生命的与无生命的，有机的与无机的，一切一切皆有着被技术掌控、发生变异，乃至被肢解的可能性。海德格尔推崇的德国诗人里克尔在《时辰书》中这样描绘道：

> 世界君王皆衰老，将无人继承王位。王子哥儿早夭折，憔悴的公主小姐呵 把破烂王冠委于暴力。/暴民们把它捣成钱币，趋时的世界主人 把它铸造成机器，隆隆机器效力于人欲；却未见带来福祉。/矿石怀着乡愁，生机渺渺无踪迹，一心离弃钱币和齿轮，离开工厂和金库，回归到敞开群山的脉络中，群山将在它身后幽然自闭。

海德格尔言说着里克尔的诗，且发出慨叹："技术的统治不仅把一切存在者设立为生产过程中可制造的东西，而且通过市场把生产的产品提供出来。人之人性与物之物性，都在自身贯彻的制造范围内分化为一个在市场上可计算出来的市场价值。"① 在此，文学同样在技术宰制及统辖下远离"敞开群山"；"自然"在文学中的地位显然被自我、主体主宰着。当技术、资本、组织被拆分时，文学艺术就成为自我、

---

① ［德］马丁·海德格尔：《林中路》，孙周兴译，上海译文出版社2004年版，第306页。

主体的符号和标识。美国学者丹尼尔·贝尔指出："甚至艺术也变得像高技术一样：文学中的新批评在小说大师们追求技巧革新的情况下应运而生；对表面和空间予以新的强调的抽象表现派绘画也表现出自己的复杂意向。"① 在这种境遇中，自然/生态/生命的有机—过程性较之古代发生了重心转移，人（技术、资本）作为掌控过程的主脉，在过程中的确认识到了自我的价值、人的价值，看到人的伟大及超群的能量。英国人赫胥黎的《美妙的新世界》就描绘了一场由技术宰制下人的"革命"的过程，他称："这场真正革命性的革命不应该在外部世界进行，而应该在人类的灵魂和肉体上进行。"实际上，这是一场由技术和工场化制造的人的"革命"，并且绘制出一种由科学作用影响下的个体活动的东西，并从"胚胎"期就能够左右人的肉体、精神、灵魂及自由，且设置着人的未来。这时的人，不只是制造的生命机体，更是一个"品种"，且是由种姓划分而相互交织的人群。赫胥黎称，他写这部书时的一个念头是："人类被给予的自由意志不过是让他们在混沌和疯狂之间进行选择。"赫胥黎觉得这是很有趣的念头，而且可能是事实。因为在书中他"只给野蛮人两种选择：在乌托邦过混沌的日子或是在印第安过原始的生活"，但为增加戏剧效果，他让野蛮人的头脑显得比宗教教义所能容许的事物要清醒得多。他说："我今天并不打算证明清醒是不可能的，相反，我倒深信它可能，而且希望多看到一些清醒。"② 赫胥黎认为，之所以要清醒，是因为未来的时日是一个在乌托邦与原始生活的两难选择中可能性的实现，是"美妙的新世界"所复写的那种社会。

（二）建设性"整合"力主寻求那种"复魅"

不可否认，科学技术是人类智慧及实践活动的结晶，建设性"整合"作为后现代的演进路径，也无法排解技术支持的必然性，只是这其中的融合性、建设性则力主调节及掌控技术。当我们在这种历史与

---

① ［美］丹尼尔·贝尔：《资本主义的文化矛盾》，生活·读书·新知三联书店 1989 年版，第 144 页。

② ［英］阿道斯·伦纳德·赫胥黎：《美妙的新世界》，孙法理译，译林出版社 2010 年版，前言。

逻辑中观览人的生态存在时，一方面，我们祈望人与自然生态向有过的有机统一的美好天地"复魅"；另一方面，也不可否认我们面临着一个被现代社会、被技术、被资本、被财富的欲念、被消费欲望搅扰的世界。这时往往会产生人类活动的过度，过度的活动，过度的消耗，甚至过度的"贵己"。当人把自己从自然、从生态/生命有机—过程性中凸显出来时，当依有机—过程性而强化对自我及主体的认同时，人们不能忘记人作为生命有机体的本原性存在，以及与万物的生态有机关联；不能忘记"民胞物与"，更不能忘记自然生态（地球）作为人类的家，人类精神文化及身体必须受其呵护和亲情抚慰，这是人在能否获得优化生存问题上最本真的皈依和依赖。文学的生态化，或在文学艺术中建立生态视域，显然会将对自然/生态/生命及审美的过程性展示及"真"性加以表达，且形象、情意地进行传播及流布，不仅直视人的精神与灵魂，而且能够深度影响人的身体性的有机活动状态，显然，这需力主使人的活动能够复归有机—过程性。当人确证"真"的自身，且从自然/生态/生命及审美的过程性中识"真"，悟"真"，育就"真"情时，"真"意在其中就必然存在着对"真人"的发现。陶渊明之所以能够"采菊东篱下，悠然见南山"，决不仅是简单地描写秋天的菊、山岚的美以及身心的"悠闲"，而是在"有我"与"无我"中身心共荣，在"我"与万物有机关联中识"真"。明人李贽要注塑"童心"，其意为求"真心"，而铸"真人"。因为"童心者，绝假纯真，最初一念之本心也。若失却童心，便失却真心；失却真心，便失却真人"。① 文学艺术为世界提供了真理得以显现、照耀，"真心"得以"敞开"的场所，而中国文学传统生态智慧的丰富意涵，其生命体验的独有方式，对万物的情意把控及绘制，作为人类的财富则能够为这种"真"性求解输入无尽的滋养。

（三）建设性"整合"面对中国文学

中国文学传统能否与生态批评"对接"与融合，显然并不只因于各自内涵的"生态"机缘，在方法论方面或许内存着几个必然原因：

---

① （明）李贽：《焚书·续焚书》，中华书局2009年版，第98页。

一是方法与节律推进的必然；二是人的有机主体存在的机能凸显；三是历史与逻辑，有机—过程性必然通向人类的未来。这三重因素尽管是人的活动能够得以永续延伸的重要表征，但都需要"生态"牵引而达最终实现。这同时也表明，我们研究生态问题并非引导人类回归原始洪荒的时代，而是以更加确证的生态存在，建设性地走向未来生态的永续存在。中国文学传统必然为其注入多样性、建设性资源，但却呈现出一定的跨越性，即须跨越未曾经历的近代的历史过程性。中国文学传统特性及"精华"作为事实存在是必然的，是无可置疑的，既具时空的超越性，也为现代人格塑造提供了参照。"生态"化文学及文学生态化也力主通过一种"生态人格"的塑造而把人们带回"本真"的领域，不断确证生态责任与义务，归位自己的感性身体本应具有的生态性生命力，通过节制无限度增长的欲望，启悟人们追索生态性生存，引领人们优化自己的生态生存质量。显然，中国文学传统在这里会获得价值的新生。

（四）建设性"整合"能否将历史作为"镜像"

当代人的活动既接续历史，又立足于当代，更是瞄向未来的。当人类的历史与文化在"生态"境域中重新融合、整合及建构有机活动机能，并历史与逻辑地推进和谐性的"肌体"建设时，就表征了对古代、近代及现代人类运演途中"精华"聚合力的肯定性认同。这时，生态与文学结缘既作为"镜"，又可为"灯"；既映衬，又朗照；既复现现实之"镜像"，又升华与超越，多层面、多途径地使生命的存在扩展和敞亮。

1. 矫正

技术作用也是"双刃剑"，进入技术时代的人们有时会茫然失措，会呈无能为力之感，因而这会产生异化，更会有主体性缺失的感觉。生态与文学结缘，其归"真"的生命体验，既能够帮助人们思考何以在生态条件下生存，又能纠正中心性的欲念、自我的偏执及理性的畸形所造成的人性失衡，所造成的自然"祛魅"，同时也为合理掌控技术，利用技术保护自身，更保护生存的家园提供了有效的参照及"镜像"。

2. 发现

基于生态与文学结缘，借力有机性认同，确证人类未来应该如何生存，尤其是探寻人的生态优存方式。这时人们会祈盼在生态链条上活动且使生命本性得以澄明，体验生命感及生存的真正意义。当人们主动融入生态性优存的境界中时，人们在其中会有重大发现，不仅会发现自然/生态/生命之"真"，而且会发现人之"真"，自我之"真"，甚至是身体之"真"。生态与文学，生态与审美，生态批评与中国文学，意在促使人们发现并借力于对生态/生命有机——过程性之美的绘制及复现而去"发现"。如果从中国文化及文学走向世界，走向未来的角度说，那么这里所言的发现，还会打通一条路径，而且是地球人认识中国的合理、有效的路径。

3. 修复

今日我们言生态与文学，或者是文学的生态化，生态的文学性，带有极强的"修复"性（布伊尔称"修正"）、补偿性，我们探讨生态批评与中国文学传统的融合问题实际上也在探寻一条修复与补偿路径。事实上，我们应该确信：中国文学传统与生态批评"对接"，并构建有效的学理机制，必然会促使生态与文学的缘分更加紧密，也会促使其与人的生存活动更加贴近，因为这关涉着何以能够生态性优存的事理和情理。生态与文学、生态与人、文学与人相互间形成多重"合奏"，去重新修复人与自然、人与自身曾经造成的裂隙，使审美真正地成为目的而不只是手段；使对"生态/生命"的体认不只停留在纸面上，而是融入生命活动的真情、真意中。

4. 乐生

以"生态"牵引的中西互通与融合，促发人们超越功利和异化状态，重新探究及体认"家"的温馨。依自然/生态/生命的有机——过程性运演去自由自在地进行精神畅游，体会"仁者以天地万物为一体""夫乐与天地同和"的精神实在。我们可称之为"乐生"，既可为生态有机性的"乐生"而体认"万物一体"中的"乐生"，又是探寻人的意义性生存的"乐生"。邵雍《待物吟》云："待物莫如诚，诚真天下行。物情无远近，天道自分明。义理须宜顾，才能不用矜。世间闲缘饰，到了是虚名。"邵雍《乐物吟》云："物有声色气味，人有耳目口鼻。万物于人一身，反观莫不全备。"邵雍《观物吟》云："一气才分，两仪已备。圆者为天，方者为地。变化生成，动植类起。人在其间。"① 人的这种"灵贵"作为人的意义性存在，必起因于"万物一体"，亦游刃于构建心灵与精神的超越机能中，当置于生态与文学、生态与审美之体验时，必充蕴着人的意义及世界（包括自然、生态及生命）的意义。

我们可以借用斯洛维克关于生态批评研究"深似大海"的描述，来表明中国文化与文学亦可谓"深似大海"，这个大海的水同样很"温暖"，是可以使地球人"在里面畅游"，且能够获得无尽的快意，能够在其中悟解那种"最灵最贵"。

---

① （宋）邵雍：《邵雍集》，郭彧整理，中华书局 2010 年版，第 359—360、509、453 页。

第十二章　学理构建：路径优化的生态批评与中国文学传统

生态批评由文学阐释到关注生态与环境问题，从确定的批评文本与对象到对人的生存方式的整体观照，这可以作为一条线，一座桥梁，一条必须优化的路径，可以串接历史、现实与未来，且作为跨文化、跨民族、跨时空融通的中介。我们已经明确，讨论中国文学传统的现代转换，观照其何以能够全面走向世界，体现其现代化、世界化，不仅能为生态批评拓展视阈注入无尽的滋养，而且还要为人类的共有未来提供生存论的资源，显然，这同样具有桥梁连通及中介性意义。这都不只是简单地"通"，而需从学理层面，从人类整体视野中明晰其何谓？何为？需要有学理性建构及整合，需要路径优化，需要生态审美体验，需要人类学的发生论考辨，需要回到生活世界中检视，需要知识论构建及多学科交叉融通来实施。

第一节　促动机能优化：生态文化构建

生态文化是迄今人类一切文化成果的合理及有效集合，既是一种观念、机制，更呈现出有机合成性的文化形态。作为对人类文明运行的终极性追求，生态文化必然会促使全社会从人的全面性来推进人的机能优化，不断提升人的生存质量。人的生存质量不只是以物质生存质量来体现的，也不可能脱离自然和现实生存及其人的躯体性活动，必然在整合性、系统整体性、复杂性，以及有机—过程性的综合表现中，由合理的生态生存质量来体现。

一 以生态文化托举文学与生态

生态文化强调有机、共生、和谐及系统整体性，融合文化多样性、共生性，认同异质性、兼容性，更将人与自然、人与社会、人与人及人与自身构成的多重关系，凝结成有机性文化状态。这是我们必须改变价值观、行为方式、生活方式及文明构成方式才能认同并守持的。

（一）生态文化与人类问题

我们言"生态"问题，必然指涉人类问题，更需关注人的未来存在问题。这关涉到人类存在价值观的转轨、生存理念的文化转型、消费趋向的生态转换等问题，需趋近生态公平及环境正义，这一切最终必然呈现为文化问题。生态的文化特性与文化的生态特性凸显出生态文明建设的根本要求，既突出了人的存在的系统化、整体性及生态化，更需要人类的内省及"情理"性人格塑造。这表明人这个特殊的"类"存在，其整体素质及其生存与发展的程度，皆不可别离生态化的基础和特点，不可游离于自身赖以存在的生态环境及多重关系。人的文化能力提升及文明程度的一个重要标志，既表现在积累并结晶出丰富且浩繁的器物性、类型化的文化产品上，更表现为不断提升解决各种矛盾的能力，而其矛盾总是在认识和解决自身生存环境与关系中及在生存发展过程中产生的。这其中最为重要的是合理、有机地调适自身与生存环境（主要是地球生态及自然万物）之有机关系的能力。

（二）生态与人的精神存在问题

生态文化必然充蕴人的精神体验特性，并以精神/文化的状貌优化人的机能。[①] 精神/文化是人类"自体"的成果，是人的存在本性的结晶，同时，在一定程度上，精神/文化可以直接决定"自然—经

---

① 基于中国科学院院士、生态学家马世骏先生提出的"社会—经济—自然复合生态系统"，我对这种"系统"做了调整：一是进行位置置换，即将"自然"置于系统表述的前位，因为生态系统的基础必然是自然生态，系统的序位理应起源于自然；二是提出系统应该凸显人的主要特性，将"精神/文化"作为系统链条上的一个重要环节；三是明确复合性与复杂性是一致的，即复合生态系统本身也是复杂系统，进而确证"自然—经济—社会—精神/文化复合且复杂的生态系统"（见盖光《生态境域中人的生存问题》，人民出版社2013年版，第16—20页）。

济—社会"的运行状况，亦能制约和决定人类寻求自身生态化生存的目的、方法和实现的路径。精神/文化的生态性存在结构也以其规范、平衡及合理有效的活化作用，最优化地显现出"生态"有机性"动态复合体"的意义指向。具体说来：其一，精神/文化活动不仅润化着人的精神心灵运动，而且引导、影响、规范着人的一切活动，从人的生命肌体运动到社会经济运行，其平衡状态都会受精神、文化的影响和规定；其二，精神/文化本身就是节律性的运动，对人的生存活动而言，精神运行映衬着生态性的运动节律，呈现出精神生态的运动状态；其三，精神/文化也是一种多样性、复杂性结构，其非常广泛的包容性、融合性使人的活动富有无穷的魅力；其四，精神/文化是一种提升机制，主要是人的生命质量的提升机制，是人的活动富有斑斓色彩的活动机制；其五，精神/文化的平衡机能可以反馈于"生态有机体"，并积极主动、合理、有效地促使其不断趋于有机—平衡，以致呈现出有机和谐状态。

（三）生态文化托举生态批评

就生态批评而言，尽管出于人们对现实问题的警觉，对人类几千年来所形成的生产、生活方式及文化存在方式产生了疑问，有质疑，有问题意识，因而产生了这种以艺术眼界，以"诗学"策略关注历史与环境，进而反思历史与现实，且意在建设性地畅想人的永续发展，优化未来的路径，这一切又需在整合、有机的生态文化际遇中展开。我们所说的人的生存实践方式如果融于生态文化的整合，其中还有逆向性、反向思维的含义，或者是由逆向及反向的思维而转换为顺向及未来性思维。出此之言的原因有三：一是我们必须立足于现实而回溯历史，确证历史的合理性，那么其思维把握必然是反省性的；二是走向未来需要有历史与现实的基础，这是沿着历史行进的脉络，在展示历史与逻辑的肯定及否定中，通向未竟的历史，显然必然是顺向的；三是无论是历史性地还是文化传统性地走进现代，趋向未来，都不可能是全盘跟进的，而必须以辩证的否定呈现出历史与逻辑的进向。当这一切作为实践人的生存方式，作为整合历史与现实的生存方式时，必然瞄向人的永续性生存，蕴聚着未来。

沿着生态与文化的节律进程，生态批评也呈现为一种未来性批评，尽管其批评指向是历史与现实，但其目标指向理应是人类的未来。同样，生态批评与中国文学传统的融合，不只在现实，还在于学理层面，需要以这种未来性构架作为其建设性条件。

二　生态文化与人的优化生存问题

文学活动必然助推生态文化的形成，只因文学是一种关系性存在。文学的关系不可能是单一的，而必须是多重的。当文学的关系特性经由人与自然、人与社会、人与人以及人与自身的多重关系而展开时，文学不仅会凸显生态文化的特性，而且会从精神、审美的境界性寻求中展示生态文化的自由与美化，并且会借力于形象感应、情意体验及对"生"的韵律性悟解，使之切近人的精神、心灵及身体。

（一）生态文化借力于文学

文学极大地关注着多重关系中人的优化生存问题，当文学与生态结缘时，其对多重关系的调控不仅拓展了生态化，也拓展审美化。生态与审美之所以能够起到这种作用，是因为其中"生"与"多"这两个最基本的条件。有了"生"，万物才存在，生态化才能彰显，审美化才有可能。但"多"却是基础性的，因为有了"多"，"生"才能存在；有了万物之"生"的多样性，才能有种群、生命体及关系的多样性。多样性表明，基于生态、生命之多样性，人的生命活动的关系呈现也是多重的、多层次的。言"生"与"多"实际上是一个问题的两个方面，既构成生态本有状态，也是文学艺术、审美能够跃动生命自由，且能不断提升而至境界性的根本因素。在这种意义上，人的多重存在关系的生态性优化，直至人的生存条件的优化，就不仅仅局限于人与自然之关系的生态优化，而必然是多重的，甚至关涉人的身体、心灵，人在历史与逻辑进程中累积的文化、心理的优化、人的活动，包括日常生活如何能够审美化。显然，这一切组合成了复杂且复合的网络结构，而其本身就是生态文化的呈现。

（二）生态文化与精神生态运行

人自由地、有机性地生存于生态系统中，人能否体验和谐、自由性生存的状态，主要在于人的精神生态系统能否处于有机状态中。这其中生态有机、文学与审美的交织状况，会起到重要作用，其作用显示不仅驻足于人的精神体验及意识性构建上，而且沉积在人的心灵里，跃动在人的身体中。尤其是人的身体之"动势"状态，表征了生命机体的活力状态，而生命的活力则能够支撑精神与意识活动对人的欲望、需要及对利益追求的掌控与沉淀。事实上，人与自然的生态关系能否有机和谐，从外在因素看，当由人的欲望与需要所引发，直至人的躯体性、物质性生存方式的"优化"；从内在因素看，则是精神、意识性活动所至，因为这蕴聚着人的活动的意义和价值。人的精神、意识活动与人的个体、感性、躯体活动紧密联系着，对此，审美活动能起到调控作用，并能够成为人能否得到优化生存的重要指示器。审美活动与精神活动是同源的，具有一致性，因为审美活动必然润化着人的精神性活动，审美的自由主要以精神自由来呈现，但审美不可能脱离生态的存在，不可能离开感性体验，因而审美始终会跃动于现实、具体的个体生命的身体性活动中。

（三）生态文化与人的审美/生态化生存

构建生态文化机制，理应明确我们何以能够推进人的优化生存问题，继而导引人去体认"自由"（依"生"及"生生"的节律）性的生存世界。这不只局限于人的躯体的活动，更需要人的社会性连接，需要精神性的提升，需要审美化的和谐生活，对于物质化、精神化、艺术/审美化的生活交往而言，调适审美化生存与生态化生存尤为重要。事实上，人类所有的生存活动方式，都可以将审美体验方式融入其中，或者说，可以体现出审美活动的包容性、融合性。不断寻求审美的境界，人类活动即能呈现出合理性、有效性，以至于不断优化。关于生态化生存问题的提出，并不仅仅是因为我们面临着严重的生态环境危机，人类遁入了生存的困境，使我们不得不思考人类的生态化生存方式，其更深层原因还在于人本身就是生命有机体，人的生存须趋近机体的有机及优化，因而人类存在本身就是生态化的。人作为跃动着的生命有机体，不仅有创生、共生、爱生的有机交往，而且融入审美/生态化生存应是彰显其终极存在的根本路向。

生态文化需审美化构建，这其中就需有审美化的现实，有对具体的个体生命的肯定，有对个体生命情意的激发。因为生态与文化的构建是由无数的个体、无数个生命机体（人的、自然万物的）自组织而成的，每个个体都是组织网络中的节点。所谓"生态"，实际上就是无数节点的有机合成；所谓生态文化，实际上就是对组织、网络的有机状态的组织及调控。多样的个体被肯定了（自然的、生命的、审美的），多样的身体跃动着，就使生态整体的有机性存在成为必然，人的生态性优存就成为可能。审美在其本质意义上的个体性、情感性以及感性生命体的参与，必然使人与自然生态的有机关联充蕴着情意体验，也使生态文化构成呈现出审美特性。

三　生态文化与生态批评之"跨"

生态文化与生态批评链接有两重因素：一是文学；二是跨文化。首先，生态文化的构建机制不仅是自然、社会、经济及人的精神/文化的复合且复杂性存在，当其建立全球视阈，作为地球生命体的共同活动场所时，它就必须聚合跨文化特性。生态文化借力于生态批评而完备跨文化机制，文学就显示出其主力军的作用。这时的文学不仅仅局限于一种学科状态，更需要在生态文化的全球境域中体现超历史性、超地域性，以文学的多样性、融通性，助推个体审美体验的多样性、有机性。这时，就需要我们建立多重关注角度。

（一）生成性

世间万物都是生成性的存在，而人的生成性是自然的转化及人化，"人化"的过程理应是有机的。这只因人无法脱离生命有机性存在，人的生成之"化"仍然呈现出有机—过程性的节奏、韵律。文化的有机状态必然要凸显自然/生态/生命及审美存在的有机整体性，当人的特性越来越明显地由文化来表现时，文化能否承继生态有机的永续存在，或许就成为生成节律的"焦点"。

（二）自组织性

人作为生命有机性存在，必然是自组织性的，因为有机性、过程性本来就是自组织性的。自组织性的条件是人与外在世界（万物与环境，社会与他人）建立的组织关系是永不割舍、永远无法分离的，"万物一体"，有机—过程性必然是其主要表现。人的个体活动是这样的，人类的群体活动都需在文化的自组织范围内展开。恰恰是人与世界（自然生态的、人类自身的、地球家园的，等等）建立的这种组织关系，不仅使人能够生态性地生存着，而且使文化成为托举自组织性的有机性存在。

（三）复合性

人是复合性的存在，其复合状态是由自然—经济—社会—精神/文化复合生态系统所呈现的。人的生存的生态有机—过程性既是复合性的，也是复杂性的，作为系统构成，表征了人的文化存在的根本特性。事实上，"精神/文化"不仅突出了人的特性，而且是人能否作为生态存在，且能够有机、永续发展的引导机制。同时，精神/文化不仅是复合机体的重要内容，而且是机体整体、有机状态融通及调节机制，应确定着人的生存发展的目标指向性、未来性。

（四）宏观性

复合且复杂的生态系统运行不是单面的、孤立的，也不是某个国家、地域及种族的事情，而应该是全球性的，是宏观性的。作为人类有机整体的事情，当生态与环境出现种种问题时，实际上就是这个巨大的生态系统有机运行面临着问题的困扰，这也是一个文化问题，其最终影响的是人类整体性的生存及发展。跃动于生态文化境域中，要求我们必须具备这种宏观性视野，文学的中西互通及跨文化传播本身也是这种宏观视野的表达。

（五）跨时空性

生态与审美、文化与文学、全球与地方、历史与现实的多重交织及融通，就表征着跨时空的特性。在我们的论题中，生态批评与中国文学传统融合，并构建学理机制作为这种"跨"性之一隅，其时空跨越是多重性及多层次转换的，其凸显的人的精神文化生存特征，其超拔、高致的精神心灵状态，其超越现世的缠绕，摆脱欲望的炙烤，并积极主动地探寻人与自然有机相处的方略，是回答人自身能否得以生态性生存，如何经由生态与文学，生态与审美，生态批评与中国文学传统的多层次、多角度的对接及整合，而构建全球融通的问题。

从生态文化的构建方面讨论，必须关涉理智性、超越性及未来的深度思考，亦须拷问人及其人性的本根性；我们何以调控现实的利欲性及无节制性，平衡极度膨胀的需求，如何植生人们对自然、对生态的公正态度。

第二节　自然审美延伸：生态美学构建

生态批评对自然与生命活动，对人的生存方式的观照及阐释、评价，对其运行机理、过程调控及对生命特性的揭示，都不可别离审美表达，并且理应是生态审美表达。以生态美学观照生态批评的学理构建，可以有几条线路：一是厘清生态批评的美学特性及建立美学原则；二是将生态审美作为生态批评的基础，来延展其生命体验性、身体活动的中介性及对生命有机关系的调节性；三是以自然审美为起点，以考察自然审美向生态审美的延伸及转换为路径，融通生态批评的生命情意的表达方式；四是显化中国文学传统中独特的审美体验特点，对自然与生态的智慧性表达方式，既坐实生态批评的观念及方法，又坚实其学理构建机制。

一　从自然审美的延伸到生态审美特性的明晰

自然美是有机性的美，必然依据自然/生态/生命活动的有机性及丰富多样性。自然美的根源在"生"，在于多样性、共生性之有机—过程性的"生"，在于"生生"之动势的节奏、韵律。自然审美可谓是在自然/生态/生命有机—过程性中的游刃，是"万物一体"，是化生化育的情意展示。

（一）需要被放开的自然审美

自然审美必须是有机性审美，是通过人与万物的有机、创生及情意联通而使"美"显化，并不断"人化"，且作用于人的活动。较之生态审美而言，自然审美更注重对实在、实体自然事物及自然现象的美学观照及体验。在一般美学建构中，自然美的明晰及诠释是困难的，且是美学研究的老问题。其原因在于，人们对自然事物及现象进行体验与观照时，更多的是注重其形式层面及外在因素，或者是在实体、静止及孤立的际遇中体认，且求解某个自然物及现象的特点。我们已经反复论及，自然万物是以生命有机—过程性而存在的，以生命的机能活力及生命多样性、共生性的存在为基础，且建立起有机关联的交融网络。在我们原本的对自然美的认识及自然审美体验中，更多的是将"美"作为一种自然物的实在，或从静止、实体的状态，体认、评价其美与否，也就是能否使人产生审美愉悦。这时，并未更多地对生命有机—过程性中所内存的多样性、共生性及共通感、过程性的网络构成给予深层体认，或者是对其"生态/生命"有机性缺少明确表达。国内诸多的关于《美学》的教科书在界定"自然美"时，往往基于两个层面：一是未经人类改造的自然美；二是经过人类改造的自然美，或曰"人工自然美"。这种表述主要是通过凸显自然物的"审美属性"（何为审美属性？如何表达审美属性？仅仅就是能够让人产生愉悦吗？对此至今尚未有一种令人信服的确证），以及人的实践活动对物的特性及延伸状态的作用，甚至包括改造及"创造"，这主要还是基于物的实在性及人的审美活动的对象性存在的一种表达。显然，这种表达不是自然审美过程的结束，而是过程及环节，或者只是开始，因而我们可以说自然审美是需要继续放开的。自然审美是需要过程及流变的，对某个自然物的实体性（属性）的审美观照需要进行有机连接，既放置在与多样自然物的关联中，又需要审视其如何能够运化生命有机性的节奏及韵律，如何能够依韵律而使自然物动起来，有机整体起来，而真正意义上的美就是这种"动"，是形律、合韵。

（二）"生生"动律的生态审美

我们延伸自然美至生态美，推进自然审美汇入生态审美，这其中尽管不可能别离实在、实存的自然物及自然现象，但生态审美更需要认同物（生态美）的内蕴（或曰"内在价值"）、无限的生命机能及有机—过程性的关联网络。生命活动及建立的多样联系使自然与生态的存在成为可能，也使人类有了存在的基础。我们曾经认同的自然审

497

美，作为人类审美活动的基础，曾经助推着审美活动成为人类体验自身生存价值的至高展示。

当我们开始认识生态审美时，就会感到我们原本论定的自然审美是不全面的，是未完成的审美，也是未能透析根由的审美。显然，自然审美的"未竟事业"应该由生态审美来完成，由此，我们需要将自然审美向生态审美延伸，以通过显示有机性、共生性及共通感，表达自然/生态/生命的有机—过程性，来明晰美（包括生态美）何以为美？审美（包括生态审美）何以可能？我曾这样表达说：

> 从抽象意义上说，生态美实际就是生命的美，是生命多样性的美，生态审美实际也是生命的审美，是生命多样性的审美。人类应该是在生态审美活动中感受到生命的勃发，体验着充满无限生机与活力的生命存在。生命活动是具体的，而不是抽象的，它起始于自然生命力，跃动于具体、实在的生命有机体，同时也成就于与多样生命体建立的交往未来中。人的生命存在和生命活力是对自然生命力的皈依，也是超越。
>
> 人与自然生态的这种认同和肯定而产生的美，不是实体性的，而是关系性的，是在系统整体的视域内表现的。自然美是偏于自然事物本身所具有的审美价值属性；自然审美是偏于人对自然美的感悟、体验而生成的生命精神；生态审美则是自然的生命和人的生命体验的依存、互渗和参与；自然生态审美就是以自然审美为中介的这种生命的共在活动，它更趋向于由生命活力的放射而促成的人与自然生态的和谐共荣关系。在自然生态审美体验中不仅肯定人的生命精神和价值存在，更需要肯定自然的价值存在和权利认同，它要超越审美主体对自我生命精神的认同，而走向对人和自然生命存在"共感"的认同。①

当继续审视这种关系及延伸路径与条件时，我们还会看到，生态

---

① 盖光：《文艺生态审美论》，人民出版社 2007 年版，第 21、250 页。

审美并非驻足于物的外在实体及形态，而是深潜于其以"生生"运演节律而呈现的有机—过程性中，既以物之"生"的内在价值活化肌体能量，又以"生"促动的"万物一体"来凸显美。① 这时"内在价值"与"万物一体"都是生态审美的内在要素，多样性、有机性、联系性、连续性就会成为生态审美的思维及体验最为主要的方式。唐代李百药的《雨后》云："晚来风景丽，晴初物色华。薄云向空尽，轻虹逐望斜。后窗临岸竹，前阶枕浦沙。寂寥无与晤，尊酒论风花。"唐代戴叔伦《精舍对雨》云："空门寂寂澹吾身，溪雨微微洗客尘。卧向白云晴未尽，任他黄鸟醉芳春。"韦应物《闲斋对雨》云："幽独自盈抱，阴淡亦连朝。空斋对高树，疏雨共萧条。巢燕翻泥湿，蕙花依砌消。端居念往事，倏忽苦惊飙。"王建《听雨》云："半夜思家睡里愁，雨声落落屋檐头。照泥星出依前黑，淹烂庭花不肯休。"这其中"雨"作为自然生态现象，是串接几首诵"雨"诗篇的有机连接点。"雨"是有机性的生态存在，既联系多样的自然物，又使其在有机—过程性中交织，使万物尽显"生态""媚态""情态"及"美态"。这时"雨"润泽着万物，又促发了人的生命感，调整着人的身体，制导着人的情意。恰恰是这种自然/生态/生命的有机连接及连续性，不仅成就了生态审美体验，而且在生态"居舍"中系列发生，表达着人与万物有机联系的"栖居"状态。尽管这时人的心境状态不同，但"雨"作为最主要的"实用体"是人和万物存在都离不开的。"雨"的"善性/善行"滋润/滋养着人与万物的肌体，促成并参与生命的机能交换及情意勃发，呈示出生命机体之动的律及韵。

---

① 一直以来，我对"何谓/为美"有一个看法。首先"美"基于生命而存在，生命的机能在于"动"，而动是有节奏、韵律的，是有机—过程性的"生生"之动，恰恰是依循着这种节律性的生命之动，就呈现为美。我们所言的外在美，乃至形式的美，还有内在的美，理应汇聚了生命之节律的动，否则，美是无法被说清的。学界一直坚守的美与和谐性的问题，实际上是节律性之动的表现。即便说到人的美、社会的美、精神的美，如此种种，都需表征这种节律性之动，或者人的活动、社会存在及精神张扬不仅源自生命的有机—过程性的节律性，而其本身就是价值、韵律之动势的表现。大到宇宙空间，小到细微的细胞组织，都会有自身之节律性的行动轨迹，这是不可变异的。任何物的存在，包括生物种群，生命个体，都会以其节律性的轨道、轨迹与万物连接，继而形成"网络"。所谓生态美，或曰生态审美就应该在这种多样、共生的有机连续性的网络构成中求解。

（三）"生态平等"的审美表达

由自然审美到生态审美需要我们继续明确，生态审美致力于生命有机性体验，即便是对某一单个的物及生命体，也总会以其"物性"特征，以其存在的有机—过程性，与他物及环境构建的关联性来体认。事实上，我们完全可以通过此物与其他事物及环境关联的状态来认识何为"美"，并把握美的存在特性。即便是在日常生活中普泛存在的，或者说长时间形成的物性感悟，价值评论的习惯及标准，那些曾经为人们不齿提及，或者感到厌恶的自然物、生命体（种群）及某些自然现象，甚至是腐烂的肌体，被遗弃的废物，被动物食剩的"残汤剩饭"，当其作为生态存在物（有机—过程性的连接，物质转换网络结构的必然），在"生生"的运演节律上成为不可或缺的有机存在时，其内在价值及其意义则是确定的，并且必然是"万物一体"网络不可缺少的扭结点及中介，因而这也必然成为"生态美"之不可缺少的体认对象及构建因素。我们是否可以称之为"生态平等"的审美表达？①

这种"平等"性表明，人们从事生态审美体验，既在体验生命的活力，润化生命的律动，亦在感受生命的韵味，且在由其印记的生命存在的有机多样、生命联系及过程中体认"生"的意义，继而在全新的意义上认同万物（种群、生命体）的生态特性，体验新的生命存在，继而优化人类的生存活动方式。当这些生态现象游刃于文学艺术中时，其有机性悟解，情意性融通及审美表达必然会顺通；其种种不尽如人"意"和人"情"的生态存在物就会发生转换，或由恶与丑（实为人的判断）转换为生命体验（有机—过程性）不可或缺的"生态/生命"有机性存在物，成为植生生态美的必要元素。因为文

---

① 确证生态美及生态审美，除了我们已经明确的，需要依循"生态/生命"有机—过程性节律运演之外，还需要明确必须在系统、整体的生态境域中展开，而有机—过程性的节律性本就是系统整体性的。仅就单个物的实在及局部自然现象是无法确证生态美的，或者只能是驻留于我们曾经所言的"自然美"。即便是人工自然美及环境美，也必须是依有机—过程性的节律状态，在人与万物生命的交往、连接中构建的，继而植生生态美，而某种单个的自然物及自然现象也无法形成生态美，我们也无法进行深度生态审美，或者这也只能说是形成了与人工自然物的审美关系。

学艺术活动作为人类至高的审美体验方式，最能展示美的品格，其中不只是自然物之生态美的品性，更应促发人的精神品格中的生态正义。这种品格展示不应该简单地对待万物及人，也不应该脱离有机—过程性而仅仅依人的好恶（主要指对自然物性的存在）来确定对物的存在的评价及取舍。自然生态的审美体认不同于文学艺术的审美，但审美作为"人性"的生命体验方式，既无法脱离自然/生态之美，更需要文学艺术审美来活化生命机能，提升生命的精神品质，结晶其审美智慧，乃至最终给予文化沉淀。

（四）由生态审美观照中国文学

中国文学传统中指认"道生"，感悟"自然"，绘制山水及自然生物的生灵，作为审美体认，不仅凸显了情意化自然物的生态之美及魅力，而且已经具备生态审美的特性。在文学的生命体验中，人们面对自然之物，往往不是孤立地描绘"物"的形与态，而总是将物放在环境氛围中，或者在时间的运演节律中，在"气象"的转换中，在物物，在人与物之间交换能量与信息的一体交往中，在整体、有机及多样性关联中凸显这种"万物一体"性。

中国古代人的审美活动并非拘泥于对单个自然物，或某种现象的审美观照，而已经表达着有机—过程性、共生—互利性的生态审美特性。如杜牧的五言诗《题扬州禅智寺》云："雨过一蝉噪，飘萧松桂秋。青苔满阶砌，白鸟故迟留。暮霭生深树，斜阳下小楼。谁知竹西路，歌吹是扬州。"蝉与秋，一生物，一季节；青苔与白鸟，一植物，一生物；暮霭与斜阳，指称傍晚的两种气象状况；加之"雨过"，在风中摇曳的松与桂，白鸟的留意，深树与小楼，如此地有机交融。尽管此时，诗人意在畅述"禅智寺"之静，但却以万物生命之"动"而显"静"，并在时间的节律转换中，以多样自然物及现象的有机构合，展示着这种"万物一体"的多样关联性。显然，我们无法否定这不是一种生态交往，不是一幅生态审美的图画，我们对之进行的这种体验及阐释不是一种生态批评。又如杜牧的《村行》云："春半南阳西，柔桑过村坞。袅袅垂柳风，点点回塘雨。蓑唱牧牛儿，篱窥茜裙女。半湿解征衫，主人馈鸡黍。"此诗以春、西、风、雨交流转换，建造了时序、气象及方位，以南阳、柔桑、袅袅垂柳的有机动态性，铺设生态审美环境的状态，牧牛儿、茜裙女的田园人家生活境况，复现了自然、美与人的自由之在的生态和谐图景，有着陶渊明之"此中有真意"的审美境域。宋代王禹偁也有七言律诗《村行》，诗云："马穿山径菊初黄，信马悠悠野兴长。万壑有声含晚籁，数峰无语立斜阳。棠梨叶落胭脂色，荞麦花开白雪香。何事吟馀忽惆怅？村桥原树似吾乡。"尽管这是一首表达乡思之情的诗，但其以行、穿在秋的时序的动态节律中，极尽铺设自然物象。这又不是凝固、静止的自然物，而是自然本有的生态转换、变化及活化，菊初黄、万壑声、晚籁情、山峰语、斜阳立、棠梨叶落、荞麦花开，如此种种，实在是形成了整体、有机的生态景致，加之自然物象相互比衬及人思乡的浓重的情意渲染，给予"万物一体"以诗意表达。同样，我们也不能说这些诗篇不是一幅幅生态审美的图景。

由此看来，在艺术审美的创生者那里，除了主体的个体化的生命体验外，重要之处还在于自然/生态/生命之有机性的艺术审美转换。成就文学需得自于多重的生态观照：一是实存的自然/生态存在（实在物及"生生"之律）；二是人的社会关联及文化的生态存在；三是活动主体自身及间性交往的生态存在；四是文本及文本间性，文本与阅读环境间，文本与历史运演间的生态存在。生态批评需要面对这种艺术文本特性及关联，或者融入文本的"生境"，更需以其审美视界不断给予拓展及延伸，将批评者自身，创作者的个体生命体验及环境、荒野自然的特定位置在互为转换中表达出有机—过程性。

二 艺术化与生态审美关系

对于自然/生态/生命的审美，既是自然人化的生态转换过程，更是艺术化提升过程。"万物一体"的生态图景被诗意地传达，其"真意"也会被深层次地挖掘。艺术化的有机—过程性转换实际上也是关系的变幻、交叉、叠加，由此而表达的生态审美关系就不仅仅局限于人对自然生态的观照态度上，同时还表达了人在其中的作用，以及这多重关系的构建对人格塑造及人的生存的作用。

当我们用生态批评的方法来挖掘中国文学传统的生态审美元素时，实际上是一个再发现的过程，是历史延续及审美表达的连续性过程。当我们认同自然审美向生态审美延伸之时，即会明晰这种连续性：其一，自然人化过程的生命连续性；其二，万物生命与人的躯体活动、精神体验及德性品质的连续性；其三，文学艺术由产生到现代转换的连续性。与此同时，也明晰了生态存在的普泛性及生命存在的必然性。从这种意义上看，生态批评与生态美学都具有包容性，不仅促动自然/生态/生命的有机性，调适着人的生存的优化状态，而且还呈现出跨文化、跨地域及跨越历史及时间的特性，由此而呈现其极大的容量。诚然，生态批评也好，生态审美也好，当其作为学理而存在时，不论产生于哪个地域，跃动于哪种文化场域，必然充蕴着对历史境遇及文化场域中生成的艺术的包容，且胸怀不断地拓宽。同理，我们在此挖掘中国智慧的生态意涵，延伸中国文学传统的审美价值内涵也具有必然性。伯林特在《艺术与介入》一书中论述审美经验统一体时认为，一种包容发生于艺术中的根本变化的美学并不必否定过去的艺术。"事实上，一种新的理论语境可以使传统艺术重获新生，其方法是使它们更容易为现代鉴赏力所接受。"在他看来，艺术与我们来自经验艺术的感知及意识都不是永恒的，而优秀艺术的阐释的丰富性会引导人们超越对象的固有性质，以适应新环境。他进一步指出："艺术可以比解释它的理论更为耐久，并通过一种更具包容性的审美而增强力量。一种可以将当代艺术与传统艺术联合起来的审美理论将有助于重新确立我们与艺术传统的联系，它们不再是储存逐渐过时奇特事物和神圣典范的仓库，而是通过历史性的共鸣而得到扩展的现代社会中的鲜活力量。"① 生态美学作为一种新理论形态，植生于现代社会，且被不断拓展着，并呈现为掘井及泉性地体认生命活动本根存在的美学。这种美学不仅需要有围绕"生态/生命"而展开的独自的学理构架，而且必须呈现为促发人们获得生命创生及其共鸣的美学，

---

① [美] 阿诺德·伯林特：《艺术与介入》，李媛媛译，商务印书馆 2013 年版，第 63 页。

因而我们也可称为是一种建设性的美学。当我们以其观照中国文学传统与历史性存在，使之作为一种储存、一种人类资源、一种必然产生的人类共鸣，并成为现代鲜活生命力表现的一种重要滋养时，显然，就需必要的理论系统、阐释语境、体验方式给予推介及确证。

审美的生态性及艺术化使生态审美可以有多重表现关系：其一，审美主体与作为审美对象的自然/生态/生命共同构建的本源存在的生态审美关系。其二，审美主体在艺术审美的生命化体验过程中所蕴聚的自身灵境，且呈现出精神文化形态的生态审美关系。其三，审美主体以及所创制的审美文本与接受者共同建立的生态审美关系。对于文本存在的生态审美关系，其中具有自然生态审美、社会生态审美以及精神生态审美的多重构成，并且以多重关系构成而促动人的生命体验，当其被艺术熏染后，其艺术化就会推进生命有机性体验的精神化、自由化。自然审美延伸至生态审美是一种必然，而其丰富且有机构建艺术审美活动同样是必然，但其延伸与丰富全在于对自然/生态/生命有机活力的展示，是对其进行的精神化、自由性的认识。当我们真正认识到生命有机存在的亘古永续时，实际上也践行着身体/心灵、精神/大脑的共荣互参。这时它作为一种互为介入成就着审美体验，或者明晰自然/生态/生命/生存策略的审美体验。事实上，生态审美关系的具体性、现实性及可操作性不仅难以脱离生命有机—过程性，而且其实践性、可操作性及对现实的观照，对有机性的指认并不只限于一种理论原则，或更是一种生存策略。美国学者菲利普·克莱顿说："生态美学不是一种抽象的哲学或一系列理论原则，它是理智的安排，明白的认识，是一种度过自己生命的方式。"① 身/心共荣互参而对艺术审美的提升，也必然成为对自然/生态/生命体验的介入策略，这既是经验性的提炼及参与，又需要由个体身/心的共融而成为有机性的参与。提升也需由个体多样性成就的整体有机性的参与，这更会呈现出人类及文化的整体植入。这其中尽管会有地域、地区、国

① ［美］菲利普·克莱顿：《从过程视野看作为后现代理论和实践的生态美学》，庄守平、程相占译校，《江苏行政学院学报》2013 年第 4 期。

家、民族或种族的差异，然而，凡是人类及其文化的存在就不可能别离这种参与性。

艺术审美与生态，一方注重由感性而至精神的提升，另一方跃动于由肌体及能量互换所形成的有机—过程性的连接网络中。它们多样、复合且复杂地相互结合，从而接通人的生命活动，连接差异，形成共鸣。生态作为艺术的基础，不仅能够成为艺术审美的一个维度，而且是整体贯通，是艺术接通人的活动的有机整体及过程的连续。伯林特由介入美学而延伸至环境美学的研究，其中有三个重要环节是需要我们关注的：其一，环境是人类生成的整体性、复合性的存在。他认为，人是需要审美地参与环境建造的，艺术活动中的创作者及欣赏者实际上参与着环境的建造，并且"欣赏者通过促成构成审美过程的各要素的统一而参与了审美"。其二，介入和参与离不开"连续性"。这其中艺术是融合了个人文化的经验，并守持"一种经验模式的个性"，在他看来，"在艺术家对没有文字记载的文化中的艺术力量进行重新发现的时候，有一种深刻的连续感，在这种文化中，艺术作为一种把人与大地和宇宙联结在一起的仪式而起作用"①。其三，"审美场"。它展示了审美经验中不同要素的一体化，并且是展示合奏感觉模态的联合现象的表述，也被伯林特称为"通感"。事实上，我们也不妨说，艺术审美对生态美的这种提升既是生态的延伸及连续性的表现，也是一种"仪式"的呈现，是人们对自然/生态/生命的经验把控及身心共参，继而使生命能量得以优化的仪式表征，是人类对自身再发现、再认识的仪式表征。我们反复表述过，生态批评与中国文学传统具有天然合一性，在艺术审美的家园中相互间具有交融的条件及环境，作为人类共有财富，以求共享，这是可能的，更是必要的。我们无须对这种有可能"合一"，或者疏通有机—过程性的文学与生态谈论高下，论优长短劣。我们需要承认，在文化与文学乃至审美的演进历程中，中国文学尚不能全然走进异域，但假以时日，它必会获得全

---

① ［美］阿诺德·伯林特：《艺术与介入》，李媛媛译，商务印书馆 2013 年版，第 66 页。

球共知，人类共同体验，这理应成为一种必然。但要使其成为现实，构建学理机制，确证必要性、合理性，明确其为什么，做什么，如何做，且与必要的理论类别交叉互通、互为支持就是当务之急。这时生态美学对生态批评，对中国文学传统的现实转换，对最大化地为他人知晓，不仅有本根性的学理基础，而且中国文学中对自然/生态/生命的审美体验及观照方式，则是生态批评与中国文学交融所必须注入的理论滋养。

我们可以借用克莱顿的话来表述："几千年前中国产生的道家思想就是一种善于掌握平衡的思想，因而，中国很可能在平衡哲学、生态美学的形成和补充中成为世界的领导者。"① 我们祈望这个结果，要获得这一结果不仅需要时间的验证，更需要多方的努力；这是我们的义务，也是责任。

三　生态审美的构建原则

作为文学的历史及连续性的凸显，生态批评与中国文学传统的审美特性展示需要生态审美构建其融合机理，并突出其现代意义的操作性及对未来的指向性。在我看来，这有必要将中国古代人的生态智慧，将中国文学中对自然（四季、节气之节律、山水、生物之态等），对身心居舍及家园的追思，对"生"及"生生"的情意体验的美学表达极尽挖掘、提纯，甚至放大，将生态批评的生态主义观念，将欧美文学中对自然、大地、荒野、区域、森林、处所及诸种景观的美学书写及阐发进行合理对接，亦即将中国文学的诗性与西方文学的画性进行美学构合，继而植生出在现代条件下的"诗画一体"。这多样融合性元素，都能成为跨文化际遇中表达生态与文学结缘而形成美学特点的重要资源，也更适宜探求人的生存，并成为构建未来优化生存的体验及实践条件。

对生态批评和生态文学的美学原则，国内有学者给予了多方面研

---

① ［美］菲利普·克莱顿：《从过程视野看作为后现代理论和实践的生态美学》，庄守平、程相占译校，《江苏行政学院学报》2013 年第 4 期。

究，并特别强调了对文学现象及文本立足点的掌握。王诺有关于生态文学的生态审美构建的四原则，即自然性原则、整体性原则、交融性原则及主体间性原则。王诺认为，对生态文学审美原则的探讨不能止步于这四种原则，生态文学家在创作实践中还进行了处所的审美、生态区域的审美、荒野等原生态景观的审美、家园的审美、生态的存在或"诗意地栖居"的审美等。王诺认为："生态审美研究和生态美学理论创建不能仅仅在理论的层面展开，还应当高度重视对文学家的生态审美实践的归纳总结和提炼升华。"① 王茜也认为，尊重文本的审美规律，探询符合生态精神的审美原则是当前生态批评的当务之急。她也沿用人们惯常的研究视角，从自然审美入手把握生态批评审美原则，但她一方面注重现象学乃至身体性的阐发，提出以身体感知为核心的参与性自然审美；另一方面，从艺术本体论植入来拓展生态批评审美特点的研究思路，从人、自然、艺术三者彼此关联的层面寻找生态批评视野拓展的方向。王茜说：

> 生态批评回归文本并非要重新将文本视为独立于现实的审美结构系统，而是在突出身体感受性的基础上，把艺术当作一种人与世界互相开启、彼此共存的生存方式，当作自然审美的塑造者和引导者。这样，生态批评就可以走出仅仅从思想主题角度进行批评的单一途径，进入艺术内部，对艺术的审美规律给予充分关注，从而走出外部批评与内部批评无法沟通的困境。②

学者们的研究具有重要的启示意义，但回到我们对"生生"，对自然/生态/生命有机—过程性的关注上，回到我们极度关注的人的生态生存问题上，学者们对生态批评美学问题的审视似还需有更深的进向。或者从本书的研究视阈看，从生态美学层面审视生态批评与中国文学传统的学理构建原则，仍然无法脱离我们所言及的"有机性"

---

① 王诺：《生态批评与生态思想》，人民出版社 2013 年版，第 251 页。
② 王茜：《生态批评的审美原则》，《鄱阳湖学刊》2012 年第 1 期。

原则，只是在这里，有机性内涵还需被极大地丰富。

第一，从基础层面来看，有机性须凸显多样性及共生性。我们已经反复论及多样性与共生性问题，如果从本论域中继续拓展这重视阈，仍然要关涉到几个层面：其一，生态批评的有机性审美所涉及范围的多样性，除上述学者已经谈到的诸多内容外，实际上对多样性、共生性的把握更应该由文学审美体验来深化，且能够深度影响人的生存机体及人格塑造诸环节，以丰富生活，构建个性、自由与自身生命的有机体。其二，中国文学对审美表达的多样性，有时对自然、对人生的审美表达，充蕴着至深的生态智慧及生态情结，其中也不乏个性化的表达，其地域、地方性表达及流派、类型方式的表达也是甚为丰富的。其三，有机性审美的多样性必然走向共生，由"生态"之审美而牵引的中西文学互通，同时也表征着一种文化多样性的共生。生态与审美既是牵引共生的基本条件，更是有效策略。因为相互间以自然、生命连接起地球人的有机一体化及相似性的活动方式，不论是个体的人，还是社会组织、国家层面的人，甚至是民族本体境域中人的存在，各自都能够在生态与审美中追寻到自我。

第二，从美学特性而言，有机性须突出"诗画一体"。"诗画一体"的美学原则，可以将其放回到自然、生命的本来之色彩（绿色）中观照其有机性，因为诗与画都会"泛绿"，诗意的节律性本身就是有机—过程性运演状态的呈现，画意性本身也是荒野之绿色及有机性表达。这不只限于中西方审美表达中关乎诗意与画意，或如诗、如画的分野，且在中西方文学中不论诗意还是画意都会表现"生生"的，或有机—过程性节律；都会呈现绿色的有机性，并且通过艺术审美而被智慧性地结晶为"诗画一体"。

第三，从文本交融层面看，有机性须延伸至互文性。从这个层面看互文性，并不局限于单个文本间的"间性"关系，实际所言是跨文化、跨民族、跨历史性的文本互通而显现的互文性。这一点在中国学者中也有以解读西方自然/生态/环境文学文本，并从文本"间性"交往关联体认生态交融的研究，显然，这也关涉到中国文学传统的域外传播、影响及接受的程度。当生态批评被国内学者广泛接受时，学者不仅用这种方法及从这种视阈重读，或重新阐释中国文学（古代及现当代）文本及文学现象，而且随之对欧美文学（古代及现代）中的生态要素、荒野意识、环境审美，乃至自然书写给予重申及解读。由互文性到文本"间性"，作为推进跨文化的生态与文学交融及学理构建，必然以文学文本及文学现象为基本条件及中介，但这又不止于互文性接通，其文本接通现象更是在文化、地域及民族性的大视野中展开的，其中还必须涉及人们的生活方式及文化存在方式的接通，实际上是文化间性的表达。显然，这也是借力于自然/生态/生命及审美来牵引而表达的一种全球共通性。

第四，从跨文化交流方面看，有机性须结晶为"文化间性"。同样，本书多处论及了"文化间性"问题，但如果以文学文本的这种互文性交融而植入本书的观照视阈，实际上这种"间性"的表达需要有审美活动的环节。这其中显然涉及美学上的对话及有机性体验问题。国际美学学会前任会长海因斯·佩茨沃德在"美学与多元文化对话"国际学术研讨会开幕式上的讲话中提出了美学的"文化间性"转向问题，并认为，美学的"文化间性"转向是在全球交流时代实践美学的一个突出的方式。他指出："'文化间性'转向总是以某种方式导向文化研究，并在各自现代化的模式之间进行区分。没有一种单一的现代化模式可在全世界作为无可争议的规范而起作用。"[1] 我们仍然将这种文化研究归复到自然/生态/生命的体验节律中，既夯实这种"间性"交往的基础性，也将生态有机性沉淀为文化状态，呈现为文化生态有机性。这种有机性状态既没有单一、独立、静止的文化形态，也没有不可交往、对话，甚至是不能交融、兼容的文化关联。

第五，从解放的视阈方面看，有机性促就了多重解放。有机性与审美联姻，才真正回到了"美"的本意上，不论是言自然之美，社会之美，还是人之美，本身都是生态/生命之有机性节律运演所

---

① 海因斯·佩茨沃德：《当代全球美学的"文化间性"转向》，刘悦笛主编：《美学国际：当代国际美学家访谈录》，中国社会科学出版社 2010 年版，第 3 页。

至。从真正意义上讲，美的自由，美的解放，全在于人在多重关系中的自由与解放，且在于既解放人自身，又会由此而解放自然（即解放被人类规定，且不断被人征服、改造的自然），回归自然之生态的本意及本真。

生态批评与生态审美是不可分离的，国内学界有时将其放在一起讨论也是有道理的，只是两者的关注点及阐释角度、理性确证方式不同。在我看来，中国文学传统中浓重且有机性的审美体验状态，在现代转换及跨文化走向中，乃至构建生态交融的策略及路径中，需要转换且被极大地发挥，对此，构建合理的学理及认知系统是必要的，也是必须的。

第三节　发生境的牵引：人类学构建

从方法论上看，本书的学理构建须借力于人类学，通过考究人类发生境来认识现今的人类问题，寻求解决人类问题的方略。事实上，这是前瞻发生，释解过程，设定未来的人类活动轨迹的一种描述。多样性、共生性及有机性仍然是其必须立足的基础及使用的方法，但这又需特别注重自然、生态、人化、文化、全球化等术语及语境，是厘清在跨文化交织中表征文化认同所须观照的基本条件。美国人类学家约翰·博德利指出："人类学的视角考虑人类从遥远的过去直到现在如何创造和维护可持续的社会文化体系，因为它对于解决人类问题特别有用。人类学家会考虑当今全球问题的各个方面以及不同问题之间的联系。"鉴于当今社会面临许多紧迫的问题，博德利进一步明确指出："为了改善未来的前景，我们应该采取一种更加宽泛的人类学视角看待当前的困境。考虑到人类的基本特性与生物极限，将有助于在组织与文化上寻找解决当前人类问题的办法。"①

我们观照生态批评与中国文学传统这两重视阈，不仅是人类整体

①　［美］约翰·博德利：《人类学与当今人类问题》，周云水、史济纯、何小荣译，北京大学出版社 2010 年版，"前言与致谢"第 2、2 页。

需要关涉的，而且作为特征性鲜明的文化存在，是现代人从事生命活动需要倍加关注的两重体验境域，因为这其中包含能够借力于"跨"而深度影响人类整体，指涉人类未来发展的问题。伊万·布莱迪编的《人类学诗学》开篇就谈道："人类学研究的领域跨越时空，涵盖了千万命题。人类学的理论和方法亦是多种多样，常言道，人类学乃人文学中最为科学之科学，乃科学中最为人文之科学。跨学科的研究给予其多样性以学术支持。学科间的交融使人类学走向'后现代主义'哲学与文学的炼狱。"[①] 人类学的学科特性亦可呈现出一种有机构建且解析人类自身问题及事件的学科，而且关注人类"可持续的社会维护体系"问题，我们的论题显然需要在该学科中交融，汲取滋养。如果我们继续充蕴"跨"的内容，延展"跨"的边缘，人类学也是绕不过去的"坎"儿。我们从发生源，沿着有机—过程性到现实，直至观照未来，作为探究人类自身的事情，且从学术层面考察其问题的发生，其"跨"的人类学表征应该有三个介入视角：一是生态批评的人类学发生视角；二是中国文学传统发生如何产生人类效应；三是对两者何以能够融合而发生的问题进行人类学"整合性"考辨。前文研究"跨"时，我们已经对这三个问题给予不同程度的关注，已经有着较为全面的把控。我们从人类学的学理界面继续延伸，但鉴于人类学领域的分类较多，又鉴于我们观照的问题是具体而现实的，所以我打算将文化人类学、生态人类学及文学人类学三个视阈植入我们的研究中。

首先，看文化人类学。生态学与人类学都基于多样性、有机性来关注人的生存问题，并且会深度关注人的发生及人类何以能够由文化多样性来呈现人的存在问题。我们从生态问题方面进行研究，主要是致力于从有机—过程性角度整体性地关注人的生存，并且是人何以能够生态性地生存，且人何以能够将这种生存状况结晶为文化存在，文化人类学或许能够给予不同程度的解答。因为文化人类学本身就是关怀人类社会及文化的研究领域，要"描述、分析、诠释人类社会与文

---

① ［美］伊万·布莱迪：《人类学诗学》，徐鲁亚等译，中国人民大学出版社 2010 年版，第 3 页。

化的相似性及相异性"①。兰德曼称:"文化人类学是未来的人类学,过去的一切人类学只不过是它的前奏。它是首要的人类学。它不会人为地使人脱离他生活于其中的自然界;它认为人与自然界是相互联系的,人既是自然世界的承担者,又是为自然世界所生养的。然而,人在其中生活的世界,就是文化。因此,首先包围着人的,是文化人类学。"② 植入这个由自然世界所"生养"的领域,文化也应该与自然的演化相随,与人的生命特性的"进化"相伴。事实上,文化人类学观照人的存在的全面性、整体性,还包括人的体态、心灵"进化"的特性。从这种意义上说,文化也是人的发展的过程认同,至此,就需要关注东西方文化的根脉状况,也须确证相互交融对于人类"进化"过程的必要作用,继而体现这种"文化"过程所呈现的网络结构及蕴含的意义。克利福德·格尔茨说:"我以为所谓文化就是这样一些由自己编织的意义之网,因此,对文化的分析不是一种寻求规律的实验科学,而是一种探求意义的解释科学。"③ 在这里,文化的意义呈现,一方面必然助力于人的生存印记及结晶文化过程,另一方面也会紧紧依照人的演化过程及结构梳理人的文化存在状态。从"生态"角度关注文化人类学,并非止于对人何以能够跃动有机性身体存在的把握,而更关注人的生态性生存的文化呈现问题,其意义展示也在于此。从生态批评与中国文学传统不同的发生源,不同的演化路径,不同的文化语境,且又在相同的历史机遇中,在相同的人类问题的审视中聚合其意义,而其意义的放大,以及效力的发挥,皆利于相互间的交融。这既呈现为人类共同的事业,又不断明证着人类作为文化存在的未来形态。因为文化人类学本身具有"整合性"视阈,是跨时空、多学科合成的科学,因而其意义的表达及放大,乃至其文化

---

① [美]康拉德·菲利普·科塔克:《文化人类学:欣赏文化差异》,周云水译,中国人民大学出版社2012年版,第9页。

② [德] M. 兰德曼:《哲学人类学》,阎嘉译,贵州人民出版社2996年版,第191页。

③ [美]克利福德·格尔茨:《文化的解释》,韩莉译,译林出版社2008年版,第5页。

存在同样通过这种整合性，依循多样性，而跨越性地观照人的宏观发展及人类的未来性问题。

其次，看生态人类学。文化人类学与生态人类学是相通的，从学理构建而言，学界一般将生态人类学置于文化人类学之中，我们这里将两者分开来讨论，主要是突出生态人类学对于环境与文化关系的关注，继而探寻跨文化交融中环境何以促生，不同环境如何植生于"生生"之链，且形成不同的文化状况。生态人类学介入人的生存问题，主要是从人类的发生意义方面，从人的生存发展过程中与环境建立关系方面，以及人类演化发展所印记的文化存在等方面，审视这一切何以能够影响当下人的生存及未来发展。当这多项内容共立，且建立学理视阈时，"环境"这个人类活动无法脱离的家园状态不仅是学理确证的基础，同时须明确这应该是一个中介性话题。之所以这样说，是因为这会牵引人们审视视阈中那种曾经存在的，关于"万物有灵论""环境决定论"的纷繁论争。不论人们是否承认环境能够决定人们的生存，但人与万物存在都需要环境，或者人与自然万物的活动都发生于且永久地生存于一定的环境中，这理应是不言而喻的。这个环境的基础性存在是自然生态环境。"万物一体"所含蕴的人与自然万物的交往，不只限于物质转换，更需要共同识别物之生命的灵性，观其神态，悟其生命"力"的发生及运动方式；不只用其体，而更需解其"惑"，体其"魅"，且以人之情思及体验而将其转换为文化存在，或者以此来映衬人的活动方式及文化特性的基本状貌。对于"环境"而言，如果由自然生态环境到社会生态、精神生态都能够作为"环境"存在的话，这里的环境显然就呈现为文化的存在，或者可以称为"文化环境"。东西方文化的形成，乃至人类活动特性的生成过程，也是受制于自然生态（地理）条件的过程，但当人的活动作为文化而被印记、传承时，其自然的、生态的乃至地理的条件也就被称为文化存在。我们论及生态批评，论及中国文学传统以及相互间的交融及学理建构，最终是在这种文化环境中成立的。这时所谓的自然、荒野、景观、山水、花鸟、雪雨、矿藏资源、江河湖海、日夜、四时、二十四节气、"天人合一""万物一体"等都会作为文化环境而存在。

美国人类学家唐纳德·L. 哈迪斯蒂在借助学界观点，讨论环境与文化的关联时也谈到生态学两个互为因果的思想："即：一是环境和文化皆非'既定的'，而是互为界定的；二是环境在人类事务中的作用是积极的，而不仅仅是限制或选择的。"哈迪斯蒂还用卡普兰和曼内斯的观点提请人们特别牢记这样的事实："在反馈关系中环境和文化的相对影响是不同等的……有时文化起到更为积极的作用，有时环境又占上风。"① 东西方文化的交融乃至跨文化交际，其实就是由环境与文化碰撞到介入，到交合。生态交融的一体化、有机性，文学审美融合及生命力的打通是至关重要的，而这一切又必然转换为文化环境。事实上，我们从人类学视阈观照东西方文化的这种交融，生态与文学、生命与审美作为重要的交融手段，其重要之处就在于借力于人的活动生态、生命体验的特性，借力于人作为生命有机—过程性存在的共同共通性。

最后，看文学人类学。文学人类学与人类学的其他研究领域的相同之处起码突出了三重"跨"，即跨学科、跨文化及跨时空。文学人类学与之不同之处则在这种"跨"的氛围中有两重发生线路：一是由文学到比较文学的转换，继而再到文学人类学的转换。二是"既有其国际的跨学科潮流作为大背景，也有中国现代学术语境的特殊需要作为现实语境"②。叶舒宪强调这种学术语境中知识全球化所带来的际遇，以及被称为"后殖民时代的全球公正理念"。三是"跨"及行进的两重线路，不仅需要借力于知识全球化，而且旨在突出中国文学传统在现代际遇中的话语表达权利。这一方面是对中国文化及文学"精义"的挖掘、畅扬及现代价值再造，继而寻求一种文化的交融与输出；另一方面突破西方文化建构的"中心性"（人类中心、西方中心等），通过发现、传输，通过个性化、特殊性、差异性的现代人类学视角，建立中国语境中的文化自觉和文学自觉，将中国文化及文学特性及其人类意义充分展示出来，继而构建一种新的"公正"理念。

---

① ［美］唐纳德·L. 哈迪斯蒂：《生态人类学》，郭凡、邹和译，文物出版社 2002 年版，第 8 页。

② 叶舒宪：《文学人类学教程》，中国社会科学出版社 2010 年版，第 34 页。

叶舒宪指出：

> 知识全球化视野加上后殖民时代的全球公正理念，使文学研究者超越 300 年来由现代性所建构的帝国本位的、主流文化本位的和精英本位的文学观，主动去发掘和再现长久以来被文化霸权所压抑和漠视的非主流的、无文字的、边缘族群的文学，从而将比较文学设想的带有贵族化倾向及霸权色彩的"总体文学"观念，引向文学人类学的再造方向。①

"生态"观念挺立中国文化及文学，明确其对人的生命存在的体验性策略，作为资源和滋养，必定会蕴聚全球效应，其现代延伸显然也需借力于突出个性化、特殊性、差异性的现代人类学，建立人类学的学理视阈，最终深度影响人的生存问题，由此而探求人何以能够生态性的生存问题。围绕人的生存问题而展开的文学，或者已经凸显出人类智慧"精义"。这在中国境域中其特性也是明显的，诸如，由中国文化及文学传统晶化的中国古代人的独特生存方式，以及农耕经济对"天地"特有的眷恋及守成方式，对土地伦理的朴素理解；中国人对天地人、对生命的独特理解及体验方式；中国人对自然、对美的独特感受方式及生态体验方式，通过天地人合成，对生命及生存体验、对艺术与美之特有话语表达方式；那种"和合"性的存在理念及和谐、伦理性的社会存在特性。这些不仅可以给予现代人类学以再造，而且可以作为文化自觉、文化资源而获得全球认同及公正的表达。

现代人类学由于呈现出对古代朴素和谐论，以及近代二元对立性的存在论及思维框架的超越，以文化的自觉及文化超越而找寻人的存在的本根性及现代转换性，这其中也给定了现代人生存的基本方略。我们将"有机性"作为一种文化回归，且将人在生态条件下的生存问题作为人类生存与发展的一个永恒性主题，亦充实着现代人类学的

---

① 叶舒宪：《文学人类学教程》，中国社会科学出版社 2010 年版，第 35 页。

内容。仪平策通过分析人类学的"古典"系统及现代的转型演变历程，指出现代人类学思维范式的重要变化，"那就是它不再抽象地、形而上地看待人性和文化，而是更具体、更直接地接触到了人性的存在，返回了文化的故乡"①。

第四节　回到生活世界：现象学构建

生活世界必然是现实的现象性存在。回到生活世界可以有多重的理解：其一是人们日日夜夜游历的日常生活的现象世界。这理应是自然/生态/生命、社会/人生/交往、精神/心灵/文化相互交织的世界，当其植入人的活动中时，则带有经验世界的特性。其二是胡塞尔所"构造"的那个作为现象世界而存在的生活世界。如果延伸胡塞尔的说法，这个生活世界也是多重存在的，或有多向表征的现象，如可为构造的现象，可以是哲学的现象，但这必须是人的活动世界，亦是交互主体的世界。其三是古人为我们留下的实在与虚性交织的，记述他们社会生活、精神体验、心灵构成而呈现的"现象世界"。这重现象存在，对于现代人来说，可以是"镜像"，可以是滋养，可以是启悟，亦可以是"幽灵"；可以驻留在人的身心中，沉淀于实在的生活现象中，更可以游历于人的精神、心灵的宇空中。

胡塞尔在《欧洲科学危机与先验现象学》中提出"生活世界"这个概念是有其现实所指的，这针对人的一种矛盾，人们在实证性及自然科学的影响下对真实世界的遗忘，实际上这是试图唤醒、召唤真实人性的回归，重获被人所遗忘及忽略的生活世界。胡塞尔称，生活世界问题与其说是一个局部问题，倒不如说是哲学的普遍问题。当我们延伸对这种生活世界的理解及体验时，同样是试图唤醒、召唤人们活动于真实的生活中，去游历生态有机交往的生活情境。事实上，作为交互主体交往的世界，必然是有机——过程性世界，也是一个归宿性世

---

① 仪平策：《中国审美文化民族性的现代人类学研究》，中国社会科学出版社 2012 年版，第 23 页。

界。我们明晰对生态批评与中国文学传统交融及学理构建须回到生活世界，这既是现实必然，也需哲学辨识；既有现实的、客观的生活世界，也有构造生活世界的因素。因为我们是出于人的生态性生存的目的建构而展开跨文化审视的，这种生存际遇既是现实的、本有的，也是理想的，且被人们称为"乌托邦"式的。我们观照生活世界，既是自然/生态/生命及审美交融的体验世界，但又如同生态/生命有机—过程性的亘古长驻，且不可断裂其节律运演。生活世界融入其中，就不可能仅仅局限于现实的存在，更应该是有目的的生活，且必然是指向未来世界的生活世界。在胡塞尔看来，生活世界是由构造思维建立的世界，但胡塞尔又言，"生活世界是原始明见性的一个领域""一切可想到的证实都要回溯这种明见性的样式，因为'它本身'（即每一种明见性样式本身）就是作为交互主体的现实的可经验之物和可证实之物而存在于这些直观本身中的"①。从文学活动介入这个"明见"的论域，既有其现实性，又有其目的性所指。接下来，我们可对中西两种文本现象展开讨论：一是美国学者欧内斯特·卡伦巴赫的长篇小说《生态乌托邦》，二是中国学者鲁枢元的生态批评著作《陶渊明的幽灵》。对这两种文本，我们并非驻足于互文性及文化间性的观照，更重要的是拓展其审视角度，或者打通"间性"，还原一体性，这样就可以看到：这两种文本既是时间环链上的存在，又以回溯、穿越而呈现出跨时间、跨文化的空间存在，更重要的是它们相互间都以超越性视阈，通过"生态乌托邦"生活世界的构建、体验及阐释，而建设性地绘制着人们所应有的真实的生活世界。

《生态乌托邦》是一部日记体新闻采访式小说，作品记述了一个脱离美联邦20年的生态乌托邦的考察经历。记者威廉·维斯顿作为非政府人员，"带着打字机和八岁大的女儿进入最黑暗的生态乌托邦"，书写了这个"离奇的隔绝"20年的生态乌托邦世界，考察其生活状况，用具体的细节描述了这个"乌托邦"社会是如何真实运作

---

① ［德］埃德蒙德·胡塞尔：《生活世界现象学》，［德］克劳斯·黑尔德编，倪梁康、张廷国译，上海译文出版社2005年版，第271页。

的，记录了这个主张"稳定态"的生态系统中的人和事。在现代人眼里，或者是并未融入其中而只是经验性地给定，它似乎是破败、落后，且黑暗离奇的，但这恰恰是与由科学、市场构建的现代性都市截然不同的生活世界，不仅带有回归原初性的生活实在，而且其"明见性"也成为现代人如何构造"真"性生活的镜像。在现代人看来，许多生态乌托邦人一看就像是过去的西部人，仿佛淘金潮的人又活了起来。这里几乎人人都说狄更斯，足够怪异，但看起来并不疯狂或污秽不堪，人们身上带有无礼的好奇心，善于将不为人知的秘密告诉别人。它们的衣服普遍具有比较随意的趋向，比较喜欢明快的色彩，但却不怎么注重时尚和剪裁。田园牧歌式的氛围，主要在大街上，能看到一连串的迷人的瀑布，水花四溅并发出潺潺声，小河沿岸有许多岩石、树木、竹子和蕨类植物。这里所有的食物垃圾、下水道污物和废物都被改造成有机肥料，并被用到土地中，这样它们就能重回食品生产的循环中。这里物态的生活系统是其生态和政治的基本目标，生态乌托邦社会中的人民可以吃到比地球上其他任何国家都好的食物，他们把它种成有营养和好味道的食品，而不是好看或便于包装的东西。他们使用各种能够降解的物品，包括鞋子也不能使用合成材料，在他们眼里，只有很快就会生锈的铁才是真正"天然"的金属。这里的新城里的人过着无车的生活，"生态乌托邦人通常是用一串袋子或大号的自行车筐把他们的日用品带回家""自己动手"是生态乌托邦人生活的一个基本部分。维斯顿描绘道，有一个场景让他回想起童年在宾夕法尼亚乡村度过的夏日，林带沿着蜿蜒的小溪生长，老鹰在天上懒懒地盘旋。生态乌托邦人的生活安静，没有各种噪音，唯一响亮的声音只会是人们的喊叫或婴儿的啼哭。最重要的是他们有着让生活与自然相平衡的愿望，他们"轻轻地走在土地上"，像对待母亲一样对待地球。维斯顿看到，生态乌托邦人珍视卓越，但他们似乎有一种直觉，人们在不同的事物中各有所长，他们可以在许多不同层面相互扶助。几乎所有的生态乌托邦人都有一种追逐某些艺术的强烈渴望，在所有艺术中，音乐似乎是最重要的。维斯顿经过 6 个多月的深入研究，也意在预测生态乌托邦将会走向何方？他思忖道：

　　我必须得出结论：在这里进行的这个冒险的社会实验已经达到了生物学高度。生态乌托邦的空气和水，无处不像水晶般清澈透明。土地保养得很好，有很强的生产能力。食物非常丰富，有益健康容易识别。所有生命系统都在一个稳定的基础上运行，并可无限期地持续下去。人民的健康和全面的福利也是无可否认的⋯⋯我相信，生态乌托邦在这方面向我们提出了一个巨大的挑战，甚至哪怕我们只是着手去追赶他们的成就，都还有一段很长的路要走。①

　　《生态乌托邦》中文版的书腰上有一句格外醒目的推介表述："一本英文版的《桃花源记》。"不论此言是否过奖，或是出于商业目的，但此书的新奇及一种"回归"式的生态性生活境域的全方位现象性描绘，乃至与陶渊明的乌托邦际遇的时空接续，对"本真"性生活世界的复制及其生态乌托邦的可能性、实践性及明见性，的确是我们应该致力于多方思考的问题。陶渊明描述一位渔父因迷路而闯入一个新奇的生活世界，一个生态乌托邦中，渔人醍醐灌顶式地游走在一个从未经历的田园生活世界里。这似乎是一个幻象、幻境，是过眼云烟，又像一个实的生活世界。陶渊明之所以刻意绘制，全是因为他的一种特有的"真意"情结，因为他那"本真"生存的"情境"，更因为他那独特的性格和人格。这其中既有对他曾经生活的背弃，又似对一种生活世界之未来性的渴求。《陶渊明的幽灵》以生态批评的方法、生态审美的体验策略，通过对"自然"的体认切入，并不限于对陶渊明所祈望的"生态乌托邦"的向往，而旨在全方位地诠释陶渊明的"生活世界"。该书于 2014 年获鲁迅文学奖，其获奖词这样说道：

　　　　陶渊明的人格理想、人生态度及天人合一的诗歌写作，是古

---

　　① ［美］欧内斯特·卡伦巴赫：《生态乌托邦》，杜澍译，北京大学出版社 2010 年版，第 197 页。

老中国留给世界的重要精神遗产。鲁枢元的《陶渊明的幽灵》，将古典情怀与前沿问题相融合，跨学科、跨国度地阐释一位古代诗人，提出了"自然浪漫主义"的概念，致力于开辟生态美学、生态文学、生态批评的新视域，具有重要的理论价值。全书视野宏阔，学识丰赡，是关于陶渊明的当下解读，也是对"人与自然"关系的重建以寻求一份东方式的解答。①

的确如此，陶渊明的幽灵徘徊至今日，似乎又有"显灵"之态，这只因他对"自然"的体认及深情描述，同时他对"生态乌托邦"的构制，他对生活世界的"真"性品味，在 21 世纪的今天，在人类文明演化至今天，不仅是弥足珍贵的，而且其价值不断增值着，其意义不断放大、深化着。当走在技术、资本的繁盛期，已经深知自然"祛魅"之痒的当代人，似乎在陶渊明这里，对"自然"，对"人生"，对"生活"，对"世界"又有了全新的审视，甚至带有一种渴求，蕴聚着一种向往。鲁枢元在该书"题记"中说："陶渊明文学的魅力，源自'自然'的魅力；陶渊明的伟大，在于他与'自然'的天然结盟；陶渊明的命运也因此与'自然'的遭际息息相关。"② 我们可以说陶渊明的"桃花源"是乌托邦情境，但整体观照他的生命游历，他对自然及真性的体悟，这似乎又是一种必然的生活现象的存在。因而我在《文艺生态审美论》中这样表述说：

> 如果在古代中国的文化语境中审视，我们可以视陶渊明创设的"桃花源"那种理想化的生境为乌托邦，但我们却不可视人类未来的生态化优存的生境为乌托邦。乌托邦的本体论主旨在于：它是一个"不在场"的虚无，但它同时又是人们对理想的追问，是精神追索的象征，是未来文明社会的一种参照、一种先期构型。③

① 中国作家网 www.chinawriter.com.cn/。
② 鲁枢元：《陶渊明的幽灵》，上海文艺出版社 2012 年版，第 3 页。
③ 盖光：《文艺生态审美论》，人民出版社 2007 年版，第 430 页。

当我们观照人类何以能够回归生活世界时，陶渊明的生活世界无疑会
是一种参照，但我们又无意于，也不可能返归至"桃花源"的虚幻
境域。我们是祈望如果陶渊明的幽灵"显魅"，其生态的生活世界必
然是我们的向往；其对生活之"真意"的流连，必然启悟当代人如
何求解生活世界的"本然"。鲁枢元也论及陶渊明生活世界中眷恋着
"归"的情结，这不只是一种乡情、乡愿，而是作为一种"归"路，
在西方世界中同样是人们的情思，并成为现代性反思的一个重要尺
码。鲁枢元说：

> 如果说陶渊明的诗性回归与 20 世纪西方现代性反思中诞生
> 的"回归哲学"具有"异质同构"关系，并非妄语。梭罗、尼
> 采、舍勒、西美尔、施特劳斯、海德格尔、德里达、福柯……都
> 是这样一些"迷途知返"、迷途思返的人。只不过比起陶渊明，
> 这些西方人已经在"迷途"上又走过了一千多年！①

不可否认，回归生态性的生活世界理应成为人类生存的必然现
象。这其中不可能没有驻足、沉静、抉择，不可能没有反思、徘徊，
不可能没有知识整理、目的调整、路径选择、路程排序，或许还要对
被消费欲望炙烤的，被科学技术不断推高的现代人的生活浇点冷水，
在理智、平衡，在有机、节律的生态生境里，在心境的"生态"平
衡及洁净中，在审美快适、情意通达、本真化通中铺陈人们的"生活
世界"。德国学者 U. 梅勒在《生态现象学》一文中细致评析过所谓
生态现象学问题，同时他有一段话这样表述道：

> 我们今天的生活世界和生活世界经验是生态的现实，犹如另
> 一个早先的生活世界及其生活世界经验变成了与今天同样的生态
> 现实。当务之急是要从生态承载力出发对这个生态现实进行一评
> 价。问题是：人及其世界必须成为什么样子，人必须怎样安排他

---

① 鲁枢元：《陶渊明的幽灵》，上海文艺出版社 2012 年版，第 247 页。

的世界，以便使得地球和生态系统能够承受得住？①

事实上，我们深度考察生态批评以及中国文学传统魅力，并且思考其交融及学理构建的路径，其中也不排除这种用意，通过探寻一种回归，寻找既能够优化人的生活，又能符合地球承载能力的"生活世界"。但这种回归必然是途经现时代的回归，是建设性、有机—过程性回归，或者谓"道生""道法"性回归，这实在是寻找能够经由现代性而通达生态性生活世界的最佳路径。这是"明见"的，是"意向"性的，是目的性、持续性的。亦如胡塞尔所言："明见性是一种普遍的、与整个意识生活有关的意向性方式，通过这种方式，意识生活具有一种普遍的目的论的结构，具有对'理性'的企求，甚至具有一种持续的趋势，即：证明正确性（同时习惯性地去获取这种正确性）和取消不正确性（随之，这些不正确性便不再被看作已经获取的财产）。"② 至此，我们所言及的学理构建，显然需沿着这种路径展开，不只是形而上的学理构造，更是基于形而下的生活世界现象存在的描述，尤其是找寻中国古代人对自然、对生命、对美与善的体悟方式的现代"显魅"路径，以及跨文化传输路径。

如果说卡伦巴赫的《生态乌托邦》绘制着生态化生活世界的实景，为我们的"学理构建"注入一种释解对象的话，那么，鲁枢元以生态批评的观念及方法对陶渊明其人、其诗、其文的悟解，对其生活世界及其"幽灵"徘徊千年不散之原因及路径的阐释，作为有效运用，既可作为生态批评的范例，也行进了一个"学理构建"的可行、可信之路。

第五节　学科交叉融通：知识论构建

生态批评既是由多学科交叉而成的，也使多重学科知识通过文学

---

① ［德］U. 梅勒：《生态现象学》，柯小刚译，《世界哲学》2004 年第 4 期。

② ［德］埃德蒙德·胡塞尔：《现象学的方法》，［德］克劳斯·黑尔德编，倪梁康译，上海译文出版社 2005 年版，第 216—217 页。

体验，通过社会、人生的转化，而体现出知识价值的综合效应。生态批评在未来的时日里，能否保持强盛的势头，能否建设性地充蕴于人类的未来，有机及富有情意性地调控人的生态性生存的自信心，且在文化的整体视野中，能够多方面、多角度地启示人们去思考生存与发展的深层次问题，其多重知识的组合状况是至关重要的。

我们言对接、交融及构建，其结果如何能至有机、自如，其知识合成是至关重要的。显然，就其知识的多层面、复杂性合成条件而言，这较之一般意义上所言及的生态批评的多学科性交叉及知识融合，中国文学传统的现代转换及跨文化、跨民族交际的知识要求更复杂、更多样。因为这还关涉到"中西"两重知识跨越时空的组合及交融，这种交融一方面促进知识的兼收并蓄，各自取长补短；另一方面则需再造新的知识阈，且是以"生态"与"文学"形成连带多样的、多学科的、全新的知识建构（包括范式、观念、概念、方法等）。人们对自然/生态/生命及审美的悟解及体验，当代人类对现代环境问题所产生的种种忧虑，对能够植生出有效解决方法的渴求；人们向往蓝天、碧水、绿地，努力维持代际公平，憧憬未来永续存在，能否通过这种交叉性、合成性及跨界性的知识论构建而通解这一系列问题，显然需要有新的知识形态。这一切既需符合人类生存及历史文化事实，又能够由"合乎理性的思考"而达一个新的境域。

第一，需要显示出新的学科特性，构建以生态、有机为基础的学术体系及范畴系统。生态批评的学科状况，或者是否能够成为一种学科，甚至能否成为一种文学批评的类型，是人们曾经对生态批评的可信度，存在的可能性提出种种批评与质疑的一个重要方面。应该说，我们的研究对推进生态批评的学科建设，理清其知识构成的状况，是有益的。在我看来，如果多学科效应能够有效发挥，不仅会使生态批评的理论基础更为坚实，而且其视野会更加拓展，方法会更加多样，其实践性、操作性乃至实证性、田野性研究方法的注入，或会增强其可信度、可行性。这必然是一个由多学科大联合而植生的一个全新的文学活动领域：其一，自然/生态/生命，乃至人类活动作为基础平台，必然是由多学科共同关注的，仅靠文学自身难以完成；其二，文学活动冠以"生态"头衔，本身就成为一个多学科交叉、互动、互补、共进的过程；其三，中国文学传统的优长在当代跨时空地显现，不可能仅局限于文学本身，必然需要多学科的助推。从"跨"的学科视域来看，除了文艺学、美学的基本学科基础外，哲学的理论思维及方法论基础，历史学时空绘制，人类学的发生源寻求，都是其必需的知识积蓄。作为交融性的学理构建，除必须连接的人文社会科学之外，像生态科学、生命科学、环境科学、地理科学等学科也是其必需的知识性滋养，甚至需要更多自然科学领域的思想方法为其提供知识滋养、思维场域、体验平台、实证条件，甚至概念范畴的植入及其知识性参与。

第二，作为学科性的"文化"合成。对这样一个问题的思考，源起于美国学者杰罗姆·凯根给出的三种文化的研究，即自然科学、社会科学及人文学科。凯根指出，这种思考有关于人文学科是不是"严密性的智力事业"的问题，这个问题的起因或许是斯诺在《两种文化》中对人文学科的否认。凯根认为，在关注对象、证据来源和各自概念方面三种文化有着重大的不同，但三者在从事研究时，也有更多共享的前提、分析工具和概念。凯根还采用了一个表格，对三种文化进行了九个方面的比较。其中"主要兴趣"作为第一方面，凯根这样描述道：自然科学家"对所有自然现象进行预言和解释"；社会科学家"对人类行为和心理状态进行预言和解释"；人文学者"理解人类对各自事件的反应和人们强加于经验的各自意义，这些意义是作为文化、历史时代和个人经历的一种功能"。"完美的标准"是第九方面。凯根认为，自然科学的"结论涉及自然界中最基本的物质成分，是从机器所产生的证据中推断出来的，经得起数学描述的检验"；社会科学家的"结论能够接受关于人类行为的广阔的理论视野的检验"；人文学者"用文雅的散文描述出语义上连贯的各个论点"[①]。当这些方面进入生态批评的学理构建视阈中时，显然是都会关涉到的。

---

① ［美］杰罗姆·凯根：《三种文化：21世纪的自然科学、社会科学和人文学科》，王加丰、宋严萍译，格致出版社、上海人民出版社2011年版，第3—4页。

从科学结构方面说，生态批评之生态与生物科学、环境科学之"生态"有不解之缘，当其研究文学及进入文学活动时，既延伸了这种预言性，也会对人与自然的关系及人类未来生态生存方式的路径有着预言。当进入这些层面的预言时，社会科学的观念及科学思维，加之人文学科的观念及思维方法就相互交织在一起了，并且这种预言既是理性化的、智慧的观览，又带有强烈的情意性，甚至是用"文雅的散文描述出语义"。凯根还反复论证了这三种文化间每一种文化的词汇都带有现代技术定义的概念，其中这或许只对本文化系统成立，即便是面对相同的对象，甚至是使用同样的词语，其所指及含义也会有所不同。他认为，即使诗人、心理学家和生物学家使用同样的词，各自也在指称一种截然不同的现象。中西方文化中某些相同、相近的字词（有翻译的因素），其含义及所指就有着鲜明的差异。如我们的核心概念"自然"就是如此，中西方有着不同的表述，并且有着不同的相关词语连缀，其含义也就有了很大的差异。在西方话语中，自然、环境、景观、荒野，有时界限是模糊的。在中国话语中"自然"本身就带有多义性、内在性，有时会与道、天、天地，与乾坤等互用，有时则以造化、造物等词语代称。就此而论，生态批评与中国文学传统交融的学理建设作为三种文化的打通及交融，既有观念层面的，还需面对字词、话语的表达含义及所指，需要互释、互证、互通且交融。

第三，学科建基的逻辑结构。其一，观念层面。以生态整体性世界观、价值观、人生观建立必需的生命观乃至艺术观、审美观等，接通中西方文化及文学艺术中的不同所指及阐释方法，对生命、情意甚至对美的不同理解。其二，方法层面。由生态学方法牵引出多种方法的交融使用，以复杂性思维接续起结构性方法，以历史与逻辑相统一的方法梳理历史与文化演化层面的资源共融，如此等等。其三，超越层面。超越生态学论域（包括自然科学）的局限，在其学理性论域中，需要有生存论、价值论、认识论及循环有机—过程性的多重审视，具有有机和谐发展观及未来永续观的导引。其四，融通层面。立足多样性、共生性，关联且接通各种文化类型，确立文化认同及文化自觉，使多样性文化存在能够寻求共同的视角。生态/文学/批评乃至生态审美活动及其关注视角，理应担当或者完全有可能胜任这种融通及存在的基本平台。其五，文本层面。这其中关涉着三重意涵：一是中西方基于自身的自然地理、哲学观念及文学体验方式，阐释异域的文本；二是汲取他者的思维、观念及体验方式，阐释自身文学文本；三是建立由"生态观念"、有机交融观及跨文化融通观而铸就的，能够使人类整体认同的共同观念、方法、体验方式及阐释多样的文学文本，其中，必然包括写作者主观行动、身体力行的从事生态及环境文学创造的文本（就狭义而言，即为主动的自然书写的文本，或直接是生态文学作品），这其中，或者我们更需要接近生态及环境文本阐释，建立多样性，且具体验性的阐释策略。

第四，接通对自然现象的认知。即便是没有主观行动，或刻意进行生态及环境文学创作，自然/生态/生命现象仍然是文学活动不可缺少的表达内容。这既是本源性发生，又应该是主动性发生的，这在中西方文学的历史脉络中是相同的。但在对某些自然现象及物类阐释、绘制及对人的情意表达方面，自然物如何映衬、比照及托举人性问题，如何表达审美及生命的深层体验，中西方文学却有着不同。如中国文化传统中关于二十四节气的表达，中国古代人对四季的情有独钟，甚至将春夏秋冬分别从多层次、多角度给予情意体验及审美表达，则是中国文学最为突出的特点。这种特点的形成显然是由中国古代自然地理环境的特点及其所形成的生产方式、生活方式及文化存在方式导致的，显然，其发生之因还是自然生态及生命存在。一部《诗经》可谓物类汇聚的百科全书，且生发于原初先民的生产与生活中，是原初自然生态与人文生态的有机合成物，更是古代中国农耕经济的文化生态积淀。如《诗经·生民》首先记述了一个生养的过程，后有牛羊，有平林，有大鸟，有寒冰，再后有荏、菽、禾、麻、瓜、瓞、黍、稻等。《诗经·七月》则将四季变换以及其中的农事、家居生活揽尽，与此同时，必然记录着与之相关的多种多样的自然现象的变化，自然物随季节种植、生长、结实及农家的采摘、交往过程，也记述了多种狩猎及处置过程。显然，这一切首先源自于华夏大地的自然地理特点、生产生活方式及文化存在方式。对自然物类的审美表达，诸如岁寒三友、四君子，比如"比德"说等，中国古代人都会将自然物性与人性、德性的畅扬相连接，形成人与物、情与物交融的审美体验策略。这成为中国文学传统中最重要的自然/生态/生命及审美体验发生的园地，也是意境的创造基地。古罗马时期的卢克莱修在《物性论》中阐述了"物质的永恒性"，其原因在于"规律"。卢克莱修这样描述道：

> 能驱散这个恐怖、这心灵中的黑暗的，
> 不是初升太阳眩目的光芒，
> 也不是早晨闪亮的箭头，
> 而是自然的面貌和规律。
> 这个教导我们的规律乃开始于：
> 未有任何事物从无中生出。
> ……
> 不是随便什么都能从随便什么生成，
> 因为每样东西都有自己的独有的力。
> 再者，为什么我们会看见大地上
> 春天洒满玫瑰，夏天布满谷穗，
> 而当秋天发出魅力时葡萄就成熟累累，
> 如果不是因为万物的一定的种子
> 在它们自己的节季必会涌集一起？
> 如果不是因为新的创造
> 只有显露在适当的时刻已到、
> 而怀孕的大地能够把它脆弱的幼类
> 安全地送上这个灿烂的世界的时候？①

现在，我回头来谈世界的原始时代，

---

① ［古罗马］卢克莱修：《物性论》，方书春译，商务印书馆 2011 年版，第 9—11 页。

来说出大地的柔软的年青的旷野，
在初次分娩时曾决定把什么东西
最先送上这个灿烂世界的空气中，
并把它们委托给那轻浮任性的风。

　　最初，大地在山丘周围
和所有的平原上，长出了
各种的草类和绿晶晶的东西；
花朵盛开的草地上闪烁着
一片绿色，这之后，瞧，
各种树木被赋予一种
竞争的冲动，毫无拘束地
大力争先长高到空气中。
正如在四脚动物的肢体上，
在有翼能飞的东西身上，
最先长出来的是羽毛和刺毛，
同样地从当时的新的大地
最先长出来了草和灌木，
然后才产生出各种动物，
它们从多种原因以多种方式产生，
它们的数目和形状多不胜数。
因为动物绝不能是从天上掉下，
那些陆栖动物也绝不能够
是从含盐分的海湾走出来。
剩下来的只能是：大地获得了
母亲这个称号，是完全恰当的。
因为一切东西都从大地产生出来。①

---

① ［古罗马］卢克莱修：《物性论》，方书春译，商务印书馆 2011 年版，第 341—342 页。

我们通过《瓦尔登湖》认识了梭罗，而其著述颇丰，其中一部日记说明体的《野果》，被美国《时代》杂志称为"自然传教士"。在该书中，梭罗用了 61 个篇幅介绍、说明乃至体验了 61 种之多的，由大地母亲产生出来的植物及果实，给我们奉上了自然母亲创生的盛宴。在该书的结尾，梭罗说："大自然是永恒的，不要对抗他。只要顺应大自然，我们就健康。人早就发现了，或认为自己发现了野外可以进行一些有益身心的活动，但这并非全部。大自然就是健康的别名。"① 加里·施奈德阐释了一个生态区意识，并强调人的融入性及对万物的了解，他这样表述道：

> 如果懂得植物和天气所传达的信息，像掌握小道消息似的，你就会生活得更加自由自在。我们把大地上各种力量的总和笼统地称为"地方精神"。要想了解一个地方的地方精神，就要意识到你是部分中的一部分，而整体是由部分组成，每一个组成部分又共同构成一个整体。你源自你作为整体参与的那个部分。
>
> 生态区意识以独特的方式使我们明白，仅仅"爱自然"或者想"与大地女神盖娅和谐相处"是远远不够的。我们与自然界的相互关系因为"一个地方"的存在而形成，它必须植根于知识和经验。②

知识论构建，不只是建立跨文化融通的条件和经验，更需有对万物及地方性的知识和经验的掌握作为先在的条件。

第五，中西智慧的知识论疏通。生态批评氛围中有多种整合性路途，更需中西智慧资源互通与整合的知识论构建。这不仅在于文化多样性、文化全球化、文化自觉是生态批评的学理构建之必需，也旨在明晰人类生存与发展的路途上有一个基本的理性祈求。中国智慧的生态蕴含在境界智慧的阐述中会突出中西合璧，且在中华大地上植生出

---

① ［美］亨利·大卫·梭罗：《野果》，石定乐译，新星出版社 2009 年版，第 353 页。

② ［美］加里·斯奈德：《禅定荒野》，陈登、谭琼琳译，广西师范大学出版社 2014 年版，第 40、41—42 页。

极强的境界"澄明"之状。被中国智慧所润泽的"境界"以天地境界为基，且滋润着生命智慧和深层的情意体验。蒙培元说：

> 生命智慧的形式是境界，不是知识。境界不是对象认识，是心灵存在的方式。中国传统智慧未能开出知识论，就因为它不是以获得知识为目的（实为手段，其目的是实现人的某种需求），而是以提高人的精神境界为诉求。①

知识获取不为目的，但又必须是手段，或者是必经的过程。任何境界的植生，都需建基在自然运演、自然物之间进行的多种多样的有机交往（物质转换、能量交换、信息传递）上。这对人的生存及生活而言，既是知识和经验的掌握，更需要审美的体验及还原。如果使境界具备确定性，体现其可信性，对多样的自然现象及自然物的知识掌握就是必须的。19世纪末20世纪初以来，对"境界"的研究，或直接或间接地受到西学智慧及思维的影响，这是不言而喻的。这时"境界"的目的论指向也撩开了面纱，至少关于精神的目的性寻求是研究者设定"境界"本性的重要标准。这也表明，我们通过文学活动而达中西智慧的知识论疏通，知识掌握及求解就是必不可少的。我们要疏通这个路径，语言又是必不可少的，甚至其作用是超乎寻常的。叶维廉在《言无言"道家知识论"》中说：

> 事实上，语言相反地支配着、主宰着、甚至牢役着我们的识见与业行；它被反复地塑造为一种权力的指标。道家的知识论，在语言的破解中建立一种"离合引生"的活动，不但开向异乎寻常的朴实而诡奥的遮诠行为，引至"显现既无、无既显现"的美学，而且还对"名"与"体制"之间的辩证关系作了深刻的反省。②

---

① 蒙培元：《追寻生命的智慧》，《北京大学学报》（哲学社会科学版）2010年第2期。

② ［美］叶维廉：《中国诗学》，人民文学出版社2006年版，第38页。

事实上，叶维廉作为学贯中西的大学者，对西学机理、特性更是运用自如，他用"道家的知识论"的称谓言说，本身就是一种跨文化的知识论疏通，或者我们可以说，这种疏通策略及路径，既能够从本"真"上，又能够从学理上深解老子/道家，通解中国美学，乃至理性地显现中国文化特性及中国文学传统的"精义"。

第六，文学阅读，由体验到知识。回到文学阅读本身，这也是知识构建的一个学理回归，但阅读毕竟是体验性的，而体验需有必要的方法，更需知识充实。前文已从多层次、多角度透析了中国文化及文学与西学的差异，并且也作了必要的阅读实践，但其中有一点是不可回避的，这就是在中西方的多重差异中，阅读方式的差异也是不容回避的。比如阅读中关乎"隐喻"性的问题，中西方文学体验的确是有不同之处的，这既存在文化文学发生源的问题，也有方法的显现；既是语言的组合法则问题，也不可忽视由知识到解读的构建规则问题。宇文所安曾这样对中西文学解读模式的不同进行了阐释：

> 中西文学解读模式的不同与隐喻的相关问题以及诗歌虚构性或非虚构性的假定有着密切的关系，假定文本的虚构性和存在一个隐喻的真理贯穿了西方的文学解读模式。在中国解读传统中，作为一个整体，一首诗的意义通常不被当作隐喻性的（除了在一些数量有限的次文类中），而且在一首诗中，一个意象被读作隐喻性的意象，仅当它由一种常见的象征所激发，并且由这类特殊意象类似的使用传统所支持。但读者所忠诚的是客观世界的直接展示：应景诗中的"芳泉"，读者更倾向于将它理解成一条溢满着落花之芳香的真实的溪流，而不是在空中飘荡的隐喻性的芳香之"流"。

在对此言的一个脚注中，宇文所安明确指出：

> 隐喻在中国诗歌传统中极为复杂。真正的、对意义的隐喻手法的确存在，但因为它们的假定和历史出于它们自身，所以不将

> 它们与在西方文学传统发展成熟的隐喻相混淆十分重要。当这首诗作为一个整体的意义的背景是隐喻性的，这一模式通常是寓言或是由文化决定的替代手法的一个范例。①

事实上，对解读规则中"隐喻"的这种"强制"，作为诗歌来讲，应该是一种直觉，但从知识构建方面而言，也不乏上述叶维廉所言，语言"支配着、主宰着甚至牢役着我们的识见与业行"，同样，我们也可以说，语言、隐喻又深化着我们的"识见"。文学解读借力于隐喻性诠释，的确是深度阅读及阐释的重要路径，这就需要我们暂时搁置社会、历史、个体、情意性的感悟，或者对物性实象的体认，而读解更加深层的意义，或者是意义的发生源，或者将诗律、诗韵还原到生态、生命有机—过程性的节律运演中。

我们多方面、多角度地读解中国古代诗文，既注重其生态/生命/生存及审美的有机—过程性本有状态，又进行"本真"性求解，从而悟解万物一体，"生态/生命"的有机连接，生命运演及审美体验的过程性表达，实际上亦在于体认"隐喻"性解读，或者也是一种生态批评的方法及实践展示。

---

① ［美］宇文所安：《中国传统诗歌与诗学：世界的征象》，陈小亮译，中国社会科学出版社 2013 年版，第 30—31 页。

结语 生态境域中文学的自信力

文学的自信力在于生命力永驻，而其旺盛的生命力则因自然/生态/生命之有机—过程性运演而亘古存在。活动在生态境域中，人会活力无穷，人得以永续存在；文学活动于其中则活力无穷，也会魅力频现。由文学走进走出的"人"（世界中的人，万物一体中的人，生活着的人，作品中的人，接受过程中的人）更会形色各异，"真"性各显。生态永存，过程有序，节奏形韵，必促人的永续；有人的存在，就有生命的活力；有生命的激励，就显文学魅力；有人的情意挥洒，就有文学的生命力。有了这一切，文学就不会终结，只要我们确证文学的永久性，即会坚实文学的自信力。

第一，文学自信与"真"性求解。生态批评与中国文学传统围绕着自然/生态/生命而融合，这必然会使文学的生命力得以无尽畅扬。建立文学自信力可以使人主动认识何谓真，何谓真人，何谓真情，何谓真爱，何谓真意。事实上，这对每一个地球人而言，认识及体验这种"真"，是需要全身心地回归地球家园，不断养成这种家园意识的，以建造自我，实现自我，继而不断确立一种自信力。这其中既有个体的自警、自省及自爱、自重，更要有人类整体的自爱和自重。从中西方文化交融及文明对话角度来说，不同文化及文明的交织应该是可行的，这只因一个更大的事实或条件，即相互间共处地球家园，共享"盖娅"之呵护，接受其亲情抚慰。依此而使不同文化间会有共通的东西，且有着可以通解的路径。这就是生态，是生命，是文学；是文学对人，对生命，对生态的审美表达。当文学在此得以魅力无限张扬时，其不同文化及文明就有了相互间确立各自文化自信力的重要条件。事实上，我们的研究实际上也在不失时机地归复自然/生态/生命之地，找寻亲情、亲和，找寻自信，找寻文学本真。自信力既是一种文化的存在，也呈现出生命活力；既求助于人的精神文化活动，又驻足于人的生态存在；既需日常生活的养成，更需审美化的提升。

第二，文学自信与人的优存。人作为生命的存在，必然是现实具体的活动机体。人的生活之必需，作为社会运行、经济规律、科技发展的必要条件，人的需要的满足程度与不断完善、提升，也成为经济、社会、文化发展的驱动力，文学也在此中获得滋养。文学要抒写人及生命机体的活动状态，其对精神、文化，对艺术、审美以及社会、精神的生态平衡状态，显然是有积极作用的。人的发展指向，社会和谐，文化及文明交融都应该是生态化的，需要有审美化的融通，并以此生态性优化人的生存结构。人的优存结构既需人的消费活动（物质的、精神的乃至审美的等）来填充，更不断注入审美活动的能量及信息。中国文学传统的当代呈现，是不可能回避现实的，更不可能不关注具体存在的各种社会现象及文化状况，不可不警醒沉溺于消费境遇中的人，不可不作用于人的优存结构。因为它有条件，也有能力，更有能量注入，在现时代的土壤中获取其审美存在的可能性与现实性，并生发其现实的价值。它必然为人类的现实与未来提供文化、艺术审美的资源与滋养，提供社会发展的思维方式与经验，并输入体验性能量，能够不断强化建立生态化、审美化优存的自信力。

第三，文学自信与不朽业绩。文学观照着人们的生活，且能融入寻常百姓家。当文学能生态性地调适人的优化生存结构时，文学就会激发公众的优存热情。这不仅会提高文学的自信程度，而且会促进人的内省，丰富"情理"性，修整人追索优存的形貌、仪态及情状。"情理"作为人有机、能动活动的标识，既内涵丰富，其支撑力也是多样的。文学致力于不懈努力，且能最大化地丰厚一种智慧，给予一种警示，去激励人的头脑，鞭策人的精神，跃动人的肌体，启悟人们去爱智慧，爱美，爱生命，并且是爱自然生态运行中的所有生命，将智慧与责任在爱与美的情意融解中，以高度的自信力，去完备一种情理化的人格自信，去创制一种不朽的业绩。《左传·襄公二十四年》

云："太上有立德，其次有立功，其次有立言，虽久不废，此之谓不朽。"现实为我们确证了不争的事实：人类依循生态/审美有机—过程性的节律而不偏航，不越界，这将是人的不朽业绩，具体所呈现的，也是最为主要的内涵就是如何保护地球家园，使塑造家园人格这一信念根深蒂固，且作为一种"不朽"情结。当以不朽人格完备文学的自信力时，文学自信力也将丰富人格自信。这不仅是人的自我陶养，更需向自然、生态及环境学习，其中，既汲取滋养，培育"化"性，又有机交换能量及信息，养成爱意，扩展胸怀，以此融通万物。

第四，文学自信与人格自信。文学通过抒写人来确证人格。作为显现人的特性的标识，人格是一个丰富且复杂的存在，是人之所以为人，是人之所以能够表征个体性及展示个性特征存在的标识。人格不是静态的、凝定的，而是动态的，也是有机—过程性存在。在生态境域中，我们需要坚守"生态人格"，回归人作为生命有机体的活动机能而凸显自我人格的特性。在我看来，生态人格是自然人格、生态德性人格及生态审美人格的有机合成，① 这也表明，人只有在生态有机状态中才能真正明确自我何谓，人格何为；生命何谓，人何为，继而才能真正确立人格自信力。当现实境域中人们将自体作为经济人、利益取向之人，或者是消费人而对待时，人格即被转化了，或者是被异化了，其德性及审美的人格机能也被弱化了。中国文学传统的深生态智慧，其中蕴涵着对自然物那种独特的审美观照，对生命存在的那种独特的审美体验方式，特别注重人格的构成方式，尤其是将自然人格、道德人格与审美人格的有机融合，对现代人解构被利益、欲望、消费所控制的异化人格仍然具有不可低估的作用。事实上，生态批评与中国文学传统所传达的"生态"旨趣，都能够增强人们对自然事物，对各类生命机体产生特有的感受及关爱，通过生态审美体验，而至深体悟到自然生态以至于自然生物、生命有机性对人的活动的不可或缺性。

第五，文学自信与精神生命。精神生命不只限于人的精神活动方

---

① 盖光：《生态文艺与中国文艺思想的现代转换》，齐鲁书社 2007 年版，第 14—21 页。

式，不只标识精神心灵的结构特性，更表现且调适着人的生命存在的"力"的结构动势。事实上，当人们更多地沉溺于感性及躯体快感时，当人们的精神活动能力被解构，精神体验方式被极度弱化时，精神生命力也会被弱化，此时精神自信度也会降低。中国智慧中的生态意涵，中国文学传统中那些支撑着精神生命活动的审美元素，如若作用于人的精神体验，即可成为不竭的滋养，不仅激越着个体生命，而且会包容且惠及人类整体，同样也会成为当下人们增强文学自信力的"美味"。文学自信力助推精神自信心的养成，主要不是驻留在规范性及理性求解中，也非滥觞于无节制的欲望及利益苛求式的书写中。文学自信作用于精神自信，这就力主畅扬一种融通性，既是人与人、人与社会的融通，更是在"万物一体"的多样、共生中确立自信。

第六，文学自信与生活趣味。人在不断培育着"乐生"情结，趣味的生活是人们不竭的追寻。在现实际遇中，人们往往缠绕在生活细节及繁复中，徘徊在没有尽头的生活琐事中。生活往往是外显性的，生活事件及生活现象不断地循环往复，如果消极地遁入其中，人被抽空了精神、德性及审美的因素后，或总以感性及过度功利性支撑起生命的全部，而使生活琐事年复一年地轮回。生活既包含人们的日常生活，更需有艺术化、审美化；生活需要爱意回归，爱自身，爱社会，更需要爱自然，爱环境。我们需要通过人对自然事物的特有感受及关爱，使人们至深地体悟到自然生物、自然生态对人们自体生命活动的不可或缺性。中国文学传统如果能够为当代生活注入生态与艺术审美的因素，似乎也会别开生面，会带来韵味无穷的生活感受，尤其是其中对自然、对生命的特有体验方式，不仅能唤起人们的爱意，使其得以境界性地提升，而且会在生活中培育获取精神生命及爱"生"人格的支撑，会积极主动地以生态审美人格的生命体验形式，去构筑合理与有效的生活情境，并主动地培育生活的乐趣，从而极大地增强人们的生活自信心。

第七，文学自信与文明走向。文明是人类的成就，是人类进步的记录及写照。人类文明必定会走向生态文明。生态文明是迄今人类一切文明成果的合理与有效的集合，且从生命本真性上作用于人类自身，关注人的现实生存。生态文明要求我们必须以博大的胸怀亲近、亲和且吸纳对象世界，观照人类自体的存在，而且更需认同万物中每一个机体存在的可能性和现实性。人的亲近感、亲和性作为基本行为模式和道德意义上的行为准则，既是人的自我关怀，又意在表达与万物间的相互关怀。如果能最大化地表达我们的亲近与亲和性，这既是人所应该展示的文化风貌，更能够印记人类文明的演化状况，也会凸显人类文明的进步程度。如果人类仅仅以"取"面对万物，那么，这看似人的一种自信力的表现，实际上却是文化与文明的一种缺失。我们的生态批评及对中国文学传统的智慧性展示，也行使着这一文明的对话，对话必然蕴聚人的包容，不断亲近及亲和，进而提升人的自我辨识力，这是人完备自信力的主要表现。文学自信力的表达，文学永久魅力的绽放，并不只是驻留于文学自身，更在于全面、建设且审美化地显示人类的文明程度。我们可以说，文学对人类文明的亲近程度及展示深度，是文学成熟的标志。由此，我们从建设生态文明的生成路径上深度观览文学，且跨文化地传播文学，这既是文学的成熟，也是人类的成熟，更是文明的进步。

自然、生态/生命及审美呈现着诗意，人的生存跃动于诗意中，人的魅力也彰显着诗意的魅力。诗意是"大美"的，"大美"之境必然在天地人一体中"化"，且显现出"万物一体"之共生共荣。这是境界性，更应该是现实的、具体存在的。因为这一切都显示着"生态"存在，而"生态"本身就是具体的、实在的。

参考文献

（一）经典著作

《马克思恩格斯文集》第1—10卷，人民出版社2009年版。

（二）中国古代典籍

《老子道德经河上公章句》，王卡点校，中华书局1993年版。

（汉）严遵：《老子指归》，王德有点校，中华书局1994年版。

高亨：《周易大传今注》，齐鲁书社1998年版。

黎翔凤撰：《管子校注》，梁运华整理，中华书局2004年版。

（晋）郭象注，（唐）成玄英疏：《庄子注疏》，曹础基、黄兰发整理，中华书局2011年版。

杨伯峻译注：《孟子译注》，中华书局1960年版。

（清）王先谦撰：《荀子集解》，沈啸寰、王星贤点校，中华书局1988年版。

（战国）韩非：《韩非子新校注》，陈奇猷校注，上海古籍出版社2000年版。

黄灵庚集校：《楚辞集校》，上海古籍出版社2009年版。

荆门市博物馆编著：《郭店楚墓竹简——太一生水·鲁穆公问子思》，文物出版社2002年影印版。

刘文典撰：《淮南鸿烈集解》，冯逸、乔华点校，中华书局1989年版。

许维遹撰：《吕氏春秋集释》，梁运华整理，中华书局2009年版。

（汉）贾谊：《新说校注》，阎振益、钟夏校注，中华书局2007年版。

（汉）苏与撰，钟哲点校：《春秋繁露义证》，中华书局1992年版。

（汉）扬雄撰，郭万耕校释：《太玄》，北京师范大学出版社 1989年版。

（汉）许慎：《说文解字（附检字）》，中华书局 1963 年影印版。

（汉）王充撰，张宗祥校注：《论衡校注》，邓绍昌标点，上海古籍出版社 2013 年版。

（汉）应劭撰，王利器校注：《风俗通义校注》，中华书局 2010 年版。

王利器撰：《文子疏义》，中华书局 2000 年版。

（三国魏）阮籍撰，陈伯君校注：《阮籍集校注》，中华书局 2012年版。

（三国魏）嵇康撰，戴明扬校注：《嵇康集校注》，中华书局 2014年版。

（魏）王弼撰，楼宇烈校释：《王弼集校释》，中华书局 1980 年版。

（晋）陆机撰，金涛声点校：《陆机集》，中华书局 1982 年版。

（晋）葛洪撰，胡守为校释：《神仙传校释》，中华书局 2010 年版。

王明：《抱朴子内篇校释》，中华书局 1980 年版。

逯钦立校注：《陶渊明集》，中华书局 1979 年版。

范文澜：《文心雕龙注》，人民文学出版社 1958 年版。

（唐）皎然撰，李壮鹰校注：《诗式校注》，人民文学出版社 2003年版。

（唐）欧阳询撰，汪绍楹校：《艺文类聚（附索引）》，上海古籍出版社 1982 年版。

郭绍虞主编：《诗品集解·续诗品注》，人民文学出版社 1963 年版。

《全唐诗》，中华书局 1999 年版。

（五代）谭峭撰，丁祯彦、李似珍校点：《化书》，中华书局 1996年版。

（宋）邵雍：《邵雍集》，郭彧整理，中华书局 2010 年版。

（宋）苏轼：《苏轼全集》，傅成、穆俦标点，上海古籍出版社 2000年版。

（宋）张载：《张载集》，章锡琛点校，中华书局 1978 年版。

（宋）周敦颐：《周敦颐集》，陈克明点校，中华书局 1990 年版。

（宋）朱熹：《四书章句集注》，中华书局 1983 年版。

（宋）朱熹：《诗集传》，赵长征点校，中华书局 2011 年版。

（宋）程颢、程颐：《二程集》，王孝鱼点校，中华书局 2004 年版。

（宋）严羽撰，郭绍虞校释：《沧浪诗话校释》，人民文学出版社 1983
年版。

（宋）陆九渊：《陆九渊集》，中华书局 1980 年版。

（宋）朱淑真撰，（宋）魏仲恭辑，（宋）郑元佐注，冀勤辑校：《朱
淑真集注》，中华书局 2008 年版。

（宋）李昉等撰：《太平御览》，中华书局 1960 年版。

王明编：《太平经合校》，中华书局 1960 年版。

北京大学古文献研究所编：《全宋诗》，北京大学出版社 1995 年版。

唐圭璋编纂：《全宋词》，王仲闻参订，孔凡礼补辑，中华书局 1999
年版。

阎凤梧、康金声主编：《全辽金诗》，山西古籍出版社 1999 年版。

（明）王守仁撰：《王阳明全集》，吴光等编校，上海古籍出版社 1992
年版。

（明）李贽：《焚书·续焚书》，中华书局 2009 年版。

（明）李东阳撰，李庆利校释：《怀麓堂诗话校释》，人民文学出版社
2009 年版。

（明）胡应麟：《诗薮》，上海古籍出版社 1979 年版。

陈曦钟等辑校：《水浒传会评本》（上），北京大学出版社 1987 年版。

（清）王夫之：《读四书大全说》，中华书局 1975 年版。

（清）王夫之：《诗广传》，王孝鱼点校，中华书局 1964 年版。

（清）王夫之等撰：《清诗话》，上海古籍出版社 1978 年版。

（清）沈德潜撰：《古诗源》，中华书局 2006 年版。

（清）刘熙载：《艺概》，上海古籍出版社 1978 年版。

（清）方东树：《昭昧詹言》，汪绍楹校点，人民文学出版社 1961
年版。

（清）纳兰性德撰，张草纫笺注：《纳兰词笺注》，上海古籍出版社
2003 年版。

（清）蒲松龄：《蒲松龄集》，路大荒整理，上海古籍出版社 1986
　　年版。

（清）张志聪集注：《黄帝内经集注》，方春阳等点校，浙江古籍出版
　　社 2002 年版。

（清）王先谦撰集：《释名疏证补》，上海古籍出版社 1984 年版。

（清）孙星衍：《尚书今古文注疏》，陈抗、盛冬铃点校，中华书局
　　1986 年版。

吴泽顺编注：《郑板桥集》，岳麓书社 2002 年版。

（清）戴震：《孟子字义疏证》，中华书局 1982 年版。

（清）马骕纂：《绎史》（一），刘晓东等点校，齐鲁书社 2001 年版。

（清）阮元校刻：《十三经注疏》（附校勘记），中华书局 1980 年影
　　印版。

（清）何文焕辑：《历代诗话》，中华书局 2004 年版。

郭绍虞、罗根泽主编：《论文偶记·初月楼古文绪论·春觉斋论文》，
　　人民文学出版社 1959 年版。

丁福保辑：《历代诗话续编》，中华书局 2006 年版。

逯钦立辑校：《先秦汉魏晋南北朝诗》，中华书局 1983 年版。

郭绍虞编选：《清诗话续编》，富寿荪校点，上海古籍出版社 1983
　　年版。

俞剑华编著：《中国古代画论类编》（上、下），人民美术出版社 2004
　　年版。

（三）汉译著作

［英］阿道斯·伦纳德·赫胥黎：《美妙的新世界》，孙法理译，译林
　　出版社 2010 年版。

［法］阿尔贝特·施韦泽：《敬畏生命——五十年来的基本论述》，陈
　　泽环译，上海社会科学院出版社 2003 年版。

［法］阿尔贝特·施韦泽：《对生命的敬畏：阿尔贝特·施韦泽自
　　述》，陈泽环译，上海人民出版社 2006 年版。

［法］阿尔贝特·施韦泽：《文化哲学》，陈泽环译，上海人民出版社
　　2008 年版。

［德］（［法］）阿尔伯特·石怀哲（施韦泽）：《中国思想史》，常暄译，社会科学文献出版社 2009 年版。

［英］阿尔弗雷德·诺思·怀特海：《科学与近代世界》，何钦译，商务印书馆 1959 年版。

［英］阿尔弗雷德·诺思·怀特海：《过程与实在》，杨富斌译，中国城市出版社 2003 年版。

［奥］阿尔弗雷德·许茨：《现象学哲学研究》，霍桂桓译，浙江大学出版社 2012 年版。

［美］阿诺德·伯林特：《生活在景观中——走向一种环境美学》，陈盼译，湖南科学技术出版社 2006 年版。

［美］阿诺德·伯林特：《艺术与介入》，李媛媛译，商务印书馆 2013 年版。

［美］爱德华·萨义德：《东方学》，王宇根译，生活·读书·新知三联书店 2007 年版。

［美］爱德华·威尔逊：《生命的多样性》，王芷等译，湖南科学技术出版社 2004 年版。

［美］爱德华·威尔逊：《生命的未来》，陈家宽等译，上海人民出版社 2003 年版。

［美］爱德华·威尔逊：《大自然的猎人：生物学家威尔逊自传》，杨玉龄译，上海世纪出版集团、上海科学技术出版社 2006 年版。

［法］爱弥尔·涂尔干：《宗教生活的基本形式》，渠东、汲喆译，上海人民出版社 2006 年版。

［法］埃德加·莫兰：《方法：思想观念——生境、生命、习性与组织》，秦海鹰译，北京大学出版社 2002 年版。

［法］埃德加·莫兰：《方法：天然之天性》，吴泓渺、冯学俊译，北京大学出版社 2002 年版。

［法］埃德加·莫兰：《复杂性思想导论》，陈一壮译，华东师范大学出版社 2008 年版。

［德］埃德蒙德·胡塞尔：《生活世界现象学》，［德］克劳斯·黑尔德编，倪梁康、张廷国译，上海译文出版社 2005 年版。

［德］埃德蒙德·胡塞尔：《现象学的方法》，［德］克劳斯·黑尔德编，倪梁康译，上海译文出版社 2005 年版。

［美］艾兰：《水之道与德之端——中国早期哲学思想的本喻》，张海宴译，商务印书馆 2010 年版。

［美］艾兰：《龟之谜——商代神话、祭祀、艺术和宇宙观研究》，汪涛译，商务印书馆 2010 年版。

［美］埃里希·弗罗姆：《生命之爱》，王大鹏译，国际文化出版公司 2001 年版。

［美］安乐哲：《通过孔子而思》，何金俐译，北京大学出版社 2005 年版。

［美］安乐哲：《自我的圆成：中西互镜下的古典儒学与道家》，河北人民出版社 2006 年版。

［美］奥尔多·利奥波德：《沙乡年鉴》，侯文蕙译，吉林人民出版社 1997 年版。

［印］奥修：《莲心禅韵》，谦达那译，陕西师范大学出版社 2007 年版。

［美］彼得·辛格：《动物解放——生命伦理学的世界经典：素食主义的宣言》，祖述宪译，青岛出版社 2004 年版。

［英］伯特兰·罗素：《西方的智慧》，亚北译，中国妇女出版社 2004 年版。

［英］布赖恩·巴克斯特：《生态主义导论》，曾建平译，重庆出版社 2007 年版。

［美］大卫·雷·格里芬编：《后现代精神》，王成兵译，中央编译出版社 1998 年版。

［美］大卫·格里芬：《后现代宗教》，孙慕天译，中国城市出版社 2003 年版。

［英］丹尼·卡瓦拉罗：《文化理论关键词》，张卫东等译，江苏人民出版社 2006 年版。

［美］丹尼尔·A. 科尔曼：《生态政治——建设一个绿色社会》，梅俊杰译，上海译文出版社 2002 年版。

［美］丹尼尔·贝尔：《资本主义的文化矛盾》，生活·读书·新知三联书店 1989 年版。

［德］恩斯特·卡西尔：《人论》，甘阳译，上海译文出版社 1985 年版。

［法］弗朗索瓦·于连：《圣人无意——或哲学的他者》，闫素伟译，商务印书馆 2004 年版。

［英］弗雷泽：《火起源的神话》，夏希原译，北京大学出版社 2013 年版。

［美］格伦·A. 洛夫：《实用生态批评——文学、生物学及环境》，胡志红等译，北京大学出版社 2010 年版。

［美］葛瑞汉：《论道者：中国古代哲学论辩》，张海晏译，中国社会科学出版社 2003 年版。

［日］沟口雄三、小岛毅等主编：《中国的思维世界》，孙歌等译，江苏人民出版社 2006 年版。

［美］H. 加登纳：《艺术与人的发展》，兰金仁译，光明日报出版社 1988 年版。

［德］海德格尔：《路标》，孙周兴译，商务印书馆 2000 年版。

［德］海德格尔：《荷尔德林诗的阐释》，孙周兴译，商务印书馆 2000 年版。

［德］海德格尔：《林中路》，孙周兴译，上海译文出版社 2004 年版。

［德］海德格尔：《在通向语言的途中》，孙周兴译，商务印书馆 2004 年版。

［美］郝大维、安乐哲：《期望中国：中西哲学文化比较》，施连忠等译，学林出版社 2005 年版。

［巴西］何塞·卢岑贝格：《自然不可改良》，生活·读书·新知三联书店 1999 年版。

［美］亨利·N. 波拉克：《不确定的科学与不确定的世界》，李萍萍译，上海科技教育出版社 2005 年版。

［美］亨利·梭罗：《瓦尔登湖》，徐迟译，吉林人民出版社 1997 年版。

［美］亨利·梭罗：《心灵漫步·科德角》，孙达译，北方文艺出版社2009年版。

［美］亨利·梭罗：《河上一周》，宇玲译，北方文艺出版社2009年版。

［美］亨利·梭罗：《野果》，石定乐译，新星出版社2009年版。

［美］霍尔姆斯·罗尔斯顿：《环境伦理学》，杨通进译，中国社会科学出版社2000年版。

［美］霍尔姆斯·罗尔斯顿：《哲学走向荒野》，刘耳、叶平译，吉林人民出版社2000年版。

［日］吉川幸次郎：《中国诗史》，复旦大学出版社2012年版。

［美］吉欧·波尔泰编：《爱默生集——论文与讲演录》，赵一凡等译，生活·读书·新知三联书店1993年版。

［美］加里·斯奈德：《禅定荒野》，陈登、谭琼琳译，广西师范大学出版社2014年版。

［美］杰罗姆·凯根：《三种文化：21世纪的自然科学、社会科学和人文学科》，王加丰、宋严萍译，格致出版社、上海人民出版社2011年版。

［美］卡洛琳·麦茜特：《自然之死——妇女、生态和科学革命》，吴国盛等译，吉林人民出版社1999年版。

［俄］康定斯基：《论艺术的精神》，查立译，中国社会科学出版社1987年版。

［美］康拉德·菲利普·科塔克：《文化人类学：欣赏文化差异》，周云水译，中国人民大学出版社2012年版。

［英］柯林武德：《历史的观念》，何兆武、张文杰译，中国社会科学出版社1986年版。

［英］柯林武德：《自然的观念》，吴国盛译，北京大学出版社2006年版。

［美］克利福德·格尔茨：《文化的解释》，韩莉译，译林出版社2008年版。

［美］肯·威尔伯：《性、生态、灵性》，李明等译，中国人民大学出

版社 2009 年版。

［英］拉曼·塞尔登等：《当代文学理论导读》，刘象愚译，北京大学
　　出版社 2006 年版。

［美］劳伦斯·布伊尔：《环境批评的未来：环境危机与文学想象》，
　　刘蓓译，北京大学出版社 2010 年版。

［美］蕾切尔·卡逊：《寂静的春天》，吕瑞兰、李长生译，吉林人民
　　出版社 1997 年版。

［西］雷蒙·潘尼卡：《智慧的居所》，王志成、思竹译，江苏人民出
　　版社 2000 年版。

［美］利奥·马克斯：《花园里的机器：美国的技术与田园理想》，马
　　海良、雷月梅译，北京大学出版社 2011 年出版。

［美］理查德·罗蒂：《后哲学文化》，黄勇译，上海译文出版社 2009
　　年版。

［美］理查德·舒斯特曼：《身体意识与身体美学》，程相占译，商务
　　印书馆 2011 年版。

联合国教科文组织世界文化与发展委员会：《文化多样性与人类全面
　　发展——世界文化与发展委员会报告》，张玉国译，广东人民出版
　　社 2006 年版。

［法］列维—布留尔：《原始思维》，丁由译，商务印书馆 1981 年版。

［古罗马］卢克莱修：《物性论》，方书春译，商务印书馆 2011 年版。

［美］露丝·本尼迪克特：《文化模式》，王炜等译，社会科学文献出
　　版社 2009 年版。

［美］罗伯特·梅斯勒：《过程—关系哲学——浅释怀特海》，周邦宪
　　译，陈维政校译，贵州出版集团、贵州人民出版社 2009 年版。

［美］罗德里克·弗雷泽·纳什：《大自然的权利——环境伦理学
　　史》，杨通进译，青岛出版社 2004 年版。

［美］M. H. 艾布拉姆斯：《镜与灯——浪漫主义文论及批评传统》，
　　郦稚牛等译，北京大学出版社 2004 年版。

［美］M. H. 艾布拉姆斯：《文学术语词典》，吴松江主译，北京大学
　　出版社 2009 年版。

［德］ M. 兰德曼：《哲学人类学》，阎嘉译，贵州人民出版社 2006 年版。

［德］马丁·布伯：《我与你》，陈维刚译，生活·读书·新知三联书店 1986 年版。

［美］马克·爱德蒙森：《文学对抗哲学——从柏拉图到德里达》，王柏华、马晓冬译，中央编译出版社 2000 年版。

［美］马克·罗思科：《艺术家的真实》，岛子译，广西师范大学出版社 2009 年版。

［德］马克斯·韦伯：《儒教与道教》，王容芬译，商务印书馆 1995 年版。

［美］马丽加·金芭塔丝：《活着的女神》，叶舒宪译，广西师范大学出版社 2008 年版。

［美］玛丽·伊芙琳·塔克尔（Maer Ecelyn Tacker）、［美］邓肯·R. 威廉斯（Duncan Ryuken Willams）编：《佛教与生态》，何则阴、闫艳、覃江译，江苏教育出版社 2008 年版。

［美］玛莎·努斯鲍姆：《诗性正义：文学想象与公共生活》，丁晓东译，北京大学出版社 2010 年版。

［英］迈克·克朗：《文化地理学》，杨淑华、宋慧敏译，南京大学出版社 2005 年版。

［法］米歇尔·苏盖、马丁·维拉汝斯：《他者的智慧》，刘娟娟等译，北京大学出版社 2008 年版。

［法］莫里斯·梅洛—庞蒂：《知觉现象学》，姜志辉译，商务印书馆 2001 年版。

［德］莫尔特曼：《创造中的上帝——生态的创造论》，隗仁莲等译，生活·读书·新知三联书店 2002 年版。

［美］J. J. 克拉克：《东方启蒙：东西方思想的遭遇》，于闽梅、曾祥波译，上海人民出版社 2011 年版。

［美］吉瑞德（N. J. Girardot）、苗建时（James Miller）、刘笑敢编：《道教与生态——宇宙景观的内在之道》，陈霞等译，江苏教育出版社 2008 年版。

［美］欧内斯特·卡伦巴赫：《生态乌托邦》，杜澍译，北京大学出版社 2010 年版。

［美］欧文·拉兹洛：《人类的内在限度——对当今价值、文化和政治的异端的反思》，黄觉、闵家胤译，社会科学文献出版社 2004 年版。

［法］皮埃尔·马舍雷：《文学在思考什么?》，张璐、张新木译，译林出版社 2011 年版。

［英］齐亚乌丁·萨达乌：《东方主义》，马雪峰、苏敏译，吉林人民出版社 2005 年版。

［日］青木正儿：《中国文学概说》，重庆出版社 1982 年版。

［日］秋道智弥等：《生态人类学》，范广融、尹绍亭译，云南大学出版社 2006 年版。

［法］塞尔日·莫斯科维奇：《还自然之魅——对生态运动的思考》，庄晨燕、邱寅晨译，生活·读书·新知三联书店 2005 年版。

［美］斯科特·斯洛维克：《走出去思考——入世、出世及生态批评的职责》，韦清琦译，北京大学出版社 2010 年版。

［美］苏源熙：《中国美学问题》，卞东波译，张强强、朱霞欢校，江苏人民出版社 2011 年版。

［英］唐·库比特：《太阳伦理学》，王志成译，浙江大学出版社 2009 年版。

［美］唐纳德·L. 哈迪斯蒂：《生态人类学》，郭凡、邹和译，文物出版社 2002 年版。

［美］特丽·威廉斯：《心灵的慰藉——一部非同寻常的地域与家族史》，程虹译，生活·读书·新知三联书店 2010 年版。

［美］托马斯·库恩：《科学革命的结构》，金吾伦、胡新和译，北京大学出版社 2012 年版。

［意］维柯：《新科学》，朱光潜译，商务印书馆 1989 年版。

［德］沃尔夫冈·伊瑟尔：《怎样做理论》，朱刚等译，南京大学出版社 2008 年版。

［奥］西格蒙德·弗洛伊德：《图腾与禁忌》，赵立伟译，上海人民出

版社 2005 年版。

亚里斯多德、贺拉斯：《诗学·诗艺》，罗念生、杨周翰译，人民文学出版社 1962 年版。

［比］伊·普里戈金、［法］伊·斯唐热：《从混沌到有序：人与自然的新对话》，曾庆红、沈小峰译，上海译文出版社 2005 年版。

［美］伊万·布莱迪：《人类学诗学》，徐鲁亚等译，人民大学出版社 2010 年版。

［美］约翰·B. 科布：《超越对话：走向佛教—基督教的相互转化》，黄铭译，浙江大学出版社 2008 年版。

［美］约翰·博德利：《人类学与当今人类问题》，周云水、史济纯、何小荣译，北京大学出版社 2010 年版。

［美］约翰·布里格斯、［英］F. 戴维·皮特：《混沌七鉴——来自易学的永恒智慧》，陈忠、金纬译，上海科技教育出版社 2008 年版。

［英］约翰·D. 巴罗：《无之书——万物由何而来》，何妙福、傅承启译，上海世纪出版集团、上海科技教育出版社 2009 年版。

［美］约翰·杜威：《人的问题》，傅统先、邱椿译，江苏教育出版社 2006 年版。

［美］约翰·杜威：《我们如何思维》，伍中友译，新华出版社 2010 年版。

［美］约翰·缪尔：《我们的国家公园》，郭名倞译，吉林人民出版社 1999 年版。

［美］宇文所安：《中国“中世纪”的终结——中唐文学文化论集》，陈引弛等译，生活·读书·新知三联书店 2006 年版。

［美］宇文所安：《中国传统诗歌与诗学：世界的征象》，陈小亮译，中国社会科学出版社 2013 年版。

［美］詹姆斯·奥康纳：《自然的理由——生态马克思主义研究》，唐正东、臧佩洪译，南京大学出版社 2003 年版。

［英］朱利安·沃尔弗雷斯：《21 世纪批评述介》，张琼、张冲译，南京大学出版社 2009 年版。

［苏］Д. E. 海迪:《图腾崇拜》，何星亮译，广西师范大学出版社
　　2004 年版。

（四）中文著作

蔡锺翔:《美在自然》，百花洲出版社 2001 年版。

陈名财:《生态存在论》，中国社会科学出版社 2010 年版。

陈望衡:《环境美学》，武汉大学出版社 2007 年版。

程虹:《寻归荒野》，生活·读书·新知三联书店 2011 年版。

程相占:《生生美学论集：从文艺美学到生态美学》，人民出版社
　　2012 年出版。

成复旺:《走向自然生命——中国文化精神的再生》，中国人民大学出
　　版社 2004 年版。

［美］成中英:《易学本体论》，北京大学出版社 2006 年版。

［美］成中英:《成中英文集》第 1 卷，李翔海、邓克武编，湖北人
　　民出版社 2006 年版。

［美］成中英:《美的深处——本体美学》，浙江大学出版社 2011
　　年版。

丁山:《中国古代宗教与神话考》，上海书店出版社 2011 年版。

冯友兰:《新原人》，生活·读书·新知三联书店 2007 年版。

佛雏:《王国维诗学研究》，北京大学出版社 1999 年版。

韩经太:《清淡美论辨析》，百花洲文艺出版社 2005 年版。

胡经之主编:《中国古典美学丛编》，凤凰出版社 2009 年版。

胡志红:《西方生态批评研究》，中国社会科学出版社 2006 年版。

金岳霖:《道、自然与人》，刘培育编，生活·读书·新知三联书店
　　2005 年版。

李济:《中国早期文明》，上海人民出版社 2007 年版。

李泽厚:《实用理性与乐感文化》，生活·读书·新知三联书店 2005
　　年版。

李泽厚:《新编中国古代思想史论》，天津社会科学院出版社 2008
　　年版。

刘纲纪:《〈周易〉美学》，武汉大学出版社 2006 年版。

刘悦笛主编：《美学国际：当代国际美学家访谈录》，中国社会科学出版社 2010 年版。

鲁枢元：《生态文艺学》，陕西人民教育出版社 2000 年版。

鲁枢元：《陶渊明的幽灵》，上海文艺出版社 2012 年版。

茅盾：《中国神话研究初探》，江苏文艺出版社 2009 年版。

牟宗三：《中国哲学的特质》，吉林出版集团有限责任公司 2010 年版。

钱穆：《庄老通辨》，九州出版社 2011 年版。

钱锺书：《谈艺录》，中华书局 1984 年版。

唐君毅：《生命存在与心灵境界》，中国社会科学出版社 2006 年版。

王诺：《生态批评与生态思想》，人民出版社 2013 年版。

王宁主编：《新文学史》，清华大学出版社 2001 年版。

王树人：《回归原创之思——"象思维"视野下的中国智慧》，江苏人民出版社 2005 年版。

王晓华：《生态批评——主体间性的黎明》，黑龙江人民出版社 2007 年版。

王振复：《大易之美：周易的美学智慧》，北京大学出版社 2006 年版。

《闻一多全集》第 1 卷，生活·读书·新知三联书店 1982 年版。

徐复观：《中国艺术精神》，华东师范大学出版社 2001 年版。

杨义：《文学地图与文学还原——从叙事学、诗学到诸子学》，北京师范大学出版社 2011 年版。

仪平策：《中国审美文化民族性的现代人类学研究》，中国社会科学出版社 2012 年版。

叶舒宪：《神话意象》，北京大学出版社 2007 年版。

叶舒宪：《文学人类学教程》，中国社会科学出版社 2010 年版。

［美］叶维廉：《中国诗学》，人民文学出版社 2006 年版。

叶秀山：《中西智慧的贯通——叶秀山中国哲学文化论集》，江苏人民出版社 2009 年版。

余谋昌：《自然价值论》，陕西人民教育出版社 2003 年版。

余英时：《中国文化的重建》，中信出版社 2011 年版。

袁珂：《中国神话传说》，北京图书出版公司 2012 年版。

袁行霈：《中国诗歌艺术研究》，北京大学出版社 2009 年版。

曾繁仁：《生态美学导论》，商务印书馆 2010 年版。

张嘉如：《全球环境想象——中西生态批评实践》，江苏大学出版社 2013 年出版。

张立文：《中国和合文化导论》，中共中央党校出版社 2001 年版。

张岂之等主编：《环境哲学前沿》第 1 辑，陕西人民出版社 2004 年版。

张世英：《天人之际——中西追寻的困惑与选择》，人民出版社 1995 年版。

张世英：《进入澄明之境——哲学的新方向》，商务印书馆 1999 年版。

张世英：《哲学导论》，北京大学出版社 2002 年版。

张世英：《境界与文化——成人之道》，人民出版社 2007 年版。

张世英：《中西文化与自我》，人民出版社 2011 年版。

张锡坤、姜勇、窦可阳：《周易经传美学通论》，生活·读书·新知三联书店 2011 年版。

张志军：《禅魂：月下竹弄影，雪里梅点红》，现代出版社 2009 年版。

张中行：《禅外说禅》，中华书局 2006 年版。

赵敏俐、吴思敬主编：《中国诗歌通史》，人民文学出版社 2012 年版。

宗白华：《艺境》，北京大学出版社 1997 年版。

后　记

　　近 20 年的"生态"问题研究，我围绕文学、审美而关涉了诸多领域。本书付梓是其中的一个重要领域，且与我的前几部书稿——《文艺生态审美论》（人民出版社 2007 年版）、《生态文艺与中国文艺思想的现代转换》（齐鲁书社 2007 年版）、《生态境域中人的生存问题》（人民出版社 2013 年版）及将由北京出版社出版的《生态文学与精神生存》一同完备了一个系统。

　　作为国家社会科学基金项目"生态批评与中国文学传统融合及学理构建研究"的结项成果，与前几部书不同，本书显然致力于"跨界"研究。这既跨"域"之界，又跨且接"时"。从方法层面说，是纵横交织的，是历时与共时接通的。目前，国内学界对于"生态批评"的西学介绍、评述、引进，对其学理构建、批评实践以及历史脉络梳理，著述甚丰，脉络清晰，灼见频频，思想精深，但在我看来，生态批评与中华文学传统"对接"不只是应该，且必须成为重要的开垦之地。这其中，由"生""生生""生态"而连接，给予这种中西文学"对接"脉线的清理及滋养是无尽的。这不仅丰富且会完善生态批评理论与实践，或许对中华文学传统亦能有全新的观照视野，或从"根脉"上，从人的生态化生存问题的认识上活化中华智慧的精义及优秀，并能够将其"优秀"最大化地发扬光大，成为人类智慧的精华。显然，这也是我们必须植养的"文化自信"。本书就是沿着这样的思路去行进的，其中既有多层面的学理尝试，也有诸多的"发现"，亦有依据"生生"之根而对中华诗性给予读解及深层体悟。因书稿的容量所限，无法面面俱到，也无法处处展开，但我想，这个

极为重要的研究"地域",是需要学界广为参与的,是需要多学科的
交叉互助,并不断掘进的。

　　完成本书,必须感谢学界前辈,感谢众多的专家、学者及同人,
感谢翻译家们诸多的译介著作,感谢作家们的文学精品,因为许许多
多的思想及滋养是来自于他们的。没有他们的丰厚著述,没有他们的
真知灼见,没有他们的学术导引,没有他们的文学创作视野,就不可
能有我的些许研究。就如我曾在多处谈到的,没有大树,难以乘凉;
没有巨人的肩膀,无法架起艰深的学业。

盖　光

丁酉冬月于博大花园寓所